KB177541

DONGSUH MYSTERY BOOKS 32

THE RED REDMAYNES

빨강머리 레드메인즈

이든 필포츠/오정환 옮김

동서문화사

오정환(吳正煥)

미국인디아나대학수학. 동아일보외신부장 동화통신편집국장 역임. 옮긴책
서로이언《인간희극》트웨인《톰소여의 모험》《허클베리 핀의 모험》버튼
《아라비안나이트》카《화형법정》등이 있다.

ㅠㅠㅠ

DONGSUH MYSTERY BOOKS 32

빨강머리 레드메인즈

이든 필포츠 지음/오정환 옮김

1판 1쇄 발행/1977년 12월 1일

1판 1쇄 발행/2003년 1월 1일

2판 2쇄 발행/2010년 10월 1일

발행인 고정일/발행처 동서문화사

창업 1956. 12. 12. 등록 16-345(윤)

서울강남구신사동 540-22 ☎ 546-0331~6 (FAX) 545-0331

www.epascal.co.kr

*

편찬·필름·제작 일체 「동판」 자본으로 이루어짐에 따라

출판권 소유권자 「동판」에서 제조출판판매 세무일체를 전담합니다.

사업자등록번호 211-90-02201

ISBN 978-89-497-0113-4 04840

ISBN 978-89-497-0081-6 (세트)

빨강머리 레드메인즈

차례

등장인물

마크 브렌던 런던 경시청 탐정

마이클 펜딘 무역상사 주인의 아들

제니 펜딘 마이클의 아내

앨버트 레드메인 서적 수집가로 제니의 큰삼촌

벤디고 레드메인 퇴역 선원으로 제니의 둘째 삼촌

로버트 레드메인 군인으로 제니의 막내 삼촌

플로라 리드 로버트의 약혼녀

주제페 도리아 벤디고의 모터보트 운전수

아순타 마르첼리 앨버트의 하녀

에르네스토 앨버트의 하인

빌지리오 포지 앨버트의 친구

피터 건즈 은퇴한 미국 탐정

소문

무릇 사람인 이상, 유명해질 때까지 계속 자부심을 가질 권리가 있다……는 것은 옛날부터 전해져 내려오는 말이지만, 마크 브렌던 또한 무의식적이기는 하나 같은 의견을 갖고 있었다.

그렇다고 그의 이 자부심이 사람들의 눈길을 끈 것은 아니며, 자신이 없다는 것은 바로 이류인 증거라고 생각하고 있었다는 것뿐이다. 사실 이제 막 35살이 된 그는 이미 경시청의 범죄 수사 부문에서 제법 알려진 존재였다. 경감 자리도 눈앞에 있었다. 상상력과 직감이 풍부한데다 담력과 기지와 근면 등 수사관에게 필요한 조건을 두루 갖춘 그가 급속히 출세하고 있다고 해서 조금도 이상할 것은 없었다.

오랫동안 근무 성적이 좋았던 탓도 있지만, 세계 대전 중에 국제적인 범죄 사건을 다루어 큰 성공을 거둔 덕분에 그의 명성은 부동의 것이 되어 있었다. 앞으로 10년만 있으면 공직에서 물러나, 그가 오래 전부터 꿈꾸어 온 사설 탐정소를 차릴 수도 있었다.

그 마크 브렌던이 지금 다트무어에서 휴가를 즐기고 있었다. 취미인 송어 낚시를 즐기면서, 런던을 떠난 이 기회를 이용하여 한 단계

높은 관점에서 자기의 생활을 바라보고 있었다. 지난날의 업적을 검토하고, 수사관으로서 뿐만 아니라 인간으로서의 자기 앞날을 객관적으로 판단해 보고 싶은 것이 그의 희망이었다.

마크는 생애의 전환기에 서 있었다. 지금까지 한 편의 드라마에만 바쳐 온 인생 무대에 새로운 흥미가, 새로운 개인적인 계획이 등장할 듯한 기미가 보이기 시작하고 있었다. 지금까지 그는 직업의 세계에서만 살아 왔으며, 전쟁으로 한때 형사직을 떠난 적은 있었지만, 전쟁이 끝나자 다시 또 이 판에 박은 직업으로 되돌아왔다. 다루는 사건이라고는 모두 어두운 의혹에 찬 범죄뿐이었다. 모든 개인적인 관심을 억누르고, 흉악범 체포라는 음산한 직무에 날을 지새야만 했다. 내면 생활을 잊어 버린 하나의 기계였다. 정신적인 야망도 자기 향상의 소원도 모조리 내동댕이치고, 말하자면 수갑과 다를 바 없는 존재였던 것이다.

한편 그런대로 그는 그 근면함과 외곬으로 바친 헌신으로, 현세적인 뜻에서의 보상은 손에 넣을 수 있었다. 그리하여 그가 어느 정도 앞날의 지위를 확보하게 되자 바야흐로 그 관점을 높여 인생의 더 고귀한 면으로 시야를 넓히고, 기계인 동시에 인간이고 싶다고 생각하게 된 것은 당연한 귀결이라 할 수 있을 것이다.

전쟁 동안의 특별 급여와 프랑스 정부가 준 사례금으로 5천 파운드의 예금도 있었다. 물론 봉급으로 상당한 액수가 들어왔고, 머지않아 퇴직할 상관도 있어서 승진이 약속되어 있는 거나 다름없다. 인생의 목적을 오직 일뿐이라고 생각할 만큼 바보도 아니었으므로, 그는 요즘 교양이라든가 인간으로서의 즐거움 같은 것을 생각하고 있었다. 그리하여 거기서 아내와 아이들을 돌보는 책임과 더불어 풍취있는 생활의 바람직스러움을 생각하기 시작하고 있었던 것이다.

여태까지의 그는 거의 여성을 모른다고 할 수 있었다. 불행히도 애정을 불태울 만한 여성을 만나지 못한 탓도 있고 해서, 25살 때 그는 자기 자신에게 타일렀다. 직업의 성질상 끊임없이 목숨의 위태로움에 맞닥뜨려야 하고, 개인 생활에 여성이 하나 끼여들기만 해도 불가피하게 직무에 안좋은 영향을 받는다. 결혼은 당분간 생각지 말아야 한다. 애정도 정신의 집중력을 약화시킨다. 모처럼 갖게 된 특수한 기능도 둔해지고 만다. 아내와 자식을 거느리고 있으면, 이를테면 범인을 상대로 중대한 국면에 부딪쳤을 경우 개인적 이해나 현실적인 두려움이 앞서서 본디의 능력을 발휘할 수 없게 되며, 결국은 출세를 방해하는 원인이 될 것이다.

그러나 그 뒤 10년이 지난 오늘날 그의 생각은 완전히 바뀌어, 외계(外界)에서 받은 인상에 순종하자는 기분이 되어 있었다. 알맞은 상대가 나타나면 결혼하자고 마음먹은 것이다. 훌륭한 교육을 받은 여성을 아내로 맞아, 여러 가지 면에서 지식이 모자라는 자기를 보조해 주었으면 하는 것이 그의 꿈이 되었다.

일단 이렇게 남성 쪽의 수용 태세가 갖추어지면, 그리 오래 기다리지 않아도 되는 것이 보통이다. 다만 브렌던은 생각이 좀 옛스러운 데가 있어서인지, 전후 사회가 낳은 새로운 여성에겐 도무지 흥미가 생기지 않았다. 물론 전후 여성의 좋은 점은 잘 알고 있었다. 그리고 그녀들의 영리함에 감탄하는 일도 흔히 있었지만, 막상 결혼 상대를 고르자면 역시 전혀 다른 타입이 바람직스러웠다. 그의 이상형은 한 시대 전의 여성이었다. 아버지가 세상을 떠난 뒤 자기를 기르기 위해 반평생을 홀로 지내며 가정을 지켜 준 어머니가 그의 이상적인 여인상이었다. 그녀는 그가 이상적으로 여기는 여인상, 침착하고 인정 많고 믿음직한 여인이었다. 사랑하는 아들의 관심사가 그대로 그녀의 관심사였고, 자기 자신의 생활 이상으로 아들 브렌던의 생활을 중심으로 모든 일을 생각했으며 아들의 입신 출세 속에 그녀 자신의 삶의 보람을 느낀 한평생을 살아왔다.

마크는 기꺼이 자기 생활 속에 녹아들어와 주는 여성을 구했다. 자기의 개성을 강요하거나, 독자적인 환경을 자기 둘레에 구축하지 않는 여성이 좋았다. 물론 어머니의 헌신적인 애정에는 깊이 감사하고 있었지만, 아내의 그것은 전혀 성질이 다르다는 것쯤은 알고 있었다. 그리고 기혼자의 경험담을 싫토록 듣고 있었기 때문에 전쟁이 끝난 뒤인 오늘날 과연 자기가 바라는 여성이 있을지 매우 의심스럽게 여겨졌다. 그래도 옛 기풍의 여성이 그렇게도 없을까 하는 한 가닥의 희망을 버리지 않고, 그렇다면 대체 어디서 그런 배우자를 찾아야 하나 하고 진지하게 궁리하기 시작하고 있었던 것이다.

그러한 그도 지난 1년 동안 바쁜 나날이 계속된 탓에 피로를 느끼고 있었다. 다트무어에는 전부터 기회 있을 때마다 건강과 휴양을 찾아 놀러 가곤 했다. 프린스타운의 덧치 호텔에 드는 것도 이번이 세 번째이다. 전번에 사귄 사람들과 다시 만나 옛 정을 나누고 6, 7월의 긴 하루를 가까운 냇물에 나가서 송어 낚시를 즐기려는 것이 그의 계획이었다.

브렌던은 자기가 끼어든 것이 금방 이 지방 낚시꾼들의 화제가 된 사실을 알고 흐뭇해졌다. 낚시를 하러 나갈 때는 언제나 혼자 가기로 하고 있는 그였지만, 저녁을 먹은 뒤에는 끽연실에서 사람들과 어울리는 것을 잊지 않았다. 대화를 잘 이끌어나갔으므로 말벗이 없어서 아쉬운 일은 없었다. 그리고 그는 또 그 이상으로 이따금 그 지방의 교도소를 찾아 간수들과 잡담하는 기회를 즐겼다. 프린스타운으로 알려지고 있는 그 황야의 심장부에는, 기결수 교도소가 마치 잿빛 얼룩처럼 사방을 위압하듯 치솟아 있었다. 거기에는 세상을 떠들썩하게 한 많은 중범자들이 수감되어 있었는데, 그 중의 상당수는 그가 '처넣은' 자들이었다. 오랜 세월에 걸친 그들의 노역은, 말하자면 브렌던 개인의 부지런하고 대담한 활약의 결과라고 할 수 있다.

교도소 직원들 가운데는 지성과 풍부한 경험을 가진 사람들이 많았으므로, 브렌던은 그곳을 방문하여 형사로서의 직무를 수행하는 데 참고가 될 여러 가지 재료를 얻을 수 있었다. 범죄 심리는 언제나 변함없는 그의 흥미의 대상이었다. 재소자들이 이따금 보여 주는 상궤를 벗어난 행동이나 그들의 밑도 끝도 없는 모호한 말만 하더라도, 그것을 직접 듣고 본 사람들한테서 아무런 설명 없이 들어도 방문자로서의 그의 가슴에는 그러한 언행 속에 숨어 있는 뜻이 저절로 이해되는 것이었다.

그는 우연히 큼직한 송어가 몰려 있는 아주 적당한 낚시터를 찾아냈다. 아직은 아무도 눈치채지 못한 장소였다. 6월도 절반쯤 지난 어느 날 저녁때, 그는 그곳에 가 보았다. 황야 한가운데쯤에 있는 채석장으로, 오래 전부터 사용하지 않는 자리가 몇 군데 있고 그 하나에 냇물이 흘러들어 깊은 웅덩이를 만들고 있었다. 그리고 거기에는 다트 앤드 미비라든가 블래커브루크 또는 워컴 같은 그 근처의 냇물에서 낚이는 고기보다 곱절이나 큰 송어가 살고 있었다.

그런 낚시터를 숨기고 있는 포긴티 채석장으로 가는 길은 두 갈래였다. 본디 이곳은 대전 중 프린스타운 포로 수용소가 건설되었을 때, 석재를 캐냈던 곳이다. 아직도 이곳에는 그 때 만든 길이 늪지대 한가운데쯤 화강암 석상(石床)이 있는, 마을에서 멀리 떨어진 곳으로 뻗어나가 있다. 그리고 이 길을 다시 반 마일쯤 더 가면 주도(州道)로 나간다. 지난날 돌 캐는 인부들이 살던 곳으로 오두막에 가까운 집이 한두 채 잡초만 무성한 이 길가에 남아 있었다. 채석장은 큼직한 수직갱이 입을 벌린 채로 있었으며, 벌써 오래 전부터 가까이 가는 사람이 없었다. 그 대신 자연이 거기에 아름다운 경관을 보태주었다. 하기야 그 근사한 경치를 옳게 평가하는 사람도 없어서, 지금은 그저 야생 동물들의 보금자리가 되어 있을 뿐이다.

이날 브렌던은 늪을 똑바로 가로지르는 오솔길을 더듬어 가고 있었다. 왼쪽에 있는 프린스타운 정거장을 보며 서쪽으로 발길을 돌리니, 벌겋게 비치는 저녁 하늘을 배경으로 거뭇거뭇한 황무지가 앞쪽에 부풀어올랐다. 해가 막 지고 있었으며, 연자주와 진분홍으로 가장자리가 물든 황금 불꽃이 먼 지평선에서 장엄하게 불타고 있었다. 여기저기 흩어져 있는 화강암 조각의 석영 결정에 낙조가 깃들어, 땅거미지기 시작한 어둠 속에서 날카롭게 반짝이고 있었다.

그 서쪽 불꽃을 등지고 바구니를 든 그림자 하나가 홀연히 나타났다. 송어 떼가 해거름을 기다리다 지쳐 물 위로 떠오를 무렵이다. 그러한 광경을 공상하고 있던 참이라, 갑자기 들려 온 발자국 소리에 놀란 브렌던은 얼굴을 들었다. 그곳에서 일찍이 본적 없는 아름다운 여성이 그의 옆을 막 지나가는 참이었다. 너무도 아름다운 여인이 느닷없이 나타나는 바람에 그가 그 때까지 생각하고 있던 일은 단숨에 흩날려가 버렸다. 마법의 힘이 황량한 늪지대에 남쪽 나라의 큼지막한 꽃 한 송이를 홀연히 피워올린 것일까, 아니면 양치 식물과 암석 위에 주홍빛을 더해주고 있는 낙조가 마지막 빛을 돋구어 이렇듯 가녀린 여성으로 화한 것일까 ! 날씬한 몸매에 키는 그리 큰 편이 아니다. 모자도 쓰지 않은 이마에 말려올라간 갈색 머리카락이 다사로운 석양빛과 엉겨서 후광처럼 타고 있었다. 차라리 호화롭다고나 해야할 화려한 그녀의 머리칼은 가을이 깊어가면서 너도밤나무 잎과 양치식물들을 물들이는 아름다운 단풍중에서도 좀처럼 보기힘든 아주 완벽한 모습이었다. 눈빛은 짙은 푸른색, 깊고 맑아서 과남풀의 꽃을 연상케 한다. 그 눈이 너무도 시원스럽게 커서 브렌던은 깊은 감명을 받았다.

사실 여태까지 참으로 눈이 크다고 느낀 여자를 브렌던은 한 사람밖에 보지 못했었다. 그 여자는 범죄자였다. 누군지 알 수 없는 이 여성의 빛나는 눈도 얼굴이 다 작아 보일만큼 컸다. 입도 작은 편은 아니었으며, 풍족한 입술이 미묘한 선을 그리고 있었다. 꽤나 급한 듯 성큼성큼 걸어가는 은빛 스커트와 장밋빛 비단 잠바가, 가냘픈 몸의 선을 드러내고 있었다. 동그란 엉덩이와 젊은 여자답게 탄력있는 가슴의 선을 뚜렷이 드러내고, 발이 땅에 닿지 않는 듯 사뿐사뿐 걸어가고 있었다. 가슴 속에 몹시 기쁜 일이라도 간직하고 있는 듯싶었다.

한순간 두 사람의 눈이 마주쳤다. 웬지 여자의 눈에 신뢰에 찬 표정이 떠올랐다. 여자는 그대로 그의 곁을 지나갔다. 브렌던은 잠깐 사이를 두었다가 뒤를 돌아보았다. 여자는 나직이 노래를 부르며 걸어가고 있었다. 청춘의 입김이 깃든 가볍고 맑은 음색이었다. 노래의 몇 소절이 새 울음 소리처럼 들려 왔다. 그리고 어느새 여자는 늪지대 위에 밝게 뜬 조그만 점으로 변하더니, 이윽고 지형의 파도 속에 묻혀 그 저 편으로 사라져 갔다. 그것은 숨가쁜 인간 세계에서 나날을 보내고 있다고는 상상도 할 수 없는 존재, 히스만이 무성한 광막한 황야를 내 집 삼아 살고 있는 사람의 모습이었다.

별안간 아름다운 것과 마주치면 흔히 그런 영향을 받기 마련이지만, 그 여성의 모습은 마크의 마음을 움켜쥐고 놓아주지 않았다. 대체 누구일까? 나와 마찬가지로 이 고장 사람은 아닌 것 같다. 오늘 하루 이 황무지에 놀러 온 관광단의 한 사람일까?

이렇게 생각하면서 그는 그녀가 이미 약혼한 여자일 것이라고 짐작했다. 그토록 아름다운 여성이 여태껏 구애의 손길에서 벗어나 있었으리라고는 상상할 수 없었다. 사실 그 밝은 눈동자와 명랑한 노랫소리에는 연애의 즐거움을 안 여성의 행복이 나타나 있었다. 나이는 18살쯤으로 여겨졌다.

그러나 그러는 동안에 그는 문득 자기 자신의 풍채와 용모에 생각이 미쳤다. 사람이란 누구나 이런 문제는 자기에게 편리하도록 생각하기 마련이지만, 특수한 직장에서 지나치게 냉혹한 현실을 보아 온 브렌던인지라 이 문제뿐 아니라 언제 어느 경우에 있어서나 자기 자신에게 치우쳐서 생각할 염려는 없었다. 균형잡힌 몸에 넘치는 힘, 그 나이 답지 않은 민첩함과 유연함을 자랑하는 그였지만 어이 하랴. 머리털은 보기 흉한 밀짚색이고, 언제나 말끔히 면도질하는 창백한 얼굴만 하더라도 엄격한 도덕감과 호전적이리만큼 과격해 보이는 생각을 제쳐 놓으면 이렇다할 특징을 찾아볼 수 없는 평범하기 짝이 없는 사나이였다. 하기야 그것은 직업에 알맞는 용모라고 할 수 있었다. 얼굴에 특징이 없으면 그만큼 변장하기도 쉽다. 그러나 한편 여자의 마음을 사기에는 이토록 불리한 것도 없다고 할 수 있다. 그리고 이 사실을 가장 잘 알고 있는 것이 브렌던 자신이었던 것이다.

　그대로 곧장 앞으로 길을 더듬어 가고 있던 마크는, 어느새 조금 높다란 언덕 중턱에 서서 분화구처럼 커다랗게 입을 벌리고 있는 수직갱을 내려다보고 있었다. 이것이 지금은 폐갱이 된 포긴티 채석장이다. 발 밑의 갱은 깊이가 2백 피트, 혹은 울퉁불퉁한 단을 짓고, 혹은 널빤지 같은 화강암의 깎아지른 절벽을 이루고 있다. 그곳에는 겨우 어린 마가목과 엉겅퀴 같은 것이 어설픈 발판을 버티고 있을 뿐이다. 바닥 가득히 흩어져 있는 바위조각과 양치 식물 사이에서 디기탈리스가 고개를 젓고 있었다. 여기는 들짐승들의 보금자리이다. 여기저기 바위 선반에서 물보라를 날리며 물이 흘러떨어져서는, 적적하니 크고 작은 못을 이루어 움직이지 않는다.

　양이 지나 다니는 오솔길이 꼬불꼬불 갱 바닥으로 이어진 곳을 브렌던은 내려가기 시작했다. 발자국 소리에 놀랐는지 다트무어 말이 망아지를 데리고 갱 입구에서 서쪽으로 튀어나갔다. 한 군데에는 쌓인 돌이 갱 바닥에서 부채꼴로 펑퍼짐하게 미끄러져 내려가 있었다. 이 허물어진 화강암의 경사 쪽으로 그 위에 툭 튀어나온 바위 선반에서, 다른 곳보다 많은 물이 흘러떨어지며 맑은 소리를 울리고 있었다. 물은 쌓인 돌무더기 사이로 무수히 갈라져 사방으로 흩어지고 있는데, 낚시꾼 브렌던이 닿은 그 자리에서 보니, 그 곳은 부서진 돌의 거대한 무더기와 깊은 수직갱이며 서로 겨루듯이 치솟은 벼랑들이 나타내는 버려진 채석장의 광경이었다.

지난번에 왔을 때, 브렌던은 이 자리를 잘 봐 두었었다. 그는 저도 모르게 큰 소리로 외쳤다.

"야아, 내가 왔다!"

"야아, 내가 왔다!"

화강암의 등 뒤에서 산울림이 똑똑히 대답했다.

"마크 브렌던이다!"

"마크 브렌던이다!"

"잘 왔다아!"

"잘 왔다아!"

말 한마디 한 마디가 모두 또렷하게 메아리를 돌려보냈다. 거기에는 무언가 이 세상 것이 아닌 색채가 덧붙여져서, 돌아오는 음향 하나하나에 요사한 매력이 깃들어 있었다.

분화구 모양의 폐갱에는 큰 자줏빛 얼룩이 자욱이 끼고, 그 사이에서 향기 그윽한 술과도 같은 밤기운이 솟아올랐다. 눈을 들어 보니 갱 동쪽 가장자리에 마지막 석양빛이 아직도 빨갛게 타면서, 밤의 술잔에 금빛 입술을 갖다대고 있었다.

마크는 부서진 돌이 여기저기 흩어진 길을 골라 걸어가며, 60야드쯤 앞에 있는 채석장 끝에 이르렀다. 그 한가운데에 잔잔하게 소리없이 괸 웅덩이가 둘 있었다. 지난 날의 가장 낮은 작업장이 물에 잠긴 것이다. 바로 앞의 물가에 있는 바위 선반이 차츰 기울어서, 저쪽 물가의 수면에서 곤두선 암벽 밑에는 깊이 30피트나 되는 못을 이루고 있다.

수정을 연상시키는 맑은 물이 여기서 깊이 가라앉아 검푸른 어둠이 깃들고 있었다. 수면의 넓이는 적당하게 강한 낚싯대와 긴 줄을 던질 만한 솜씨를 가진 낚시꾼이라면 어디나 낚시터가 됨직한 자리였다.

송어가 돌아다니고 있는 모양이다. 여기저기 물 위에 빛의 동그라미가 떠서는 잔잔한 파도를 일으키며 저쪽 물가로 번져나간다. 그러자 작은 쪽 웅덩이 한가운데 덩그렇게 내민 바위 그늘에서 물이 확 솟구쳐오르더니 사방으로 갈라졌다. 큰 고기가 튀어오르면서 바로 위를 날고 있는 흰 나방을 삼켰다.

마크는 낚싯줄을 드리우기 시작했다. 그러나 여느 때 같지 않게 웬지 마음이 뒤숭숭하고 가라앉지 않았다. 낚시 상자에서 조그만 눈이 달린 파리 낚시 두 개를 꺼내어 머리카락 같은 낚싯줄에 달고 있어도, 갈색 머리의 그 여인이 도무지 머리에서 떠나질 않았다. 4월 하늘 같은 푸른 눈동자, 새소리를 닮아 인간적인 감정에 물들지 않은 아름다운 노랫소리, 그리고 그 우아하고 아름다우며 날렵한 걸음걸이……

어두워 지기 시작하자 곧 브렌던은 낚시를 담갔다. 그러나 한두 번 장대를 흔들어 보다가 30분 더 기다리기로 했다. 낚싯대를 땅에 내려 놓고 주머니에서 브라이어 파이프와 담배 쌈지를 꺼냈다. 낮의 생물들은 이제 잠들어 가고 있었지만 아직도 이따금 단조로운 소리를 울렸다. 낚시꾼은 그것을 새라고 생각했다. 웅덩이를 앞에 둔 그의 맞은편, 높다란 경사면의 등 뒤에서 들려 오고 있었는데, 브렌던은 문득 어쩌면 그것이 자연의 소리가 아니라 사람이 일을 하고 있는 소리인지도 모른다고 생각했다. 사실 그것은 석수의 징 소리가 만들어 내는 음악적인 가락과 비슷했다. 이윽고 그 소리가 그치더니 채석장으로 다가오는 묵직한 발자국 소리가 들려서, 그는 이맛살을 찌푸렸다. '노동자로구나' 하고 그는 생각했다.

그러나 노동자는 나타나지 않았다. 가까이 온 것은 어깻죽지가 넓고 몸집이 큰 사나이였으며, 고기잡이나 사냥할 때 입는 노퍽자켓에 니커보커스와 놋쇠 단추를 단 화려한 빨간 조끼를 입고 있었다. 채석장의 낮은 쪽 입구에서 들어와 가느다란 물줄기가 흘러들어오고 있는 북쪽 출구를 향해서 걸어가고 있었다.

낯선 사나이는 브렌던이 눈에 띄자 큰 발을 벌리고 섰다. 그리고는 엽궐련을 입에서 떼고 말을 건넸다.

"어이구! 기어이 발견하셨군."

탐정이 물었다.

"발견이라니, 뭘 말입니까?"

"여기 있는 송어 말입니다. 이따금 목욕을 하러 와서 알고 있지만, 이만큼 송어가 몰려 있는데 어째서 낚시꾼이 나타나지 않나 하고 이상하게 생각하고 있었지요. 반 파운드는 넉넉히 되는 놈이 한 다스는 있습니다. 어쩌면 더 큰 놈이 있을지도 모르지요."

만나는 상대 모두를 자세히 관찰하는 것이 마크 브렌던의 본능이 되어 있었다. 더욱이 그는 한 번 본 얼굴을 잊는 일이 없었다. 그는 눈을 들어 특징이 두드러진 상대편의 얼굴을 바라보았다. 마크의 관찰은 재빠르고도 확실했다. 그러나 만일 그가 이 일별에 중대한 의미가 있다는 것을, 눈 앞에 서 있는 인물이 나중에 얼마나 심각한 뜻을 갖게 되는가를 알았다면 아마 훨씬 더 면밀히 관찰했을 것이고, 이 짧았던 회견 시간을 더 연장시켰을 것이 틀림없다.

넓은 어깨에 굵은 목, 거기에 이어진 모난 턱이 강한 결단력을 보여주는 듯 했다. 큼직한 입 위에는 여태껏 본 적이 없는 풍성한 수염이 나 있었다. 너무 굵어서 괴이하다고도 할 수 있었으나, 사나이는 그것이 자랑스러운 듯 이따금 비비꼬아 귀까지 틀어올리곤 했다. 여우빛이 나는 붉은 색 수염이었다. 삐걱거리는 듯한 소리로 지껄일 때마다 입수염 아래로 크고 흰 이빨이 번쩍였다. 과격한 기질과 현실적인 사고방식, 그리고 그러한 자기 자신에 아주 만족하고 있는 눈치를 엿볼 수 있었다. 조그만 회색 눈 사이가 상당히 떨어져 있고, 그 사이에 살집이 두두룩한 코가 내려쳐져 있다. 깎아올린 붉은 머리털이 입수염 이상으로 붉게 타고 있어서, 흐려져 가는 저녁놀 속에서도 그 얼굴의 붉은 빛은 감추지 못했다.

그 몸집이 큰 사나이는 퍽 상냥한 태도를 보였지만, 브렌던은 빨리 혼자가 되고 싶었다.

"나는 바다 낚시를 좋아하지요."

낯선 사나이는 말했다.

"붕장어, 대구, 고등어 같은 놈이 보트 반쯤은 낚입니다. 그게 진짜 도락이라는 겁니다. 긴장된 놀이라서 나중에 몹시 목이 마르긴 하지만요."

"그렇겠군요."

"그런데 이런 황량한 땅이 사람을 끄는가 보죠."

몸집이 큰 사나이는 말을 이었다.

"선생도 그런 분 같은데, 이 다트무어를 어떻게 생각하십니까? 나무 한 그루 없는 바위산이라든가 어린애도 건널 수 있는 시시한 시냇물. 고작해야 이런 정도인데, 그러면서도 이 근방에 사는 사람들의 말을 들어 보면 천국도 이곳만큼은 근사하지 못할거라고 말하더군요."

탐정은 저도 모르게 소리를 내어 웃으며 말했다.

"토지에 마력이 있나 보지요. 그게 사람들의 핏속에 녹아들어가 있는 겁니다."

"그런 모양이오. 이 프린스타운같이 가엾은 죄수밖에 아무것도 볼
것 없는, 말하자면 하느님께 버림받은 땅도 그렇게 되나 봅니다.
실제로 내가 아는 어떤 사람은 지금 여기에다 방갈로를 짓고 있답
니다. 마누라와 단둘이 비둘기처럼 행복하게 살겠다더군요. 적어도
본인들은 그렇게 생각하고 있습니다."

"그 소리였군요, 아까 징 두드리는 소리가 들리더니."

"나도 이따금 일꾼들이 돌아가고 나면 도와 주곤 하지요. 하지만
생각해 보면 우스운 이야깁니다. 문명에 등을 돌리고 이런 황야에
집을 짓다니 말이오."

"더 어이없는 짓도 하지요. 인간이 한번 야심을 버리면 말입니다."

"하기야 그렇죠. 그러고 보면 도무지 야심하고는 거리가 먼 사람입
니다. 사랑만이 전부인 줄 알고 있는 가엾은 인간들이지요. 그런데
낚시는 어떡하시고?"

"더 어두워지길 기다리고 있는 중이오."

"그럼, 또 뵙지요. 큰 놈이 물려서 물 속으로 끌려들어가지 않도록
조심하십시오."

자기 자신의 농담에 웃음을 터뜨려 다시 한 번 적막한 물 위에 메
아리를 올려 놓고서, 붉은 머리의 몸집이 큰 사나이는 성큼성큼 걸어
가 50야드쯤 앞에 있는 틈새로 사라졌다. 잠시 뒤 사방의 정적을 깨
뜨리고 엔진 소리가 들려 왔다. 오토바이로 반 마일쯤 떨어진 큰길을
향해 떠나가는 모양이었다.

그 몸집 큰 사나이가 가버리자, 브렌던은 일어서서 채석장의 또 다
른 입구 쪽으로 발길을 돌렸다. 방금 그에게서 들은 방갈로가 보고
싶었기 때문이다. 큰 수직갱에서 나가 오른쪽으로 꺾으니 남서쪽을
향한 조그만 분지에 건물이 보였다. 완성되려면 아직도 멀었지만, 두

꺼운 화강암 벽이 6피트 높이로 서 있었다. 그 설계로 보아 방이 여섯은 되는 것 같았다. 2층은 올리지 않는 모양이었다. 주위의 1에이커쯤 되는 대지에 울타리를 둘러치고 있었는데, 그 경계도 아직 완성되어 있지 않았다. 근사한 조망이 서쪽과 서남쪽으로 펼쳐져 있었다. 브렌던의 뛰어난 시력은 플리머드 항구의 샐터스 다리를 보았고, 그 앞에 서쪽 하늘의 낙조를 배경으로 떠오른 콘월곶을 보았다. 집을 짓기에는 더없이 좋은 땅이었다. 그러나 너무도 인적이 드문 이 황야에 어떤 인물이 정착할 결심을 했는지, 탐정은 그 점을 상상해 보았다.

아마도 그 부부는 도시 생활에 진절머리가 나고, 세상과의 교섭에 싫증이 났나 보다. 인생에 환멸을 느끼고 절망에 빠질 때, 집단 생활에 등을 돌리고 싶어지는 것은 당연하다. 될 수 있는 대로 번잡한 사람과의 교제를 피하고, 오욕과 우행(愚行)에 찬 사회에서 달아나 고독한 환경에서 살자는 것이겠지. 아무것도 약속해 주지 않는 냉혹한 자연이기는 하지만, 어떤 사람들에게는 그것이야말로 참으로 풍요한 생활의 터전이라고 할 수 있는 것이다. 폐갱이 된 포긴티 채석장 옆, 찾아오는 사람도 없는 분지에 정착하고자 하는 것은, 거친 세파에 시달릴 대로 시달린 끝에 자연의 품에서 평안함을 찾는 이외의 다른 행복은 없다고 깨달은 사람이 틀림없다. 브렌던은 이렇게 혼자서 묻고 대답을 하며, 그런 부부는 중년 남녀임에 틀림없다는 결론을 내렸다. 그러나 동시에 아까 들은 그 몸집이 큰 사나이의 말이 생각났다. 그 부부는 '사랑만이 전부'라고 생각하고 있다고 했다. 그 말이 뜻하는 것은, 두 사람이 몇 살이나 되었는지는 모르지만 아직도 그들 사이에 로맨스의 꽃이 선명한 빛깔로 피어나고 있다는 것이 된다.

해는 이제 완전히 가라앉고, 모든 빛과 그림자의 교차가 이 땅 위에서 모습을 감추었다. 남아 있는 것은 애매모호하여 형상도 확실치 않은 것뿐이다. 브렌던은 더 기다리지 못하겠다는 듯이 낚싯줄을 던졌다. 송어를 낚는 파리 낚시는 작지만 굉장한 위력을 나타냈다. 그는 두 웅덩이에서 짧은 시간에 한 다스가 넘는 송어를 낚아올렸다. 그 중에서 여섯 마리만 남기고 나머지는 도로 물에 놓아 주었다. 남긴 것 가운데 세 마리는 무게가 저마다 반 파운드가 넘었다.

다른 날 한 번 더 와야지 하고 생각하면서 마크는 낚시 도구를 챙겨 넣기 시작했다. 돌아갈 때는 어두운 밤에 늪지대를 빠져나가는 위험을 피하여 좀 돌아가더라도 안전한 길을 택하기로 했다. 화강암 틈 사이로 채석장을 빠져나가 백 야드쯤 떨어진 곳에 늘어선 오두막집들 앞을 지나니, 곧 프린스타운에서 터비스톡으로 통하는 길에 올라설 수 있었다.

별 하늘 아래 밤길을 더듬어 가는 그의 생각은, 저녁때 늪지대에서 본 그 갈색 머리의 여성에게로 날아가 있었다. 어떤 옷차림을 하고 있었더라 하고 그는 생각해 보았다. 그녀의 인상은 이상하리만큼 선명하게 남아 있었다. 석양을 온 몸에 덮어쓰고, 머리털은 불붙은 듯이 빛났으며, 발 끝까지 눈부시게 번쩍거렸다. 아마 그 갈색 구두에 쇠나 은으로 만든 버클이 달려 있었나 보다. 그런데 그때 그녀가 입고 있던 옷이 도무지 생각나지 않았다. 그러나 이윽고 그것도 기억 속에 되살아났다. 장밋빛 잠바에 은빛 스커트였다.

그 뒤 두 번쯤 마크 브렌던은 해거름을 골라서 포긴티 채석장을 찾았다. 그러나 불행히도 두 번 다 그 젊은 여자를 만나지 못했다. 그리하여 그 강렬했던 인상도 겨우 흐려지기 시작했을 무렵, 생각지 않은 사건이 일어났다. 기이하고 공포에 찬 사건. 물론 그도 다른 사람들과 마찬가지로 잠시 주의가 그리로 끌리었다. 특히 그가 진심으로 불쾌하게 느낀 것은 사건이 그의 직업상의 문제였다는 것이다. 그래서 본의 아니게 그리로 주의를 돌리지 않을 수 없었던 것이다.

그것은 살인 사건이었으며 처음에는 소곤소곤 주고받는 소문에 지나지 않았으나, 어느새 종교적 색채가 짙은 이 조그만 교회 도시 가득히 번져나갔다. 물론 그의 담당 지역은 아니었지만, 우연한 일로 그 소용돌이 속에 휘말려들어가서 휴가를 도중에서 그만두어야 하는 결과가 되고 말았던 것이다.

처음으로 채석장에 송어낚시를 간 지 나흘 밤 뒤, 그는 아침 나절을 미비 강 하류에서 고기를 낚으며 보냈다. 그날 밤 12시가 다 되었을 무렵, 호텔 로비에서 술잔도 바닥이 나고 파이프도 다 피워서 대여섯 명의 숙박객들이 침실로 물러가려고 막 자리에서 일어나는데 나쁜 소식이 전해졌다.

덧치 호텔의 월 브레이크라는 급사가 로비의 불을 끄려고 손님들이 일어나기를 기다리고 있다가 마크 브렌던의 얼굴을 보고 말했다.

"손님이 전문으로 하시는 일이 일어났습니다. 내일은 아마 틀림없이 한바탕 큰 소동이 벌어질 겁니다."

"죄수가 도망치기라도 했나?"

침대가 그리워진 탐정은 크게 하품을 하면서 말했다.

"하지만 이런 데서 살고 있으면, 그런 일이나 가지고 떠들어야지 다른 즐거움은 없지 않아?"

"탈옥이냐는 말씀입니까? 천만에요, 살인입니다요, 살인! 펜던 씨가 아내의 삼촌한테 살해당했답니다."

"어쩌다가 그런 일이 일어났지?"

브렌던은 이렇게 물어 보았지만 그다지 흥미는 없는 표정이었다.

"그건 손님같이 머리좋은 분이 조사하실 일이죠."

하고 월은 대답했다.

"펜던이란 어떤 사람인데?"

"요즘 포긴티 채석장 옆에 방갈로를 짓고 있는 중입니다."

마크는 움찔했다. 몸집이 큰 붉은 머리 사나이에 대한 인상착의가 세부에 이르기까지 눈 앞에 확 떠올랐다. 브렌던이 그 자리에서 그의 용모를 들려 주니 윌 브레이크는 대답했다.

"그 남자입니다. 그가 했어요, 펜딘 부인의 삼촌되는 사람입니다."

브렌던은 침대에 들어갔다. 비극의 소식에는 아랑곳없이 여느 때처럼 단잠을 잤다. 날이 샌 다음 하녀와 급사들이 저마다 정보를 제공해 주겠다고 나섰지만, 그는 흥미를 보이지 않았다. 그러나 방에 더운 물을 날라온 하녀 밀리는 창문의 블라인드를 걷으면서, 그 방면에 이만큼 이름난 탐정이 이 사건에 흥미를 느끼지 않을 까닭이 없다고 판단하고 말했다.

"손님, 정말 무서운 일이에요……."

그러나 브렌던은 금방 손을 들어 막으면서,

"직업 이야기는 그만둬, 밀리. 나는 다트무어에 살인범을 잡으러 온 게 아냐. 잡고 싶은 건 송어란 말야. 그래, 오늘 날씨는 어떻지?"

"안개가 짙게 끼어 축축한 날씨예요. 하지만 펜딘 씨는 가엾게도……."

"이제 가 봐, 밀리. 그 펜딘이라는 사람 이야기는 듣고 싶지 않으니까."

"하지만 그 얄미운 붉은 머리의 남자가……."

"그 얄미운 붉은 머리도 듣고 싶지 않단 말야. 날씨가 축축하다면 오늘은 수로 쪽으로 한 번 나가 봐야겠는걸."

밀리는 실망한 듯이 탐정의 얼굴을 쳐다보면서 "어머나! 손님같은 분은 범인을 잡는 것이 직업이실 텐데. 이런 소동이 일어났는데 낚시하러 가시다니. 눈앞에 살인이 일어났단 말예요" 하고 말했다.

"내 담당이 아냐."

"어머, 그런 거예요?"

입속으로 계속 무언가 중얼거리면서, 밀리는 놀랐다는 표정으로 나가 버렸다.

브렌던은 그러나 그토록 자유를 바랐지만, 결국 사건에 말려들지 않을 수 없게 되었다. 되도록 살인 사건에서 멀리 떠나 소문을 듣지 않아도 되는 곳으로 달아나려고, 그는 부랴부랴 샌드위치를 만들어 달라고 하여 9시 반쯤 잔뜩 낀 비구름 아래로 아침 낚시를 하러 나섰다. 가랑비가 바람에 날리고 먼 언덕 지대는 자욱이 안개에 싸여 있었다. 이렇게 축축하고 흐린 날에는 낚시의 상식으로 보아 큰 놈이 예상되는 법이다. 레인코트를 걸치고 막 호텔 현관을 나오려는데 윌 브레이크가 달려와 편지 한 통을 내밀었다. 겉봉을 한 번 훑어본 그는 그대로 홀의 편지꽂이에 꽂아 두었다가 돌아와서 읽으려고 생각했다. 그러나 겉봉 글씨가 여자 글씨체인데다 그것이 또한 달필이라, 그 자리에서 뜯어 볼 기분으로 바뀌었다. 그는 설마 그것이 소문을 낳고 있는 사건과 관계가 있는 줄은 꿈에도 모르고, 낚싯대와 바구니를 발 옆에 내려놓고 겉봉을 뜯어 읽기 시작했다.

경찰서에 계신 분으로부터 선생님이 프린스타운에 머물고 계시다는 말씀을 듣고, 하느님의 뜻인가 하여 여간 기쁘지 않았습니다. 이런 부탁을 드릴 처지가 아니라는 것은 물론 알고 있습니다만, 만일 자비심을 베풀어 마음 산란한 한 여자의 기도를 들어 주셔서 이 비탄의 어둠을 선생님이 지니신 천부의 빛으로 밝혀 주실 수 있다면 얼마나 고마울지 모르겠습니다. 뻔뻔스러움을 무릅쓰고 이렇듯 부탁드립니다.

프린스타운, 스테이션 코티지 3호
제니 펜딘 올림

마크 브렌던은 입 속으로 혀를 차면서 월을 돌아보고 물었다.

"펜딘 부인 댁이 어디지?"

"교도소 숲에 가까운 스테이션 코티지라는 곳입니다."

"잠깐 달려가서 30분 뒤에 찾아뵙겠다고 전해 주지 않겠나?"

"그렇게 나오실 줄 알았습니다! 사람들한테 말했지요, 선생님이 언제까지나 내버려 두실 까닭이 없다고 말입니다."

급사가 날 듯이 뛰어나가자 브렌던은 다시 그 고운 필적을 살펴보았다. 자세히 보니 편지지 한가운데쯤에 눈물 자국이 번져 있었다. 그는 다시 혀를 차고는, 낚싯대와 바구니를 그 자리에 둔 채 레인코트 깃을 세우고 경찰서 쪽으로 발길을 돌렸다. 담당 순경에게 사건에 대해 대강 듣고 난 다음 전화를 좀 쓰겠다고 말했다. 5분 뒤, 그는 런던 경시청의 윗사람과 이야기하고 있었다. 귀에 익은 해리슨 경감의 억센 런던 사투리가 2백 몇 마일의 거리를 두고 세계의 중심 도시에서 죄수의 중심지로 흘러왔다.

"경감님, 여기서 살인사건이 있었습니다. 범인으로 보이는 자는 달아났습니다만, 피해자의 부인이 저더러 사건을 맡아 달라고 요청해 왔습니다. 내키지는 않습니다만, 거절할 수도 없고……."

"상관없잖나. 거절할 수 없거든 해주라구. 오늘 밤에 다시 결과를 듣기로 하지. 프린스타운 서장은 하프야드 경감으로 내 오랜 친구야. 좋은 사람이지. 그럼, 또 통화하세."

마크는 순경한테서 하프야드 경감이 포긴티로 떠났다는 말을 들었다.

"이 사건은 나도 거들게 되었네."

그는 순경에게 말했다.

"정오에 다시 오겠네. 그때 상세한 이야기를 듣겠다고 하더라고 서장님께 말해 주게. 지금부터 펜딘 부인을 만나 보고 올 테니까."

순경은 경례를 했다. 그도 브렌던의 얼굴을 알고 있었던 것이다.

"모처럼의 휴가가 망쳐지지 않았으면 좋겠습니다만……. 하기야 그런 걱정까지는 안 해도 될 것 같습니다. 짐작컨대 아주 간단명료한 사건 같으니까요."

"시체는 어디 있는가?"

"그게 아직 분명치 않습니다. 로버트 레드메인이 입을 열 때까지 알 수 없을지도 모르겠습니다."

탐정은 고개를 끄덕였다. 그리고 그 길로 스테이션 코티지 3호를 찾아갔다.

프린스타운의 큰길을 오른쪽으로 꺾어들면, 몇 개의 사택 비슷한 건물이 나란히 서 있는 것이 보인다. 이 집들은 모두 서쪽을 향하고 있는데, 현관 바로 앞에서부터 나무가 울창하게 들어찬 노드 헷솔리 언덕이 솟아 있다. 숲은 가파른 경사를 지으면서 능선으로 이어지고, 그곳과 산기슭의 집들 사이는 돌담으로 막혀 있었다.

브렌던은 세 번째 집을 두드렸다. 눈물로 얼룩진 앙상하게 여윈 노파가 문을 열었다. 안내된 곳은 좁은 홀이었는데, 여우 사냥의 트로피가 즐비하게 장식되어 있었다. 마지막 운명을 박제로 바꾼 다트무어 종 큰 여우가 있었으며, 벽에는 머리며 꼬리 같은 표본도 걸려 있었다.

"펜딘 부인이십니까?"

브렌던이 물으니, 노파는 고개를 저었다.

"아뇨, 아닙네다. 나는 에드워드 젤리 부인입네다. 죽은 남편 젤리는 20년 동안 다트무어에서 여우 사냥에 쓰는 사냥개 훈련사로 세상에 알려진 사람이었습네다. 펜딘 부부는 네, 지금은 혼자 남게 됐습니다만 우리 집에 세든 사람들입네다."

"만날 수 있을까요?"

"그런 끔찍한 변을 당하다니, 참으로 딱해서 못 보겠습네다……선생님 성함은?"

"마크 브렌던입니다."

"그러시담 아까부터 기다리고 있습니다. 친절하게 해 드리세요, 선생님 같은 분하고 이야기해야 하는 운명이 되다니, 우리 같은 사람들에겐 죽도록 무서운 일입니다요."

젤리 부인은 오른쪽에 있는 문을 열었다.

"유명한 브렌던 씨가 오셨습네다, 펜딘 부인."

브렌던은 방 안으로 걸어들어갔다. 노파가 등 뒤에서 문을 닫았다.

제니 펜딘이 의자에서 일어섰다. 테이블 앞에 앉아 편지를 쓰고 있는 중이었다. 그녀는 바로 석양 속에서 본 그 갈색 머리의 여성이었다.

지난 이야기

그날 아침, 그녀는 분명히 옷차림에 마음을 쓰고 있지 않았다. 무의식적으로 채비를 한 모양이다. 눈부신 그 머리도 오늘 아침에는 아무렇게나 슬쩍 말아올렸을 뿐이고, 보기 드물게 아름다운 그 모습도 눈물로 흐려 있었다. 그러나 침착성만은 되찾고 있어서, 탐정과 얼굴을 맞댄 지금도 아무런 동요의 빛을 보이지 않았다. 다만 지칠 대로 지친 기색이 밝고 맑아야 할 목소리의 마디마디에 나타나서, 기력이 다 빠지고 괴로운 투쟁을 계속해 온 듯한 말투였다. 자기의 절반을 잃은 거나 다름없으니, 무리도 아니라고 브렌던은 생각했다.

탐정이 방에 들어서자 그녀는 일어섰다. 그리고 남자의 얼굴에 놀라는 빛이 떠오르는 것을 보았을 터인데도, 그다지 뜻밖이라는 표정을 짓지 않았다. 찬사를 듣는 데 익숙해서, 자기의 아름다움이 필연적으로 남자들의 시선을 끈다는 것을 잘 알고 있는 듯 했다.

브렌던은 뜻밖의 해후에 몹시 가슴이 두근거리는 것을 느꼈으나, 곧 평정을 되찾았다. 이미 그녀를 위해서 힘이 닿는 데까지 노고를 아끼지 않겠다는 기분이 되어 있었다. 그것을 의식하고 교묘하게 동정의 뜻을 잘 나타내며 말을 건넸다. 다만 유감스럽다면, 너무나 사건이 단순해서 솜씨있는 역량을 발휘하기에는 좀 미흡하다는 느낌이 가슴을 스쳤다. 그는 범죄를 수사할 때, 그 자신도 늘 지적하듯이 종래의 수사 방법에다 근대적인 연역법을 아울러 응용하여 많은 성과를 거두고 있었다. 그것을 이번 기회에 이 아름다운 여성 앞에서 과시하고 싶었다.

"펜딘 부인!"

그는 입을 열었다.

"내가 프린스타운에 묵고 있다는 것을 참으로 용케 아셨습니다. 물론 내가 할 수 있는 데까지 도와 드리겠습니다. 지금까지 들은 범위 안에서는 간단히 처리될 수 있는 사건 같기도 합니다만, 최악의 경우가 생길 우려도 없다고는 할 수 없겠지요. 그러나 끝까지 저를 믿어 주십시오. 부인을 위해서 할 수 있는 노력을 다 기울이겠습니다. 런던 경시청에도 연락을 해 두었습니다만, 다행히 지금 나는 휴가중이라서 사건에 시간을 다 쏟을 수가 있습니다."

"모처럼 휴가를 즐기시는데 이런 일을 부탁드려서, 아마 뻔뻔스러운 여자라고 생각하실 거예요. 하지만 어쩐지, 저는……."

"그런 걱정을 하실 건 없습니다. 다만 제가 바라는 것은, 오래 끌지 않고 해결하고 싶을 뿐입니다. 그럼, 말씀을 들려 주시겠습니까? 포긴티에서 일어난 사건에 대해서는 아무것도 설명하실 필요가 없습니다. 나중에 경찰에 가서 상세히 듣기로 하지요. 부인에게 듣고 싶은 것은, 이 슬픈 사건이 일어나기 전에 있었던 일로 조금이라도 참고가 될 만한 것이 있는지 하는 점입니다. 사건 해결에 도움이 될 참고 자료가 있으면, 수사는 훨씬 쉬워질 것입니다."

"저로서는 어떤 말씀을 드려야 할 지 모르겠군요. 워낙 갑작스러운 사건이라서, 제 자신이 이야기를 들어도, 도무지 제 마음이 받아들이질 않는답니다. 생각해 볼 수도 없는걸요. 아니, 생각하는 일조차 견디어 낼 수 없다고 말씀드리는 편이 좋을 거예요. 이런 일이 정말로 일어났다고 생각하기만 해도, 전 미칠 것만 같아요. 남편은 제 목숨이었으니까요."

"앉으십시오. 그리고 바깥 양반과 부인 자신에 관한 이야기부터 듣기로 하겠습니다. 결혼하신 지 아직 오래 되지 않으시지요?"

"4년 됐어요."

브렌던은 뜻밖이라는 표정을 지었다.

"전 이래 봬도 25살이에요" 하고 그녀는 설명했다. "그렇게 보이지 않는다는 말씀을 자주 듣습니다만."

"정말 그렇게 안 보이는데요. 나는 18살쯤 되셨을까 하고 생각했습니다. 그럼, 잘 생각해 보시고 부인 자신과 바깥 양반의 과거 중에서 무언가 도움이 될 만한 말씀을 좀 해주십시오."

잠시 그녀는 아무 말도 하지 않았다. 브렌던은 의자를 끌어당겨 등받이에 팔을 얹어 놓고 편한 자세로 그녀와 마주앉았다. 상대편의 마음을 편하게 해 주려는 생각에서였다.

"가벼운 마음으로 말씀해 주십시오. 친구에게 지난 이야기를 하시듯…… 그렇습니다, 저는 다만 부인의 도움이 되겠다는 생각밖에 없는, 참된 뜻에서의 친구니까요."

"그럼, 처음부터 말씀드리겠어요. 제 자신에 대해선 그다지 드릴 말씀이 없습니다. 그리고 이번 사건과 무슨 관계가 있을 것 같지도 않구요. 하지만 제 친척들은 아마 틀림없이 선생님의 흥미를 끌 거예요. 제 친척은 몇 사람 되지도 않고 또 앞으로 늘어날 가망도 없어요. 세 분 삼촌이 모두 독신이시거든요. 그밖에는 같은 피를 나눈 사람이 유럽에 한 사람도 없어요. 오스트레일리아까지 가면 먼 핏줄이 더러 있겠지만, 그 사람들은 소식조차 알 수 없습니다.

저의 집안 내력을 말씀드리면, 할아버지 존 레드메인이 남 오스트레일리아의 빅토리아에 건너가서, 그곳 멀레이 강가에 면양 목장을 차려 상당한 재산을 모았습니다. 그리고 그 땅에서 결혼하여 많은 자녀를 두었지요. 할아버지 존과 할머니 제니 부부는 결혼해서 20년 동안에 아들을 일곱, 딸을 다섯이나 낳았답니다. 하지만 그 중에서 제대로 자라난 건 다섯밖에 없습니다. 아들 넷과 장녀 메리가 살아남았을 뿐이죠. 나머지는 모두 어려서 죽었습니다. 그 가운데 두 사람은 보트가 뒤집혀서 죽었지요. 그리고 장녀인 메리 고모는 결혼한지 1년 만에 돌아가셨습니다.

남은 네 아들은 장남이 헨리, 차남이 앨버트, 그 다음이 벤디고, 막내가 로버트. 이분이 올해 32살인데, 이번 사건을 일으킨 분입니다. 지금 여러분에게 쫓기고 있는 분이 바로 이분이죠.

장남 헨리 레드메인은 일찍이 영국에 돌아와서 아버지의 대리점을 열었고, 그밖에 자기 개인의 사업으로 양털 도매상을 경영했습니다. 결혼해서 딸을 하나 두었는데, 그게 접니다. 부모님이 돌아가신 것은 제가 꼭 15살 때였으며, 이미 학교에 다니고 있을 때라서 똑똑히 기억에 남아 있습니다. 부모님은 그때 오래간만에 조부모님을 찾아뵈러 가는 길이었습니다. 그때 탄 '아카시아꽃'호라는 배가 가라앉아서, 한 사람도 남김없이 모두 행방불명이 되었습니다. 그래서 저는 고아가 되었지요.

할아버지 존 레드메인은 큰 부자였습니다만, 사람이란 일을 해야 한다고 믿고 계셨기 때문에 아드님들도 저마다 자기가 직업을 찾아서 살아 나가는 태도를 할아버지에게 보여 드리고 납득시켜 드릴 필요가 있었습니다. 앨버트 큰숙부의 연세가 제 아버지와 1살 차이였지만, 학문과 문학 같은 것을 좋아해서 젊을 때부터 시드니의 어느 서점에 근무하셨습니다. 거기서 일을 익힌 다음 저의 아버지와 마찬가지로 영국에 건너와서 큰 서점에 들어가셨습니다. 그리하여 차츰 그 계통에서 이름이 알려진 전문가가 되어 중역에까지 올라가셨죠. 세계 곳곳을 여행하시기도 하고, 뉴욕에서 몇 해를 보내신 적도 있습니다. 전공 분야가 이탈리아의 르네상스 문학이니만큼 이탈리아를 너무나 좋아하셔서, 지금은 그 나라에서 살고 계신답니다. 한평생을 독신으로 조촐하게 살아 오셔서, 10년 전쯤에는 은퇴해도 곤란하지 않을 만한 신분이 되셨지요. 그리 머지않아서 할아버지가 돌아가실 것도 알고 계셨고——네, 할머니는 벌써 오래 전에 돌아가셨어요. 그래서 곧 당신과 두 아우님들에게 막대한 재산이 굴러들어온다는 기대를 가지실 수 있었던 거죠.

벤디고 레드메인 숙부는 선원이었으며, 한 화물선에 타고 계셨습니다. 로일 메일이라는 우편선 회사에서 선장 자리까지 올라가셨는데, 할아버지가 돌아가시자마자 곧 퇴직해 버리셨지요. 그것이 4년 전입니다. 그다지 상냥하지 않고 무뚝뚝했으며, 꽤 까다롭기만한 늙은 선장이시라, 그때까지 한 번도 여객선을 타신 적은 없고, 언제나 화물선 선장 근무만 하시다가 해상 생활을 마치셨습니다. 숙부는 이것이 불만이셨나봐요. 하지만 어쨌든 바다가 숙부님의 꿈이었으므로, 돈이 모이자 데번의 벼랑 위에다 조그만 집을 짓고, 지금도 거기서 파도 소리를 들으면서 살고 계십니다.

막내 숙부인 로버트 레드메인은, 지금 내 남편을 죽인 혐의를 받고 있는 분입니다. 하지만 아무리 생각해도, 어떻게 그런 무서운 짓을 할 수 있는지 도무지 믿어지지가 않습니다. 아무리 무서운 악당이라도 이 이상 광적이고 동기없는 일은 있을 수 없거든요.

할아버지는 로버트 숙부를 그야말로 세상에서 더없이 귀여워하셨습니다. 그렇게 까다로운 할아버지신데도, 막내 아드님에게는 다르셨던가 봐요. 너무나 응석받이로 길러 그만 그런 분으로 만드신 거예요. 로버트 숙부도 형님들처럼 영국 땅을 밟으셨습니다. 목축과 농사일을 좋아해서 한 농장에서 일하게 되었죠. 그 농장 주인은 오스트레일리아에 계시는 할아버지의 친구분 동생이었습니다. 처음에는 열심히 일해서 앞날이 촉망되었는데, 오스트레일리아와 영국 사이를 너무 자주 왔다갔다하는 바람에 차분히 일을 하실 수가 없었습니다. 그것도 결국은 할아버지가 이 숙부를 너무 귀여워하신 나머지, 1년만 얼굴을 안 보아도 못 견디신 데에 원인이 있었던 거예요.

그래서 이 숙부는 그만 놀기 좋아하는 사람이 되어 버렸답니다. 특히 경마와 바다 낚시를 몹시 좋아하고, 유산이 들어올 근거가 있으니까 돈도 잘 융통이 되고 해서 자신도 모르는 동안 그만 큰 빚을 지시고 말았습니다.

아버지가 돌아가신 뒤로는, 저도 이따금 이 숙부를 만날 기회가 있었지요. 이 숙부는 저를 무척 귀여워하셔서 얼굴만 보여 드려도 기뻐하시기 때문에 방학 때마다 같이 살고 있었습니다.

이 숙부는 좀처럼 일을 하지 않으십니다. 대개는 경마로 날을 보내시고, 그렇지 않을 때는 콘월의 펜전스에 가시곤 했습니다. 거기 사는 한 젊은 여자분과——호텔을 경영하는 분의 따님이라고 합니다만——결혼을 약속했다고 들었습니다. 그러다가 저는 학교를 졸업하게 되어서, 영국을 떠나 할아버지가 계시는 오스트레일리아로 건너 갈 준비를 시작했죠. 그런데 갑자기 여러 가지 사건이 잇달아 일어나서, 우리들 레드메인 집안 사람들 전체의 인생을 일변시킬 만한 영향을 받고 말았습니다."

"피로하시지요? 좀 쉬시면?"

마크가 말했다. 그녀의 가슴이 몹시 파도치고, 자꾸만 말이 끊어지는 것을 보았기 때문이다. 그녀는 이야기의 내용을 어떻게든 잘 전달

하려고 애쓰고 있는 것이 분명했다.

"아니에요, 괜찮아요. 그냥 계속하겠습니다. 그 해 여름, 저는 로버트 숙부와 함께 펜전스에 묵고 있었는데, 큰 사건이 둘이나——아니, 정말은 셋입니다만——일어났습니다. 그 중의 하나는 세계대전이에요. 또 하나는 할아버지가 오스트레일리아에서 돌아가신 일이고요. 그리고 나머지 하나는 제가 마이클 펜딘과 약혼한 일입니다.

저는 마이클을 좋아하여, 청혼 받기 1년 전부터 이미 그이를 사랑하고 있었습니다. 그런데 그 이야기를 로버트 숙부에게 했더니, 웬일인지 처음부터 반대하시는 거였어요. 그런 남자와 결혼하다니, 아주 잘못된 생각이라는 거예요. 제 남편이 될 사람은 오래 전에 부모를 여의었습니다만, 아버님이 펜딘 앤드 트리커로라는, 이탈리아에 청어를 수출하는 회사의 사장이었습니다. 마이클은 그 지위를 물려받았지만 사업에는 아예 흥미가 없어서, 회사에서 들어오는 수입으로 살면서도 관심은 오로지 기계 공작 쪽에 가 있었답니다. 아울러 말씀드립니다만, 그이는 전형적인 몽상가 타입이어서, 실행보다는 계획을 좋아하는 성격이었지요.

우리는 서로 열렬하게 사랑하고 있었기 때문에, 그와 같은 결혼의 장애가 언제까지나 계속되리라고는 생각지 않았습니다. 그런데 뜻하지 않게 사건이 잇달아 일어나서, 숙부님들을 점점 더 반대의 입장으로 몰아가게 되었던 거예요.

할아버지는 돌아가시면서 좀 색다른 유언을 남기셨습니다. 유산이 뜻밖에도 적어서 기대한 것만큼 대단하지 않았어요. 15만 파운드는 넘었지만, 그렇게 모든 일에 확실한 할아버지도 마지막 10년 동안에는 판단력이 둔해졌던지 그다지 희망없는 사업에 돈을 많이 쓰신 것 같았습니다.

유언장에는 이런 말이 씌어 있었습니다. 재산을 모두 살아 있는 아드님 중에서 가장 나이 많은 앨버트 숙부에게 일단 넘긴다, 토지와 가옥은 모두 돈으로 바꾸어 살아 있는 세 형제들이 나눈다, 분배 방법은 앨버트 숙부의 판단에 모두 맡긴다는 것이었습니다. 명예도 사려도 있는 앨버트 숙부이니까, 아마 틀림없이 잘 처리할 것이라고 생각하셨나 봐요.

저한테는 2만 파운드를 남겨 주셨습니다. 결혼할 때, 또 만일 결혼하지 않았다면 25살이 되는 생일에 앨버트 숙부가 건네 주며, 그때까지는 숙부들의 신세를 져야 한다는 조건이었어요. 그리고 거기에 덧붙여서, 장래의 제 남편은 앨버트 숙부의 눈에 드는 사람이라야 한다는 조항이 딸려 있었습니다.

로버트 숙부는 유산액이 뜻밖으로 적어서 처음에는 날마다 신경질만 부렸으나, 곧 기분이 좋아지셨습니다. 앨버트 숙부가 모든 유산을 3등분해서 3형제가 똑같이 나누어 가질 의향이라는 것을 아셨거든요. 그 방법에 따르면, 제가 받을 몫을 별도로 하고 숙부들은 각각 4만 파운드쯤 받게 됩니다. 이리하여 모든 일이 다 잘 될 것처럼 보였었지요. 그리고 저는 마이클 펜딘이 저한테 재산이 있다고는 꿈에도 생각지 않고 있는 것을 다행으로 여겨 그런 경위를 일체 말하지 않고 잠자코 있었지요. 우리의 결혼은 순수한 애정에서 나온 것이었으니까요. 그이의 수입도 청어 어업 회사에서 1년에 4백 파운드쯤은 들어왔으므로, 결혼 생활을 훌륭하게 해 나갈 자신이 있었습니다.

그런데 그때 대전이 일어난 거예요. 무서운 8월의 어느 날부터 우리의 세계는 완전히 바뀌어 버리고 말았습니다. 그 무렵의 좋은 나날들은 이제 두 번 다시 돌아오지 않겠지요?"

그녀는 여기서 다시 입을 다물더니 갑자기 자리에서 일어났다. 찬장 앞으로 다가가서 글라스에 물을 따르려고 했다. 마크는 얼른 다가가 그녀의 손에서 유리 주전자를 빼앗았다.

"쉬셔야겠습니다."

부탁하듯 말했지만, 그녀는 물을 한 모금 마셨을 뿐 고개를 저으면서 말했다.

"아녜요, 선생님이 돌아가신 뒤에 천천히 쉬겠어요. 하지만 이 사건에 단서가 될만한 것이 발견되면 또 와 주시겠죠?"

"물론입니다, 펜딘 부인."

그녀는 자리로 돌아갔다. 그가 의자에 앉자, 그녀는 다시 이야기를 계속했다.

"전쟁이 모든 것을 깡그리 바꾸어 놓았어요. 그리고 그 때문에, 제 장래의 남편과 로버트 숙부 사이에도 어쩔 수 없는 골이 생기고 말았습니다. 숙부님은 누구보다도 먼저 군대에 지원해서, 생각지 않던 모험을 즐길 기회를 얻었다고 기뻐하셨습니다. 기병대에 들어가셨는데, 마이클에게도 같은 행동을 취하라고 권하셨습니다. 물론 제 남편은 누구 못지않는 애국심을 지니고 있으므로——어머나, 마치 살아 있는 것처럼 말씀드려서 죄송해요, 브렌던 선생님."

"상관없습니다, 펜딘 부인. 살인이 입증될 때까지는 살아 계시다고 생각하시는 것이 당연합니다."

"그렇게 말씀해 주시니 고맙습니다. 그런데 제 남편은 적극적으로 군대에 들어갈 생각은 없었습니다. 몸이 가냘프고 기질도 온순한 편이라서, 실제로 전투에 참가한다는 것은 생각만 해도 소름 끼치는 일이었거든요. 전쟁에 협력하는 방법은 육탄전 말고도 얼마든지 있지 않겠어요. 특히 그이처럼 기술을 가진 사람은……."

"그렇다고 할 수 있겠지요."

"하지만 숙부에게는 숙부의 생각이 있었습니다. 지금 무엇보다도 필요한 것은 전선으로 갈 병사라는 것이었어요. 전투하기에 알맞은 나이의 사나이로서 길이길이 그 명예를 자랑하고 싶은 사람은, 군대에 들어가는 길 말고는 없다는 의견이었어요. 그리고 그 일을 다른 숙부들에게 알리는 바람에, 벤디고 숙부님까지 군대에 지원하는 것은 마이클의 의무라면서 아주 강경한 편지를 보내오셨습니다. 이 숙부는 그 즈음 막 선장 자리에서 물러나신 뒤인지라 아직 해군 예비역에 속해 있었습니다. 그래서 당장 군대에 들어가 소해정대(掃海艇隊)를 지휘하고 계셨던 거예요.

게다가 또 이탈리아에 계시는 앨버트 숙부한테서도 같은 편지가 날아오는 형편이어서 저는 숙부들의 행동을 퍽 섭섭하게 생각했습니다만, 결국 마지막 결단은 마이클의 각오에 달려 있었죠. 그이는 그때 겨우 25살이었으므로, 제 숙부들이 그렇게까지 말한다면 자기의 의무를 다하는 수밖에 달리 도리가 없지 않겠어요. 의논할 사람도 없었기 때문에, 만일 숙부들의 뜻을 어겼을 때 당할 위험이 두려워서 마침내 지원병 모집에 응모했습니다.

그런데 그이는 채용되지 않았습니다. 심장에 잡음이 들려서 필요한 훈련을 견디어 낼 수 없다는 이유로 군의관이 불합격을 시켜 버린 거예요. 저는 이 소식을 듣고 하느님께 감사드렸지요. 하지만 우리의 고난은 그 때부터 시작되었습니다. 이 소식을 듣고 로버트 숙부가 격분하신 거예요. 군의관을 매수해서 의무를 기피했다면서 마이클을 책망하셨습니다. 불쾌한 일들이 수없이 되풀이되다가, 마침 숙부님이 프랑스로 출정하시게 되어 우리도 겨우 한시름 놓을 수가 있었죠.

제가 굳이 우겨서, 마이클은 우리의 결혼을 단행하기로 했습니다. 숙부들에게는 제가 알려 드렸지요. 그런 후부터 그분들은 우리를 몹시 차가운 눈으로 보셨지만, 저는 개의하지 않았습니다. 남편도 저만 좋아하면 된다고 만족해 주었고요.

전쟁이 반쯤 지났을 무렵, 노무자의 징용이 시작되었습니다. 이 프린스타운에서, 병역 연령이 넘은 사람이라든가, 전투요원으로서 적합하지 않은 사람을 대량으로 모집한다는 말을 듣고 마이클도 응모하려고 저를 데리고 이곳으로 옮겨왔습니다.

황태자님의 힘으로, 외과 수술에 필요한 솔이끼를 수집하는 시설이 이곳에 설치된 거예요. 거기서 쓰는 솔이끼를 다트무어의 많은 습지대에서 모으는 것이 일이었는데, 남편도 저도 그 시설에서 일하기로 결심했지요. 이끼를 모아서 말려 가지고 소독하여 화학적으로 처리해서는, 영국 곳곳의 군 병원에 보내는 일이었습니다. 이 중요한 사업을 규모가 비교적 작은 어느 법인회사가 맡아하고 있었는데, 저도 거기서 다른 여자들과 함께 솔이끼를 긁기도 하고 씻기도 하면서 일했죠. 남편은 몸이 약해서 늪지대를 돌아다니며 이끼를 모으거나, 그것을 프린스타운까지 나르거나 하는 중노동에 가까운 일은 무리였습니다. 그래서 모아 온 이끼를 교도소의 직원용 운동장에 있는 테니스장 아스팔트에 널어서 말리는 가공 작업의 첫단계 일을 보게 되었지요. 하지만 그밖에도 작업 공정을 기록한다든가 보고서를 작성한다든가 하여, 마이클은 그 작업장의 조직화에 우수한 머리를 써서 분투를 계속했답니다.

그동안 2년 가까이, 우리는 이 젤리 부인 댁에 방을 세들어 있었습니다. 그리고 저는 이 다트무어가 무척 마음에 들어서, 전쟁이 끝나고 여유가 생기거든 이곳에 방갈로를 하나 지어 달라고 남편에게 졸랐죠. 남편 회사의 청어를 이탈리아에 수출하는 사업은 1914년 여름부터 줄곧 사실상 정지된 거나 다름없었지만, 이 펜딘 앤드 트리키로 회사에는 우수한 소형 선박이 몇 척 있었는데 전쟁이 심해지자 그와 함께 기선도 값이 올라서 그 바람에 오히려 더 성적을 올리기 시작하고 있었습니다. 그래서 저 못지않게 이 다트무어가 좋아진 마이클은, 곧 제 희망을 받아들여 여기서 몇 마일 떨어진 포긴티 채석장 근처에 전망이 좋고 그러면서도 바람이 덜 불어오는 아주 좋은 대지를 장기간 임대 계약을 맺는 데 성공한 거예요.

그동안 숙부들의 소식은 전혀 듣지 못하고 지냈지요. 다만 특별 훈장을 받은 사람들의 이름이 신문에 났을 때, 마침 그 속에 숙부의 이름을 발견하고 멀리서나마 기뻐할 뿐이었습니다. 그때 제가 받게 되어 있는 유산에 관해서 마이클에게 말했더니, 전쟁이 끝날 때까지 그대로 두는 편이 좋다고 말하길래 그대로 내버려 두었습니다. 우리 방갈로는 작년부터 건축을 시작했지요. 그리고 완성할 때까지는 젤리 부인 댁에서 이대로 셋방살이를 계속하기로 했습니다.

여섯 달 전입니다만, 전쟁도 끝났고 해서 이탈리아에 계시는 앨버트 숙부에게 편지를 썼습니다. 그 회답은, 네 제의는 충분히 고려하겠다만 너희들의 결혼을 유감으로 생각하는 마음에는 변함이 없다는 사연이었어요. 벤디고 숙부도 다트무어에 새로 지은 집으로 돌아와 계셨으므로 그곳으로도 편지를 냈습니다. 이 숙부는 저한테 특히 화를 내고 계신 것은 아니지만, 저의 사랑하는 남편에 대해서는 매우 경멸하는 말투로 회답을 보내왔습니다.

이러한 일이 저희 내외와 숙부들 사이에 있었습니다만, 그것이 갑자기 1주일 전의 사건으로 발전한 거예요."

여기까지 말하고 그녀는 입을 다물더니 호오 한숨을 내쉬었다.

"고단하시지요?"

브렌던이 말했다.

"나머지는 다음 기회에 듣기로 하겠습니다."

"아니오. 사정을 분명히 하려면 지금 여기서 모든 것을 다 말씀드리는 편이 좋을 것 같아요. 1주일 전의 일이었어요. 시내 우체국에서 막 나오는데, 별안간 눈 앞에 오토바이가 한 대 와서 멎었습니다. 보니, 로버트 숙부가 아니겠어요. 그 목에 팔을 걸고 깜짝 놀라시는 숙부에게 입을 맞추었죠. 말할 것도 없는 일이지만, 저는 벌써 오래 전에 로버트 숙부를 용서해 드릴 마음으로 있었습니다. 숙부도 처음에는 얼굴을 찌푸리고 계시더니 차차 마음이 풀어져, 여름 동안 토베이 만의 항구 도시 페인턴에 살고 계신다는 이야기며 최근에 약혼한 분이 그곳에 살고 있다는 얘기를 들려 주셨습니다.

저는 될 수 있는 대로 상냥하게 해 드렸죠. 숙부의 예정을 물으니까, 지금부터 플리머드로 가서 2, 3일 거기서 묵은 다음 다시 페인턴의 하숙으로 돌아가신다기에, 꼭 우리 집에 오셔서 지난날의 일들은 다 잊어 버리고 남편과 친하게 지내 주셔야 한다고 간청했습니다.

여기서 2마일쯤 떨어진 곳에 투 브릿지즈라는 조그만 도시가 있는데 숙부님은 그곳에 사는 전우를 만나고 오시는 길이며, 지금부터 덧치 호텔에서 점심을 잡수시고 플리머드로 가실 예정이라고 하셨습니다. 그래서 저는 우리 집에서 점심을 드셔야 한다고 우겨서 끝내 승낙을 얻고 말았습니다. 후방에서 한 마이클의 활약을 들려 드리면, 숙부도 지금까지의 그토록 차가운 태도는 바꾸어 주시겠지 하는 자신이 있었거든요. 결국 숙부는 한두 시간쯤이라면 놀다가겠다고 승낙하셨습니다. 저는 솜씨껏 조촐하나마 숙부가 좋아하실 음식을 장만했지요. 남편이 방갈로 공사장에서 돌아오기를 기다렸다가, 두 분을 오래간만에 상면시켰습니다. 마이클은 물론 경계하는 눈치였습니다만, 본디 오랫동안 어두운 얼굴을 하고 있을 수 없는 성격이랍니다. 로버트 숙부의 태도도 의외로 서먹서먹하지 않고, 오히려 솔이끼 작업장에서 세운 공적으로 공로장을 받았다는 이야기를 듣고 싶어하신다는 것을 알자, 마이클도 좋아하며 지난날의 일을 잊어 버리려는 태도를 보였습니다.

아마도 그 날은 제 생애에서 가장 행복했던 날이 아니었나 싶어요. 오랜 고생이 단번에 사라져 버리는 듯한 기분이 든 저는, 로버트 숙부의 모습을 관찰할 여유가 생겼습니다. 숙부는 전보다 말소리가 커지고 잘 흥분하시는 것 말고는, 옛날과 조금도 달라지지 않으셨습니다. 그리고 전쟁으로 세상일에 널리 새로운 흥미를 갖게 되신 것 같았어요. 이제 대위로 승진하셨다면서, 될 수 있으면 그대로 군대에 머물러 계시고 싶다는 말씀이었습니다. 싸움터에서 기적적으로 목숨을 건진 일도 많았고, 실전 경험을 참으로 풍부하게 쌓으신 듯했습니다. 휴전이 되기 몇 주일 전에 독가스에 중독되어 잠시 입원하셨는데, 그전에도 전투 신경증에 걸려서 두어 달 일선에서 떠나 계신 적이 있었답니다. 숙부께서는 그 일을 아무렇지도 않은 듯이 말씀하셨습니다만, 그 말을 듣고 나서 제가 받은 인상으로는 옛날과 사람이 많이 달라지신 것 같았으며 전투 신경증의 영향이 꽤 심했던 것 같았어요. 본디 그분은 흥분을 잘하셨고, 무섭도록 극단적으로 나아가시는 경향이 있었죠. 기분이 날아 오를 듯하시다가도 금방 나락으로 떨어져 내리는 식으로 말씀에요. 싸움터의 경험이 더한층 그런 경향을 짙게 한 게 틀림없습니다. 상냥하게 말하고 유쾌한 듯한 얼굴을 하고 계시지만, 신경이 지나치게 긴장되어서 언제 그 신경에 변화가 올지 도무지 믿을 수 없는 상태였어요. 그것을 마이클도 저도 똑똑히 느낄 수 있었습니다. 본디 숙부에겐 이성이니 판단력이니 하는 것이 약하기는 했습니다만……

아무튼 하고 싶은 얘기를 실컷 하셨지요. 숙부는 무척 유쾌해 보이셨으며, 아주 즐거운 듯이 전투 장면이며 상장을 받으신 무훈담 같은 것을 오래 이야기하셨습니다. 그런데 우리는 그 얘기하시는 말투에 좀 색다른 점이 있다는 걸 발견했죠. 기억이 이따금 끊어지는 듯하시는 거예요. 그렇다고 사실과 다른 얘기를 하시는 건 아니지만, 같은 말을 몇 번 되풀이하시는 거였어요. 싸움터의 모험담을 들려 주시다가는 한 시간도 안 되어 또 같은 얘기를 마치 처음 얘기를 하시듯이 꺼내시지 않겠어요?

마이클이 나중에 설명해 주었는데, 그런 상태는 상당히 걱정스러운 것이랍니다. 두뇌의 어딘가에 장애가 생겨 차츰 악화될 위험이 있다는 거예요. 하지만 저는 이제 드디어 숙부와 화해가 된 것이 너무나 기뻐서, 아무 걱정도 하지 않았습니다. 그리고 차를 마시고 난 다음, 다시 숙부를 만류하기 시작했죠. 플리머드에 가시는 건 그만두고 그 2, 3일을 저희 집에 눌러 계시라고 부탁드린 거예요.

그날 저녁때, 우리 세 사람은 건축 중인 방갈로를 보러 황야까지 산책을 나갔습니다. 숙부는 건축 현장을 보시더니 매우 깊은 흥미를 느끼시는 것 같았습니다. 그래서 그런지 마침내 숙부는 그날 밤 저희 집에서 주무시겠다고 말씀하셨습니다. 숙부는 덧치 호텔에 가실 예정을 바꿔 젤리 부인이 손님을 재우는 침실에서 주무시게 되었죠.

다음날 날이 새니 로버트 숙부는 기분이 더 좋아지셔서, 계속 머물러 계시겠다고 말씀하셨습니다. 그리고 목수들이 돌아간 뒤에는, 집 짓는 일까지 거들어 주시는 거였어요. 숙부와 마이클이 해 저문 뒤의 시간을 방갈로 공사장에서 보내고, 제가 차를 나르는 밤이 계속되었습니다.

로버트 숙부는 얼마 전에 약혼을 했다는 말씀을 하셨습니다. 상대는 전우의 누이동생인데, 아직 젊은 분이라고 하셨어요. 그분이 지금 양친과 함께 페인턴에 머무르고 있으며, 숙부도 그리로 찾아가실 생각이라고 말씀하셨습니다. 오는 8월에는 토베이만에서 보트 경주가 있으니까, 그 때는 꼭 페인턴에 놀러 오라고 초대해 주시기도 했지요. 저는 저대로, 마이클 몰래 숙부에게 부탁했죠. 마이클이 후방에서 훌륭하게 국민으로서의 의무를 다했기 때문에 아주 만족하고 있다는 편지를 다른 숙부들에게 내 달라고 말씀예요. 숙부도 쾌히 승낙해 주셔서, 저는 우리들의 고민도 이제 사라지나 보다 하고 여간 기뻐하지 않았답니다.

그리고 어제 일어난 일입니다만, 저녁때 빨리 차를 마시고 나서 로버트 숙부는 마이클과 함께 방갈로 공사장으로 떠나셨습니다. 저는 뒤에 남고 숙부는 여느 때처럼 남편을 오토바이 뒤에 태우고 달려가셨습니다.

그런데 저녁 식사를 할 시간이 되었는데도 두 분이 돌아오시지 않잖아요. 이건 바로 어젯밤에 있었던 일이에요. 12시쯤까지는 그다지 걱정을 하지 않았지만 그 뒤 차츰 걱정이 되기 시작해서, 나중에는 더 기다릴 수 없어 경찰서에 달려갔습니다. 경찰서장이신 하프야드 경감님을 뵙고, 남편과 숙부가 포긴티에 가서 아직 돌아오지 않는데 혹시 무슨 일이 생겼는지 모르니까 얼른 좀 조사해 달라고 부탁드렸습니다. 서장님께서는 두 분의 얼굴을 알고 계십니다. 특히 마이클은 솔이끼 작업장에서 일하고 있을 때 서장님께 많은 신세를 졌거든요…… 제가 말씀드릴 수 있는 일은 대강 이런 것들입니다만……"

펜딘 부인의 이야기가 끝나자 브렌던은 자리에서 일어났다.

"나머지는 하프야드 경감에게 듣기로 하겠습니다. 부인 말씀은 아주 큰 참고가 되었습니다. 지난날의 사정을 그만큼 조리있게 설명할 수 있는 분은 그리 흔하지 않습니다. 부인이 밝혀 주신 것 중에서 가장 중요하다고 생각되는 것은 바깥 양반과 레드메인 대위 사이에 완벽한 화해가 성립되었다는 것, 부인이 마지막으로 두 분이 집을 나가는 것을 보셨을 때도 그 우정에 조금도 변함이 없었다는 것인데, 이 점은 틀림없으시겠지요?"

"네, 틀림없어요."

"실종된 뒤, 숙부님 방에는 들어가 보셨습니까?"

"아니오, 한 번도 손을 대지 않았어요."

"그거 잘하셨습니다. 그대로 둬 두십시오. 나중에, 나중이라야 오늘중입니다만, 다시 와서 봐야 될 테니까요."

"전 희망을 가져도 될까요?"

"아직 뭐라고 말씀드릴 수는 없습니다. 사실을 조사하지 못했으니 말입니다……"

그녀는 그의 손을 잡았다. 쓸쓸한 미소의 그림자가 그 얼굴을 가로질러 사라졌다. 비탄의 소용돌이 속에서도 그녀의 아름다움은 뛰어났다. 이렇게 본 것은 브렌던의 개인적인 감정이 그의 지성 위에 작용하기 시작한 때문이며, 그의 눈은 그녀에게서 이 세상의 가장 아름다움을 보고 있었던 것이다. 그 집을 나서면서 그는 이 사건이 되도록 복잡하기를 바랐다. 풀기 어려운 사건일수록 자기의 인상을 더 강하게 그녀에게 심어 줄 수 있기 때문이다. 여느 때의 그 냉정하고 조심스러운 정신 상태와는 동떨어진 환희의 기분에 들뜬 걸음걸이로 그는 걸어갔다. 누구의 말인지는 모르지만 언젠가 인용구 사전에서 본 함축성 있는 말을 몇 번이나 속으로 중얼거리면서.

'겨우 한 시간이지만, 그동안에 한평생을 행복하게 만들 수 있을 때가 있는 법이다. 그 한 시간을 발견할 수만 있다면'

그러나 그러다가 그런 생각을 하는 자기가 부끄러워져서, 브렌던은 자신의 못생긴 얼굴에 피가 솟구치는 것을 느끼는 것이었다.

경찰서 앞에 차가 대기하고 있어서, 20분 뒤에 그는 포긴티에 닿을 수 있었다. 채석장으로 들어가서 언젠가의 낚시터 옆을 지나 음산한 안개에 싸인 구멍 속, 일직선으로 돌을 캐낸 단면이며 널찍하게 캐낸 빈터를 바라보면서, 마크는 위험한 발판을 더듬어 저쪽 끝 틈새로 빠져 나아갔다. 그 입구로 흘러들어오고 있는 가느다란 물줄기를 넘어가니 방갈로가 눈앞에 있었다. 마침 점심때라 5, 6명의 석수와 목수들이 공사장 옆에 있는 목조 오두막에서 한창 도시락을 먹고 있는 중이었다. 서장이 순경 두 사람과 함께 그 옆에 앉아 있었다.

브렌던의 모습을 보자 하프야드 경감은 일어섰다. 손을 내밀면서 심한 데뵨 사투리로 말했다.

"우리가 운이 좋았어. 자네 같은 사람이 마침 이곳에 와 있어서, 정말 큰 도움이 됐거든. 하기야 자네 수완이 필요할 만큼 복잡한 사건 같지는 않지만."

하프야드 경감이라는 이 서장은 키가 6피트는 충분히 될법한 큰 몸집이었으며, 이상하리만큼 넓고 모난 어깨를 갖고 있었다. 당당한 체구이면서도 그것을 받치고 있는 하반신이 빈약해서, 다리가 가는데다가 밖으로 조금 벌어져 있다. 얼굴은 작은데 코만 눈에 띄게 컸으며, 적갈색 눈이 번들거리는 품이 어딘지 황새를 연상케 했다. 게다가 류머티즘 기미가 있는지 걸음걸이가 조금 어색했다.

그는 정직하게 속내를 드러냈다.

"저런 구멍 속은, 이런 다리로는 좀 힘이 들어서 말이야. 저 채석장이 문제의 장소인데, 지금까지의 조사로는 아무 관계도 없는 것 같구먼. 살인은 이 공사장에서 벌어진 거야. 방갈로 안에서 말이지. 바보 같은 이야기지만, 범인은 저런 좋은 은닉 장소가 있는데도 이용하지 않았단 말이야."

"채석장은 찾아보셨습니까?"

"그걸 아직 못 했어. 막상 찾으려 들면, 적어도 50명은 저 구멍 속에 내려보내야 할테니까. 꼭 해야 할 때 가서 해도 되겠지. 증거는 모두 다른 방향을 가리키고 있으니까. 그건 그렇고, 아주 색다른 수법이야. 너무나 색달라. 잡아 보니 범인은 미치광이였더라는 이 야기가 되지 않으려는지 모르겠어. 확실히 이건 제정신을 가진 인 간이 한 짓은 아닌 것 같구먼."

"시체는 아직 발견하지 못했군요?"

"못했어. 하지만 살인이란 시체가 없어도 입증할 수 있을 때가 많지. 이번 사건이 아마 그 대표적인 예일것 같구먼. 자, 그럼, 방갈 로를 좀 들여다보라구. 살인이 일어난 것만은 틀림없어. 하기야 피 해자의 시체보다 범인이 먼저 발견될 것 같지만."

그들은 함께 방갈로 앞에 가서 섰다.

"서장님이 이 사건에 손을 대고부터의 경과를 말씀해 주시지 않겠 습니까?"

브렌딘이 말하자 하프야드 경감은 다음과 같이 이야기를 꺼냈다.

"그게 아마 밤 12시 15분쯤이었을 거야. 자고 있는데 깨우길래 아 래층에 내려가 보니 야근 순경 포드가 서 있더군. 펜딘 부인이 만 나려고 와 있다는 거야. 펜딘 부인과 그 남편은 전부터 잘 알고 있 지. 왜냐하면 전시중 프린스타운의 솔이끼를 수집하는 작업장에 있 었는데 그 부부는 작업장의 중심 인물이었거든.

그런데 부인의 말을 들어 보니, 남편과 숙부인 레드메인 대위가 방갈로에 간다고 나간 채 한밤중이 되어도 돌아오지 않는다는 거 야. 두 사람이 그런 시간에 방갈로에 가는 것은 그다지 드문 일이 아니고, 일꾼들이 돌아가고 나면 곧잘 거기 가서 일을 했다는구먼. 오토바이를 타고 갔다길래, 교통 사고까지는 아니더라도 고장을 생 각할 수도 있으니까, 나는 포드와 순경을 또 한 사람 깨워서 도로 를 따라 찾아보게 했지. 두 순경은 3시 반이나 지나서야 불길한 소 식을 갖고 돌아왔더구먼. 두 사람의 모습은 보지 못했지만, 방갈로

안에 많은 피가 괴어 있더라는 거야. 돼지라도 잡은 것처럼 말이지. 그러저럭 날이 새기 시작하기에 나는 곧 차를 타고 현장으로 달려갔지. 피가 괴었던 자리는 앞으로 부엌이 될 방인데, 그 출입구 위 가로대에도 피가 묻어 있더구먼. 무슨 단서가 없을까 하고 면밀히 찾아봤지만 단추 하나 떨어져 있지 않았어. 우선 내가 보기에, 그 이상 찾아봐야 시간만 소비할 것 같더구먼. 거기엔 까닭이 있었지. 자네도 이 포긴티에 오다가 길가에 조그만 집들이 서 있는 것을 보았겠지만, 거기 사는 사람들의 증언이 있었기 때문이야. 거기에는 돌캐는 인부와 가족 몇 세대와 저 앞의 워컴 강에서 수상 감시원을 하고 있는 톰 링그로즈라는 사람이 살고 있어. 돌캐는 인부들은 이 채석장이 폐쇄되는 바람에 메리베일의 듀크 채석장에 다니고 있지. 대개는 자전거 통근이야.

나는 아침을 먹으러 집에 다녀오는 길이었는데, 오다가 결정적으로 여겨지는 정보를 손에 넣었단 말이야. 증인 두 사람이 똑같은 말을 하지 않겠나? 더욱이 그 두 사람이 미리 만나지도 않았으니 서로 짜고 하는 말도 아니란 말일세. 한 사람은 듀크 채석장의 십장 다음쯤 되는 짐 버세트라는 사람이지. 또 한 사람은 아까 말한 수상 감시원 링그로즈야. 이 사람은 맨 끝 오두막에 살고 있지.

그런데 짐 버세트는 이 방갈로의 건축 재료인 화강암이 메리베일 채석장에서 날라져오는 관계로, 이 건축 현장에도 한두 번 얼굴을 보인 적이 있었더구먼. 그렇기 때문에 펜딘과 레드메인 대위의 얼굴을 알고 있었던 거야. 그 버세트가 어젯밤, 10시쯤이니까 아직도 완전히 어두워지지 않은 시간에 오두막 앞을 지나가는 대위의 모습을 보았다네. 버세트는 그때 문가에서 담배를 피우고 있다가, 로버트 레드메인이 혼자서 안장 뒤에 뭔가 큼직한 부대 같은 것을 싣고 오토바이를 밀며 지나가는 것을 보았다는 게야.

버세트가 안녕하십니까, 하고 인사하니까 그도 인사를 했다네. 그리고 이번에는 거기서 반 마일쯤 더 가서 수상 감시원 링그로즈와 마주쳤다는 거야. 이때 대위는 오토바이를 타고 있었지만, 큰길로 나가기 전이라서 아주 천천히 달리고 있더라는구먼. 스쳐 지나간 뒤 대위는 큰길로 나섰는지, 속력을 내는 엔진 소리가 링그로즈의 귀에 들려왔다는구먼. 대위는 그대로 언덕 지대 쪽으로 달려갔는데, 아마 프린스타운으로 돌아가나 보다 하고 수상 감시원은 생각했다는 게야."

여기서 하프야드 경감이 말을 끊었으므로 브렌던은 물었다.

"아시는 것은 그뿐입니까?"

"레드메인 대위의 거동에 관해서는 대강 그 정도일세. 하지만 지금부터 프린스타운에 돌아가면, 무언가 새로운 정보가 기다리고 있을지도 모르네. 두 군데 길을 따라서 정보 수집을 시켜 놓았으니까. 하나는 모턴에서 엑스티로 가는 길이고, 하나는 다트미트를 지나 애슈버턴에서 각 해안 도시를 지나는 길일세. 아무튼 녀석은 이 중의 어느 한 길을 통해 늪지대로 들어간 게 분명해. 아니면 도중에서 길을 바꾸어 플리머드로 나갔거나, 또는 더 북쪽으로 달아났을 게야. 뭐 그래 봐야 휜히 짐작이 가니까, 찾아 내는 것은 시간 문제라구. 대체로 그는 눈에 잘 띄는 편이거든."

나이 많은 서장이 대답을 마치자 경감은 다시 물었다.

"링그로즈도 오토바이 뒤에 실려 있는 부대를 보았답니까?"

"봤다는구먼."

"서장님이 물어 보시기 전에 그런 말을 했습니까?"

"그랬지, 버세트처럼 제가 먼저 그런 말을 하던걸."

"그럼, 여길 조사해 봐야겠습니다."

브렌던은 이렇게 말하고 서장과 함께 방갈로의 부엌으로 들어갔다.

수수께끼

브렌던은 하프야드의 뒤를 따라 마이클 펜딘의 방갈로 안에 들어섰다. 그곳은 건물이 완성되면 부엌이 될 방이었다. 경감은 곧장 방 한쪽 구석으로 가서, 바닥을 덮은 방수포를 쳐들었다. 방바닥에는 벌써 널빤지가 깔려 있고, 가운데에는 목수가 걸터앉는 걸상이 놓여 있었다. 방안 가득히 흩어진 대팻밥 속에 목수 연장이 뒹굴고 있었다. 방수포 밑에는 뻘건 액체가 바닥을 물들이고 있었고, 그것이 벽에까지 번져 있었다. 꽤 많은 피가 흐른 모양이었다. 아직 군데군데 마르지 않은 곳이 있고, 그 위에 흩어진 대팻밥이 부분적으로 뻘겋게 물들어 있었다. 큰 얼룩 언저리가 스민 듯한 가운데에 굵은 징을 박은 구두 자국이 반쯤 남아 있었다.

"오늘 아침, 일꾼들 중에 이 방갈로에 들어온 사람이 있을까요?"

브렌던이 질문하자 경감은 고개를 저으며 부인했다.

"지난밤 1시쯤에 순경이 두 사람 들어왔을 뿐이야. 펜딘 부인의 신고를 받고, 내가 프린스타운에서 파견한 사람들이지. 그 두 사람이 손전등을 비추면서 살펴보다가 이 핏자국을 발견한 걸세. 한 사람은 보고하러 돌아왔지만, 한 사람은 여기서 밤을 새웠네. 나는 날이 샌 뒤에 달려왔지만, 그래도 석수나 목수가 일하러 나오기 전이라서 그 사람들에게 일러 두는 걸 잊지 않았지. 조사가 끝날 때까지 무엇이든 손을 대면 안 된다고 말이야. 펜딘은 일꾼들이 돌아간 뒤에 자기 손으로 조금씩 일을 처리하는 버릇이 있었다는구먼."

"지난밤에 혹 손을 댔는지, 일꾼들이 보면 알까요? 건축 관계 일 말입니다."

"물론 알 수 있겠지."

브렌던은 석수와 목수를 한 사람씩 부르러 보냈다. 목수는, 자기 일은 어제 그대로이며 그 뒤에 손을 댄 흔적이 없다고 말했다. 그 뒤 석수가 마당에 둘러친 돌담을 가리키며, 어제 저녁 5시에 일을 마치고 돌아간 뒤 다 완성하지 못한 담에 손을 댄 흔적이 있다고 증언했다. 무거운 돌을 몇 개 더 쌓고 시멘트로 굳혀 놓았다는 것이었다.

"그럼, 그 새로 쌓은 부분을 다 헐어 줄 수 없소?"

브렌던은 이렇게 지시해 놓고 부엌 안을 다시 면밀히 조사하기 시작했다. 그러나 아주 세밀하게 조사해 보았지만 아무 성과도 얻을 수 없었다. 목수들이 나중에 손을 댄 자리는 없었다고 한 증언도 정확한 것 같았다. 그들이 못 본 곳도 없었고, 어떤 형식이건 격투가 벌어진 흔적도 없었다. 어쩌면 살해된 것은 사람이 아니라 양 같은 것이었는지도 모른다는 생각이 들었으나, 브렌던은 그 자리에 흐른 피로 미루어 역시 죽은 것은 사람이라 결론을 내렸다. 하프야드 경감은 그밖에 또 한 가지의 중요한 증거를 발견했다. 부엌 문이 달릴 곳에 이미 나무가 끼워지고 흰 페인트까지 칠해져 있었는데, 사람의 어깨 높이쯤 되는 자리에서 역시 핏자국을 발견한 것이다.

브렌던은 부엌 문에서 나와 땅바닥을 살펴보았다. 그러나 그 곳은 이미 일꾼들이 밟아대어, 무슨 뜻이 있음직한 발자국은 발견되지 않았다. 아니, 발자국뿐 아니라 무슨 가치가 있음직한 것은 아무것도 남아 있지 않았다. 그래도 그는 건물 주위의 넓이 약 20야드쯤되는 지역을 샅샅이 살펴보다가 오토바이를 세워 둔 자국을 발견할 수 있었다. 방갈로에서 10야드쯤 되는 곳에 타이어 자국이 희미하게 보이고, 받침대를 세운 자국이 토탄 위를 오목하게 눌러 놓았다. 오토바이는 거기서 달리기 시작한 듯 그 자국을 더듬어나가니 흙이 있는 지점에서 한 군데 쑥 빠진 곳이 있고 거기 남은 오토바이의 타이어 자국이 그의 눈에도 익은 던롭 제품이라는 것을 알았다. 반 시간 남짓 그러고 있는데 순경 하나가 가까이 와서 마크에게 경례하고 보고했다.

"돌벽을 허물었습니다만, 아무것도 나오지 않았습니다. 그러나 석수 풀포드의 말로는 시멘트 부대가 하나 보이지 않는답니다. 목조 오두막 한쪽 구석에 놓아 두었던 큰 부대인데, 속에 든 시멘트는 모두 그 근처에 부어 놓았으나 부대는 보이지 않는답니다."

탐정은 곧 그 자리로 가서 자기 손으로 시멘트 무더기를 허물어 보았지만, 역시 아무것도 나오지 않았다. 그리고 일꾼들의 작업장도 직접 조사해 보았으나, 거기서도 역시 아무런 실마리도 눈에 띄지 않았다. 그는 그 뒤 방갈로의 대지에서 나가 거기에 맞닿은 땅으로 걸어갔다. 그곳은 채석장 입구가 되는 곳인데, 그 근처의 조사 또한 그의 노력에도 불구하고 아무런 단서를 제공하지 않았다.

결국 그는 심하게 뿌리기 시작한 빗속을 헛걸음으로 돌아오는 수밖에 도리가 없었다. 돌아오는 길에 우연히 그 낚시터를 들여다보니, 그곳 모래톱에 어른이 맨발로 남긴 발자국이 눈에 띄었다.

하프야드 경감은 방갈로에 남아 나머지 5개의 방을 조사하는 중이었다. 그중 거실로 예정되어 있는 방은 서남쪽으로 커다란 문이 나 있어서 근사한 조망을 즐길 수 있는데, 거기서 브렌던은 피우다 만

엽궐련을 발견했다. 불이 붙은 채로 내던졌는지, 잠시 거기서 타다 꺼진 모양으로 나뭇바닥이 그을어 있었다. 이밖에 놋쇠로 끝을 마무리한 갈색 구두끈 조각이 눈에 띄었다. 너무 삭아서 아마 맬 때 끊어진 듯했다. 그러나 브렌던은 이 두 가지 물건을 다 그다지 중요시하고 싶은 생각은 없었으며, 나머지 방을 조사해 보아도 무언가 가치가 있음직한 것은 도무지 눈에 띄지 않았으므로 프린스타운으로 일단 철수하기로 작정했다. 마지막으로 그는 채석장의 낚시터에 남아 있는 발자국을 하프야드 경감에게 보여 주고, 방수포를 덮어 놔 달라고 부탁했다.

"아무튼 이건 단순한 사건 같습니다."

브렌턴은 말을 이었다.

"이 이상 여기 있어 봐야 시간만 허비할 따름이겠는데요…… 전화가 있는 곳으로 돌아가서 새 보고나 듣는 편이 현명하겠습니다."

"그래, 자네가 보기로는 어떤가?"

"살인 사건인 것만은 틀림없군요. 전투 신경증에 걸린 군인이 펜딘과 싸우다 그 목을 자른 것입니다. 시체를 숨기면 범죄를 은닉할 수 있는 줄 알고, 어디로 실어 간 모양이지요. 내가 그를 미친 사람으로 보는 것은, 펜딘 부인한테서 그 집안의 지난 이야기를 자세히 들었기 때문인데, 그 이야기를 들어 보면 대전이 일어나자마자 그 사람들은 사이가 나빠졌으나 요즘에 와서 완전히 화해가 되었답니다. 그렇다면 어젯밤의 싸움은 무언가 다른 이유가 있어야 하고, 여기에 와서 새로 생긴 것으로 짐작됩니다. 그러나 아무리 심한 싸움이었다 하더라도 사람을 죽이다니, 이건 도저히 정상적인 머리의 소유자로서는 할 수 없는 행위입니다.

레드메인 대위는 힘이 억세고 몸집이 큰 사람이라니까, 그럴 생각이 아니었는데 어쩌다 한 대 쳤더니 상대가 죽어 버렸는지도 모릅니다. 그렇게 생각 못할 것은 아니지만, 그러나 이만큼 많은 피가 흐른 것을 보면 주먹으로 때린 정도가 아닌지도 모르겠군요. 아마 그에게는 살인광적인 면이 있었나 봅니다. 광인의 한정된 지능 범위 안에서 미리 계획한 일이라고 생각됩니다. 만일 그렇다면, 프린스타운에 돌아가 보면 새로운 보고가 기다리고 있을 가능성이 충분히 있습니다. 다만 채석장의 발자국으로 미루어 여기서 목욕한 사람이 있는 것 같습니다. 그것도 혼자가 아니고 두 사람인지도 모릅니다. 그러나 그것은 나중에 다시 천천히 조사해 보기로 하지요. 필요하다면 웅덩이의 물을 퍼내 보는 것도 좋을지 모릅니다."

브렌던의 추리가 틀림이 없는 것은, 한 시간도 안 되어 밝혀졌다. 경찰서에 웬 사람이 기다리고 있었다. 조지 프렌치라는 사람으로, 웨스트다트에 있는 투 브리지즈 호텔의 말구종이었다.

"저는 레드메인 대위라는 사람을 잘 알고 있습니다."

그는 지껄이기 시작했다.

"그가 요즈음 우리 호텔에 두어 번 차를 마시러 왔었거든요. 그래 어젯밤의 일인데, 아마 10시 반은 됐을 겝니다. 제가 차고에서 나와 막 길을 건너려고 하는데, 경적 소리 하나 없이 오토바이 한 대가 마구 달려오지 않겠습니까요. 너무나 갑작스러워서 저는 그만 허겁지겁 길가로 피했지만서두, 대체 어느 놈인가 하구 쏘아보았지요. 오토바이에 라이트는 켜지 않았지만 마침 호텔 문이 활짝 열려 있어서 거기서 흘러나온 불빛으로 그의 얼굴을 볼 수 있었습니다요. 그 큰 수염과 새빨간 조끼는 레드메인 대위가 분명했습니다요.

하기야 그 쪽에선 제가 거기 있는 줄 모르는 눈칩디다요. 아마도 제 일로 머릿속이 그득 차서 다른 생각은 할 수 없었던지, 투 브릿지즈로 가는 가파른 언덕길을 쏜살같이 달려갔습죠. 그 모습은 꼭 연기를 확 불어서 날려 보낸듯이 꺼져 버립디다요. 아마 시속 50마일은 되는 것 같던걸요. 날이 샌 뒤에 프린스타운에서 큰 사건이 일어났다길래 우리 주인 어른한테 이야기했더니, 얼른 경찰에 가서 본 대로 말씀드려야 한다고 하지 않겠습니까요. 그래서 달려왔습니다요. "

"알았소. 그런데 프렌치 씨, 그 사람은 어느 쪽 길로 달려갔습니까? "

다트무어의 지리에 밝은 브렌던이 캐물었다.

"거기에서 오른쪽으로 꺾어들면 다트미트로 나가는데, 그리로 갔는지 아니면 왼쪽으로 돌아 포스트브릿지에서 모턴으로 나가는 길을 갔는지, 그 점을 알고 싶소…… "

그러나 조지 프렌치는 제대로 대답하지 못했다.

"쏜살같이 내달아서요. 언덕배기까지 올라가는 것은 보였지만, 그 뒤로는 저도 짐작할 수 없습니다요. "

"누가 뒤에 타고 있던가요? "

"그건 저도 알 수 있습죠. 사람은 안 태웠지만, 앉는 자리 뒤에 큼직한 부대를 실었습니다요…… 예, 그 짐은 틀림없습니다요. "

하프야드 경감이 나가 있는 동안에 경찰서에는 온갖 전화가 걸려 와 있었다. 대략 세 방면의 지구에서 온 저마다 다른 보고였다. 보고는 모두 순경이 기록을 해 놓아서, 서장은 한 장씩 읽어 보고 차례로 브렌던에게 넘겨 주었다. 처음 것은 포스트브릿지의 우체국에서 온 것인데, 국장은 여자였지만 매우 요령있는 보고를 보내왔다. 지난밤에 새뮤얼 화이트라는 사람이, 마을 북쪽에 있는 가파른 비탈길을 불도 안 켠 오토바이가 맹렬한 속도로 올라가는 것을 보았다는 것이었다. 새뮤얼의 증언에 의하면 그 시간은 10시 반에서 11시 사이였다고 한다.

"다음 보고는 당연히 모턴에서 올 줄 알았는데, 예상이 빗나간 것 같구먼. 그놈은 아마 허멜다운 근처에서 옆길로 빠졌나 보지. 거기서 방향이 남쪽으로 바뀌어서 다음 보고는 애슈버턴에서 와 있단 말이야. ”

그 둘째 보고는 애슈버턴에서 서비스 공장을 경영하고 있는 사람한테서 온 것으로 12시 조금 지나서 막 잠자리에 들려고 하는데, 웬 사람이 오토바이를 타고 와서 휘발유를 팔라고 두들겨 깨우더라는 것이었다. 그 사람의 인상이 로버트 레드메인과 꼭 닮았다기에 신고하는 것인데, 그 오토바이 뒤에는 큼직한 부대가 묶여져 있었다고 했다. 타고 온 사나이는 그리 급하게 서두르는 것 같지도 않았으며, 엽궐련을 천천히 피우면서 술도 아울러 팔라고 부탁했다고 한다. 없다고 거절하니까, 뭐라고 툴툴거리면서 다시 라이트를 켜고는 다트 계곡을 남쪽으로 꾸불꾸불 누비는 토트네스 가로를 빠져나갔다는 것이었다.

세 번째 보고는, 브릭섬 경찰서에서 온 것이었다. 이것은 상당히 긴 보고였는데, 대강 다음과 같은 내용이 담겨 있었다.

어젯밤 12시 10분, 브릭섬 경찰서의 야근 순경 위제리는 오토바이를 타고 시내 광장을 질주해 가는 남자를 보았다. 그 남자는 큼직한 짐을 뒤에 싣고 중앙 도로를 지나갔다. 그 1시간 뒤, 3시 조금 전에 짐 없이 돌아오는 그가 목격되었다. 그는 온 길을 거꾸로 브릭섬 시를 빠져나가 전속력으로 경사가 급한 언덕길을 올라갔다.

아울러 오늘 조사에 의하면, 브릭섬 연안 감시소 앞을 12시 15분에 지나갔다고 한다. 아마 그는 연안 경비도로를 끝까지 가서, 그 끝에 있는 울짱을 오토바이로 밀고 넘어간 것으로 상상된다. 그 증거로 베리곶 등대에 사는 소년이 모래 언덕으로 통하는 오솔길을 오토바이를 밀고 올라오는 사람을 목격하고 있다. 등대지기 소년은 부친이 갑자기 병이 나서 의사를 부르러 가는 중이었다. 소년이 보기에 오토바이를 밀고 가는 사람은 몸집이 큰 남자였으나, 오토바이의 무게와 험한 길로 숨을 헐떡이고 있었다고 한다. 병원에서 돌아올 때는 그를 볼 수 없었다. 이곳 경찰서에서는 지금 곳과 그 주변의 낭떠러지를 수색 중이다……

하프야드 경감은 브렌던이 보고서를 다 읽고 나서 아래에 내려놓는 것을 기다리고 있다가 말했다.

"이것으로 대강 짐작이 가는구먼. 이런 상황이라면, 완두콩을 꼬투리에서 후벼 내듯이 힘들이지 않고 붙잡을 수 있겠지."

"확실히 체포는 멀지 않습니다. 시간도 그리 안 걸리겠지요."

탐정도 대답했다.

이 말을 뒷받침이나 하듯 전화벨이 울렸다. 하프야드 경감은 일어나서 전화실로 들어가 마지막 보고를 받았다.

전화선 저 편에서 말했다.

"여기는 페인턴입니다. 레드메인 대위의 하숙에 가 보았습니다. 머린 테러스 7번지인데요. 대위는 어젯밤 안으로 돌아오겠다는 연락이 있었답니다. 낮에 전보로 통지가 왔답니다. 집사람들은, 여느 때와 같이 그가 집에 돌아왔을 때 먹도록 저녁 준비를 해 놓고 먼저 잤답니다. 그러나 그가 돌아온 소리는 듣지 못했답니다. 이튿날 아침에야 그가 돌아왔다는 것을 알았답니다. 왜냐하면 준비해 둔 식사가 없어지고, 오토바이도 언제나 넣어 두는 뒤쪽의 도구실에 들어 있었기 때문입니다. 그리고 집사람들이 아침 10시에 깨우러 갔으나…… 대답이 없었답니다. 그래서 방에 들어가 봤더니, 그의 모습도 안 보일 뿐 아니라 침대에 누운 흔적도 없고 옷도 갈아입지 않았더랍니다. 그런 뒤로는 그를 보지 못했답니다."

"전화를 끊지 마시오. 본청의 마크 브렌던 형사가 마침 와 있어서 이 사건을 담당하게 되었으니까 그를 바꾸어 주겠소."

하프야드 경감에게 보고 내용을 들은 다음 브렌던이 수화기를 받아 들었다.

"브렌던 형사입니다. 누구신지요?"

"페인턴 경찰서의 리스 경감일세."

"그 쪽에서 체포하시거든, 5시 정각에 전화해 주시기 바랍니다. 만일 그 때까지 체포하지 못하면, 자동차로 제가 그리 가겠습니다."

"알았네. 이제 슬슬 잡힐 때가 되었네만……."

"베리곶에서는 아직 연락이 없습니까?"

"사람을 많이 보내어 낭떠러지 밑을 수색시키고 있는데, 아직은 아무것도 발견하지 못한 모양이야."

"알겠습니다, 리스 경감님. 5시까지 좋은 소식이 없으면 곧 그리로 가겠습니다."

그리고 브렌던은 수화기를 놓았다.

"거의 해결이 된 것 같구먼."

하프야드 경감이 말했다.

"그런 것 같습니다. 역시 그 친구는 머리가 돌았나 봅니다. 불쌍한 사람이군요."

"불쌍한 건 죽은 쪽이 아닌가?"

브렌던은 시계를 들여다본 다음 혼자 생각에 잠겼다. 스스로 생각해도 놀랍고 부끄러울 만큼 삿된 생각이 그를 붙잡고 놓아 주지 않았다. 앞으로 이 사건이 세부적인 면에서 어떻게 발전할지는 알 수 없는 일이지만, 대강 뚜렷한 형태로 그의 눈앞에 그려졌다. 그 가운데서도 가장 압도적인 사실은 제니 펜딘이 남편을 잃었다는 것이다. 그녀가 홀몸이 된 것이라면……. 브렌던은 짜증스러운 듯이 고개를 내젓고 하프야드 경감을 돌아보며 말했다.

"로버트 레드메인이 오늘 안으로 체포되지 않는다면, 한두 가지 정리해 둘 일이 있습니다. 먼저 방갈로의 혈액을 분석해서 사람의 피인지 확인해야 합니다. 그리고 엽궐련과 구두 끈도, 이건 둘 다 별다른 의미가 없는 것 같습니다만, 그러나 당분간은 보존해 둬야 할 것입니다. 그 집은 잘 부탁드리겠습니다. 그리고 저는 이제 실례하겠습니다. 어디 가서 식사나 하고 펜딘 부인을 만나 보고 올까 합니다. 나중에 다시 돌아오겠습니다만, 특별히 계획을 바꿀 만한 보고가 들어오지 않으면 그 뒤에 페인턴에 가 보고 싶습니다. 그 때는 경찰차를 한 대 내주셨으면 합니다."

"아, 그러지. 이제 그럭저럭 모처럼의 자네 휴가를 망쳤다는 말을 듣지 않아도 될 것 같구먼."

"글쎄요, 어떻게 될는지."

브렌던은 진지하게 무언가 생각하는 듯한 표정을 지었으나, 그 뒤에는 아무 말도 하지 않고 나갈 준비를 하기 시작했다. 시간은 3시였다. 갑자기 그는 경감을 돌아보고, 질문을 하나 던졌다.

"경감님, 펜딘 부인을 어떻게 생각하십니까?"

"아, 그 부인. 그 여자에 대해선 내가 생각하는 바가 둘 있지. 하나는 너무도 미인이라서 그녀도 다른 여자와 같이 살과 피로 되어 있을까 하는 생각이고, 또 하나는 그 여자가 남편에게 바치고 있던 애정이야. 그건 이 사람아, 보통이 아니었다네. 남편을 그렇게도 소중히 여길 수 있을까? 아무튼 이번 사건은 그 여자에게 이만저만한 타격이 아니었을 게야."

서장의 의견은 브렌던을 몹시 우울하게 만들었다. 사랑하는 남편을 잃고 펜딘 부인이 얼마나 타격을 받았는가 하는 것을 그는 지금까지 생각해 보지 않았다. 그는 느닷없이 자기가 영원히 사건 밖으로 내동댕이쳐진 듯한 기분이 들었다. 그리고 그렇게 생각하는 것이 어쩐지 이치에 맞지 않는 일이기나 한 듯이 은근히 화가 나기 시작했다.

"남편 펜던은 어떤 타입의 남자였습니까?"

"무척 호감이 가는 친구였지. 콘월 태생이라더구먼. 철저한 평화주의자인 모양이야. 하기야 그건 내가 그렇게 봤다는 것뿐이지, 그 사람과 전쟁론을 나누어 본 건 아닐세."

"나이는요?"

"그게 짐작할 수가 없단 말야. 25살에서 35살 사이일까. 너무 모호한 소리지만, 그 이상은 알 수 없네. 시력이 약하고, 갈색 턱수염을 길렀더구먼. 잔일을 할 때는 2중으로 안경을 써야 했지만, 먼 것은 잘 보인다고 했었네."

식사를 마치고 브렌던은 다시 펜던 부인을 찾아갔다. 오전 중에 많은 소문이 전해졌던지, 부인은 벌써 브렌던이 알려 주러 온 일들을 거의 다 알고 있었다. 심한 변화가 그 응대에 나타나 있었다. 이야기하다가도 입을 다물기가 일쑤고, 얼굴에는 핏기가 없었다.

진상은 그녀의 귀에도 들어가서, 남편의 죽음을 확정적인 것으로 받아들인 것 같았다.

그래도 그녀는 브렌던의 입으로 사건의 경과를 다시 확인해 두고 싶은 눈치였다.

"전에도 이런 사건을 겪으신 적이 있으세요?"

"범죄 사건이란 하나도 되풀이되는 것이 없습니다. 저마다 특이한 점이 있지요. 이번 사건의 특징은 전투 신경증에 걸렸던 레드메인 대위가 갑자기 이성을 잃었다는 점입니다. 그 병이 일으키는 정신착란에는 여러 가지 경우가 있어서, 오래 가는 수도 있고 일시적일 수도 있습니다. 아마 부인의 숙부님은 일시적으로 이성을 잃고 광기에 사로잡힌 그 순간에 그 무서운 행동을 저지른 것 같습니다. 그리고는 계속 그런 상태로 범행을 은폐하려고 한 것입니다. 대위가 피해자를 다른 데로 날라간 것은 바다에 던지기 위해서였다고 생각됩니다. 이렇게 되면 바깥양반께서는 목숨을 잃으신 것은 이제 확실하다고 말씀드려야 할 것 같습니다. 유감스럽습니다만, 부인께서 이 무서운 재난을 솔직하게 인정하지 않을 수 없으실 것 같습니다."

"그건 도저히 생각할 수도 없어요. 그 두 분은 화해를 했거든요."

"무언가 부인께서 모르시는 일이 일어났는지도 모르지요. 그것이 레드메인 대위를 흥분시킨 것입니다. 제 정신을 차린 대위로서는 악몽으로밖에 생각할 수 없는 일이겠지만…… 아 참, 부인, 바깥양반의 사진을 갖고 계십니까?"

그녀는 방에서 나가더니 곧 사진을 들고 돌아왔다. 이마가 넓고 침착한 눈을 가진 사색가형의 얼굴이었으며, 턱과 볼과 코 밑에 온통 텁수룩하게 수염을 기르고 머리털도 꽤 길게 기르고 있었다.

"이 사진은 본인과 닮은 편입니까?"

"네. 하지만 표정이 안 나와 있어요. 자연스러운 데가 없어요. 본인은 생기가 있답니다."

"몇 살입니까?"

"아직 30살이 안 됐어요. 하지만 얼른 보기에는 나이가 퍽 들어보여요."

브렌던은 계속 사진을 들여다보고 있었다.

"필요하시다면 갖고 가셔도 좋아요. 같은 것이 또 한 장 있으니까요."

펜딘 부인은 말했다.

"아니, 됐습니다. 잘 봐 두었습니다. 대위는 바깥양반의 시체를 바다에 던진 것 같습니다. 이제 발견될 때가 됐습니다만, 그 전에 숙부님이 약혼했다는 여성에 대해서 알아 두고 싶습니다."

"이름과 주소만 알고 있을 뿐, 아직 한 번도 만나 본 적은 없어요."

"바깥양반은 어떨까요? 만난 적이 있을까요?"

"글쎄요. 제 생각으로는 없을 것 같아요. 플로라 리드라는 분인데, 지금 양친과 함께 페인턴의 싱거 호텔에 들어 있어요. 그분의 오라버님 되는 분이 저희 숙부와 프랑스 전선에서 사귄 전우래요. 그분도 같이 계시는 줄로 알고 있어요."

"감사합니다. 새로운 사태가 발생하지 않으면, 오늘 밤 페인턴에 가 볼 참입니다."

"무슨 일로?"

"수사를 계속해야 하고, 또 숙부님을 아는 사람들을 만나 보고 싶어서요. 아직도 그 양반의 행방을 모른다는 것이 나로서는 도무지 납득되지 않습니다. 그런 정신 상태로 우리의 전문적인 수사망을 오래 피할 수는 없거든요. 거기에 무슨 사연이 있다고밖에는 다른 생각이 들지 않는군요. 첫째 우리가 알 수 있는 범위 안에서는, 과연 그 양반이 도망칠 의도가 있었는지조차 의심스럽습니다. 오늘 새벽에 베리 곳에 간 것은 알고 있지만, 그 뒤에 또 하숙집에 돌아갔습니다. 식사를 하고 오토바이를 넣어 둔 다음에 본격적으로 자취를 감추어 버렸습니다. 여전히 트위드의 털옷에 빨간 조끼를 입은 채 말입니다……"

"플로라 리드 양을 만나시겠어요?"

"필요하면 만나겠습니다. 로버트 레드메인이 발견되면, 안 만나도 될지 모릅니다."

"그럼, 선생님은 이걸 아주 단순한 사건이라고 생각하시나 보죠?"

"그렇게 생각하고 있습니다. 그 불행한 양반이 제정신을 차려서 상세하게 설명해 주면 도움이 되겠습니다만. 그런데 실례가 될지 모르겠습니다만, 부인은 지금부터 어떻게 하실 생각이십니까? 제가 개인적으로 할 수 있는 일이 있으면 무엇이든지 말씀해 주십시오. 힘이 되어 드리고 싶습니다."

제니 펜딘은 이 말에 놀라는 표정을 보였다. 눈을 들어 브렌던을 바라보는데, 그 창백한 얼굴에 살짝 핏기가 비치기 시작했다.

그녀가 조용히 입을 열었다.

"고마워요. 은혜는 결코 잊지 않겠어요. 하지만 사정이 좀더 뚜렷해지면, 전 이곳을 떠날 생각이에요. 주인이 죽었는데 방갈로는 지어서 뭘 하겠어요. 이런 슬픈 땅에 눌러 있고 싶은 생각은 없어요."

"의논하실 친구분도 계시겠지만……."

그러나 그녀는 고개를 저으며 말했다.

"전, 정말 외로워요. 남편이…… 남편만이 저의 전부였어요. 남편에게도 제가 전부였구요. 그건 이미 알고 계실 거예요. 오늘 아침에 모두 말씀 드렸으니까요. 이젠 돌아가신 아버지의 아우이신 숙부님이 두 분 남아 계실 뿐이에요. 이 영국에 계시는 벤디고 숙부님, 그리고 이탈리아의 앨버트 숙부님. 그밖에는 일가 친척이 한 사람도 없답니다. 숙부님들에게는 오늘 편지를 부쳤습니다."

마크는 일어섰다.

"내일 다시 연락을 드리겠습니다. 페인턴에 안 가도 될 때는, 오늘 밤에 다시 찾아뵙겠습니다."

"고맙습니다. 여러 가지로 친절하게 해주셔서."

"말씀드려 두겠습니다만, 부디 건강에 주의하십시오. 사람이란 어지간한 일은 견딜 수 있지만, 너무 무리를 하면 나중에 후회하게 됩니다. 의사라도 불러 드릴까요?"

"아녜요, 브렌던 선생님. 그러실 필요는 없어요. 만일 남편 몸이 우리가 상상하고 있는 것처럼 되었다면, 제 생애야 어떻게 되든 상관없어요. 하루빨리 죽고 싶을 뿐이에요."

"그런 말씀을 하시는 게 아닙니다."

브렌던은 말했다.

"앞날에 희망을 갖는 것이 중요합니다. 비록 세상의 행복을 잃었다 하더라도, 이 세상을 위해 도움이 될 수 있는 인간으로서의 힘과 특권까지 잃어버린 것은 아닙니다. 잘 생각해 보십시오. 바깥양반은 저 세상에서 부인이 이 비극과 고통을 참고 견디어 나가시기를 바라고 계실 겁니다."

"선생님은 좋은 분이셔요."

펜딘 부인은 조용히 말했다.

"말씀 고맙게 생각해요. 부디 또 와 주셔요."

그녀는 브렌던의 손을 잡고 꼭 쥐었다. 그리고 그는 그녀의 방에서 나왔는데, 그녀를 감싸고 있는 미묘한 공기에 어리둥절한 기분이 되었다. 그렇다고 막다른 생각에 이른 듯한 그녀의 말을 염려하는 것은 아니다. 펜딘 부인은 아직 얼마든지 생활력이 있고, 자제심을 잃은 것도 아니다. 자살을 결심했다고는 생각도 할 수 없었다. 아직 젊으니까 아마 시간의 경과가 그 절대적인 힘을 작용해 줄 것이 틀림없었다. 그러나 그는 또 그녀의 사랑의 깊이를 알았다. 남편의 죽음을 참고 견디면서 남의 생활에 행복을 가져다 줄 결심을 하게 되는지 모르지만, 그렇다 하더라도 반드시 남편에 대한 추억을 버리고 다른 남자와의 결혼을 승낙하게 된다고는 할 수 없는 것이다.

브렌던이 경찰서에 돌아가 보니, 놀랍게도 로버트 레드메인의 행방을 아직도 모르고들 있었다. 레드메인에 대한 소식은 깜깜했으나, 베리 곳의 수색대로부터는 사소하지만 보고가 하나 들어와 있었다. 곳 서쪽에 있는 벼랑 위에서 시멘트 부대가 발견된 것이다. 그것은 토끼

굴에서 나왔는데, 피에 젖은 부대 속에는 머리카락 조금과 시멘트 가루가 조금 남아 있었다고 했다.

1시간 뒤, 여행 가방을 든 브렌던은 경찰차를 타고 페인턴으로 향했다. 거기서도 역시 새로운 정보는 들을 수 없었다. 레드메인이 체포되지 않았다는 말을 듣고는, 서장 리스 경감이 오히려 브렌던보다 더 놀랐을 정도였다. 경감의 설명으로는, 어부와 연안 감시인들을 동원하여 한창 바다 밑바닥을 훑고 있는 중이며, 되도록 범위를 넓혀서 시멘트 부대가 발견된 벼랑 밑까지 찾아보도록 손을 쓰고 있다고 했다. 다만 그 지방 사람들은, 이 근처는 조수의 흐름이 빨라서 시체는 벌써 오래 전에 이미 바깥 바다로 떠내려갔을 것이라고 말하고 있었다. 그리고 돌이라도 매달지 않았다면, 시체는 아마 한두 주일 뒤에 1, 2마일 떨어진 앞바다에 떠오를 것이라는 의견들이었다.

브렌던은 싱거 호텔에서 저녁을 먹은 뒤, 로버트 레드메인의 하숙을 찾아갔다. 빈틈없는 그는 그전에 싱거 호텔에 방을 예약해 두는 것을 잊지 않았다. 도망친 남자의 약혼녀와 그 가족들을 만나서 무언가 알아내고 싶었기 때문이다. 머린 테러스 7번지의 하숙에서는 메드웨이 부인이라는 안주인을 만났는데, 수확은 거의 없었다. 레드메인 대위는 상냥하고 친절한 신사지만, 흥분하기 쉬운 성질이다. 생활은 무척 불규칙적이며, 돌아온 얼굴을 볼 때까지는 돌아왔는지 어떤지 알지 못한다. 멀리 갔을 때는 사람들이 다 잠든 뒤에 돌아오는 일도 흔히 있었다. 어젯밤만 하더라도 언제 돌아와서 언제 다시 나갔는지, 집사람들은 아무도 모른다. 아는 것이라야 옷을 갈아입지 않았다는 것과 아무것도 내 간 것이 없다는 것뿐이다. 이상이 안주인의 대답이었다.

브렌던은 오토바이를 면밀히 조사해 보았다. 성근 섬유로 꼰 밧줄에도 피가 묻어 있었다. 줄이 끊겨 있는 것은, 레드메인이 벼랑에 닿아 짐을 내렸을 때 자른 것이 분명했다. 여기서 발견된 것 가운데 지금까지 수집된 상황 증거의 연결을 부정하는 것은 하나도 없었다. 이튿날 아침의 조사 결과도 마찬가지였다. 다만 기괴한 것은 로버트 레드메인이 계속 실종된 채로 행방을 알 수 없는 일이었다.

다음날 아침을 먹기 전에 브렌던은 베리곶에 가 보았다. 벼랑을 살펴보고 싶었기 때문이다. 거대한 물고기의 비늘을 늘어 놓은 것처럼 석회석의 퇴적이 이어져 있는데 엉겅퀴와 흰 바위 장미, 바닷가에 나는 산사나무, 금작화 같은 것이 둘레에 가득 피어 있었다. 그 속에 토끼 굴이 있었는데, 거기서 경찰견이 피 묻은 시멘트 부대를 끄집어 낸 것이었다. 부대는 구멍 밑바닥에 쑤셔박혀 있었지만, 테리어의 날카로운 코를 끝내 속일 수는 없었다.

그 지점에서 아래는 낭떠러지가 해면에 돌입하여 3백 피트의 절벽이었다. 내려다보니, 아침 햇빛에 빛나는 벽면에 여기저기 틈이 벌어져서 초록빛 식물이 간신히 생의 발판을 지탱하고 있었다. 갈매기도 더러운 풀을 물어와서 어설픈 둥우리를 쳐놓았다. 벼랑 가에는 사건의 흔적이 아무것도 남아 있지 않았다. 벼랑 아래 바다에는 몇 척의 보트가 떠 있어서, 시체의 수색이 계속되고 있음을 말해 주었다. 오랜 시간에 걸친 그 작업도 아직 성과를 올리지 못하고 있는 듯했다.

그날 늦게 브렌던은 호텔로 돌아가서 리드 양과 그 가족들을 만났다. 로버트 레드메인의 친구라는 그녀의 오빠는 런던으로 돌아가고 없었다. 브렌던은 그들을 사교실에서 만났다. 레드메인이 아직 체포되지 않았다는 말을 듣더니 딸과 양친은 심한 충격을 얼굴에 드러내며, 동시에 이상하다는 표정을 지었다. 거기서도 브렌던은 아무런 수확을 얻지 못했다. 리드 부처는 조용한 초로의 남녀였으며, 런던에서 옷가게를 경영하고 있다고 했다. 딸은 부모보다 훨씬 명확한 성격으로 키도 아버지보다 머리 하나만큼 더 컸으며, 전체적으로 몸집이 큰 편이었다. 그래도 그녀는 얌전하게 응대해 주었고 예상보다는 슬픔을 나타내지 않았다. 하기야 그녀가 로버트 레드메인과 사귀기 시작한 것은 겨우 반년 전부터이며, 약혼을 한 지도 아직 한 달밖에 안 되었다. 리드 양은 갈색 머리의 쾌활한 여성으로 상식적인 사고방식을 갖고 있었다. 그녀가 지닌 오직 하나의 야심은 무대에서 이름을 떨치고 싶다는 것이었으며, 실제로 지방 순회 극단에 참가한 적도 있었다. 그러나 지금은 그것도 싫증이 나서, 로버트에게 결혼하면 연극에서 물러나겠다고 약속했던 것이었다.

"레드메인 대위가 조카딸 부부에 대해서 이야기한 적이 있습니까?"

브렌던이 물으니, 플로라 리드는 대답했다.

"네, 그이는 늘 이야기했어요. 마이클 펜딘은 병역을 기피한 비겁한 인간이라고요. 그리구 또 조카딸 되는 분도 그런 못된 아이는 달리 없으므로 인연을 끊어 버렸다, 그런 하찮은 사나이와 제멋대로 결혼하다니 절대로 용서할 수 없다고 말했어요. 하지만 그것도 엿새 전에 프린스타운에 가기 전까지 그랬지, 거기서 이번에는 말투가 전혀 다른 편지를 보내왔어요. 거리에서 우연히 조카딸 내외를 만났는데, 사정을 들어보니 펜딘은 병역을 기피한 것이 아니었다, 후방에 있으면서도 훌륭한 일을 해서 공로장까지 탔더라는 것이었어요. 그 뒤 로버트는 완전히 기분이 달라져서 이번 사건이 일어나기 전까지 펜딘 부부와 아주 사이좋게 지냈던 것 같아요. 여름에 열리는 보트 경주를 구경하러 페인턴에 오라고 초대해서 오겠다는 약속을 받았노라고까지 알려 왔답니다."

"그 뒤 리드 양은 대위를 만나 보지 못하셨습니까? 편지도 못 받으시고?"

"네, 아무것도요. 사흘 전에 편지가 한 장 왔습니다만, 그것도 다만 집에 돌아올 예정이 어제라고 알려 온 것뿐이고, 돌아오거든 여느 때처럼 바닷가에서 만나자고 씌어 있었을 뿐이에요. 그 사연대로 어제 바닷가에 나가서 찾아봤지만, 돌아와 있지 않았습니다.”

마크는 다시 리드 양에게 말했다.

“대위에 관해서 좀 더 자세히 말씀해 주시지 않겠습니까? 이렇게 뵙게 된 것은 나로서는 아주 큰 행운이었습니다. 실은 수사가 막다른 골목에 부딪쳐서 곤혹을 느끼고 있습니다. 현재 표면에 나타난 것은 겉보기뿐이지, 진상과는 전혀 다르지 않나 하는 생각이 듭니다. 레드메인 대위는 전투 신경증에 걸렸었고 독가스에 중독된 일도 있었다고 들었는데, 리드 양도 그것을 알고계셨습니까? 어떤 증상이 남아 있지 않았습니까?”

“네. 그건 우리 모두가 알고 있었어요. 먼저 그 말을 하신 것은 어머니입니다만, 로버트는 같은 말을 몇 번이나 되풀이하곤 했어요. 그이는 본디 아주 마음씨가 고운 사람인데, 전쟁이 그같이 거칠고 비꼬인 사람으로 만들어 버린 거예요. 성급한 사람이지만 누구와 싸우거나 의가 틀어진 뒤에는 반드시 후회했어요. 사과하는 일쯤은 아무렇지도 않은 것 같았어요.”

“늘 싸웠습니까?”

“고집이 센 분이니까요. 그리고 싸움터에서 고생을 많이 해서 무신경하게 되어 버린 탓도 있어요. 이따금 싸움터의 경험이 전혀 없는 사람들이 들으면 깜짝 놀랄 이야기를 하고는, 그런 일이 어디 있느냐고 되물으면 기를 쓰고 화를 내곤 했어요.”

“리드 양은 물론 대위를 사랑하고 계셨지요? 실례되는 질문입니다만……”

“그렇다기보다는 오히려 존경하고 있었어요. 그이도 저를 좋아해 주셨고요. 용감하고 정직하고 좋은 분이었어요. 네, 저는 그이를 사랑하고 또 자랑으로 여기고 있었죠. 시간이 지나면 차차 침착해 져서 흥분하는 일도 없어지고, 성급한 성질도 고쳐지겠거니 생각하고 있었습니다. 의사도 머지않아 전쟁의 충격에서 회복될 것이라고 진단했어요."

"그런 대위가 조카사위를 때려 죽일 수 있었을까요?"

젊은 여성은 대답을 망설였다.

"저는 그이를 도와 드리고 싶어요. 그래서 똑똑히 대답하겠어요. 로버트는 별안간 흥분했을 때라면, 사람을 때려 눕히는 일쯤은 못 할 사람이 아녜요. 사람이 죽어가는 광경은 얼마든지 보아 왔고, 또 그이는 자신도 위험 같은 것을 두려워할 사람이 아니거든요. 경우에 따라서는――그래요, 적에게――적이라고 생각되는 사람에게, 위해를 가하는 일이 없다고 할 수는 없어요. 하지만 이번 사건 뒤에 범인이 취했다는 행동을 보면, 그이의 성격과는 너무나 딴판이에요…… 과실의 결과를 숨기다니, 그런 비겁한 사람이 아녜요."

"그렇게 말씀하시지만, 살인의 결과를 은폐하려고 한 사실이 유력한 증거로 확인되고 있습니다. 범행 자체는 대위가 한 짓인지 다른 사람이 한 짓인지, 아직 판명되지 않았습니다만."

"저는 한시바삐 그이의 행방을 찾아 주셨으면 하는 마음뿐입니다. 하지만 만일 정말로 그이가 이 무서운 사건의 범인이라면, 아마 발견하기 어려울지도 모르겠어요."

"네? 왜요? 왜 발견하기 어렵지요? 아니, 나도 알고 있습니다. 리드 양의 머리에 떠오른 생각은 나 자신도 해본 생각입니다. 자살한단 말씀이시지요?"

그녀는 고개를 끄덕이고 손수건을 눈에 갖다댔다.

"그래요, 가엾은 로버트. 격정에 못이겨서 죄없는 사람을 죽여 놓고, 그 뒤에 제정신이 들어서 그 결과를 알았다고 생각해 보세요. 그때 그이가 갈 길은 둘 중의 하나에요. 당장 자수해서 모든 것을 설명하거나, 아니면 되도록 빨리 자기 자신의 몸을 없애버리는 일 일 거예요."

브렌딘은 그녀와 양친에게 말했다.

"범죄의 동기가 반드시 납득할 수 있는 일뿐이라고만 할 수는 없는 것입니다. 한때의 흥분으로 격정의 폭풍이 휘몰아치면, 별로 해칠 생각도 없이 죽여 버리는 수도 드물지 않습니다. 그런 경우는 격정의 폭풍이라고 할 수밖에 달리 설명할 도리가 없습니다. 그러나 여기서 또 생각해야 할 일이 있습니다. 펜딘 부인의 증언이나 프린스타운 경찰서장 하프야드 경감의 말을 종합해 보면, 펜딘은 사교성도 좋고 조용한 성격이며 남과 다투는 일과는 거리가 먼 인물인 것 같습니다. 특히 그 시의 서장 하프야드 경감은, 펜딘이 전쟁중 2년 가까이나 일한 솔이끼 수집장에서 친히 사귀었다니까 상대가 레드메인 대위이든 누구든 화를 내게 만들 사람이 아니라고 단언하고 있습니다."

마크는 이어 자신이 레드메인 대위와 폐갱의 낚시터에서 만났을 때의 이야기를 들려 주었다. 이 개인적인 대화가 어쩐 일인지 플로라 리드의 가슴을 아프게 한 모양으로 몹시 동요하는 기색을 볼 수 있었다.

그녀는 마침내 울음을 터뜨렸다. 그리고 일어나 자리를 떠났다. 양친은 딸이 그 자리에서 없어진 뒤에 한결 가벼운 마음으로 말할 수 있게 되었다.

사실 그때까지 리드 씨는 오히려 묵묵히 입을 다물고 있었으며 심지어 무관심하게까지 보였는데, 금방 말이 많아졌다.

"말해 두는 편이 나을 것 같군요."

아버지는 말을 시작했다.

"아내와 나는 본디 이 약혼에 마음이 내키지 않았습니다. 확실히 레드메인은 마음씨 좋고 선량한 사람이라고 할 수는 있습니다. 성질이 외곬으로 곧아서 플로라에 대한 애정도 열렬했고, 처음 만났을 때부터 지나치게 과격하다고 할 만큼 자기 감정을 털어내 보였습니다. 딸애는 그 기분에 호응해 줍디다만, 부모의 눈으로 보면 결혼 상대로서는 믿을 만한 인물이 못돼 보이더군요. 방랑벽이 있고, 전쟁 탓으로 비인간적이라고까지는 할 수 없어도 사회에 대한 의무라든가 자기 자신의 책임 같은 것에 대해서 아주 무관심해져 버렸습니다. 이성을 가진 사람으로서, 파괴된 전쟁 뒤의 사회 조직을 재건한다든가 하는 진지한 의도 같은 것은 전혀 생각지 않는 것 같았고, 머릿속에 있는 것이라야 고작 오락과 스포츠뿐, 낭비 생활 밖에는 알지 못하는 것 같았습니다. 남편으로서 낙제라는 것은 아니지만, 그 사람의 앞날에 대한 생활 설계에는 안정된 가정을 이루어 보려는 생각은 들어 있지 않은 것 같았습니다. 4만 파운드의 유산을 물려받았다지만 돈의 가치도 전혀 몰랐고, 결혼 뒤의 자기 책임에 대해서 이렇다할 진지한 생각을 보여 주지도 않아서 이거 참 곤란한 사람이로구나, 하고 생각하고 있었지요."

마크 브렌던은 여러 가지 정보를 알려 준 데 대해 고맙다고 인사하고, 이쯤 되면 화제의 주인공이 자살했다고 보아도 좋지 않겠느냐고 자기의 확신을 다시 밝혔다.

"행방불명 상태가 길어질수록 자살의 가능성은 그만큼 커진다고 보는 것이 당연하겠지요."

"하기야 그 편이 그 양반을 위해서는 좋을 줄 압니다. 살아서 체포된다면, 잘돼 봐야 브로드무어로 송치되는 것이 고작일 테니까요. 조국을 위해서 싸운 이가, 더욱이 누구보다도 훌륭하게 싸운 인물이 정신 병원에 갇혀서 생애를 보낸대서야, 생각만 해도 끔찍하지 않습니까."

브렌던은 그 뒤 이틀 동안 페인턴에 묵으면서, 그가 가진 에너지와 지능과 경험을 총동원하여 실종자를 찾으려고 애썼다. 그러나 살아 있는지 자살했는지, 프린스타운에서건 어디서건 정보 한 조각 들어오지 않았다. 로버트 레드메인의 사진이 이 주(州)의 서부와 남부 경찰서 게시판에 고루 나붙었으나, 결국 실수로 체포된 사람이 한둘 나왔을 뿐 이렇다할 효과도 없이 끝나고 말았다. 오인된 사람은 붉은 입수염을 잔뜩 기른 떠돌이였으며, 북데반 경찰서에 유치되었다. 나머지 한 사람은 데반포트에서 신병 모집에 지원한 장정이었는데, 대위의 사진과 굉장히 많이 닮은 사람이었다. 더욱이 그가 보병 부대에 입대한 것이 레드메인이 실종된 뒤 24시간도 되지 않아서 문제가 되었지만, 그도 곧 신원이 밝혀졌다.

브렌던은 하는 수 없이 프린스타운으로 되돌아갈 준비를 하기 시작했다. 펜딘 부인에게 미리 편지를 보내어 그런 취지를 알린 다음, 이틀날 밤 스테이션 코티지를 방문하겠다고 알렸다. 그러나 그의 편지가 채 전달되기도 전에 부인의 편지가 도착하여, 계획을 바꾸지 않으면 안 되었다. 제니 펜딘은 이미 프린스타운을 떠나 다트머드 앞에 있는 '까마귀의 집'으로 가서 숙부 벤디고 레드메인을 방문 중이었던 것이다. 그녀의 편지는 이런 사연이었다.

숙부님이 불러 주셔서 기꺼이 그 권유에 따르기로 했습니다. 벤디고 숙부는 어제 로버트 숙부의 편지를 받으셨답니다. 그 편지를 선생님께 보내 드리자고 말씀드렸습니다만, 벤디고 숙부가 승낙하시지 않습니다. 결국 벤디고 숙부는 레드메인 대위 편이었습니다. 물론 법의 움직임을 방해하는 일은 없을 줄 믿습니다만, 이 숙부님께 물으시면 이번의 무서운 사건에 대해서 우리가 모르는 일을 여러 가지로 알게 되실 줄 압니다. '까마귀의 집'의 모터보트가 킹즈웨어 나루터에서 내일 새벽 2시에 와 닿는 기차를 기다리고 있을 것입니다. 만일 선생님이 아직 페인턴에 계신다면, 거기서 겨우 3시간 걸리는 곳이니 들러 주시면 참으로 감사하겠습니다.

그런 다음 그녀는 브렌던에 대한 감사의 말과 자기의 비극 때문에 모처럼 휴가를 망치게 한 데 대한 사과의 말을 절절이 적고 있었다.

브렌던의 생각은 또 다시 그녀에게로 달려가서, 잠시 동안 그 편지가 가진 중대한 뜻을 잊었다. 그날 밤 프린스타운에서 그녀를 방문할 작정이었는데, 그 대신 더 가까운 곳 다트머드 교외의 벼랑 위에 서 있는 선장 집에서 만날 수 있게 된 것이다.

그는 곧 시간에 맞추어 모터보트를 탈 수 있게 해 달라고 '까마귀의 집'으로 전보를 쳤다. 그런 다음 시간의 여유가 좀 있어서, 로버트 레드메인의 편지를 늦게 손에 넣는 것을 분해하기도 하고, 동시에 벤디고 레드메인이라는 인물에 관해서 이것저것 생각해 보기도 하였다.

"형제는 역시 형제거든. 늙은 선장의 집은 도망자가 숨기에는 안성맞춤일 거야."

그는 중얼거렸다.

증거자국

마크 브렌던이 킹즈웨어 나루터에 이르러 보니, 모터보트 한 척이 앞바다에 떠 있었다. 이 항구 도시의 이름은 진작부터 듣고 있었지만 그 땅을 밟기는 이번이 처음이었으므로, 이것저것 머릿속은 어수선했어도 그 아름다운 풍경을 감상하는 것을 잊지 않았다. 우아한 강물의 흐름, 강어귀를 덮치듯이 솟은 언덕, 그 비탈에는 울창한 수목 사이로 해묵은 도시의 모습이 보일락말락 늘어서 있었다. 그 중에서 두드러지게 눈에 띄는 것이 해군사관학교 건물이었는데, 그 건물의 희고 빨간 돌벽은 푸른 하늘을 꿰뚫듯이 치솟아 있었다.

모든 도구가 완전히 갖추어진 조그만 모터보트가 그의 도착을 기다리고 있었다. 하얗게 칠해진 선체에 장비는 모두 티크제였다. 놋쇠 제구와 갖가지 기계류가 여름 햇살에 번쩍이고 있었다. 엔진과 타륜은 뱃머리에 장치되어 있고, 선실과 살롱 뒤쪽에서 고물에 걸쳐 차일이 드리워져 있었다. 마크가 물가로 내려가니, 배를 조종하는 선원의 모습이 보였는데, 막 차일을 말아올리고 있는 중이었다. 그 동작을 보고 있는 동안에 브렌던의 눈이 빛나기 시작했다. 여자 손님이 하나

타고 있었다. 제니 펜딘 부인이었다.

제니는 이 더위에 검은 옷을 입고 있었다. 브렌던은 갑판에 뛰어올라가 그녀와 인사를 나누면서, 그 상복이 그녀의 슬픔의 표현이라는 것을 알았다. 이 젊은 아내에게 마지막 희망마저 버려야 하는 사실이 전해진 것이다. 그녀는 홀몸이 되었다는 것을 벤디고 숙부에게 온 편지로 알았을 것이 틀림없다.

그녀는 정숙하게 마크와 인사를 나누면서, 그가 초대에 금방 응해주어 고맙다고 정중하게 인사했다. 그러는 동안에도 브렌던은 그녀의 마음가짐에 변화가 생긴 것을 깨닫고 있었다. 완전한 방심 상태와 끝없는 우울에 사로잡혀 있는 것이다. 그는 프린스타운으로 그녀에게 편지를 보냈다는 말을 하고, 레드메인 대위가 보낸 편지의 내용에 대해 알아보려 했으나, 그녀는 이에 대해 쉬이 이야기해 줄 기색이 아니었다.

"그건 벤디고 숙부에게 직접 들어 보세요."

그녀는 대답했다.

"선생님이 처음부터 걱정 하시던 것이 역시 옳았나 봐요. 남편은 소중한 목숨을 미친 사람 손에 잃었습니다."

"그러나 믿어지지 않는군요, 부인. 대위가 아직 살아 있다면, 그런 미친 머리로 어떻게 이 삼엄한 수사망을 벗어날 수 있을까요? 편지의 발신지만이라도 가르쳐 주실 수 없습니까? 사실은 부인이 그편지에서 알려 주셨더라면 하고 생각했습니다."

"벤디고 숙부께 그렇게 하시라고 권했습니다만⋯⋯."

"벤디고 숙부님께서, 틀림없는 아우의 필적이라고 그러십니까?"

"그건 틀림없어요. 플리머드에서 보낸 거예요. 하지만 브렌던 선생님, 이제 더 묻지 말아 주셔요. 저도 지금부터 생각해 볼 작정이에요."

"건강은 괜찮으신 것 같군요. 용기를 갖고 계실 줄은 잘 알고 있었습니다만……."

 그녀는 대답했다.

"아직 살아는 있어요. 하지만 이것으로 제 인생도 끝나 버린 거나 다름없어요."

"그렇게 생각하시는 게 아닙니다. 나도 어머니를 여의었을 때 이와 똑같은 질문을 받았었지요. 어느 늙은 목사님한테 이런 말을 들은 적이 있습니다. '죽은 사람이 무엇을 바라고 있는가를 생각하고, 죽은 사람을 기쁘게 해주도록 애써라.' 뭐 대단한 문구는 아닐지 모릅니다만, 이 말을 잘 음미해 보면 꽤 도움이 될 만한 뜻을 포함하고 있습니다."

모터보트는 쾌속으로 미끄러져 어느새 항구를 끼고 양쪽 물가에 솟은 옛성 사이를 빠져나가고 있었다.

펜딘 부인이 말했다.

"이렇게 평화롭고 아름다운 경치를 보고 있노라면, 오히려 마음이 아파와요. 고민이 있을 때는, 자연 그 자체도 괴로워하고 있는 땅으로 가는 것이 옳을 것 같아요. 황폐하고 슬픈 풍경의 땅으로."

"그보다는 무엇이든 일을 시작해보십시오. 일을 하면서 자기 자신을 잊어 보는 겁니다. 필요하다면, 손 끝이 닳을 때까지 일하는 것, 고민이 있을 때는 몸과 마음을 끝까지 괴롭혀 주는 것이 가장 좋은 방법입니다."

"그런 것은 마약에 의지하는 거나 같아요. 그렇다면 술을 마시거나 아편을 피워도 되잖겠어요? 저는 이 슬픔에서——비록 그게 가능하더라도——벗어나려고 하지 않겠어요. 이렇게 괴로워하는 것이 죽은 남편에 대한 저의 의무라고 생각하고 있으니까요."

"부인은 비겁한 분이 아니십니다. 오래 살아서 이 세상을 더 행복하게 만들기 위해 노력하셔야 합니다. "

그녀는 이때 처음으로 방긋이 웃었다. 그 미소는 한순간 그 아름다운 얼굴을 빛내고는 금방 사라졌다.

그리고 그녀는 말했다.

"선생님은 선량하고 친절하고 현명한 분이셔요. "

이어 그녀는 화제를 바꾸어 뱃머리에 서 있는 사람을 가리켰다. 그 남자는 이쪽으로 등을 돌리고 타륜 앞에 곧은 자세로 앉아 있었다. 맨머리였다. 나직이 노래를 부르고 있었으나 엔진 소리에 묻혀서 잘 알아들을 수는 없었다. 노래는 베르디의 초기 오페라에 나오는 아리아인 듯했다.

"저 사람을 보셨어요 ? "

마크는 고개를 저었다.

"이탈리아 사람이에요. 토리노 태생인데, 꽤 오래 전부터 영국에서 일하고 있대요. 제가 보기엔 이탈리아 사람이라기보다 그리스 사람에 더 가까운 것 같아요. 그것도 현대 그리스가 아니라 고대 그리스의, 여학생 때 많이 본 그 고대 조각의 얼굴 말씀이에요. "

그녀는 조종사에게 말을 건넸다.

"도리아, 1마일쯤 되는 데서 앞바다로 나가 줘요. 브렌던 선생님께 해안선을 보여 드리고 싶으니까. "

"알았습니다, 부인. "

그는 대답하고 방향을 바깥 바다로 돌렸다.

제니 펜딘의 목소리에 그가 고개를 돌려 마크에게 얼굴을 보였다. 거무스름하게 햇빛에 그을은 그의 얼굴은 말쑥하게 수염을 깎은 보기 드물게 잘생긴 얼굴이었다. 고전적인 윤곽을 지니고 있었으나, 그리스인이 이상으로 삼았던 영혼없는 완벽함은 없었다. 눈동자가 새까맣게 빛나고 지성의 빛이 엿보였다.

"주제페 도리아는 저래 봬도 집안이 아주 훌륭하대요."

펜딘 부인은 말을 이었다.

"벤디고 숙부의 말씀을 들어보면, 매우 오래된 가문이랍니다. 확실한 지명은 잊었지만, 벤치미리아 가까이 뭐라던가 하는 구(區)의 출신인데, 도리아 씨네 피를 이어받은 마지막 사람이래요. 숙부는 저 사람을 무척 높이 평가하고 있지만, 저 아름다운 얼굴 못지않게 정직하고 믿을 수 있는 사람이었으면 좋겠어요."

"확실히 태생은 좋아 보이는군요. 이목구비가 바르고, 기품과 좋은 혈통이 겉모습에도 나타나 있으니까요."

"그리고 머리도 좋아요. 선원은 대개가 다 그렇지만, 손재주가 좋아서 뭐든지 다 해낸답니다."

다트머드 해안의 다채로운 매력에 브렌던은 저도 모르게 탄성을 질렀다. 치솟은 푸른 곶, 풍부한 붉은 빛을 자랑하는 사암, 온화한 수면에서 느닷없이 진주빛으로 튀어나온 석회암 벽. 보트가 서쪽으로 방향을 돌리니 깎아지른 바위벽과 모래톱이 있는 물굽이가 눈앞에 펼쳐지고, 이어 더 험하게 6백 피트 높이로 치솟은 절벽이 나타나기 시작했다.

그 벼랑의 중간쯤에 새가 둥우리를 친 것 같은 모양으로, 영국 해협을 향해 창문을 낸 조그만 집이 보였다. 건물 중앙에 탑같은 것이 튀어나왔고, 집 앞으로는 대지가 펼쳐져 있으며, 그곳에 돛대를 이용해서 만든 깃대 하나가 빨간 깃발을 펄럭이고 있었다. 집 뒤로는 좁은 골짜기가 틔어서 길 한 가닥이 집까지 내려와 있었다. 절벽이 양옆에서 집을 감싸고, 그 아래로 한여름의 파도가 나른하게 부서지면서 진주 목걸이를 모래톱에 넓히고 있었다. 집 아래로 높은 파도가 닿는 곳쯤까지 자갈층이 가느다란 선을 그으며 이어져 있고, 그 위쪽에는 보트를 넣어 두는 동굴이 보였다. 이 집이 브렌던이 향해 가고 있는 목적지였다.

　모터보트는 속력을 떨어뜨리더니 곧 뱃머리를 자갈 위로 밀어올렸다. 도리아는 거기서 엔진을 껐다. 그리고 널빤지를 모래톱에 걸쳐놓고 그 옆에 서서 제니 펜딘과 탐정에게 손을 내밀었다. 출입구가 있는 장소로 보였으나, 여기까지 와 보니 동굴 안쪽의 바위 선반에 쇠난간을 단 돌층계가 파여 있다는 것을 알았다. 제니를 앞세우고 마크가 그 뒤를 따라 꼬불꼬불한 돌층계를 올라가니, 한 2백 층계쯤에서 대지 위로 올라설 수 있었다. 그곳은 길이가 50야드쯤 되었으며, 바다 자갈이 깔려 있었다. 놋쇠로 만든 조그만 대포 2문이 난간 너머로 포구를 바다에 내밀고 있었고, 깃대가 있는 중앙의 잔디는 가리비껍질로 곱게 가장자리가 장식되어 있었다.

　"늙은 선장이 아니면 이런 집은 세울 수 없겠습니다."

　브렌던이 말했다.

　초로의 남자가 망원경을 옆에 끼고 대지를 가로질러 맞이하러 나왔다. 벤디고 레드메인이었다. 다부지고 우람한 몸집이었으며, 바다 내음을 물씬 풍기고 있었다. 모자를 안 쓴 머리에는 짧게 깎은 머리털이 불꽃처럼 붉게 타고, 역시 짧게 깎은 턱수염과 구렛나룻에는 희끗희끗하게 센 털이 섞여 있었다. 입 위만은 수염을 밀어서 없었다. 오랜 세월 바닷바람에 시달린 얼굴. 광대뼈 언저리는 거의 자줏빛에 가깝도록 햇볕에 그을었다. 방동사니를 연상시키는 억센 눈썹, 그 아래로 푹 꺼진 적갈색 눈은 보기에도 꽤 까다로운 성품을 나타내고 있었다. 그러고 보니 아랫입술이 툭 튀어나온 것도 고집스럽고 성급하다는 증거라고 할 수 있을 것이다. 게다가 이 늙은 뱃사람의 본디 기질은 겉보기 이상으로 사나운 듯싶었다. 아무튼 그가 브렌던이라는 인물에 그다지 경의를 나타내고 있지 않은 것만은 틀림없었다.

　"어서 오시오."

그는 손을 내밀면서 말을 이었다.

"어떻게 되었습니까, 그 뒤의 소식은?"

"그게 글쎄, 아무것도 없습니다, 레드메인 씨."

"저런! 아니 그래 경시청에 계시는 양반이, 미친 사람 하나 간단히 못 잡는단 말씀인가요?"

"선생님이 협조해 주셨더라면, 가능했을 테지요. 아우님한테서 편지를 받으셨다지요?"

마크는 날카롭게 말했다.

"협조할 생각은 물론 있습니다. 편지는 선생을 위해서 잘 간직하고 있소."

"그러나 이틀을 헛되이 보내 버렸습니다."

"아무튼 들어갑시다. 그 편지를 보여 드릴 테니까."

벤디고 레드메인은 시무룩한 표정으로 말을 이었다.

"그러나저러나 당신들이 실패할 줄은 몰랐소. 끔찍한 사건이라서 나같은 사람이야 짐작도 안 가지만, 한 가지 확실한 것은 이 편지는 틀림없이 내 아우가 썼다는 것, 그리고 플리머드에서 부쳤다는 것이오. 그 플리머드에서 아직도 그 녀석을 잡지 못하는 것을 보면, 아마도 그 녀석 희망대로 되어 가는 것 같군그래."

그리고 그는 조카딸을 돌아보고 일렀다.

"제니야, 30분쯤 뒤에 차를 좀 갖다 다오. 저 탑실(塔室)에서 브렌던 씨와 이야기하고 있을 테니까."

펜딘 부인은 집 안으로 모습을 감추었다. 마크는 늙은 선장과 함께 그 뒤를 따랐다. 홀은 정확히 네모난 방이었으며, 이 집 주인이 여러 나라에서 수집해 온 듯한 갖가지 골동품으로 꾸며져 있었다. 두 사람은 그곳을 지나서 층계를 올라가 이 집에서 가장 높은 곳에 있는 방으로 들어갔다. 겉으로 보기에는 탑과 같고, 안은 등대의 조망대를 연상시키는 9각형의 넓은 방이었다.

"여기가 내 망루요."

레드메인 씨는 설명했다.

"바다에 폭풍이 불면, 온종일 여기서 지내고 있다오. 거기 있는 3인치 망원경은 상당히 강력해서, 그것으로 해상 감시를 하는 셈이오. 그 구석에 해먹이 있지요. 피로하면 거기 들어가서 잔다오."

"여기 있으면, 배를 타고 있는 기분이 들겠는데요."

이 한마디가 벤디고를 무척 기쁘게 만들었다.

"정말이오, 때로는 조금 흔들거리기도 하고 말씀이야. 지난 3월이던가, 남동풍이 몹시 심하게 분 적이 있었지요. 그 때는 이 벼랑에 무시무시한 파도가 부딪쳐서, 이 집 대들보가 다 흔들렸었다오."

그리고 그는 방 한쪽으로 가더니, 높다란 벽장의 자물쇠를 열고 고풍스럽게 생긴 네모난 조그만 나무상자를 꺼냈다. 그것을 열어 편지를 한 통 꺼내어 탐정에게 내밀었다.

브렌던은 열려 있는 창가로 가서 의자에 앉았다. 그리고 천천히 편지를 읽기 시작했다. 큼직하게 쓴 서투른 글씨가 편지지 왼쪽에서 오른쪽으로 조금 치켜올라가면서 꾸불꾸불 이어져 있었다. 그 때문에 오른쪽 아래 모퉁이에 세모꼴의 여백이 남아 있었다.

친애하는 벤, 모든 일은 끝났어. 마이클 펜딘을 해치워 버렸거든. 그 녀석을 마지막 심판 날까지 찾아내지 못하게 만들어 버렸지. 하지만 지금은 역시 후회가 되는구먼. 그렇다고 해서 그 녀석이 불쌍하다는 것은 아니오. 내 기분이 그렇다는 것이지. 오늘 밤 재수만 좋으면 프랑스로 건너갈 참이야. 어디서든 거처가 정해지면, 곧 알리리다. 제니를 부탁하오, 형. 그 아이는 이제 겨우 그 놈팡이 녀석과 인연이 끊어진 거요. 일이 어지간히 가라앉으면 다시 돌아올 참이오. 앨버트와 플로라에게 안부 전해 줘요.

　브렌던은 편지와 봉투를 살펴보았다.

　"아우님한테서 온 다른 편지는 없습니까? 전에 온 것이 보고 싶습니다. 비교해 보고 싶어서요."

　벤디고는 고개를 끄덕이고 "그러실 줄 알았지." 하면서 상자에서 편지를 또 하나 꺼냈다. 그것은 로버트 레드메인이 자기의 약혼을 알린 편지였으며, 필적은 똑같았다.

　"그래, 레드메인 씨는 아우님이 어떤 방법을 썼으리라고 생각하십니까?"

　"바라던 대로 했을 거요. 해마다 이맘때면, 에스파냐나 브르타뉴에서 양파 배가 들어오지요. 어느 날이고 플리머드의 외곽 방루(防樓) 곁에는 정박해 있는 양파 배가 우글우글하다오. 거기까지만 가면, 그 뒤는 돈만 있으면 되는 게요. 얼마든지 숨겨 주지요. 그런 범선에만 달아나면, 그 이상 안전한 일은 없소. 짐작컨대 아마 싱마로나 어디 그 근처에 상륙시켜 달라고 하겠지. 그렇게 되면 이제 당신들의 손은 미치지 못할 게요."

　"그래서 선생, 수사 결과 머리가 돌았었다는 것이 밝혀질 때까지 아우님의 소식을 숨겨 둘 생각이었나요?"

　"아니, 수사 결과가 왜 필요하단 말씀이오? 그 녀석의 머리가 돌았다는 것은, 죄없는 사람을 죽인 것만으로도 알 수 있는데. 미치지 않았다면, 그런 무서운 짓은 못하는 법이거든. 죽인 뒤에 교활한 행동이야 했지만, 그것도 어린아이 장난같은 짓이오. 범죄 그 자체는 처음부터 그 녀석이 한 짓이라는 걸 알고 있었지. 하지만 브렌던 씨, 나는 이렇게 생각하오. 범행 때는 그 녀석의 머리가 돌았는지 모르지만, 그 뒤에는 제정신을 차리고 있었던 게 틀림없다고 말씀이야. 내일이라도 잡아 보구료. 아마 그 녀석은 당신들과 마찬가지로 정상적인 두뇌의 소유자라는 것을 알게 될 테니까. 한 가지 점을 빼놓고는 말씀이야. 내 아우는 전부터 병역을 기피한 일로 마이클 펜딘을 미워했었소. 그게 도져서 머리가 돌지 않았나 하고 생각하오만…… 나는 사건의 원인을 그렇게 보고 있소. 마이클은 나도 아주 경멸했었지. 조카딸이 우리 의향을 어기고 결혼을 단행했을 때는 무척 냉정하게 대했었소. 다만 내 경우는 머리가 돌지 않은 것만도 다행이라고나 할까. 펜딘이 솔이끼 수집장에서 나라를 위해 훌륭하게 일했다고 들었을 때는, 안도의 숨을 다 내쉬었었소. ”

브렌딘은 생각에 잠기더니 이내 말을 꺼냈다.

“매우 건전한 의견이십니다. 그리고 또 확실히 정곡을 찌르셨고요. 그런데 편지를 보고 나니 이런 결론을 얻을 수 있겠군요. 아마도 아우님은 시체를 베리 곶에서 바다로 던졌나 봅니다. 숙소에 돌아가서 어떤 방법으로 변장을 하고, 이른 아침 기차로 페인턴에서 뉴애보트로, 뉴애보트에서 플리머드로, 이렇게 숨어든 것입니다. 수사가 시작되었을 무렵에는, 플리머드의 어딘가에 숨어 있었던 것이 틀림없습니다. ”

“아마 그랬을 것이오. ”

“그런데 레드메인 씨. 아우님을 마지막으로 보신 것은 언제였습니까 ? ”

“한 달쯤 됐을까요. 리드 양을 데리고, 그와 결혼하기로 되어 있던 아가씨인데, 그녀를 데리고 찾아왔더군요. ”

“그때 어딘가 달라보인 데는 없었습니까 ? ”

벤디고는 새빨간 턱수염을 만지작거리면서 생각에 잠기더니 대답했다.

"언제나 그렇듯이 제멋대로 지껄여대긴 했지만, 머리가 이상해진 기미는 보이지 않았소."

"펜딘 부부에 관한 이야기도 나왔습니까?"

"한 마디도 없었소. 자기 여자에 관한 일로 정신이 없었으니까. 늦가을에 결혼해서 앨버트 형도 만날 겸 이탈리아로 가겠다고 말하고 있었지요."

"프랑스로 달아나는 데 성공하면, 리드 양과 연락을 취하겠지요?"

"그 녀석이 하는 일은 도무지 짐작을 할 수가 없소. 그런데 그 녀석이 붙잡힌다면, 재판은 어떻게 되지요? 머리가 돌아서 사람을 죽였다, 그런데 막상 잡아 보니 재판관과 조금도 다름없이 제 정신이었다, 그렇게 되면 대체 어떤 재판이 될까요? 미쳤을 때 한 일을 가지고 사형에 처할 수도 없을 것이고, 멀쩡한 사람인 줄 알면서 정신병원에 가두기도 우습고."

"확실히 어려운 문제입니다. 그러나 법은 위험의 존속을 싫어합니다. 살인광인 줄 알면, 비록 제정신이 들 때가 있더라도 그대로 내버려 둘 수는 없습니다. 사람을 죽였으니까요."

"그렇군. 그렇다면 그렇게 결론을 내리도록 하고, 앞으로는 무슨 연락이 있으면 경찰에 알리도록 하지요. 그 대신 선생도 그 녀석을 붙잡으면 앨버트와 나한테 얼른 알려 주셔야 하오. 우리 집안으로 봐서는 매우 수치스러운 일이니까요. 모처럼 싸움터에 나가서 훈장까지 탔는데! 만일 머리가 돌았다면, 그건 모두 전쟁 탓이오."

"그건 충분히 고려하도록 하겠습니다. 아무튼 레드메인 씨, 아우님이나 선생에겐 참 안됐다고 생각하고 있습니다."

벤디고는 텁수룩한 눈썹 아래로 언짢은 눈을 빛내면서 말했다.

"문제는 그 녀석이 밤중에 몰래 찾아왔을 때일 거요. 정신병원에 끌고 갈 수도 없을 것이니. 한평생을 산송장으로 보내게 하는 것도 가엾은 일이 아니겠소."

"나는 선생이 국민으로서의 의무를 저버리지 않으실 것으로 확신하고 있습니다."

브렌던은 이 말을 마치자 두 사람은 식당으로 내려갔다. 기다리고 있던 제니 펜딘이 곧 차를 따랐다. 세 사람이 묵묵히 입을 다물고 있었으므로, 그동안 마크는 젊은 미망인을 관찰할 여유를 가질 수 있었다.

이윽고 그가 물었다.

"펜딘 부인, 앞으로 어떻게 하실 작정이십니까? 연락을 드릴 필요가 있을 때는 어디서 뵐 수 있을까요?"

그녀는 브렌던이 아닌 벤디고 레드메인에게로 얼굴을 돌리면서 대답했다.

"지금부터 저는 여기 계신 작은아버지 신세를 지겠어요. 당분간 여기 있게 해주시겠지요?"

"언제까지라도 있거라."

늙은 선장은 똑똑히 말했다.

"여기는 제니야, 네 집이다. 네가 같이 있어 준다면야, 나도 기쁘지. 이렇게 되고 보니 이제 혈육이라곤 너와 앨버트 형님밖에 없구나. 가엾은 로버트는 두 번 다시 못볼 것 같아."

거기에 중년이 넘은 여자가 들어왔다.

"도리아가 물어 봐 달랍니다. 언제 보트를 내야 되는지 알고 싶답니다."

"가능하면 지금 당장 내주셨으면 좋겠습니다."

브렌던이 부탁했다.

"시간을 꽤 많이 소비해서요."

"곧 떠난다고 그러게."

벤디고가 지시하고 5분 뒤에 마크는 작별 인사를 하고 일어섰다. 그리고 레드메인 쪽을 바라보며 말했다.

"체포하면 되도록 빨리 알려 드리겠습니다. 가엾은 아우님이 아직도 살아 있다면, 언제까지나 체포되지 않고 있을 수는 없겠지요. 그리고 그 양반의 지금 심정은 아마 고뇌와 불안의 연속일 겁니다. 한시바삐 자수하거나, 차라리 체포되는 편이 낫지 않을까요? 영국이 아니라 프랑스에서라도 말입니다."

"고맙소."

노인은 점잖게 대답했다.

"선생 말씀이 옳습니다. 지금 와서는 내 실수가 후회되는구료. 좀 더 빨리 편지를 갖다 드리는 건데. 앞으로 그 녀석한테서 무슨 소식이라도 있으면, 경시청으로 전화를 하거나 다트머드 경찰서로 알려 드리기로 하지요. 보시다시피 여기는 전화가 들어와 있으니까요."

세 사람은 다시 대지 위의 깃대 아래로 가서 섰다. 브렌던은 톱니 같은 선을 그리고 있는 절벽이며, 그 위로 육지를 향해 비스듬히 펼쳐진 밀밭 같은 풍경을 다시 한 번 둘러보았다. 이곳은 문자 그대로 인적이 드문 장소였으며, 1마일쯤 서쪽으로 외딴 농가의 지붕이 하나 외로이 눈에 띌 뿐이었다.

"만일 대위가 이 근처에 나타나거든——나는 어쩐지 자꾸만 그런 기분이 듭니다만——집 안에 들여 놓은 다음 우리에게 연락하시기 바랍니다. 물론 선생에게 있어 이루 말할 수 없이 괴로운 일인 줄은 알고 있습니다. 그러나 레드메인 씨, 선생이 그만한 일에 구애받을 그런 분이 아니라는 것도 잘 알고 있습니다."

브렌던과 회견하는 동안에 거칠었던 늙은 선원의 태도가 서서히 우호적인 것으로 바뀌었다. 형사라는 직업에 대해서 느끼는 혐오의 기분도, 브렌던 개인에게까지는 미치지 않는 듯했다. 늙은 선원은 형사의 부탁에 대답을 했다.

"의무는 의무니까요. 하기야 아무리 의무라도 선생 같은 직업은 사절하겠소만. 하지만 나는 의무만은 반드시 수행하는 사람이오. 그 점 믿어 주셔도 좋을 게요. 그런데 아우는 여기에는 안 올거요. 이탈리아의 앨버트 형한테로 가겠지요. 그럼, 안녕히 가십시오."

그리고 벤디고 레드메인은 집 안으로 들어갔다. 제니는 돌층계까지 브렌던을 배웅하면서 말했다.

"저는 그 가엾은 숙부에게 조금도 나쁜 감정을 갖고 있지 않아요. 정말이에요. 다만 너무나 큰 슬픔에 짓눌려 있을 뿐이에요. 지금까지 전쟁의 화를 무사히 피했다고 좋아했습니다만, 어이없는 잘못이란 것을 알았어요. 가장 사랑하는 남편을 죽인 것은 로버트 숙부가 아니었던 거예요. 그이는 역시 전쟁이 죽였어요. 그것을 이제야 겨우 깨달았답니다"

"정말 놀랍습니다."

브렌던이 말했다.

"거기까지 생각을 하시다니. 나는 부인께서 훌륭하게 참고 견디시는 용기에 감탄하고 있습니다. 그리고 부인을 위해서라면, 무슨 일이라도 하고 싶은 기분입니다. 무슨 일이든 내가 할 수 있는 일이라면……."

"친절하신 말씀, 고마워요."

그녀는 대답하고 손을 흔들어 작별 인사를 했다.

"여길 떠나실 때는 알려 주시겠지요?"

브렌던이 물었다.

"네, 바라신다면."

그리고 두 사람은 헤어졌다. 마크 브렌던은 돌층계를 달려내려갔다. 발 밑을 살펴 볼 마음의 여유마저 없었다. 무엇보다도 이 여성을 사랑하고 있는 자기를 깨닫고 있었다. 이성과 상식의 항의도 아랑곳 없이, 자기가 무서운 감정의 격류에 떠내려가고 있음을 안 것이다.

대기하고 있던 모터보트는, 브렌던을 태우더니 금방 속력을 내어 다트머드로 돌아갔다. 도리아가 자꾸만 말을 걸어왔다. 그러나 브렌던은 이탈리아인의 호기심을 만족시켜 줄 기분이 나지 않았다. 그 대신 상대방의 신상에 대해 물어 보았다. 그러자 젊은이는 기꺼이 자기 이야기를 들려 주었다. 남국인 특유의 경박함과 자기 자랑이, 도리아라는 이 젊은이의 특징이었다. 보트가 다트머드의 선창에 닿을 즈음, 브렌던은 생각해 볼 재료를 하나 가졌다.

"전쟁도 끝났는데, 자네는 왜 고향으로 돌아가지 않나?"

"전쟁이 끝났기 때문에 고향에서 나온 것입니다, 선생님."

주제페는 대답했다.

"전쟁 때는 바다에서 오스트리아군과 싸웠지요. 하지만 지금의 이 탈리아만큼 비참한 나라도 없을 겁니다. 현대의 영웅은 그런 나라에서 살지 않죠. 나는 이래 봬도 평민이 아닙니다. 누구에게나 자랑할 만한 조상을 갖고 있습니다. 현재 알프스 지방에서 돌체아쿠아의 도리아 집안이라고 하면, 제법 유서있는 가문입니다. 선생님도 물론 그 이름은 들으셨을 줄 압니다만……."

"네르비아 강가에 큰 성을 갖고 있는 도리아 집안은, 돌체아쿠아 지방 일대를 영토로 삼았었죠. 호전적인 일족이라서 말입니다. 모나코의 태수를 칼로 쳐 죽인 사람도 있었답니다. 하지만 유서있는 가문이란 국가와 마찬가지로 모래시계의 모래와 비슷해요. 그 자체의 발전에 따라 부풀어오르기도 하고, 허물어져 내리기도 하거든요. '시간'이 시계를 한 번 흔들어 놓으면, 모래는 죄다 떨어져 내립니다. 마지막 한 알까지도 말이죠. 그 한 알이 바로 접니다. 우리 일족은 잇달아 모래시계의 바닥에 가라앉아 버리고 저 혼자만 남았습니다. 아버지는 보르디게라에서 전세 마차의 마부 노릇을 하게 됐죠. 그러다가 전쟁 동안에 죽고, 어머니도 이어 세상을 떠났습니다. 형도 동생도 없고 누나가 하나 있었는데, 이 누나는 타락해서 다른 나라로 떠나 버렸습니다. 아마 죽었겠죠. 어떻게 지내고 있는지 소식도 모릅니다. 그래서 위대했던 우리 일족의 운명은 지금 내 한 몸에 걸려 있는 겁니다. 지난날 왕자로서 북 이탈리아에 군림했던 그 일족이 말입니다.”

브렌던은 보트 뱃머리의 조종사 옆에 앉아 있었으므로, 이 이탈리아인의 놀라운 용모를 보고 감탄하지 않을 수 없었다. 게다가 이 젊은이는 기백과 야심을 갖추고 있을 뿐아니라, 냉소마저 거리낌없이 드러내 보이는 것이었다.

“가문의 운명이란 때로 가느다란 실 한 가닥에 매달려 있을 수도 있는 법이야.”

마크는 말했다.

“한 인간의 생명이라는 가느다란 실에 말이지. 아마 자네는 일족의 영광을 되찾기 위해서 일족을 대표할 운명을 짊어지고 태어난 모양일세.”

“ ‘아마’가 아닙니다. 저한테는 도리아 집안의 수호신이 붙어 있습니다. 그게 이따금 말을 건네 오죠. 틀림없이 저는 위대한 업적을 남길 인간으로 태어났습니다. 이 잘 생긴 용모——이게 무엇보다도 중요한 것입니다. 그리고 머리도 좋습니다. 이게 또한 필요하죠. 저의 조상이 살고 있던 돌체아쿠아의 황폐한 성과 저를 연결시켜 주는 것이 단 한 가지 있습니다. 그것이 이 세상 어딘가에서 저를 기다리고 있는 겁니다.”

브렌던은 웃었다.

"그렇다면 이런 모터보트 같은 것을 타고 뭘 하고 있는가?"

"기회를 노리고 있지요."

"무슨 기회를?"

"여자입니다. 아내를 기다리고 있는 겁니다. 저한테 필요한 것은 여자입니다. 재산을 가진 여자 말입니다. 저의 이 얼굴이면 어떤 여자나 아내로 삼을 수 있습니다. 그래서 영국에 건너왔죠. 요즈음 이탈리아에는 부잣집 뒤를 이을 만한 처녀가 없거든요. 하지만 이 집에 고용된 것은 큰 잘못이었습니다. 돈이 남아돌아가는 큰 저택을 골라가야 하는 건데. 돈이 입을 열면, 다른 모든 것이 입을 다무는 그런 집을 말입니다."

"자네, 자기 자랑이 좀 심하지 않나?"

"천만에요. 저도 팔 물건의 값쯤은 알고 있죠. 어떤 여자라도 이 잘생긴 얼굴에 안 끌리고 견딜 수 있겠습니까?"

"그렇게 생각하나?"

"이 얼굴은 여자들이 찬미하는 바입니다. 고전적인 고대 그리스를 생각게 하는 용모, 이것이 여자들을 끌죠. 자기의 가치를 모르는 사람은 바보입니다. 저처럼 고귀한 피가 혈관에 흐르고 있는 사람은 무엇이든 손에 넣지 못할 것이 없습니다. 바라는 것은 무엇이나 손에 들어오죠. 로맨스 역시 마찬가지입니다. 이탈리아인만이 가진 연애의 재능, 그것도 저한테는 있습니다. 문제는 시간뿐입니다. 인내가 필요할 뿐입니다. 하지만 이 직장은 실패였어요. 선원 출신의 노인에게 그런 보물이 있을 까닭이 없다는 것쯤 알았어야 했던 겁니다. 그런 양반에게 가문이 있을 리 없거든요. 모르고 들어온 제가 바보죠. 고용되기 전에 본인도 만나 보고, 이 초라한 집에도 와 봤어야 옳았는데. 조금더 있다가 새로 광고를 내 가지고, 이번에는 상류 가정에 취직하렵니다."

브렌던은 그의 말을 듣고 있는 동안에, 갑자기 제니 펜딘이 머리에 떠올랐다. 시간이 흐르면서 남편을 잃은 슬픔이 가셔지면, 이 이상한 사나이를 다시 쳐다볼 기분이 되지 않을까? 잠시 의심스러웠지만, 결국 그녀가 그렇게 어리석을 까닭이 없다고 생각을 고쳤다. 게다가 이 도리아 집안 최후의 후예가 노리는 것은, 마이클 펜딘의 미망인으로서는 도저히 제공할 수 없는 재산과 지위이다. 마크는 이 이상한 젊은이에게 심한 혐오를 느끼기 시작했다. 모든 영국인이 가진 겸양의 미덕을 이렇게도 무엄하게 파괴할 수 있는 사나이를 미워하면서, 한편 이 놀랍도록 강한 자신과 자기 몸의 상품 가치에 대한 날카로운 의식에 감탄하지 않을 수 없는 것이 불쾌했다.

그는 기분좋게 도리아의 손에 5실링을 쥐어 주고 선창에서 헤어졌다. 그러나 헤어진 뒤에도 줄곧 주제페의 모습이 머리에서 떠나지 않았다. 그 오만함에 화를 내는 사람도 있을 것이고 육체의 아름다움에 끌리는 사람도 있겠지만, 아무튼 그가 가진 억센 생활력과 전기처럼 격렬한 매력에서 빠져나오기는 불가능하다고 인정하지 않을 수 없었다.

브렌던은 그 길로 경찰서에 들러 플리머드, 페인턴, 프린스타운의 세 도시 경찰서에 연락했다. 프린스타운에는 특별 지시를 내렸다. 하프야드 경감에게, 스테이션 코티지의 젤리 부인 댁에 가서 로버트 레드메인이 묵고 있었던 방을 조사해 달라고 부탁한 것이다.

로버트 레드메인이 나타나다

수사의 이 단계에 와서 마크 브렌던은 미묘한 비현실감을 의식했다. 그 뒤 이 사건의 추이는 마크보다 훨씬 우수한 두뇌의 소유자를 출현시켜 그 위대한 천재의 힘으로 그를 감싸고 있는 허망(虛妄)의 구름을 쓸어 버리게 되지만, 마크 자신도 이 무렵부터는 이미 무언가 지금까지의 수사에 근본적으로 오류가 있었고, 잘못된 길로 이끌려가고 있지 않나 하는 것을 깨닫기 시작하고 있었다. 더듬더듬 암중모색을 하고 있는 동안 막다른 골목에 들어가서, 진상에 이르는 단 하나의 길을 놓쳐 버린 것 같구나 하고 깨닫기 시작하고 있었던 것이다.

날이 새자 그는 본거지를 페인턴에서 플리머드로 옮기기로 했다. 거기서 다시 자기 자신이 앞장서서 주도면밀한 수사를 새로 시작할 생각이었다. 그러나 그 결과도 수사가 너무 지체했다는 것을 확인하는 데 그쳤을 뿐이었다. 로버트 레드메인이 살아 있다는 것은 생각할 수 있는 사실이지만, 그것이 영국 안이 아닌 것만은 분명했다.

이어 그는 헛일인 줄 알면서 프린스타운에서도 수사를 되풀이했다.

만일을 위해 현장을 다시 확인하는 뜻도 있고 해서, 수사의 상도(常度)만은 지키려고 생각했기 때문이었다.

모래톱에 남아 있는 맨발자국은 프린스타운 경찰서에 의해서 완전한 상태로 보존되어 있었다. 그래 봐야 본디 뚜렷한 것은 아니었으므로, 세 사람이 돌아다닌 자국으로도 보이고 두 사람의 발자국으로도 짐작되는 것이었다. 여기서 브렌던은 언젠가 로버트가 한 말이 생각났다. 그는 이 근처 웅덩이에서 이따금 목욕을 한다고 했다. 브렌던은 이 발자국을 서로 다른 세 사람이 남긴 자국으로 해석하고 싶었지만, 그것도 결국 확정을 짓지 못한 채 끝났다.

하프야드 경감도 온 힘을 기울여서 이 사건을 뒤쫓고 있었는데, 이렇게 공연한 힘을 빼지 않으면 안 되게 된 책임을 오로지 살인자의 형 벤디고 레드메인이 편지를 늦게 처리한 데로 돌렸다.

"그는 다른 속셈이 있어서 일부러 늦게 알려 준 게야."

하고 하프야드 경감은 강한 말투로 말했다.

"그 때의 이틀만큼 귀중한 시간은 없었다구. 그 덕분에 범인 녀석, 지금쯤 유유히 프랑스 안으로 숨어들어갔겠지. 잘하면 에스파냐까지 달아날 계획으로 말이야."

"그쪽 경찰에도 상세한 인상서를 보내 놨습니다."

브렌던은 이렇게 설명했지만, 경감은 그다지 기대하지 않는다는 표정이었다.

"외국 경찰은 악착같이 잡으려고 하지 않는걸."

"그러나 이번 경우는 단순한 도망자와는 다릅니다. 저는 아직도 그가 제정신을 가진 인간이 아니라고 생각하고 있습니다."

"제정신이 아니라면 진작 붙잡혔어야 할 게 아니냔 말이야. 자네가 그를 그렇게 봤기 때문에 본디 단순했던 이 사건을 미궁에 바진 거나 다름없이 만들어 버렸다고도 할 수 있어. 나는 처음부터 그가 미쳤다고는 생각지 않았네. 지금은 말할 것도 없고, 범행 때도 우리나 다름없이 말짱했던 게 분명하다구. 어떤가, 브렌던 군, 여기서 한 번 수사 방침을 바꿔 볼 생각은 없나? 왜 그가 그런 사건을 일으키지 않으면 안 되었던가, 그 점을 조사해 보는 게야. 미리 계획된 범죄이고, 처음에 우리가 짐작한 것보다 훨씬 간사한 아주 정상적인 두뇌가 저지른 범죄라고 생각해 보는 걸세. 무슨 이유로 레드메인은 그런 짓을 해야만 했는가? 그 동기를 찾아 내기 위해서 그 사람들의 과거를 한 번 훑어보면 어떨까?"

그러나 브렌던은 순순히 서장의 주장에 동의하지 않았다.

"서장님 말씀에는 찬동하기 어렵습니다."

하고 그는 대답했다.

"그 이론은 저도 한 번 검토해 본 것입니다. 하지만 그건 너무 실제의 경위와 동떨어진다는 것을 알았습니다. 사건이 일어난 날 밤, 가해자와 피해자의 사이는 레드메인의 오토바이로 프린스타운을 떠날 때까지 완전히 화목하게 되어 있었습니다. 그 사실은 공평한 제3자의 증언으로도 알 수 있고——"

"잠깐, 공평한 제3자가 누구인가? 펜딘 부인을 두고 하는 말이라면, 그렇게 단언하지 않는 게 좋을걸."

"왜요? 그 부인의 증언도 틀림없습니다. 저는 페인턴에서 로버트 레드메인의 약혼녀 플로라 리드 양을 만났습니다. 그 사람들에게 들은 이야기로도 펜딘 부인의 말이 틀림없다는 것을 알았습니다. 레드메인이 사건 전에 약혼자에게 편지를 낸 일이 있습니다. 거기에도 분명히 펜딘 부부를 비난한 것은 잘못이었다, 지금은 완전히 생각이 달라졌다고 썼더랍니다. 페인턴에서 열리는 보트 레이스를 구경하러 오라고 초대까지 했다고 씌어 있었답니다.

그리고 또 리드 양이나 그 부모도 입을 모아 한 말입니다만, 대위는 흥분하기 쉬운 성격이고 금방 기분이 바뀌는 사람이었습니다. 특히 부친은 똑똑히 말했습니다. 본디 그 혼담에는 매우 반대였다, 로버트 레드메인이라는 사람은 이성과 광기의 한계를 알 수 없는 사람, 말하자면 그 선을 아주 쉽게 뛰어넘어 버리는 사람이라고 평했습니다. 유감스럽지만 하프야드 경감님의 주장은 성립될 것 같지 않습니다. 발광설 말고 이 사건을 풀 해석은 눈에 띄지 않는다고 생각합니다. 그가 자기 형에게 보낸 편지만 하더라도 광기를 잘 뒷받침하고 있습니다. 필적만 보아도 알 수 있는데, 그건 전혀 자제력이 없는 인간의 것입니다."

"필적은 본인 것인가?"

"벤디고 레드메인이 갖고 있는 다른 편지와 비교해 봤습니다. 좀 색다른 버릇이 있는 글씨체라서, 그 점 의심할 나위가 없습니다."

"그럼, 자넨 지금부터 어떻게 할 참인가?"

"다시 한 번 플리머드로 돌아가서 양과 배를 조사해 볼까 합니다. 배는 날마다 출입을 되풀이하고 있습니다만, 레드메인의 편지가 투함된 직후에 플리머드를 떠난 배를 확인하는 것쯤은 그리 어려운 일도 아닐 것입니다. 어차피 그 배는 한두 주일 뒤에 다시 짐을 싣고 돌아올 테니까요. 반드시 찾아내고 말겠습니다."

"구름을 잡는 이야긴데."

"이번 수사에는 처음부터 그런 경향이 따라다니고 있었죠. 우리는 어딘가에서 정작 긴요한 열쇠를 잊은 것이 아닐까요? 살인이 있었던 날 아침, 범인이 페인턴에서 달아난 모습은 니커보커즈에 큰 바둑 무늬의 웃옷과 새빨간 조끼라는 고이장히 화려한 옷차림이었습니다. 그런데 기차간에서 만난 사람도 없고, 길에서 본 사람도 없습니다. 전혀 사람의 눈에 띄지 않았다는 것은 도저히 상식적으로 생각할 수 없는 일입니다. 벌써 이만큼 이성과 경험을 무시한 사실이 나타나 있는 것입니다. 이제 와서 표면에 나와 있는 것을 액면 그대로 받아들이라고 해봐야, 생각을 안 할 수가 없지 않습니까?"

"그것도 그렇군. 이 사건에는 확실히 무언가 큰 함정이 있어. 정말은 내가 하고 싶었던 말도 바로 그건데, 이 문제는 이렇게 되는 게야. 과연 그 과오가 우리들이 잘못 본데 있는 것인지, 아니면 범인이 우리를 속이기 위해서 속임수를 썼기 때문인지 그 어느 쪽인가를 알고 싶단 말이야. 이 문제도 결국 자네가 규명해 줄 줄은 알고 있지만서두. 요컨대 여기서 우리가 더 이상 뛰어다녀봐야 무의미하단 말일세."

"확실히 그렇다고 할 수 있습니다. 절차상 해야 할 일은 다 한 셈입니다만, 시간을 허비한 것도 사실인 것 같습니다. 그런데 서장님, 우리끼리 얘깁니다만, 저는 창피스러워서 못 견디겠습니다. 분명히 무언가를 보지 못하고 있습니다. 더욱이 가장 중요한 것을 말입니다. 이정표가 서 있었을 텐데 그게 눈에 띄지 않았던 것입니다."

경감은 고개를 끄덕였다.

"그럴지도 모르겠구먼. 하지만 그런 일이야 흔히 있는 일이고, 경찰 업무에는 꼭 따라다니기 마련 아닌가. 그 점이 바로 우리의 괴로운 점이라구. 세상 사람들은 욕하기 시작하지, 월급은 왜 타먹느냐구 말이야. 확실히 자네 말처럼 눈앞에 위험 신호가 매달려 있었는지도 몰라. 그런데도 다른 곳에 그럴 듯한 증거가 보이면 그리로 끌려가기 마련이거든. 맨 처음 한 번 이렇다 하고 마음먹어 버린 일은 곧잘 거기에 얽매이기 마련이라구. 그 결과 진실의 요점을 놓쳐 버리는 수가 있네. 그걸 깨닫기는 정강이가 다 까지는 봉변을 당한 다음인데, 그 때는 이미 사또가 지나간 뒤지. 세상 사람들 눈에는 우리가 마치 바보의 표본처럼 보일 게야."

브렌던도 경감의 경험을 옳다고 여기며 고개를 끄덕였다. 그는 입을 열었다.

"이런 경우 두 가지 가능성밖에 생각할 수 없습니다. 하나는 동기 없는 살인——동기가 없다는 것은 범인이 미치광이라는 것을 뜻합니다만——이고 다른 또 하나는 충분한 이유가 있어 신중히 범행과 도망 계획까지 짠 다음에 살해했다는 것입니다. 가령 전자라고 한다면 범인은 자살한 것으로 생각됩니다. 시체를 발견할 수 없는 교묘한 방법으로 자살한 것입니다. 그렇지 않다면 벌써 붙잡혔어야 할 것입니다. 또 후자라면, 범인은 교활하기 짝이 없는 인간입니다. 페인턴으로 시체를 옮겨간 것도 얼른 보기에는 너무도 어처구니없어서 미친 인간의 행동으로밖에는 보이지 않습니다만, 사실은 그와 반대로 오히려 아주 면밀히 계획한 책략의 하나였던 것이 분명합니다. 아무튼 그가 아직 살아 있다면 머리가 돌았거나 이미 이 나라를 빠져나갔다고 보아집니다. 그 점에 제가 지금부터 탐색해야할 지침이 있는 것 같습니다. 그를 태우고 간 배를 찾아낼 필요가 있는 것입니다."

그는 이 방침을 실행에 옮기기 위해, 이튿날 프린스타운을 떠나 플리머드 항구로 향하고 있었다. 외곽 망루 근처에 선원을 상대로 하는 가게에 방을 하나 얻어 놓고는, 해양 경찰서의 도움을 얻어 사건 당시 플리머드 항구에 머물러 있던 소형 배 10여 척의 움직임을 조사했다. 그리하여 한 달 동안 열심히 수사를 계속해 보았으나 결국 아무 성과도 거두지 못하고 말았다. 모든 소형 배를 다 훑어보았지만, 어느 선장도 정보를 제공해 주지 못했다. 그리고 그 뒤에도 엄중한 감시가 계속되었으나, 해양 경찰도 일반 시민도 로버트 레드메인의 모습을 볼 수는 없었다.

한 사건의 수사가 언제까지나 계속될 수는 없다. 이윽고 브렌던은 런던으로 소환되어, 그 서투른 솜씨를 부끄럽게 생각하지 않으면 안 되는 날이 왔다. 그러나 여느 때와는 달리 풀이 죽은 그의 얼굴을 보고 동료들은 놀려 주려던 말을 삼켰다. 얼른 듣기에 그다지 어려워 보이지도 않는 사건이라, 브렌던의 실패는 주임도 이상하게 여겼다. 다만 주임은 브렌던의 의견이, 로버트 레드메인은 영국을 탈출한 것이 아니라 아마도 플리머드에서 벤디고 앞으로 편지를 띄운 다음 자살한 것이 틀림없다는 데 있다는 말을 듣고는 만족스러운 듯이 고개를 끄덕였다.

그 뒤로도 마크 브렌던은 바빴다. 중부 지방에 다이아몬드 도난 사건이 일어나서, 그것을 맡고 있는 동안 눈 깜짝할 사이에 몇 달이 흘러 갔다. 마이클 펜딘의 시체는 결국 발견되지 않아, 경시청에서는 이 수수께끼를 미궁에 빠진 사건철에 정리해 버렸다. 그리고 세상도 이 사건을 잊어 버렸다.

마크 브렌던은 속으로 혼자 안도의 기분을 느끼고 있었다. 사건에 대한 관심이 희미해져 가는 것을 보면서, 이 비참한 사건이 자신에게 가져다 줄 즐거운 날을 고대하며 마음을 가다듬고 있는 것이었다. 그것은 말하자면 제니 펜딘에 관한 것이었다. 그의 가슴 속에서 그녀의 모습은 사라지지 않았다. 나날의 번잡한 공무 외에 그의 개인적인 관심은 모두 그녀에게 쏠려 있었다. 때로는 애닯도록 그녀의 얼굴이 보고 싶었다. 수사가 계속되고 있는 동안은 무슨 일이 있을 때마다 소상하게 자기의 행동을 그녀에게 알려 주었지만, 수사가 마무리된 지금에 와서는 편지를 낼 구실이 없어졌다. 그 때까지는 제니도 그의 편지에 일일이 고맙다는 인사를 보내왔다. 다만, 그 내용은 지극히 간략했으며, 그가 바라는 그녀 자신에 관한 것이나 앞날의 계획에 관해서는 하나도 알려 주지 않았다. 그래도 알려 온 것이 한 가지 있었다. 그 방갈로를 남편이 처음 설계한 대로 완성시켰다는 것, 적당한 사람이 있으면 세를 놓고 싶으니 토지 임대권을 인수해 줄 사람을 좀 알아봐 달라는 것이었다. 그리고 그 편지에는 다음과 같은 말도 적혀 있었다.

저는 두 번 다시 다트무어의 땅을 밟을 수가 없습니다. 그럴 힘이 없어져 버렸습니다. 그곳에서의 삶은 저에게 있어 평생에 가장 행복했고, 동시에 가장 불행했기 때문입니다. 그런 행복을 즐길 날이 다시는 찾아오지 않을 것이며, 그런 형용할 수 없는 슬픔을 다시는 겪고 싶지 않기 때문입니다.

그는 이 편지를 몇 번이나 되풀이해서 읽어 보고, 한 마디 한 마디의 무게를 재보았다. 그 결과 이런 결론에 이르렀다. 제니 펜딘은 그 최대의 행복을 영원히 잃었다고 여기고 있다. 그러나 동시에 지금의 삭막한 심경에서 더 참된 평정과 진심으로 안식을 느끼는 경지로 옮겨 살 날을 바라기 시작했다고.

그녀의 마음이 이와 같이 달라진 사실은 브렌던을 놀라게 하고도 남았다. 그는 그것을 마침 편지의 용어가 적절하지 않았기 때문이며, 그녀의 참뜻은 하루빨리 기분이 편안해지기를 바라고 있는 것이라고 풀이했다. 그토록 강렬했던 비통함이 삭으려면 적어도 1년의 세월은 필요하다고 보아야 한다. 아직 넉 달밖에 되지 않았다. 그는 함축성 있는 그 문면에서, 있지도 않은 그녀의 의도를 읽은 것은 아닐까? 그와 같은 해석은 오히려 그의 가슴 속에서 제니의 얼굴이 보고 싶다는 욕망을 부채질하는 결과를 가져왔다. 그리하여 그 실행 방법을 생각하고 있는데, 우연이 그 기회가 찾아온 것이다. 마침 그 무렵 브렌던은 러시아인 스파이를 잡으라는 명령을 받고 있었다. 그들은 두 사람이었으며, 12월 중순 어느 날 뉴욕에서 플리머드에 도착하게 되어 있었다. 브렌던이 그들의 신원을 확인하고, 영국 안에서의 스파이 활동에 관한 과거의 경력을 모두 조사하고 나니 도착 예정일까지 조금 여유가 생겼다. 다트머드에서 하룻밤을 묵은 그는, 이튿날 9시에 아무 예고도 없이 걸어서 까마귀의 집으로 향했다. 그의 가슴은 두 가지 생각으로 심하게 고동치고 있었다. 한시바삐 미망인의 얼굴을 보고 싶은 애절한 소망과, 그것과는 전혀 다른 이유로 벼랑 위의 외딴 집을 기습하여 놀라게 해주려는 즐거움이 있었다. 이런 그의 마음 밑바닥에는, 벤디고 레드메인이 동생을 숨겨 놓고 있지 않나 하는 의심이 깔려 있었다. 막연한 것이기는 했지만 잠시도 없어지지 않은 의심이었으며, 지금까지 이런 기습을 몇 번이나 마음먹었는지 모른다.

그러나 후미의 서쪽에 치솟은 언덕을 올라가는 동안 이 같은 그의 의심은 차츰 엷어져갔다. 두 시간쯤 지나 벼랑 꼭대기와 잿빛 겨울 바다 사이에 끼어 있는 까마귀의 집이 내려다보이는 지점에 섰을 때는, 이제 몇 분 안 있어서 만나게 될 여성의 모습 말고는 그의 마음에 아무것도 존재하지 않았다.

물론 그로서는 뜻하지 않은 사건이 앞에 기다리고 있을 줄은 알 까닭이 없었다. 그의 은밀한 로맨스와 채석장에서의 범죄 기록이, 그 날이 다 가기 전에 생각지도 않던 방향으로 급진전할 줄은 꿈에도 생각지 못했던 것이다.

길은 벼랑을 넘어서 뻗어나가 있었다. 겨울 하늘 아래 인기척없는 밭이 갈색 흙바닥을 드러낸 채 펼쳐져 있었다. 이따금 갈매기가 머리 위를 날아가지만, 다른 생물의 모습이라고는 쟁기를 단 말을 몰고 가는 농부 한 사람과 그 뒤를 높고 낮게 뜨면서 따라가고 있는 바닷새

들 뿐이었다.

브렌던은 하얗게 칠한 울짱이 길가에 서 있는 곳에 이르러 목적지에 다다른 것을 알았다. 울짱 기둥에 까마귀의 집이라고 새긴 놋쇠판이 걸려 있었다. 그 옆에는 밤에 등불을 넣어 두는 상자를 얹은 기둥이 서 있었다.

집에 이르는 길은 가파른 비탈을 누비며 뻗어 있었다. 아득히 아래쪽에 깃대와 집 위에 튀어나온 탑실이 보였다. 이 날처럼 어둡게 흐린 하늘 아래서는 으슬으슬한 우수의 그림자가 모든 것을 감싸고 있는 느낌이었다. 바람이 한숨을 쉴 때마다 마른 풀잎 사이로 빛이 달렸다. 수평선은 안개에 묻혀서 보이지 않는다. 잿빛으로 내리쳐진 수증기 아래로 바다가 살며시 기어나왔다. 잔잔한 파도가 단조롭게 무수한 주름을 잡으면서 솜털같은 거품을 뿜고 있었다.

비탈길을 내려가다가 브렌던은 정원에서 일하고 있는 남자를 보았다. 2피트쯤 높이로 철망을 치고 있는 중이었다. 바닷가에서 골짜기로 깊숙이 들어가 있었지만, 그 푸른 비탈면을 갈아서 훌륭한 화단을 만들어 놓고 있었다. 산토끼 떼가 몰려와서 이 화단을 짓밟아 놓곤 하기 때문에 이를 막으려고 철망을 치고 있는 것 같았다.

노랫소리가 들려 와서, 그것이 모터보트 조종사 도리아라는 것을 알았다. 50야드쯤 앞에서 마크가 걸음을 멈추니, 도리아가 일손을 멈추고 가까이 왔다. 오늘도 모자는 쓰지 않았다. 가운데에 이탈리아 국기를 그린 띠를 둘러서 토니카나 산이라는 것을 알 수 있는 가느다란 엽궐련을 물고 있다. 주제페도 브렌던을 알아보고 먼저 말을 건넸다.

"브렌던 탐정선생이시군요? 우리 주인 어른에게 무슨 새로운 소식이라도 갖고 오셨습니까?"

"아니, 도리아 미안하지만 아무것도 없네. 이 근처까지, 그래, 플리머드까지 올 일이 생겨서 펜딘 부인과 숙부님이나 만나 뵐까 하고 들렀네. 그런데 자넨 왜 나를 탐정이라고 부르지?"

"제가 읽은 탐정소설에 보니까, 형사가 '탐정'으로 되어 있던걸요. 미국식으로 그렇게 부르나 보죠? 이탈리아에서는 '주비로', 영국에선 '경찰관'이라고 부르던데."

"모두들 편안하신가?"

"편안하시고말고요. 때는 지나고, 눈물은 마르노라. 하느님은 굽어보시고."

"그리고 자네는, 도리아 집안의 후예를 옛성으로 되돌려 보내기 위해 여전히 돈 많은 여자의 뒤를 쫓아다니고 있는가?"

주제페는 웃었다. 그리고 눈을 감고는 엽궐련의 퀴퀴한 냄새를 굵은 입김으로 토해 내면서 이렇게 말했다.

"글쎄올시다, 어떻게 될는지요. '일을 꾸미는 것은 인간, 일을 하는 것은 신'이라고 합니다만, 공교롭게도 큐핏이라는 사랑의 신이 있어서 말입니다. 이것이 브렌던 선생님, 쟁기날이 땅벌레의 집을 뒤집어엎듯이 내 계획을 뒤집어엎고 말 것 같단 말입니다."

마크의 숨결이 빨라졌다. 그는 도리아의 말뜻을 짐작할 수 있었다. 뜻밖이라고 생각하지는 않았지만 걱정이 되었다.

도리아는 시치미를 떼고 말을 이었다.

"큰 야망도 아름다운 것 앞에서는 속절없이 꺾이고 맙니다. 조상의 옛성도 사랑의 조수에 밀리니까, 어린아이들이 바닷가 모래사장에 만드는 모래집처럼 허물어지는군요. 슬픈 이야기가 아닙니까!"

도리아는 한숨을 쉬고 브렌던의 얼굴을 바라보았다. 그의 모습은 몸에 꼭 맞는 갈색 스웨터를 입고, 어둑하게 흐린 천지를 배경으로 그림처럼 아름다웠다. 브렌던은 맞장구를 칠 기분이 나지 않아 길을 다시 내려가려고 했다. 사정은 대강 짐작이 갔지만, 눈앞에 있는 이

낭만적인 사나이보다 제니 펜딘 쪽이 걱정스러웠다. 이런 외국인이 이 쓸쓸한 곳에서 귀양살이나 다름없는 생활을 참고 있다는 사실은, 말 이상으로 일의 경과를 말해 주는 것이 틀림없다. 그러나 마크는 주제페의 고백이 무엇을 말하는지 모르겠다는 표정을 지으면서 말했다.

"좋은 주인인가 보군. 늙은 선장이란 잘 사귀어 보면 가장 좋은 친구라고 할 수 있는 거야."

도리아도 머리를 끄덕이며 말을 받았다.

"저도 보다 더 좋은 주인을 찾아봐야 없다는 걸 알고 있습니다. 그분도 저를 좋아해 주시고요. 제가 그분을 이해하고 존경하기 시작했다는 걸 아셨거든요. 개는 자기 집에서는 사자가 아닙니까. 확실히 우리 주인 어른은 독재자입니다. 하지만 독재를 할 수 없는 가정이 무슨 소용 있죠? 주인 어른과 고용인인 저는 친구가 됐습니다. 하지만 안타깝게도 그게 언제까지 계속될는지. 이를테면……."

그는 갑자기 말을 끊고 불쾌한 엽궐련 연기를 구름처럼 뿜어 내더니, 더는 말을 잇지 않고 철망 작업으로 되돌아갔다. 도중에 조금 고개를 돌려, 걸어가기 시작한 브렌던에게 말했다.

"마돈나는 집에 계십니다."

그것이 누구를 가리키는지 마크는 잘 알 수 있었다. 5분 뒤에 까마귀의 집 현관에 서니, 제니 펜딘이 나왔다.

"숙부는 탑실에 계셔요."

그녀가 말했다.

"곧 가서 모시고 오겠습니다. 그런데 무슨 볼일로 이렇게 오셨지요? 그걸 먼저 들려 주실 순 없으셔요? 뵙고 싶다고 늘 생각하고는 있었어요, 정말로."

흥분되어 파르스름한 큰 눈을 반짝이고 있는 그녀는 한층 더 아름다워 보였다.

"그런데 그게, 부인. 보고할 것이 아무것도 없습니다. 다만, 아니, 없습니다. 아무것도 없어요. 모든 가능성을 다 추구해 봤습니다만, 결과는 모두 실패였습니다. 부인은, 부인 쪽에도 아무것도 없는 모양이지요? 있으면 듣고 싶습니다만."

"아무것도 없어요. 편지가 왔으면 벤디고 숙부가 틀림없이 말씀해 주셨을 거예요. 그분은 돌아가셨나 봐요. 로버트 레드메인 숙부는."

"나도 같은 의견입니다. 이런 이야기는 물어볼 처지가 아닌지도 모릅니다만, 부인 자신에 관한 것도 말씀해 주시지 않겠습니까?"

"염려해 주셔서, 이렇게 기쁜 일은 없어요. 저는 이제 힘을 되찾았어요. 죽을 수도 없고 해서, 여기서 소용이 될 길을 찾았습니다."

"그럼, 만족하고 계시는군요?"

"네, 만족은 행복의 볼품없는 대용품이지만, 그래도 전 만족하고 있어요."

그는 단둘이서 더 이야기를 계속하고 싶었지만, 그 이상 끌어나갈 구실이 없었다. 그래서 이렇게만 말했다.

"그 만족을 어떻게든 다시 한 번 행복으로 빛나게 해 드리고 싶습니다. 내 힘으로 할 수만 있다면……."

"고맙습니다. 정말 그렇게 부탁드려도 될까요?"

"물론이지요."

"머지않아 저는 런던으로 나갈까 생각하고 있어요. 그때 또 뵐 수 있겠죠?"

"기쁘게 기다리고 있겠습니다. 곧 나오시게 될까요?"

"아직 당분간은……멍청한 기분이 아직 다 가시지 않았어요. 무언가 힘이 다 빠진 것 같고요. 숙부님의 목소리만 들어도 못 견디게 싫을 때가 있어요. 그럴 때는 혼자 방에 틀어박히고 만답니다. 침착을 되찾을 때까지 제 자신을 마치 무서운 짐승처럼 묶어 놓기 위해서죠."

"뭔가 소일거리가 있으면 좋으실 텐데."

"그런건 얼마든지 있어요. 이런 곳에 뭐가 있겠느냐고 이상하게 생각하시겠지만. 주제페 도리아는 노래를 불러 주죠. 모터보트로 앞바다에 나갈 때도 있고요. 이따금 숙부님의 심부름이나 식량을 사러 다트머드에 나갑니다만, 그 때는 꼭 배로 가고 있어요. 그리고 봄이 되면 닭을 기르기로 했답니다."

"그 이탈리아 사람은?"

"그는 신사예요, 아주 훌륭한 신사예요. 아직도 우리가 이해할 수 없는 데가 있긴 하지만, 마음을 놓아도 좋은 남자라는 것을 알고 있어요. 야비한 짓이나 쩨쩨한 짓을 할 사람은 아니예요. 처음 제가 이 집에 와서 살게 되었을 때, 여러 가지로 신상 이야기를 들려 주었지요. 돈 많은 신부를 찾는 것이 평생의 꿈이래요. 자기를 사랑하고, 이탈리아에 있는 도리아 집안의 옛성을 되찾아 줄 사람을요. 다시 한 번 집안의 명예를 높이는 일을 도와 줄 사람이 갖고 싶다나요. 그래서 그 사람의 가슴속은 낭만적인 꿈으로 가득차 있어요. 그러기 위한 에너지와 이상하게 사람을 끄는 힘. 아마 그이는 언젠가 꼭 그 희망을 이룩하고 말 것 같아요."

"아직도 그 사람은 그런 야심을 가지고 있습니까?"

제니는 잠시 말이 없었다. 그리고 창 너머로 쉴새없이 너울거리는 바다를 내다보면서 자기 일처럼 말했다.

"그럼요."

"여성이 좋아할 타입입니다."

"그래요. 얼굴도 그처럼 곱고, 말씨에도 고상한 점이 많아요."

마크는 그녀에게 경고를 하고 싶은 기분이었지만, 여기서 섣불리 무슨 말을 한다는 것은 마음을 들여다뵈는 듯한 느낌이 들었다. 그러나 그녀도 그것을 눈치채고 있었다.

"저는 다시는 결혼하지 않겠어요."

"부인의 슬픔을 본다면, 결혼하자는 사람은 없을 것입니다. 얼마나 쓰라린 고민을 하셨는지, 그것을 안다면 말입니다. 그런 것은 오랜 뒷날에 할 이야기입니다."

그는 어색하게 이런 말을 하고 있었다.

"알아 주시는군요."

그녀는 이렇게 말하고 충동적으로 남자의 손을 잡았다.

"우리 앵글로색슨과 라틴 민족 사이에는 무척 큰 차이가 있어요. 그 인종은 태어날 때부터 머리의 움직임이 빠르고, 언제나 인생에서 쾌락을 찾아내려고 해요. 도리아도 물론 그런 사람 가운데 하나이고, 그 점은 어린아이나 다름없어요. 쾌활하고 낭만적인 어린아이지만, 아마 이 영국은 그 사람에게 겨울 같은 느낌을 주고 있을 거예요. 하지만 지금의 이탈리아에는 돈 많은 여자가 없대요. 그런 말을 그이는 분명하게 하고 있어요. 그래도 역시 이탈리아가 좋은지, 곧 그리로 돌아갈 생각인가 봐요. 봄이 오면 벤디고 숙부에게 그만두겠다고 말할 작정이래요. 저한테 그런 뜻을 비치더군요. 하지만 이건 당분간 선생님 혼자만 알고 계셨으면 해요. 숙부는 그 사람을 무척 편리한 사람으로 알고 계시니까, 그만두겠다고 말하면 몹시 서운해 하실 거예요. 그 사람, 무슨 일을 시켜도 아주 잘 처리해 낸답니다. 우리의 마음속까지 마치 요술사처럼 꿰뚫어볼 줄 알고요."

"내가 너무 오래 부인을 붙들고 있나 봅니다."

"아녜요, 괜찮아요. 이렇게 뵈니 정말 저는……. 저어, 브렌던 선생님. 저희들과 함께 점심 식사 하시지 않겠어요? 우린 언제나 점심에 정찬을 든답니다."

"폐가 되지 않을는지?"

"무슨 말씀을. 상관없으시다면 식후의 차까지도 드시고 가셔요…… 그럼, 숙부님께 가 계세요. 한 시간쯤 말씀하고 계시면, 그동안에 식사를 준비하겠어요. 주제페도 같이 먹게 됩니다만, 상관없으시죠?"

"도리아 집안의 후예 말입니까! 나는 아직 그런 고귀한 양반과 식탁을 같이한 적이 없습니다."

그녀는 그를 늙은 선장의 성역(聖域)으로 안내했다.

"삼촌, 브렌던 선생님이 오셨어요."

벤디고 레드메인은 커다란 망원경에서 눈을 뗐다.

"질풍이 오는구나. 풍향이 1포인트 남쪽으로 움직였어. 해협은 벌써 파도가 높아지기 시작했는걸."

그리고 늙은 선장이 손을 흔드니, 제니는 아래로 내려갔다. 벤디고는 브렌던이 찾아온 것을 반가워했으나, 동생에 대한 관심은 적어진 것 같았다. 이야기가 로버트 레드메인에게로 미치는 것을 싫어하면서, 그 대신 다른 화제를 마크도 놀랄 만큼 노골적으로 지껄이기 시작했다.

"나는 비록 무지한 인간이오만, 날씨를 보는 눈만은 날카롭다고 자부하고 있다오. 지난 여름에 선생이 찾아오셨을 때도, 나는 선생의 마음속을 환히 들여다보고 있었지. 우리 집의 귀여운 조카딸이 마음에 드셨다는 것을 말씀이야. 하기야 무리도 아니시지. 저래 봬도 제니는 남자 마음을 들뜨게 만드는 것을 갖고 있거든. 첫째 나도 그런걸. 도대체 나라는 인간은, 어머니의 젖을 떼고부터 도무지 여자와는 관계가 없는 인간이라오. 게다가 도무지 여자라는 걸 믿지 않았지. 여자 때문에 암초에 부딪치는 동료들을 너무나 많이 봐 왔거든. 그런데 제니가 오고부터는 이 집도 살기 좋아지고, 나도 알뜰히 보살펴 주어서…… ."

"그분이면, 물론 그렇게 하실 겁니다. "

"가만 계시오, 내 이야기가 다 끝날 때까진 끼어들지 마슈. 아시겠소? 사실 요새 나는 성가신 문제로 고민하고 있는 중이라오. 내 조수 다시 말해서 주제페 도리아가, 이게 제니에게 눈독을 들이기 시작했단 말씀이야. 그 녀석은 아주 편리한 인간이고, 제니도 이젠 이 집에 없어선 안 될 귀중한 존재인데. 만일 그 거지 녀석이 제니를 구슬러서 앗아가는 날엔 큰일이란 말씀이야. 여자가 남자에게 넋을 잃으면 결혼하고 싶어질 것은 뻔하거든. 만일 그렇게 되어 보오, 나는 어떻게 되겠소? 둘이서 나를 버리고 달아날 게 틀림없단 말씀이야. "

마크는 이 실토담을 어리둥절한 표정으로 듣고 있었다.

"제가 선생의 입장에 있다면, 도리아에게 넌지시 말해 주겠습니다. 이탈리아에서는 어떤 행동이 범절에 맞는지, 그 나라의 것은 그 친구에게 맡깁시다. 모든 것을 잘 알고 있을 테니까요. 저래도 명문 출신인 것 같고요. 하지만 영국에는 영국의 관례가 있다는 걸 가르쳐 줘야 하지 않을까요? 남편을 잃은 지 얼마 안 되는 여성에게 청혼한다는 것은, 영국에선 예의에 어긋나는 일이라고 말입니다. 특히 그토록 사랑한 남편과 그와 같이 비극적인 이별을 하지 않으면 안 되었던 여성에겐 말이지요. "

"옳은 말씀이야. 이게 남자 쪽만의 문제라면 나도 선생의 말씀처럼 했을 게요. 하기야 도리아 녀석이 언제까지나 여기서 일할 생각이 아니라는 건 나도 알고 있지. 그 녀석이 이 집에 붙어 있는 것은,

말은 하지 않지만 제니가 있기 때문인 것은 틀림없는 이야길 게요. 그런데 문제는 제니에게 있단 말씀이야. 뭐, 제니가 먼저 유혹을 했다는 건 아니오. 그런 망측스러운 짓을 할 아이는 아니니까. 하지만 내 날카로운 눈은 제니의 마음을 환히 들여다보고 있거든. 그애도 정말은 도리아가 싫진 않은 눈치란 말씀이야. 그런 사나이고, 머리도 좋거든. 그 점은 역시 젊은 여자라, 제니도……."

"그러나 도리아는 재산을 구한다고 들었는데요. 잃어버린 일족의 영광을 되찾기 위해서……."

"처음에는 그랬었지. 제니도 2만 파운드의 현금은 갖고 있지만, 그런 것 가지고는 아무 소용도 없다는 걸 알고 있다오. 그런데 사랑이라는 것, 이게 참으로 신기한 것이거든. 공포심을 잊게 해줄 뿐만 아니라 사내의 큰 야망까지도 잊어버리게 만든다 이 말씀이야. 적어도 한창 넋을 잃고 있을 때는 더하지. 생존 경쟁의 모든 부문에서 얼토당토 않은 핸디캡을 지워 주고 마는 모양이오. 지금 도리아가 갖고 싶어하는 것은 제니 펜딘뿐이라오. 내가 보기에 아마 그 녀석, 소원대로 하고 말걸. 그렇게 된 뒤에 지금처럼 두 사람이 여기 남아서 살아 준다면야 나로서도 아무 할 말이 없지. 허지만 그렇게 되지 않는다는 걸 알기 때문에 문제란 말씀이야. 현재 도리아는 우리와 친구나 다름이 없어서 계약한 일 말고도 온 집안일을 다 돌봐 주기 때문에, 고용인이라기보다 가족이라는 편이 더 가깝다오. 그런 녀석이 가 버리면, 난 쓸쓸할 뿐 아니라 옴짝달싹을 못하게 된단 말씀이야."

"알 수 있겠습니다, 선생님으로서도 어떻게 해야 좋을지 모르겠단 말씀을."

"그렇소. 나도 조카딸의 행복을 방해하고 싶지는 않소. 허지만 공평하게 말해서 저 도리아가 남편으로서 적합하다는 생각은 안 들거든, 좋은 남편감이 세상에 그렇게 흔한 것도 아니고, 하물며 이탈리아 같은 곳엔 하나도 없지 않나 하는 생각도 들지만, 아무튼 그녀석은 특히 위험하단 말씀이야. 결혼해서 1년도 안 돼 가지고 금방 슬슬 마음이 달라져서 그 야망인가 하는 게 다시 되살아나진 않을는지. 그것을 실현하기 위해서라며 다시 돈과 여자를 쫓아다니기 시작할 것 같단 말씀이야. 제니도 앞으로 큰 돈이 들어오게 되어 있지. 우선 로버트의 돈이 머지않아 그 아이 것이 되거든. 언젠가는 내 재산도 그렇고, 또 내가 아는 한 앨버트 형의 재산도 역시 그렇게 될 거란 말씀이야. 제니에게 말고는 갈 데가 없거든. 하지만 아무튼 저 두 사람의 결혼은 바람직스럽지가 못해. 우리 집안의 이런 내막 이야기를 하는 것도 선생이 유명한 분이고, 또 훌륭한 양식을 가진 분이라는 것을 알기 때문이오."

"그렇게까지 믿어 주시니 저도 마음속에 있는 이야기를 하고 싶어졌습니다."

브렌던은 잠시 생각하다가 말을 꺼냈다.

"저는 펜딘 부인을 존경하고 있습니다. 아름다울 뿐 아니라 정숙하고 얌전한 성품을 지닌 세상에 그리 흔한 여성이 아닙니다. 그런데 방금 그 문제입니다만, 그만큼 아름다운 성격을 가진 분이 그리 쉽게 재혼하리라고는 생각되지 않습니다. 아직 당분간은 그런 걱정을 안해서도 되는 게 아닙니까? 언제까지나 그럴 수는 없겠지만, 아직은 꽤 오랫동안 세상을 떠난 남편에 대한 추억을 굳게 지키고 있을 것이 틀림없습니다."

"그건 나도 믿소만."

벤디고가 대답했다.

"이대로 해가 바뀔 때까지는. 잘되면 좀더 오래까지 계속된다고 봐도 틀림은 없을 게요. 그렇긴 하지만, 저 두 사람은 날마다 얼굴을 맞대고 있으니 위험하단 말씀이야. 그것을 나한테는, 아니 아마도 제 자신에게도 단단히 숨기려고 하겠지만."

브렌던은 아무 말도 하지 않았다. 그리고 낙담하는 기색을 감추려고도 하지 않았다. 늙은 선장은 다시 계속해서 말했다.

"그야 나도 조카딸의 결혼 상대는 영국 사람이기를 바라고 있지. 하필이면 이탈리아 사람에게 시집가기를 바라지는 않지만, 워낙 여긴 경쟁 상대가 없으니 더 낭패란 말씀이야. 주제폐가 혼자 달리고 있는 꼴이거든."

그러나 여기서 그는 이 문제를 제쳐 놓고 화제를 바꾸었다.

"그런데 선생, 무슨 새로운 소식이라도 갖고 오셨소, 가엾은 내 동생에 대해서……?"

"그게 글쎄, 아무것도 없습니다, 레드메인 씨."

"이 무서운 사건을 다른 각도에서 다시 살펴보면 어떻소? 나는 전부터 그런 생각을 했었는데. 현장에 흐른 피는 역시 사람의 피었나요?"

"그렇습니다."

"호오, 그렇다면 바다의 비밀이 또 하나 늘어난 셈이군. 펜딘의 시체도 발견되지 않은 모양이지만, 로버트는 그야말로 마지막 심판의 날까지 백골이 뒹구는 장소마저 모르게 되는 것이 아닐까?"

"저도 역시 그분은 죽었다고 믿고 있습니다."

그 몇 분 뒤에 식사를 알리는 징 소리가 울렸다. 탐정과 늙은 선장은 식당으로 내려갔다. 점심 식사치고는 요리 가짓수가 너무 많이 나왔다. 주제폐 도리아는 식사내내 거의 혼자서 지껄여댔다. 그 이야기는 완전히 자기 중심적이었으며, 지난날의 야심은 다 버렸다고 고백해 놓고, 자랑스레 늘어놓는 이야기가 모두 꿈같은 내용뿐이었다.

"우리 일족은 지난날 서부 이탈리아 일대를 손아귀에 쥔 시대가 있었습니다. 벤치미리아에서 보르디게라로 가는 길을 따라 산속으로 조금만 들어가면, 잇닿은 알프스의 산들을 배경으로 네르비아 강을 바라보며 우리 조상이 세운 성채가 우뚝 솟아 있습니다. 강에는 옛 그대로의 다리가 무지개처럼 걸려 있고요, 산비탈은 포도와 올리브 나무로 덮였고, 그 사이사이에 점점이 인가가 흩어져 있습니다. 그리고 그런 것을 한눈에 내려다볼 수 있는 지점에 도리아 집안의 옛 성이 그 거대한 모습을 드러내고 있죠. 그것은 장려한 과거의 망령입니다. 인간 세상의 영위와 번거로움에서 벗어나 1세기에 걸쳐서 사람들의 관심을 물리쳐 왔습니다만, 대전 뒤에 가난뱅이들이 들어와서 살고 있습니다. 마치 이 아래서 파도가 어수선하게 일고 있듯이, 그런 인간들이 돌아다니고 있는 것입니다. 옛날 우리 조상들 앞에서 모자를 벗고 무릎을 꿇던 놈들이 말입니다. 혈통이 천한 놈들이 의식(儀式)의 홀을 차지하고, 농부집 아낙네들이 대리석 바닥에 빨래를 널고 있습니다. 아이들은 중신들의 사실(私室)을 놀이터로 삼고 있고요, 공주들이 그 가련한 가슴을 혹은 희망에 설레이고 혹은 불안에 떨면서 내다보던 창문 근처에는 박쥐가 날고 있는 형편입니다. !

저희 일족은 차츰차츰 쇠퇴해 갔습니다만, 그것도 마지막에 이르러서는 몰락의 속도가 빨라졌습니다. 영락한 할아버지는 나무꾼이 되어 두 마리의 노새에 숯을 싣고 산길을 터벅터벅 걸어다니게 되었습니다. 숙부는 멘토네에서 레몬 재배를 시작하여 그럭저럭 몇천 프랑인가 모았습니다만, 숙모가 눈 깜짝할 사이에 다 써 버렸습니다. 이런 까닭으로 지금은 그 일족의 마지막 인간으로 저 한 사람만 남게 되었습니다. 도리아 성도 오래 전에 팔려고 내놓았죠.

성이 팔리면 작위도 함께 팔 작정입니다. 우스운 이야깁니다만, 그게 이탈리아의 괴상한 관습이죠. 푸주한이건 버터 장수건 돈만 내면 내일이라도 도리아 백작이 될 수 있습니다. 그것을 못하고 있는 것은, 성과 작위 값은 싸지만 막상 그걸 사서 그 황폐한 상태를 손보아 옛날의 그 장려함을 되살리자면 이만저만한 돈으로도 할 수 없는 일이라서 누구나 선뜻 덤벼들 수가 없기 때문입니다. 그래서 아무래도 백만장자의 재력이 필요한 것입니다. "

그는 식사 중에도 식사가 끝난 뒤에도 잇달아 토스카나의 엽궐련을 피워댔다. 그리고 마지막으로 레드메인이 브렌던을 환영하는 뜻으로 내놓은 비장(備藏)의 브랜디를 쭉 들이켜고 나더니 성큼 방에서 나가버렸다. 그 뒤 당연히 그에 관한 것이 화제에 올랐다. 그동안 마크는 제니의 태도를 주시했다. 그러나 자기의 기분에 대해서는 언급하지 않고, 주제페의 노랫소리가 아름답고, 온갖 재주를 가졌으며 성격이 좋다고 칭찬했을 뿐이었다.

"저 사람은 무슨 일이고 못하는 게 없어요. 오늘 오후에는 저를 낚시에 데려가 준다고 했는데, 이렇게 파도가 심해서는 다시 정원 일을 계속하는 수밖에 없겠어요. "

그 뒤 그녀는 도리아가 언젠가는 돈 많은 여자를 찾아내어 오랜 소망을 이루고 말 것이라고 말했다. 그 말을 따져 보면 펜딘 부인 자신의 앞날에 관한 생활 설계에는 도리아의 모습이 들어가 있지 않다고 볼 수 있었다. 다만 이탈리아 사람에 대해서 이야기하는 동안 그녀는 오직 한 가지 마크를 놀라게 하는 말을 했다.

"그 사람은 여자를 싫어해요. 그래서 이따금 여성을 멸시하는 태도를 보여서 저를 화나게 하곤 해요. 그런 점, 언제까지나 완고하게 혼자 사시는 벤디고 삼촌이나 똑같아요. 입버릇처럼 '여자와 중과 닭은 만족할 줄 모른단 말이야'라고 말하거든요. 저는 그런 말을 들으면 남자 쪽이 훨씬 욕심이 많다고 반박해 주죠. "

늙은 선장이 웃음을 터뜨리고 이야기는 여기서 멈추어져, 세 사람은 테라스로 나갔다. 어둠이 깃들기 시작하고 있었다. 폭풍은 아직 시작되지 않았지만 해가 서쪽으로 가라앉으면서 눈을 찌를 듯이 날카로운 광선이 하늘에 번쩍이고, 거센 바람이 구름 한 점 남기지 않고 하늘을 싹싹 쓸어가고 있었다. 보랏빛이 짙어 가고 있는 바다 위에는 스타트 등대가 흰 별처럼 깜박이고 있었다. 무거운 파도가 텅 빈 소리를 울리면서 발 밑 벼랑에 부딪치고 있었다.

집 안으로 다시 들어간 레드메인은 브렌던에게 여러 가지 진기한 수집품을 내보였다. 5시에 차가 나왔다. 그리고 한 시간 뒤 브렌던은 작별 인사를 했다. 늙은 선장은 이 경찰관에게, 앞으로는 날짜를 정하지 말고 언제라도 마음내킬 때 찾아와 달라면서 늘 반가이 맞이하겠다고 거듭거듭 말했다. 브렌던에게 이토록 유혹적인 제의는 없었다.

제니는 언덕 위의 울짱까지 그를 바래다 주었다.

"훌륭한 솜씨셔요. 숙부의 마음을 완전히 사로잡으시다니, 큰 성공을 거두셨어요."

"그 숙부님의 말씀에 힘입어 크리스마스 뒤에 며칠 동안 다시 찾아뵈어도 부인께 폐가 되지 않을까요?"

이렇게 그가 묻자, 제니는 기꺼이 기다리고 있겠다고 대답했다.

그 말에 얼마쯤 힘을 얻고 브렌던은 귀로에 올랐다. 그러나 유쾌했던 그 기분도, 제니의 모습이 보이지 않게 되자 파도가 스러지듯 묽어져 갔다. 모든 것이 의혹에 차서, 도리아를 다룰 때의 무관심한 듯한 그녀의 태도만 하더라도 일부러 그런 체해 보인 것이 아닐까 하는 의심까지 드는 것이었다. 그녀는 아마 남편의 상을 벗을 때까지는 되도록 감정을 숨기려고 애쓸 것이다. 그리고 다음 여름이 지날 무렵쯤 되면 제니 펜딘의 제2의 남편이 나타나 있을지도 모른다. 그는 우울한 기분으로 이것저것 멋대로 상상해 보는 것이었다.

머지않아 다시 까마귀의 집을 찾아온다면 안 될까 하고 생각하고 있는 동안, 그는 불현듯 그렇게 하고 싶은 생각에 지고 말았다. 그래서 바로 그 다음날 이 집으로 되돌아와야 할 운명이 기다리고 있는 줄은 꿈에도 모르고, 이른 봄에 벤디고 레드메인 앞으로 편지를 내어 오늘 자기를 초대해 준 말을 다시 상기시켜야지 하고 마음먹었다. 그 때까지 정세가 어떻게 호전될지 알 수 없는 일이다. 왜냐하면 제니와 편지를 주고받을 방법이 있었기 때문이다. 적어도 실마리만은 마련해 둘 작정이었다.

오가는 사람도 없는 쓸쓸한 길을 혼자 더듬어가는 동안 달이 떠올랐다. 구름이 바삐 움직이고 있는 하늘에서 달은 잠시 맑은 빛을 던지더니, 어느새 번지기 시작한 비구름 뒤에 숨어 버렸다. 화살처럼 구름이 날고, 머리 위의 전기줄이 폭풍을 알리는 노래를 부르기 시작했다. 그의 상념도 발작적으로 사납게 휘몰아치는 바람에 맞추어 토막토막 불규칙적으로 끊어졌다. 그는 제니의 입에서 나온 말 한 마디 한 마디를 저울에 달아 그녀가 보인 표정 뒤에 숨은 뜻을 찾아 내려고 애썼다.

그리고 동시에 자기 자신에게는, 벤디고 레드메인이 그릇된 의견을 털어놓았을 뿐이라고 믿게 하려고 애썼다. 마이클 펜딘의 미망인이 된 지 얼마 안 되는 그녀가, 한갓 이탈리아에서 건너온 사나이쯤에게 마음을 빼앗길 까닭이 있겠는가? 그다지 신경을 쓸 만한 문제도 아니다. 그토록 아름다운 마음을 가진 사람이, 느닷없이 들이닥친 남편과의 별리로 비극적인 쓰라림을 맛본 지가 어제 같은데, 볼 만한 것이 있다고 해야 얼굴뿐이고 자기 생각밖에 염두에 없는 수다스러운 남자에게 심한 비탄에 대한 위안과 앞날이 구만리 같은 장래의 보장을 구하겠는가? 확실히 이 견해는 이론상으로는 튼튼하다고 생각했다. 그러나 그는 속으로 느끼고 있었다. 아무리 단단한 사람이라도 사랑의 포로가 되면 모든 이성이 없어지는 것이라고…….

시름에 잠기면서 브렌던은 혼자 걸음을 옮겨 놓았다. 길 한쪽은 바람을 막아 주는 둑이고, 한쪽에는 솔밭이 이어지고 있었다. 거기서 그는 생전 처음 겪는 무서운 경험을 했다.

길과 나란히 울짱이 서 있다. 그 뒤쪽으로 솔밭이 짙어지고 있는데, 그 울짱 뒤에 로버트 레드메인이 서 있었던 것이다.

두 사람 사이에는 횡목을 다섯 개쯤 가로댄 울짱이 있었을 뿐이었다. 몸집이 큰 그 사나이는 윗횡목에 팔을 걸치고 기대듯이 서 있었다. 달빛이 얼굴을 드러내고, 거센 바람이 획 불어지나갈 때마다 머리 위의 소나무 가지가 음울한 소리를 냈다. 멀리 발 밑에서는 벼랑에 부딪쳐서 부서지는 파도가 분노의 소리를 부르짖고 있었다. 붉은 머리의 사나이는 그 자리에 선 채, 둘레를 살피고 있었다. 트위드 재킷에 사냥모자를 쓰고 새빨간 조끼를 입은 옷차림은, 언젠가 포긴티 채석장에서 보았을 때와 같았다. 달빛이 그 모습을 비추었다. 큼직한 수염, 그 밑에 드러난 흰 이빨. 공포에 찬 여위고 처량한 얼굴이었지만, 광기의 그림자는 보이지 않았다.

누군가를 기다리고 있는 모양이었다. 그 상대가 마크 브렌던이 아닌 것만은 확실했다. 브렌던이 그 바로 앞에서 걸음을 멈추자, 그는 흘깃 탐정의 얼굴을 쳐다보았다. 그리하여 마크라는 것을…… 아니, 누구거나 적의 한 사람이라는 것을 깨닫고 획 몸을 날려 뒤의 숲속으로 뛰어들어갔다. 사납게 휘몰아치는 폭풍의 신음 소리가 날쌔게 달아나는 그의 발자국 소리를 지워 버렸다.

로버트 레드메인의 요구

마크는 멍청해져서, 달빛에 떠오른 울짱과 그 뒤로 이어지는 솔밭의 암흑을 바라보며 꼼짝 않고 서 있었다. 소나무 숲 아래는 석남화와 월계수 덤불이 그림자를 짓고, 상록수 잎사귀가 두툼하게 겹쳐 있었다. 누구나 발을 들여놓기를 망설이지 않을 수 없는 안성맞춤의 은신처였다. 그곳으로 로버트 레드메인을 쫓아 들어간다는 것은 무익할 뿐 아니라 위험하고 무모한 짓이다. 이런 곳에서는 곧잘 쫓는 이가 쫓기는 자의 밥이 되기 쉽다.

느닷없는 로버트의 출현에 브렌던은 어리둥절했다. 문제가 자기 혼자에 국한되지 않기 때문이다. 방금 헤어져 온 까마귀의 집 가족들을 배신자라고 가르쳐 주는 것이다. 마침 그가 찾아온 날에 경찰의 온 기능을 다 동원하고도 찾아내지 못한 로버트가 홀연히 형의 집 가까이에 모습을 나타낸다. 우연 치고는 너무나 잘된 우연이 아닌가? 그렇다고 그가 오늘 방문하겠다고 미리 알려 놓은 것도 아니니, 공모한 사실이 있다고도 할 수 없었다.

환각이 아닐까 하고 자기 자신에게 물어 보았으나, 본디 이성적인 그의 두뇌가 자기 스스로 환영을 만들어 내리라고는 생각할 수 없는 일이었다. 물론 그도 상상력이 없는 것은 아니다. 그러나 그것은 그의 경우 힘의 원천은 될지언정 약점이 되지는 않았다. 미신의 한 조각도 그의 사고력을 약화시킬 수는 없었다. 게다가 로버트 레드메인이 나타났을 때는 그에 관한 것은 머리 어느 구석에도 떠올라 있지 않았다. 확실히 그것은 살아 있는 인간이었다. 게다가 남의 눈에 띌까 두려워하며 사방을 두리번거리고 있는 사나이었다.

그는 그 발견을 등한히 할 생각은 없었다. 필요하다면 형 집의 지붕 아래서라도 로버트 레드메인의 체포를 결행할 각오였다. 다만 다트머드 경찰서의 응원을 청하기 전에 제니 펜딘의 의견을 물어 보고 싶었다. 설마 제니가 자기를 속이지는 않을 것이고, 직접 사정을 호소하면 거짓말로 대답하지도 않을 것이다. 그러나 그렇게 생각하면서도, 결국은 그 여자에게 속고 있었던 것이 아닌가 하는 의심이 씁쓸하게 가슴 속에 치밀어 왔다. 로버트 레드메인이 까마귀의 집에 숨어 있었다면, 도리아와 하녀를 비롯하여 그 집 식구가 모두 그 비밀을 알고 있었다고 생각하는 것은 당연하다.

만일 제니가 이 사건에서 손을 떼 달라고, 로버트 레드메인을 못 본 체해 달라고 탄원한다면 이 발견을 혼자 가슴속에 묻어 두고 입을 다물어 버리겠는가? 사람에 따라서는 이것을 이용하여 그 개인적인 욕망을 불태우면서, 미망인의 소원을 들어 주는 대가로 스스로의 야망을 채우려고 할지도 모른다. 그러나 마크 브렌던은 자기의 직책과 애정을 혼동할 사람이 아니었다. 전자를 등한시함으로써 여자의 사랑을 차지할 수 있다고는 꿈에도 생각하지 않았다. 그는 다만 그런 질문을 자기 자신에게 해보았을 뿐, 새삼 결단을 내리거나 망설일 필요가 없었다. 내일 다시 준비를 갖추어 로버트 레드메인을 붙잡아 올 작정을 했으며, 그 때는 제니든 벤디고든 앞을 막는 이가 있으면 용서하지 않을 각오였다.

서두를 필요는 없었다. 내일 로버트 레드메인을 체포한다는 것은 틀림없는 사실이었다. 여느 때와는 달리 피로를 느끼고 있어서 이상한 사건에 흥분은 하고 있었지만, 그는 이날 밤 늘어지게 잤으며 아침에도 쉬 일어나지 않았다. 8시 반, 옷을 갈아입기 시작하고 있는데, 하녀가 문을 두드렸다.

"누가 찾아오셨어요, 손님. 당장 만나고 싶답니다. 도리아라는 분인데, 까마귀의 집에서 왔대요. 레드메인 선장의 심부름이랍니다."

마침 잘 되었다. 오늘 할 일 가운데서 한 가지 수고를 덜게 된 셈이다. 마크는 하녀에게 손님을 들여보내라고 일렀다. 2분도 안 되어 주제페 도리아가 얼굴을 나타냈다.

"잘 찾아냈죠?"

그가 입을 열었다.

"지난밤에 다트머드에서 머무르신다는 것은 알고 있었지만, 숙박하시는 곳을 들어두지 않았지 뭡니까. 하지만 선생님이시니까 숙소는 최고급 호텔이겠지 하고 짐작했는데, 역시 틀리지 않았습니다. 상관없으시면 저에게도 아침 식사를 먹여 주시고, 왜 뛰어왔는지 용건을 말씀드리기로 하죠. 떠나시기 전에 꼭 만나 뵈어야 했는데, 마침 계셔서 참 잘됐습니다."

"마이클 펜딘을 죽인 로버트 레드메인이 나타났단 말인가?"

"어이쿠, 이거 놀랍군! 어떻게 그걸 아십니까?"

"어젯밤 돌아오는 길에서 만났지."

마크가 대답했다.

"그를 다트무어의 비극이 일어나기 전에 만난 적이 있네. 그래서 얼굴을 알고 있는데, 저쪽에서도 내 얼굴을 기억하고 있는 모양이더군."

도리아가 계속해서 말했다.

"그래서 모두들 굉장히 걱정하고 계십니다. 아직 찾아오진 않았지만, 가까이에 와 있는 것은 틀림없습니다."

"아직 안 왔다면, 가까이 있다는 걸 어떻게 알지?"

"그건 이렇습니다. 아침 일찍 언덕 위에 있는 스트레이트 농장으로 우유와 버터를 가지러 가는 것이 제 일과죠. 그래서 오늘 아침에 갔더니, 기분나쁜 이야기를 하잖습니까. 간밤에 도둑이 들었는데, 도둑맞은 것은 식량과 음료뿐이지만, 무슨 소리가 나서 주인이 부엌에 가 보았더니, 아 글쎄, 도둑놈이 부엌바닥에 턱 앉아서 정신 없이 음식을 먹고 있었다지 않습니까. 붉은 머리에 붉은 수염, 붉은 조끼를 입은 몸집이 큰 남자였답니다. 그리고 그 도둑은 브루크 씨가——그 농장 주인입니다만——나타나니까 부엌 뒷문으로 허둥지둥 뛰쳐나가더랍니다. 브루크 씨는 아무것도 모르고 이런 이야기를 해주길래, 저는 집으로 돌아와서 주인 어른께 말씀드렸죠.

그리고 그 인상과 모습을 이야기했더니, 주인 어른과 마돈나가 까무러칠 듯이 놀라시더군요. 그 사람인 줄 알았기 때문이죠. 기어코 그 살인자가 나타났다는 것을 말입니다! 그래서 그분들은 금방 선생님이 생각난 것입니다. 자전거로 날쎄게 달려서 선생님이 떠나시기 전에 알려 드리라고 말씀하셨습니다. 이것으로 제 심부름은 끝났습니다만, 아직은 이러고 있을 수가 없습니다. 얼른 돌아가서 집을 지켜야 할 필요가 있거든요. 그 적은 인원수로는 불안해서 견딜 수 없습니다. 늙은 선장님도 바다에 대해서는 꽤 큰소리를 치시지만, 동생 문제에는 겁을 잔뜩 내시고 영 형편 없으십니다. 제니부인은 더 말할 것도 없고요. 완전히 공포 상태라고 해도 좋을 것입니다."

"빨리 식사를 마치세."

마크는 벌써 채비를 끝내고 있었다.

"15분 뒤에 자동차를 준비시킬 테니까. 될 수 있는 대로 빨리 떠나기로 하지."

두 사람은 쏟아붓듯이 식사를 마쳤다. 주제페는 점점 더 흥분하여 순경을 몇 사람 데리고 가자고 부탁했지만, 마크는 응하지 않았다.

"그건 나중에 하면 되는 거야. 붙잡는 건 어려운 일이 아니니까. 까마귀의 집에 가서 벤디고 씨의 의견을 들어 보고 난 다음에 해도 늦지 않아. 남의 집에 들어가서 음식을 훔쳐먹어야 할 정도라면, 로버트도 이제 다급해졌나 보군."

9시에 이탈리아 사람이 돌아갔다. 그가 떠나자 브렌던은 경찰서에 가서 권총과 수갑을 빌었다. 그리고 일을 설명하고는 되도록 빨리 자동차를 준비해 달라고 부탁했다. 운전은 순경에게 부탁하기로 했다. 떠나기 전에 서장 대머렐 경감을 만나, 오전 동안은 서에서 떠나지 말고 까마귀의 집으로부터의 전화 연락을 기다려 달라고 부탁했다. 그리고 우선은 절대로 비밀에 붙여 달라고 아울러 일렀다.

도중에 마크의 차는 도리아를 앞질러 달렸다. 폭풍은 거의 지나가 버리고, 서늘한 아침 공기가 해맑았다. 벼랑을 씻는 파도의 너울은 컸지만, 그것도 빠르게 가라앉아가고 있었다.

벤디고네 식구들이 자기에게 거짓 인상을 주려고 했다는 의심은, 제니와 그 숙부 앞에 서자마자 사라져 버렸다. 제니는 처참하리만큼 겁에 질려 있었으며, 숙부도 도가 지나치게 당황하고 있는 표정이었다. 음식물을 훔쳐먹으러 농장에 숨어들어간 도둑이 로버트 레드메인이 틀림없다는 것은, 지난밤에 마크가 겪은 경험이 뒷받침하여 의심할 나위가 없었다. 그와 만난 몇 시간 뒤에 도망자는 스트레이트 농장을 놀라게 했다. 지금은 과연 어디에 숨어 있는 것일까? 누구나가 상상한 것은, 프랑스나 에스파냐로부터 돌아와 이 부근 어디에 숨어서 남몰래 형을 만날 기회를 노리고 있다는 것이었다.

브렌던이 입을 열었다.

"그는 이 집의 형편을 엿보고 있는 것입니다. 지금쯤은 어떻게 하면 체포의 위험없이 이 까마귀의 집에 다가갈 수 있나, 그 방법을 궁리하고 있는 참일 겁니다."

"사실 그 녀석이 의지할 수 있는 것은 나뿐인거든."

벤디고가 말했다.

"제니도 이제 나와 똑같은 심정이라는 것을 알면 그 녀석도 마음이 더 놓일 텐데. 하기야 제니가 저를 용서해 주리라고는 생각지 못하겠지. 이만큼 착한 크리스챤도 그리 흔하지 않을 테니까. 아니, 어쩌면 제니가 여기 있다는 것을 그 녀석은 전혀 모르고 있는지도 모르겠군…… 이것도 다 그 녀석이 제정신이라 치고 하는 말이지만, 그것도 의심스러운 데가 있고……."

마크는 정부에서 펴낸 이 지방의 큰 지도를 살펴본 끝에, 이 부근의 숨을 만한 장소를 몇 군데 지적했다. 그리고 가족이 먼저 찾아보면 어떻겠느냐고 제의했다.

탐정은 설명하기 시작했다.

"그건 말하자면, 두 분을 생각해서 하는 말입니다. 이 근처에서 검거 소동이 일어나면, 결국은 옛 사건이 사람들의 입에 오르내리게 됩니다. 두 분으로서는 그보다 더 불쾌한 일도 없잖겠습니까? 가능하면 경찰이 모르는 사이에 로버트와 연락을 취하도록 하십시오. 본인은 아마 곤경에 빠져 있을 겁니다. 내가 어젯밤에 본 상태로도 꽤 쇠약해 있는 것을 알았습니다. 긴장과 불안에 시달릴대로 시달려서 한시바삐 이해와 인정있는 가족의 품에 안기고 싶은 심경에 있다고 보았습니다. 이 지방에서 숨을 만한 은신처는 두 방면으로 생각할 수 있습니다. 하나는 해안, 물가에서 조금 올라온 곳에 사람의 눈에 띄지 않는 동굴이나 바위 틈새 같은 것이 여러 군데 있습니다. 또 하나는 어젯밤에 별안간 맞부딪쳤을 때 로버트가 도망간 솔밭입니다. 조금 전에도 여기 오는 길에 들여다봤습니다만, 속이 무척 깊은 데다가 사냥꾼들의 편의를 위해서 자동차 길이 세로로 한 가닥 나 있더군요. 그 길을 따라서 몇백 야드쯤 찾아볼 필요가 있을 것 같습니다. "

그때 도리아가 돌아왔으므로 레드메인 씨는 얼른 물었다.

"모터보트는 낼 수 있나? "

주제페는 낼 수 있다고 대답했다. 그러자 벤디고는 이런 말을 했다.

"그럼 브렌던 선생의 말씀을 좇아서 앞으로 24시간만 우리들이 찾기로 하세. 그동안에 얘기가 잘 안 되고 붙잡을 수 없게 될 때는, 물론 경찰에 넘겨서 일체 수색을 해 달라고 해야지. 브렌던 선생, 아무튼 오늘은 선생이 지적하시는 자리에 가 보리다. 확실히 그런 곳 어디에 내 동생이 숨어 있을 것 같은 기분이 드는구료.

하기야 이대로 잠자코 있으면 오늘 밤쯤에 몰래 찾아올 것도 같지만. 아마 그 녀석은 어두워지기를 기다리고 있나 보지. 하지만 그렇더라도 지금은 선생 말씀대로 숲과 바닷가를 찾아보기로 하지요.

그 녀석의 얼굴을 아는 사람이 셋 있는데, 제니와 나와 선생이오. 그러니 너는 주제페와 함께 보트를 타고 바닷가를 찾아보아라. 여기서 서쪽으로 돌면 조그만 물굽이가 몇 개 나 있고, 쉽게 뭍에 오를 수도 있지. 아우 녀석이 그 근처를 헤매고 있다면 금방 눈에 띨 게야. 그 근처의 동굴은 뒤쪽에 있는 황무지나 골짜기로 빠질 수는 있지만 아주 적막한 곳이라서 먹을 것은 도저히 손에 넣을 수가 없지. 오래 견딜 수 있는 곳이 못 된단 말씀이야. 아무려나 바다 쪽은 그리 기대를 걸 수 없으니까, 너와 주제페가 두세 시간만 살펴보면 될 것 같아. 선생과 나는 둘이서 산으로 가면 어떠실까? 아니면 우리가 보트를 타고 이 두 사람에게 검은 숲을 찾아보랄까? 어느 쪽이라도 좋소. 선생 의향대로 하리다."

브렌던은 생각했다. 그리고 쫓기고 있는 자에게는 바닷가보다 숲 속이 더 큰 안심감을 줄 것이라는 결론에 다다랐다.

또 자기가 배에 약하다는 것과 폭풍의 너울에는 보트가 몹시 흔들린다는 것을 고려에 넣고, 늙은 선장에게 말했다.

"이 날씨라도 마다하시지 않고 보트에도 위험이 없다면, 선생 제안대로 펜딘 부인에게는 바닷가를 돌아봐 주시라고 부탁드리기로 하지요. 동굴도 살펴봐 주십시오. 도리아도 아마 기대에 어긋나지 않게 부인을 지켜 줄 것입니다. 그동안에 선생과 나는 숲 속을 찾기로 합시다. 본인과 연락만 닿는다면, 그다지 세상을 떠들썩하게 하지 않고도 붙잡을 수 있지 않을까 하는 생각이 드는군요."

"하지만 막상 붙잡히게 되면, 역시 상당히 화제에 오르내리게 될 겁니다."

도리아가 끼어들며 말을 이었다.

"워낙 유명한 사건이니까요. 또 그 숨은 곳을 알아 가지고 붙잡아 낸 사람도, 역시 큰 인기를 얻어서 세상 사람들의 박수 갈채를 받을 겁니다."

이리하여 그들은 수색하기 위해 배를 낼 준비를 시작했다. 반 시간 뒤, 모터보트가 까마귀의 집 밑에서 튀어나갔다. 방향을 서쪽으로 잡았다. 꽤 흔들림이 심했지만 고물에 걸터앉은 제니가 성능이 좋은 짜이스의 망원경으로 벼랑과 모래톱을 관찰하는 데 방해가 될 만큼 심하지는 않은 듯했다.

이윽고 두 사람이 탄 배는 안개에 싸인 하늘 아래 조그만 흰 점으로 변하여 사라져 갔다. 그 뒤 벤디고는 뱃사람들이 즐겨 입는 두툼한 나사 셔츠에 챙 없는 모자를 쓰고, 파이프에 불을 붙여 물고는 굵은 인목(鱗木) 지팡이를 쥐고 브렌던과 함께 떠났다. 경찰차가 그대로 밖에 기다리고 있었으므로, 타기가 무섭게 금방 어젯밤에 로버트 레드메인이 나타난 울짱 앞에 이르렀다. 거기서 차를 내려 두 사람은 검은 숲 속으로 들어갔다.

벤디고는 조카딸에 관해서 아직도 이야기를 다하지 못했는지, 다시 그 이야기를 꺼냈다. 그것은 브렌던 역시 좋아서 귀를 기울이는 화제이기도 했다.

"그 아이는 지금, 말하자면 인생의 기로에 서 있는 거나 다름없단 말씀이야."

제니의 숙부는 말을 시작했다.

"고민하고 있는 게 불쌍하도록 눈에 띄거든. 죽은 남편을 얼마나 깊이 사랑하고 있었나 하는 것을 나도 잘 알 수 있소. 그 애는 어릴 때와는 성격이 완전히 달라졌는데, 그것도 다 남편의 영향을 받았기 때문이라고 보아도 좋을 게야. 그런데 요새 도리아 녀석이 그 아이한테 넋을 잃기 시작했단 말씀이야. 그런 타입의 남자가 좋아해주면 여자도 어정쩡한 기분으로는 있을 수 없는 것인지 아무래도 마음이 움직이기 시작한 것 같아. 그러면서도 마음속으로는 그걸 부끄럽게 생각하는 눈치도 있고——아니, 정말로 부끄럽게 생각하고 있나 보오——펜딘이 죽고 아직 반년밖에 안 되는데 새 남자를 알았으니 말씀이야."

마크는 물었다.

"남편의 영향으로 성격이 달라졌다고 말씀하셨는데, 구체적으로 예를 들면 어떤 겁니까?"

"글쎄 분별이라는 것을 배웠다고나 할까요. 여러분이 보더라도 지금의 그 아이는 우리 붉은 머리 레드메인 집안의 한 사람으로는 아마 보이지 않을 게요. 성질이 급하고 화를 잘 내고, 불같이 사나운 성격을 이어받은 여자라고는 말씀이야. 그런데 그 아이도 어릴 때는 확실히 레드메인 집안의 제니였다오. 본디 그 아이 아버지가 우리 형제 가운데서 가장 레드메인 기질을 발휘한 양반인데, 그 성격을 이어받았거든. 그저 제멋대로 하려고 하는 애였지. 너무도 발랄하고, 장난을 좋아하고, 학교의 규율 같은 것은 아예 거들떠보지도 않는 애였단 말씀이야. 그런 데서 동급생들의 인기를 독차지했었지. 언젠가 한 번은 장난이 지나쳐서 하마터면 학교에서 쫓겨날 뻔도 했지만. 그애는 남편을 잃고 나한테 돌아왔는데, 그 때까지 내 기억에 남아 있는 제니는 처녀 시절의 그 아이였다오. 그런데 그 아이 성격이 전혀 달라진 데 놀랐단 말씀이야. 마이클 펜딘이라는 인간은 다른 것은 다 그만두고라도, 제니에게 저만한 분별과 인내심을 심어 놓은 것을 보면 무언가 굉장한 마술적인 성격을 지니고 있었나 보오."

"나이와 경험에 의한 인간의 자연스러운 성숙에다가, 별안간 닥친 남편의 죽음이라는 충격이 겹쳐서 그런 침착한 분이 됐는지도 모릅니다. 그런 것이 여러 가지로 합쳐져서 일시적이나마 침울한 성격을 낳았나 보지요."

"그런가 보오. 헌데 그와 같이 침착한 여자로 보이지만, 본디 성품은 결코 단단하지만도 않단 말씀이야. 그게 역시 문제라오. 본디 삶의 기쁨에 넘쳐 있었던 아이거든. 펜딘이든 누구든 겨우 4년 남짓에 삶에 대한 그 기쁨을 그렇게 텅 비게 할 수는 없을 게요. 하기야 남자는 콘월 태생이라니까, 메서디스트파의 목사처럼 삶의 기쁨을 눈에 띄는 대로 없애 버리려고 설쳤는지도 모르겠소만. 그렇다 하더라도 제니의 기질을 아주 싹 바꿔 버렸다고는 생각할 수 없단 말씀이야. 내가 보기에 제니는 지금 그 라틴 인종의 영향으로 서서히 옛날의 제 자신을 되찾고 있는 것 같소. 도리아란 녀석은 꽤 수단이 좋은 놈이니까, 여자의 허영심을 찌르는 기술을 알고 있을 것이거든. 그리고 제니도 여자니만큼 일단은 우쭐하는 마음을 가졌고, 거길 교묘하게 찔리고 있다 이 말씀이야. 하기야 제니는 그만큼 뛰어난 용모를 가진 여자 치고는 자기 자랑이 적은 편이지만. 더욱이 도리아는 사랑을 위해서라면 제 야심마저도 버리겠다고 비치고 있거든. 그게 또 그 녀석의 약은 수작인데, 자기 기분을 제니가 깨닫게 만들자는 계산이 있단 말씀이야. 재산이나 남쪽 나라 옛성의 재건같은 꿈을 버리고 제니 너를 택하겠노라고 말씀이야. 내가 잘못 본 것이 아니라면, 아마 1년이 채 안 되어 그 녀석은 청혼할 거요. 그때까지 미리 사전 준비를 해 둘 테니까 마음놓고 청혼할 수 있는 셈이지. "

"그리고 부인 쪽에서도 승낙할 마음이 되어간다 생각하시는군요 ? "

"지금 상태로는 그렇게 생각해도 좋을 것같소. 그 녀석은 꽤 변덕이 심한 편이라 앞으로 어떻게 달라질는지는 모르지만 말씀이야. "
말을 마친 벤디고가 다시 물었다.

"아우의 서류를 살펴봤는데 유언장이 보이지 않는구료. 그리고 이건 당연한 이야기지만, 사건이 일어나고부터 지금까지 자기 돈을 한 푼도 쓰고 있지 않소. 그렇다면 어떻게 살아 왔는지 이상해서 못 견디겠단 말씀이야. 그런데 일이 최악의 사태에 이르렀다고 치고, 그 녀석이 머리가 돌았다는 것을 알면 재산은 어디로 가게 될까요 ? "

"결국 선생과 앨버트 씨에게로 가게 되겠지요. "
두 사람은 숲 속에 발을 들여놓기가 무섭게 금방 사냥터 경비원에게 붙잡히고 말았다. 경비원은 이 침입자들에게 그다지 상냥한 얼굴을 보이지 않았으나 사정을 듣고 도망자의 인상과 모습을 알고 나더니, 어디든지 마음대로 찾아봐도 좋으며 자기도 주의해 볼 뿐 아니라 동료들이 둘이나 있으니까 그 사람들에게도 일러 놓겠다고 약속해 주었다. 그리고 좀더 사정이 뚜렷해질 때까지 도망자에 관해서는 비밀로 할 필요가 있다는 것도 양해해 주었다.

그러나 브렌던과 벤디고 레드메인의 노력도 아무런 정보를 얻지 못한 채 끝나고 말았다.

단서는 말할 것도 없고 사람이 숨어 있는 흔적조차 없었으며, 3시간에 걸쳐 숲속을 샅샅이 돌아다닌 결과는 벤디고를 지치게 했을 뿐 완전히 무익한 수색이었다. 두 사람은 차를 타고 까마귀의 집으로 돌아왔다.

그런데 집에는 중대한 소식이 기다리고 있었다. 제니가 로버트 레드메인을 보았다는 것이었다. 아니, 그뿐 아니라 서로 만나고 왔다는 것이었다. 그 때문에 그녀는 몹시 지쳐 있었으며, 히스테리 기미까지 보이고 있었다. 도리아는 자랑스러운 얼굴로 자기의 공훈담을 늘어놓고 싶어서 못견디는 듯했다. 다만 경과의 설명만은 이 모험의 여주인공인 펜딘 부인에게 양보했다.

그녀는 흥분해 있었으므로, 이야기 도중에 몇 번이나 말을 잇지 못하고 끊었다. 그러나 제니가 그려 내는 동생의 모습에 넋을 잃고 있는 벤디고가 그것을 깨닫는다는 것은 무리한 일이었다. 두 남녀는 별안간 모터보트 위에서 로버트 레드메인을 보았다면서 제니가 입을 열었다.

"바닷가를 따라 3마일쯤 갔더니 물가에서 겨우 50야드도 안 되는 곳에 로버트 삼촌이 앉아 계시지 않겠어요. 삼촌도 우리 배를 보셨어요. 하지만 배는 바닷가에서 반 마일이나 떨어져 있었기 때문에,

망원경을 안 가진 삼촌은 타고 있는 것이 우린 줄은 모르셨을 거예요. 주제페는 물가로 올라가서 가까이 가 보자고 했어요. 될 수 있으면 갑자기 마주치게 해주겠다면서 말이에요. 저는 그다지 무서워한 건 아니지만, 오히려 삼촌이 제 생애를 망쳐놓은 것이 괴로워서 저와 얼굴을 마주 대하기를 피하시지 않을까 걱정했어요.

그래서 우리는 일부러 못 본 체하고 그곳을 그냥 지나갔다가, 조그만 벼랑을 돌아서 삼촌한테는 보이지 않는 모래톱에 상륙했죠. 그리고 배를 끌어올려놓고는 발자국 소리를 죽이면서 가까이 가 보니까 역시 틀림없었어요. 물론 망원경으로 로버트 삼촌이라는 것은 알고 있었지만, 도리아가 앞에 서고 저는 그 뒤에 붙어서 25야드 앞까지 다가갔죠. 그랬더니 그제야 가엾은 삼촌은 눈치를 채시고는 튀어 일어나셨어요. 하지만 그 때는 벌써 주제페가 앞에 다가가서 '걱정하실 것 없습니다, 친구로서 찾아왔습니다' 하고 설명하기 시작했어요. 달아나시면 붙잡을 생각으로 도리아가 준비를 하고 있었지만 삼촌은 그런 기색은 없었어요. 삼촌은 너무나 지쳐 있었어요. 처음에는 허둥지둥 우리 앞에서 달아나려고 하셨지만 제 얼굴을 보시더니 그만 그 자리에 푹 주저앉아 버리더군요. 그리고는 제 앞에 그냥 무릎을 꿇고 계시지 않겠어요. 하지만 저는 끈기있게, 원수로서 온 것이 아니라고 이해시켜 드리려고 애썼습니다."

"제정신이더냐?"

벤디고가 물었다.

"얼른 보기에는 조금도 이상한 데가 없었어요. 그전에 일어난 일은 한 마디도 말씀하지 않으셨어요. 범행에 대해서는 말할 것도 없고, 그 뒤에 무엇을 하셨는지 그것도 일체 설명을 안 하시구요. 하지만 사람이 완전히 달라지셔서 꼭 삼촌의 유령을 보는 것 같았어요. 그 걸걸하신 굵은 목소리가 속삭이듯 작아지고, 눈은 마치 신이라도 들린 것 같았고요. 앙상하게 여위어 몹시 두려워하고 계셨어요.

도리아를 말이 들리지 않는 데로 물러가게 하라고 하시기에 그렇게 했더니, 형님을 만나고 싶어서 이곳에 숨어들어왔으며, 며칠 동안 서쪽 바닷가에 있는 동굴에 숨어 있었다고 말씀하셨어요. 장소는 똑똑히 말씀하시지 않았지만, 아마 우리가 만난 자리에서 가까운 것 같았어요. 옷은 남루한데다 부상까지 입으셔서, 한쪽 손을 보니 얼른 치료를 해야 되겠다싶었어요."

"그래도 아직 제정신을 가진 사람으로 보였습니까, 펜딘 부인?"

브렌던이 물었다.

"네, 그렇게 보였어요. 공포심만은 좀 광기어린 데가 있었지만, 그런 처지에서는 겁에 질려서 떠는 것이 당연하지 않겠어요? 가엾게도 어떻게 할 수도 없는 궁지에 몰려 버렸으니 말이에요. 머리가 돌았다면 사형만은 면하시게 될 텐데, 그것도 본인은 모르시나 봐요.

저는 열심히 권했어요. '우리와 함께 배를 타고 까마귀의 집으로 가셔서 가운데삼촌을 만나셔요. 그 뒷일은 우리에게 맡기시고요.'라고. 제가 그렇게 권한다고 그게 삼촌을 배신하는 일은 되지 않을 거예요. 왜냐하면 지금은 제정신인 듯이 보이지만, 정말은 머리가 도셨거든요. 미친 사람이 아니면 그런 무서운 사건을 일으킬 수는 없을 테니까요. 그리구 법원에서도 그런 사정을 이해해 줄 것으로 믿어요.

하지만 삼촌은 무척 의심이 많아지셨어요. 제 말을 듣고 아주 기뻐하시면서, 서글프도록 비굴한 태도로 고맙다고 인사하시는 거예요. 그러면서도 저와 도리아를 믿고 배를 타려고는 하지 않으셨어요. 몹시 불안해 하시면서 어디 경찰관이라도 숨겨 놓지 않았나, 금방 어디서 그 사람들이 튀어나오지 않나 하고 걱정만 하시는 거예요. 그래서 저는 '무언가 우리가 도와 드릴 일은 없습니까, 무언가 필요하신 물건은 없습니까, 그런 게 있으면 말씀하셔요' 하고 말씀드렸어요. 그랬더니 삼촌은 잠시 생각하시다가, '만일 형님이 단둘이서 만날 것을 승낙해 주신다면, 그리고 내가 가겠다고 말할 때 붙잡지 않겠다고 약속하신다면, 오늘 밤 모두가 잠든 뒤에 까마귀의 집으로 찾아가겠다'고 대답하셨습니다.

그리고 삼촌은 우선 먹을 것과 해가 저문 뒤 은신처에서 켤 등잔을 갖다 달라고 하셨습니다. 하지만 그런 것보다도 정말 바라시는 것은, 벤 삼촌께서 단둘이서 만나겠다고 승낙해 주시는 일이에요. 그리고 나서 로버트 삼촌은 '이제 됐으니 돌아가라'고 하셨어요. 그래서 우린 그냥 돌아왔습니다만, 어쩌셔요, 벤 삼촌? 삼촌만 만나시겠다고 승낙하신다면 오늘 밤 12시 넘어서 언제라도 정하시는 시간에 오실 수 있어요. 하지만 그전에 반드시 혼자서 만나겠다, 함정을 만들거나 붙잡거나 하지는 않겠다고 벤 삼촌이 하느님께 맹세하시는 편지를 쓰셔야 해요. 로버트 삼촌이 바라는 것은, 벤 삼촌에게 돈과 옷을 얻어서 영국을 빠져나가려는 일인 것 같아요. 이탈리아에 계시는 앨버트 삼촌한테 가시고 싶으신 거예요.

그리고 로버트 삼촌은 이 장소를 남에게 말하지 않겠다고 우리에게 맹세시킨 다음, 날이 저물기 전에 삼촌의 회답을 갖고 올 장소를 정하셨어요. 편지를 그 자리에 놓아 두고 곧 떠나가라, 나중에 내가 읽으러 갈 테니 하고 말씀하셨어요"

레드메인은 고개를 끄덕이며 말했다.

"편지와 함께 먹을 것과 마실 것도 갖다 주어라. 등잔도 갖다 주어야 해. 그러나저러나 그 녀석, 지난 반년을 어떻게 살아 왔지? 도무지 짐작이 안 가는군그래."

"프랑스에 계셨대요. 그렇게 말씀하셨어요."

벤디고는 별로 시간도 걸리지 않고 다음 행동을 결정했다. 그 행동에는 브렌던도 찬성했다.

"첫째."

로버트 레드메인의 형은 말을 시작했다.

"동생이 머리가 돌았다는 것을 알았다. 겉보기가 어떻든 그게 틀림없어. 방금 들은 이야기로도 알 수 있다구. 두 나라 경찰에 쫓기면서, 아직도 저렇게 돌아다니고 있다는 것은 제정신을 가진 사람으로는 도저히 할 수 없는 일이지. 미친 사람의 지혜로밖에는 생각할 수 없단 말씀이야. 하지만 방금도 제니가 말했듯이 이제 드디어 마지막에 이른 것 같군그래. 그 아이는 이 집도 잘 알고 있고 길도 아니까 이렇게 하기로 하자.

우선 오늘 밤에——하기야 정확히는 내일이 되지만——그를 만나기로 하겠다. 밤 1시에 오라고 일러 줘야겠어. 현관문은 열어 두고 홀에는 불을 켜 두지. 언제라도 들어와서 탑실까지 마음대로 올라오게 해 두는 거야. 안심시켜 달라고 한다면 무슨 맹세고 다 해주겠다. 다른 사람은 아무도 없으며, 돌아가고 싶을 때는 언제라도 돌아갈 수 있다고 말이야. 그것으로 그 녀석의 마음을 가라앉힐 수 있다면야, 찬찬히 거동을 살필 기회도 있겠지. 그러면 앞으로 어떤 조치를 해야 하나 하는 것도 생각할 수 있을 게야. 물론 함정을 만들어서 붙잡을 수도 있겠지만, 그러나 아무리 그 애가 좀 돌았기로서니 속일 마음은 없어."

"속일 필요는 없습니다."

브렌던이 말했다.

"그 양반을 만나서 위험을 느끼는 일만 없다면, 선생 계획은 훌륭합니다. 그대로 하시는 게 좋겠습니다. 설마 선생이 아우님의 희망이라고 해서, 그 양반이 영국을 빠져나가도록 돕지는 않으실 테니까.”

벤디고는 고개를 끄덕이며 말했다.

“그야 그렇고말고요. 아무리 아우지만 그 녀석을 앨버트 형한테로 달아나게 할 수는 없지. 그리고 형은 몹시 신경질이고 마음이 약한 편이라서 로버트가 정착할 곳을 마련해 달라면 아마 기절하고 말 거요.”

“정착할 자리는 국가가 마련하게 되겠지요.”

마크가 말을 꺼냈다.

“그 양반의 앞날은 이제 가족들의 문제가 아닙니다. 우리가 바랄 수 있는 최대의 것은 그 사람이 자기 자신으로 봐서나 주위 사람들로 봐서나, 가장 편하게 정착할 수 있는 곳으로 옮겨가는 것입니다. 아무튼 오늘 밤에 만나 뵙고 이야기를 들어보시는 게 좋을 것입니다. 그러나 레드메인 씨, 그 뒤는 나한테 맡기셔야 합니다.”

벤디고는 지체없이 로버트 레드메인에게 편지를 쓰기 시작했다. ‘오늘 밤 1시에 살며시 만나러 오너라, 맹세코 안전을 보장한다. 돌아가고 싶을 때는 마음대로 돌려보내주마’ 라고 그는 도망자에게 굳게 약속했다. 게다가 당분간 까마귀의 집에 살면서 앞으로의 행동을 의논하면 어떻겠느냐, 형으로서 그것을 절실하게 바란다고 덧붙였다. 얼마쯤의 식량을 보트에 싣고, 제니는 편지를 주머니에 넣고 떠났다. 보트의 운전은 도리아에게 지지 않을 자신이 있으니 혼자 가겠다고 말했으나, 벤디고 숙부가 허락하지 않았다.

떠나기 전에 벌써 어둠이 깃들기 시작했으므로, 주제페는 보트를 전속력으로 몰았다.

그 뒤에 브렌던을 몹시 놀라게 하는 일이 일어났다. 그는 벤디고와 함께 깃대 아래에 서서 멀어져 가는 보트를 지켜보고 있었는데, 잿빛으로 저물어 가는 고요한 바다 위에서 서쪽 방향으로 조그만 보트의 모습이 사라지자 벤디고가 뜻밖의 말을 꺼냈다. 늙은 선장은 머뭇거리다가 입을 열었다.

"실은, 저어…… 오늘 밤, 아우를 만나는 게 나 혼자로서는 좀 불안해요. 까닭은 나도 분명치 않소만, 그래도 나는 비겁한 인간은 아니오. 나는 여지껏 한 번도 내 의무를 다하는 데 주저해 본 적이 없지만, 솔직하게 말해서 이번만은 어쩐지 마음이 내키지 않는구려. 그 녀석이 머리가 돌았지만, 내가 반대할 때는 아무리 교묘하게 말해 봐야 화를 낼 것이 틀림없소. 미친 녀석이 이성적으로 나올 까닭이 없으니까. 내 충고가 마음에 안 든다고 덤벼들기라도 한다면 나 같은 늙은이는 속수무책일 거란 말씀이야. 그 녀석을 당해 낼 힘이 있어야지. 권총이라도 가졌다면 모르지만. 하기야 그것으로 꼼짝도 못하게 만들 수 있다 하더라도, 내 손으로 아우를 붙잡기는 싫소.

그렇다고 단둘이서 만나기로 한 약속을 어길 수도 없는 일이오. 모든 일이 순조로이 진행돼서 그 녀석이 폭력으로 나오지만 않는다면, 이 집에 나 말고도 또 한 사람이 있다고 일부러 알려 줄 것도 없는 일이지. 다시 말해서 내가 위험해졌을 때 누가 도와 줄 수 있다는 것만 알면, 나도 마음을 놓을 수 있겠단 말씀이야. 그 편이 과격한 짓을 하지 않아도 되구. 나 혼자 있다가는 혹시 나도 모르게 힘에 호소하고 싶어질는지도 모를 일이거든……."

브렌던은 당연한 생각이라고 여겼다.

"지당한 생각이십니다. 이런 경우에 편지의 약속을 씌어진 대로 지키지 않았다고 해서 무조건 비난받지도 않을 테니까요."

"하지만 기분상으로나마 약속은 약속대로 어김없이 지켜 주고 싶구려. 오는 것도 가는 것도 자유라고 약속한 이상, 그 녀석만 맹세를 어기지 않는다면 내가 배신하고 싶지는 않소."

"확실히 현명한 생각이십니다. 전적으로 찬성합니다."

브렌던은 대답을 하며 다시 물었다.

"도리아는 어떨까요? 그 친구는 믿을 만도 하고, 힘깨나 쓸 것 같던데요."

그러나 벤디고는 고개를 저었다.

"이 이야기를 꺼내려고 도리아와 조카딸이 떠나기를 기다리고 있었다오. 그런 데는 그만한 까닭이 있었기 때문인데, 나는 그 두 사람을 더 이상 이 사건에 끌어넣고 싶지 않단 말씀이야. 내가 로버트를 몰래 탑실에 숨겨 놓은 것을 아무에게도 알리고 싶지 않소. 그 두 사람에게도 역시 알리고 싶지 않구려. 물론 두 사람은 내가 혼자서 만나는 줄 알고 있겠지. 너희들은 나타나지 말아라 하고, 나도 일러둘 참이오. 말하자면 내가 함께 있어 줬으면 하고 바라는 것은 선생이오, 선생 한 분뿐이오."

브렌던은 생각했다.

"솔직히 생각해서 그의 제의를 들었을 때, 나는 당장 그렇게 생각했었지요. 하지만 저쪽 조건을 생각해서 굳이 주장하지 않은 것입니다. 그러나 방침으로는 찬성입니다. 내가 여기 있다는 것은 아무도——가족들에게도 알리지 않는 게 바람직스럽겠지요."

"그런 거야 간단히 할 수 있소. 경찰차를 돌려보내는 게요. 보고는 내일 하겠다고 해 두면 경찰이 방해할 걱정도 없을 테구. 탑실에는 깃발 같은 잡동사니를 넣어 두는 큰 궤짝이 있으니까, 선생은 그속에 들어가 계시면 될 게요. 그 궤짝은 안에 사람이 들어가서 서면 꼭 머리쯤에 공기 구멍이 나 있으니까, 그 구멍으로 방 안의 상태를 내다보고 있으면 내 몸에 위험이 일어났을 때 5초 안에 튀어나올 수 있을 거요."

브렌던은 고개를 끄덕였다.

"거기까지는 괜찮겠습니다만, 그 뒤가 걱정입니다. 그가 떠나고 나면 펜딘 부인이 기다리고 있다가 결과가 궁금해서 올라올 게 아닙니까? 아무리 나라도 밤새도록 궤짝 안에 들어가 있고 싶지는 않거든요."

"그 녀석이 돌아가 버린 다음에야 어떻게 되든 상관없지 않겠소. 그보다 중요한 것은 경찰차를 돌려보내는 일이오. 그래 놓고 선생은 다트머드로 돌아가서 내일 아침까지는 돌아오지 않는 것으로 모두가 믿도록 해 놓아야 한단 말씀이야."

마크는 이 계획에 동의했다. 자동차를 돌려보내면서, 대머렐 경감에게는 이쪽에서 연락할 때까지 아무 행동도 취하지 말아 달라고 전했다. 그리고는 벤디고와 함께 탑실로 올라가서 문제의 궤짝을 살펴보았다. 속이 꽤 넓었으며 방 안의 상태를 살피기에도 편했다. 장처럼 정면에서 두 짝의 문이 열리게 되어 있고, 문짝마다 반 페니 크기의 구멍이 뚫려 있었다. 3인치쯤 높이로 무엇을 괴고 올라서면 눈과 코가 구멍 높이에 닿았다.

"또 한 가지 문제는, 나중에 어떻게 이 집에서 나가느냐 하는 것입니다."

브렌딘은 계속 말했다.

"그가 돌아간 뒤, 펜딘 부인이——아니, 아마 도리아도 마찬가지일 겁니다만——회견 결과가 어떻게 되었는지, 어떤 약속을 했는지 궁금해서 상황을 들으러 올라올 테니까요."

"나중 일은 걱정하지 마시오."

벤디고는 거듭 말했다.

"나는 현관까지 로버트를 바래다 주러 나갈 게요. 선생은 내 뒤를 따라나와서 아우가 나간 뒤 같은 문으로 나가시면 될 게요. 그렇지 않으면, 그 녀석이 떠나간 뒤 당당히 나타나셔도 좋구. 제니에게야 선생 자신의 의사로 남아 있었으며 나 말고는 아무에게도 알리고 싶지 않아서 잠자코 있었다고 설명하시면 될 게 아니오. 그래, 그게 가장 좋을지도 모르겠군. 그러면 제니가 선생이 하룻밤 편이 쉴 수 있는 잠자리를 마련해 줄 게요."

브렌던은 마지막 안에 동의했다. 곧 보트가 돌아왔다. 벤디고는 제니에게 탐정은 다른 수배를 하기 위해서 돌아갔으며, 내일 아침 일찍 다시 올 것이라고 설명했다. 제니는 깜짝 놀라는 표정을 지었으나, 도망자를 안심시키기 위해서는 경찰 관계 사람이 있다는 것은 아무래도 좋지 않다고 말하자 그럴 법하다고 끄덕였다. 그리고 다음과 같이 보고했다.

"편지와 등잔, 그리고 음식물을 모두 지정하신 자리에 갖다놓고 왔어요. 거기는 옛날에 바다 밑이던 것이 부풀어오른 모래사장인데, 커다란 바위가 여기저기 뒹굴고 있는 아주 쓸쓸한 곳이에요."

이리하여 준비가 다 되자 마크는 일찌거니 탑실에 숨었다. 벤디고는 아무도 탑실에 들어오면 안 된다고 일렀다. 그는 이 방을 비울 때는 언제나 밖에서 잠그는 습관이 있었는데, 이날 밤도 물론 밤이 깊어질 때까지 그렇게 해 두었다. 그리고 제니와 도리아와 함께 저녁을 먹었다. 브렌던에게는 미리 먹을 것을 주었다. 늙은 선장은 11시에 탑실로 올라가고, 그 때까지 브렌던은 궤짝에 숨어 있다는 계획이었다.

예정된 시간에 도리아와 주인이 함께 올라왔다. 도리아는 촛대를 손에 들고 있었다. 그 뒤에 제니도 올라와서 한 10분쯤 앉아 있다가 맨 먼저 침실로 돌아갔다. 바람이 다시 세차게 불기 시작하더니, 비마저 섞여서 흩날리기 시작했다. 서쪽에서 휘몰아치는 바람이 탑실을 뒤흔들고 빗방울이 심하게 유리창을 때렸다. 벤디고는 불안한 듯 방을 왔다갔다하면서, 이따금 이맛살을 찌푸리고 밤의 어둠을 내다보며 중얼거리는 것이었다.

"그 녀석, 이 깜깜한 밤중에 바닷가에서 올라오자면 큰 욕을 보겠는걸. 물 속에 떨어져 죽거나, 목이 부러지는 일이라도 없었으면 좋으련만."

주제페는 주전자, 술병, 담배쌈지, 그리고 도자기 파이프 두어 개를 들고 들어왔다. 노선장은 저녁을 먹을 때까지는 담배를 입에 대지 않지만, 그 뒤에는 잠자리에 들 때까지 쉴새없이 피워 대는 버릇이 있었던 것이다.

그는 도리아를 돌아보고 물었다.

"자네도 오늘 그 사람을 봤겠군. 자넨 영리한 사람이니까 인간이 어떤 것인가 조금은 알고 있을 테지. 그래서 묻겠는데, 내 아우를 어떻게 생각하나?"

"잘 보고 잘 들었습니다. 그리고 생각했죠. 이분은 여러 모로 병든 사람이로구나 하고 말입니다."

"다시 사나워져서 사람의 목이라도 찌를 것 같더란 말인가?"

"이번에는 아마 그러진 않겠지요. 그것만은 장담할 수 있습니다. 그분이 마돈나의 남편을 죽였을 때는 머리가 돌았던 겁니다. 하지만 지금은 멀쩡한 정신이 되어 있습니다. 그분이 바라는 것은 단 한 가지, 평화뿐입니다."

약속

벤디고는 파이프에 불을 붙여 물고, 그가 가진 단 한 권의 책을 집어들었다. 그것은 《모비 딕》이었다. 허먼 멜빌의 이 걸작은 오래 전부터 이 늙은 뱃사람이 즐겨 읽는 유일한 문학 작품이었다. 그 속에는 이 세상에서 느끼는 갖가지 흥미, 다가오는 죽음의 시간과 무덤 저 너머 사후의 세계를 받아들이는 마음가짐, 이런 것이 모두 들어 있었다. 게다가 또 지금의 그는 이 《모비 딕》을 통하여 자기 삶에 없어서는 안 되는 바다와의 끊임없는 접촉을 이어나가고 있었던 것이다.

"이제 내려가도 좋아."

그는 도리아에게 말했다.

"여느 때처럼 문단속 잘하고 들어가서 자게. 홀의 불은 하나만 남겨 놓구, 현관문은 고리만 걸어 놓아. 그러나저러나 로버트 녀석, 시계나 가지고 있는지 모르겠구나."

"안 갖고 계셔서 부인이 자기 것을 빌려 드리더군요."

벤디고는 고개를 끄덕이고, 도자기 파이프를 손에 쥐었다. 이때 도리아가 다시 입을 열었다.

"주인 어른은 그다지 불안하지 않으신가 보군요. 뭣하시면 제가 어디 숨어 있다가, 무슨 일이 있으면 뛰어나오도록 할까요?"

"괜찮아, 그럴 필요는 없어. 어서 가 자게. 들여다보면 안 돼, 자네도 신사니까. 나는 아우에게 조리있는 말을 해줄 참이야. 자신은 얼마든지 있어. 전투 신경증에 걸렸다는 것은 세상 사람들이 다 아는 일이니까, 법의 판결도 그리 가혹하진 않을 거라구 말이야."

"죽은 양반의 부인은 그분에게 천사 같은 태도를 보이셨습니다. 그분도 처음에는 부인이 경찰에 알리지나 않나 하고 몹시 의심스러운 모양이었습니다만, 부인의 눈을 한번 보고는 모든 것이 자비심에서 나오고 있는 것을 알았습니다. 그런데 저어, 부인에 대해서 좀 말씀드릴 일이 있습니다만, 상관없으실는지요?"

벤디고는 고양이처럼 동그래진 어깨를 움츠리더니, 손을 들어 붉은 머리를 쓸어올리며

"그런 일이면 그 아이와 직접 이야기하면 되잖나? 의견은 물어 봐서 뭣해. 자네 마음은 알고 있네만, 본디 이런 이야기는 본인의 마음에 달렸으니까. 대체로 그 아이는 어릴 때부터 제 마음대로 하지 않으면 직성이 풀리지 않는 성격이었지. 보기에는 무척 정숙하지만, 아버지로부터 아주 강한 의지를 물려받았다네."

이 한 마디 한 마디가 마크 브렌던의 귀에 들어가고 있다는 것을 생각하니, 벤디고는 쓴웃음을 짓지 않을 수 없었다.

"우리 이탈리아 사람의 관례로는"

도리아는 설명하기 시작했다.

"무엇보다도 먼저 사랑하는 여자의 부모에게 고백하게 되어 있습니다. 주인 어른은 그분의 아버지나 다름없는 분이니까, 주인 어른께서 승낙해 주신다면 저로서는 아주 유리해지죠, 그렇잖습니까? 그

분도 언제까지나 혼자 살아갈 수는 없는 일입니다. 특히 그분의 아름다움이 혼자 사시는 것을 허락하지 않을 겁니다. 남편을 여의고 미망인으로서 혼자 한평생을 보내기에는 너무나 아름답습니다. 저의 나라에 '아름다운 여자는 시집을 가기 위해 태어났다'라는 속담이 있죠. 그래서 더욱 저는 걱정입니다. 어느 다른 남자가 채가지나 않을까 하고 말씀입니다."

"허지만 자네한테는 큰 야망이 있지 않나 돈 많은 여자한테 장가가서 작위와 옛날의 영지를 되찾는다는"

도리아는 양옆으로 크게 손을 흔들어 지난날의 희망은 죄다 내동댕이쳤다는 것을 몸짓으로 나타내 보였다.

"이것 또한 운명입니다. 처음 인생의 설계를 했을 때는 연애를 염두에 두지 않았었죠. 그 때까지는 사랑을 해 본 적도 없고, 그럴 생각도 없었거든요. 그래서 돈 많은 여자와 결혼해서 돈과 여자를 얻은 뒤에도 연애할 기회는 있겠지 하고 생각했었습니다. 그런데 지금은 생각이 바뀌어 버렸습니다. 화살은 떠났습니다. 지금의 저에겐 돈 많은 여자가 필요없습니다. 제가 원하는 것은 정열과 동경과 숭배의 감정을 일께워 주는 사람입니다. 마돈나가 없는 인생, 제니 없는 인생, 제니 없는 인생은 무(無)나 같습니다. 그분과 비교하면 옛성이며 작위며 호사며 영화며, 그까짓 건 아무것도 아닙니다. 티끌이나 다름없습니다. 주인 어른, 모든 것은 티끌에 지나지 않는 것입니다!"

"그 아이는 어떻게 생각하고 있나, 주제페?"

"그분의 마음은 감추어져 있습니다. 하지만 그 눈을 보면 희망을 가져도 좋다는 것을 말해 주고 있습니다."

"그래, 그렇게 되었을 때 나는 어떻게 되지?"

"아아! 사랑은 제 욕심밖에 생각지 않죠. 하지만 주인 어른에게 상처를 입히거나 폐를 끼치진 않을 것입니다. 친절하게 해주셨고, 마돈나 역시 주인 어른을 아주 깊이 사랑하고 있으니까요. 우리에게 가장 좋은 날이 찾아오더라도 그분이 이 친절을 원수로 갚는 일은 없을 것입니다. 그 점은 확신합니다……"

"어쨌든 이 문제는 앞으로 반년은 그냥 덮어 두는 게 좋을 것 같군."

벤디고는 긴 도자기 파이프에 불을 붙이면서 말했다.

"자네네 나라에서도 우리 나라에서처럼 여자에게 접근하려면 정당한 길이 있을 게야. 옳은 길과 옳지 않은 길이 있어. 그 아이는 남편과 사별한 지 아직 얼마 되지 않았어. 그것도 아주 특수하고 슬픈 사정 아래서 말이야. 아직은 사랑을 운운하기에 너무 이르네."

"알고 있습니다. 그래서 저도 이 눈에 타오르는 불꽃을 숨기고 있는 겁니다. 그분의 얼굴도 눈까풀 사이로만 살짝 보고 있죠."

"제니에게는 상당한 유산이 들어오게 되어 있지. 빈틈없는 자네니까 그쯤은 알고 있을 테지만, 그게 지금은 허공에 떠 있단 말이야. 구체적으로 말한다면 죽은 남편은 유언을 남기지 않았어. 허지만 그 아이밖에는 권리를 주장할 사람이 없는 것 같으니까, 재산은 모두 그 아이 손에 들어가겠지. 그게 1년에 약 5백 파운드는 될 게야. 앞으로는 또 그 이상의 것이 들어오게 되어 있지. 그것은 확정된 거나 다름없는데, 형 앨버트나 나나 보다시피 늙은 독신자가 아닌가. 제니 말고는 가족이 없단 말이야. 그런 까닭이라 일이 다 잘되면 언젠가는 제니가 상당한 부자가 될 것은 틀림없어. 황폐한 옛성을 일으킬 만한 재산이야 안 되겠지만, 수입으로서는 넉넉하지. 그밖에 로버트의 돈도 결국은 그 아이 것이 될 거구. 앞으로 로버트의 신변에 어떤 일이 생기든지, 재산까지 허공에 뜨진 않을테니까."

"돈이니 재산이니 하는 것은 저에게는 나뭇가지에 부는 바람 소리, 암탉의 울음 소리에 지나지 않습니다."

도리아는 똑똑히 말했다.

"문제로 삼은 적도 없고, 삼으려고 해본 적도 없습니다. 제가 제니에게 느끼고 있는 사랑에 비하면, 그분이 무엇을 갖고 오든 겨자씨만한 가치밖에 없습니다. 비록 그분이 거지라 하더라도, 또는 몇백만의 돈을 가졌더라도 제 마음에는 변함이 없습니다. 저는 저의 온몸으로 그분을 사랑하고 있습니다. 돈에 대한 욕망이 발판을 구하거나, 가난에 대한 공포가 씨를 뿌릴 만한 자리는 제 마음에는 남아 있지 않습니다. 재산이 있고 없고는 인생의 행복과는 관계가 없습니다. 사랑이 없으면 참된 행복은 존재하지 않는 것입니다."

"그럴 듯하군. 자네 이야기가 부질없는 소리인지, 아니면 하느님이 가르쳐 주시는 진리인지 난 확실히 모르겠어. 나는 지금까지 한 번도 여자에 반한 적도 없고, 나한테 한 조각의 애정이나마 베풀어 주겠다는 여자도 나타나지 않았어. 하지만 내 의견은 방금 말한 대로지. 앞으로 반년만 더 참아. 그 편이 자네를 위해서도 좋을 거야. 이것만은 틀림없어. 아직은 비록 청혼하더라도 제니가 받아들일 수 없단 말이야."

"옳은 말씀이십니다. 믿어 주십시오, 주인 어른. 아주 조심스럽게 이 마음을 숨겨 두기로 하겠습니다. 그분의 슬픔은 당분간 건드리지 말고 가만히 둬 두어야 합니다. 그것은 제 자신을 위한 어떤 이기적인 동기에서가 아니라 말씀대로 제가 신사이기 때문입니다."

"그래 주게. 젊으니까 조심도 하고, 자네네 이탈리아 사람들은 우리 북방 인종에 비해서 훨씬 정열적이니까."

그때 갑자기 도리아의 표정이 바뀌었다. 눈을 반쯤 뜨고 무언가 의심스러운 듯 벤디고의 얼굴을 쏘아보더니 빙그레 웃고 여기서 말을 끊었다.

"걱정하실 건 없습니다, 저를 믿으십시오. 저는 아직 주인 어른의 신뢰에 어긋나는 일은 아무것도 안 했으니까요. 이 문제는 앞으로 반년 동안 절대로 입 밖에 내지 않겠습니다. 그럼, 안녕히 주무십시오."

그가 나가자, 다시 한참 동안 창문을 때리는 빗소리가 심했다.

브렌던은 은신처에서 나와 팔다리를 쭉 뻗었다. 벤디고는 반은 유머러스하고 반은 쓸쓸한 표정으로 브렌던의 얼굴을 보았다.

"그런 형편이라서 말씀이야."

늙은 선장은 말했다.

"이해하셨겠지……."

마크는 고개를 숙이면서 말했다.

"선생 생각으로는 부인도 역시……."

"그렇소. 그렇게 생각하고 있소. 허지만 무리도 아니지. 젊은 여자를 저토록 끌어당기는 남자를 선생도 여태껏 본 적이 없을걸."

"약속대로 반년 동안 얌전하게 기다리고 있을까요?"

"선생도 나와 마찬가지로군. 남녀의 사이에 관해선 아무것도 모르시는 모양이구려. 저 녀석이 가만히 있을 것 같소? 머지 않아 손을 댈 것이 틀림없소."

"펜딘 부인에게 있어 재혼은, 앞으로도 몇 해 동안은 도저히 견딜 수 없는 이야기일 것입니다. 영국인의 이름을 가질 만한 값어치가 있는 사람이라면, 그 신성한 슬픔을 섣불리 건드리지 않고 가만히 놔 둘 것입니다."

"이론과는 다르오. 그 슬픔이 어느 정도의 것인지는 모르지만, 요새는 그 아이도 주제페에게 꽤 흥미를 갖기 시작한 모양이거든. 제법 눈에 띄게 말씀이야. 남자가 영국인이 아니니."

그 뒤 두 사람은 한 시간 가까이 이야기를 나누었다. 그리고 마크는 이 늙은 선장의 사고방식이 운명론적이라는 것을 깨달았다. 조카딸의 재혼과 그 상대가 이탈리아 사람이라는 것을 정해진 사실처럼 생각하고, 다만 그렇게 되었을 때 자기 자신의 생활이 불편해질 것만 걱정하는 정도의 관심이었다. 결혼에 적극적으로 반대할 의향도 없고 불신감을 품는 것도 아니었다. 제니의 숙부로서, 결혼한 뒤 그녀가 이 두 번째 남편에게 실망하지나 않을까 하고 염려해 주는 눈치는 조금도 없었다.

그러나 브렌던은 제3자의 객관적인 입장에서, 그런 경박한 미남자와의 결혼이 얼마 못가 젊은 아내를 고난의 구름으로 싸 버릴 것은 거의 틀림없다고 생각했다. 그에 비하면 자기의 애정은 순수하다. 다만 지금 당장 그렇다고 똑똑히 단언할 수가 없을 뿐이다. 현 상태로는 그녀를 위해 도움이 될 만한 자신이 없기 때문이다.

그러나 참을성있는 성격인 그는 새로이 희망을 북돋아, 그녀를 위해서 크게 도움이 될 기회를 가까운 앞날에 기대하기로 했다. 비록 그때 그녀가 이미 도리아 부인이 되어 자기의 현실에 보답할 수 없게 되어 있다 할지라도……

그는 자기를 알고 있었다. 그리고 연애라는 그가 아직 모르는 감정이——적어도 그 자신의 경우에는——모든 이기적인 마음과 개인적인 행복에 대한 욕망을 뛰어넘어 신비롭고 전능한 힘을 가졌다는 것을 알고 있었다. 도리아 정도 되는 사나이라도 그쯤은 알고 있을 것이었다. 다만 실제로 시련이 시작되었을 때, 과연 그 사나이는 자기의 정열을 희생하고까지 제니의 행복을 생각할 것인지?

이윽고 1시가 다 되었으므로, 브렌던은 다시 몸을 숨기지 않으면 안 되었다. 그는 궤짝 안으로 들어가기 전에 한 번 더 이야기를 로버트 레드메인에게로 돌려 보았다. 그러자 벤디고는 뜻밖의 말을 했다.

그것이 마크에게 지금부터 일어난 사건의 결과에 큰 불안을 느끼게 했다.

"로버트에게 사정을 들어 보고 펜딘을 죽인 것이 정당방위였다든가, 뭐 그런 정당한 까닭이 있어서 그랬다는 것을 알았을 때는 나는 아우 편을 들 게요. 그 녀석을 위해서 싸우고, 경찰의 손으로부터 지켜 줄 참이오. 그러면 내 자신이 법에 걸린다고 나무라실지는 모르지만, 그런 말에 얽매일 내가 아니오. 문제가 거기까지 가면 결국 피는 물보다 진할 수밖에 없을 게요."

그것은 전혀 새로운 태도였지만, 탐정으로서는 무어라 대답할 도리가 없었다. 아래층 홀에서 벽시계가 1시를 쳤다. 브렌던은 궤짝 안에 들어가서 문을 닫았다. 벤디고는 다음 파이프에 불을 붙였다. 그때 층계를 다급하게 올라오는 발자국 소리를 들었다. 주위에 신경을 쓰는 도망자의 그것이 아니었다. 망설이는 기색도 없고, 소리가 안 나도록 조심하는 태도도 아니었으며 성큼성큼 거침없이 올라왔다. 벤디고는 그것을 동생으로 믿고 맞이하기 위해 조용히 의자에서 일어났다. 그러나 거기에 나타난 것은 로버트 레드메인이 아니라 주제페 도리아의 모습이었다.

도리아는 몹시 흥분하여 눈을 번들거리고 있었다. 거칠게 숨을 헐떡이면서 이마에 흘러내리는 머리칼을 걷어올렸다. 빗속을 걸어왔는지 어깨와 얼굴이 물에 젖어 번쩍이고 있었다.

"한 잔 주시지 않겠습니까?"

그는 성급히 말을 이었다.

"이렇게 놀란 일은 처음입니다."

벤디고는 술병과 잔을 테이블 너머로 밀어 주었다. 도리아는 의자에 걸터앉아 자기 손으로 술을 따랐다.

"무슨 일이야? 빨리 이야기해. 이제 슬슬 그 아이가 올 시간이야.

내 아우 로버트 말이야."

"아뇨, 그분은 안 오십니다. 제가 만나서 이야기하고 오는 길인걸요. 그분은 오시지 않습니다."

그리고 도리아는 소중한 것이라도 다루듯이 술을 조금씩 입에 가져가면서 까닭을 설명했다.

"저는 여느 때처럼 정원을 둘러보고, 나무 울짱의 문 등을 끄려고 했습니다. 그때 문득 레드메인 씨가 생각났습니다. 이제 앞으로 30분밖에 안 남았으니까, 등을 그냥 켜 두는 것이 그분도 길을 찾느라고 허둥대지 않고 좋지 않을까 하는 생각이 든 것입니다. 이렇게 캄캄한데다가 폭풍우까지 휘몰아치고 있으니까요.

그래서 저는 불을 그대로 켜 놓고 사다리를 내려왔습니다. 그런데 그때 벌써 그분 눈에 제 모습이 띄고 만 것입니다. 그분은 길 바로 건너편에 있는 바위 그늘에 숨어 있었나 봅니다. 마치 천연의 지붕처럼 바위 처마가 툭 튀어나온 그 자리 말이죠.

저라는 것을 알고 그분은 가까이 나와서 말을 건넸습니다. 겁에 질려서 떨고 계시더군요. 금방이라도 어디서 경찰이 나타나지 않을까, 가까이에 누가 숨어 있지 않을까 그런 걱정만 하고 계셨습니다.

저는 안심시키려고 '그런 일은 없습니다, 주인 어른 혼자서 기다리고 계십니다. 오직 구해 드리고 싶은 심정으로 모두 만나고 싶어 하고 계십니다' 라고 말씀드렸지요. 그리고는 얼른 안으로 들어가시고 울짱문을 꼭 닫아야 한다고 입이 마르도록 권했습니다만 그분의 의심은 더해만 갔습니다. 쫓기는 짐승 같은 공포심이 눈빛에 역력했습니다. 저를 믿으시지 않는 거예요. 완전히 공포심에 사로잡혀서, 안심시켜 드리려고 하는 저의 말도 일일이 반대로 곡해하실 뿐이었습니다.

아무리 해도 문 안으로 들어서지 않았습니다. 구해 줄 생각이 있다면 형님이 나오면 되잖나, 그렇게 전하라는 것입니다. 이야기하는 동안에도 몸이 몹시 괴로워 보였는데, 그 상태로는 아마 오래 가시지 않을 것 같았습니다. 흐릿한 불빛 아래서도 제 눈은 죽음의 그림자를 보았으니까요."

벤디고가 정세의 변화를 납득할 때까지 잠시 말이 끊어졌다. 이윽고 늙은 선장은 목소리를 높여서 말했다. 도리아에게가 아니라 숨어 있는 사람에게 말했다.

"나오시오, 브렌던 선생. 들으신 대로 오늘 밤엔 틀렸나 보오. 그 녀석은 도리아에게 들키고 겁이 나서 달아난 모양이오. 어차피 오늘 밤에 안 오는 게 확실해졌소."

마크가 모습을 나타냈다. 도리아는 깜짝 놀라 눈이 둥그래졌다. 다음 순간, 아까 그 이야기를 다 엿들었다는 것을 깨닫고 창피한 듯이 얼굴을 붉히면서 욕을 하듯이 말했다.

"이거 놀랍군! 비밀 이야기로 한 건데 모두 들어 버렸군. 좀도둑 같은 사람 아냐."

"닥치지 못해! 무례한 말을 해선 안 돼."

벤디고가 소리쳤다.

"브렌던 선생이 여기 계시는 것은 아우를 위해서 내가 부탁을 드렸기 때문이야. 사건의 원인을 알아 두셨으면 하고 나는 생각한 거지. 자네 연애 같은 것은 문제로 삼고 계시지도 않아. 본디 직무에 관계없는 것은 무슨 말을 들으시거나 이용할 분이 아니란 말이야. 그보다는 로버트에 관한 이야기나 계속해."

그러나 도리아의 노여움은 풀리지 않았다. 무슨 말을 꺼내려다가 다시 입을 다물고는 먼저 브렌던에게, 이어 주인에게 눈을 돌리고 큰 숨을 내뿜었다.

"어떻게 됐나?"

벤디고는 다그쳐 물었다.

"그래, 나더러 나와 달라더냐? 그 녀석은 가 버렸단 말이냐?"

브렌던도 옆에서 거들었다.

"나에게 마음쓸 것 없네. 이 방에 숨어 있었던 까닭은 하나밖에 없었으니까. 그 까닭은 자네도 짐작할 거야. 자네의 은밀한 바람이나 야심이 나와 무슨 관계가 있는가?"

이렇게까지 말하는 데는 이탈리아 사람도 냉정을 되찾지 않을 수 없었다.

"지금의 저는 이 댁의 고용인입니다. 레드메인님의 명령은 저한테는 의문입니다. 그분이 한 말은 이런 것입니다. 이 집 안, 이 지붕 아래서는 주인 어른과 단둘이 있기가 어려울 것 같다, 나는 지금 아까 너희들과 만난 장소에서 가까운 바닷가의 동굴에 숨어 있다, 그 동굴은 바다 쪽으로 입구가 나 있어서 배로 쉽게 접근할 수 있다, 하기야 안쪽에도 입구가 있어서 뒤쪽 벼랑으로도 기어올라갈 수 있다, 그러니 형님에게 전해 주기 바란다, 내일 밤 12시 지나서 그 자리로 만나러 와 달라는 말이다 라는 것이었습니다. 하지만 육지로 가는 길은 가르쳐 주고 싶지 않은 눈치로, 못 알아보게 해 놨다고만 말했을 뿐입니다. 그래서 결국 바다로 접근해야 될 겁니다만, 그분은 저하고 이야기하는 동안 생각이 났는지 내일 밤 동굴 안에 등불을 켜놓겠다, 바다 위에서 불빛이 보이거든 보트를 접근시켜 만나러 와 달라는 것이었습니다.

이게 그분의 요구입니다만, 이런 말을 덧붙였습니다. 형님 외에 따라오는 이가 있으면 누구든지 쏘아 죽이겠다는 것입니다. 그런데 이런 말을 하시는가 하면 또, 형님도 내 사정을 들으면 아마 용서해 줄 마음이 생길 것이다, 그리고 자기 편이 되어 구해 줄 것으로 믿는다 라는 말도 하셨습니다. ”

“멀쩡한 사람같이 말하던가 ? ”

“말투는 정상적입니다만 자꾸만 숨이 가빠져서, 전에는 힘이 센 분
이었을 텐데 보기에도 어찌나 쇠약해지셨던지……. ”

불안한 생각이 탐정의 머리를 스쳐갔다. 도리아는 아까 벤디고에게
제니 문제를 호소하고 있는 동안, 자기가 숨어 있는 것을 눈치챈 것
이 아닐까 ? 그래서 로버트 레드메인을 만났을 때, 지금 형님 방에
가면 위험하다고 일러 준 것이 아닐까 ? 그러나 그는 당장 그런 의심
을 뿌리쳤다. 그가 궤짝에서 나왔을 때 도리아가 보인 놀라움과 노여
움은 조금도 거짓없는 것이었다. 게다가 도리아가 그렇게까지 하여
로버트를 편들어 줄 이유도 생각할 수 없었다.

벤디고가 입을 열었다.

“하는 수 없군. 이제는 그 녀석의 생사에 관한 문제가 된 것 같아
…… 하룻밤을 더 기다려야 한다는 건 유감이지만, 아무튼 내일은
보트를 타고 가 보기로 하자. 불빛이 보이면 배를 동굴 안으로 몰
고 가서 말을 건네기로 한댔지 ? ”

그리고 그는 브렌던을 돌아보며 말을 이었다.

“부탁합니다, 브렌던 선생. 그 녀석의 얼굴을 볼 때까지는 선생도
모르는 척해 주셔야겠구려. 이것은 형으로서의 부탁이오……. ”

“상관없습니다. 선생님의 보고가 있을 때까지 경찰은 개입하지 않
기로 양해가 되어 있으니까요. 통례적인 조치가 아닌 것은 알고 있
지만, 이런 경우에는 인정상 하는 수 없잖습니까. ”

“내일 밤에도 역시 여기서 머물러 주십시오. 나도 어떻게든 아우를
설득하여 보트에 태워 가지고 이리로 데려올 작정이니까. 선생과
둘이서 그런 사건을 일으킨 까닭을 들어 보기로 합시다. 그 녀석의
말은 아직 아무도 들어 보지 않았으니까. ”

"레드메인 대위에게 할 말이 있었다면 달아나거나 숨지는 않았을 것입니다. 또 그토록 애써서 시체를 감추지도 않았을 거고요. 그러니까 무조건 그 양반 이야기를 믿고, 그것으로 변호와 방침이 섰다고 좋아하는 건 위험합니다. 그보다는 살인은 전투 신경증의 발작 때문이었다고 입증하는 편이 훨씬 무죄로 만들기가 쉬울 줄 압니다. 마이클 펜딘을 죽일 이유가 박약하면 할수록 광기의 증명은 쉬워지는 셈이지요. 계획적인 범죄가 아니라는 것을 증명하면 되니까요."

"그분이 그 무렵 제정신이었던 것은 틀림없습니다."

도리아가 끼어들며 말을 이었다.

"그러던 것이 지금은 아주 가엾은 상태입니다. 손만 내밀면 굶주린 새처럼 뛰어들 정도로……."

"그럼, 오늘 밤은 이제 자기로 하지."

벤디고가 브렌던에게 고개를 돌리며 말을 계속했다.

"우리 집에는 언제나 몇 개의 방과 침대가 따로 준비되어 있어서 손님을 불편하게 해드리진 않는다오. 세면대에 가시면 뭐든지 있을 게요. 없는 것은 면도칼 정도일까. 요즈음 젊은 사람은 안전 면도기를 쓰거든. 면도칼이 좋으시면 도리아가 빌려 줄 겁니다."

도리아는 면도칼을 내일 아침 일찍 세면대에 갖다 놓겠다고 약속했다. 그리고 이탈리아 사람은 침실로 물러갔다. 벤디고는 시장하다면서 식당으로 내려갔다. 브렌던도 그렇다면서 늙은 선장과 함께 취침 전의 반참을 들었다.

브렌던의 방은 벤디고의 침실과 붙어 있어서, 벽 하나를 사이에 둔 그의 방에서는 밤새도록 늙은 선장의 신음 소리가 들려 왔다. 아마도 동생의 운명을 슬퍼하는 듯 싶었다. 마크도 그들 집안의 딱한 사정에는 동정을 누를 길 없었지만, 동시에 이것으로 이제 오랜 현안이 불과 몇 시간이면 해결되는가 생각하니 기분이 밝아졌다. 앞으로 사건은 만족할 만한 경과를 보일 것이다. 로버트 레드메인은 어느 기간 유치되어 있다가, 의사의 의견이 그 처리를 승인한다면 다시 자유의 몸이 될 것으로 짐작되었다.

그리고 그는 자기 자신의 문제로 돌아갔다. 제니에 대한 희망이 서글프게 된 것은 틀림없었다. 그녀에 대한 그의 사모는 그녀의 신분에 변동이 예상되느니만큼 더한층 복잡하게 되었다. 가까운 앞날에 그녀가 상당한 부자가 되어 한갓 경찰관 따위와는 인연이 멀어질 만큼의 재산을 손에 넣게 된다는 것은 상상도 하지 못한 일이었다. 그래도 그는 내일에 마지막 기대를 걸었다. 날이 새면 제니와 단둘이서 이야기를 나눌 기회가 있겠지. 한 가지 염려되는 것은 그 기회가 왔을 때 과연 자기가 무슨 말을 할 수 있을까 하는 것이었다. 폭풍우는 어느새 가라앉고, 그가 잠들었을 때는 이미 새벽녘이 가까워지고 있었다.

그날 아침 벤디고는 몹시 기분이 침울했으며, 아무에게도 얼굴을 보이고 싶어하지 않았다. 심한 고뇌에 시달리고 있는 표정으로, 파이프와《모비 딕》을 집어들더니 탑실에 올라가 틀어박혀 버렸다. 그래도 제니만은 다른 듯 잠시 옆에 불러다 앉혀 놓았다.

그녀에게 지난밤의 상황을 알려 준 것은 브렌던이었다. 그가 식당에 내려가니, 차를 준비하고 있던 제니는 눈이 둥그레지며 놀랐다. 어젯밤에 돌아간 줄 알고 있었는데 홀연히 모습을 나타냈기 때문이다. 도리아도 그 뒤에 자리를 같이했다. 언제나 일찍 일어나는 벤디고는 내려오지 않았다. 제니가 아침 식사를 탑실에 갖다 주었다.

벤디고도 점심 식사때는 내려왔다. 식사가 끝나자 도리아가 브렌던을 모터보트로 다트머드에 태우고 갔다. 마크는 경찰서에 가서 연기할 필요성이 생긴 사유를 설명했다. 예정된 숲 속의 수색은 멈추기로 한다고 알리고, 서장 대머렐 경감에게 도망자가 발견되었으며 24시간 안에 자수할 것같이 보인다고 보고했다. 그리고 런던에 전화하여 경시청에 같은 보고를 한 다음 까마귀의 집으로 돌아왔다. 그 날은 조용하게 흐린 날이었으며 이따금 가랑비가 내렸다. 바람은 일찍부터 자고 있어서 온화한 밤이 예상되었다.

도리아는 브렌던을 상륙시켜 놓고, 다시 모터보트를 내어 천천히 바닷가를 따라 몰고 나갔다. 이 행동은 미리 브렌던의 허가를 얻은 것이었다. 오늘 밤의 모험에 대비하여 한두 군데 거리를 확인해 둘 일이 있다는 것이었다. 로버트 레드메인과 처음 만난 그 바다 밑이 튀어나온 모래톱은 까마귀의 집에서 5마일쯤 떨어져 있었는데, 지금 로버트가 숨어 있는 장소는——주제페의 추측에 의하면——그보다 더 서쪽으로 간 곳에 있는 듯했다.

도리아의 배는 일정한 속도로 사라져 가더니 4, 50분이 지나서 날이 저물기 조금 전에 돌아왔다. 그리고 도리아는 예측한 곳에 동굴은 눈에 띄지 않으며, 로버트 레드메인이 숨어 있는 곳은 예상보다 훨씬 가까이에 있는 것 같다고 말했다.

드디어 밤이 되었다. 하늘에 달은 없었지만, 맑게 개고 바람이 없는 밤이었다. 까마귀의 집 아래에서는 파도도 자고 있어, 절벽 자락을 씻는 소리도 희미했다. 그 근처의 벼랑은 여기저기 끊어져서 저마다 조그만 모래톱을 만들고 있는데, 그곳에도 잔잔한 파도가 밀려와 곱고 맑은 소리를 들려 주고 있었다.

조수가 밀려들어오기 시작하고 시계가 12시를 치자, 벤디고 레드메인이 궂은 날의 옷차림으로 나타났다. 무거운 걸음걸이로 긴 돌층계를 내려가 바다로 나갔다. 브렌던과 제니는 깃대 아래에 서서 보트의 출발을 지켜보았다. 곧 두 사람의 귀에 어두운 밤바다를 전속력으로 달려가는 모터보트의 소리가 들렸다.

"이제 살았어요, 브렌던 선생님. 우리들의 불안한 마음도 이젠 가라앉게 되겠죠. 저에게는 정말 너무도 참혹한 악몽이었어요."

"동정합니다, 부인. 그러나 부인의 너그러우신 마음에는 진심으로 감탄하고 있습니다."

"그런 딱한 모습을 보면 누구나 용서해 드리지 않을 수 없을 거예요. 그분은 저지른 죄값을 이미 치르셨어요. 당사자인 저도 그렇게 생각하고 있는걸요. 아마 죽기보다 더 쓰라린 고통을 느끼셨을 거예요. 로버트 레드메인 숙부의 눈을 보면 아실 수 있을 거예요. 주제페 같은 사람도 숙부를 만난 다음부터는 사람이 달라진 듯이 진지해졌다니까요."

그녀가 이탈리아 사람을 아무 망설임 없이 세례명으로 부르는 것을 보고 브렌던은 이치를 떠난 분노를 느꼈다. 그것을 계기로 그는 물어보았다.

"그런데 부인은 도리아의 말을 그대로 믿고 계십니까? 그 사람의 이 댁에서의 위치는 고용인입니까, 아니면 가족의 한 사람으로 같은 위치에 있는 남자입니까?"

그녀는 웃으며 말을 받았다.

"본인 자신은 가족의 한 사람이라기보다 손윗사람쯤으로 생각하고 있지 않을까요? 그 사람의 말을 의심할 이유는 없어요. 그래 봬도 훌륭한 신사랍니다. 세련된 감성을 타고난 것은 분명해요. 교육은 받지 못했지만 마음이 퍽 세심하더군요."

"그 사람에게 흥미를 갖고 계십니까?"

"네, 갖고 있어요."

그녀는 솔직하게 털어놓았다.

"그 사람이 있어 줘서 우리는 여간 편리하지 않아요. 눈치가 빠르고, 요령도 좋고, 제 기분을 참 잘 맞추어 준답니다."

"그 친구에게 좀처럼 없는 기회가 얻어걸린 셈이군요."

다시 브렌던은 분한 기분을 드러냈다.

"네, 그런 기회는 누구나가 잡을 수는 없을 거예요. 처음 여기 왔을 때, 저는 마음이 여간 뒤숭숭하지 않았어요. 반쯤 미쳤다고 하는 편이 좋을지도 모르겠어요. 숙부는 친절하게 해주셨지만 그것도 기분뿐이시고, 본디 상상력이 없는 분이라서 고상한 말씀이래야 《모비 딕》을 몇 구절 읽어 주시는 정도였어요. 숙부에 비하면 도리아는 저와 같은 세대인데다, 여느 사람에겐 없는 여성적인 생각까지 갖고 있어서……."

"아니, 여성은 남성 속에 있는 여성적인 성격을 싫어한다고 들었습니다만."

"제가 말을 잘못했나 봐요. 저는 다만 그 사람이 상대편의 기분을 이해할 수 있는 부드러운 마음과 직감력을 가졌다고 말하고 싶었던 거예요. 그 어느 쪽이나 남성보다 여성에게 많은 성질이라고 생각해요."

마크가 입을 다물고 말았으므로 그녀 쪽에서 물었다.

"저는 알 수 있어요, 선생님이 그 사람을 싫어하고 계신다는 것을. 싫어하신다는 말씀이 너무 지나치면, 그 사람에게서 아무런 좋은 점도 발견하지 못하셨다고 고치겠어요. 하지만 그것은 그 사람의 성격에 선생님으로 하여금 반발을 느끼게 하는 무엇이 있기 때문이 아니겠어요? 게다가 그 사람도 선생님에게 반발을 느끼고 있나 봐요. 제게는 두 분 다 친절히 해주십니다만, 선생님처럼 전세계적인 경력을 가진 분이 외국인에게 편견을 가지시는 것은 우습다고 생각해요."

이렇게 노골적으로 지적을 당하고 보니 브렌던은 참된 이유도 없이 ——적어도 공평한 입장에서 내세울 만한 까닭도 없이—— 자신도 모르게 도리아를 혐오하고 있었다는 것을 인정하지 않을 수 없었다. 그것을 솔직히 털어놓자, 그녀는 겉으로는 놀라는 표정을 지었으나 결코 뜻밖의 말을 들은 듯한 얼굴은 아니었다.

"그 대답은 이렇습니다, 펜딘 부인. 나는 도리아를 질투하고 있었습니다."

"질투라고요! 대체 무엇을. 브렌딘 선생님, 그 사람에게 질투하실 일이 뭐 있으셔요?"

"부인은 모르시는 일입니다. 도리아가 신사로 있어 준다면, 이 질투는 까닭없는 감정이 되는 셈입니다. 나는 가슴 속에 있는 것을 당분간 부인에겐 말하지 않을 작정입니다. 입 밖에 낼 생각이 없습니다. 그렇지만 내가 그 사람을 부러워하게 되는 것은 자연스러운 일이 아닐까요? 무어 부러워할 게 있느냐고 말씀하신다면 언제든지 설명하겠습니다만, 운명은 부인의 두 어깨에 덮친 참혹한 짐을 덜어 드리는 특권을 그 사람에게만 주었습니다. 그의 동정과 직감이 훌륭하게 도움이 되었다는 것은 부인 자신도 부정하실 수는 없을 것입니다. 영국 사람으로는 아마 그처럼 성공하지 못했을 것이라는 게 부인의 느낌일 것입니다. 부인 생각은 옳을는지도 모르겠습니다만, 영국 사람 중에서도 한 사람만은 그 기회가 거부된 것을 진심으로 안타깝게 생각하고 있다는 걸 기억해 주십시오."

"선생님의 친절은 잊지 않겠어요."

그녀는 대답했다.

"은혜를 모르는 여자라고 경멸하지는 마셔요. 로버트 레드메인 숙부를 찾아내는 일에 실패하신 것은 선생님의 잘못이 아니에요. 그 일에 성공하셨다면 과연 어떤 결과가 생겼을까요? 불행한 사람을 붙잡는 일이 몇 달 빨라진 것밖에 더 있겠어요? 지금은 로버트 숙부도 벤디고 숙부에게 일신의 모든 것을 맡기시고, 세상의 자비심을 믿고 계실 줄 알아요."

이렇게 그녀는 화제를 도리아에게서 다른 데로 돌리려 하고 있는 것을 알 수 있었으므로 마크도 그 기분에 따르기로 했다. 도리아에게 느끼고 있는 그녀의 호의가 쉽게 익어서 연애로까지 발전할 것은 의심할 나위가 없었다. 그것을 두려워하는 것은 그녀의 앞날을 걱정하기 때문이라고 생각하고 싶었지만 결국은 질투 때문이고, 다름 아닌 자기 자신의 실망감을 없애고 싶은 기분이라고 생각지 않을 수 없었다.

이윽고 서쪽 방면에서 루비와 에메랄드 빛이 바다 위에 번쩍였다. 레드메인의 모터보트가 돌아온 것이다. 떠난 지 30분도 되지 않았으므로, 이번에는 로버트 레드메인도 형의 희망을 받아들여 순순히 배에 탄 것으로 여겨졌다. 그러나 사실은 그렇지 않았다. 돌층계를 올라온 것은 주제페 도리아 한 사람뿐이었으며, 더욱이 이렇다할 소식도 갖고 오지 않았다.

"저는 돌아가라고 하셔서 돌아왔습니다. 일은 잘 됐습니다. 그분이 숨어 있는 동굴은 바로 이 앞입니다. 2마일도 안되어 등잔불이 보이기 시작하기에 배를 육지로 갖다댔죠. 좁은 모래사장이 있고 거기에 조그만 동굴이 뚫려 있는데, 앞에 사람이 하나 서 있었습니다. 가까이 가니까 그 사람은 이상한 인사말을 하더군요. 벤이야? 혼자겠지? 누구 같이 온 자가 있으면 사정없이 쏘아 죽일 테야, 라고 말했습니다. 주인 어른은 걱정할 것 없다고 큰 소리를 질러놓고는, 보트를 모래사장에 대게 하여 땅에 뛰어내리셨습니다. 그리고 저더러는 곧 떠나라고 하셨습니다. 우리는 동굴 안에서 이야기하고 있을 테니까 한 시간쯤 있다가 데리러 오라고 말씀하시면서요."

그리고 도리아는 그 동굴의 위치를 설명하고 말을 이었다.

"썰물 때만 드러나는 조그만 모래사장인데, 별보배고동을 많이 주울 수 있는 곳이죠. 저도 한 번 마돈나를 모시고 간 적이 있습니다. 주인 어른이 자랑하시는 수공예품의 재료가 바로 그 조개껍질입니다만, 많이 주워 온 것을 기억하고 있죠."

"벤디고 숙부는 조개껍질로 아주 고운 장식품을 만드신답니다."

제니도 거들었다. 도리아는 잠시 동안 몇 개의 엽궐련을 피우고 있더니, 다시 바다로 내려갔다. 그리고 20분 뒤에 다시 보트가 떠나갔다. 제니는 마크에게 인사하고 침실로 들어갔다. 오늘 밤에는 로버트 숙부를 만나지 않는 것이 좋겠다는 것이었으며 브렌던도 이 의견에 찬성했다.

동굴의 죽음

혼자 남은 브렌턴은 앞일을 생각하고 우울한 기분에 잠겼다. '우연'의 힘이 그의 희망의 불을 꺼버렸다. 지금까지 '우연'이 자기를 위해서 자주 유능한 작용을 해주었다. 그런데 생애에서 아마 가장 중대한 이 순간에 그것은 처음으로 자기에게 등을 돌린 것이다. 설마 그 정도의 인물이 자기의 경쟁 상대가 되리라고는 생각지 않았으며, 생각하려고도 하지 않았었다. 그러던 것이 지금은 훨씬 유리한 고지에 서 있다. '우연'은 자기에게 기회를 거부했다. 그리고 그 사나이에게 최상의 것을 준 것이다. 그러나 브렌턴은 이렇게도 생각했다. 여기서 '우연' 따위에게 져서는 안된다. 더 영리하게 움직여 내 손으로 기회를 만들어야 한다. '우연'의 불리한 점쯤 정복하지 못한대서야 어찌 열렬한 사랑을 할 수 있겠는가?

그러기는 하나 경쟁장에서 쫓겨난 기분을 누를 수는 없었다. 제니를 길이길이 행복하게 해줄 수 있는 사람은 자기지 도리아가 아니라고 주장하고 싶었지만, 그렇게 단언할 수 있는 근거를 발견할 수 없었다. 그럴 수밖에 없는 것이 도리아처럼 쾌활하고 다재다능한 남자가 여성을 더 즐겁게 해주는 힘이 있는 것은 당연하며, 또 도리아의 경우 모든 시간을 그녀 앞에 바칠 수 있었다. 브렌턴에게 결혼과 가정은 앞날의 생활에 있어 한 부분에 지나지 않았다. 경찰관으로서의 직무가 여전히 중요한 요소로 남을 것이었다. 제니의 신분과 재산이 어떻게 되거나, 자기에게 명성을 가져다 주는 일을 포기할 생각은 없었다. 한 가지 그녀를 위해서 걱정하는 것이 옳다고 여겨지는 것이 있었다. 그것은 도리아 같은 매력적인 남성이, 더욱이 한 여자로 만족할 수 없는 성격이라면 머지않아 그 국민성대로 그녀를 버릴 때가 오지 않겠는가? 그것은 두려움인 동시에 기대이기도 했다.

이어 그는 현 사태의 또 하나의 국면을 생각하기 시작했다. 여기에 와서 제니의 입으로 들은 말을 한 마디 한 마디 돌이켜보았다. 그 말을 이어 보니, 그녀는 일정한 기간이 지나면 누구의 눈치도 보지 않고 이 도리아를 사랑하리라는 결론을 끌어 낼 수 있었으며, 이 판단은 틀림없는 것으로 여겨졌다. 더욱이 사실은 무의식적이라 하더라도 그녀는 이미 도리아를 사랑하기 시작했다고 말할 수 있었다. 이런 생각이 브렌던을 놀라게 한 것도 사실이다. 확실히 도리아는 여성을 끌어당기는 매력을 갖고 있다. 그것은 틀림없었지만, 그 때문에 제니의 기억에서 첫남편의 그림자가 이렇게도 빨리 지워지기 시작한다는 것은 믿어지지 않는 일이었다. 자기도 프린스타운에서 남편의 죽음으로 말미암은 슬픔을 이유로 분명하게 거절당하지 않았던가. 그 비탄이 얼마나 심한 것이었던가를 브렌던은 아직도 잊지 못하고 있는 것이다. 나이는 젊었지만 그녀는 그 성격으로 보아 젊음에 못 이겨서 경망한 짓을 하리라고는 생각할 수 없었다. 하기야 반대의 생각도 성립되지 않는 것은 아니었다. 그가 알고 있는 그녀는 지금 한창 남편을 잃은 슬픔 속에 잠겨 있었다. 그전에 그는 저녁놀에 붉게 타는 들판의 하늘 아래서 노래를 부르며 지나가는 그녀를 보았다. 그것이 그녀의 본디 모습이 아니었던가? 남편을 잃기 전까지는 그녀도 밝고 쾌활한 여성이었을 것이다. 그렇다고 그녀가 경박한 성격을 지닌 사람이 아닌 것만은 단언할 수 있다. 인간의 성격에 대한 지식이 그에게 이것을 가르쳐 주었다. 그 부드러운 얼굴에서는 동시에 굳센 힘도 엿볼 수 있었다. 이야기를 나누어 본 짧은 경험으로도, 그녀가 흥미를 느끼는 화제가 모두 진지한 것뿐이라는 것도 알 수 있었다.

그러나 이것도 달리 생각할 수 없는 것은 아니다. 본디 미묘한 심정을 가진 여자로 일부러 이쪽 말에 장단을 맞추고 있었다고 생각할 수도 있었다. 그 자신도 그녀 곁에 있을 때는 애써 진지한 이야기만 하려고 하지 않았던가. 도리아와 단둘이 있을 때의 그녀는 명랑하게 시시덕거리며 슬픔을 잊어버리는지도 모른다. 도리아가 우쭐대며 늘어놓는 신상 이야기가 펜딘 부인을 그 슬픈 추억에서 떼어 놓았다고 생각할 수도 있다. 젊고 아름다운 제니가 언제까지나 한숨만 쉬고 있을 수 없다는 것은 당연한 일이라고 할 수 있을 것이다.

모터보트가 돌아오는 소리로 그의 사념은 멈추어졌다. 떠난 지 한 시간쯤 지나서 배는 전속력으로 돌아왔다. 이번에는 틀림없이 벤디고 레드메인과 그의 동생이 타고 있겠지 하고 생각하면서 그는 얼른 자기 방으로 물러갈 준비를 했다. 로버트 레드메인이 자기 스스로 그를 만나 앞으로의 거취를 의논할 기분이 될 때까지, 모습을 보이지 않는 편이 좋겠다고 미리 의논되어 있었기 때문이다.

그러나 이번에도 도리아는 혼자서 돌아왔다. 그리고 그의 말이 마크의 계획을 바꾸어 놓았다. 주제페는 걱정스러운 표정으로 주인에게 아무래도 무슨 변고가 생긴 것 같다고 말했다.

"지시하신 시간이 되었길래 저는 배를 접근시켜 갔죠. 밀물이라 동굴 입구에서 몇 야드 안쪽까지 배를 몰아갈 수 있었습니다. 등잔불이 하나 켜져 있더군요. 하지만 두 분의 모습은 보이지 않았어요.

두어 번 불러 보았지만 아무 대답도 없었습니다. 무덤처럼 적막하기만 하고요, 모래사장 쪽에도 찾아보았지만 그 쪽에도 역시 사람 그림자 하나 없고, 동굴 속도 텅 비어 있었습니다. 저는 그만 불안해져서 부랴부랴 돌아왔지요, 선생님께 얼른 알려 드려야겠다 싶어서 말입니다…… ."

"육지에는 안 올라갔었나 ?"

"보트를 모래사장에 갖다대지 않고, 밀물을 이용해서 동굴 안으로 직접 5야드쯤 몰고 들어갔지요, 속은 텅 비었고 등잔불만 타고 있었습니다. 브렌던 선생님, 같이 가 보시지 않겠습니까 ? 뭔가 좋지 않은 일이 생긴 게 분명합니다."

브렌던은 매우 어리둥절하였지만, 권총과 손전등을 들고 곧 바닷가로 내려갔다. 그리고 도리아와 함께 바다로 나갔다. 보트는 몇 분 동안 전속력으로 달려가더니, 코스를 바꾸어 벼랑 아래로 들어갔다. 절벽과 바다가 맞닿는 언저리, 수면과 같은 높이에 반딧불처럼 반짝이는 것이 보였다. 도리아는 배의 속력을 떨어뜨리면서 불빛 쪽으로 다가갔다.

이윽고 보트 엔진을 끄고 뱃머리를 로버트 레드메인이 숨어 있었다는 동굴 앞의 조그만 모래톱에 쑤셔박았다. 등불은 밝게 빛나고 있었지만 동굴 안에 인기척이 없다는 것을 가르쳐 주고 있을 뿐, 높은 천장이나 출입구를 비추지는 못했다. 동굴 속은 비스듬히 위로 기울어져 있었으며, 바위에 새긴 층계를 따라 올라가면 밖으로 나갈 수 있었다.

"전에 한 번 주인 어른을 따라서 와 본 적이 있습니다."

도리아는 계속 설명했다.

"옛날에 밀수꾼들이 쓰던 동굴이라던데요, 그때 새긴 층계가 아직도 그대로 남아 있습니다."

두 사람은 모래톱에 내려섰다. 주제페가 보트를 매는 동안 두 사람의 눈은 바로 앞에 있는 비극의 흔적을 발견했다. 동굴 안은 고운 자갈에 모래가 섞여 바닥에 깔렸고, 심하게 울퉁불퉁한 암벽이 이어나가 있었다. 그 암벽은 몇 개의 층이 주름처럼 겹쳐서 안으로 휘어 있었다.

한 군데 선반처럼 튀어나온 곳에 등잔불이 타고 있었다. 바닥에 비치는 그 빛의 동그라미 속에 어제 로버트에게 갖다 준 음식이 놓여 있었다. 그것을 보니 그가 배불리 먹고 마셨다는 것을 알 수 있었다. 그 이상으로 두 사람의 주의를 끄는 것이 있었다. 바다에 여기저기 큼직한 구두 발자국이 남아 있고, 고랑 같은 줄이 안쪽으로 이어져 있었다. 도중에 한 군데 꽤 무거운 물체가 쓰러진 듯, 우묵하게 눌린 자국도 보였다. 거기에 핏자국이, 검은 얼룩이 말라 가고 있었다. 자갈 섞인 모래톱이 그 액체를 빨아먹었기 때문이다.

그 안쪽으로 손전등 빛을 따라나가니, 피는 불규칙하게 떨어져 굴 속으로 이어지고 있었다. 무엇이 넘어진 것으로 짐작되는 자리에서 안쪽으로 자갈 섞인 모래 바닥에 고랑이 져 있어서, 이 흔적을 보고 브렌던은 판단했다. 두 남자 가운데 하나가 나머지 한 사람을 쓰러뜨리고, 굴뚝 모양으로 입을 벌리고 있는 동굴 안으로 끌고 간 것이다. 핏자국과 무거운 물체를 끌고 간 자국이 안쪽 돌층계까지 이어져 가서는 거기서 사라지고 없었다.

탐정은 걸음을 멈추고 도리아에게 돌층계의 길이와 어디로 빠지는가를 물었다. 그러나 도리아는 정신이 나가서 제대로 대답도 하지 못했다. 겁쟁이의 정체를 드러낸 주제페는 비극을 암시하는 흔적을 겁에 질린 눈초리로 쳐다보고 있었다.

"살해당했지, 살해당했어!"

그는 계속 외쳐대면서, 그 사이사이 멍하게 입을 벌린 채 무서운 듯이 주의의 어둠을 두리번거리는 것이었다.

"정신차려! 자네가 도와 줘야겠어."

브렌던이 소리쳤다.

"1분도 헛되이 할 수 없어. 누군가가 여길 끌려올라갔나 보다. 그렇게 할 수 있는 사람이 있을까?"

"굉장히 힘이 센 사람이면 되겠지만, 그 사람은 무리입니다. 아주 쇠약해 보였으니까요."

"이 안으로는 어디로 빠지나?"

"낮은 층계가 꽤 길게 계속되고 거기서부터는 비탈인데, 그게 또 상당히 길게 계속됩니다. 거기를 올라가다 보면 천장이 확 내려와서 좁은 구멍이 된 곳이 있는데, 거길 머리를 숙이고 빠져나가면 벼랑의 중턱에 있는 대지로 나가죠. 거기서는 다시 험한 오솔길이 벼랑 꼭대기까지 꼬불꼬불 이어나가 있습니다. 이탈리아에서 말하는 머리핀 길이라는 것이죠. 하지만 무릅니다, 브렌던 선생님. 발딛기가 굉장히 힘드는 길인데, 이런 캄캄한 밤에 올라갈 수는 없습니다."

"올라갈 수 있는지 없는지 가보는 도리밖에 없잖나. 보트는 괜찮을까?"

"같이 좀 동굴 안에 끌어올려놔야겠습니다. 그러면 마음놓고 찾아볼 수 있지요."

시간의 허비를 아까워하면서 마크가 도와 주니, 보트는 쉽게 동굴 안에 끌어올릴 수 있었다. 두 사람은 브렌던이 앞에 서서 손전등 빛을 따라 돌층계를 올라가기 시작했다. 거기에도 점점이 피가 떨어져 있었으나, 어떤 실마리 같은 것은 눈에 띄지 않았다. 돌층계를 다 올라서니 지하도는 왼쪽으로 꺾였다. 그리고 천장에서 떨어지는 물방울에 바닥이 미끈미끈해진 굴이 바위를 뚫고 깊숙이 뻗어나가 있었다.

길은 차츰 진흙층이 두터워졌다. 거기에도 무엇을 끌고 간 자국이 한 줄로 나 있었다. 그 길을 50야드쯤 올라간 곳에서 굴은 갑자기 좁아져 천장이 짓누르듯이 낮아졌다. 무엇을 끌고 간 자국은 여전히 뚜렷하게 남아 있었다. 필요한 말 말고는 두 사람 다 묵묵히 입을 다물고 있었다. 이따금 브렌던의 귀에 이탈리아 사람이 혼자 지껄이는 소리가 들렸다.

"주인 어른, 주인 어른이 죽었다!"

마지막 몇 야드는 무릎을 꿇고 기다시피해야 빠져나갈 수 있었다. 여기를 빠져나가니 눈앞이 확 틔었는데, 그곳은 밭과 해면의 중간으로 절벽의 가운데쯤에 선반처럼 튀어나간 대지였다. 어둠에 싸여서 죽음처럼 적막했다. 브렌던은 손을 들어 도리아를 가로막고, 둘이서 몇 분 동안 가만히 귀를 기울였다. 아득히 벼랑 아래서 파도의 속삭임이 들려 왔다. 그밖에는 천지에 이 정적을 깨뜨리는 것은 아무것도 존재하지 않았다. 대지는 온통 마른 잔디에 덮였고 해조의 똥이 수북이 쌓여 있었다. 손전등으로 바닥을 훑고 있던 도리아가 잿빛 날개깃을 몇 개 집어들며 말했다.

"주인 어른이 쓰시던 것입니다."

"파이프를 소제하실 때 이걸 쓰셨죠."

거뭇거뭇한 절벽이 곧장 머리 위로 치솟아 있었다. 그 단면의 어둠에 비하면 한밤중의 하늘에 뜨는 구름이 그래도 밝게 느껴졌다. 거기서도 브렌던은 무거운 물체를 끌고 간 흔적을 보았다. 가까운 잔디위에는 사람이 지친 몸을 뉜 증거도 보였다. 잔디에는 핏덩어리가 굳어 있었으나, 그밖의 것은 이 어둠 속에서 볼 수도 없었다. 마이클 펜딘의 죽음을 돌이키면서 브렌던은 머릿속으로 눈 앞에서 일어난 사건을 재편성해 보았다. 로버트 레드메인이 형을 죽인 것은 너무나 명백한 사실이었다. 또 그가 그 희생자를 자루에 넣어서 여기까지 끌고 온 것은 아래 동굴의 바닥이나 지금 더드머 온 길에 남아있던 자국으로도 분명했다. 끌고 가도 모양이 바뀌지 않는 둥글고 무거운 물체의 자국이었다. 2분 동안 그 자리에 서 있다가 마지막에 그는 말했다.

"여기서 나가는 길은 있나?"

도리아는 발 밑을 조심하며 대지의 동쪽으로 걸어가서, 다시 암벽을 따라 벼랑 위로 이어나간 오솔길을 가리켰다. 울퉁불퉁한 길이 다니는 사람도 별로 없는 듯 엉겅퀴와 마른풀에 덮여 있었다. 두 사람은 그 길을 올라갔다. 브렌던은 날이 새면 즉각 면밀한 검사를 할 테니 그 때까지는 아무것도 손을 대면 안 된다고 엄중히 주의시켰다. 오솔길은 양쪽으로 날카롭게 꺾이면서 급경사로 계속 올라가 있었으나, 쉬어 가며 올라가야 할 만큼 가파르지는 않았다.

오솔길은 마침내 벼랑 꼭대기에 이르렀다. 넓이가 50야드쯤 되는 거친 땅을 지나니 벼랑과 경지를 가르는 울짱이 나타났다. 물론 인기척은 없었다. 잔디가 가득 깔려서 발자국도 남아 있지 않았다.

"어떻게 생각하십니까, 브렌던 선생님?"

도리아가 물었다.

"선생님은 머리도 날카로우시고, 이런 악마 같은 사건을 줄곧 다루어 오셨으니까 제 친구이신 주인 어른이 어떻게 되셨는지 아실 수 있잖겠습니까. 늙은 선장께선 돌아가셨을까요?"

"그럴걸."

브렌던은 어두운 표정으로 대답했다.

"그렇다고밖에 생각할 수 없단 말이야. 이 사건은 내가 막았어야 했는데. 당연히 내가 구할 수 있었던 목숨을 잃었네. 내가 남의 힘을 너무 믿었나 봐. 남의 말을 너무 단순히 믿었단 말이야."

"그건 선생님 책임이 아닙니다."

도리아는 대답했다.

"의심을 했어야 할 사건이 아니었으니까요."

"우리 같은 직업을 가진 사람은 누구 말이나 믿어서는 안 되는 거야. 아무것도 믿어서는 안 된다구. 그렇다고 지금 누구를 책망하는 것은 아니야. 나를 속이려던 사람이 있었다는 이야기도 아니구. 다만 내 입장으로서는 아무리 그것이 명백하고 합리적으로 들리더라도, 일반 시민처럼 그대로 믿어 버려서는 안 되었던 거야. 도리아, 자네는 알 수 없겠지만 이런 얼빠진 꼴을 당하지 않아도 되는 것을 그랬단 말이네."

"선생님은 최선을 다하셨습니다. 선생님뿐이 아니지요. 모든 사람이 할 수 있는 데까지는 다했습니다. 그는 처음부터 형을 죽이려고 나타난 거예요. 그걸 누가 알 수 있었겠습니까?"

"미쳤다면 무슨 짓을 할지 모르는 일이지. 당연히 그걸 생각했어야 했던 거야. 그가 제정신이 들었다고 내 멋대로 생각한 것이 잘못이었어."

"그게 당연하죠. 달리 어떻게 생각할 수 있겠습니까? 미친 인간이 아니면 마돈나의 남편을 죽일 까닭도 없고, 제정신을 가진 인간이 아니면 경찰의 손을 그렇게 계속 빠져나갈 수도 없을 테니까요. 그래서 선생님도 그가 한 번 머리가 돌았다가 그 뒤에 다시 제정신을 차렸다고 판단하신 겁니다. 그런데 그는 그 뒤에 다시 돌아 버린 것입니다."

브렌던은 될 수 있는 대로 빨리 다트머드에 돌아가고 싶었다. 거기서 준비를 갖추어 날이 새면 곧 수사를 개시하고 싶었다. 마크가 이런 의논을 하자 도리아는 육로와 바닷길 가운데 어느 쪽이 더 빠른가 생각해 보고, 모터보트의 힘을 비는 편이 더 빨리 마크를 데려다 줄 수 있다고 판단했다.

"그 대신 아까 그 굴을 다시 빠져나가셔야 합니다."

그가 말했다.

"그밖에는 보트 있는 데로 돌아갈 길이 없습니다."

브렌던은 그러자고 끄덕이고, 둘이서 다시 꼬불꼬불한 길을 내려가 대지에서 굴로 들어가서 돌층계로 하여 그 아래 동굴로 나갔다. 등잔불은 아직도 타고 있었다. 그것을 불어 끄고 두 사람은 모터보트에 올랐다. 뿌옇게 먼동이 트는 속을 보트는 전속력으로 달리기 시작했다. 뱃머리로 물보라를 날리고 납빛으로 무겁게 가라앉는 바닷빛에 하얀 물거품을 남기면서……

까마귀의 집의 깃대 아래 사람 그림자가 서 있었다. 두 사람은 그것이 제니 펜딘이라는 것을 알았다. 그녀가 신호를 한 것은 아니지만, 그 모습을 보고 주제페는 뚜렷이 불안한 표정을 지었다. 그는 보트를 세우고 브렌던에게 호소했다.

"갑자기 걱정이 됩니다. 그 미친 녀석은 가족 가운데 친한 사람만 노리고 있지 않습니까. 그렇다면 그 미친 녀석이 가장 할 만한 행동은――우리가 없는 사이에――아시겠죠, 까마귀의 집에는 여자가 둘 있을 뿐입니다. 그 녀석이 나타나서 둘 다 죽일 수도 있습니다. 그렇잖습니까?"

"그렇게 생각하나?"

"하느님과 악마는 못할 일이 없거든요."

도리아는 오히려 자랑스러운 표정으로 큰 소리로 말했다.

"선생님 같은 분도 깨닫지 못하실 때가 있군요."

브렌던은 대답하지 않았다. 책임감이 숨이 막히도록 짓누르고 실패 의식이 마음을 저미는 것이었다.

그래도 그는 도리아에게 앞으로의 행동을 지시했다.

"펜딘 부인과 하녀에게 문단속을 단단히 하라고 일러 줘. 아니, 문을 다 잠그고 나서 모두 이 배에 타게 하는 편이 낫겠군. 우리와 함께 다트머드까지 가는 거야. 내가 상륙한 뒤 자네와 같이 돌아오면 안전하겠지. 여자들만 남겨 둔다는 건 위험해. 지체하지 말고 얼른 나오라고 그래."

도리아는 명령대로 10분쯤 뒤에 얼굴이 하얗게 질린 제니와 공포에 질려 옷의 단추도 못 잠그는 하녀를 데리고 돌아왔다. 두 여자는 무서움 때문에 오히려 말이 많아졌다. 브렌던은 진정하라고 달랜 다음, 제니에게 숙부님께 최악의 사태가 생긴 것 같다고 알리자 그녀는 입을 다물고 말았다. 모터보트는 속력을 내어 해가 뜨기 전에 다트머드의 항구를 이루는 두 곳 사이로 들어가서 선창에 닿았다.

도리아에게 임무가 끝났으니 여자들을 데리고 집으로 돌아가게 한 다음, 마크는 다시 제니를 돌아보고 새로 지시가 있을 때까지 집에서 한 걸음도 밖에 나와서는 안 된다고 주의시켰다.

"이상한 일이 있거든 전화로 경찰서에 알리십시오. 그 사람이 나타나서 집 안으로 들어오려고 하더라도 절대로 들여놓으면 안 됩니다."

이밖에도 마크는 여러 가지 주의를 시킨 다음 그들의 보트를 돌려보냈다.

30분 뒤에는 벌써 소식이 퍼져 몇 개의 수색대가 육로로 해서 현장으로 떠나갔다. 브렌던과 대머렐 경감은 순경 두 사람을 데리고 항만청의 쾌속정을 타고 떠났다. 배에 실은 음식을 들면서 마크는 간밤에 일어난 사건을 다시 서장에게 설명했다. 8시에는 현장에 닿아 조직적인 동굴 수사를 개시했다. 브렌던은 도리아와 의논하여 까마귀의 집에 무슨 이상이 생겼을 때는 깃발을 내걸어 신호하기로 했는데, 아무 일도 없는지 깃대는 줄곧 비어 있었다.

면밀한 조사가 동굴과 그 안쪽의 굴에 걸쳐서 진행되었다. 이미 아침 햇살이 동굴 안까지 비치고 있어서, 조직적인 수사 활동은 암벽의

틈바퀴 하나 빼놓지 않고 계속되었다. 그러나 많은 경찰관들의 노력으로도 마크가 간밤에 암흑 속에서 발견한 것 이상의 수확은 거둘 수 없었다. 짓밟은 모래톱과 먹다 남은 절반가량의 식량, 바위 선반 위에 얹혀 있는 등잔, 거뭇거뭇한 핏자국, 무언가 둥근 물체를 끌고 간 고랑 같은 선, 발견한 것은 이런 것뿐이었다. 조수는 빠져 있었는데, 좁은 모래톱의 물가에 남아 있는 것은 언제나 볼 수 있는 찌꺼기 말고는 아무것도 없었다. 대머렐 경감은 쾌속정으로 돌아가서 정장에게 다트머드로 돌아가라고 명령했다.

"우리는 지금부터 벼랑으로 올라가서 자동차로 돌아가기로 한다. 내 순찰차를 즉각 호크 비크 힐 꼭대기로 돌려 줘. 아울러 샌드위치와 맥주를 반 다스쯤 싣고 오게 하구. 점심때는 생각이 날 테니까."

쾌속정은 떠나갔다. 그 뒤 다시 돌층계와 그 끝의 비탈길에서 벼랑 중턱에 있는 대지에 걸쳐 정밀 조사가 끈기있게 계속되었다. 1인치도 등한시하지 않은 조사였으나, 이따금 바위 위에 핏자국이 떨어져 있는 것과 무거운 것을 끌어올린 자국이 남아 있을 뿐, 여기서도 역시 새로운 발견은 할 수 없었다.

마크는 이상한 듯이 말했다.

"웬만큼 큰 사람이 아니면 이런 짓은 할 수 없을 텐데. 서장님이 가령 무게가 백 54파운드나 되는 사람을 부대에 담아 가지고 여기를 끌어 올려야 한다면 어떻게 될까요?"

"나는 도저히 못해."

서장은 고개를 끄덕이며 말을 이었다.

"하지만 현실적으로 이렇게 해낸 녀석이 있으니 말이야. 이러다간 지난 여름 베리 곶에서 당한 수사의 전철을 또 밟게 생겼는걸. 사냥개처럼 벼랑 위를 훑어나간 끝에 바다 위로 쑥 내민 장소에 다다라서, 거기 있는 토끼 굴인지 곰 굴인지에서 문제의 부대를 발견하지만 그것으로 끝장이 난 그런 꼴이 되지나 않을까?"

대지 위에 나가서 수색대는 잠시 쉬었다. 브렌던은 그 동안에도 그곳에 뚜렷이 발자국이 남아 있는 것을 발견했다. 쇠징을 박은 무거운 구두 자국인데, 확실히 눈에 익은 것이었다. 굴 입구에서 나와 물렁한 땅에 박힌 그 구두 자국이라든가 세모꼴 징 자국을 보니, 지난날의 기억이 생생하게 되살아났다.

"이것을 포긴티에서 뜬 석고형과 비교해 주시지 않겠습니까? 같은 구두가 분명합니다. 물론 예상은 하고 있었습니다만, 이것으로 범인은 동일인이라는 것이 뚜렷이 입증되었습니다."

"그런데 그 범인이 6개월 전처럼 안개같이 사라져 버린다면 곤란한걸."

서장은 예언이라도 하듯이 말했다.

"브렌던 군, 내 의견을 한 번 들어 보게. 이건 한 사람의 힘으로 할 수 있는 일이 아니야. 대체로 이 사건은 지난해의 그 범죄와 마찬가지로 표면에 나타나지 않는 부분이 많이 있는 게 아닌가? 동기를 발견할 수 없다고 해서 범인을 미친 놈으로 만들어 버린다면 이야기는 아주 간단하지. 그게 가장 저항이 적은 해석이거든. 하지만 좀더 긴 안목으로 본다면, 그게 반드시 옳은 해석은 아니라는 것을 알 수 있지. 여기 자기 형을 꾀어내 가지고 살해한 사람이 있네. 그런데 그 방법이 참으로 교활하단 말이야. 먼저 그럴듯한 이야기를 조작해 내는 걸세. 한 번은 방문하겠다고 약속해 놓고, 나중에 생각이 바뀌었다면서 다음 계획을 전하지. 그것으로 벤디고 레드메인 노인을 완전히 손아귀에 넣어 버렸단 말이야. 그리고 그 녀석은……."

"그렇다고 살해할 의사까지 있었다고는 단언할 수 없습니다. 사실은 무시할 수 없으니까요. 펜딘 부인은 그 사람과 만나서 이야기까지 나누었습니다. 도리아도 그 자리에 있었습니다. 그리스도교 신자다운 행동으로 그의 비참한 모습을 보고는 눈물을 흘리면서 벤 숙부에게 호소했습니다. 그의 의향을 벤디고 숙부에게 전했습니다. 그런데 마지막 순간에 와서 그는 공포심에 사로잡히고 만 것입니다. 그것도 확실히 자연스러운 감정이라고는 생각합니다만…… 그리고 벤디고 레드메인에게 혼자서 은신처로 와 달라고 간청했습니다. 그 말은 진실로 들렸습니다. 적어도 저는 손톱만큼도 의심하지 않았습니다."

"그건 그런 대로 좋단 말이야."

대머렐도 고개를 끄덕여 보이며 말을 계속했다.

"나도 사건 뒤에 이러쿵저러쿵 말하면서 영리한 체하는 사람이 아닐세. 다만 전에도 자네에게 말한 줄 아는데, 범인을 쉽게 체포할 수 있는 단계에 와서 수사를 멈추고, 마지막 해결을 본직이 아닌 사람에게 맡기는 이러한 조치는 어처구니없는 과오라고 말하고 싶은 게야. 자네가 지휘를 하고 있기에 아무 말도 하지 않고 가만히 있었네만, 범인이 할 말이 있다고 하면 자기 형만 듣게 한다는 건 우습지 않은가? 우리도 들어 두는 게 당연하지 않나? 아니, 그렇게 하는 것이 옳았던 게야. 범인이 자기 형을 구슬러서 도망치는 것을 거들게 할 수도 있거든. 그 때문에 또다시 죄없는 인간의 피가 흘렀단 말이야. 그리고 그 위험하기 짝이 없는 범인은 미쳤는지 제정신인지는 알길이 없지만 아직도 제멋대로 활보하고 다닌단 말이야. 그 범인도 내가 보기엔 한 사람이 아닌 것 같아. 이제 와서 이런 말을 해봐야 아무 소용없는 일이지만. 그 점은 자네 말이 맞네. 우리의 의무는 그들을 체포하는 것뿐이야. 그럴 수만 있다면 말이지만."

서장의 이 말에 브렌던은 한 마디도 불평하지 않았다. 불쾌했지만 그의 말이 진실이 아니라고 단언할 수 없었던 것이다.

그는 또 대지를 조사하여 둥근 물체가 땅바닥에 남긴 자국이며, 남자가 한 사람 그 곁에 앉아 있었던 듯한 흔적을 사람들에게 보여 주었다. 이 지점에서 시체를 바다에 던지기는 곤란했다. 그 아래로 깎아지른 암벽을 백 피트쯤 내려가면 몹시 울퉁불퉁한 또 하나의 대지가 툭 튀어나와 있었는데, 거기서부터는 훨씬 완만한 경사가 몇 개의 단층을 이루며 내려가 그 자락을 바다에 담그고 있었다. 여기서 시체를 밀어던지면 반드시 도중에 걸린다. 눈에 띄지 않을 수 없다. 그러나 그 자리에 가 보아도 실종자의 모습은 물론 부대에 담은 물체도 눈에 띄지 않았다.

벼랑 위로 뻗어나간 꼬불꼬불한 오솔길에는 무거운 물체를 끌어올린 흔적이 보이지 않았다. 쇠징을 박은 구두 자국도 없었다. 새 구두 자국이 보였는데, 그것은 간밤에 브렌던과 도리아가 남긴 자국이었다.

경관들은 그 오솔길을 모퉁이 하나하나에 날카로운 눈을 번뜩이며 더듬어 올라가 점심때가 조금 지나서 정상에 다다랐다. 그곳은 바다 위로 크게 튀어나간 형태로 되어 있었으며, 눈이 아찔하도록 높았다. 그러나 이 6백 피트의 벼랑에는 중간에 몇 개나 거대한 바위가 튀어나와 있어서 호크 비크 힐 꼭대기에서 무엇을 던지더라도 반드시 도중에 몇 번인가 걸릴 것이 분명했다.

대머렐 경감은 한숨 돌리기 위해서 걸음을 멈추었다. 그리고 벼랑 꼭대기의 잔디가 툭툭히 깔린 풀밭에 지친 몸을 던졌다.

"자네는 어떻게 생각하나?"

경감이 브렌던에게 물었다. 탐정은 주위의 땅을 꼼꼼히 살펴본 다음, 눈 아래로 튀어나간 크나큰 바위며 바위 선반 같은 것을 바라보면서 대답했다.

"여기까진 안 왔군요. 왔더라도 시체를 처분한 뒤입니다. 우리는 오히려 대지 아래를 찾아봐야 할 것 같습니다. 내려가는 길이 있을 것입니다. 내 상상으로는 범인은 시체를 저 대지에서 밀어던져 놓고, 그것이 도중에 걸린 자리까지 내려가서 시체 위에 돌을 쌓아 묻어 버린 것 같습니다. 찾아보면 시체는 저 밑에서 나올 것입니다. 달리 생각할 수도 없다는 단순한 이유로도 그렇게 판단해야 할 것입니다. 이 정상까지 끌어올렸다면 흔적이 남아 있어야 합니다. 첫째, 끌어올리고 싶어도 범인은 그만한 체력이 남아 있지 않았을 것입니다. 저 대지까지 끌고 오는 게 고작이고, 그 뒤는 무리라는 것을 아마 그는 알고 있었을 것입니다. 시체는 저 대지 밑에 바위 사이에다 숨겨 놓은 것이 분명합니다."

"그렇다면 좀 쉬면서 식사를 해도 상관없겠는걸."

경감은 이렇게 말하고 큰길 쪽으로 걸어갔다. 거기에는 이미 경찰차가 도착해 있어, 식사를 할 수 있었다. 차를 몰아온 순경도 새로운 정보는 갖고 오지 않았다. 그러나 브렌던은 다트머드에 돌아가면 틀림없이 무언가 소식이 기다리고 있을 것이라고 확신하고 있었다. 이번에야말로 범인의 발견은 시간 문제라고 그는 믿고 있는 것이었다. 운전 순경까지 끼어들어 모두들 대지 아래를 수색하러 내려갔다.

"시체가 발견 안 되는 살인 사건만큼 고약한 것도 없더군."

대머렐 경감은 좁은 길을 내려가면서 계속 중얼거렸다.

"수사에 착수해도 과연 그 방침이 옳은지 어떤지 짐작을 할 수가 없거든. 믿는 것은 그저 상황 증거뿐이지. 어쩌면 수사의 한 걸음 한 걸음이 완전히 다른 방향으로 빗나가고 있는지도 모르고 말이야. 진상에 접근하고 있는 것처럼 보이면 보일수록 실제로는 거기서 멀어지고 있을 가능성도 있을 수 있고. 피가 흘렀다는 것쯤으로는 살인이라고 단정하기가 위험하지. 그러나저러나 로버트 레드메 인이라는 자는 핏자국을 남기기를 무척 좋아하는 모양이군그래.〞

그러는 동안 어느새 모두 대지까지 내려가서 다시 그 아래로 암벽을 누비고 내려가는 오솔길을 더듬기 시작하고 있었다. 보기보다는 덜 힘든 길이었다. 우툴두툴한 것이 길이라고 할 수도 없었지만, 그럭저럭 발판을 삼을 수 있는 데가 열 두어 군데는 되었다. 그러나 누가 내려간 흔적은 브렌던이나 다른 경찰관들도 찾을 수가 없었다.

경찰관들은 사방으로 흩어져서 돌에 덮인 바닥을 조사하기 시작했다. 처음에는 표면을 1야드마다 살펴보았으며, 이어 그 밑을 조직적인 방법으로 철저하게 뒤졌다. 돌이란 돌은 다 움직여 보고, 지면을 1피트마다 구획을 지어 검사했다. 그 결과 사람이 밟은 흔적도 손을 댄 자국도 전혀 없다는 것이 판명되었다.

브렌던은 먼저 부대에 담은 시체가 떨어진 지점을 목표로 대지 바로 밑을 조사해 보았으나, 그럴 듯한 흔적은 눈에 띄지 않았다. 그 근처의 돌에는 이끼도 끼어 있지 않았지만 핏자국도 보이지 않았다. 수색자들이 애쓴 보람도 없이 이 쓸쓸한 지점은 사람이 발을 디딘 흔적을 보여 주지 않는 것이었다.

머리 위 벼랑에 어느새 땅거미가 짙어 가고 있었다. 3시간에 걸친 수사가 사람에게 허용될 수 있는 한의 기술과 인내로 계속되었으나, 결국은 아무 성과도 없이 끝나고 말았다. 그토록 확신을 가지고 펴나간 브렌던의 추론도 무참하게 허물어져서 솔직하게 패배를 인정하는 수밖에 없었다.

모두들 다시 암벽을 기어올라가서 벼랑 꼭대기로 나갔다. 큰길 가까이에서 그날 하루를 수사에 협력한 지방 사람들과 합류했으나, 누구 하나 도망자의 모습을 보았다는 소문을 들은 사람은 없었다.

까마귀의 집 입구는 큰길가에 있었으므로 다트머드로 돌아가는 경찰차가 그 앞을 지나갈 때, 브렌던은 차를 세우고 내려갔다. 주인을 잃은 집을 방문하기 위해서였다.

까마귀의 집은 상갓집답게 아무 소리 없이 적적했다. 마크가 제니를 만나 보고 싶다고 말하자, 겁에 질린 하녀는 아씨가 만나실지 모르겠다면서 그 까닭을 설명했다.

"가엾게도 그분은. 몹시 고민하고 계세요, 자기에겐 불행히 따라다닌다면서, 숙부님 대신 자기가 죽었으면 좋았을걸 하고 울고만 계십니다. 도리아 씨가 아무리 달래도 저리 가라고 소리치며 얼굴도 보이지 않으십니다. 저렇게 울고만 계시다가는 눈이 멀지나 않을는지 그게 다 걱정이 되구⋯⋯."

"펜딘 부인답지 않군."

마크는 말했다.

"지금 어디 계시지? 그리고 도리아는?"

"도리아 씨는 방에서 편지를 쓰고 있어요, 앞으로 한 달만 있으면 이댁엔 볼일이 없어지니까, 서둘러 새 직장을 구해야겠다나요."

"펜딘 부인더러 뵐 수 없느냐고 가서 여쭤 봐. 잠깐이면 되니까."

하녀가 가져 온 대답은 브렌던을 실망시켰다. 오늘은 뵐 수 없고 내일은 얼마쯤 마음이 가라앉을 테니, 이리로 올 일이 있으면 들러 달라는 것이었다.

그는 불만을 나타낼 수도 없어서 자동차로 돌아가기로 했다. 집을 막 나서는데 주제페가 쫓아나왔다. 그의 보고도 대단한 것은 아니었으며 오늘 하루 까마귀의 집은 무사했다는 것뿐이었다.

"목사님이 찾아오셨을 뿐입니다. 집안일은 만사에 조심하고 주인 어른이 계셨을 때 그대로 해 두었습니다."

"자네는 내일 또 만나기로 하지."

마크는 이렇게 약속하고 경감 일행과 자동차를 타고 달렸다.

이밖에도 다트머드에서 기다리고 있은 것 또한 실망스러운 일 뿐이었다. 그 날의 경찰의 노력은 헛되이 끝나고, 로버트 레드메인의 종적에 대한 보고는 어디서도 들어오지 않았다. 대머렐 경감은 또다시 그전의 자살설을 들고 나왔으나 이 주장에는 브렌던도 맞장구치지 않았다.

"여섯 달 전과 마찬가지로, 그는 자살하지 않았습니다. 여느 수사 방법 같은 것은 가까이 오지도 못하게 하는 완벽한 변장술을 알고 있나 보지요. 아니면 아주 특수한 잠복 장소라도 있거나 내일은 한 번 경찰견을 동원해 봐야겠습니다. 하기야 냄새를 추적하기에는 시간이 너무 지나서 큰 기대는 걸 수 없습니다."

"뭐 그 녀석이 하는 짓이니까 전번과 같이 플리머드에서 편지라도 띄울 테지."

지친 마크는 경찰서에서 나와 호텔로 향했다. 수사가 벽에 부딪친 일은 처음 겪는 경험이 아니었다. 크리켓의 명수도 때로는 그 이닝을 득점없이 끝낼 때가 있다. 다만 그들은 다음 이닝에서 세 자리 수 이상의 득점을 올릴 자신이 있지만, 그의 경우는 하나의 사건에서 똑같은 실패를 두 번이나 되풀이하고 있는 것이다. 또 여느 때의 그라면 수수께끼가 복잡하면 할수록, 문제가 어렵고 해결이 안 될 것처럼 여겨지면 그럴수록 오히려 그 자극에 반발하는데, 어쩐지 이번에 한해서는 이렇게까지 무기력한 심리로 변해 버린 것이 자기가 생각해도 이상해서 견딜 수 없었다.

대담하게 독창적인 방법으로 문제의 핵심을 뚫고 들어가는 여느 때의 그와는 달리, 영감의 빛으로 앞을 내다보기는커녕 마치 스스로의 지능에 속기나 한 듯이 한 걸음도 나아가지 못하게 된 자기 자신이 서글펐다. 사실 이 사건에서는 영감의 그림자도 느끼지 못했다. 전에도 한 번 독감에 걸렸을 때 이와 같이 비참하게 무력한 자기를 경험한 적이 있지만······.

그는 겨우 잠들었다. 그것도 모습을 감춘 늙은 선장을 생각해서가 아니라 제니 펜딘을 생각했기 때문이다. 숙부의 죽음을 당하여 그녀가 비통하게 괴로워하는 것은 당연한 일이며, 한탄 끝에 태도가 혼란해진 것도 그다지 이상할 것이 없었다. 감수성이 강한 성격인데다가 무서운 시련을 간신히 참아 온 그녀가, 그것이 채 가시기도 전에 다시 새로운 비극을 겪었다면 정신적으로 충격을 받는 것은 무리도 아니다. 그러나 누가 지금의 그녀를 구할 것인가? 누구에게 그녀는 매달릴 것인가? 어디로 그녀는 갈 것인가?

이튿날 아침, 브렌딘은 일찍 일어나서 대머렐 경감과 함께 정밀 수사를 벌이기 위한 그날의 계획을 짰다. 그 계획에 따라서 9시에는 대규모 수색대가 떠났다. 그 때까지 전보나 전화로 새로운 소식은 하나도 들어오지 않았다. 로버트 레드메인이 아직도 유유히 돌아다니고 있는 것은 확실했다.

브렌딘은 까마귀의 집에도 가 보았는데, 그것은 다만 제니가 걱정스러웠기 때문이다. 도리아에 대한 그녀의 감정이 아무리 뿌리 깊다 해도, 이런 사건이 일어나고 보면 도리아 같은 인간을 의지로 삼을 수 없는 것은 확실했다. 결국 그는 모든 일이 잘 되어 가고 있을 때의 상대이다. 제니는 처리해야 할 일이 많을 텐데, 마크가 알고 있는 한 그것을 도와 줄 만한 사람은 하나도 없는 것 같았다.

찾아가 보니, 그녀는 슬픔에 잠겨 있기는 했어도 냉정을 유지하고 있었다. 그녀는 이탈리아에 있는 앨버트 숙부에게 전보를 쳤다고 말하고, 알려 봐야 영국의 겨울에 잔뜩 겁을 먹고 있는 그 숙부가 일부러 귀국해 줄 것 같지는 않지만, 그러나 될 수 있으면 그렇게 해 달라고 부탁했다고 했다.

그녀가 말했다.

"프린스타운 때와 같이 모든 것이 엉망이 되어 버렸습니다. 이번 사건이 일어나기 며칠 전입니다만, 저와 벤디고 숙부는 로버트 숙부의 사망에 대해 이야기했었어요. 벤디고 숙부는 법률상 로버트 숙부의 사망이 확인되려면 일정한 햇수가 지나야 한다고 하시더군요. 그런 이야기가 다 나왔었는데, 돌아가신 줄 알았던 사람은 살아 있고 가엾은 벤디고 숙부님이 오히려 돌아가시고 말았어요. 이번에도 시체가 발견되기 전에는 법률상 사망한 것으로는 인정되지 않겠지요. 로버트 숙부의 서류를 조사해 봤는데 유언장은 보이지 않았어요. 그러니까 법률이 인정만 해준다면, 그 숙부의 재산은 두 숙부에게 가게 되었을 거예요. 그런데 이번 사건이 일어났으니, 모두 이탈리아에 계시는 큰 숙부 것이 되겠지요. 벤디고 숙부는 빈틈없는 분이니까 유언장을 만들어 두셨을 거예요. 하지만 그게 어떤 내용인지, 이 집이나 재산은 어떻게 처리되는 것인지 아직 아무도 모르고 있어요."

제니는 이밖에 브렌던이 참고할 만한 이야기는 해주지 않았다. 신경을 날카롭게 곤두세우고, 되도록 하루 빨리 이 쓸쓸한 벼랑 위의 집에서 떠나고 싶다고 말할 뿐이었다. 그러나 그것도 앨버트 레드메인의 의향이 뚜렷해질 때까지는 어떻게 움직일 수도 없다는 것이었다.

"앨버트 숙부도 무척 놀라셨을 거예요. 이제는 그 숙부가 '붉은 머리 레드메인' 집안의 마지막 사람이 되셨어요. 오스트레일리아에선 저희 집안을 그런 이름으로 불렀답니다."

"붉은 머리라니요?"

"우리 모두가 붉은 머리로 태어났거든요. 할아버지의 자제분들은 모두 머리가 붉었어요. 할아버지 자신이 그러셨는데, 시집오신 할머니도 역시 붉은 머리였대요. 그 다음 세대에서 혼자 살아 계시는 숙부도 붉은 머리털을 하고 계셔요. ”

“부인 머리는 붉지 않으신데요, 아주 아름다운 갈색이십니다. ”

그녀는 이 찬사에 그다지 기뻐하는 얼굴을 보이지 않고 대답했다.

“머지않아 하얗게 되어 버릴 거예요. ”

한 조각의 웨딩케이크

앨버트 레드메인은 이런 때에 영국으로 한 번 돌아가 보는 것이 의무라고 생각했다. 오랜만에 귀국하는 이 숙부를 조카딸 제니가 다트머드 항구까지 맞으러 나갔다.

앨버트는 시든 듯 볼품 없는 조그만 사람이었으며, 큰 머리가 훌렁 벗겨지고 큼직한 눈이 번쩍거렸다. 조금 남아 있는 머리털은 레드메인 집안의 핏줄을 나타내어 붉었지만, 머리 둘레에는 벌써 은빛이 섞여 있었다. 그러고 보니 가늘게 기른 턱수염도 희끗희끗했다. 말소리는 침착하고 조용했지만, 몸짓에는 상당히 남부 유럽인다운 데가 있었다. 이탈리아 풍의 헐렁한 외투를 걸치고 챙이 넓은 큼직한 모자를 쓰고 있어서, 책벌레로 이름난 그 자신은 파묻혀 버리고 어떤 얼굴인지 알수가 없을 정도였다.

"아아, 이런 때에 피터 건즈가 있어 주었으면."

앨버트는 몇 번이나 한숨을 내쉬고는, 벌겋게 타고 있는 난로 앞에서 될 수 있는 대로 불 가까이 몸을 가져가려고 했다. 제니가 그에게 무서운 비극의 상세한 이야기를 들려 주었다.

"경찰에서는 경찰견을 몇 마리나 동굴 안에 넣어 봤대요. 개의 지휘는 브렌던 씨가 직접 했는데, 결국 그것도 아무런 효과 없이 끝났어요. 개는 동쪽에서 위쪽 굴로 달려올라가서 대지로 나갔지만, 거기서 냄새를 놓쳐 버렸는지 벼랑 위로 더 올라가지도 않고 그렇다고 모래사장으로 내려가지도 않고 그 근처를 맴돌면서 짖어대기만 하더래요. 그러다가 다시 굴을 빠져나가서 동굴로 돌아가 버렸다나요. 하기야 브렌던 씨 자신도 이런 사건에서는 경찰견의 활약은 그리 기대할 수 없다고 말은 했었지만."

"그래서 로버트의 행방은 아직도 모르고 있느냐?"

"찾을 수 있는 데까진 다 찾아봤지만, 어디로 사라져 버렸는지 나타나지 않으셔요. 이 지방에서는 모두 총동원되다시피해서, 주(州)의 경찰장관 같은 높은 분까지 도와 주셨지만 로버트 삼촌은 발견되지 않았어요. 그 무서운 밤부터 다시 모습을 감추신 거예요."

"그러고 보니 벤디고의 시체도 아직 못 찾았다며?"

레드메인 씨는 계속 중얼거렸다.

"가엾은 네 남편 때와 같이 핏자국은 있었지만 아무것도 발견되지 않았단 말이지."

제니는 피로했지만, 그래도 노인의 몸을 생각하여 긴 여행길에 혹시 무슨 탈이라도 나지 않았나 하고 신경을 썼다.

앨버트 레드메인 씨는 그날 밤 단잠을 잤다. 그러나 날이 새자 다시 슬픔은 새로워지고 우수는 더 짙어졌다. 멀리 외국에 있으면서도 신변에 무서움을 느낀 사건이니만큼, 현장에 와 있으니 기분이 여간 나쁘지 않았다. 마크 브렌던과도 긴 시간 이야기를 나누었고 도리아에게도 여러 가지로 물어 보았지만, 그 어느 쪽에서나 아무런 힌트도 얻을 수 없었다. 24시간 뒤 이 자그마한 노인은 자기가 어느 누구의 도움도 되지 않는다는 것을 깨달았다. 더욱이 그는 사건의 분위기에 질리고 공포감에 사로잡혔다. '까마귀의 집'과 음울한 바다의 중얼거림이 싫어서 하루바삐 이탈리아의 밝은 하늘 아래로 돌아가고 싶어했으며, 특히 밤이 돌아오는 것을 무서워했다.

"아아! 피터 건즈만 있어 줬으면 좋을 텐데."

그는 브렌던이나 제니에게서 사건의 내용을 들을 때마다, 그에 대한 의견이라도 말하듯이 피터 건즈의 이름을 중얼거리는 것이었다. '그 건즈 씨를 초청하시면 어떨까요' 하고 제니가 말하자, 그이는 미국 사람이라서 금방 연락이 닿을지 어떨지 모른다는 대답이었다.

"건즈라는 사람은 말이야."

그는 설명을 시작했다.

"나한테는 첫째가는 벗이야. 하기야 더 친한 사람이 있기는 하지. 빌지리오 포지라는 사람인데 그 무엇보다 귀중한 벗이란다. 내 집에서 가까운 베라지오라는 마을에 살고 있는데, 내가 사는 코모 호수의 맞은편 호반에 있는 마을이지. 그는 유럽에서 책을 사랑하기로 으뜸가는 애서가란다. 참으로 훌륭한 인물이야. 나하고는 25년을 사귀어 온 허물없는 벗이지. 피터 건즈 역시 위대한 천재야. 직업은 탐정인데 다재다능한 사람이란다. 사람을 관찰하는 데 놀라운 통찰력을 가진 사람이지. 이 사람과는 그저 알고 지내는 것만으로도 귀중한 지식을 얻을 수 있어.

나같은 사람이야 인간의 성격에 관해서는 아는 것이 없지만, 사람을 꿰뚫어보는 것이 그 사람의 타고난 재능이거든. 물론 서적의 세계라면야 나도 누구에게 지지 않을 지식을 갖고 있지. 뉴욕에서 건즈와 알게 된 것도 책에 대한 특수한 지식 덕분이었어. 복잡한 범죄 사건이 일어났는데, 범인의 죄를 입증하는 마당에서 내 지식이 필요해지지 않았겠니? 자세하게 말한다면, 그 범죄를 규명하는

데 중세 이탈리아의 메디치 집안에서 발견된 종이가 열쇠가 된 게야. 이 사건 덕분에 범죄 해결 이상의 위대한 결과가 생겼단 말이야. 서지학자 앨버트 레드메인과 천재 탐정 피터 건즈 사이에 우정이 싹텄거든. 내가 아무리 책을 읽어 봐야 얻을 수 없는 지식을 그 사람한테서는 배울 수 있지. 그 사람이야말로 천사 편에 선 마키아벨리니까."

피터 건즈에 대한 설명이 지리하게 계속되는 바람에 듣는 사람들은 모두 따분해졌다. 주제페 도리아가 개인적인 문제를 꺼내어 앨버트의 말을 중단시켰다. 사직하고 싶다는 말을 내놓은 것이다. 그리고 브렌던에게는, 이 지방에서 떠나는 것을 경찰이 허가해 주겠는지 그의 의견을 듣고 싶다고 말했다.

"'어떤 바람이나 나쁘게만 불지는 않는다'는 속담이 있는데요."

도리아가 말을 꺼냈다.

"이번 사건이 저한테는 런던으로 나갈 결심을 하게 만들었습니다. 허가만 나오면 당장 떠나고 싶습니다."

그러나 브렌던은 시체를 검사하는 심문이 끝날 때까지는 떠날 수 없다고 가르쳐 주었다. 그 심문이 있었지만 벤디고 레드메인의 죽음에 대해서나, 그 아우의 실종에 대해서 아무런 해결의 빛도 없이 끝났다. 법정에서는 포긴티 채석장에서 일어난 지난번의 괴이한 사건도 다루어져서 사람들의 호기심을 병적으로 부채질했다. 그러나 두 사건을 결부시키는 데 필요한 동기는 아무것도 발견되지 않았다. 따로따로 보아도 두 비극이 양쪽 다 목적이 없었으며, 거기에 나타난 사실 그 자체가 의혹의 그늘에 싸여 있었다. 두 사건이 다 행방을 모르는 한 사나이의 범죄를 입증하는 데 필요한 시체가 발견되지 않고 있는 것이다.

앨버트 레드메인 씨는 이 땅에 오래 머물러 있어 봐야 수사에 도움이 되지 않는다는 것을 알고 있었으므로, 형으로서의 의무를 다하는 즉시 데번을 떠나기로 했다. 떠나기 전날 밤 아우의 빈약한 장서를 살펴보았으나 수집가의 흥미를 끌 만한 것은 눈에 띄지 않았다. 그래도 낡고 손때 묻은 《모비 딕》만은 추억의 뜻으로 갖고 가기로 했다. 아울러 벤디고의 '항해 일지'도 싸 놓으라고 제니에게 일렀다. 그것은 10권에 가까운 벤디고의 일지였으며, 이탈리아에 돌아가서 틈을 내어 읽어 볼 참이라고 말했다. 그리고 마지막 날까지 피터 건즈가 없는 것이 아무리 생각해도 유감이라면서 거듭거듭 한탄만 하는 것이었다.

"내년에는 그 사람이 유럽에 올 예정인가 보더라만…… 범죄자를 잡는 무서운 일에는 이 세상에서 가장 뛰어난 인물이라고 할 수 있어. 그 사람만 있으면 우리처럼 헛된 암중모색을 계속하고 있지 않아도 된단 말이야. 이 정도 사건쯤 당장에 그 의미를 알아채고 말 텐데."

그리고 그는 제니를 돌아보며 덧붙였다.

"하지만 내가 브렌던 씨나 경찰 관계자 여러분의 노력을 과소 평가하는 건 아니야. 말하자면 이 사건에는 그분들의 지력으로는 짐작할 수 없는, 무언가 더 깊숙이 밑바닥에서 움직이고 있는 기괴한 악의 힘이 존재하고 있다는 거지."

그는 영국을 떠나갔는데, 자기 집안에는 자기 눈에도 그 누구의 눈에도 보이지 않는 어떤 흉악한 의지가 작용하고 있다고 확신하고 있었다. 그는 제니에게만은 즉각 미국에 있는 건즈에게 편지를 보내 사건에 대한 의견을 물어 보겠다고 속삭였다.

"그 사람은 이런 정도의 사건이라면 그 훌륭한 지력으로 간단히 해결해 버릴 거야. 우리 눈에 띄지 않는 곳에서 중요한 실마리를 찾아 낼 게 틀림없어. 본디 두뇌가 정교하거든. 여느 사고 기계(思考機械)로는 어찌할 수도 없는 것을 훤히 들여다 본단 말이야. 말하자면 심리 엑스 광선 같다고나 할까. "

코모 호숫가에 있는 조그만 산장으로 돌아가면서 그는 조카딸 제니에게 다정스레 작별 인사를 하고, 정리가 끝나는 대로 곧 이탈리아로 오라고 말했다.

그는 아직 도리아의 제니에 대한 애정을 깨닫지 못했다. 그러나 도리아를 매력있는 남성으로 보고, 이런 비극 뒤에 그녀의 마음을 위로해주는 데는 이탈리아인의 양식과 재치가 무엇보다도 좋다는 생각을 하고 있었다. 그래서 떠나기에 앞서 도리아에게 특별히 돈을 쥐어 주면서, 필요할 때는 언제라도 취직할 자리에 추천장을 써 주겠다고 약속했다. 그리고 제니에게는, 바란다면 언제라도 할아버지의 유언대로 유산을 내줄 테니 앞으로는 이탈리아에 와서 살면 어떠냐고 권하는 것이었다.

이리하여 앨버트 레드메인은 이탈리아로 돌아갔는데, 그토록 열성적으로 진행된 레드메인 사건에 대한 수사도 실마리 하나 잡지 못한채 벽에 부딪치고 말았다. 로버트 레드메인의 모습과 그 형의 시체는 이 땅 위에서 연기처럼 사라지고, 이제 레드메인 집안에는 앨버트와 그의 조카딸만 남게 되었다. 이에 대해서는 제니도 어두운 심경으로 브렌던에게 말했다. 그것은 브렌던이 드디어 그녀와 작별하고 다시더 유능한 직무의 세계로 돌아가게 된 어느 날의 일이었다.

브렌던도 제니에게 어떻게든 형편을 만들어서 이탈리아에 있는 숙부와 함께 살도록 하라고 권하고, 앞으로 자기 힘이 필요할 때는 언제든지 알려 달라고 말했다. 제니도 지금까지 그의 수고에 진심으로 감사한다고 말했다.

"선생님의 인내와 친절은 평생 잊지 못할 거예요. 정말 기쁘게 생각하고 있습니다. 그리고 선생님 생각만 해도 언젠가 무서운 사건의 진상이 밝혀질 것이라는 희망을 느껴요. 세상 사람들의 미움 한 번 사 본 적이 없는 착한 사람들이 같은 친족에게 살해되다니, 이런 무서운 일이 어디 있겠어요? 악몽으로밖엔 생각할 수가 없어요. 하지만 아마 하느님께서 밝혀 주실 거예요. 저는 그렇게 믿고 있어요."

그는 지금까지보다 더 강한 애정을 느끼면서 그녀와 헤어졌다. 그러나 이렇게 일단 헤어져 버리면 다시는 그녀와의 사이에 희망의 날이 찾아올 것 같지 않았다. 그러면서도 언젠가 다시 만날 기회만은 있을 것이라는 확신에 가까운 기분을 느끼고 있었다. 제니는 앞으로의 행동을 일일이 보고할 것은 약속하지만, 같이 살자는 앨버트 숙부의 권유는 어떻게 할 것인지 아직 확실치 않다고 말했다. 이 말의 뜻은 새삼 물어 볼 것도 없이, 앞으로 그녀의 행동을 결정하는 것은 도리아의 의사에 달렸다는 말인 듯했다. 그녀가 코모 호수로 옮겨간다면, 겁을 모르는 이 이탈리아인은 아마 당장 그 뒤를 쫓아갈 것이다. 다만 지금은 주제페도 자기 자신의 문제로 머리가 가득차서 제니의 일까지는 생각하고 있지 않은 것 같았다. 작별 인사를 하러 온 브렌던을 '까마귀의 집'에서 바래다 줄 때도, 그는 템즈 강가에 좋은 직장을 구했다고 즐거운 듯이 말하는 것이었다.

"머지않아 다시 만나 뵙고 싶습니다. 그 때는 이 주제페 도리아가 근사한 사랑 이야기의 주연을 맡고 있을 테니 기대해 주십시오. 즐거운 사랑의 영웅역을 말입니다."

그리고 여러 가지로 이야기를 하는 동안에 마크는, 이 빈틈없는 녀석에게 자기가 보기 좋게 놀림을 당하고 있는 것을 느끼고 짜증스러웠다. 도리아는 싫증내지도 않고 기분이 좋아서 계속 말을 늘어놓았는데, 라틴 민족답게 농담을 좋아하는 거동이 오히려 기묘하게 냉소적이고 비인간적인 것을 느끼게 하는 것이었다.

결국 두 사람의 화제는 사건의 수수께끼로 되돌아갔다. 이 모터보트 조종사는 이렇게 괴이한 사건의 해결은 자기 따위가 어떻게 할 도리가 없는 일이라면서, 브렌던의 실패를 사정없이 빈정거렸다. 그리고 이때 도리아에게서 들은 말을 마크는 6개월 뒤 더 책임있는 지위의 인물로부터 다시 듣게 되는 것이다.

"이번에 일어난 무서운 사건에서 제가 가장 어리둥절하게 생각하는 것은, 바로 브렌던 선생님입니다. 선생님은 영국에서 으뜸가는 탐정이십니다. 그런 선생님이 이번 사건에서 하신 일은 우리 같은 사람들과 조금도 다를 것이 없는 일뿐입니다. 왜 그러시지요? 참 이상해서 견딜 수가 없습니다. 하기야 이제는 그렇게도 생각지 않습니다만."

"나는 실패했어. 솔직히 인정하네. 처음부터 가장 중요한 것을 못 보고 만 거야. 그런데 자네는 방금 이제는 그렇게 생각지도 않는다고 했지? 어째선가? 내가 얼빠진 인간이라는 것을 알았기 때문인가?"

"설마요! 선생님은 영리하고 명민한 분이십니다. 하지만 글쎄요, 이탈리아에 이런 속담이 있죠. '고양이에게 장갑을 끼우면 쥐를 못 잡게 된다'는 것인데요, 선생님이 말하자면 그런 식이 아닐까요? 마돈나가 미망인이 된 것을 안 뒤로 장갑을 끼신 게 아닙니까?"

"무슨 말이지?"

"다 아시면서."

여기서 두 사람의 대화는 끊어졌다. 브렌던은 이맛살을 찌푸리고 입을 다물었다. 선창이 가까워졌으므로 주제페가 모터보트의 속력을 떨어뜨렸기 때문이다.

"또 뵐 수 있을 것 같은 기분이 듭니다, 마르코 선생님."

두 사람은 작별의 악수를 나누었다. 브렌던도 같은 예감이 들어서 고개를 끄덕였다.

그 뒤 몇 달 동안은 미결로 끝난 이 어려운 사건에서 아주 작은 역할을 맡고 있던 사람들의 소식도 들을 수 없었다. 브렌던은 무척 바빴다. 언제나와 다름없이 그의 독특한 수완을 발휘하여, 몇 가지 사건을 보기 좋게 해결하는 데 성공함으로써 상처 입은 명성을 되살리고 있었다. 다만 그 성공만으로는 그의 자존심까지 회복할 수는 없었다. 그의 가슴 속에 훨훨 타고 있는 열병 같은 불을 끌 수는 없었던 것이다.

어느 날 뜻밖에도 제니의 편지를 받았다. 이탈리아에 가기로 했는데, 그전에 런던에서 한 번 만나고 싶다는 내용이었다. 제니가 드디어 영국을 떠나기로 결심한 것은 오히려 그의 마음을 안정시켰지만, 그 뒤로는 아무 소식이 없고 '까마귀의 집'에서 보낸 그 편지에 즉각 답장을 보냈는데도 이에 대한 회답조차 오지 않았다. 몇 주일이 흘러가고 그녀가 아직 데번에 있는지 런던에 나왔는지, 아니면 이탈리아로 떠나 버렸는지 소식이 끊어져서 알 도리가 없었다.

봄이 되자 그는 곧 이탈리아에 사는 앨버트 레드메인 댁으로 편지를 내보았다. 그러나 역시 회답이 없었다. 그러다가 연락이 없는 까닭을 알았다. 그녀는 런던에 나와 있었지만 어떤 이유로 그에게는 그 사실을 알리지 않고 있었던 것이다. 그녀는 그를 생각지도 않았고 만나고 싶어하지도 않았다. 왜냐하면 그녀의 생활이 다른 남자 때문에 시간을 모두 빼앗기고 있었기 때문이다.

3월도 다 간 어느 날, 브렌던은 외국 우편으로 온 조그만 삼각형의 상자 하나를 받았다. 열어 보니 웨딩 케이크 한 조각이 들어 있어서 그는 눈이 둥그래졌다. 선물에는 카드가 끼워져 있었다. 거기에는 단 한 마디——'온정에 대한 감사의 마음으로 주제페 도리아와 제니 도리아 드림'이라고만 적혀 있었다.

감사하다는 답장을 내고 싶어도 보낸 주소가 적혀 있지 않았다. 겉봉의 소인으로 이탈리아에서 그것도 벤치미리아에서 부친 것임을 알았다. 벤치미리아는 언젠가 도리아가 황폐한 옛성과 사라진 일족의 영광을 이야기했을 때 그 속에 나온 지명이다.

그러나 브렌던의 가슴 속에는 이 갑작스러운, 그러나 그다지 뜻밖으로 느껴지지 않는 일 뒤에도 모든 일이 다 끝난 것은 아니라는 확신이 남아 있었다. 사실 '시간'은 다시 그에게 제니와 얼굴을 대하는 기회를 마련해 주지만, 브렌던은 그것을 앞으로 반드시 일어나야 하는 운명적인 인자(因子)로서 뚜렷이 감득하고 있었던 것이다. 그러나 그렇게 생각은 한다지만 이토록 노골적으로 그녀가 결혼한 사실을 눈앞에 들이대는 데는 우울해지지 않을 수가 없었다. 언젠가 그녀를 위해서 힘을 빌려 줄 때가 온다고 잠재의식적으로 확신은 하고 있었지만, 그녀와의 연애는 이제 영원히 결별하지 않을 수 없게 되었다. 희망은 사라져 버렸다. 앞으로 어떤 의무가 그를 그녀 앞으로 불러간다 하더라도, 그 의무가 어떤 형태를 띠게 될 지는 그 자신도 예상할 수 없었다. 잠 못 이루는 하룻밤을, 이미 도리아의 아내가 된 여성과 사귀어 온 장면을 그리면서 브렌던은 심한 고뇌로 스스로를 괴롭히는 것이었다.

이렇게 추억의 고통에 괴로워하고 있는 동안에, 다른 기억도 되살아나서 아직 해결되지 않고 남아 있는 수수께끼를 되새겨 보는 계기가 되었다. 겨우 9개월 전에 남편을 잃은 슬픔에 젖어 울고 있던 부드러운 여성이, 이토록 밝은 기쁨에 차서 다른 남자와 맺어질 수 있는 것일까? 자기의 기억에 남아 있는 그녀는 남편의 죽음에 끝없는 고뇌를 되씹고 있는 여자이다. 바로 그 제니 펜딘이 얼마 전까지는 얼굴도 모르던 남자와 즐거운 결혼 생활에 들어갈 수 있는 것일까?

그러나 현실적으로 그것이 일어난 것을 보면, 이 또한 있을 수 없는 일은 아니었던 것이다. 그러나 때를 무시한 이 결혼에는 무언가 그 나름의 까닭이 있어야 한다. 그 까닭만 밝혀진다면 그녀 본디의 기질을 배반한 경솔한 행위도, 반드시 비난할 수만은 없게 될지도 모른다. 그렇게 생각하지 않고는 브렌던 자신이 너무나 비참했다. 과거의 추억을 내동댕이치고 외국 사람을 남편으로 골라 불안정한 결혼 생활을 결행한 이유가, 외곬으로 타오른 연정 때문이라고는 생각하고 싶지 않았다. 이것이 무엇보다도 그가 생각하고 싶지 않은 점이었다. 꿈이 깨지고 영원한 손실을 비탄하는 그에게는 너무나 분한 일이었기 때문이다.

무언가 숨은 사실이 있을 것이 틀림없다. 그 자신이 열렬한 사랑을 바친 여성의 명예를 위해서도 그 비밀을 꼭 풀고야 말겠다는 소망이 그의 가슴에 불타올랐다.

그리안테 산 위에서

새벽빛이 이탈리아의 하늘에 빛나기 시작하면, 잇닿은 산을 감싼 안개가 겨우살이 덩굴의 꽃빛으로 타오른다. 아득한 산기슭의 세계는 아직도 잠에서 깨어나지 않고 있다. 금빛과 터키 구슬빛으로 빛나고 있는 라리안 호수 가장자리에 꽃이 만발하였다. 한적한 한때였다. 흰색과 장밋빛의 조개껍질처럼 코모 호수가에 흩어져 있는 마을들은, 종루에서 고요한 음악이 흘러나올 때까지 지난밤의 잠을 즐기고 있다. 종소리가 종소리에 화답한다. 이윽고 그 화음의 띠가 호수 주위를 둘러싸며 수면에 넘치기 시작하고, 물에서 공중으로 높이 퍼져서는 재잘거리는 참새의 울음 소리 같은 음향을 전해 온다.

두 여자가 그리안테의 산길을 올라왔다. 하나는 햇볕에 그을린 중년 여자로, 검은 옷을 입고 이마에 오렌지 빛 천을 둘렀다. 남자로 잘못 알아볼 만큼 억센 몸집에 큰 빈 바구니를 짊어지고 있었다. 또한 여자는 눈부시도록 화려한 장밋빛 비단 잠바를 붉게 타는 아침 노을 속에 빛내며 아름다운 풍경을 더한층 아름답게 만들고 있었다.

제니는 나비처럼 가볍게 산마루를 향해서 올라갔다. 아침빛에 보는 그녀의 자태는 여느 때보다 더 가냘팠다. 다만 희미한 근심과 사라질 줄 모르는 우수가 두 눈 사이에 어려 있었다. 그 아름다운 눈이 지금 그녀들이 올라가고 있는 가파른 비탈길을 쳐다보았다. 두 여자가 보조를 맞추어 올라갔을 때 동그마니 길가에 서 있는 조그만 성당이 보였다.

다시 6월이 돌아와 있었다. 앨버트 레드메인 씨가 먹이는 누에가 산장 뒤쪽에 있는 통풍이 잘 되는 조그만 누에집에서 거의 고치를 만들어가고 있었다. 그 때문에 아래 골짜기에서는 해마다 뜯어 놓은 뽕잎이 이제 바닥이 나 가고 있었다. 그래서 늙은 애서가(愛書家) 앨버트 댁 가정부 아순타 마르첼리가 숙부 집에 와 있는 제니와 함께 아침의 그리안테 산에 올라온 것이었다. 목적은 산에 오르는 즐거움도 있었지만, 고치 만드는 작업이 늦어지고 있는 누에를 위해서 그 변신의 사료를 구해 주는 데 있었다.

여자들은 잿빛으로 먼동이 틀 때 집을 나섰다. 물 마른 내를 건너, 포도나무가 왕자의 모습을 자랑하고 꽃을 피운 올리브 나무가 시든 꽃들을 향기 높은 노끈 세공품처럼 흩뿌리고 있는 곳까지 갔다. 무수한 포도 송이가 저마다의 포도알에 동그랗게 귀여운 윤곽을 드러내 주기 시작하고 있었다. 벌써 누렇게 물들어서 거두어들일 날이 가까워진 것을 알려 주고 있는 밀밭과 싱싱한 초록빛을 드러내고 있는 옥수수밭이, 쐐기꼴과 네모꼴로 번갈아 이어나가 있었다. 그 사이사이에는 이따금 무화과와 편도, 그리고 잎이 다 뜯긴 앙상한 가지에 빨갛고 하얀 오디가 매달린 뽕나무의 줄이 단조로움을 깨듯 끼어들어 있었다. 산울타리에는 새빨간 버찌가 가지가 휘도록 달려서 반짝이고, 아침 해에 맑게 드러난 조그만 빈터에서는 양과 산양 떼가 연한 목초를 뜯어먹고 있었다. 이윽고 가파라진 산길에 밤나무 숲이 나타났다. 가지마다 꽃송이가 소나무의 우중충한 빛깔을 배경으로 더한층 밝게 빛을 반사하고 있었다.

제니와 아순타는 해묵은 측백나무 두 그루가 까마득히 치솟은 곳에서 성당을 발견했다. 좀 쉬어 가려고 제니가 점심 바구니를 내려놓자, 중년의 이탈리아 여자는 뽕잎을 담으려고 짊어지고 온 큼직한 바구니를 던져 놓았다.

발 아래로 코모 호수가 경옥(硬玉)을 녹인 물그릇처럼 내려다보인다. 수면 가장자리에 반사된 빛의 화살이 산그림자에 꽂히고 있었다. 호수 한가운데에는 두 사람의 눈을 끌 듯이 두 척의 배가 떠 있는데, 두 척이 꼭 하나처럼 모양이 같았다. 이탈리아 국기를 배꼬리에 꽂고, 빨갛고 검은 줄을 물에 담그면서 곧장 움직여 간다. 그것은 마치 장난감 어뢰정처럼 귀여웠다. 그러나 그 실체는 귀여운 장난감이기는커녕 아순타의 가슴속에 증오의 불꽃을 훨훨 타오르게 하는 대상이었으며, 산의 밀수꾼에 대한 정부의 끊임없는 도전을 이야기해 주는 존재였다. 여자는 그것을 보고 남편을 생각했다.

그녀의 남편 카에사르 마르첼리는 몇 번이나 위험을 무릅쓰던 끝에 세관원들과 격전을 벌이다가 목숨을 잃었다.

태양이 산봉우리 사이로 긴 광선의 화살을 호수의 수면에 쏘아댔다. 나지막한 언덕이 어깨를 새빨갛게 물들이기 시작했다. 수면에 그것이 반사되어 주홍빛으로 불타오르고, 아득하게 멀리 아침 안개에 싸인 산골짜기에는 사파이어 빛 하늘을 배경으로 녹다 남은 눈이 반짝이고 있었다.

두 사람이 앉아 있는 옆의 성당은 그 조그만 지붕 꼭대기에 녹슨 십자가가 장식되어 있었다. 갈색 기와가 고색창연하여 오히려 그 색조에 따스한 맛을 보태고 있었다. 이 성당은 바다의 별 마리아를 모시는 곳으로, 제단 밑에 반짝이고 있는 백골이 보였다. 머리뼈, 정강이뼈, 갈비뼈 등등, 그것은 먼 옛날 전염병으로 죽은 남녀들의 뼈였다.

'전염병으로 죽은 사람들'이라고 제단 정면에 씌어 있었다. 지난날을 생각하고 침울해진 아순타는, 고개를 젓고 젊은 안주인에게 말을 건넸다.

"더러는 저 사람들이 부러워질 때가 다 있답니다. 저 사람들은 이제 이 세상의 고생이 다 끝나서, 다시는 슬퍼하지 않아도 되거든요."

아순타는 이탈리아 말로 지껄이고 있었으므로, 제니는 그 뜻을 부분적으로밖에 이해할 수 없었다. 그래도 그녀는 아순타와 함께 무릎을 꿇고, 바다의 별 마리아에게 아침 기도를 드렸다. 영혼의 평화를 이루게 하소서, 하고 빌었다.

그리고 두 사람은 일어섰다. 기도를 드린 아순타는 한결 기분이 가라앉은 듯이 보였으며, 두 사람은 다시 산길을 오르기 시작했다. 걸어가면서 아순타는 자기의 슬픔을 들려주었다. 그녀의 남편은 이탈리아와 스위스 사이에 자유로운 거래를 넓히려고 일하고 있었다. 그런 남편을 저 아래 호수에 보이는 정부 배의 노예들이 쏘아죽인 것이다. 그 잔인함! 그 파렴치한 행위! 착한 마음으로 일하고 있는 사람을 죽이다니, 이 얼마나 못된 놈들이냐고, 그녀는 몇 번이나 되풀이해서 욕설을 퍼붓는 것이었다. 제니도 고개를 끄덕이면서 그 말의 뜻을 이해하려고 했다. 이제는 이탈리아 말에 꽤 익숙해졌지만, 아순타의 속사포 같은 말과 억센 사투리는 아직도 이해하지 못할 대목이 많았다. 다만 밀수꾼이었던 그녀의 죽은 남편이 화제라는 것쯤은 알았으므로, 동정의 눈으로 끄덕여 보이는 것이다.

"저놈들!"

여자는 소리쳤으나, 다음 순간 길이 다시 가파른 오르막이 되어 나머지는 입속으로 삼켜 버렸다.

그날, 뜻밖에 일어나서 사나운 기세로 제니 도리아를 다시 과거의 비극 속으로 끌고 들어간 무서운 사건도, 이 때는 아직 시작되지 않았다. 그녀가 그것과 부딪칠 때까지는 몇 시간이 더 필요했다.

이윽고 여자들은 목초가 무성하게 자란 장소에 이르렀다. 잔디 사이에 자잘한 꽃들이 만발하고, 여기저기 뽕나무가 나직이 이어져 있었다. 여기서 그 일이 그녀들을 기다리고 있었다. 뽕잎을 따기 전에 두 사람은 가지고 온 달걀과 빵, 호두, 그리고 말린 무화과 등을 먹고 조그만 붉은 포도주 병을 나누었다. 마지막으로 한 움큼의 버찌를 먹고 나니 식사가 끝났다. 아순타는 뽕잎을 따기 시작하고, 제니는 잠시 돌아다니면서 담배를 피웠다. 담배는 그녀가 재혼한 뒤에 배운 새로운 버릇이었다.

이윽고 그녀도 이탈리아 여자를 도왔다. 바구니는 곧 두 사람이 딴 뽕잎으로 가득찼다. 제니가 이 조그만 골짜기에 황금빛으로 피어 있는 큼직한 오렌지 나리를 두어 송이 꺾어들자, 두 사람은 내려가기 시작했다. 1마일쯤 내려가서 그리안테 산의 중턱에 이르렀을 때, 두 사람은 나무 그늘을 골라 쉬어 가기로 했다. 눈 아래 북쪽 방향쯤 되는 호숫가에 그녀들의 집이 있을 것이었다. 내려다보며 드문드문 집들이 흩어져 있는 메나지오 마을을 찾고 있던 제니는, 저도 모르게 환성을 질렀다. 피아네쏘 산장의 빨간 지붕과 그 뒤쪽으로 누에집의 갈색 지붕이 보였기 때문이다.

건너편의 곶에는 베라지오라는 조그만 마을이 있었다. 그 뒤에 구름 한점 없는 여름 하늘을 비춘 레코 호수의 수면이 거울처럼 반짝이고 있었다. 그 때였다. 공중에 그린 무슨 유령처럼 거대한 남자의 모습이 난데없이 길가에 나타났다. 붉은 머리를 드러내고, 그 밑으로 몰린 짐승 같은 무서운 도끼눈이 번들거리고 있었다. 텁수룩한 적갈색 입수염, 트위드 재킷과 니커보커스, 빨간 조끼를 입고 모자는 손에 들고 있었다.

로버트 레드메인이었다. 그런 줄도 모르고 바라보고 있던 아순타는, 갑자기 제니의 손이 자기의 팔을 꽉 쥐는 것을 느꼈다. 제니는 외마디 소리를 지르고 그 자리에 까무러쳐 쓰러지고 말았다. 아순타는 제니를 안아일으키며, 무서워할 것 없다고 정신없이 달랬다. 제니가 의식을 되찾을 때까지는 꽤 시간이 걸렸다. 제정신을 차린 다음에도 그녀는 겁에 질려 와들와들 떨었다.

"그것 봤어?"

그녀는 숨을 헐떡이며 아순타에게 매달려 방금 숙부가 서 있던 자리를 무서운 것이라도 보듯 쳐다보았다.

"예, 예. 머리가 붉고 몸집이 큰 남자였어요. 하지만 우릴 해칠 생각은 그다지 없었나 봐요. 마님이 비명을 지르는 바람에 오히려 그 사람이 깜짝 놀라던데요. 붉은 여우처럼 숲속으로 달아나 버렸어요. 그건 마님, 이탈리아 사람이 아네요. 독일 사람이나 영국 사람일 거예요, 아마. 스위스에서 차나 엽궐련이나 커피, 소금 같은 것을 갖고 오는 밀수꾼이 틀림없어요. 세관 놈들에게 좀 쥐어 주면 못 본 체해 주지만, 그렇잖으면 언젠가는 총 맞아 죽을걸요. 아무튼 나쁜 놈들이라구요, 세관 놈들은!"

"방금 본 것을 잊지 말아요!"

제니는 떨면서 말했다.

"어떤 모습이었나 본 대로 기억하고 있어. 그리고 집에 돌아가거든, 앨버트 삼촌에게 말씀드리는 거야. 아까 그게 삼촌의 동생 로버트 레드메인이야!"

아순타 마르첼리도 지난 사건에 대해서 조금은 알고 있었다. 그래서 주인의 동생이 큰 범죄 때문에 쫓기고 있는 몸이라는 것을 알고 있었다.

그녀는 얼른 성호를 그었다.

"어머나! 그 악당이었나요? 머리가 어찌나 붉던지! 어서 달아나요, 마님."

"어디로 갔지?"

"저 아래 숲 속으로 뛰어들어갔어요."

"나를 알아봤을까? 응? 나를 알아보는 것 같았어? 난 무서워서 다시 볼 수가 없었어."

아순타는 질문의 뜻을 부분적으로밖에 알아듣지 못하는 것 같았다.

"아뇨, 아무도 보지 않았어요. 호수를 내려다보면서 지옥에 떨어진 인간 같은 얼굴로 우두커니 서 있더니만, 마님이 비명을 지르는 바람에 이쪽은 보지도 않고 달아나 버렸어요. 하지만 화가 난 것 같지는 않던데요."

"어째서 이런 데에 왔을까? 어디서 왔을까?"

"그걸 어떻게 알아요. 아마 주인 어른은 아시지 않을까요?"

"그 주인 어른이 걱정이야. 아순타, 빨리 돌아가자."

"동생이 형을 노리고 있나요? 주인 어른이 위험하신가요?"

"거기까진 모르지만, 위험이 없다고 할 순 없어."

제니는 아순타의 어깨에 큼직한 바구니를 지워 주고 나란히 걷기 시작했다. 그러나 걸음걸이가 너무 느려서 짜증이 나는 것을 참기 어려웠다.

"걱정이 돼서 못 견디겠구나, 아순타. 좀 더 빨리 걸어야 해. 아니면, 나 혼자 먼저 갈까? 혼자서 무섭지 않겠어?"

아순타는 겨우 제니의 말뜻을 알아들은 모양이었다. 무섭지 않다고 큰소리쳤다.

"내가 뭐 그 사람하고 싸웠나요? 나를 죽일 까닭이 없잖아요! 그리고 어쩌면 사람이 아니라 귀신이었는지도 몰라요."

"그랬으면 좋겠지만. 하지만 귀신은 아냐. 숲 속으로 뛰어들어가는 발자국 소리를 들었잖아? 아순타, 나 지름길로 해서 먼저 갈게."

두 사람은 헤어졌다. 제니는 젊음의 에너지와 공포의 날개를 힘으로, 목이 부러질 것 같은 기분을 몇 번이나 느끼면서 걸음을 서둘렀다. 뒤에서 바라보는 아순타의 눈에 이따금 걸음을 멈추고 귀를 기울이는 그녀의 모습이 보였으나, 이윽고 그것도 바위 모퉁이와 관목숲에 가려서 보이지 않게 되었다.

제니는 집에 닿을 때까지, 로버트를 다시 만나지 않았다. 그녀의 생각은 다만 앨버트 레드메인에게만 있었다. 집에 돌아가서 방금 본 것을 말하면, 이 사건이 갖고 있는 중대한 뜻을 앨버트 숙부가 생각해 줄 것이다. 그리고 안전을 도모하려면 어떤 수단을 강구해야 하는가도 숙부 자신이 결정해 줄 것이다.

그러나 돌아와 보니, 앨버트 숙부는 베라지오 마을에 가고 없었다. 하인인 아순타의 남동생 에르네스토는, 주인이 점심을 들고 나서 역시 애서가 친구인 빌지리오 포지를 방문하기 위해 호수를 건너갔다고 말했다.

"우체부가 책을 배달해 왔습니다. 그걸 빨리 포지 선생님에게 보여드리고 싶으시다면서 보트를 세내어 떠나셨습니다."

에르네스토는 영어를 잘 해서, 언제나 그것을 자랑하고 있었다.

제니는 숙부가 돌아오기를 조마조마한 마음으로 기다렸다. 앨버트가 돌아왔을 때 그는 선창에 서 있었다. 숙부는 그녀를 보고 웃으며 큰 챙이 달린 모자를 벗었다.

"빌지리오도 몹시 좋아하더라. 내가 굉장한 책을 발견했거든. 토머스 브라운 경의 진본인 이탈리아어 판《속신론 (俗信論)》을 입수했단 말이야. 오늘은 정말 기념할만한 날이다. 아니, 그런데……."

숙부는 제니의 겁에 질린 눈을 보고 자기 팔에 걸린 그녀의 손을 만지면서 말했다.

"무슨 일이 있었느냐, 제니? 몹시 겁을 먹고 있구나. 주제페에게 무슨 일이라도 생겼느냐?"

"빨리 집 안으로 들어가셔요! 말씀드릴께요, 무서운 일이 일어났어요, 어떻게 하면 좋을지 모르겠어요, 제가 알고 있는 건 사정이 뚜렷해질 때까지, 큰삼촌 곁을 떠나서는 안 되겠다는 거예요."

산장으로 돌아가서 앨버트는 외투와 큰 모자를 벗었다. 그리고 서재에 들어가 자리에 앉았다. 거기에는 5천 권에 이르는 엄청나게 많은 서적이 높은 천장에 닿도록 쌓여 있었으며, 호화롭기는 하지만 너무 엄숙한 장정 때문에 암울한 색조로 차 있었다. 거기서 제니는 로버트 레드메인이 나타나 놀랐다는 이야기를 했다. 앨버트는 5분쯤 생각하고 있더니, 자기로서는 무어라고 해석할 수 없으며 다만 놀라울 뿐이라고 말했다. 그러면서도 큰 눈을 반짝이고 있었다. 그러나 그가 이 이상한 사건에 재빨리 위험을 느끼고 있는 것은 확실했다.

"잘못 본 것은 아닐 테지?"

그는 물었다.

"모든 것은 그 하나에 달려 있다. 이 땅에서, 그것도 이 집 바로 가까이에서 불행한 아우의 모습을 보았다고 한다면, 제니야, 이건 예삿일이 아니야. 확실히 보았다고 단언할 수 있느냐? 상상력이 낳은 환영이라든가, 로버트와 닮은 사람을 잘못 본 게 아니냐?"

"그랬으면 얼마나 좋겠어요, 큰삼촌. 하지만, 잘못 보지 않았어요."

"전번에 네가 만났을 때와 똑같은 옷차림을 하고 있었단 말이지? 큰 트위드 재킷에 빨간 조끼, 응? 그렇다면 환각이라는 견해도 커지는구나. 그 가엾은 녀석이 가령 살아 있다손 치더라도 1년 동안이나 같은 옷차림을 하고 있을 수야 없는 법이거든. 그런 복장으로 유럽을 절반이나 여행해서 예까지 올 수 있다는 것은 좀 우습지 않느냐?"

"물론 우습다고 생각해요. 하지만 작은삼촌이 길가에 서 계시는 것을 제 눈으로 똑똑히, 네, 지금 큰삼촌의 얼굴을 보듯이 똑똑히 봤는걸요. 작은삼촌을 생각하고 있지도 않았으니까, 헛것을 보았다고 할 수도 없구요. 아무 생각 없이 아순타와 누에 얘기를 하고 있는데, 20야드도 안 떨어진 곳에 난데없이 그 삼촌이 나타나시지 않겠어요."

"그래서 너는 어떻게 했느냐?"

"부끄럽지만."

제니는 솔직하게 말했다.

"나중에 아순타한테 들었는데, 저는 큰 소리로 비명을 지르고는 그 자리에 까무러쳐 버렸대요. 정신을 차렸을 때는 벌써 사라지고 없었어요."

"거기가 중요한 점인데, 아순타도 그 모습을 보았다더냐?"

"저도 마음에 걸려서 의식을 찾자마자 먼저 그걸 물어 봤어요. 못 보았다고 대답해 주기를 빌면서. 큰삼촌 말씀처럼 제 환각이라면 위험을 느끼지 않아도 되거든요. 하지만 아순타도 역시 똑똑히 보았어요, 똑똑히요. 그 붉은 머리의 남자는 이탈리아인이 아니라 독일인이나 영국인일 거래요. 그리고 그 발자국 소리까지도 들었대요. 제가 비명을 지르는 바람에 작은삼촌은 숲 속으로 달아난 거예요."

"저쪽에서도 너를 알아본 모양이더냐?"

"그건 모르겠어요. 아마 알아봤을 거예요."

레드메인 씨는 난로 옆에 있는 조그만 테이블에서 상자에 든 엽궐련을 한 대 꺼냈다. 불을 붙여 몇 번이나 연거푸 빨아들이고는 다시 계속했다.

"아무튼 성가신 일이 생겼구나. 곤란한 얘기야. 걱정할 것도 없을 진 모르겠지만, 벤디고의 경우를 생각하면 나도 조심해야 되겠지. 로버트 녀석, 6개월 동안이나 잡히지 않고 숨어 있을 수 있었다니, 정말 기적이로구나. 머리가 돌았다는 것도 용케 감출 수 있었고, 그렇게 되면 나는 굉장히 위험한 인간을 앞에 놓고 있는 셈인데, 아무리 조심해도 지나치지 않는 그런 상태 같구나. 너도 마찬가지야, 너도 무서운 위험에 직면하고 있어."

"그럴지도 몰라요. 하지만 큰삼촌이 가장 걱정이에요. 빨리 어떻게 하셔야 해요. 오늘 안으로 아니, 지금 당장이라도."

"글쎄."

앨버트는 고개를 끄덕이며 말을 이었다.

"우리는 하느님의 시련 앞에 서 있어. 하지만 하늘은 스스로 돕는 자를 돕는다는 말이 있다는 걸 잊어서는 안 된다. 나는 이 나이에 처음으로 생명의 위험을 경험하는구나. 역시 기분좋은 일은 아닌걸. 아무튼 진한 차라도 마시면서 천천히 방책을 생각해 보자꾸나. 솔직히 말해서 마음이 좀 동요되는 것 같아."

말은 불안에 차 있었지만, 표정은 침착하고 냉정했다. 그러나 앨버트 레드메인은 일찍이 거짓말을 한 적이 없으므로, 제니도 숙부가 정말로 걱정하고 있다는 것을 알았다.

"오늘 밤에 여기 계시는 건 위험해요. 좀 더 사정이 밝혀질 때까지, 호수 저쪽의 베라지오로 건너가서서 포지 씨 댁에 계시는 게 어떻겠어요?"

"그것도 생각해 보겠다만, 30분쯤 나혼자 있게 하고 차를 끓여 와 다오. 생각을 좀 하고 싶으니까."

"하지만…… 하지만…… 큰삼촌…… 작은삼촌이 지금 당장 나타날지도 몰라요."

"그러지야 못할 테지. 그 녀석은 밤의 인간이 돼 버렸으니까. 햇빛이 훤하게 비치고 있는데 인가에 오지는 못할 게다. 나를 혼자 있게 해 다오. 에르네스토더러 누가 오더라도 들여보내지 말도록 이르고. 아무튼 어두워질 때까지는 걱정할 것 없다."

30분 뒤에 제니가 차를 들고 들어왔다.

"아순타가 돌아왔어요. 그 뒤로는 아무것도 보지 못했대요. 작은삼촌은 다시 나타나지는 않았나 봐요."

앨버트는 잠시 묵묵히 앉아 있었다. 차를 마시면서 큼직한 마코론 비스킷을 입에 가져가더니, 이윽고 지금부터 할 일을 조카딸에게 말했다.

"하느님은 우리 편이 되어 주실 것 같다. 위대한 천재인 내 친구 피터 건즈가 9월에 나를 찾아올 예정이라는구나. 영국에는 벌써 와 있나 본데. 이 사건에 관해서는 지난 겨울에 편지로 알려 놓았지. 그러니까 지금 새로운 사태가 벌어졌다고 알리면, 아마 예정을 바꾸라고라도 반드시 달려와 줄 게다. 그 사람은 규칙적인 것을 좋아해서 한번 계획을 세운 다음에는 변경하기를 몹시 싫어하는 성격이지만, 이번에는 사정이 사정이니까 형편만 닿는다면 당장 달려올 게다. 말하자면 그 사람은 그만큼 나를 좋아하고 있어."

"저도 그렇게 생각해요."

"편지를 두 통 써 다오. 하나는 런던 경시청의 탐정 마크 브렌던 씨에게야. 나는 그 사람을 굉장히 높이 평가하고 있지. 한 통은 네 남편에게 써 보내라. 브렌던에게는 피터 건즈를 만나서 되도록 둘이 함께 사정이 허락하는 한 빨리 와 달라고 부탁하자. 주제페도 얼른 오라고 일러야겠다. 그 사람은 담력도 세고 결단력도 있으니까 우리를 지켜 주는 데는 안성맞춤이 아니겠느냐."

그러나 제니는 이 제안에는 별로 기뻐하는 얼굴을 보이지 않고

"여기 오면 평화롭게 살 수 있을 줄 알았는데, 한 달도 안 돼서……"

그녀는 입을 삐죽거리듯이 말했다.

"그건 나도 바라던 일이야. 이렇게 되고 보니 평화롭달 수가 없구나. 솔직하게 말해서 도리아가 곁에 있어 준다면, 내 신경도 한결 가라앉을 것 같다. 힘있고, 명랑하고, 머리가 좋으니. 게다가 용기도 있거든. 사정도 잘 알고 있고, 로버트의 얼굴도 안단 말이야. 로버트 녀석이 이 근처 어디에 숨어서 언제 나타날지 모를 형편이니, 도리아같이 든든한 사람이 곁에 있으면 여간 마음놓이지 않지. 가령 로버트란 놈이 벤디고 때와 같은 짓을 너나 누구를 통해서 제의해 온다고 치자. 말하자면 밤에 나와 단둘이서 만나자는 말을 하더라도 나는 거절할 테다. 절대로 그런 위험한 짓은 안 하겠어. 무장한 사람을 옆에 세워 놓고 만나거나, 아니면 아예 만나지 않을 참이야."

제니는 요즈음 도리아와 헤어져 살고 있었다. 숙부댁에 묵을 예정 기간이 지날 때까지는 별로 도리아를 만나고 싶지 않은 눈치였다.

"주제페에게서 사흘 전에 편지가 왔어요. 벤치미리아를 떠나서 토리노로 간다나요. 토리노는 전에 일을 한 적이 있어서 친구들도 많대요. 뭔가 새로운 사업을 계획하고 있나 봐요."

"이번에 만나면 한번 진지하게 얘기를 해야겠다. 나는 매력적인 네 신랑을 높이 평가하고 있어. 밝고 기분좋은 젊은이거든. 하지만 이제 슬슬 네 재산 2만 파운드와 네 자신의 앞날에 대해서 생각해야 할 때가 온 것 같구나. 언젠가 머지않아 내 재산도 다 네 것이 될 거구, 가엾은 벤디고의 재산도 처리만 끝나면 다 나한테 들어오지. 수입은 대강 지금의 두 배는 될 게야. 하기야 그러려면 벤디고의

사망이 추정되어야 하는데, 그 때까진 아직도 상당한 기간이 있어야 할 게다. 아무튼 언젠가는 레드메인 집안의 재산은 모두 네가 물려받게 돼. 그래서 주제페와 미리 얘기를 해 둘 필요가 있다고 생각하는 거야. 네 신랑도 그만한 책임은 자각해야 하거든."

제니는 한숨을 쉬었다.

"누가 얘기해도 그이에게 책임을 자각시킬 수는 없을 거예요."

"그런 말은 하는 게 아니다. 본디 영리한 사람이고, 명예심도 있더라. 너한테 헌신적인 깊은 애정을 느끼고 있는 것도 의심할 나위가 없고. 그러나 그 사람더러 네 돈을 쓰게 할 수는 없단 말이야. 그건 내가 결코 용서하지 않을 테다. 얼른 토리노에 편지를 내도록 해라. 내가 그런다고, 당장 이리로 오라고 해. 오래 붙잡아 두지는 않겠다고 말이야. 하지만 건즈와 브렌던이 올 때까지는, 우리들 한테서 눈을 떼지 말라고 그래야지……."

제니는 몹시 마음이 내키지 않는 표정이었으나, 결국 남편의 도움을 청하는 데 동의했다.

"그이는 웃기만 하고, 일부러 그런 곳에 가기는 싫다고 말할지도 모르겠어요."

그녀는 말을 이었다.

"그러나 큰삼촌이 그게 좋다고 생각하신다면, 이번 일을 상세히 알려 주고 급히 달려오라고 부탁해 보겠어요. 하지만 오늘 밤과 내일 밤이 문젠데, 어떻게 하죠?"

"오늘 밤엔 호수를 건너서 베라지오로 가야겠다. 너도 같이 가자. 우리가 거기 가 있는 줄은 설마 로버트도 눈치채지 못하겠지. 빌지리오 포지가 우리를 지켜 줄 게다. 그러나저러나 이런 으스스한 얘기를 들려 주면, 그 양반 몹시 걱정하겠는걸."

"그렇겠죠. 그런데 큰삼촌, 경찰에 안 알리셔요? 작은삼촌이 나타났다는 얘기를 하고, 그 인상착의를 알려 놓는 것이 좋지 않겠어요?"

"글쎄, 그건 좀, 그것도 내일까지 생각해 보기로 하자꾸나. 나는 대체로 이탈리아 경찰을 믿지 않는 편이라서 말이다."

"하지만 오늘 밤 여기를 감시토록 해두었다가, 나타났을 때 붙잡게 하면 되잖겠어요?"

그러나 앨버트는 경찰에 알리는 데는 반대했다.

"우선은 그대로 두는 게 좋겠다. 모든 건 내일 형편을 봐서 정하기로 하자. 바로 코앞에 그런 무서운 놈이 나타난 걸 생각하니, 어쩐지 기분이 어두워지는구나. 내일까지는 아무것도 생각하고 싶지 않아. 그보다는 부탁한 편지나 쓰도록 해라. 그리고 필요한 물건을 챙겨 놔. 날이 저물기 전에 호수를 건너서 베라지오로 가고 싶으니까."

"책은 이대로 둬도 괜찮을까요?"

"책은 걱정없겠지. 상대는 살인광이야. 내 생명은 노리고 있을지 모르지만, 다른 것까지는 머리가 돌아가지 않을 게다. 로버트는 제정신일 때도 책의 가치는 모르는 인간이었으니까. 그러니 눈독을 들일 까닭도 없고, 비록 눈독을 들인다 하더라도 뭐가 어디 있는지 알지도 못할 게다."

"전에 여기 오신 적은 없어요? 이탈리아는 모르시나요?"

"내가 알기로는 이탈리아에 온 적이 없는 것 같아. 물론 나한테 찾아온 적도 없구, 그리고 보니 그 녀석과도 오래 못 만났구나. 지금 만나면 과연 얼굴이나 알아볼 수 있을는지, 원."

제니는 편지를 써서 부쳤다. 그리고 숙부와 자기가 필요한 일용품을 챙겼다. 아순타와 에르네스토에게는, 내일 돌아올 때까지 낯선 사람은 누구든 절대로 집 안에 들여놓으면 안 된다고 일렀다. 앨버트는 호수를 건너갈 준비를 시작했다. 서재에 열쇠를 채우고 빗장을 내린 다음, 반 다스쯤 되는 특별히 귀중한 서적을 2층 침실에 있는 강철 금고 안에 넣었다.

뱃사공은 부랴부랴 두 사람을 베라지오의 선창까지 데려다 주었다. 그들은 곧장 앨버트의 친구를 찾아가서 놀라움과 기쁨이 뒤섞인 환영을 받았다.

포지 씨는 몸집이 작고 땅딸막하게 살이 쪘으며, 시원하게 벗어진 이마와 굵은 눈썹을 가진 사람이었다. 눈을 빛내면서 두 사람의 손을 잡고 뜻하지 않은 방문의 이유를 물었다. 그는 영어를 잘했으므로, 기회가 있을 때마다 사용해 보는 데 기쁨을 느끼고 있었다.

"거 참 믿어지지 않는 일이군!"

그는 소리쳤다.

"내 친구 앨버트에게 적이 있다니! 자네는 만인의 친구가 아닌가! 제니 씨, 대체 무슨 일이 있었소? 이 귀중한 숙부님을 그런 위험 속에 끌어넣다니!"

"실종한 내 아우가 난데없이 위협과 공포를 몰고 나타났단 말일세."

레드메인 씨는 설명을 시작했다.

"빌지리오 군, 자네도 그 무서운 사건에 대해서는 얼마간 들은 게 있을 걸세. 로버트가 나타나자 벤디고가 자취를 감춘 얘기 말일세. 나는 그것으로 로버트의 비극적인 사건도 종말을 고한 줄 알고 있었지. 그런데 이제 와서 6개월 전과 똑같은 옷차림으로 이 산중에 나타났다고 하지 않는가. 아직도 살아 있는 것은 틀림이 없나 보이. 유령이 아니란 말이야. 똑똑히 그림자가 있는 산 인간이란 말일세. 머리가 좀 돌았는데, 내 목숨을 노리고 있는 모양이네."

"놀라운 얘기로군. 참으로 기분 나쁘고 안타까운 이야기로군그래.

그러나 내 집에 있는 한 걱정없네. 나는 자네의 생명을 지키기 위해서라면, 기꺼이 이 피를 흘릴 각오가 되어 있으니까."

"그건 나도 알지. 하지만 언제까지나 자네의 용기와 친절에 기대고 있을 생각은 없네. 영국에 편지를 내어 피터 건즈를 불렀으니까. 그는 마침 영국에 머물고 있는데 2, 3개월 뒤에 나를 찾아올 예정이었지. 주제페도 곧 이리로 오라고 기별을 보냈다네. 그 사람만 돌아와도 나는 맘놓고 집에서 잠을 잘 수 있어. 하지만 그 때까진 ……."

포지 씨는 서둘러서 이 기회에 알맞는 만찬을 준비시켰다. 그의 아내도 앨버트를 숭배하고 있었으므로 곧 방을 준비해 주었다. 자기가 가장 사랑하는 친구를 위해 봉사할 기회가 생긴 것을 기뻐하며 포지 씨는 오히려 기분이 몹시 좋았다. 오늘 밤에는 특별히 성찬을 차리게 하고는, 제니한테도 도와 달래서 음식을 장만하라고 부인에게 이르는 것이었다.

포지가 가장 경애하는 벗을 위해서 눈앞의 안전과 먼 앞날의 행복을 축원하여 건배를 들자, 앨버트도 이에 응했다. 그들은 즐거운 식사를 마친 뒤, 6월의 해거름을 장미원에 앉아서 산들바람이 실어다 주는 협죽도와 천인화(天人花)의 향기를 실컷 들이마시며 보냈다. 올리브와 측백나무의 어두운 숲을 넘어 반딧불이 덤벼들었다. 이따금 칸피오네와 크로치에의 능선에서 여름의 천둥 소리가 들려 오고 있었다.

레드메인 씨의 조카딸은 일찍 침대에 들어가고, 마리아 포지도 함께 침실로 물러갔지만, 빌지리오와 앨버트는 한밤중까지 이야기를 나누면서 엽궐련 몇 대를 재로 만들었다.

이튿날 아침 9시, 레드메인 씨와 제니는 다시 보트로 집에 돌아왔다. 지난밤 피아네쏘 산장의 평화가 깨뜨려지지는 않았다고 했으며,

그날 하루 새로운 소식은 들어오지 않았다. 해가 지기 전에 그들은 다시 베라지오로 갔다. 이런 행사가 그 뒤 사흘 동안 되풀이되었다. 토리노에서 전보가 와, 도리아가 곧장 밀라노를 거쳐 코모로 오겠다고 알려 왔다. 그가 메나지오에 도착한 날 아침, 아내 제니는 간단한 편지 한 통을 받았다. 브렌던이 보낸 것으로 건즈 씨를 만나 의논한 결과 며칠 안에 이탈리아로 떠난다는 내용이었다.

"두 사람이 여기서 자는 건 무리겠지."

앨버트가 말했다.

"부로 군에게 얘기해서 빅토리아 호텔에 아늑한 방을 내 달라고 해야겠어. 빈 방이 없을지라도, 그 사람은 어떻게 편리를 봐 줄 거야."

피터 건즈 씨

마크 브렌던은 제니가 보내온 긴 편지를 착잡한 마음으로 읽었다. 그는 이 편지를 경시청의 본청 안에서 받았는데 잊어 본 적 없는 그 필적을 보았을 때, 저도 모르게 가슴이 뛰는 것을 느꼈다. 이제 간신히 과거의 쓰라린 경험이 분투적인 마크의 현재에 어두운 그림자를 던지는 일이 없어졌는데, 이 편지로 다시 로버트 레드메인의 모습이 그와 그의 해마다 있는 휴가 사이에 턱 가로막아서는 형세가 되었다. 그러나 그는 자기 생애의 가장 큰 실망을 그럭저럭 냉정하게 바라볼 수 있는 마음이 되어 있으므로, 욱신거리는 옛 상처를 되새기는 것 이상의 타격은 받지 않았다. 그 편지를 받은 것은 예정한 휴가의 1주일 전이었다. 다트무어에는 두 번 다시 가고 싶지 않았으므로, 여행 목적지를 스코틀랜드로 정해 놓고 있었다. 늘 가던 곳을 피한 까닭은 너무도 비참한 실패의 기억 때문이 아니라, 쿡쿡 쑤시는 고통의 추억에서 멀리 떠나 아직도 본 적 없는 땅을 개척함으로써 더 신선한 기분을 맛보고 싶었기 때문이었다.

그런데 뜻하지 않은 편지를 받았으므로, 처음에는 그 도전을 받고 일어서는 데 주저하였다. 그러나 제니의 호소를 다시 읽어 보고는, 그 숙부의 목숨을 구하는 일뿐 아니라 제니 자신을 위한 일이기도 하다는 것을 알고, 의뢰를 받아들이기로 결심했다. 그녀는 일찍이 그가 보여 준 호의에 거듭거듭 감사한다고 말하고, 와 주신다면 기쁠 뿐만 아니라 가까이에서 목소리만 들어도 마음을 놓을 수 있고 힘을 되찾을 수 있을 것 같다고 호소하고 있었다. 게다가 그녀의 처지가 지금 반드시 행복한 것만은 아님을 은근히 풍기고 있었다. 그 사실은 긴 사연의 여기저기에 슬쩍슬쩍 아무렇지도 않은 듯이 깔려 있어서, 브렌던만큼 편지를 보낸 사람에게 관심을 가진 사람이 아니고서는 깨닫지 못할 은밀한 것이었다.

앨버트 레드메인의 친구와 같이 가는 것이 좀 마음에 걸렸으나, 그 피터 건즈보다는 2, 3일 먼저 떠날 수 있을지 모른다고 생각하면서 이 저명한 미국인의 숙소를 찾았다. 그것은 뜻밖에 쉽게 알 수 있었다. 본디 건즈는 영국 경찰에도 아는 사람이 많았으므로, 이미 경시청 예방을 한 뒤였다. 그래서 트라팔가 광장의 그랜드 호텔에 들어 있다는 것을 곧 알아냈다. 이름을 대니 급사가 그를 끽연실로 안내했다.

실내를 휘둘러보았으나 그 위대한 인물은 눈에 띄지 않았다. 6월 아침의 끽연실에는 사람이 거의 없었으며, 마크의 눈에 띈 것은 젊은 병사가 편지를 쓰고 있는 모습과, 좀 뚱뚱한 백발의 노신사가 빛을 등지고 앉아 타임스를 읽고 있는 뒷모습뿐이었다. 그 신사의 깨끗이 면도한 얼굴은 어딘가 무소를 연상시키는 육중한 데가 있었다. 이목구비가 모두 크고, 코는 볼품없게 부풀어올라서 자줏빛 정맥이 기어다니고 있었다. 눈은 자라 등딱지 테의 올빼미처럼 큰 안경 속에 감추어져서 분명치 않았지만, 이상하리만큼 좌우로 벌어진 이마는 아직 많이 벗어진 편은 아니었다. 그는 숱이 많은 흰 머리를 뒤로 쓸어넘졌다.

브렌던은 다른 곳을 찾고 있는데, 급사는 그 자리에 안내해 놓고 돌아가 버렸다. 조금 똥똥한 늙은이는 부피있는 몸집과 넓은 어깨와 단단한 다리를 보이며 일어섰다.

"어서 오시오, 브렌던 씨."

그는 상냥하게 말하면서 손을 내밀었다. 악수가 끝나자 안경을 벗고 다시 그 자리에 앉았더니 입을 열었다.

"런던을 떠나기 전에 한 번 뵈야겠다고 생각하고 있었소. 성함은 진작부터 듣고 있었소. 대전 중에는 당신의 활약에 몇 번이나 감탄했는지 모른다오. 당신도 내 이야기는 들으셨을 줄 아오만……."

"경찰에 몸을 담고 있는 사람으로서 건즈 선생님의 성함을 모를 수는 없을 것입니다. 그러나 제가 찾아뵌 것은 영웅 숭배의 뜻으로 시간을 허비하기 위해서가 아닙니다. 이렇게 뵙게 된 것은 저의 영광이고 굉장한 특권이라고 생각합니다만, 그건 그렇고 매우 긴급한 용건이 생겨서 찾아왔습니다. 오늘 아침 이탈리아에서 온 편지를 한 통 받았습니다. 거기에 선생님 성함이 적혀 있어서……."

"그랬던가요. 실은 나도 올 가을에는 이탈리아에 갈 작정으로 있었소만……."

"이 편지를 보시면, 혹시 예정을 바꾸셔서 더 빨리 떠나실 수도 있지 않나 하는 생각이 듭니다."

노인은 눈이 둥그래지면서도, 조끼 주머니에서 금으로 만든 상자를 꺼냈다. 그것을 열어 가볍게 두드리고는 한 줌의 담배를 집어 콧구멍에 갖다댔다. 코의 모양이 달라진 것도 이 버릇 탓인 듯했다. 묘하게 윤기가 나고, 이상 비대의 경향이 보이는 것도 당연하다는 것을 알았다.

"나는 한번 여행 일정을 정하면, 바꾸는 걸 싫어하는 성미라서요.

다시 말해서 너무 고지식한 면이 있는 셈이오. 내 예정을 변경시키면서까지 나를 이탈리아로 끌어당길 수 있는 사람은 하나밖에 생각할 수 없는데, 그 사람은 오는 9월에 만나기로 하고 있단 말이야."

브렌던은 제니의 편지를 내놓았다.

"이 편지는 그분의 조카딸 되는 분이 보낸 것입니다."

건즈 씨는 다시 안경을 끼고 천천히 읽기 시작했다. 이토록 면밀하게 편지를 읽는 사람을 마크는 일찍이 보지 못했다. 암호라도 읽는 듯한 태도였다. 다 읽고 난 건즈 씨는 편지를 브렌던에게 돌려 주고, 잠시 가만히 있으라는 몸짓을 했다. 마크는 담배에 불을 붙여 물고, 눈길로 그의 거동을 살폈다.

이윽고 미국인이 입을 열었다.

"당신은 어떻게 하겠소? 가시겠소?"

"주임에게 부탁해서 다시 이 사건을 다룰 허가를 얻었습니다. 마침 휴가를 얻어 놓았기 때문에, 스코틀랜드로 갈 계획을 바꾸어서 이탈리아로 가기로 했습니다. 이미 아실 줄 압니다만, 저는 처음부터 이 사건에 관여하고 있었기 때문에……."

"알고 있소…… 상세한 것은 옛 친구 앨버트에게 들었소. 그 사람은 참으로 명쾌하게 사건의 경과를 알려 주더군요."

"건즈 선생님도 물론 가시겠지요?"

"안 갈 수 없구려, 앨버트가 부탁하는 데야."

"1주일 안에 떠나실 수 있겠습니까?"

"1주일? 오늘 밤에 떠나겠소."

"오늘 밤에요! 그럼, 레드메인 씨가 위험하다는 말씀입니까?"

"당신은 그렇게 생각하지 않소?"

"그분도 위험하다는 건 알고 있으니까, 조심하고 있지 않겠습니까?"

"브렌던 씨. 신속히 수고를 해주겠소? 오늘 밤 도버나 포크스턴을 떠나는 배를 타고 싶구려. 내일 아침 파리에 도착해서 밀라노행 급행을 타면, 그 다음날 아침에는 호수 지방에 닿을 수 있을 게요. 그렇게 주선을 해주면 좋겠소. 그리고 이 부인한테는 1주일 뒤에 떠난다고 전보를 쳐 놓으시오, 아시겠소?"

"저쪽에서 예상하고 있는 것보다 먼저 도착하시고 싶으신 거군요?"

"그렇소."

"그럼 역시, 앨버트 레드메인 씨가 위험에 처해 있다고 생각하시는 겁니까?"

"생각하고 있는 게 아니라, 그 사람이 위험한 것은 기정 사실이오. 하지만 이번 사건은 이제 막 시작됐고, 그 사람도 경계는 하고 있을 테니까 아직은 괜찮을 게요. 그 동안에 우리가 도착하면 되는 것이오."

그는 다시 한 줌 코담배를 코에 갖다대고 타임스를 집어들었다.

"브렌던 씨, 2시에 이 식당에서 식사를 같이 하시지 않겠소?"

"기꺼이 그러겠습니다, 건즈 선생님."

"고맙소. 그럼 1주일 뒤에 출발하겠다고 전보를 쳐 놓으시오."

그 몇 시간 뒤, 두 사람은 다시 만나 비프스테이크와 완두콩으로 식사를 했다. 브렌던은 열차가 11시에 빅토리아 역을 떠난다는 것과, 파리를 떠나는 급행 열차는 이튿날 아침 6시 반에 출발한다는 것 등을 보고했다.

"그 다음날 점심때가 조금 지나서 파베노에 도착합니다. 거기서부터는 일단 밀라노로 나갔다가 코모로 돌아오지요. 거기서 배로 레드메인 씨의 집이 있는 메나지오로 건너가게 됩니다. 또 다른 코스는 파베노에서 기차를 내려 기선으로 마졸레호를 건너서 루가노에 올라가는 것입니다. 루가노에서 코모로 나가게 되지요. 이 두 가지 코스가 있습니다만, 나중 코스로 가면 직접 메나지오에 상륙할 수 있습니다. 시간도 별 차이가 없는 것 같습니다."

"그럼, 나중 코스로 호수 지방을 구경하기로 합시다."

피터 건즈는 가벼운 식사를 들었으며, 거의 말을 하지 않았다. 넙치를 조금 뜯어먹고, 백포도주를 두 잔 비웠다. 그런 다음 완두콩을 먹으면서 그것과 푸른 옥수수를 비교하여 어느 것이 더 나은지에 대해 한바탕 늘어놓았다. 그는 브렌던의 왕성한 식욕을 기분좋게 지켜보며 자기도 피가 줄줄 흐르는 비프스테이크를 거뜬히 먹어치우고 맥주 한 병쯤 쭉 들이켤 만한 힘이 있었으면 좋겠다고 식욕의 감퇴를 한탄했다.

"부럽군. 나도 당신 나이 때는 그런 식으로 먹었소. 대체로 먹는 것을 좋아하는 편이었으니까. 고기를 먹을 수 있고 맥주를 마실 수 있는 동안은 아무리 힘드는 일이 굴러들어와도 겁이 안 났지요. 그런데 이젠 다 틀렸소. 거친 일은 따라갈 수가 없으니 말이오…… 나이도 먹었고, 살도 너무 쪘고."

"살이 꽤 찌신 것 같습니다. 그러나 선생님은 이제 공을 세우시고 이름을 떨치신 처지가 아니십니까. 미국에서 갱단을 앞에 놓고 권총으로 쏘아대는 검거 활동이 벌어진다면 선생님 같은 경험자도 그리 많지 않을겁니다."

"글쎄, 그건 그럴는지도 모르지만……."

건즈 씨는 왼쪽 손을 내보였다. 새끼손가락과 약손가락이 없었다.

"빌리 베니언을 잡을 때 잃었지요. 상당한 놈이었소. 빌리란 놈은. 아마 그만한 거물은 앞으로 두 번 다시 만나기 어려울 거요."

"보스턴의 살인범 말이군요, 그 천재적인 범죄자!"

"굉장한 두뇌를 가진 놈이었소. 그놈을 전기의자에 앉힌 것은 나지만, 난쟁이가 거대한 코끼리를 쓰러뜨리는 기분이었다오.”

“선생님도 때로는 굴복한 악당을 동정하시는 일이 있으신가요?”

“늘 그런 것은 아니지만 이따금 소가 투우사를 쓰러뜨리지 못할까 라거나 또는 야만인이 선교사를 잡아먹어 버리면 좋을 텐데 하고 생각하는 수가 있소.”

두 사람은 끽연실로 자리를 옮겼는데 거기서 브렌던은 놀라운 강의를 듣게 되어, 초등학교 4학년 아동이 교장실로 불려간 듯한 기분을 느끼게 되었다.

건즈는 커피를 시키고는 다시 담배를 코 끝에 갖다대더니, 마지막까지 대꾸하지 말라고 일러 놓고 말하기 시작했다.

“아무래도 나는 이 사건에 관여하지 않을 수 없게 될 모양인데, 당신이 미리 뚜렷한 인식을 가져 주었으면 하고 이런 말을 하는 거요. 보아하니 당신은 그게 결핍되어 있는 것 같기 때문이오. 말하자면 나로서는 이렇게 해주었으면 싶은 게요. 다행히도 이 수수께끼를 풀게 되었을 때, 그 공은 당신의 것으로 해주면 좋겠소. 아시겠소? 그럼, 지금부터 레드메인 사건의 연구를 시작하겠는데, 그 전에 당신만 불쾌하지 않다면, 마크 브렌던이라는 인물에 대한 관찰을 시도해 보고 싶구려.”

마크는 웃음을 터뜨렸다.

“이 사건에 관한 한, 그는 별로 뾰족한 역할을 하지 못했습니다.”

“그야 그렇지만.”

피터도 미소 띤 얼굴을 끄덕이며 말문을 열었다.

“체면을 떠나 말한다면, 뾰족한 역할은커녕 그 정반대였소. 그 뾰족하지 않은 데에 브렌던 씨는 머물러 있단 말씀이야. 상사들 중에도 이상하게 생각하는 사람이 많은 것 같더군. 그러기에 사건의 본질로 들어가기 전에 그 양반의 각도에서 사태를 한 번 바라보자는 게요."

그는 커피를 젓고 꼬냑을 조금 따랐다. 그리고는 다시 안락의자에 깊숙이 몸을 파묻고, 큼직한 두 손을 바지 주머니에 찔러넣은 채 눈도 깜박이지 않고 마크의 얼굴을 똑바로 바라보았다. 그 파르스름한 눈동자는 푹 꺼져서 작았으나, 날카롭게 빛나고 있었다.

"당신은 런던 경시청의 경감이오."

건즈 씨는 말을 이었다.

"런던 경시청이라면 온 세계의 경찰 조직 중에서도 여전히 최고 수준을 자랑하고 있고, 그 자리는 어느 나라에도 양보하지 않소. 최근에는 뉴욕의 경찰본부 같은 것도 그 수준에 꽤 가까워지고 있고, 프랑스나 이탈리아의 수사기관도 저마다 그 특징을 발휘하고는 있지만, 뭐니뭐니해도 아직은 역시 런던 경시청이 최고인 것만은 부정할 수가 없을 게요. 그 런던 경시청에서 당신은 명예로운 지위와 신분을 확보했소. 이건 굉장한 일이오. 훌륭한 활동에다 웬만큼 행운이 없으면 할 수 없는 일이오. 이번 레드메인 사건에서 당신은 운좋게 마침 그 현지에 있었소. 쇠의 열이 식기 전에 그 현장에 달려갈 수 있었단 말씀이야. 바랄 수 있는 최대의 편의를 얻을 수도 있었고. 그런데 그 결과는 어떻게 됐소? 경찰에 들어온 지 1주일도 안 되는 신출내기라도 그렇게는 못할 만큼 서툴렀소. 어째서 그렇게 됐을까? 이 사건에 관한 한, 그만한 명성을 가진 사람의 행동으로는 도저히 보이지 않는단 말씀이야. 실패에 실패의 연속이고, 단서 하나 제대로 잡지 못했거든. 왜 그렇게 됐다고 생각하시오? 아니, 듣지 않아도 이유는 알지. 당신은 이론부터 먼저 만들어 버린 게요. 그리고는 그 속에 빠져 버렸소."

"그렇지는 않습니다. 저는 처음부터 아무 이론도 갖고 있지 않았습니다."

"그랬을까? 그렇다면 실패의 원인은 다른 데 있는 셈인데, 나는 오히려 당신이 완전히 실패한 그 점에 흥미를 느끼고 있소. 미리 말해 두지만, 나는 이 사건의 내용을 환히 알고 있소. 사정도 잘 모르면서 큰소리를 치고 빼기는 게 아니란 말이오. 그러면 어떻게, 그리고 또 어떤 이유로 당신의 실패는 시작되었는가 하는 점을 한번 살펴보고 싶구려.

마크 씨, 영화를 예로 들어서 생각해 볼까? 그러면 아마 당신도 금방 머리에 떠오르는 게 있을 거요. 아다시피 영화 필름이라는 것은 전혀 질이 다른 두 가지 작용을 갖고 있소. 아니, 정확히 말해서 그것이 이룩한 새로운 공적은 열 가지가 넘지만, 여기서는 그 가운데 두 가지만 문제로 삼기로 하지. 하나는 광선을 흰 스크린에 투사하면 광선이 명암을 만들고 그것을 렌즈가 확대해서 스크린에 도달시키는데, 이것은 정교하게 조립된 메커니즘이지만 관객은 메커니즘 같은 것은 의식하지 않소. 왜냐하면 이 메커니즘이 관객의 머릿속에 전혀 다른 부분을 자극하는 것을 창조해 버리기 때문이오. 스크린, 조명, 필름, 이것만으로 관객의 머리는 그런 요소를 생각할 여지가 없어지고 마는 게요. 그와 같은 요소에 의한 작용을 완전히 잊어 버리고, 다만 창조된 환영에만 정신을 빼앗기고 만단 말씀이야.

우리는 영화의 약속을 참으로 순순히 받아들이고 있소. 톤과 하프 톤, 그것을 무조건 받아들이고 있는 게요. 그것은 말하자면 그 빛과 그림자가 우리들이 늘 보고 있는 물체의 형태를 갖고 그것으로 합리적인 스토리를 전개해 보인 게요. 인생의 움직임을 현실과 똑같이 보여 주기 때문이지요. 물론 우리는 그것이 그림, 소설, 무대, 극같은 것과 마찬가지로 현실을 모방한 것에 지나지 않는다는 것을 알고 있소. 하지만 그것은 다만 잠재의식적으로 알고 있을 뿐이지, 과학과 예술을 결합시킨 교묘한 장치가 보여 주는 외관에 넋을 잃고, 그 스토리를 진실이라고 믿어 버린단 말이오. 레드메인 사건이 그와 같소. 어떤 종류의 교묘한 작위(作爲)가 몇 가지 짜여서 하나의 스토리를 만들고 있소. 당신 자신이 스토리에 너무 흥미를 느끼는 바람에 그만 메커니즘을 못 보고 만 게요. 먼저 고려해야 했던 것은 그 메커니즘이었소. 요술사들은 당신의 주의를 다른 데로 돌리고는, 자기들의 꾸민 일을 완수한 게 분명하오. 그래서 나는 그 메커니즘 쪽으로 한 번 눈을 돌려 볼까 하는 거요. 어떻소, 브렌던 씨, 악당들이 당신의 눈을 속인 속임수를 한 번 들추어 보고 싶지 않소?"

브렌던은 불만의 빛을 감추지 않았지만, 건즈 씨는 시치미를 떼고 코담배를 코에 갖다댔다가 다시 말을 이었다.

"그런데 나한테 무언가 자랑할 만한 공훈담이 있었다면 말이오. 그건 결코 흔히들 세상에서 떠들어 대는 연역적 정신이라는 것의 힘이 아니오. 오히려 이른바 종합적 사고력 덕분인데, 사실에 사실을 결부시키는 것을 나는 가장 큰 특기로 삼고 있소. 그게 내 성격의 토대인데, 사실이 뜻대로 잘 부합되지 않을 때 그 결과는 반드시 실패로 끝나고 말더군요. 사실을 기초로 하지 않은 이론에는 단 1분도 허비하지 않았소, 나는. 브렌던 씨, 우리가 하는 일은 자료를 수집하는 데 있소. 그런데 당신은 사실을 등한시했단 말씀이오."

"백과사전만큼이나 모았습니다만……."

"그렇게 말할 수 있을까? 그렇다면 당신의 백과사전은 'B'에서부터 시작했군그래. 'A'항이 빠진 거요. 아무튼 그 점은 나중에 다시 언급하기로 하고……."

그러나 브렌던은 시무룩해진 표정으로 반박했다.

"제가 모은 사실은 모두 확실하고 부정할 수 없는 것뿐이었습니다.

절대로 틀림없는, 무쇠처럼 단단한 사실이라고 할 수 있습니다. 제 관찰은 정확하고, 아울러 빠뜨리는 것이 없도록 훈련되어 있는 줄 압니다. 그리고 그 결과 이렇게 단언할 수 있습니다. 아무리 '종합적 사고'를 작용시키더라도, 2 더하기 1은 3이라고 말입니다."

"그런데 2 더하기 1은 21이 되기도 한단 말씀이야. 12가 될지도 모르고, 2분의 1이 되는 경우도 있지. 왜 당신은 결론을 서두르오? 당신은 확실히 사실을 모았소. 하지만 유용한 사실을 다 모았다고 할 수는 없지. 아무튼 모두라고 할 수는 없었소. 벽을 쌓기 전에 지붕부터 얹으려고 한 거나 같다고 할까. 아니, 좀더 나쁘지. 당신이 절대로 틀림없는 사실이라고 생각한 것은 실은 사실도 아무 것도 아니었단 말이오."

"그럼, 대체 무엇이었습니까?"

"정교하게 조작된 허구였지요."

이 노골적인 도전에 브렌던도 얼굴에 뜨거운 피가 솟는 것을 느꼈다. 그러나 이 관대한 미국인은 나이 어린 사람을 상대로 호언장담하여 우월감을 과시하겠다는 의도가 조금도 없음이 분명했으므로, 그에게서 자극적인 말을 들었어도 크게 화를 낼 기분은 나지 않았다. 화가 나는 것은 자기 자신에 대해서였다. 이것은 건즈 자신이 잘 알고 있었다. 브렌던의 마음의 움직임을 책이라도 읽듯이 꿰뚫어보고, 그 지위와 직업 면에서 보아 자기보다 뛰어난 사람의 비판에 분격할 그런 용렬한 인물이 아니라는 것을 눈치채고 있었다. 건즈는 설명을 계속했다.

"당신보다는 내가 한 걸음 앞섰다고 할 수 있을 것 같은데, 그것은 내가 그만큼 인생의 경험을 더 쌓았다는 것뿐이오. 장차 당신도 지금의 나처럼 후배에게 훈계할 때가 반드시 올 거요. 내 나이가 되면 당신도 나와 마찬가지로 완전한 자신을 가질 수 있소. 대체로 나이가 젊을 때는 좀처럼 세상을 심복시킬 수가 없는 법이오. 역시 인생의 연륜이 필요한 법이지. 언젠가 당신에게도 그 시대가 오는데, 우리가 종사하고 있는 직업에서는 세상의 절대적인 신뢰를 받는 것만큼 편리한 것은 없소. 하지만 거기에는 그만큼 힘이 드는 것이고, 그 힘도 없는데 있는 체해 보여 봐야 아무 의미도 없소. 그 점에 있어 세상은 무섭소. 금방 간파해 버리거든. 브렌던 씨, 나는 이와 같이 무엇이나 직선적으로 말해 버리는 성격이오만, 이 자리에서도 이 사건에서의 당신을 바보라고 부를 생각이오. 왜냐하면 당신은 표면상의 자존심이나 긍지같은 것이 상했다고 해서 화를 낼 위인이 아니라는 것을 알고 있기 때문이오. 어떻소, 참아 주시겠지요?"

"그럼요, 건즈 선생님. 저는 오히려 제가 어떻게 바보였는가를 꼭 증명해 주시기 바라고 있습니다. 구체적으로 지적해 주신다면, 언제라도 머리를 숙이겠습니다. 저 스스로도 이 사건에서는 제가 바보였다는 것을 잘 알고 있으니까요. 전부터 그 점을 괴로워해 왔습니다."

브렌던이 솔직하게 기분을 털어놓았다.

"좋소. 그렇다면 증명해 드리지…… 간단한 일이니까. 하지만 그보다 어려운 것은 어째서 당신이 바보가 되었는가, 그 원인을 발견하는 일이오. 당신은 바보가 될 인물이 아니오. 과거의 경력에 비추어 보나, 그 얼굴을 보나, 아울러 그 정신 구조를 생각해 보나, 당신만큼 바보와 동떨어진 인물도 없을 거요. 처음 만난 사람의 인품을 알고 싶을 때 나는 그 눈을 보기로 하고 있소만, 당신의 눈은 당신의 인간성을 뚜렷이 나타내고 있소. 그런데 문제는 머리요. 어디서부터 그게 빗나가기 시작했는지, 어쩌면 당신 자신이 이야기해 줄 수 있을지도 모르겠구려. 아니면 그렇게 하지도 못하고 내 입에서 나오기를 기다리게 될지도 모르오. 내 힘으로 그 숨은 사실을 발견할 수 있다면 말이오만. 그러면 다시 한 번 사건을 재검토해 보기로 할까요? 아마 당신도 빛이 보이기 시작할 거요."

여기서 잠시 말을 끊고, 건즈는 금상자에 손가락을 가져갔다가 다시 말을 이었다.

"이야기를 간단히 하기 위해서 당신 외의 사람은 고려하지 않기로 하겠소. 브렌던 씨, 당신은 첫발을 내디딜 때 그릇된 가정 아래에서 행동한 것이 분명하오. 출발점을 잘못 잡는다는 것은 그리 드문 현상이 아니오. 나를 비롯해서 누구나 하는 일이고, 그런 실패를 하지 않는 사람은 탐정소설에 나오는 탐정 정도일 거요. 하지만 문제는 그 그릇된 방향으로 언제까지나 계속 달려간 데 있소. 당신만한 판단력과 천부의 재능을 가진 인물이 그릇된 가정 위에다가 자꾸만 그릇된 가정을 쌓아 갔다는 것은 아무래도 좋지 않았소. 무언가 거기에는 이상한 점이 있었다고밖에는 생각할 수 없단 말이오."

"그러나 사실은 사실로서 어떻게 할 수도 없다고 생각합니다."

"할 수가 없지도 않지요. 당신은 프린스타운을 떠나는 동시에 중요한 사실과도 작별해 버렸소. 지금은 나보다 더 사실을 잘 안다고 말할 수는 없을 게요…… 알고 있는 것은 외양만의 사실뿐이오. 당신의 눈에 비친 현상, 경찰관이나 일반 시민이 보내온 보고, 그런 것을 사실로 믿고 있을 뿐이란 말이오. 좀더 면밀히 검토해 보면, 그런 것이 사실도 아무것도 아니라는 것을 즉각 알 수 있었을 게요. 당신은 한번도 이성에 활약의 기회를 주지 않았던 거오. 브렌던 씨.

먼저 내 말을 듣고 솔직한 기분으로 다시 생각해 보오. 당신은 이러이러한 일이 일어났다고 하지만, 나는 일어나지 않았다고 말하는 게요. 왜냐하면 일어날 까닭이 없기 때문이오. 거기에는 아주 뚜렷한 이유가 있소. 이런 말을 한다고 해서, 내가 뭐 당신에게 진상은 이거다 하고 가르치고 있는 것은 아니오. 진상과는 내 자신이 아직도 먼곳에 있으니까. 아니, 진상은 나보다 당신이 더 빨리 발견할지도 모르겠군. 내가 여기서 증명하려고 하는 것은, 당신이 진상이라고 믿는 많은 사항이 실은 진실일 수 없다는 것이오…… 확실히 일어났다고 당신은 주장하지만, 그런 사실은 실제로는 일어나지 않았던 게요. 우리의 감각이라는 것은 도무지 믿을 수가 없어서, 아주 간단히 속일 수 있소. 아니, 인간 자체가 도무지 짜임새 없는 잡동사니통이나 다름없는 물건이니 하물며 그 감각 같은 것은 도무지 믿을 수가 없는 게요. '진실이 너무 많아서 우리에게 예술이 주어졌다'는 유명한 문구가 있지만, 나는 그것을 이렇게 바꾸어 말하고 싶소. '감각에 의한 증거가 너무 많아서——그것도 대개는 오류투성이지만——우리에게 이성이 주어졌다'고 말이오.

따라서 로버트 레드메인이 사라진 다음의 일인데, 이것이 어느 정도까지 이성에 의한 검토를 견디어 낼 수 있는가? 그것을 판단하는 방법은 숫적으로 한정되어 있소. 로버트 레드메인은 마이클 펜딘을 죽였는가? 아니면 죽이지 않았는가? 우선 이 두 가지인데, 죽인 쪽을 취한다면 그 다음 판단 방법은 범행 당시의 그가 제정신이었나 하는 것이 되오. 거기까지는 부정하지 못할 것이오. 그리고 제정신으로 죽였다면 동기가 있어야 하오. 그런데 동기는 어떻소? 그 뒤의 면밀한 수사로도 동기다운 동기는 발견되지 않았잖소? 모두가 없다고 해서 그렇게 단정하는 게 아니라오. 대체로 나는 남의 의견 따위를 중요시하지 않는 성미라서 말이오. 펜딘 부인은 남편과 숙부가 화해했다고 말하고 있지만, 그런 증언을 믿고 결론을 내릴 게 아니란 말이오. 판단의 자료는 사실이오. 로버트 레드메인이 1주일 동안 펜딘네 집에서 묵었다는 것과 펜딘 부부를 페인턴의 보트 경주에 초대했다는 것, 이것은 확실히 채용해도 좋은 사실일 게요. 무시할 수 없소. 그래서 펜딘이 자취를 감출 때까지 레드메인은 조카 사위와 완전히 화해했다는 것을 알 수 있소. 그 사실을 고려에 넣는 한, 살해의 동기가 발견될 가능성은 우선 없다고 보지 않으면 거짓말이 될 게요. 따라서 결론은, 그의 머리가 정상이었다면 그런 살인을 할 까닭이 없다는 것이 되오. 범행 당시 그의 머리는 돌아 있었다, 돌아 있는 동안에 그 살인을 해 버렸다. 이런 결론이 나오는 셈이오.

그가 미친 사람이었다고 보고, 그 다음에는 범죄 뒤의 행동을 관찰해 봅시다. 이런 경우 현장에서는 일단 달아날 수 있었다 하더라도, 그 뒤 1년 동안이나 멋대로 온 유럽을 쏘다닐 수 있을까요? 그야 광인이라는 것은 정상인이 생각지도 못하는 교활성을 갖고 있는 법이지만, 그렇더라도 런던 경시청의 수사진을 비웃는 그토록 대담한 행동을 할 수 있을까요? 시체를 끌어내다가 처분하고, 하숙에 돌아가서 식사를 하고, 날이 새자 어디론지 사라져서 6개월 동안이나 종적을 감춘다. 그게 미친 사람으로서 가능하다고 생각하오? 그뿐이 아니오. 그 반년 뒤에 다시 모습을 나타내고는 다음 희생자를 속여서 제2의 범죄를 저지르다니…… 어떻소? 이런 것을 합리성 있는 사실로 볼 수 있소? 그런데 놀랍게도 다시 그게 시작되고 있단 말이오. 그는 다시 법과 질서에 도전해 올 게요. 이번 장소는 이탈리아. 6개월 동안 자취를 감추고 있더니, 이제 혼자 남은 형의 집 가까이에서 그 빨간 조끼와 수염을 구경시키기 시작했소. 어떻소, 브렌던 씨, 이런 재주를 부리는 자를 미치광이라고 할 수 있겠소? 결국 처음에 제기한 가설 가운데 나머지 하나로 돌아가지 않을 수 없게 된 것 같구려.

여기서 한 마디 덧붙여 둔다면, 아까 그 명제는 '로버트 레드메인은 마이클 펜딘을 죽였거나, 아니면 죽이지 않았거나 그 어느 쪽이다'라는 것인데, 그것에 덧붙여 둘 필요가 있소. '로버트 레드메인은 벤디고 레드메인을 죽였거나, 아니면 죽이지 않았거나 그 어느 쪽이다'라고 말이오. 그건 그렇다 치고, 우선 제1의 명제를 좀 더 추구해 보고 싶소. 이건 당신 자신이 생각해야 마땅한 문제요. '로버트 레드메인은 마이클 펜딘을 죽였는가?'라는 의문 말이오. 어떻소? 여기까지 오니 당신의 이른바 '사실'이라는 것도 흔들리기 시작한 꼴이 아니오? 무릇 살인이 있었나 없었나를 확실하게 알려면, 한 가지밖에 방법이 없소. 시체를 발견하여 생전의 얼굴을 알고 있는 사람들에 의해서, 그 시체가 그의 것이며 그 외에 누구의 것도 아님을 확인하는 게 그것이오."

"아니? 그렇다면 선생님 생각으로는······."

"나는 아무것도 생각하고 있지 않소. 당신 자신이 생각해 주기를 바라고 있소. 이건 당신의 일이니까. 불쾌한 추억이 있거나 없거나 말이오. 나는 여기서 당신의 분발을 바라고 싶소. 태양이 구름을 헤치고 나타나듯이, 우리를 깜짝 놀라게 해 달란 말씀이오. 모든 일이 거기서부터 시작되오. 먼저 당신이 생각해 주었으면 하는 것은, 펜딘과 벤디고 레드메인이 죽었다고 반드시 단언할 수는 없다는 것이오. 그 두 사람은 우리와 마찬가지로 힘차게 돌아다니고 있는지도 모를 일이오. 잘 생각해 보오, 이건 꽤 힘드는 사건이오. 우리 앞에 상당한 거물급 악당이 도사리고 있다는 걸 각오하지 않으면 안되오. 물론 거기까지 확실히 안 것은 아니지만, 그 가능성이 없다고 할 수는 없단 말이오. 중요한 사실로서 나보다 당신이 상세하게 아는 것은 몇가지나 있지만, 어쩐지 당신은 이 사건에서 큰 핸디캡을 짊어지고 있는 것 같단 말씀이야. 그 원인을 찾아 내는 것이 선결 문제 같소. 내가 지금 말한 것을 염두에 두고, 선입

건 없이 다시 생각해 본다면, 그 원인을 당신 스스로 깨달을 수 있지 않을까 하는 생각이 드는구려. ”

“그렇게 말씀해 주시니 고맙습니다만, 저로서는 불가능할 것 같습니다. ”

브렌던은 생각에 잠기면서 말했다.

“오히려 그 때의 저만큼 핸디캡 없는 수사를 할 수 있었다는 것도 드문 일이 아닐까요? 그리고 그 때의 저한테는 꼭 이 사건을 해결하고 싶다고 특별히 열을 올릴 만한 이유가 있었습니다. 예비 지식을 가지고 수사에 착수할 수 있었거든요. 그러나 방금 선생님 말씀을 듣고 저는 한 가지 깨달음을 얻었습니다. 지금까지는 너무나 모든 것이 명백하게만 여겨져서, 그 외관 밑에 전혀 다른 진실이 숨어 있다는 것을 생각하지 못했습니다. 지금 비로소 너무 명백한 바로 그 점이 이상하다고 깨달았습니다. ”

“바로 그 점이오, 내가 말하고 싶었던 것은. 당신은 표적의 한 카드를 주는 대로 받아 쥐었던 거요. 당신은 그것을 어린 양처럼 순하게 받았소. 평생에 한 번은 그런 일도 있을 수 있는 법이오. 가보리오는 수사할 때 중요시해야 할 점을 이렇게 표현하고 있소. ‘진실처럼 보이는 일에 최대의 의혹을 가지라. 믿기 어려운 것을 믿고 출발해야 한다’. 프랑스인 특유의 과장은 있지만, 진리가 깃들어 있음을 부정할 수는 없소. 뻔히 아는 일은 오히려 불쾌하오. 만사가 너무 순조로울 때는, 일단 의심해 볼 일이오. 이것은 직무에 있어서뿐 아니라 인생에도 해당하는 진리라오. ”

두 사람은 그 뒤로 30분쯤 더 이야기를 나누었는데, 그동안에 건즈 씨는 목적을 달성했다. 그는 브렌던으로 하여금 자기들을 함께 일하게 만든 사건을 처음부터 다시 재검토시키고 싶었던 것이다. 마크와 둘이서 사건 현장으로 출장하게 된 마당에, 아무런 선입견 없이 출발하고 편견을 갖지 않기를 바랐던 것이다.

피터 건즈 씨가 말을 꺼냈다.

"오늘 밤, 기차 안에서 들려 주구려. 펜딘 부인에게 사건 의뢰를 받은 데서 시작하여 사건 전체에 걸친 당신의 의견을 말이오. 또는 더 전부터라도 좋소. 비극의 발생 이전에 누군가 사건 관계자와 접촉이 있었다면 말이오. 당신의 관점에서 이 사건을 다시 바라보고 싶으니까. 당신으로 봐서도 내가 한 말을 염두에 두고 다시 이 사건의 발자취를 더듬어 본다면, 지금까지는 생각지도 않던 곳에서 해결의 실마리를 발견할지도 모를 일이오."

"그럴지도 모릅니다."

마크는 고개를 끄덕였다. 본디 천성이 순한 그는 이런 말을 마구 해 대는 자기보다 나이가 위인 사나이에게 찬사를 올릴 수 있었다.

"선생님은 위대한 분이십니다. 오늘 말씀해 주신 것은 선생님에게는 아주 초보적인 것이겠습니다만, 저로서는 여러 가지로 배울 점이 많았습니다. 선생님 앞에서 저의 존재 따윈 아주 하찮게 여겨집니다. 오늘 같은 경험은 저로서는 처음 겪는 일입니다, 이런 말씀을 드리지 않아도 아실 줄 압니다만...... 그런데 다만 한 가지 선생님과 의견을 달리하는 것이 있습니다. 이 사건이 해결될 때는, 그것은 모두 선생님의 힘으로 된 것이니까 그 명예는 당연히 선생님께로 돌아가야 합니다. 저는 그렇게 할 생각으로 있습니다......."

건즈는 웃으면서 다시 코담배를 자줏빛 콧구멍에 쑤셔넣었다.

"천만에, 그건 쓸데없는 걱정이오! 지금의 나는 달 지나간 잡지라오...... 그런 문제에서는 모두 한 걸음 물러서 있기로 하고 있소...... 일선에서 물러나 하고 싶은 일이나 하면서 한가롭게 살고 있는 몸이 아니겠소? 이 사건에 나는 일체 관여하지 않을 게요. 지금부터는 다만 당신의 활약을 구경하고만 있을 참이오."

"탐정의 도락이란 결국 본디의 일로 되돌아가는 것이 보통인가 봅니다."

하고 마크가 말하자 건즈도 고개를 끄덕이며 정직하게 말했다.

"문학과 범죄, 맛있는 것을 먹고 마시고, 코담배와 유희시(遊戲詩) 이런 것으로 시간을 보내고 있는데, 이게 나의 좋은 면이기도 하고 나쁜 면이기도 하다오. 그런 도락에 각각 시기별로 열중해 왔소만, 최근에는 또 새로이 여행이라는 항목이 추가되었구려. 언젠가는 영구히 내 껍질 속에 들어박힐 때가 오겠지만, 그전에 다시 한 번 유럽을 돌아볼 기회라서요. 경애하는 벗 앨버트 레드메인을 찾아가, 다시 우정을 두터이하는 것도 이 여행의 한가지 목적이었소. 그 사람의 어린아이처럼 순진무구한 예지에 접해 보고 싶어진 것이오.

이런 현실적인 우정에 오직 하나 어두운 그림자가 있소. 언젠가는 이 경우에도 종말을 고할 날이 온다는 게 그것이오. 이번에 내가 그 책벌레에게 '잘 있게나' 하고 작별 인사를 하고 나면, 앞으로 다시는 얼굴을 볼 날이 없을지도 모른다고 각오해야 할 게요. 그렇다고 우정의 혜택을 거부할 바보야 없지. 친애와 이해, 마음 맞는 벗을 발견하는 것만큼 사람에게 귀중한 경험은 없으니 말이오. 물론 연애가 더 화려한 모험임에는 틀림없지. 하지만 연애의 장밋빛 꽃마차 그늘에는 번개가 숨어 있다는 것을 잊어서는 안되오. 말로 형용할 수 없는 선물을 받으면, 그에 필적할 만한 것으로 갚아야 하는 법이오. 그 점에 비하면 역시 우정이오. 내가 보기에 차분한 우정만큼 최상의 것은 없다오."

기분좋은 수다가 계속되는 동안, 마크는 건즈 씨가 단순 소박한 인간 면에서 그의 친구 앨버트 레드메인 씨와 똑같겠구나 하고 짐작했다. 피터의 인간관은 브렌던이 보기에 매우 온건한 성격을 띠고 있었으며——무조건 믿어 버린다고는 할 수 없더라도——이같이 밝은 눈으로 사람을 바라보는 미국인에게 탐정으로서의 그 비상한 능력이 어떻게 갖추어졌는지 여간 이상하지 않았다. 그의 명성의 바탕이 되는 것은 괴팍한 눈을 필요로 하는 탐정으로서의 능력이지, 인간의 착한 마음을 믿는 온정이 넘치는 성질이 아닐 터인데도 말이다.

피터 진두에 서다

　두 탐정은 어둠에 잠긴 캔트 주를 지나, 브로뉴로 가는 정기 우편 선을 탔다. 그 동안 마크 브렌던은 사건의 상세한 내용을 건즈 씨에게 들려 주었다. 이야기를 꺼내기 전에 미리 노트해 두었기 때문에, 일어난 일의 하나하나가 명백하고도 완전하게 재현되었다. 피터는 한 번도 참견을 하지 않고 있다가, 이야기가 끝나자 그 서술의 수법을 칭찬했다.

　"아주 근사한 영화의 줄거리 같지만."

　그는 앞에서 한 비유를 다시 쓰면서 말을 이었다.

　"아무래도 이해하기 어려운 데가 있단 말씀이야. 왠지 이런 기분이 드는군그래. 이 영화가 어떤 결말로 끝나거나, 처음에 좀더 서막적인 장면이 있음직도 한데……."

　"처음부터 말씀드렸는데요."

　그러나 피터는 고개를 저었다.

　"승리의 절반은 사건의 발단을 아는 데 있는 거요. 참된 발단만 안 다면 이긴 거나 다름없지. 이렇게 생각하니 브렌던 씨, 당신의 이야기는 발단부터 시작하지 않은 게 분명하오. 거기에 실수가 없다면, 미로에서 빠져나올 실은 진작 당신의 손에 쥐어졌어야 할 게요. 이야기를 듣고 생각하면 할수록, 이 사건의 진상을 파악하려면 과거를 파헤치는 수밖에 없다는 확신이 굳어지는구려. 그러기 위해서는 계속 괭이를 휘두를 필요가 있겠소. 당신이나 나나 일단 이렇게 이탈리아까지 가지만, 곧 또 영국으로 돌아갈 필요가 생길지도 모르겠소…… 그런 수고를 하지 않고도 진상이 판명되면 다행이겠는데, 아무래도 그런 행운은 기대할 수 없을 것 같은 기분이 드오."

"제가 실패한 이유를 가르쳐 주시지 않겠습니까?"

브렌던은 캐물었으나 피터는 아직 그런 이야기를 꺼낼 기분이 나지 않는 모양이었다.

"마음쓸 건 없소. 그보다는 당신 자신에 관한 이야기라도 들려 주구려. 사건은 이제 잊어 버리기로 하고."

그 후로는 날이 샐 때까지 잡담의 꽃을 피웠으며, 아침 햇살이 비치기 시작할 무렵 기차는 파리에 이르렀다. 그리고 한두 시간 뒤에는 이탈리아 행 급행 열차에 몸을 싣고 있었다.

건즈 씨의 계획은 호수 지방을 가로질러 느닷없이 메나지오에 상륙하는 것이었다. 눈앞에 다가온 문제에 생각을 돌리기 시작했는지, 그는 거의 말을 하지 않았다. 수첩을 펼쳐서 무언가 적어넣곤 했다. 마크는 신문에서 눈을 떼지 않고 있다가, 한참 뒤 그 가운데 한 장을 건즈에게 넘겨 주었다.

"어젯밤 선생님 말씀을 듣고 유희시에 흥미를 느꼈습니다. 여기에도 하나 나와 있길래 머리를 짜 보았습니다만, 한 시간이나 걸렸는데도 아직 풀리지 않는군요. 얼른 보기에는 간단할 것 같은데, 어딘가에 함정이 있나 보지요? 한 번 풀어 보시겠습니까?"

피터는 미소를 지으면서 수첩을 집어넣고 대답했다.

"유희시에는 요령이 있소. 지은이의 생각을 파악하는 것이 중요하오. 어떤 작자나 생각은 비슷비슷해서 비슷한 수법으로 독자를 속이려고 하거든. 그것만 알면 나머지는 간단하다오. 그런데 나를 이런 데 끌어들였다간 반드시 나중에 후회할걸."

마크는 그 수수께끼 시를 가리키며 권했다.

"한 번 풀어 보시지요. 저는 도무지 짐작이 가지 않습니다만, 선생님이 그런 생각을 터득하고 계신다면 이것도 간단히 푸실 수 있을 겁니다."

건즈 씨는 수수께끼 시를 들여다보았다. 다음과 같은 시구였다.

When to the North you go,(북쪽으로 가면)

The folk shall greet you so. (환영받으리라)

1. Upright and light and Source of Light, (올바르고 밝은 빛의 근원)

2. And Source of Light, reversed, are plain. (빛의 근원은 뒤집어도 밝으나)

3. A term of scorn comes into sight. (조소의 이름 나타난다)
   And Sources of Light, reversed again. (그리고 다시 뒤집으면 빛의 근원)

미국인은 잠시 말없이 그것을 들여다보고 있었다. 그리고 빙그레 웃으면서 신문을 브렌던에게 돌려 주었다.

"제법 잘 되어 있군. 수법이 좀 예스러운 게 흠이지만, 영국 형식의 본보기 같은 게요. 요즘 미국에서 유행하고 있는 것은 좀 스마트하지. 하지만 판에 박혀 있다는 점은 다름이 없구려. 뛰어난 작가가 없기 때문이오. 이게 체스만큼 인기가 있다면, 위대한 작가가 나와서 걸작을 내놓을 텐데."

"어떻습니까? 아셨습니까?"

"어린아이 장난 같은 거지요, 브렌던 씨."

건즈는 수첩에다 재빨리 해답을 써서, 그것을 찢어 브렌던에게 내밀었다. 읽어보니 이렇게 씌어 있었다.

GOD(신)

Omega Alph A(끝이자 처음)

DOG(개)

"크누트 함순의 소설을 읽은 적이 있으면 간단히 풀 수 있을 텐데. 읽지 않았다면 좀 까다로울지 모르오."

브렌던은 눈이 둥그래졌다.

"놀이 방법은 두 가지 있소."

건즈는 갑자기 생기를 띠면서 말했다.

"1행째는 어려워서 머리가 하얗게 셀 때까지 생각해야 할 거요. 2행째는――이게 함정인데――여기에 같은 권리로 주장할 수 있을 정도의 해답이 세 개 마련되어 있소. 하지만 1행째보다는 얼마간 제대로 되어 있고, 3행째에 가서는 훨씬 정상적인 것이 되어 있소."

"이런 것을 대체 어떤 사람들이 만들지요?"

"대단한 작가는 아니오. 인생은 워낙 너무 짧소. 하지만 나한테 1년의 시일만 준다면, 내 완전무결한 것을 만들어 보이지. 누가 풀더라도 1년은 충분히 걸릴 것을 말이오. 암호문이 그와 같소. 두말할 것도 없이 암호라면 당신도 직업상 알고 있겠지만, 이게 역시 대체로 엉성하게 되어 있는 물건이거든. 하지만 무리도 아닌 것이, 그 성질상 아무리 시간을 들여 봐야 그리 정교한 것은 만들 수 없단 말이오. 하기야 탐정 소설의 작가들은 때로 아주 멋있는 것을 만들어 내더군. 그리고 굉장히 머리가 좋은 탐정이 나타나서 관계자 모두의 의표를 찌르면서 시원하게 풀어 보이곤 하지요. 범인의 서재에서 실마리를 간직한 책이나 뭐 그런 것을 쓱 뽑아들고 어쩌구 하면서. 물론 나야 책 같은 것에 의존한 적은 없지만."

피터 건즈는 기분이 무척 좋은 듯이 계속 이야기하더니, 도중에 갑자기 입을 다물고 자기 수첩에 시선을 떨어뜨렸다.

이윽고 눈을 들더니 이런 말을 했다.

"여기서 어려운 것은 로버트 레드메인과 접촉하는 일이오. 그는 유령이라고 해도 좋은데, 문제는 어떻게 그를 붙잡느냐 하는 거요. 유령에는 두 종류가 있오. 진짜는 물론 당신은 믿을 생각이 없겠지만, 나는 경계는 하면서도 일단은 믿는다오. 또 하나는 조작된 유령이오. 이것은 악한이 이용할 뿐 아니라, 우리도 역이용할 수 있단 말이오."

"호오! 선생님은 유령을 믿으십니까?"

"그런 말은 하지 않을걸로 아오만. 허나 무슨 일이건 고정된 관념을 갖지 않으려고 늘 애쓰지. 지금까지도 믿을 만한 사람의 입으로 여러 가지 기묘한 얘기를 많이 들었거든."

"유령이라면 그것으로 해결해 버리겠습니다만, 만일 그렇다면 왜 선생님이 이렇게까지 앨버트 씨의 신변을 걱정하시는지 알 수 없군요."

"아니, 아니, 나는 꼭 그게 유령이라고 말하고 있는 게 아니오. 다만……."

여기서 말을 끊었다가 다시 이었다.

"지금 나는 당신에게 들은 이야기와, 레드메인에게서 받은 편지를 비교 검토하고 있는 참이오."

그는 수첩을 가볍게 두드리면서 말했다.

"그 결과는 이런 것이 되겠소, 내 옛 친구가 당신 이상으로 오래 전 일을 많이 가르쳐 주었소, 하기야 그건 당연한 일이지. 그 사람이 옛일을 많이 알고 있으니까. 그 편지는 모두 복사해 두었소, 요새는 눈을 소중히 해야 하기 때문에 새로 타자해 둔 거요, 당신도 한 번 읽어 두는 게 좋을 거요. 로버트 레드메인의 어린 시절 얘기라든가 조카딸에 관한 얘기, 그 조카딸의 죽은 아버지에 관한 얘기 등등, 여러 가지 옛이야기가 씌어 있소. 지금 도리아의 아내가 되어 있는 여자의 아버지라는 사람은, 몹시 성질이 사나운 인간이었던 모양이오. 로버트도 도저히 못 따라가는 몰상식하고 당돌한 사나이로, 공공연히 법률을 무시하는 행동을 하지 않은 것이 오히려 이상할 정도였다오, 헨리라는 이름인데, 이 사람에 관해서는 당신의 머릿속에 없었던 게 아니오? 그러니 당신도 그 집안 식구들에 대해서는 저마다 조사해 두는 게 좋을 거요, 그러면 각자의 성격도 알게 되고, 그 동안의 모순에 설명이 나오면 여러 가지로 참고가 될 테니까."

"읽어 보고 싶습니다."

"그게 좋을 거요, 큰 참고가 될 테니까. 아무런 편견 없이 씌어 있거든. 그 점에 있어 앨버트의 편지는 당신의 눈으로 보는 듯한 선명한 보고보다 뛰어나오. 당신 자신은 깨닫지 못하고 있겠지만, 당신의 얘기에는 무언가 비단실 같은 이질적인 것이 섞여 있소. 그 실을 잡아당겨 볼 것도 없이, 바로 그 비단실에 당신이 실패한 원인이 있다고 여겨진단 말이오."

"잘 모르겠는데요, 무슨 말씀이신지."

"그야 모를 테지 아직은. 비유를 한 번 바꾸어 볼까? 말하자면 당신 눈앞에 가짜 단서가 놓여 있었고 당신은 거기에 얼른 매달렸으므로, 그 때문에 일부러 올바른 길을 버리고 잘못된 길로 돌진해 갔다고 말할 수도 있는 게요."

"그게 수수께끼로군요, 무엇이 가짜 단서냐 하는 것이. 그것을 발견하는 것이 첫 작업입니까?"

마크가 이렇게 말하자 건즈는 조금 웃었다.

"그런데 그게 이미 발견된 것 같소, 하지만 아직 못했다고도 할 수 있어서, 똑똑하게는 단언할 수가 없구료. 어쨌든 앞으로 24시간만 기다리면 되는데, 틀리지 않았으면 좋겠다고 비는 중이오, 당신을 위해서도 말이오. 이 추측이 옳다면, 당신의 명예에 오점을 찍지 않아도 되는데…… 만일 틀린다면, 당신으로 봐서도 이런 불쾌한 추억은 없을 것 같구려."

브렌던은 대답하지 않았다. 자기의 양심에 비추어 아무리 머리를 짜 보아도 짐작조차 할 수 없었다. 이윽고 피터는 다시 수첩을 펼쳐서 다른 일로 화제를 돌렸다. 그것은 아주 사소하나마 바로 거기에 의문의 여지가 있다는 것을 보여 주는 일이었다.

"기억하고 있소? 당신이 처음 '까마귀의 집'을 방문한 날 밤의 일 말이오. 밤에 당신은 다트머드로 돌아갔소. 가는 도중 뜻밖에도 사냥터 입구에 있는 울짱에서 로버트 레드메인을 보았소. 달빛이 당신 얼굴을 비추니까, 그는 뒷걸음질쳐서 숲 속으로 달아났소. 그런데 왜 달아났을까?"

"내 얼굴을 알고 있었기 때문이지요."

"어떻게?"

"그 사람과 저는 프린스타운에서 한 번 만난 일이 있습니다. 포긴 티 채석장의 웅덩이에서 저는 낚시를 하고 있었습니다만, 그때 몇 분 동안인가 그 사람과 말을 나눈 적이 있습니다."

"그렇소, 하지만 그때 그는 당신이 경시청 사람이라는 것을 몰랐을

게 아니오. 첫째, 포긴티의 어스름 속에서 잠시 만난 사람을 6개월이나 지난 뒤에도 기억하고 있다는 게 우습단 말이오. 또 비록 기억하고 있었다 하더라도, 그게 자기를 쫓고 있는 사람이라는 걸 그가 어떻게 알았을까?"

마크는 생각에 잠겨 대답했다.

"그러고 보니 그렇군요. 하지만 그날 밤에 그는 누구를 만났더라도 달아나지 않았을까요? 남의 눈에 띄고 싶지 않았던 것이 확실하니까요."

"나는 다만 의문을 제기해 봤을 뿐이오. 레드메인이 모든 인간을 다 적으로 돌리고 있었다면, 방금 말한 당신의 해석으로 충분히 설명이 되오. 쫓기는 인간으로서는 사람이 가까이 오면 달아나는 게 당연할 테니까."

"그렇게 생각하는 것이 옳을 것입니다. 저를 기억하고 있었던 것이 아닙니다."

"그럴 거요. 하지만 그 거동은 여러 가지로 해석이 되오. 누군가가 그에게 당신을 조심하라고 경고해 준 자가 있었는지도 모르지."

"그건 좀 이상합니다. 그 사람은 그의 조카딸을 만나서 이야기를 들은 것도 아니니까요. 조카딸 말고는 경고할 수 있는 사람이 없을 것입니다. 하기야 벤디고 레드메인은 별도입니다만."

피터는 그 이상 이 문제를 추궁하지 않았다. 수첩을 접고 하품을 하더니 코담배를 꺼내면서, 슬슬 식사나 할까 하고 말했다. 긴 하루가 지나갔다. 그날 밤은 두 사람이 다 일찍 자리에 들어 날이 샐 때까지 푹 잤다.

점심때 전에 두 사람은 파베노에서 기선으로 갈아탔다. 마졸레 호수의 푸른 물이 눈앞에 펼쳐지자, 이탈리아의 호수 지방을 처음 보는 브렌던은 너무나도 아름다운 풍경에 찬탄의 말마저 잊었다. 건즈 씨

역시 한 마디도 하지 않았다. 두 사람은 나란히 서서 펼쳐지는 파노라마에 넋을 잃었다. 잇닿은 산과 골짜기, 육지와 호수에 눈부시게 빛나는 햇빛, 지방 사람들, 산허리에 흩어진 집들, 그리고 호수에 떠 있는 조그만 어선들……

루이노에서 육지에 올라 토레사로 가는 기차를 탔다. 이 짧은 기차 여행에서는 선로를 따라 높은 울짱이 이어져 있고, 군데군데 방울이 달린 촘촘한 철망이 쳐져 있는 것을 보았다. 20년 전에 이 지방을 여행한 적이 있는 피터는, 그것이 이탈리아와 스위스 사이에 일찍이 끊어진 적이 없는 밀수를 막기 위한 것이라고 설명했다.

"정말 '악한 것은 인간뿐'인가 보오."

피터가 말을 맺는 것을 듣고 브렌던의 가슴 속에는 쓸쓸한 생각이 스쳐 지나갔다.

"그 '악한 인간들'을 상대로 평생을 보내는 우리들이니, 저는 이따금 이런 내 자신이 싫어질 때가 있습니다. 통조림을 판다든가, 속옷 장사를 한다든가 하면서 살고 싶을 때도 있구요. 군인이나 선원이라도 좋았을 것입니다. 평생의 과업이 같은 인간의 악을 대상으로 하다니, 이런 부끄러운 일은 없습니다. 우리의 직업이 활이나 화살처럼 과거의 유물이 되는 시대가 빨리 왔으면 좋겠습니다."

연상의 사나이는 웃었다.

"괴테가 어디선가 이런 말을 했었소. '백만 년을 살아 봐야 고생거리가 없어지지는 않는다. 또 그것을 극복하려는 마음이 엷어지지도 않는다'고 말이오. 몽테뉴의 말에도——몽테뉴는 읽어 둬야 하오, 인류가 낳은 가장 현명한 인물이니까 말이오——이 사람도 말하고 있소. '인간의 지혜가 그 자신이 규정한 이상에 도달하기는 불가능하다. 가령 도달했다 하더라도 다시 또 그것을 넘은 이상을 가리킬 테니까.' 결국 인류가 존속하는 한, 악인은 없어지지 않는다는 뜻도 되오. 그래서 그들을 잡으러 다닐 사람을 훈련할 필요가 생기게 되는 거요. 범죄는 이 세상에 인류가 존재하는 한 어떤 형태로든지 계속될 것이고, 범죄자가 영리해지면 영리해질수록 우리도 더 영리해지지 않으면 안 되는 거요."

"저는 인간을 좀더 나은 존재로 알고 있습니다."

이렇게 말하는 마크의 말에 나이든 친구는 감탄해 보였다.

"훌륭한 생각이오. 당신 나이로서는."

두 사람은 루가노 호수가를 오른쪽으로 돌아 저녁 무렵 북쪽 기슭에 닿았다. 거기서 기차로 바꾸어 타고 산악 지대로 들어가, 마지막으로 코모 호숫가의 메나지오 마을에 닿았다. 피터가 말했다.

"자아. 짐은 여기다 두고 얼른 피아네쏘 산장으로 달려갑시다. 늙은 벗이 놀라겠지만, 그 점은 이렇게 말하면 되겠지. 생각한 것보다 일이 잘돼서 예정보다 일주일 빨리 런던을 떠날 수 있게 되었다고. 그 사람의 신변이 걱정스러워서 달려왔다는 말은 하지 마오."

20분 뒤에 두 사람이 탄 말 한 마리가 끄는 마차가 레드메인 씨의 산뜻한 산장 앞에 멎었다. 그 집에서는 마침 세 식구가 저녁 식탁에 앉으려던 참이었으며, 앨버트와 그의 조카딸, 그리고 그녀의 남편 주제페 도리아가 한꺼번에 현관으로 맞으러 나왔다. 앨버트는 이탈리아의 관습에 따라 건즈 씨를 끌어안고 볼에 입을 맞추었다. 그동안 제니는 마크 브렌던과 인사를 나누고 있었다. 브렌던으로서는 오랜만에 들여다보는 그녀의 눈동자였다.

제니가 몇 가지 새로운 경험을 쌓았다는 것을 브렌던의 날카로운 눈은 놓치지 않았다. 발그레한 얼굴에 미소를 머금고, 이렇게도 빨리 유럽 대륙을 가로질러 숙부를 보호하러 달려와 준 데 대해 그녀는 놀라움과 감격을 섞어서 인사의 말을 되풀이했다. 그러나 그 흥분된 기쁨 속에서도 새로 생긴 표정은 사라지지 않았다. 그것이 마크의 가슴을 설레이게 했다. 어쩌면 그녀를 도울 수 있는 기회가 또 찾아올지도 모른다는 생각이 들었기 때문이다. 제니의 얼굴에는 그 미소로 가릴 수 없는 우수의 그림자가 감돌고 있었던 것이다.

도리아는 자기 아내가 숙부의 친구를 반갑게 맞이하는 것을 바라보고 있더니, 이윽고 앞으로 걸어나와 마크에게 다시 만나 기쁘다고 말했다. 그리고는 이제 머지않아 사건의 진상도 밝혀지고, 방황하는 살인자의 공포 이야기도 종말을 보게 되겠다고 좋아했다.

레드메인 씨는 건즈 씨와 만난 기쁨 때문에, 그가 찾아온 목적을 잊어버린 모양이었다.

"자네를 빌지리오 포지에게 소개하는 것이 내가 오랫동안 품어 온 마지막 염원이었네. 자네와 그 사람 그리고 내가 끼어서 서로의 얼굴을 보고, 목소리를 듣고, 이야기를 나누는 그토록 즐거운 일이 또 어디 있겠나! 그런데 드디어 그게 실현되는군그래. 그리고 보니 이 산속을 헤매고 있는 불행한 망령이, 저도 모르게 생각잖은 적선을 해준 셈이네."

이미 제니와 아순타는 손님들을 대접할 준비를 시작하고 있었다. 식탁에서 브렌던은 자기와 건즈 씨를 위해서 빅토리아 호텔에 방이 마련되어 있다는 것을 알았다.

그는 도리아의 아내에게 말을 꺼냈다.

"그것도 좋습니다만. 아마 건즈 씨는 이 댁을 떠나는 데 동의하지 않으실 겁니다. 이번 사건은 모두 그분이 지휘하게 되어 있습니다. 저는 그토록 실패를 거듭해 왔으니, 이 이상 앞에 나설 체면이 있어야지요."

제니는 정답게 그를 쳐다보면서 속삭이듯이 말했다.

"이렇게 와 주신 것만도 전 정말 기뻐요."

속삭이듯이 말했다. 그의 귀에만 들리는 나직한 목소리였다.

"그렇게 말씀해 주시니 기쁩니다."

즐거운 식사가 끝나자, 피터는 코모 호를 가로질러 포지 씨를 방문하자는 앨버트의 권유를 거절했다.

"이탈리아의 호수는 오늘 하루의 여행으로 실컷 즐겼다네. 곧 사건에 착수하고 싶네. 우리가 아직 듣지 않은 이야기도 있을 게 아닌가. 그 이야기를 들려 주게. 도리아 부인, 편지를 주신 뒤에 어떤 일이 일어났지요? 그 이야기를 들려 주십시오."

"주제페가 설명하는 게 좋겠구나."

레드메인 씨가 제니에게서 고개를 돌리며 주제페를 향해 말했다.

"자네가 이야기해 드리게."

피터가 책벌레 앞에 금제 상자를 내밀었다.

"이건 앨버트, 자네가 보내 준 걸세. 어때, 한 줌 안 하겠는가?"

그러나 피아네쏘 저택의 주인은 그것을 거절하고 자기 엽궐련에 불을 붙였다.

"나는 가루보다 연기를 좋아해서 말일세."

도리아가 아내 대신 말하기 시작했다.

"집사람이 편지를 드린 뒤에 로버트는 두 번이나 나타났습니다. 한 번은 제가 무슨 생각을 하면서 혼자 산 속을 걷고 있을 땐데, 별안간 딱 마주쳤습니다. 그 다음에는, 그저께 밤입니다만…… 바로 이 집에 나타났습니다. 운좋게도 숙부님의 방은 호수를 향하고 있는데다가 높은 담이 막고 있어서, 밖에서 그 방에 들어갈 수는 없습니다. 그런데 하인 에르네스토의 방은 길을 향한 2층에 있기 때문에, 그날 밤 2시쯤 로버트는 자기를 안에 들어서 형을 만나게 해 달라고 요구했습니다. 하지만 이 이탈리아 인은 그런 일이 일어났을 때 어떻게 하라는 말을 듣고 있어서, 그는 불행한 사람에게 말했습니다. 만나고 싶으시면 낮에 오십시오…… 이렇게 유창한 영어로 말했습니다. 그리고 이어서 에르네스토는 덧붙였습니다. 여기서 1마일쯤 가면 별로 사람이 다니지 않는 골짜기가 있는데, 거기 냇물에 다리가 놓여 있습니다. 내일 점심때 거기서 기다려 주십시오. 주인 어른께 말씀드려서 그리로 나가시게 할 테니까요. 이것도 다 제 아내의 삼촌께서 로버트가 나타날 때에 대비하여 미리 일러 두신 대답이었습니다. 이 말을 듣더니 붉은 머리는 아무 말도 없이 가 버렸습니다. 앨버트 처숙부님은 놀라운 담력으로 저 혼자만 데리고 약속을 지키러 가셨습니다. 점심 조금 전에 도착해서 2시가 넘도록 기다렸습니다만, 로버트는 물론 남자고 여자고 나타나는 사람이라고는 하나도 없었습니다.

아마도 로버트 레드메인은 그 근처 어디에 숨어서 숙부님이 혼자 남게 되기를 기다렸겠지만, 제가 숙부님을 혼자 남겨 둘 까닭이 없지요."

피터는 그 한 마디 한 마디에 열심히 귀를 기울이고 있더니 입을 열었다.

"다음에는 자네가 만난 이야기를 들려 주겠나?"

"그 때는 그 쪽에서도 예기치 않았던 것 같습니다. 저는 좀 생각할 일이 있어서, 집사람이 처음 그 사람을 만났다는 지점 근처를 거닐고 있었습니다. 그러다가 모퉁이를 도는 순간 얼굴을 딱 마주치고 말았습니다. 로버트는 길가 바위에 걸터앉아 있더군요. 제 발자국 소리를 듣고 움찔하는 것 같았습니다만, 제 얼굴을 보더니 잠시 망설이다가 갑자기 일어나서 풀숲으로 달려들어갔습니다. 곧 뒤를 쫓아가 보았지만, 금방 거리가 멀어지고 말았습니다. 짐작컨대, 산에 있는 숯 굽는 사람이나 뭐 그런 사람들에게 연락을 부탁하고 있는 것 같습니다. 굉장히 힘이 넘쳐 보였습니다. 몸도 가볍고, 활발하고요."

"옷차림은요?"

"'까마귀의 집'에서 벤디고 레드메인 씨를 죽였을 때와 똑같았습니다."

"그 옷을 지은 사람을 만나 보고 싶군그래. 그렇게 질긴 옷도 있을까?"

건즈 씨가 말했다.

그리고 나서 그는 별로 이 문제와 관계가 없을 것 같은 질문으로 옮겼다.

"이 산에는 밀수꾼들이 많이 숨어 있겠지?"

"많습니다. 저는 그 사람들 편이죠."

주제페가 대답했다.

"그 사람들은 세관원의 눈을 피해 가며 밤중에 국경을 넘을 테지?"

"저도 이곳에 좀더 오래 있으면 자세한 것을 알게 될 겁니다만……건즈 선생님, 저는 그 사람들을 굉장히 좋아합니다. 용감하고, 영웅적이고, 생활은 위험과 스릴에 차 있고, 정말 흥미진진하죠. 용사들의 모임이지 악인들은 아닙니다. 우리 아순타도 자유 무역업자의 미망인이죠. 그래서 그 사람들 중에 아는 사람들이 많을 겁니다."

도리아는 명랑하게 대답을 마쳤다.

레드메인 씨가 조그만 글라스 다섯 개에 술을 따르면서 말했다.

"그래 피터, 자네 의견을 들어 볼까? 어떤가, 나는 과연 불행한 내 아우에게 위험한 변을 당하게 되겠는가?"

"그렇게 생각되네, 앨버트. 하지만 이것은 아직도 의견이라고 할 만큼 종합된 것은 아니네. 자네는 말하겠지, 그렇다면 로버트를 붙잡는 게 선결 문제니까 다른 것은 나중에 하면 되잖느냐고. 확실히 그렇네. 하지만 재미있는 것을 하나 가르쳐 주겠네. 아마 로버트 레드메인은 잡히지않을 걸세."

주제페가 놀라면서 물었다.

"아니 그럼, 선생님까지 손을 드시는 겁니까?"

"이상하군, 피터."

앨버트도 소리쳤다.

"여태까지 자네가 잡지 못한 사람은 없을 텐데?"

"그럴 만한 이유가 있네."

건즈는 조그만 베니스제 글라스를 입으로 가져가면서 대답했다.

"건즈 선생님은 제가 본 것을 유령이라고 말씀하시는 건가요?"

제니도 눈이 둥그래지면서 물었다.

"선생님은"

마크가 대신 설명을 시작했다.

"전부터 유령설을 주장하고 계십니다. 그러나 유령에도 여러 가지 종류가 있지요. 저도 그것을 알게 되었습니다. 피와 살을 갖춘 유령도 있단 말입니다."

"그게 유령이라면, 굉장히 튼튼한 유령인데."

도리아도 말했다.

"맞았네. 하지만 그게 유령이라는 내 의견에는 변함이 없어. 일반론으로 말해 볼까? 수사에 종사하는 사람의 철칙에, 그 범죄로써 이익을 얻는 자를 찾으라는 말이 있지. 이것은 물론 모든 경우에 해당되는 것이 아니야. 현실적으로 피해자의 유산을 물려받는 사람이 그 죽음과 전혀 관계가 없는 경우도 있으니까. 흔히 볼 수 있는 일이지. 이를테면 여기 계시는 앨버트 형 말일세. 일정한 법정 기간이 지나면, 벤디고 레드메인 씨는 사망한 것으로 간주되네. 그러면 앨버트 형은 그 유산의 상속인이 된단 말씀이야. 마찬가지로 도리아 부인도 법정 기간이 지남과 더불어 돌아가신 전남편의 유산이 들어오지. 하지만 도리아 군, 그렇다고 해서 자네 부인이 첫 남편을 죽였다고는 말할 수 없을 게 아닌가. 마찬가지로 나의 벗 앨버트 형이 아우 벤디고를 죽였다고는 할 수 없잖나.

그러나 혐의를 받고 있는 사람이 그 범죄로써 이득을 보느냐 보지 않느냐 하는 것을 살펴본다는 것은 이치에 맞는 현명한 방법이라고 할 수 있지. 그래서 이 사건에서도 그 의문을 적용시켜 보는 걸세. 로버트 레드메인이 마이클 펜딘의 죽음으로 아무런 이익도 얻지 못한다는 것은 명백하네. 이익이 없다, 이 말은 즉, 갑작스러운 충격에 못 이겨서 죽이는 데만 만족을 느꼈다고밖에 생각할 수 없다는 뜻이야. 펜딘을 죽이는 바람에 그 사람은 오히려 방랑자의 신세가 되었다네. 재산과 수입을 잃고 모든 인간을 적으로 돌리고, 교수대의 그림자를 쉴새없이 눈앞에 보면서 피해 다니지 않으면 안 되는 신세가 되었단 말씀이야. 더욱이 기적이랄 수 있는 방법으로 용케 법의 손을 빠져나가고 있는데, 그동안 한 번도 자기의 혐의를 벗기려는 노력을 한 흔적이 없단 말이야. 아니, 오히려 그와 반대로 더 강한 혐의를 자초하는 행동마저 하고 있거든. 피해자의 시체를 오토바이에 싣고 베리곳에 운반하기도 하고, 그밖에 미쳐서 살해했다고 선언하는 것 같은 행동을 수없이 되풀이하고 있단 말씀이야. 그리고는 당연히 일어나야 할 사실만이 일어나지 않고 있으니 우습지 않나? 그가 미친 사람이라면, 벌써 체포되었어야 하는 걸세.

이렇게 해서 그 사람은 페이턴에서 자취를 감추었지. 그런데 다시 '까마귀의 집'에 나타나서 다음 인물의 생명을 빼앗았어. 여기서도 그 살인 행위에는 아무런 의미도 없네. 더욱이 상대는 자기 형이야. 그리고 역시 실마리 하나 남기지 않고 모습을 감추었는데,

이런 비합리의 연속을 마주했을 때 우리로서도 의견상의 사실을 걷어치우고 근본적인 의문을 꺼내 보고 싶어지는 것이 당연하지 않겠는가? 그런데 도리아군, 자넨 그 의문이 무엇이라고 생각하나?"

"저도 그걸 생각해 봤습니다."

주제페는 대답했다.

"그리고 집사람한테도 물어 봤지요. 하지만 저는 대답할 수 없었습니다. 워낙 상세한 사정을 모르니까요. 사실 상세한 사정은 아무도 모르는 게 아닐까요, 로버트 레드메인이 아닌 이상은?"

건즈는 고개를 끄덕였다. 그리고 코담배를 집으면서 말했다.

"그렇네."

옆에서 앨버트 레드메인이 끼어들었다.

"아니, 그 의문이란 게 뭔가? 주제페도 생각해 봤다고 했는데, 피터, 대체 무슨 얘기지? 나같이 우둔한 늙은이는 말을 해주지 않으면 알아들을 수가 없군그래."

"그 의문이라는 것은, 말하자면 로버트 레드메인은 정말로 마이클 펜딘과 벤디고 레드메인을 죽였는가? 더 적절하게 말한다면, 이 두 인물은 과연 죽었는가?"

제니는 심하게 몸을 떨었다. 본능적으로 그 손을 뻗어 바로 옆에 있는 마크 브렌던의 팔을 잡았다. 고개를 돌려 그녀의 얼굴을 본 브렌던은, 그 눈이 이상하게 의혹과 공포의 빛을 띠고 도리아를 주시하고 있는 것을 발견했다. 도리아도 건즈의 결론에는 상당히 놀라는 눈치였다.

"이거 놀랐습니다!"

도리아는 소리쳤다.

"그렇게 해서 수사의 범위를 넓혀 보는 거지."

건즈 씨는 조용히 대답하고는, 제니를 돌아보며 말했다.

"이런 말을 하면, 부인은 재혼하신 문제가 있으니까 혹시 가슴이 뜨끔하실지 모르지만, 그렇다고 단정하는 것은 아니니까 그 점 오해없도록 바랍니다. 서로 허물없는 사람끼리 이야기를 나누고 있을 뿐, 그 이상의 뜻은 없습니다. 우리가 알고 싶은 것은 사실뿐입니다. 이를테면 그 사실이, 로버트 레드메인은 마이클 펜딘을 죽이지 않았다는 것으로 나타나더라도 펜딘 씨가 살아 있다는 결론이 되는 것은 아니니까요. 하나의 가정에 지나지 않는 것이니, 일일이 심각하게 생각할 것은 없습니다. 지금까지 부인도 그리 심각하게 생각하시지는 않았을 테지만."

앨버트가 끼어들었다.

"그런 말을 듣고 보니 점점 더 로버트 녀석을 붙잡는 게 선결 문제가 되는군그래. 이상한 얘기지만, 벤디고 녀석은 로버트가 나타난다는 소리를 듣고도, 드디어 유령과 얘기를 하게 되었다고 진정으로 생각했다는군. 선원은 대개가 그런 모양이지. 벤디고가 미신을 깊이 믿는 데는 정말 놀랐어. 본인으로서는 진심으로 그렇게 믿고 있었던 것 같아. 제니가 처음 만나서 얘기를 듣고 올 때까지는, 살아 있는 사람이라고는 생각지 않았다는군그래."

"그것이 살아 있는 로버트 레드메인이지 유령이 아니었다는 사실은, 그 때의 상황으로도 똑똑히 알 수 있는 일입니다."

마크 브렌딘이 덧붙여서 말을 시작했다.

"'까마귀의 집'에 찾아온 사람이 정말로 로버트 레드메인이었다는 것은, 그 사람을 잘 알고 계시는 도리아 부인의 증언으로도 확인되고 있습니다. 이번에 이 이탈리아 땅에서 방황하고 있는 사람이 과연 같은 레드메인인지 어떤지는 아직 그 때만큼 분명하게 확인되고 있지 않습니다만, 그러나 이것 역시 의심할 나위가 없는 것 같습니다. 1년 동안이나 발견도 되지 않고 붙잡히지 않았다는 것은 물론 이상하지 않은 게 아닙니다만, 그러나 그것도 우리가 생각하고 있는 것만큼 이상한 일이 아닌지도 모릅니다. 세상에는 이보다 더 신기한 일이 얼마든지 있으니까요. 첫째, 아무리 생각해 봐도 그 사람 이외의 인간일 수가 없잖습니까?"

얘기에 귀를 기울이고 있던 건즈가 입을 열었다.

"그러니까 생각이 나네, 앨버트 자네 편지에 벤디고 레드메인의 항해 일지에 관한 말이 있었지? 열심히 일기를 적었다고 그랬는데, 그걸 좀 보여 주지 않겠는가, 보존하고 있겠지?"

"암, 보존하고 있고말고. 그것과 《모비 딕》──이건 벤디고의 '성서'라고 부르고 있네만──이 두 가지를 영국에서 올 때 가지고 왔지. 아직 읽어 보지도 않았지만 말일세. 왠지 벤의 마음을 만지는 것 같아서, 오히려 선뜻 읽어 볼 마음이 나지 않더군. 언젠가는 읽어 볼 작정이네."

"그 두 가지 책은 종이에 싸서 서재 서랍에 넣어 두었어요. 제가 가서 가지고 오겠어요."

제니는 이렇게 말하고 호수를 내려다보는 그 방에서 나갔다. 그리고 곧 돌아와서 갈색 종이에 싼 것을 피터 앞에 놓았다.

"피터, 이건 또 왜 필요한가?"

"범죄를 수사할 때는, 무엇이거나 모든 각도에서 관찰해 볼 필요가 있는 걸세. 아마 벤디고가 쓴 것 속에서도 반드시 무언가 참고될 만한 것이 나올 거야."

앨버트는 이 물음에 대한 대답을 듣고는 흡족해 하는 것 같았다. 그러나 브렌던은 궁금증이 가시지 않았다.

그 일지가 과연 참고가 되었을지 어떨지는 의문인 채로 남았다. 제니가 종이꾸러미를 끌러 보니, 일지는 들어 있지 않았다. 싸여 있는 것은 백지 채로 있는 새 일기장과 그 유명한 소설뿐이었다.

"이상하군. 내가 내 손으로 썼는데?"

레드메인 씨가 말했다.

"이 일기장과 장정은 같았지만, 그래도 좀 이상해. 싸기 전에 한두 페이지 읽어 보았으니 틀릴 까닭이 없단 말이야."

"벤디고 삼촌은 마지막으로 다트머드에 가셨을 때 일기장을 사 오셨어요. 뭘 쓰실 생각이냐고 물어 보았더니, 항해 일지가 다 차서 새 것이 필요해졌다고 그러셨어요. 지금도 똑똑히 기억하고 있어요."

"앨버트, 자네 실수인지도 모르지. 헌 것과 새 것을 잘못 싸지는 않았나?"

건즈 씨가 물었다.

"단언할 수는 없지만, 잘못 쌀 리가 없다고 믿네."

"그렇다면 누군가가 바꿔친 것이 되는데. 이거 매우 흥미있는 일인걸."

"있을 수 없는 일이에요."

제니가 말했다.

"그런 짓을 할 사람이 이 집에 있을 까닭이 없어요. 우리 말고도 벤디고 삼촌의 일기에 흥미를 갖는 사람이 있다니, 그런 일이 어디 있겠어요?"

건즈는 생각하기 시작했다.

"그 의문에 대답할 수 있다면, 우리의 수고도 많이 덜 수가 있을 텐데. 하지만 그 해답은 얻을 수 없을지도 모르겠군. 앨버트의 실수가 아니라고 단언할 수도 없고. 그러나 아무래도 이상한 것은, 서적에 관한 한 절대로 실수를 않는 게 이 양반의 특징이란 말이야."

그는 백지 일기장을 집어들고 책장을 넘기면서 들여다보았다. 브렌던은 이제 슬슬 돌아갈 시간이라고 말했다.

"건즈 선생님, 시간이 너무 늦었습니다. 짐은 호텔에 놔 두었고, 거기까지 가려면 1마일은 걸어야 하니까, 이제 일어나시는 게 좋지 않을까요? 선생님은 졸립지도 않으십니까?"

그리고 그는 제니를 돌아보고 웃으면서 말했다.

"이분은 영국을 떠나신 뒤로 한 번도 눈을 붙이신 적이 없답니다."

그러나 피터는 웃지 않았다. 가만히 생각에 잠긴 듯이 보이더니, 갑자기 입을 열어 사람들을 놀라게 했다.

"앨버트, 형제보다도 더 떨어지기 어려운 벗이 있는 법인데, 자네와 내가 그렇다는 것을 여기서 알게 될 걸세. 짐을 이리로 갖고 오게 하고 싶네. 사람을 호텔에 보내 주지 않겠는가? 이 사건이 처리될 때까지, 나는 자네에게서 잠시도 눈을 떼지 않을 작정이네."

앨버트는 기뻐했다.

"자네다우이, 피터. 참으로 자네다운 태도야! 암, 그렇다면 내 곁에 꼭 붙어 있어 주게나. 잘 때도 내 방 옆에서 자고, 그 방은 책으로 가득차 있지만, 내 방에서 긴 의자를 옮겨 놓으면 편히 쉴 수 있을 게야. 30분만 기다려 주면 준비가 되네. 그건 침대나 다름없이 편히 잘 수 있어."

그리고 나서 그는 조카딸을 돌아보고 말했다.

"제니야, 아순타와 에르네스토에게 일러 건즈 선생의 방을 마련하도록 해라. 주제페는 브렌던 씨와 함께 빅토리아 호텔로 가서 짐을 좀 가져오고."

제니는 금방 숙부의 명령대로 움직이기 시작했다. 브렌던은 작별인사를 하고, 내일 아침 일찍 오겠다고 약속했다.

"내일의 예정은"

건즈가 말을 꺼냈다.

"브렌던 씨가 반대하지 않는다면, 이렇게 하고 싶네. 도리아는 브렌던 씨를 안내해서 로버트 레드메인이 나타났다는 장소에 좀 갔다 와 주게. 나는 그동안 제니씨에게 시간을 내달래서 이야기를 좀 하고 싶으니까. 과거에 관한 여러 가지 일이 알고 싶군. 불쾌한 추억이겠지만, 내 질문에 대답해 주셔야겠소."

이야기를 하다 말고 그는 깜짝 놀란 듯이 호수 쪽으로 귀를 기울였다.

"저게 무슨 소리지? 멀리서 대포라도 쏘는 것 같았는데……."

도리아가 웃으면서 대답했다.

"여름철의 천둥이 산에서 울린 것입니다."

갑자기 영국으로

　탐정으로서 성공하려면 사건에 영향을 미치는 모든 문제에 대해서 그 겉과 안 양쪽을 모두 볼 수 있어야 한다. 실제로는 거의 모든 문제가 한쪽 면밖에 갖고 있지 않는 법이나, 때로는 수사 담당자가 관찰력이 부족했기 때문에 엉뚱한 사람을 교수대에 보낸 경우가 여럿 있다. 관계자가 안이한 길을 더듬는 나머지, 전제가 잘못 되어 있는 것을 깨닫지 못하고는 논리를 좇아 합리화하는 데만 열중하여 겉보기만 명백한 결론을 확인하는 데 만족해 버렸기 때문이다.

　피터 건즈가 그런 종류의 통찰력이 결여되어 있지 않은 것은 두말할 것도 없다. 조금이라도 골상학에 대해 아는 사람이면, 그 큼직한 얼굴만 보아도 알 수 있을 것이다. 입으로는 웃고 있을 때에도 그의 눈은 언제나 엄숙했으며, 야유나 냉소의 그림자가 없고, 엄격한——그렇다고 심술 사납다는 것은 아니다——표정을 띠고 있었다. 그의 눈은 세심한 동시에 너그러웠고, 인간 존재의 숭고함과 허약함을 아울러 알고 있었다. 천재적인 인물만이 도달할 수 있는 지능을 추량하는 힘이 있는가 하면 여느 사람의 평범한 지성을 짐작할 줄도 알았다. 그는 범상치 않은 천부의 힘을 갖추고 있었다. 그는 그것을 인간 성격의 엄정한 판단과 인간 희극에 대한 넓은 경험에 집중시켜, 이집트 인 같은 두툼한 입술에 웃음을 띠는 동안 날카로운 시선으로 상대방의 성격을 꿰뚫어보는 것이었다.

이튿날 아침, 산장의 식당에서 뒤쪽 호수 쪽으로 튀어나온 조그만 베란다에서 그는 앨버트 레드메인과 담소하고 있었다. 제니의 준비가 끝날 때까지 반 시간쯤의 여유를 메꾸기 위해서였다.

앨버트는 소박한 인생관을 전개했다.

"나는 오랫동안 인간에 대해 신뢰감을 지녀 왔다네. 그 때문에 일부러 신으로부터 떠나려고까지 한 적도 있었지. 하지만 요즘에야 겨우 알게 되었어. 우리가 우리 자신을 이해하는 데도 신에 대한 신앙이 있어야 비로소 가능하다는 것을 말일세. 지금의 나는 그걸 굳게 믿고 있다네. '보다 좋게'라는 생각을 '선(善)'으로 봐서는 안 되네. '최선'이라는 것은 순교자나 영웅에게만 바치는 황금의 찬사로서 한쪽에 제쳐 놓아야 할 걸세."

"사람은 두 가지 것에만 최선을 다하지."

건즈 씨가 받아서 말을 시작했다.

"사랑과 미움이 그거야. 우리 인간으로서 이 두 가지만큼 무서운 자극은 없을 걸세. 이것만이 우리 인간들 가운데, 가장 보잘 것 없는 인간이나 가장 위대한 인간이나 똑같이 그 힘의 한계점까지 발휘할 수 있거든."

"맞았어, 옳은 말이야. 현재의 유럽 정세도 그것으로 훌륭하게 설명이 되겠네. 전쟁은 우리 인류로부터 숭고한 목적을 가진 활동을 앗아가 버렸어. 아름다운 정열은 죽어 버렸네. 우선 우리의 통치자만 하더라도, 선의 정열은 볼 수 없게 되잖았는가. 첫째, 지도자 그 자체가 없어졌다네. 우리는 말하자면 운명의 뜻대로 표류하고 있는 걸세. 마음과 머리는 서로 배신하고 있고, 손을 잡고 힘을 합쳐서 하나의 길로 나아가야 할 것을, 각자 저마다의 방향으로 암중모색하고 있네. 위대한 지도자가 없는 거야. 물론 지도자라고 불리는 사람이야 있지. 하지만 그런 인간들은 위대한 인물이 아니더란 말일세. 다만 지도받는 인간들이 너무 보잘 것 없어서, 거기에 비하면 위대해 보인다는 것뿐이지. 후세의 역사가는 우리들의 시대를 소인(小人)의 시대라고 부를 걸세. 오직 힘찬 지도자가 나타나지 않은 탓으로 우리가 운명의 위기에 봉착하지 않으면 안 되었던 까닭을 후세에 전해 줄 테지. 이런 시대는 내가 아는 한 과거엔 한 번도 없었네. 지금까지는 어떤 시대에도 반드시 한 사람쯤은 뛰어난 지도자가 나타났었거든. ”

“옳은 말이네, 우리는 표류민 같은 존재야. ”

건즈 씨는 흰 조끼의 먼지를 털면서 말했다.

“온 인류가 깡그리 전투 신경증에 걸린 거나 다름없어. 범죄라는 것은 신경과 밀접한 관계가 있는 모양이야. 교육을 받은 인간들은 일부러 무관심한 태도를 보이고, 일반 대중은 법률 무시의 형태로 반항하네. 게다가 경제 법칙이 허물어지는 바람에 민중은 더한층 절망에 사로잡혀 있고, 이렇게 해서 모든 방면의 평형 상태는 깨어지게 되네. 이를테면 일과 오락이 그렇지. 이것도 지금은 균형이 완전히 깨지지 않았는가? 이렇게 혼란한 사회가 옛날의 질서를 되찾으려면 아마 적어도 10년은 걸릴걸. 더 나쁜 것은 전쟁이 우리의 마음에 쉴새없이 흥분 상태를 지속하고 싶어하는 기분을 심어 버린 걸세. 평정한 사회로 되돌아가는 데만도 10년은 걸리겠지만, 그동안에 이런 기운이 다음 세대의 청소년에게로 전해지고 말거든. 그들의 정신에 위험한 낙인을 찍어 버린단 말일세. 이와 같은 시대의 불안이 그 돌파구를 찾아서 범죄 수단으로 옮겨간다는 것은, 불과

한 단계에 지나지 않는다고 봐야 하네.

우리는 병자야. 현대인의 정신 상태는 병리학적으로 보아 병자라고 말할 수 있을 걸세. 우리에게 필요한 것은 규율의 부활, 과거의 세계에서 투쟁을 극복하는 데 크게 힘이 된 그 규율의 부활이네. 그게 있어야 비로소 우리는 신경을 단련할 수 있네. 미래의 세계를 짊어질 젊은 세대로 하여금 그것으로써 균형잡힌 건강한 세계관을 되찾게 할 수 있단 말일세. 안 그런가, 앨버트? 인간은 본질적으로 법칙 없이는 못 사는 존재일세. 전체적으로 보면, 반드시 인간은 합리적인 존재이네. 다만 문명이 편집(偏執)과 탐욕 위에 성립되어 있기 때문에, 아직은 우리의 미망과 이기심을 제어하는 수단을 단행하지 않았을 뿐이네."

듣고 있던 레드메인 씨도 말을 꺼냈다.

"아무리 혼란한 상태라도, 선의의 빛이 비치면 금방 질서가 회복되기 시작하는 것은 당연한 이치이네만. 다만 문제는 어떻게 그 선의를 촉진할 수 있느냐 하는 것일세. 이것이야말로 종교가 근본적인 관심을 기울여야 할 점이 아니겠는가? 모든 도덕의 기초는 여기에 두어져야 할 걸세. 따지고 보면, 자기 자신을 사랑하듯 이웃을 사랑하는 것으로 귀결 되네만."

두 사람은 이와 같이 이 세상을 올바른 상태로 이끌기 위한 의견을 나누었다. 그리고 그들의 생각은 두 사람이 저마다 염원하는 아름다운 이상의 세계로 향하는 것이었다.

그때 제니가 왔으므로 탐정은 그녀와 함께 피아네쏘 산장 뒤쪽에 있는 화원으로 발걸음을 옮겼다.

"주제페와 브렌던 씨는 산으로 가셨어요. 이제 저도 마음놓고 말씀을 들을 수 있어요. 무슨 말씀이라도 상관없어요. 제 마음이 아프지 않을까 걱정하실 필요도 없고요. 그런 기분은 이제 벗어났으니

까요. 작년 한 해 동안 저는 얼마나 괴로워했던지, 용케도 미치지
않고 견디었구나 하고 생각될 정도랍니다."

그는 그녀의 너무나도 아름다운 얼굴을 바라보았다. 슬픔이 넘치는
얼굴이었지만, 피터의 날카로운 눈은 그 슬픔 밑에 숨어 있는 불안의
그림자를 놓치지 않았다. 과거나 미래가 아니라 현재에 대한 불안이
었다. 그녀는 확실히 현재의 새 생활을 행복하게 느끼고 있지 않는
모양이었다.

"누에를 좀 구경시켜 주시겠습니까?"

건즈 씨가 말했다.

산장 뒤쪽으로 돌아가니 관목 숲 위로 누에집의 지붕이 보였다. 뒷
문을 내린 누에집 안은 해거름 같은 어둠이었다. 천장까지 선반이 달
려 있었다. 누에 바구니 사이에는 긴 가지를 이은 섶나무가 지붕을
뚫을 듯이 세워져 있었다. 가지, 그 벽, 천장, 고요한 방의 시원하고
어둑어둑한 곳 여기저기에 조그만 빛이 무수히 반짝이고 있었다. 누
에가 기어올라가서 고치를 만들 수 있는 장소로서 그 조그만 빛이 반
짝이지 않는 곳이 없었다. 달걀 모양으로 반짝이는 고치가 조그맣게
익은 과실처럼 섶나무 가지에 흩어져 어스름한 어둠 속 여기저기에서
부드러운 빛을 던지고 있었다. 천 3백 년 전 옛날, 중국에서 돌아오
던 경교(景敎) 신도들이 누에를 대롱에 숨겨서 콘스탄티노플에 가지
고 왔다. 레드메인 씨의 누에집에서 고치를 짜고 있는 누에도 그 역
사적인 알에서 수없는 세대를 거쳐 온 자손들이다.

거의 대부분의 누에는 일을 마치고 완성한 명주 고치 속에서 잠을
자고 있었다. 누에 바구니 위에는 아직도 2백 마리 남짓 통통하게 살
이 찐 하얀 괴물들이 3인치쯤 되는 길이로 제니가 날라온 신선한 뽕
잎을 게걸스레 갉아먹고 있었다. 수의(繡衣)를 막 만들기 시작하는
것도 있었다. 이들은 대강의 형태를 만들어 놓고, 투명하게 빛나는

얇은 막 속에서 본질적인 실잣기에 바빴다. 마지막 식사를 끝낸 것은 아니나 이미 몸이 누렇게 변한 것도 있었다. 제니는 그 한 마리를 집 어들고 아침 햇빛에 비추어 보았다.

"어떤 미라도 누에의 번데기처럼 정교하게 몸을 감싼 것은 없지 요."

피터가 말하자 제니는 기분을 밝게 바꾸며 잠사업과 그 이해득실에 대해서 이야기하기 시작했으나, 곧 건즈 씨가 자기보다 그 방면에 더 밝다는 것을 알았다.

그러나 건즈 씨는 열심히 귀를 기울였다. 그리고 서서히 화제를 옮 겨 이곳을 방문한 용건 쪽으로 몰고 갔다. 그리하여 마침내 지난밤에 자기가 말을 꺼내어 문제가 된 그녀의 곤란한 입장에 대해 언급하기 시작했다.

"도리아 부인, 부인의 재혼이 상당한 모험이라는 생각을 해보신 적 이 있습니까? 바깥 양반이 돌아가신 지 아직 9개월밖에 안 되는데 요."

"생각해 본 적 없어요. 하지만 어젯밤에 선생님 말씀을 듣자 온 몸 이 떨리기 시작했습니다…… 그리고 선생님, 저를 제니라고 불러 주세요. 도리아 부인이라고 부르지 마시고요."

"아무래도 연애라는 것은 너무 성급해서, 법률의 규정 따위는 기다 릴 수 없나 보구려. 영국의 법률로는 특수한 상황이 아닌 이상, 마 지막으로 살아 있는 모습을 본 뒤 7년을 경과하지 않으면, 사망한 것으로 간주해 주지 않습니다. 7년과 9개월은 차이가 너무 큰 것 같은데요."

"하지만 그동안은 괴로운 꿈의 연속이었어요. 9개월! 백년이나 된 것 같아요. 그렇다고 제가 남편을 사랑하지 않았다고 생각하시진 말아 주세요. 저는 그이를 사랑하고 있었어요. 지금도 그 추억을 고이 간직하고 있어요. 하지만 너무나 쓸쓸하고, 갑자기 나타난 도리아의 매력에 어찌할 수가 없었어요. 게다가 무서운 증거를 보고, 남편의 죽음은 이제 의심할 여지가 없다고 생각해 버린 거예요. 그때 어느 분이든 재혼은 잘못이라고 가르쳐 주셨더라면!"

그녀는 그를 불행에 찬 얼굴로 쳐다보았다.

"그랬어요. 전 그때 어떻게 되었던 거예요. 그리고 무서운 실수를 해 버린 거예요. 하지만 그 벌을 안 받은 것은 아니랍니다."

건즈는 그 말의 뜻을 짐작하고 화제를 다른 데로 돌리려고 했다.

"그다지 마음 상하시는 일이 아니라면, 마이클 펜딘 씨에 관해서 좀 이야기해 주시지 않겠습니까?"

그러나 이 말은 그녀의 귀에 들어가지 않은 것 같았다. 자기에 관한 것, 현재 자기가 놓여 있는 입장에 관한 것, 그런 고민으로 머리가 가득차 있었다.

"선생님이시라면 전 믿을 수 있어요. 현명하시고, 인생을 잘 아시고…… 제가 결혼한 것은 사람이 아니었어요, 악마였던 거예요!"

그녀는 두 손을 쥐어짰다. 고요한 방의 차가운 어둠 속에서 그녀의 이빨이 무섭게 반짝였다.

그는 코담배를 한 줌 집으면서 슬픈 이야기에 귀를 기울였다. 불행한 여자는 자기의 과오를 미친 듯이 한탄했다.

"미워해요, 저는 그를 저주하고 있어요!"

그녀는 소리쳤다. 주제페를 저주하는 말을 계속 토해냈다. 그러다가 입을 다물더니 그 자리에 엎드려 흐느껴 울었다.

건즈는 그 모습을 말없이 내려다보았다. 별로 동정하는 눈치는 아니었다. 이따금 대답하는 말도 그녀의 흥분을 가라앉힌다기보다 오히려 부채질하는 것 같았다.

"용기를 내십시오. 강한 인내심을 가져야 합니다. 이탈리아도 어느 의미에서는 자유로운 나라입니다. 도리아가 싫으시다면, 지금같이 언제까지나 함께 계셔야 하는 것도 아니니까요."

"남편은 살아 있을까요? 살아 있을 가능성이 있다고 생각하세요? 한여름의 광기가 지나고 보니, 저는 역시 그이밖에 남편이 없다는 생각이 들기 시작했어요. 선생님께 말씀드릴 일이 너무나 많습니다. 제발 부탁이에요. 숙부님과 같이 저도 도와 주세요. 물론 숙부님부터 도와 드려야 한다는 건 알고 있습니다만."

"그분을 도와 드리는 것이 결국 부인을 돕는 일이 되겠지요. 그전에 부인의 질문에 대답해 드릴 일이 있군요. 전 대답하는 것이 옳을 때는 언제나 대답하는 습관이 있습니다. 분명히 말해서 마이클 펜딘씨가 살아 계신다고는 생각지 않습니다…… 어떻습니까, 밖으로 나가시지 않겠습니까? 좀 후덥지근하군요. 하지만 기억해 두십시오. 나는 그렇다고 해서 그분이 살아 있지 않다고도 말하는 것은 아닙니다. 포긴티에서 흐른 피는 분명히 사람의 피였습니다. 벤디고 레드메인의 집에서 가까운 동굴에 있던 것도 역시 사람의 피였구요. 다만 아직은 그 피를 흘린 사람도, 그 피를 흐르게 한 사람도 정체가 밝혀지지 않고 있을 뿐입니다. 그것을 해결하는 것이 내가 여기까지 온 목적입니다. 아마 부인이 그럴 마음만 있으시다면, 이 조사를 도와 주실 수도 있을 겁니다. 아무튼 이것만은 약속해 두지요. 부인이 도와 주시기만 한다면, 그것이 결국 부인 자신과 앨버트 숙부를 구하는 일이 된다는 걸 말입니다."

"숙부님은 위험할까요?"

"사태를 생각해 보십시오. 앨버트의 두 아우 재산은 머지않아 그의 것이 됩니다. 그것은 시간 문제지요. 이것은 또 머지않아 부인에게 큰돈이 굴러들어온다는 뜻도 되지요. 앨버트의 건강도 많이 약해졌으니까, 언제까지나 성하게 있을 수는 없을 겁니다. 그렇다면 그 결과는 어떻게 되지요? 레드메인 집안의 마지막 분으로서 부인이 모든 형제의 재산을 물려받으시는 때가 오게 된다는 겁니다. 그런 부인이 재혼을 하셨습니다. 문제는 거기에 있습니다. 부인이 방금 뭐라고 하셨지요? 지금의 남편을 '악마'라고 욕하셨습니다. 그 사람의 마음을 들여다보고 증오를 느끼기 시작하셨습니다. 이 두 가지 사실은 반드시 분리할 수 있는 게 아닙니다. 밀접한 연관이 있다고 보아 마땅한 일이니까요."

제니는 이렇게 말하는 건즈의 눈을 들여다보면서 말했다.

"저는 주제페를 제 자신과만 결부시켜서 생각했습니다. 벤디고 숙부나 앨버트 숙부님과 관련시켜서는 생각도 해보지 않았지요. 벤디고 숙부님은 돌아가셨어요. 만일 돌아가셨다면 말씀입니다만. 하지만 그건 제가 도리아에게 결혼을 승낙하기 전이었어요. 도리아는 그전에 청혼을 해 왔습니다 하지만 이런 이야기는 이제 그만두겠어요. 과오를 범한 슬픔은 앨버트 숙부님에게는 말씀하시지 말아 주셨으면 좋겠어요. 이 비참한 기분을 숙부님에게는 알리고 싶지 않습니다."

"부인은 지금 분명히 결심을 하셔야 할 때입니다. 누구를 믿고 누구를 믿지 않겠다는 것을 말입니다."

"그렇게 말씀하시는 걸 보면 무언가 생각하고 계시는 일이 있으신가 보죠?"

"그야 있지요. 부인과 이탈리아인 남편의 관계를 들으면, 누구나 생각하지 않을 수 없습니다. 부인도 잘 생각해 보실 필요가 있습니다. 토끼와 함께 달아나면서 사냥개와 함께 쫓아갈 수는 없는 일이니까요. 그런 짓을 하다가는 결국 마지막에 가서 곤란한 입장에 몰리고 만 악인이——아니, 그 점은 죄없는 사람도 마찬가지지만——의외로 많습니다…… 또 한 가지 물어 보겠는데, 주제페 도리아는 이 사실을 알고 있습니까, 지금은 부인이 사랑하지 않는다는 것을?"

제니는 고개를 저었다.

"아뇨, 그건 숨기고 있어요. 아직은 알릴 때가 아닌 것 같아서요. 그런 남자니까 틀림없이 복수할 거예요. 무슨 수법을 쓰는지 모르니까, 완전히 그 사람 손에서 벗어날 때까지는 제 마음이 변한 것을 알릴 수가 없어요."

"그게 부인의 거짓없는 생각이신가요? 그렇다면 물어 보고 싶은 게 두 가지 있습니다. 부인은 그 사람에 관해서, 그 사람과의 이혼을 정당화할 만한 사실을 알고 계신가요? 만일 알고 계시다면, 그걸 나한테 말씀해 줄 생각은 없소?"

"별로 자세히 알지는 못해요. 그이는 물론 품행도 좋고, 남이 보는 앞에서는 저한테 불친절한 태도를 보이지 않으려고 조심하고 있는 것이 분명해요. 그리고 이것만은 확실한 것 같아요. 선생님이 방금 말씀하신 것처럼 레드메인 집안의 재산이 머지않아서 모두 제 것이 된다는 것을 너무나 잘 알고 있다는 거예요."

"그러면서도 부인에게 악마 같은 행동을 한단 말이오? 그건 현명한 태도라곤 할 수 없는 것 같은데요."

"저도 알 수가 없어요. 제가 방금 말씀드린 것은 표현이 좀 지나치지 않았는지 모르겠어요. 그 사람이 냉혹한 데는 아주 미묘한 데가 있어서…… 대체로 이탈리아인 남편이란……."

"이탈리아인 남편이라면 나도 잘 알고 있소. 나중에 부인이 잘 생각해 보신 뒤에 나하고 다시 한 번 얘기해 보는 것이 좋겠군요. 부인의 미움과 불신에는 그만한 이유가 있다는 것은 알고 있지만, 설마하니 있지도 않은 것을 말씀하시는 것은 아닐테지요? 그 사람의 품행에는 걱정이 없다고 하셨지요? 그러고 보면 부인이 그 사람을 싫어하시는 이유는 무언가 나한테, 나뿐 아니라 누구에게라도 알리고 싶지 않은 사실이 있어서 그것과 관계가 있기 때문이 아닌가요? 그리고 그것은 우리가 붙잡으려 하고 있는 수수께끼의 사나이 로버트 레드메인과 결부시켜서 생각해도 틀림이 없는게 아닌가요? 도리아는 그 사람에 대해서 우리들 이상으로 알고 있나 봅니다. 그리고 부인은 그 사실을 아신 겁니다. 그렇게 되면 부인으로서도 도리아를 미워하고 싶은 까닭이 여러 가지로 생길 수밖에요. 잘 생각해 보시고 수사에 도움이 되겠다고 생각되는 사실이라도 있거든 들려 주시면 고맙겠습니다."

"건즈 선생님, 어쩌면 선생님은 그렇게 머리가 좋으세요! 정말 감탄했어요."

"천만에. 나는 다만 인생이라는 퍼즐을 상세히 알고 있을 뿐입니다. 내가 방금 말한 것은 그리 신경쓰시지 않아도 좋습니다. 엉뚱한 소리를 했는지도 모르니까요. 우선 뚜렷이 알게 된 것은, 도리아 군이 부인에게는 반드시 모범적인 남편이 아니라는 것. 하지만 그 사람을 더 잘 알게 되면, 혹시 부인의 의견에 동의할 수 없게 될지도 모르겠는데요. 부인도 재판관이라는 이름에 적합한 분이라고 단언할 수는 없으니까요. 전남편께서 특별히 좋은 분이었기 때문에, 부인은 세상 일반의 남편들의 표준이 어떤 것인지 모르실 수도 있을 겁니다. 이 문제에 대한 내 생각은 매우 공평하지요. 대체로 부인들은 남편들의 성격을 모르는 경향이 있습니다. 남이 훨씬 더 잘 안단 말씀이오. 그런 경우가 뜻밖에도 많은데, 미움은 사랑 못지않게 사람을 장님으로 만들어 버리는 모양이지요. 하물며 사랑이 미움으로 바뀐 경우에는, 뛰어난 정신과 의사가 아니고서는 분석하지 못할 만큼 복잡성을 띠게 됩니다. 그래서 부인이 느끼시는 불안의 중요성을 알려면, 부인 자신에 관해서 더 자세히 알 필요가 있습니다.

하지만 오늘은 이만 하고 그만둡시다. 우선은 부인을 위해서 내 힘 닿는 데까지 최선을 다할 생각이라는 정도만 알아 두십시오. 하기야 나는 이런 늙은이니까, 브렌던 씨를 데리고 온 것도 한 방법이 되겠군요. 그 사람은 아직 젊습니다. 젊음은 젊음을 이해하지요. 그 사람이 진실로 부인의 친구가 될 수 있지 않을까요? 부인이 브렌던 씨에게 나한테 말씀하신 것 이상의 것을 털어놓는다 하더라도, 나는 질투하지 않을 겁니다."

제니의 입술이 움직이려고 하다가 곧 멎었다. 확실히 무슨 말인가 하려고 한 것은 틀림없었다. 처음 하려던 말을 꾹 삼키고 다른 말을 꺼내려고 하는 것을 알 수 있었다. 그녀는 건즈의 큼직한 손을 잡고 자기의 두 손 사이에 꼭 끼우면서 소리치듯 말했다.

"고맙습니다! 여러 가지로 걱정해 주셔서. 선생님 같은 분을 친구로 가질 수 있게 된 그것만으로도 저는 기뻐요. 브렌던 씨는 전부터 정답게 대해 주셨어요. 무척 친절한 분이세요. 하지만 앨버트 숙부님을 위해서는 선생님이 훨씬 더 도움이 되어 주실 분이에요."

그리고 곧 두 사람은 헤어졌다. 제니는 집으로 돌아갔지만, 탐정은 그대로 화원에 남았다. 협죽도 나무 사이에서 적당한 의자를 발견하고, 주위의 붉은 꽃 향기를 맡아 보았다. 그러나 코담배의 악습 때문에 후각이 완전히 마비되었다는 것을 새삼 깨달았을 뿐이었다. 결국 그는 담배 쪽으로 손을 뻗기로 했다. 그리고 수첩을 꺼내 한 30분 동안 무언가 정신없이 적어넣었다. 거기에 앨버트 레드메인이 모습을 나타내며 소리쳤다.

"오늘은 드디어 자네와 포지를 인사시킬 수 있겠군! 피터, 자네가 빌지리오를 좋아하게 되었으면 좋겠네. 그렇지 않으면 난 아마 꽤 실망할 거야."

"앨버트"

건즈 씨는 대답했다.

"나는 벌써 2년 전부터 포지를 좋아하고 있다네. 자네가 좋아하는 사람이라면, 나는 누구나 좋아할 수 있네. 그건 다시 말해서, 우리의 우정이 가장 높은 단계에 있다는 얘길세. 세상에는 친구가 무엇을 걱정하고 있는지 그 뜻을 몰라서 곤란하다는 말을 흔히 듣지만, 우리의 경우는 그런 것과는 다르지. 웬만한 문제에 있어서는 반드시 우리의 의견이 일치하지 않는가. 자네가 좋아하는 사람이 내 마음에 안 드는 일은 있을 수 없지. 그런데 참, 자네는 조카딸을 어느 정도로 사랑하고 있나?"

레드메인 씨는 곧 대답하지 않았다. 그는 천천히 입을 열었다.

"내가 그 애를 좋아하고 있는 것은 확실하네. 그건 내가 모든 아름다운 것을 사랑하기 때문일세. 치우치게 보아서가 아니라 그만큼 예쁜 여자도 아마 없을걸. 보티첼리가 그린 비너스를 쏙 빼닮지 않았는가? 내가 아는 범위 안에서는, 이 세상에 살고 있는 사람 가운데 그 애의 얼굴이 가장 아름다워. 그래서 나는 그 애의 외면을 매우 사랑하고 있다고 할 수 있지.

허나 그 내면에 관해서는 그렇게 간단히 말할 수 없네. 그러나 그도 당연한 일이지. 나는 아직 그 애를 잘 모르고 있네. 어릴 때도 좀처럼 만나지 못했고, 이번에 이렇게 함께 살게 되기 전까지는 거의 왕래가 없었거든. 정말로 더 잘 알게 되면 더 좋아질는지도 모르지만, 그것도 솔직히 말해서 그리 큰 희망은 가질 수 없을 것 같으이. 어째서 그런고 하니, 나와 그 애만큼 나이 차이가 나면, 완전히 이해하기란 무리한 얘기가 아니겠는가? 게다가 또 그 애가 혼자서 나한테 온 게 아니란 말일세. 그 애 생활에는 남편이라는 것이 있지. 아직 신혼 기분도 다 가시지 않은 형편이고, 또 제 남편한테 여간 반하지 않은 모양이네. "

"불행한 신부로 보이는 점은 없는가? "

"없는걸. 도리아는 보다시피 눈이 번쩍 띄는 미남자라서 어떤 여자나 넋을 잃게 만들 타입이야. 이탈리아와 영국 남녀간의 결혼은 실패하는 예가 더 많은 것 같은데, 도리아 녀석은 제법 눈치가 빨라서, 좋은 남편으로 있으면 크게 수지가 맞지만 이상한 짓을 하다가는 죄다 잃어 버린다는 것을 알고 있네. 또 제니는 몹시 콧대가 센 여자지. 사람도 똑똑하지만, 뭐랄까, 의연한 데가 있다고나 할까, 도리아가 이상한 짓을 하는 것을 보고 가만 있을 여자가 아니라네. 그리고 그런 경우, 내가 또 잠자코 도리아를 용서해 줄 성격이 아닌 것도 확실하고 말일세. 나는 당분간 제니를 내 곁에 두고 싶은데, 눈치를 보니 그 둘은 토리노에서 가정을 꾸미고 싶은 모양이야. "

"도리아의 야심은 어떻게 보는가? 조상의 영지와 작위를 되찾는 게 소원이라면서? 브렌던이 그런 말을 하던데…… "

"그런 야심은 이제 다 버린 모양일세. 그리고 그 돌체아쿠와 성은 자네 나라의 누군가가 이미 사 버렸다고 하더군. 작위도 함께 사버린 모양이야. 주제페의 이른바 대망은 얘기로선 재미있지만, 정작 본인은 빈들빈들 놀며 살기를 좋아해서 말일세. "

산에 올라간 브렌던은 점심 시간 조금 전에 안내인과 함께 돌아왔다. 로버트 레드메인의 모습은 보이지 않더라고 했다. 그리고 두 사람은 저마다 상대편에 대해서 머리들을 내저었다.

"선생님의 지혜와 명랑한 정신을 조금이라도 좋으니까 마르코 선생에게 불어넣었으면 좋겠습니다. "

브렌던이 제니와 함께 멀어지자 주제페는 건즈에게 이런 말을 꺼냈다.

"저 사람은 선생님, 느린 개라는 편이 낫겠습니다. 내가 하는 말은 귀담아 듣지도 않으니, 바보는 아닐 테지만 저래 가지고 탐정 노릇을 어떻게 하죠? 그런데 선생님은 어떻게 됐습니까? 뭔가 생각이 떠오르셨습니까? 새 비는 잘 쓸린다고 하니까요."

"내가 질문을 받기 전에 자네 생각부터 알아 두고 싶네."

피터는 웃으면서 말을 이었다.

"붉은 조끼를 입은 사나이에 대해서 자네가 어떻게 생각하나 듣고 싶단 말일세. 어때 도리아 군, 우리 둘이서 좀더 애기 안 해 보려나?"

"아, 그러죠. 피터 선생님. 저는 그를 몇 번이나 만났습니다. 영국에서 세 번——아니, 네 번이었던가——이탈리아에서 한 번. 그런데 그게 글쎄 언제나 같은 복장이란 말입니다."

"유령이 아닌가?"

"유령요? 설마. 싱싱하게 살아 있었습니다. 어떻게 살고, 무슨 목적으로 살고 있는지 거기까지는 알 수 없지만 말입니다."

"자네는 레드메인 씨를 걱정하고 있지 않은가?"

"그야 걱정하고 있죠. 집사람이 그를 봤다고 알려 왔을 때 저는 토리노에 있었습니다만, 곧바로 숙부님께 전화를 걸어서 제발 조심하시라고 주의를 시켜 드렸죠. 그 자가 뭐라고 말하거나 직접 만나는 위험한 행동은 하시지 말라고 말입니다. 하기야 숙부님은 이 사건만 생각하면 몹시 겁을 내시니까, 될 수 있는 대로 생각을 안 하시게 하려고 신경을 쓰고 있지만요. 제발 부탁입니다, 건즈 선생님. 어떻게든 빨리 사건의 진상을 밝혀 주십시오. 저는 이런 생각을 다 해 봤습니다. 그 붉은 머리를 잡는데 여우를 잡듯이 덫을 한 번 놔 보면 어떨까요?"

"묘안이로군. 하지만 주제페 군, 그걸 실행하기는 좀 어렵겠는걸.

그런데 우리끼리 이야기지만, 자네도 알다시피 브렌던 씨는 터무니없는 착각을 해 버렸단 말씀이야. 하지만 자네와 나, 그리고 그 사람, 이렇게 셋이서 힘을 합친다면 이까짓 사건쯤 해결 못할 것도 없지 않겠는가? 이만한 일에 실패해서야 우리가 어디 대장부랄 수가 있겠나?"

도리아는 웃음지었다.

"남자는 행동, 여자는 수다라지만, 지금까지는 수다가 너무 많았습니다. 이제 선생님이 오셨으니, 드디어 해결을 보게 되겠군요."

건즈와 마크가 서로 의논을 할 수 있게 된 것은 점심을 먹은 뒤였다. 차를 마시는 시간에는 빌지리오 포지가 호수를 건너 방문해 올 예정이었으므로, 그 시간까지 돌아오겠다고 일러 놓고 두 사람은 코모 호숫가로 산책을 나갔다. 거기서 두 사람은 서로 그날 아침의 경험을 나누었다. 이야기는 브렌던에게 고통스러운 것이 되었다. 건즈가 느끼고 있던 의문이 밝혀졌기 때문이다. 그러나 이야기의 실마리를 먼저 그리로 끌고 간 것은 마크였으므로, 그런 뜻에서는 그가 고통을 받는 것도 어쩔 수 없는 일이기는 했다.

"저는 그걸 생각하면 머리가 이상해집니다. 그 거지 자식이——도리아 말입니다——자기 아내를 다루는 태도는 정말 보기만 해도 화가 납니다. 겨우 석 달 만에 그 모양이니."

"어떻게 다루고 있는데?"

"제니 씨의 얼굴만 보아도 바보가 아닌 이상 알 수 있습니다. 원인은 물론 말하지 않습니다만, 경과는 뚜렷이 얼굴에 나타나 있습니다. 그렇게 용기가 있는 분이니까, 고뇌를 겉으로 드러내지는 않습니다만, 얼굴빛까지 숨길 수는 없습니다. 그래서 똑똑히 알 수 있지요."

건즈가 잠자코 있자 마크가 다시 말했다.

"선생님은 뭔가 발견하신 것이 있습니까?"

"사건의 본 줄거리에서 보면 별로 수확이 없었지만, 조그만 문제에서는 여러 가지를 알게 되었소. 당신이 발이 걸려서 넘어진 돌도 보았지. 당신은 제니 펜딘이 남편을 잃었다는 것을 안 순간부터 그 사람을 사랑하기 시작한 거요. 그리고 제니 도리아가 된 지금 역시 그 여자를 사랑하고 있소. 바로 그것이었소. 당신이 사건 수사에서 핸디캡을 갖게 된 것은. 주요한 관계자의 한 사람을 사랑하고 있었으니 핸디캡이 붙는 것도 당연한 일이지"

브렌던은 눈이 둥그래졌으나, 아무 말도 하지 않았다.

"브렌던 씨, 사람의 정신력에는 한계가 있는데, 연애는 그 정신력에 과도한 부담을 준다오. 어떤 일에 종사하는 사람이든, 여성에 대한 사랑에 눈이 먼 동안에는 자기 능력을 다 발휘하지 못하는 법이오. 이건 옛부터 내려오는 변함없는 진리요. 누군가를 사랑하기 시작했다면, 그것만으로도 당신은 벌써 최선을 다할 수 없는 상태가 되어 버린 거요. 하물며 그 여성이 사건의 중심에 있는 인물일 때는 더하지!"

"선생님은 저를 오해하고 계십니다."

브렌던은 조금 흥분된 말투로 말했다.

"꼭 트집 같은 말씀이십니다만, 저는 분명히 단언할 수 있습니다. 제 감정이 사건에 나쁜 영향을 미쳤다니, 그런 일은 절대로 없습니다. 첫째, 그 사람은 관계자라기보다 흉악 행위의 죄없는 희생자에 지나지 않습니다. 저의 수사를 방해하기는커녕 오히려 도와 주었습니다. 그런 고통을 겪으면서도 처음부터 냉정을 잃지 않고, 그런 슬픔과 싸우면서도 사건을 해명하기 위해 저에게 협력해 주었습니다. 설사 제가 그 사람을 사랑하게 되었다 하더라도, 그것이 일에 대한 저의 태도를 조금도 바꾸지는 않았습니다."

"하지만 그 여성에 대한 태도는 많이 바뀌었던걸. 내가 이렇게 말한다고 해서 물론 당신의 말을 부정하는 것은 아니오. 당신의 결론에는 일단 경의를 나타낼 참이니까. 다만 인간의 성격을 보는 당신의 관찰안은 별로 믿을 것이 못 된다고 생각하기 시작했소. 그 대상이 누구거나 뒷받침이 되는 증거가 웬만큼 갖추어지지 않는 한, 순순히 받아들일 기분은 되지 않는단 말이오. 그렇다고 거기에다 개인적인 문제를 결부시켜서 생각하지는 않소. 나도 장난으로 이 사건에 관계한 것은 아니니까, 어떤 상대거나 무시할 수는 없는 거요."

"경우에 따라서는 증거가 갖추어지지 않더라도 결정을 내릴 수 있습니다. 오히려 증거없이 결정하는 데 긍지를 느끼는 경우도 있지요. 저는 도리아 부인을 그 슬픔의 소용돌이 속에서 바라보았습니다. 말로써 표현할 수 없는 고뇌 속에 가라앉아 있을 때 관찰했습니다. 그 고뇌를 그 사람은 훌륭하게 견디어 냈습니다. 한창 자기 자신의 슬픔에 잠겨 있으면서도 불행한 숙부들의 신변을 걱정하고 있었습니다. 그토록 충격적인 자기의 비탄을 숨기고 말입니다."

"하지만 9개월 뒤에는 다른 남자와 결혼했소."

"그 사람은 아직 젊습니다. 그리고 그 남편이라는 이가 결국은 어떤 인간이었나 하는 것은 선생님도 직접 보셨습니다. 그가 어떤 수법으로 그 사람을 유혹했나 하는 것까지도 알 수 있을 것 같습니다. 아마 그 부인은 어쩔 수 없는 실수를 해 버린 거겠지요. 저도 그것을 안다기보다 느꼈습니다만, 그게 틀림없다는 확신을 갖고 있습니다."

"잠깐, 잠깐만."

피터는 조용히 입을 열었다.

"언제까지 토론해 봐야 소용없는 일이오. 요컨대 당신은 그 여자의 전남편이 죽었을 때, 적당한 기회를 보아 사랑을 고백하고 청혼했소, 어떻소? 틀렸소? 그러나 그 여자는 거절했소, 하지만 문제는 아직도 거기서 끝난 게 아니오, 지금 이 순간에도 그 부인은 당신을 완전히 사로잡고 있는 거요."

"그렇지 않습니다, 건즈 선생님. 선생님은 저를 이해하지 못하고 계십니다. 아니면, 그 사람을 오해하시고……."

"좋소, 나도 모든 것을 다 아는 것은 아니니까. 다만 앨버트에게 이 사건의 해결을 부탁받은 이상 일단은 말해 둘 일이 있소, 당신은 끝내 제니를 믿고 있소, 그 여자가 사건의 해결을 바라고 범인의 체포를 희망할 뿐 그 외에는 아무 욕망도 없는 줄 알고 그 여자에게 모든 것을 다 말해 버린다면, 난 위험해서 앞으로는 당신과 같이 일할 수가 없단 말이오."

"모두 그 사람을 오해하고 있기 때문입니다. 하지만 그것은 이 자리에서 더 문제삼지 말기로 하십시다. 여기서 문제삼아야 할 것은, 저를 오해하고 계시다는 겁니다."

브렌던은 날카로운 시선을 건즈에게 돌리며 말을 이었다.

"저는 이래 봬도 수사의 내용을 누설할 인간이 아닙니다. 그 사람이거나 누구거나, 그런 짓은 여지껏 한 적도 없고, 할 생각을 해본 적도 없습니다. 첫째, 뭘 누설할래야 저 자신 아무것도 모르고 있지 않습니까? 저는 확실히 그 사람을 사랑했습니다. 지금도 사랑하고 있습니다. 그 사람이 그 불한당 놈 때문에 몹시 고생하고 있는 것을 보니, 안절부절못할 기분입니다. 그러나 저는 이래도 수사관의 한 사람입니다. 처음부터 이 일에 관여해 왔고, 이 직업에서 어느 정도 신용도 얻었다고 자부하고 있습니다."

"그렇다면 좋소, 무슨 일이 있더라도 그 말을 잊지 마시오, 그리고 또 말해 두지만 내가 한 말에 화를 내지 말아 주오, 화를 내봐야 아무 이득도 없을 거고, 도리아 부인을 나쁜 여자라고 말한 것도 아니니까. 다만 그 여성이 도리아 부인이기 때문에, 그리고 도리아가 정체를 파악할 수 없는 인간이기 때문에, 겉만 보고 속아 우리 행동에 제약을 받는 일이 없도록 조심할 필요가 있다고 말한 것뿐이오. 그 점을 당신도 이해해 주기 바라오. 여자 입으로 마치 결혼 생활이 불행한 듯이 풍길 때, 당신처럼 그 여성에게 특별한 감정을 갖고 있으면, 흔히 그 수심에 싸인 얼굴을 사실로 믿어버리기 마련이오. 지금 경우에도 그 사람의 고민은 자못 진심처럼 보이기는 하지만, 어쩌면 남편 도리아와 짜고서 그런 인상을 만들고 있지 않다고 말할 수는 없단 말이오. 두 사람의 속셈이 마치 자기들의 사이가 좋지 않은 것처럼 보이려는 데 있다면, 어떻게 되겠소?"

"네? 선생님은 대체 그 사람을 어떻게 생각하고 계십니까?"

"어떻게 생각하는가는 문제가 아니오. 진실로 그 여자가 어떤 사람인가가 문제지. 머지않아 내가 그걸 밝혀 내겠소. 당신이 생각하고 있는 것 이상으로 이 사건과 중대한 관계가 있는지도 모르니까."

"조금만 생각해 봐도 그 사람이나 도리아가 이 사건과 관계가 없다는 것은……."

"알 수 있다고 단언할 수 있소? 나는 다만 살아 있는 인간이거나 상상 속의 존재거나, 수사의 수로를 막는 행위는 용서하지 않는다고 말하고 있을 뿐이오. 당신이 만일 잘 생각하여 도리아가 로버트 레드메인과 공모한 사실이 없다고 증명해 준다면, 기꺼이 당신의 주장을 받아들이겠소. 하지만 지금 상태로는 증명할 수 없을걸. 당신은 이 점에 대해서 생각해 본 적이 있소?"

"생각은 해봤습니다. 하지만 그 일지에 로버트 레드메인이 남에게 보이고 싶어하지 않은 것이 씌어 있다고는 생각되지 않았습니다."

건즈는 그 이상 설명할 생각은 없는 모양이다. 다음의 그의 말은 화제가 바뀌었다.

"아직도 기초적인 사실로서 모르는 것이 많소. 이곳에 있으면 그걸 조사할 도리가 없소. 그래서 예측하지 않은 일이 일어나지 않는 한, 다음 주일에 일단 영국에 다녀올까 생각하고 있소."

"제가 모시고 가겠습니다."

"아니, 당신은 남아 있어 줘야겠소. 하지만 떠나기 전에 우리 둘이서 의논만은 완전히 해 놓을 작정이오."

"그 점은 저를 믿어 주십시오."

"믿고말고."

"레드메인 씨를 지키는 것이 제 임무군요?"

"그 사람은 내가 지키겠소. 그게 나의 첫 관심사니까. 본인에게는 아직 말하지 않았지만 같이 갔다 올까 하오."

브렌던은 잠시 생각하더니 얼굴이 새빨개졌다.

"저한테는 맡겨 둘 수 없단 말씀이십니까?"

"당신의 역량이 어떻고 하는 문제가 아니오. 이것 또한 추측에 지나지 않지만, 위험은 너무나도 크오. 영국에 다녀오는 것도 그렇게 하지 않으면 어떤 중요한 일을 언제까지나 모르는 채로 남겨 둬야 하기 때문인데, 이 사건의 수수께끼를 풀려면 꼭 밝힐 필요가 있는 일이오. 영국까지 가지 않고는 도저히 알 수 없는 일이오. 하기야 그것을 중요하다고 생각하는 것은 나 혼자만의 의견이지만, 그 동안에 앨버트가 혼자서 무사히 있을 수 있을 것 같지가 않단 말이오. 그 친구는 지금 어디에 위험의 원인이 숨어 있는지도 모르고 있거든. 그 점은 당신도 마찬가지요. 그게 다시 말해서 당신에게 맡겨 둘 수 없는 이유이기도 하오."

"하지만 선생님의 말씀이 옳다고 치더라도 위험의 원인이 도리아에게 있다면, 선생님이건 누구건 레드메인 씨를 지킨다는 것은 불가능하다고 생각합니다. 그분은 도리아를 무척 좋아하시거든요. 그 거지 자식은 그분을 즐겁게 해 드리는 요령을 알고 있습니다. 언제 어디서라도 그분을 웃게 하고 싶으면 곧 웃길 수가 있단 말씀입니다."

"확실히 그는 명랑하고 재미있소. 더욱이 당신 말마따나 여간 약지가 않소. 하지만 우리가 보고 있는 그가——아니, 그 사람의 아내가 보고 있는 그도 그렇지만——과연 참된 도리아인가 하는 점에서는 의문이 아니오?"

"그렇게 말할 수도 있군요."

건즈는 생각에 잠기더니 다시 말을 이어나갔다.

"여기서 당신은 사건의 개념을 똑똑히 파악해 줘야겠소. 나는 대체로 일의 내용을 남에게 말하지 않는 버릇이 있소. 어느 정도 윤곽이 밝혀지고 설명할 수 있는 시기가 올 때까지는, 아무에게도 말하지 않는 습관이 있단 말이오. 그래서 이번 사건에서는 나도 모르게 당신을 등한시하는 태도를 보였는지도 모르오. 하지만 이번에는 조금 방침을 바꾸어서 지금까지의 경과로 알게 된 것을 당신에게도 말해 두기로 하겠소. 물론 명확히 알았다고는 말할 수 없소. 어렴풋하기는 하지만, 나는 이 사건을 이렇게 보고 있소. 주제페 도리아라는 사람은 붉은 조끼의 사나이를 뜻밖에도 잘 알고 있는 게 틀림없소. 나의 오랜 벗 앨버트의 목숨을 노리는 자가 주제페 도리아라고 단언할 수는 없지만 누군가가 그런 수단을 쓰려고 할 때 그는 그것을 막지 않을 것 같단 말이오.

앨버트가 없어지면, 그 재산은 도리아와 그의 아내에게 돌아가게 되오. 이 점을 잊어서는 안 되오. 앨버트를 죽이는 것이 제니에게 재산이 굴러들어가게 하는 것이라면, 달리 그 범인을 생각할 수는 없지 않소? 이게 문제요. 그러니까 우리가 영국에 가 있는 동안,

당신은 눈을 크게 뜨고 주제페를 자세히 관찰해야 하오. 단 제니의 입을 통해서 알아내려고 해서는 안 되오. 주의시킬 것도 없는 일이지만. 아무 일도 없는 듯이 돌아다니고 있는 거요. 그러다가 느닷없이 '붉은 조끼'를 기습하는 거요. 당신이니까 그런 수법은 얼마든지 생각해 낼 수 있을 줄 아오. 하지만 아주 조심해야 하오. 멍청하게 있다가는 거꾸로 이쪽이 기습당할 우려도 있으니까. 그리고 거듭거듭 주의해 두고 싶은 것은, 들은 이야기를 1/4도, 1/2도 그대로 믿지 말라는 거요. 성공의 비결은, 겉으로 드러나지않은 사실 속으로 파고들어가는 데 있으니까. ”

“그러면 선생님은 도리아와 로버트 레드메인이 공모하고 있다고 생각하십니까? 제니 도리아는 그 사실을 알고 있으며, 그 사람의 지금의 불행은 그 비밀을 알고 있는 데서 나오고 있다고 생각하시는 겁니까? ”

“그 여성까지 끌어들일 것은 없소. 하지만 방금 당신이 말했듯이 그런 가능성이 없지도 않소. ”

“그런 어이없는! 제니는 제가 아는 한, 범죄에 가담할 여자가 아닙니다. 그건 그 사람의 성품에 어긋나는 일입니다. ”

“그래도 당신은, ‘이래도 수사관의 한 사람’이라고 말할 수 있소? 마치 내가 그 여성을 고문이라도 하라고 권한 것 같은 투인데, 나는 이래 봬도 아직 그런 수단은 써 본 적이 없소. 여자라서가 아니오. 상대가 남자라도 우리 같은 직무에 종사하는 사람은 그런 비열한 방법을 써서는 안 되는 거요. 도리아 부인에 관해서는 생각지 않아도 되오. 남편에게만 주의를 집중하오. 도리아의 정체를 밝히면, 아마 흥미있는 사실이 잇달아 드러날 거요. ”

“선생님은 그가 '까마귀의 집' 사건에서 처음 얼굴을 드러낸 사실을 잊고 계십니다. ”

"내가 모르는 일을 잊을 까닭이 없지. 그런데 당신은 어떻게 그가 이 사건에 얼굴을 드러낸 것이 '까마귀의 집'이 처음이라고 단언할 수 있소? 포긴티에 등장하지 않았다는 것을 어떻게 아오? 마이클 펜딘의 목을 찌른 것이 로버트 레드메인이 아니라, 그밖의 어느 누구도 아닌 그라고 말해서 안 될 까닭이 뭐요?"

"불가능합니다. 생각할 수도 없는 일입니다. 죽은 마이클의 아내는 도리아의 아내가 되어 있습니다."

"그래서 어쨌다는 거요? 나는 그 사람이 범인이라는 것을 그 여자가 알고 있었다고 말하고 있는 게 아니오."

"이유는 또 있습니다. 도리아는 그때 벤디고 레드메인의 집에서 일하고 있었습니다."

"그걸 당신은 어떻게 알았소?"

브렌던은 짜증스러운 듯이 말했다.

"건즈 선생님, 무슨 말씀을 하시는 겁니까? 그건 누구나 다 알고 있는 사실입니다."

"누구나 다 알다니, 누가 알아? 그가 살인이 일어난 날에 벤디고 레드메인의 하인이었다는 증거라도 있소? 그것을 입증하려면, 당신 자신이 놀랄 만큼 조사해 볼 필요가 있을걸. 현재 이곳에 있는 관계자 가운데서, 언제 도리아가 '까마귀의 집'에 들어갔는지 아는 것은 본인밖에 없지 않소? 아내 제니도 과연 알고 있는지 의심스럽소. 적어도 나는 그 점에 대해서는 주제페의 말을 무조건 믿고 싶지 않단 말이오."

"그래서 벤디고 레드메인의 일지를 보고 싶어하셨군요?"

"그것도 확실히 이유의 하나였소. 그래, 맞았소. 그 일지는 이 산장 어딘가에 숨겨져 있을 거요. 우리가 없는 동안 찾아 내도록 노력해 보오. 찾거든 찢은 자리라든가, 글짜를 지운 자국이라든가,

또는 새로 쓴 페이지 같은 것이 없나 조사해 보시오."

"선생님은 레드메인 씨의 주위에 모여 있는 사람 가운데 이 사건의 범인이 있다고 생각하시는군요?"

"그렇지 않다고 생각할 증명이 필요할 정도요. 우리가 돌아올 때까지 당신이 그걸 해낼지도 모르지만, 그러나 이 사건의 윤곽을 짜맞추려면 아직도 분명히 해 둘 일이 잔뜩 남아있소. 솔직히 말해서 첫째 나도 그 이유를 알 수 없는 점은, 내 친구 앨버트가 어떻게 아직도 살아 있는가 하는 점이오. 살려 두어야만 하는 이유라도 있는지, 그게 이상해서 못 견디겠소. 죽여야 할 이유라면 얼마든지 짐작이 가지만 말이오."

"아마도 선생님에게 선견지명이 있으셨기 때문인가 봅니다. 상대방의 허를 찔러서 우리가 예정보다 빨리 도착하는 바람에……."

"죽일 필요가 있고 그럴 생각만 있다면, 누가 어떤 수단을 쓰든지 막을 수는 없는 법이오. 이번처럼 범인의 정체도 모르고 제멋대로 돌아다니고 있다면 더더욱 그렇지. 그래서 브렌던 씨, 한 가지 더 말해 둘 게 있소. 나는 앨버트와 함께 떠나서 이대로 행방을 감추겠소. 돌아올 때까지 아무에게도 행방을 알리지 않을 테니까 그리 아시오. 급히 연락할 일이 생기면, 런던 경시청으로 전보를 치면 되오. 경시청에만은 가는 곳을 알려 놓을 테니까. 그리고 당신 자신도 마음을 놓아서는 안 되오. 사람을 너무 믿으면 필요없는 위험을 스스로 불러들이게 되오. 아니, 실제로 당신이 위험에 맞닥뜨릴 염려는 충분히 있소. 특히 무슨 실마리를 잡았다면 더할 거요."

건즈의 계획으로는, 이틀 뒤에 앨버트 레드메인과 함께 바렌나로 가는 기선을 타고 바렌나에서 밀라노행 기차로 갈아타 거기서 영국으로 곧바로 가는 것이었다. 예정된 날에 포지 씨가 산장을 방문했다. 그에게 건즈 씨를 소개할 수 있어서 앨버트 레드메인 씨는 여간 흡족해 하지 않았다. 그 기쁨을 흐리게 할 수가 없어서, 건즈는 차마 영국에 가자는 말을 꺼낼 수가 없었다.

이튿날 아침 건즈는 빌지리오에게 만나서 기쁘다는 자기의 기분을 전하고, 돌아오면 다시 우정을 두텁게 하고 싶다는 말을 한 다음 앨버트에게 출발 계획을 밝혔다. 약간의 반대를 예상하고 있었으나, 레드메인 씨의 뛰어난 두뇌는 친구의 말에 전혀 이의를 내세우지 않았으며 오히려 너무나 논리적이었다.

"이 수수께끼를 풀어 달라고 부탁한 것은 나니까, 자네가 어떤 수단을 쓰든 내가 무슨 말을 할 까닭이 없지. 나는 자네가 반드시 이 무서운 비밀을 파헤쳐 줄 것으로 확신하고 있네. 자네는 모든 것을 시원하게 풀어 줄 게야. 그렇게 믿고 안심하고 있네. 자네가 하는 일이라면 무슨 일이고 나는 반대하지 않아. 영국에 가라면 기꺼이 떠나겠네. 다만 미리 말해 두지만, 나를 데리고 가 봐야 아무 소용도 없을 걸세. 그 점은 각오하게나. 나더러 무언가 활동적인 일을 하라는 건 무리한 주문일 테니까. 나는 그런 인간으로는 태어나지 않았거든. 억지로 시키면 실패할 게 틀림없을 테니 말일세."

건즈가 대답했다.

"그런 걱정을 누가 시키나. 아무 일도 시킬 생각은 없으니까, 한가하게 놀고만 있으면 되네. 혹시 위험이 쫓아올지도 모르니까, 나는 자네한테서 잠시도 눈을 떼지 않을 참이야. 그리고 우리가 가는 곳은 절대로 비밀로 해 두겠네. 열흘 동안의 여행에 필요한 물건이면 되니까, 제니더러 가방을 챙기게 하게나. 모든 일이 순조롭게 진행되면, 다음 주말에는 돌아올 수 있을 걸세."

곧 출발의 아침이 다가왔다. 레드메인 씨가 조카딸 제니에게 마지막 지시를 하고 있는데, 호수 건너편의 베라지오에서 물을 젓는 요란한 소리를 호수 가득히 울리면서 외륜(外輪)이 달린 증기선 플리니

호가 다가왔다. 두 여행자는 영국으로 가는 첫 단계로 이 배를 골라 두었었다. 피터와 마크는 선창가로 걸어가기 시작했다. 걸어가면서 마크는 자신들의 입장을 다음과 같이 종합했다.

"수사의 현단계는 이렇다고 생각합니다. 선생님은 도리아에게 강한 의심을 품고 계십니다. 그 사람이 누군가와 공모해서 무슨 일을 꾸미고 있다는 의심입니다. 단 그 상대가 로버트 레드메인인지 아닌지는 아직 뚜렷하지 않습니다. 그리고 나는 도리아를 감시하고, 이 의문의 사나이의 허를 찔러 그 정체를 밝히는 데 온 힘을 기울입니다. 한편 선생님은 영국에서 어떤 방면에 대한 수사를 하십니다. 단 수사가 현재 이상으로 진행되어 사건의 수수께끼가 어느 정도 뚜렷이 풀릴 때까지 그 결과는 비밀로 해둡니다. ——이런 것이지요?"

"간결하고도 요령이 있소. 그럼, 선입견을 갖지 말고 관찰할 것. 당신에게 부탁하는 것은 이것뿐이오."

"그럴 생각입니다. 이미 저도 도리아 부인의 고뇌에 대한 선생님의 해석이 바로 맞았다는 생각을 하고 있습니다. 냉정하게 봐서 확실히 그 사람은 우리들 이상으로 사건의 내용을 잘 알고 있습니다. 남편의 비밀이 그 불행의 원인이라는 것도 틀림없는 것 같습니다."

"그건 머지않아 증명이 될 거요. 앞으로 1주일 동안, 당신은 자주 그 여성과 얼굴을 맞댈 기회가 있소. 당신이 방금 말한 그런 생각을 갖고 있다면, 그 기회를 헛되이 하지 않도록 부탁하겠소."

증기선 위에는 빌지리오 포지가 서 있었다. 그는 앨버트에게 작별 인사를 하기 위해서, 그리고 바렌나까지 전송하기 위해서 일부러 호수를 건너온 것이었다. 이윽고 세 사람은 마크와 제니, 그리고 그녀의 남편을 남겨 놓고 떠나갔다. 바렌나에서 빌지리오와 헤어졌다. 그는 앨버트를 포옹하는 것만으로는 만족하지 못하고, 건즈 씨의 손까지 힘껏 쥐면서 애정이 넘치는 인사를 했다.

"우리 세 사람은 위대한 인물이오. 그리고 위대성은 서로를 찾고 부르는 법이오. 앨버트, 될 수 있는 대로 빨리 돌아와 주게. 모든 일은 건즈 선생의 지시대로 하고, 자네의 생애에 하루바삐 이 검은 구름이 걷히기를 빌겠네. 그리고 그동안 나는 그분을 위해서 기도를 빼놓지 않겠네."

앨버트는 피터에게 이 이탈리아 말을 통역해 주었다. 곧 열차가 움직이기 시작했다. 빌지리오는 다음 기선을 탔다. 그는 돌아오면서 줄곧 재채기를 했다. 권하는 바람에 멋모르고 피터의 코담배에 손을 댔기 때문인데, 코담배에 길들지 않은 그의 코는 그 자극을 견디어 내지 못했던 것이다.

권총과 곡괭이

브렌던은 주제페 도리아의 사람됨에 경의를 표하고 있었던 것은 아니지만, 양식있는 그의 정신은 이 이탈리아 사람을 제3자의 공평한 눈으로 바라볼 수 있었다. 도리아가 사랑의 승리자라는 사실을 중요시하지 않으려고 노력했고, 자기가 사랑의 경쟁에서 패배한 당사자라는 것을 자각하고 있었으므로 그 실망에서 편견이 생기지 않도록 신경을 썼다. 그런데 도리아는 제니를 행복한 아내로 만드는 데 실패했다. 그것을 안 그의 가슴 속에는 언젠가 이 정세에서 행운이 찾아올 수도 있다는 희망이 솟아올랐다. 제니의 태도도 달라지고 있었다. 그가 장님이 아닌 바에야 그것을 깨닫지 못할 까닭이 없었다. 그러나 우선은 자신의 그러한 관심을 억누르고, 눈앞의 문제 해결에 온 힘을 기울이기로 했다. 그로서는 피터 건즈가 돌아올 때까지 중요한 사실을 되도록 많이 캐내어, 그의 좋아하는 얼굴을 보고 싶은 생각이 간절했다.

방법은 자기의 판단에 따라서, 도리아와 이 사건의 관계 내지는 로버트 레드메인과의 관련을 뒷받침하는 증거를 찾아내려고 브렌던은 열심히 노력하였다. 그러나 결과는 실패였다. 피터는 그토록 명쾌하게 분석했지만, 마크는 아직도 그 미지의 인물을 앨버트 레드메인의 막내동생 로버트로 보는 견해를 버리지 않았다. 지난 두 차례의 경우도 그렇고 이번 이탈리아의 일도 그렇고, 그 인물을 주제페로 여긴다는 것은 논리적으로 불가능했다. 모든 사실은 오히려 그 정반대를 지향하고 있다는 생각만 들었다. 다시 한 번 벤디고 레드메인의 실종 사건을 검토해 보았으나, '까마귀의 집'에서의 주제페의 행동에는 하나도 의문점이 발견되지 않았다. 이 제2의 범죄에 그가 끼어들었다고 보는 것이 불합리하다면, 제1의 범죄에 관계가 있다고 보는 것은 더 우스워졌다.

도리아는 확실히 펜딘의 미망인과 결혼했다. 그렇다고 그 때문에 그녀의 남편을 죽였다고 생각한다는 것은 너무나 괴이한 추측이다. 게다가 인간 성격의 연구가로 자부하는 마크는, 제니의 남편 성격 속에 사람 목숨을 빼앗을 만한 잔인성이 있다고는 생각할 수 없었다. 그가 쾌락을 쫓는 정신의 소유자이고 그 야망이 너무나 경조부박한 것은 명백했지만, 그것을 범죄적인 것이라고 할 수는 없었다. 그는 또 화제가 밀수자에 미치면 반드시 그들에게 깊은 동정을 보였다. 그러나 그것도 결국은 그의 버릇대로 호언장담과 자기 자랑에 그쳤을 뿐, 그들처럼 용감히 직접 행동으로 옮길 의욕을 보인 적은 한 번도 없었다. 요컨대 그는 쾌락을 좋아하고 반항 정신을 떠벌리기는 했어도, 현실적으로 법과 질서를 깨뜨리고 있는 인간들과 사귀어 자기 자신의 자유를 위태롭게 하는 것은 극력 피하는 성격이었던 것이다.

마크가 이와 같이 판단한 데는 충분한 근거가 있었다는 것을 잊어서는 안 된다. 그것은 앨버트 레드메인과 그 친구들이 출발한 다음 날, 그가 도리아와 나눈 잡담에도 나타나 있었다. 주제페와 그의 아내는 코모 호수 북쪽 기슭 코리코 마을에 있는 친구를 찾아 볼 일이 있다고 말했다. 그 기선이 떠나기 조금 전 막 점심때가 지난 시간에 주제페와 마크는 메나지오의 뒷산을 1마일쯤 거닐었다. 브렌던이 도리아에게 그의 개인적인 문제에 대해서 묻자 그는 기꺼이 대답해 주었다.

"알다시피 나는 그 붉은 머리를 수사하는 데 바쁘네. 오늘도 그 때문에 하루가 소비되고 말 거야."

브렌던은 설명을 시작했다.

"그러나 저녁 식사 때는 모처럼 자네가 초청해 주었으니, 꼭 방문하겠네. 그 전에 점심이 끝나거든 1시간쯤 나하고 산책하지 않겠나? 어때, 형편이 될까? 자네와 이야기 해 둘 게 있어서 그러는데."

"아, 그러죠."

도리아는 30분 뒤에 다시 브렌던에게로 돌아왔다. 브렌던은 누에집의 어둑어둑한 입구에서 제니와 이야기하고 있었다.

"나중에 집사람을 보내겠습니다. 하지만 지금은 내가 이야기할 차례입니다. 과수원 윗길을 조금만 올라가면 낡은 경당이 있는데요, 거기까지 가 보시지 않겠습니까? 이 근처에는 성모를 모시는 경당이 많습니다. 하지만 지금부터 가는 데는 바람이나 바다나 별 같은 마돈나를 모시는 데가 아니지요. 우리는 그것을 '마돈나 델 파르니엔테'라고 부르고 있습니다. 일이 너무 고되고 머리도 몸도 지칠 대로 지친 인간들을 위한 성인이지요."

어느새 두 사람은 상당히 높이 올라가 있었다. 도리아는 금빛이 비치는 갈색 윗도리에 루비 색 넥타이를 매고 있었다. 브렌던은 트위드 옷을 입었으며, 주머니에는 점심꾸러미가 들어 있었다. 이날 이탈리아인의 태도는 여느 때와 완전히 달랐다. 거들먹거리는 태도는 볼 수 없었으며, 사실 한참 동안은 말조차 하지 않았다.

그 대신 브렌던이 말을 꺼냈다. 물론 상대편을 의심하는 듯한 눈치
는 전혀 보이지 않았다.

"어떤가, 자네 생각은? 자네도 이 사건에 관련을 가진 지가 꽤 오
래 되니, 무언가 의견이 있을 법도 한데……."

"무슨 의견이 있겠습니까? 내 발등에 불이 떨어졌는데요. 이런 사
건이 얽혀 가지고, 내 생활만 어두운 그림자에 덮이고 말았습니다.
이제 지긋지긋해요. 선생님은 이해심이 많은 분이니까, 그 까닭을
말씀드리기로 하지요. 집사람 얘기가 나오더라도 화는 내지 말아
주십시오. 우리 나라에 '물방아와 여자는 언제나 무얼 갖고 싶어한
다'는 속담이 있습니다만, 물방아가 갖고 싶어하는 것은 알 수 있
어도, 여자의 변덕만은 짐작할 수가 없습니다. 나도 지금까지 헛다
리만 짚어 와서 이젠 완전히 머리가 돌아 버렸습니다. 그렇다고 집
사람을 냉대한다든가, 차갑게 대한다든가 하는 것은 아닙니다. 대
체로 나라는 인간은 상대가 어떤 여자거나 냉담하게 대할 줄 모르
는 성격이라서요. 하지만 여자 쪽에서 차갑게 나올 때야 나도 어쩔
수가 없지요."

두 사람은 어느새 경당에 도착해 있었다. 벽돌과 회로 지은 건물이
이제 허물어져가고 있었다. 그 벽에 조그만 감실이 파여 있고, 그 바
로 밑에는 순례자가 무릎을 꿇거나 걸터앉는 돌이 박혀 있었다. 철망
을 친 감실에는 푸른 겉옷에 금관을 쓴 채색한 성상이 모셔져 있었
다. 그 조그만 성상 앞의 조그만 단에는 들꽃이 놓여 있었다. 두 사
람은 거기에 앉았다. 도리아는 여느 때처럼 토스카나 엽궐련에 불을
붙였다. 산에 오르기 시작할 때부터 그랬는데, 점점 더 맥이 풀려 브
렌던을 놀라게 했다. 아내에 대한 그의 냉담한 태도는 제니에게 들어
서 알지만, 역시 거짓말이 아니었나 보다.

"Il volto sciolto ed i pensieri stretti."

도리아는 어두운 표정으로 말을 꺼냈다.

"'그 얼굴은 맑아도, 마음은 어둡다'는 뜻입니다만 정말 너무 어둡습니다. 그 여자의 마음은 남편인 나도 말 못하리만큼 어둡습니다."

"그건 자네라는 사람을 무서워하기 때문이겠지. 여자란 비밀을 가진 남자 앞에서는 약한 법이니까."

"약하다고요? 천만에. 그 여자는 자제심도 강하고 능력도 있습니다. 차갑고 야무진 여자지요. 보기에는 아주 귀엽지만, 그건 말이죠, 커튼이라구요. 사람들은 그 속을 들여다본 적이 없습니다. 선생님은 그 여자를 사랑하셨습니다. 그런데 그 여자는 선생님을 사랑하지 않고 나를 좋아했습니다. 그래서 결혼을 했으니까 그 여자의 성격을 아는 건 선생님이 아니라 나인 셈이죠. 정말 너무나 영리해서, 얼마든지 속에 있는 감정을 조절할 줄 아는 여자입니다. 선생님의 가슴에 불행에 우는 가엾은 여자라는 인상을 심어 주려 하고 있다면, 뭔가 속셈이 있고 무언가 음모를 꾸미고 있다고 볼 수도 있지 않을까요? 확실히 그 여자는 불행한지도 모릅니다. 비밀을 가졌다는 것 그 자체가 언제나 불행의 씨니까요. 하지만 그 여자는 약하긴커녕——그 눈만 보면 아주 약해 보이지만, 천만에요, 그 입을 좀 보십시오. 그 이 사이에 힘과 의지가 나타나 있지요."

"비밀, 비밀 하는데, 대체 어떤 비밀이 있나?"

"비밀이라는 말은 선생님이 먼저 꺼낸 말 아닙니까? 나한테는 아무 비밀도 없습니다. 비밀을 가진 것은 제니지요. 아시겠습니까? 그 여자는 분명히 붉은 머리에 관해서 모든 것을 알고 있습니다. 그 여잔 말입니다. 지옥처럼 바닥을 알 수 없는 여자라구요."

"그 말은 부인이 이 사건의 진상을 다 알고 있으면서 자네나 숙부에게 밝히지 않는다는 그런 뜻인가?"

"그렇습니다. 그 여자는 앨버트 씨에 관해서 손톱만큼도 걱정을 하고 있지 않아요. 암탉에서 난 놈은 땅을 긁는다는 격으로, 아시는지는 몰라도 그 여자의 아버지는 악마같이 성격이 사나운 인간이었답니다. 어머니의 핏줄에는 사람을 죽이고 교수형을 당한 사람이 있지요. 이건 모두 사실이니까, 그 사람이 아무리 무어라고 해도 이것만은 부정하지 못하겠죠. 나는 이 이야기를 앨버트 씨에게서 들었습니다. 그 뒤부턴 그 여자가 무서워집니다. 나는 그 여자를 몹시 실망시켰거든요. 나라는 인간은 그 여자가 생각한 그런 사람이 못 되고, 조상의 영지나 작위를 되찾을 생각도 깨끗이 버렸거든요."

제니를 마치 무서운 악마처럼 말하는 바람에 브렌던도 처음에는 매우 얼떨떨한 기분이었으나, 차츰 도리아가 몹시 미워졌다. 결혼한 지 6개월밖에 안 되는 아내를 그와 같이 욕하고, 그런 무서운 사실을 진심으로 믿고 있다니, 이런 인간이 있을까?

주제페는 시치미를 떼고 계속 지껄여댔다.

"확실히 그 여자는 그 사람 나름으로 상당한 여잡니다. 나 같은 녀석의 마누라로는 좀 과분하지요. 메디치 집안이나 보르지아 집안에 태어났어야 할 여잡니다. 하지만 나는 다릅니다. 브렌던 선생님, 선생님은 눈이 그렇게 크시니, 내가 거짓말을 하고 있지 않다는 것쯤은 훤히 아실 수 있잖습니까? 나는 거짓말만은 절대로 하지 않으니까요. 그리고 지금의 나는 똑똑히 보입니다. 돌이켜보니 과거의 베일이 벗겨져 있습니다. 그 여자에게 정신을 빼앗겨 있을 때는 모르고 그냥 넘어갔던 것을 여러 가지로 알게 되었습니다. 이를테면 그 로버트 레드메인 말입니다만——나는 그를 '악마 로버트'라고 부르고 있지요. 이것도 처음에는 유령인 줄만 알고 있었는데,

유령은커녕 펄펄하게 살아 있는 사람이었단 말입니다.

그가 붙잡혀서 교수형이라도 당하면 별문제겠지만, 그렇지 않을 때는 머지않아 무서운 일이 꼭 일어날지도 모릅니다. 그는 자기 형 앨버트를 죽이고, 어쩌면 나도 죽일는지 몰라요. 그래 놓고 제니와 달아날 겁니다. 우리끼리 이야기지만, 나를 혼자 내버려 둔다면 차라리 빨리 그렇게라도 되는 편이 나한테는 고마울지도 모르겠습니다. 예? 무서운 말을 하지 말라구요? 그리고 보니, 확실히 무서운 이야기군요. 하지만 이건 사실입니다. 무서운 일이란 다 그런 거 아니겠어요?"

"나는 자네 부인을 잘 알고 있어. 내가 그런 말을 곧이들을 줄 아나?"

"곧이듣고 안 듣고는 선생님의 자유입니다. 화를 내시려면 얼마든지 내십시오. 내가 오히려 화를 내고 싶은 심정이니까요. 이런 감정을 느끼는 것은 나도 처음이지만, 뭔가 마구 행패라도 부리고 싶은 기분이란 말입니다. 누구나 이리와 함께 살고 있으면, 짖는 방법쯤은 익히기 마련이 아닙니까? 내가 이렇게 짖어대는 것도 바로 그건데, 지금이니까 이렇게 살살 짖고 있지만, 머지않아 모든 사람들이 다 듣도록 큰 소리로 마구 짖어 줄 참입니다. 이만하면 내 심정이 어떤지 선생님도 아시겠지요? 집사람에게 비밀이 있든 없든 그런 건 나하고는 아무 관계가 없는 일이고, 나만 해치지 않는다면야 집적거리고 싶은 생각은 조금도 없습니다. 가령 그 사람이 나한테 몇천 파운드 줄 테니 어디 멀리 보이지 않는 곳으로 가 버리라고 한다면, 나는 얼씨구 좋다 가 버리겠습니다. 내가 뭐 돈 때문에 결혼한 것은 아니지만, 애정이 식고 보면 토리노에서 무슨 일을 시작할 자금으로 얼마쯤의 돈을 갖고 싶어하는 것도 당연하지 않겠습니까? 그것으로 그 여자 자신도 마음대로 행동할 수 있다면, 양쪽이 다 득이란 말입니다. 그러니까, 어떨까요? 이 흥정을 좀 붙여 주시면, 선생님한테도 사례를 톡톡히 드리겠습니다."

브렌던은 도무지 믿어지지 않았다. 그러나 도리아는 정말로 그렇게 생각하고 있는 것 같았다. 도리아는 시계를 들여다보더니 이제 슬슬 내려가야겠다고 말했다.

"기선이 올 시간이 됐군요. 얼른 다녀오겠습니다만, 제가 공연한 소리를 지껄인 것이 되지 않았으면 좋겠습니다. 선생님이 좋은 방법을 좀 생각해 주셨으면 하고 말씀드린 겁니다. 요즘 집사람이 선생님을 어떻게 생각하고 있는지는 모르지만, 머지않아 선생님 차례가 올 겁니다. 나는 그렇게 믿고 있죠. 질투 같은 것은 하지 않을 테니 염려 마십시오. 하지만 서로 조심해야 할 일입니다. 붉은 머리는 선생님한테나 저한테나 좋은 감정은 갖고 있지 않을테니까요. 오늘도 그를 찾아나설 작정이십니까? 그것도 좋겠지만, 혹시 맞부딪치게 될 때는 조심하십시오. 하기야 운명을 거역하고까지 몸을 지킬 수는 없겠지만요. 그럼, 오늘 저녁 식사 때 뵙겠습니다."

그는 돌아서더니 무슨 노래를 흥얼거리면서 총총걸음으로 사라져 갔다. 브렌던은 그의 이야기가 너무나 이상해서 한 대 얻어맞은 듯한 기분으로 한 시간 남짓 꼼짝도 않고 그 자리에 앉아 생각에 잠겼다. 향기 그윽한 허위의 꽃이 만발한 밀림 속에서, 어떻게 길을 헤쳐나가야 하는지 스스로의 행동을 정하지 못하여 당황하고 있는 느낌이었다. 이때 다른 사람이라면 그 심한 비방의 뒷면에 어떤 사악한 의도가 숨어 있지나 않을까, 자기를 고해 사제로 고른 목적이 무엇일까 하고 한 번쯤 의심해 보았을 것이다. 브렌던도 제니에 대한 비난이 근거가 없다는 것을 꿰뚫어볼 눈은 가지고 있었으나, 1년 내내 품어 온 사랑의 꿈이 부채질되는 바람에 그만 아무 망설임도 없이 곧이곧 대로 믿어버리고 말았다. 자기 자신의 정열에 눈이 어두워져 왕겨에서 곡식알만 골라 내듯 제니가 자유의 몸이 된다는 사실만 보고 만 것이다. 그리고 그는 그녀의 거동에 다른 면이 있으리라고는 생각지도 못했다. 주제폐가 독 묻은 화필로 그려 낸 모습을 믿지 않고, 그의 목적은 제니의 발판을 허물어서 자기의 죄를 그녀에게 뒤집어 씌우려는 데 있다고 추측했다. 이 때부터 도리아에 대한 태도는 확고한 것이 되었다. 피터 건즈의 생각은 옳았다. 이 이탈리아인은 어떤 수상한 자의 의도를 알고, 그 의도를 이룩해 주기 위해 도와주고 있는 것이 분명했다. 여기서도 브렌던은 제멋대로 생각해 버렸다. 건즈가 떠나면서 도리아만큼 심하게 말하지는 않았지만, 당분간 아무도 믿지 말라, 제니도 역시 조심할 필요가 있다고 경고한 것을 잊어 버린 것이다. 그는 제니를 자기 자신처럼 믿고 있었다. 제니를 믿는 것은 곧 그녀의 남편을 불신하는 것이었다.

그제야 브렌던은 겨우 지금부터의 행동에 주의를 돌릴 수 있었다. 그는 로버트 레드메인이 출몰한다는 장소에 가 보기로 했다. 건즈가 영국으로 떠나기 전부터, 로버트가 이 근처에 출몰한다는 보고가 몇 번이나 들어와 있었다. 그 붉은 머리의 사나이는 산 속의 성채터나 또는 숯 굽는 사람들 속에 숨어 있을 것이라는 의견이 지배적이었다. 그것을 오늘 확인해 봐야겠다고 생각한 것이다. 가능하면 은신처도 찾아 낼 결심이었다.

혼자서 할 수 있는 일이라고는 생각되지 않았으므로, 그가 세운 방침은 먼저 도리아를 감시하는 것이었다. 그리하여 도리아를 앞잡이로 쓰고 있는 사람을 발견하는 것이다. 이것은 일석이조의 방법이었다. 이것이 성공하면 건즈가 영국에서 돌아왔을 때 많은 수고를 덜어 줄 수 있는 것이다.

브렌던은 쉬지 않고 올라갔다. 이윽고 조금 높은 언덕이 나왔으므로 앉아서 쉬었다. 산지의 잡초 속에서 산나리와 흰 장미가 피어 있었다. 멍청하니 담배를 피우면서 눈아래 펼쳐진 호수를 바라보았다. 햇빛에 반짝이는 바다 위를 물매암이처럼 기선이 나아가고 있었다. 저만큼 바위 위에서 여우 한 마리가 햇볕을 쬐고 있었다. 그는 문득 생각이 났다. 오늘 밤 피아네쏘 산장에서 저녁 식사를 하자는 초대를 받았는데, 그때 제니에게 갖다 주자. 그는 향기 높은 산나리를 한 다발 꺾었다. 그러나 이 꽃은 끝내 제니의 손에는 전해지지 못했다.

이런 천진한 시간을 보내다가 그는 갑자기 벌떡 일어섰다. 누군가가 지켜보고 있는 기척을 느꼈기 때문이다. 그리하여 뒤돌아보는 순간, 그토록 오랫동안 찾던 사람과 마주보게 되었다. 한 30야드쯤 거리를 두고 가슴까지 오는 풀숲 저 편에 로버트 레드메인이 서 있었다. 모자도 없이, 덤불 너머로 이쪽을 쳐다보고 있었다. 타는 듯한 붉은 머리와 그 적갈색 수염을 태양 아래 반짝이며, 틀림없는 그 사람이라는 것을 가르쳐 주었다. 브렌던은 대낮의 햇빛 아래서 격투를 벌일 기회가 온 것을 기뻐하면서, 꽃다발을 내던지고 용감하게 뛰쳐나갔다.

그러나 상대편은 그가 접근해 오는 것이 싫은 듯, 홱 몸을 돌려 달아나기 시작했다. 돌이고 관목 숲이고 막무가내로 길도 없는 곳을 위쪽으로 달아났다. 눈앞의 벼랑 위가 이 산의 꼭대기였다. 마치 비밀의 도피구라도 알고 있는 듯, 붉은 머리의 사나이는 벼랑을 향해서 뛰어갔다. 놀라운 속력이었지만, 그래도 마크는 차츰 거리를 좁혀 갔다. 되도록 빨리 따라붙자. 붙잡으면 반드시 격투가 벌어질 것이다. 그 때를 위해 몸의 힘을 남겨 놓으면서 기를 쓰고 뒤쫓아갔다.

그러나 그는 실망했다. 20야드쯤 사이를 두고 어느 돌밭에 이르렀을 때, 로버트 레드메인의 뛰는 걸음이 좀 느려지는가 싶더니 갑자기 우뚝 섰다. 그리고 뒤돌아서면서 권총을 들이댔다. 총신이 햇빛에 반짝인 것과 총소리가 울린 것은 동시였다. 붉은 머리가 방아쇠를 당긴 것이다. 탐정은 팔을 쫙 벌리고 앞으로 고꾸라졌다. 팔다리가 떨리고 한 차례 경련이 지나가더니, 그대로 움직이지 않았다. 발견에서 추적 그리고 이 종말에 이르기까지 걸린 시간은 겨우 5분이었다. 몸집이 큰 붉은 머리의 사나이는 심한 운동에 거친 숨을 몰아쉬면서, 쓰러진 희생자 곁으로 다가갔다. 그리고 벌써 숨이 끊어진 것을 알았다. 얼굴을 알프스의 꽃에 파묻은 채 두 팔을 뻗고 손을 꽉 쥔 희생자는 입에서 피를 흘리며 쓰러진 자리에서 움직이지 않았다.

승리자는 그 지점의 위치를 둘러보더니 주머니에서 칼을 꺼내어 쓰러진 희생자의 바로 옆에 있는 어린 나무에 표를 했다. 이 일을 마치고 어디론지 사라져 버렸다. 쓰러져 있는 사람 위에 정적이 찾아왔다. 언제까지나 움직이지 않으므로 낮잠을 즐기다가 놀란 여우가 바위 뒤에서 검은 코끝을 내밀며 나오더니 냄새를 맡았다. 겉만 보아서는 믿을 수 없다는 듯이 엎어진 사람을 들여다보더니, 고개를 쳐들고 의심쩍은 듯 한 번 소리내어 울고는 총총히 달아나 버렸다. 하늘에서는 독수리 한 마리가 역시 쓰러져 있는 사람을 발견한 모양이다. 그러나 이것도 곧 산꼭대기로 날아올라가서 모습을 감추었다. 이 지점은 쓸쓸한 곳이지만 100 야드도 못 미친 곳에 오솔길이 지나고 있어서, 이따금 노새에 짐을 실은 숯장수들이 산기슭의 마을로 내려가는 일이 있었다.

그러나 지금은 해가 서쪽으로 기울고, 벼랑이 차가운 그림자를 거친 땅 위에 떨어뜨리고 있을 뿐, 지나가는 사람은 하나도 없었다. 몇 시간인가 지나서 밤의 조수가 완전히 이 분지를 묻어 버렸다. 그러자 가까운 곳에서 정체 모를 기묘한 소리와 무언가 금속 연장으로 틈틈이 땅을 치는 소리가 들려 왔다. 그것은 노간주나무 숲 저 편에 잿빛으로 고개를 쳐들고 있는 바위 근처에서 울려 왔다. 달이 뜨고, 그 바위의 편편한 정수리가 하얗게 반짝이기 시작할 무렵, 칸델라의 불이 켜졌다. 그리고 사람 그림자가 둘, 장방형의 구덩이를 파고 있는 모습을 드러냈다. 둘이서 무언가 나직이 소곤거리면서 번갈아 구덩이를 파고 있었다.

이윽고 검은 그림자 하나가 빈터에서 나와 위치를 살피더니 칸델라 불을 칼로 새긴 나무에 비쳤다. 그리고 그 옆에 움직이지 않고 쓰러져 있는 갈색 덩어리쪽으로 다가갔다.

끝없는 정적이 고지 일대를 뒤덮고 있었다. 산꼭대기 가까이에 숯을 굽는 불이 붉은 눈알처럼 반짝이고 있었다. 아래쪽으로는 이 대지에서 동쪽으로 우툴두툴한 바위 바닥이 기울어져 나가고, 그밖에는 아무것도 보이지 않았다. 호수도 대지의 능마루에 가려서 보이지 않았다. 이 높이에서는 반딧불도 볼 수 없었다. 음악만 있었다. 움직이지 않는 것이 늘어져 있는 장소로부터 10야드쯤 떨어진 곳에 천연화의 거목이 솟아 있고, 거기서 나이팅게일이 많은 가락을 울리고 있는 것이었다.

검은 그림자는 찾던 것을 발견하고 가까이 갔다. 그의 목적은 여기까지 유인하여 죽인 피해자를 묻는 일이었다. 시체가 누워 있던 장소는 흔적이 남지 않도록 해 둘 필요가 있었다. 그는 허리를 굽혀 움직이지 않는 사나이의 웃옷에 손을 댔다. 그리고 들어올리려고 힘을 주었을 때, 괴이하고 무서운 일이 일어났다. 그의 손 아래서 시체가 허물어져버린 것이다. 머리가 굴러 갔다. 몸이 팔다리에서 떨어져 나갔다. 그것을 들어올린 그는 반동으로 엉덩방아를 찧고 말았다. 무거운 줄 알고 힘을 주는 순간, 무게가 전혀 없어 뒤로 넘어지고 만 것이다. 웃옷에는 풀이 꽉 차 있을 뿐이었다.

다음 순간 그는 잠복해 있을 사람이 두려워 날쌔게 일어났다. 그리고 저절로 경악의 소리가 터져나왔다.

"이게 뭐야!"

그는 소리쳤다. 그 소리는 공포와 비슷한 음향을 울리며 벼랑에 부딪쳐 함께 온 이의 귀에 들어갔다. 그러나 그의 동작을 막는 급격한 보복도 없었고, 총소리가 그의 행동을 누르지도 않았다. 튀어달아나기 시작한 그는 엽총의 겨냥을 피하는 어린 사슴처럼 요리조리 목을 움직이면서 바위 뒤로 뛰어들었다. 악한 두 사람은 분명히 도망치는 데 정신이 없었다. 두 사람의 발자국 소리가 뒤섞이며 멀어지고, 그 뒤에는 밤의 어둠과 정적만 남았다.

아무 일도 없이 10분이 흘러갔다. 그 부서진 인형에서 15야드쯤 떨어진 곳에서 그림자가 하나 일어섰다. 달빛을 받아 눈처럼 희다. 마크 브렌던은 자기가 장치해 둔 덫에 다가갔다. 웃옷에서 풀을 털고, 뭉쳐서 모자에 쑤셔넣은 나뭇잎을 빼냈다. 다음에 니커보커스를 끌어올려 속에 채운 것을 모두 빼냈다. 냉정하고 침착한 움직임이었다. 예상보다 더 큰 수확을 얻었기 때문이었다. 적은 생각지도 않던 결과에 질겁을 하고 저도 모르게 소리를 질렀다. 그것이 무덤을 파고 있던 자의 정체를 밝혀 준 것이다. 시체를 가지러 온 자는 주제페 도리아였다. 나머지 한 사람이 브렌던을 죽이려다 못 죽인 사나이라는 것은 의심할 나위도 없었다.

"이게 뭐야, 라! 그래. 미안하지만, 브렌던의 시체가 아니렸다."

마크는 혼잣말로 중얼거렸다. 그리고 길을 북쪽으로 잡아 대지를 둘러싼 잡목숲을 가로질러 1마일쯤 밑에 있는 노새가 지나 다니는 길로 향했다. 날이 저물기 전에 확인해둔 길이었으며, 밤숲을 지나 메나지오 마을로 통하고 있었다.

쓰러져서 다시는 일어나지 못할 줄 알았던 브렌던이 어떻게 이와 같이 무사한 모습을 나타냈을까? 권총이 발사된 뒤의 행동을 간단히 설명해 둔다.

적이 걸음을 멈추고 정면에서 권총을 쏘았을 때, 총알은 브렌던의 귀에서 1인치 옆을 날아갔다. 그 순간 그의 기민한 머리에는, 그전에 한 번 겪은 비슷한 경험이 번개처럼 떠올랐다. 그것이 즉각 재빠른 행동을 하게 한 것이다.

그전 경험 때의 상대는 그 무렵 악명 높은 흉한이었다. 그가 바로 눈앞에서 권총을 퍼부었는데, 다행히도 총알이 빗나가 주었다. 그러나 그는 순간적인 재치로 맞은 체하고 쓰러졌다. 겨우 15야드 앞에서 숙적을 쓰러뜨린 악한은, 승리를 만끽하겠다고 옆에 다가섰다. 그러나 죽은 체하고 있는 시체를 들여다보는 순간, 브렌던이 느닷없이 권총알을 쏟아 부은 것이다. 이번 경우에는 적의 손에 아직도 총알을 잰 권총이 쥐어져 있었으므로, 그런 위험을 무릅쓸 수는 없었다. 브렌던이 쓰러져 보인 속셈은, 붉은 머리의 사나이를 유인하여 가능하면 다음 사격의 여유를 주지 않고 그 흉기를 빼앗으려는 데 있었다.

그러나 유감스럽게도, 마크가 머리를 땅에 곤두박고 입에서 피가 흐르는 것만 본 그 수상한 사나이는, 목적을 달성했다고 지레짐작해 버린 모양이었다. 브렌던은 잠시 가짜 죽음을 계속하고 있다가, 악한이 떠나간 것을 확인하고 그 자리에서 일어섰다. 얼굴이 까지고 혀를 몹시 깨물렸으며 정강이에 상처가 좀 난 것 말고는 크게 다친 데가 없었다.

그는 이 상황을 모든 면에서 검토한 끝에 이런 결론을 내렸다. 적은 그를 죽인 줄 알고 있으므로 시체를 이대로 내버려 둘 리가 없다. 증거를 없애기 위해서 시간이 너무 지나기 전에 반드시 돌아올 것이다. 나무에 표시를 해 둔 것도 그 목적을 위해서이다. 지금까지 로버트 레드메인에게 희생된 사람으로서 시체가 발견된 예는 하나도 없다. 이 경우만 예외일 까닭이 없다. 마크는 다음에 그들이 나타나는 것은 밤의 장막이 내려 사람 눈에 띌 우려가 없어진 뒤라고 판단했다. 그래서 그는 일단 뒤쫓기 시작했던 지점으로 돌아갔다. 거기에는 갖고 온 점심 꾸러미와 붉은 포도주 병이 놓여 있었다.

식사를 마치고 담뱃불을 붙여 문 그는 다음 행동에 대한 계획을 짜면서 다시 그 벼랑 밑에 있는 거친 땅으로 돌아갔다. 아까 죽음을 위장하고 있었던 곳이다. 그의 계획은 상대방을 붙잡는 것이 아니었다. 웃옷과 니커보커스에 속을 채워 인형을 만드는 데 있었다. 그리고 브렌던은 그 뒤의 일을 관찰할 수 있는 거리에 몸을 숨기기 알맞은 장소를 발견했다. 그의 예상으로는 레드메인이 혼자 돌아오지 않고, 반드시 한 사람의 동행이 있을 것으로 보았다. 그의 희망은 그것으로 레드메인의 공범의 정체를 확인하고, 제니가 암시한 남편의 사악한 공범설과, 도리아가 비난하여 말한 그 아내의 공모설 가운에 어느 쪽이 사실인가를 알아내는 일이었다. 양쪽의 주장이 동시에 다 진상일 수는 없는 일이기 때문이다.

과연 그것은 주제페 도리아의 목소리였다. 브렌던은 끝없는 만족감으로 그 목소리를 들었다. 그리고 그 이탈리아 사람의 당황하던 모습과, 이어서 도망칠 때 권총의 속사를 두려워하던 그 우스꽝스러운 동작에 짓궂은 기쁨을 느끼는 것이었다.

이 모험으로 브렌던은 많은 것을 배웠다. 처음에는 내일이라도 도리아를 체포할까 하고 생각했으나, 곧 그 기분은 사라지고 더 확실한 전술이 머리에 떠올랐다. 제니의 남편을 철창 안에 가둔다는 것이 처음 계획이었지만, 그의 마음은 이 방면의 더 전문가다운 계획으로 비약했다. 그러나 그에 대해서는 그도 걱정이 안 되는 것은 아니었다. 도리아가 선수를 써서 다시 대결할 기회를 없애려고 아니 한달 수도 없는 일이었다. 이날 밤 그는 침대에 들어가서 정강이와 볼에 아픔을 느끼면서도, 이 사건이 도리아의 눈에 어떻게 비칠 것인지 검토해 보았다. 그 결과 사건의 해결에는 물론 자기 개인의 문제에 대해서도 충분히 만족할 만한 일이 생긴다는 생각에 이르렀다.

도리아와 레드메인이 공동의 이익을 위해서 앨버트 레드메인을 살해할 음모를 꾸미고 있는 것은 분명했다. 그 늙은 애서가만 없어진다면 로버트와 그 조카딸은 레드메인 집안의 마지막 사람으로서, 모습을 감춘 두 사람의 재산을 나누어 가질 수 있게 된다. 하기야 로버트는 추적을 받고 있는 몸이라서 공공연히 재산을 분배받을 수는 없다. 그러나 시간이 지남에 따라서 로버트, 벤디고, 앨버트 씨 세 사람이 저마다 법적으로 사망이 인정되면, 제니가 세 사람 모두의 재산을 물려받게 된다. 로버트가 그 뒤에 조카 부부와 협의하여 내밀히 재산 분배를 받는 것은 가능한 일이다. 이렇게 생각하니 피터 건즈의 예견과, 어째서 앨버트가 아직도 살아 있을까 하는 데 대한 의문이 그럴 듯하다는 생각이 들었다. 다만 한 가지 중대한 점에서 건즈가 과오를 범하고 있음을 알았다. 로버트 레드메인이 살아 있다는 것을 의심스러워하는 생각이 그것인데, 이제 그것은 의심할 여지가 없는 사실이라는 것이 증명된 것이다.

브렌던의 이와 같은 고찰이 완전한 오류였다는 것은 뒷날 판명되지만, 이 때의 지쳐 있는 그의 두뇌에는 옳다는 확신이 서 있었다. 그리고 그러한 생각을 바탕으로 그는 앞으로의 일을 추측해봤다. 도리아와 그 공범은 앞으로 어떤 행동으로 나올까? 도리아는 위장된 시체 옆에 갔을 때 자기 정체가 드러날 것을 걱정했을까? 그러나 정체가 드러난 것으로 생각하고 있다고는 할 수 없었다. 그 어둠으로는 시체를 묻으러 나타난 사람이 도리아라고 알아차리기는 아마 곤란할 것이다. 브렌던도 그 놀란 목소리로 도리아라고 단정하고 있을 뿐이지, 그밖의 결정적인 증거가 있는 것은 아니다. 게다가 제니의 남편을 체포해 봐야 어차피 강력한 알리바이를 들고 나올 것이 틀림없었다. 그런 일은 모른다고 끝내 잡아떼면 그뿐인 것이다. 마크의 고찰이 이 예상의 범위 안에서는 옳았다는 것도 뒷날 밝혀지게 된다.

유령

   다음날 아침, 브렌던은 욕조에 들어앉아 상처를 쓰다듬으면서 그날 하루의 행동 방침을 정했다. 제니와 그 남편을 만나 어젯밤의 모험에 관해서 그대로 이야기해 주기로 했다. 마지막에 소리를 지른 부분만 빼놓고.

   아침을 먹고 나서 파이프를 붙여 문 그는 절뚝거리며 피아네쏘 산장으로 향했다. 사실은 그리 대단한 상처도 아니었지만, 짐짓 다리의 움직임이 고통스러운 듯 과장해 보였다. 정원으로 들어가면서 누에집 가까이에 있는 도리아와 제니의 모습을 보았으나, 벨 소리를 듣고 나온 것은 아순타뿐이었다. 주제페를 만나고 싶다고 말하자, 하녀는 브렌던을 거실에 남겨 놓고 나갔다. 그녀가 나가자마자 곧 제니가 반색을 하면서 들어왔다. 그리고 느닷없이 브렌던을 비난하기 시작했다.

   "어젯밤에 우리들은 식사를 한 시간이나 늦게 들었답니다. 기다려도 기다려도 오셔야지요. 주제페가 더 기다릴 수 없다고 해서 먹었습니다만, 그 뒤 왠지 자꾸만 걱정이 되어 결국 밤새도록 어떻게 되신 것일까 하고 걱정을 했답니다. 하지만 이렇게 무사하신 얼굴을 뵈니, 이제 마음이 놓이네요. 뭔가 무서운 일이라도 일어나지 않았나 하고 걱정하고 있었어요."

"그 무서운 일이 실제로 일어났습니다. 기묘한 일입니다만, 그 이야기를 해 드리려고 찾아왔습니다. 도리아 군도 함께 들어 주었으면 좋겠는데, 있습니까? 그도 언제 나와 같은 변을 당할지 모르니까요."

제니는 짜증스러운 듯이 고개를 저으면서

"아직도 모르셔요? 하기야 모르시는 것도 무리는 아니지요. 위험한 사람은 바로 도리아라구요! 그 도리아를 만나고 싶으시다면…… 네, 좋아요, 마크, 저한테는 볼일이 없으시죠."

그녀의 입에서 마크라는 친근한 호칭이 튀어나온 것은 처음있는 일이었다. 순식간에 브렌던의 심장이 뛰었다. 그리고 그녀에게 모든 것을 털어놓아야 한다는 기분이 뭉클 솟구쳤으나, 그래도 오늘의 그는 곧 이 유혹을 물리칠 수 있었다.

"두 내외분이 함께 계시는 자리에서 이야기하고 싶었을 뿐입니다. 부인이 주신 힌트는 매우 중요하다는 것을 알았습니다——저뿐 아니라 부인 자신을 위해서도 말입니다. 부인에 관한 한, 사건은 아직도 더 발전할 우려가 있습니다. 부인이 행복해지시는 것이 저의 첫째 희망이라는 것은 충분히 알고 계실 줄 압니다만, 앞으로의 제 행동으로도 아시게 되리라 믿습니다. 아무튼 저를 믿어 주십시오. 하지만 그전에 해 둬야 할 일이 있습니다. 오늘 찾아온 용건을 마치기 전에는 내가 바라는 것을 할 자유를 가질 수가 없습니다."

"믿고 있어요…… 선생님만을! 이같이 비참한 저로서는 선생님 한 분만이 의지가 되는걸요. 제발 저버리시지 마셔요. 그것만이 제 소원이에요."

"저버릴 까닭이 없잖습니까! 저라는 인간은 부인을 위해 존재하는 거나 다름없습니다. 기꺼이 그리고 긍지를 가지고 부인 앞에 이 몸을 바칠 각오입니다. 거듭 말씀드립니다만, 저를 믿어 주십시오. 그럼, 도리아 군을 불러 주시겠습니까? 두 분이 계신 자리에서 어젯밤에 일어난 사건을 들려 드리고 싶습니다."

그녀는 다시 한 번 주저하면서 브렌던의 얼굴을 쳐다보고

"그렇게 하셔도 상관없으셔요? 건즈 선생님이 뭐라고 하시겠어요, 모든 이야기를 도리아에게 다 하셨다고 들으시면?"

"설명하면 알아 주실 일입니다."

여기서 다시 그는 그녀에게 모두 털어놓고, 마침내 단서를 잡았다는 것을 가르쳐 주고 싶었다. 그러나 두 가지 이유로 입술까지 나온 말을 삼켰다. 하나는 피터 건즈가 말하지 말라고 했기 때문이고, 또 하나는 제니가 사실을 알면 오히려 그녀에게 미칠 위험이 더 커지지 않을까 하는 배려에서였다. 그리고 후자의 고려는 여기서 그녀와의 은밀한 대화까지 중단시켰다.

"불러 주시기 바랍니다. 그 사람이 보고 무언가 개인적인 문제라도 얘기하고 있는 줄 오해하면 곤란하니까요. 이런 때는 그 사람이 의심을 사지 않는 것이 절대로 필요합니다."

"저한테도 숨기시는군요?⋯⋯ 저는 어떤 비밀이나 다 말씀드리고 있는데."

중얼거리면서 그녀는 그래도 남편을 부르러 나가려고 했다.

"내가 부인에게 말씀드리지 않는 것이 있다면, 그것은 결국 부인을 걱정하기 때문입니다⋯⋯ 부인 자신의 안전을 위해서입니다."

브렌던이 대답했다.

그녀는 브렌던을 남겨 놓고 나가더니 곧 남편과 함께 돌아왔다. 도리아는 호기심에 찬 눈을 반짝이고 있었으나, 여느 때의 그 명랑한 듯이 보이는 겉모습 밑에는 꽤 심각한 불안이 숨어 있는 것을 엿볼

수 있었다.

"마크 선생님, 모험을 하셨군요. 말씀을 듣지 않아도 알 수 있습니다. 큰 까마귀처럼 음울한 표정이시고, 현관까지 다가오시는 발걸음도 몹시 절뚝거리는 걸 봤으니까요. 저는 누에집에서 선생님이 오시는 걸 보고 있었습니다. 그런데 대체 무슨 일이 일어났습니까?"

"죽었다가 살아났지."

마크가 대답을 해나갔다.

"어처구니없는 실수를 했다네. 도리아 군, 지금부터 그 경위를 얘기할까 하는데, 잘 들어 보게. 여기 이러고 있어도 기습을 안 당한다고 할 수는 없으니까. 하마터면 내 일생도 그 한 방으로 끝장이 날 뻔했는데, 그 때 만일 자네가 내 대신 그 자리에 있었더라면 아마 자네가 당했을 거야."

"총을 맞았나요? 붉은 머리 그놈이군요? 아니면 밀수꾼입니까? 우연히 만났는데 이탈리아 말을 모르는 바람에……."

"나를 쏜 것은 로버트 레드메인이었어. 기적적으로 총알이 빗나가 주었지만 말이야."

제니는 이 순간 공포의 외마디 소리를 질렀다. 그리고 하느님! 하고 입속으로 조그맣게 중얼거렸다.

브렌던은 어제 일어난 사건을 자세히 설명해 나갔다. 그리하여 이야기가 총격을 받은 뒤에 그가 꾀를 부린 책략에 이르렀다. 어느 점까지는 사실 그대로 말했지만, 그 뒤부터는 일어나지 않은 일을 창작해서 이야기했다.

"가짜 시체를 만들고 나서는 해가 지기 전에 그 근처의 우묵한 곳에 숨었지. 감시하려구 말이야. 상대편은 나를 죽인 줄 알고 있으니까, 어두워지면 증거를 없애려고 돌아올 게 틀림없거든. 그런데 계산에 넣지 않은 사고가 생겨서 아주 놀랐지. 정말 아찔해지더군. 뭔가 하면, 시장기야. 아침을 든 뒤로는 아무것도 먹은 게 없었거든. 음식을 갖고 가기는 했었는데, 레드메인을 쫓아갈 때 그냥 두고 뛰었지 뭔가. 물론 그곳에 있는 것은 틀림없지만, 산길을 반 마일이나 내려가야 했거든. 그렇다고 그대로 있다가는 몸이 식고 힘이 빠질 게 뻔하잖아.

내 몸이 어디 무쇠인가. 더욱이 어제는 꽤 심한 행동을 했단 말이야. 상처는 입었지, 다리는 아프지. 체력 소모가 심했지만 그래도 배를 채워 두는 것이 상책이 아니겠나. 그래서 나는 먹을 것을 찾으러 가서, 달이 뜨기 전에 은신처로 되돌아와야겠다고 생각한 거야. 그런데 그게 내가 생각한 것만큼 쉬운 일이 아니더군. 추적을 시작한 자리까지 돌아가는 데도 무척 시간이 걸렸지만, 그 장소를 안 뒤에도 샌드위치와 포도주가 어디 있는지 알 수가 있어야지. 그걸 찾는 데 여간 시간이 걸리지 않았다구. 그 대신 그걸 찾아냈을 때의 기쁨은 각별하던걸. 금방 힘이 불끈 솟는 것 같았단 말이야. 30분 뒤에 다시 대지로 돌아갔지.

그런데 곤란한 일이 잇달아 일어나더군. 포도주를 마시고 취했다는 말을 듣게 생겼지만——아니, 사실 그랬는지도 몰라——어디서 길을 잘못 들었는지 방향을 전혀 알 수 없게 됐단 말이야. 나중에는 도저히 찾을 가망이 없어서, 그만 단념하고 돌아갈까 생각했었지. 그런데 그때 앞에 그리안테의 산정으로 이어진 벼랑이 허옇게 번쩍이지 않겠나. 정말 반갑더군, 장소를 짐작할 수 있었으니까. 그래서 나는 주위를 경계하면서 소리없이 살금살금 그 장소로 올라갔지.

그러나 내가 돌아가는 게 너무 늦었어. 그 자리로 돌아가서 인형을 보는 순간, 나는 기회를 놓쳤음을 깨달았지. 누가 인형을 건드렸단 말이야. 몸뚱이는 이쪽에 있고, 마른 풀로 만든 머리는 모자를 쓴 채로 저쪽에서 뒹굴고 있었어. 여우 같은 짐승은 그런 장난을 못하지.

죽음 같은 적막이 그 일대를 휘덮고 있더군. 이번에는 오히려 내가 기습을 받을 우려가 있었지. 그래서 나는 한 시간 남짓 숨어 있어야 했어. 하지만 사람의 그림자는 나타나지 않더군. 아마 레드메인은 그 자리에 나타나기는 했으나, 나를 죽이는 데 실패한 것을 알고 떠나 버린 것이 분명해. 그런데 그런 판국에도 나는 내 옷이 그대로 남아 있는 게 참으로 다행이라는 생각이 들더군. 만일 내 옷을 가져가 버렸다면, 나는 정말 와이셔츠와 속옷 바람으로 호텔까지 터벅터벅 걸어가는 수밖에 없었으니까. 그래서 나는 윗도리와 니커보커스를 입고 모자를 쓰고, 양말까지 신고 돌아갈 준비를 하기 시작했지.

주위에 흙 냄새가 나더군. 갓 파헤친 흙 냄새였어. 하기야 그런 기분이 들었을 뿐이지 확실히 뭐라고 똑똑히 말할 수는 없지만 말이야. 나는 곧장 산을 내려가기로 하고 길을 북쪽으로 잡아 밤숲을 지나서 호텔에 도착해 보니, 밤 1시더군.

내 이야기는 대강 이런 정도인데, 지금부터 거길 한번 가 볼 참이야. 다만 이번에는 경찰관을 데리고 가야겠어. 이 지방 경찰에는 나한테 협력하라는 명령이 내려와 있을 테니까. 하지만 도리아 군, 자네가 같이 가 준다면 그렇게는 안 하겠네. 경찰에는 되도록 알리고 싶지 않거든. 그렇다고 혼자 갈 기분도 썩 나지 않고 말이야."

제니는 남편의 얼굴을 쳐다보았다. 그가 먼저 의견을 말하기를 기다리고 있는 것이었다. 그러나 주제페는 지금부터 일어나는 일보다 어제 브렌던이 경험한 사실이 더 흥미있는 듯, 여러 가지 질문을 되풀이했다. 그 질문에는 마크도 거짓없는 대답을 할 수 있었다. 그리고 도리아는 그 모험의 현장에 기꺼이 동행하겠다고 말했다.

"이번에는 이쪽에서도 무장을 하고 갑시다."

도리아가 말했다.

그러나 제니가 반대했다.

"브렌던 선생님은 아직 회복이 다 안 되셨어요. 오늘 당장 산에 올라가신다는 건 무리예요. 다리도 좋지 않으시고, 또 무엇보다도 어제의 피로가 아직 다 가시지 않으셨으니까요."

도리아는 아무 말도 하지 않고 마크의 얼굴을 쳐다보았다. 마크는 도리아 부부를 안심시키듯이 말했다.

"한 번 더 올라가면, 오히려 다리의 움직임이 회복될 것 같은데요."

"그럴지도 모르겠는걸. 바삐 올라갈 필요도 없는 일이고……"

도리아가 말했다.

"두 분이 가신다면 저도 가겠어요."

제니가 조용히 말했다. 두 남자가 반대했으나 그녀는 듣지 않았다.

"점심을 준비하겠어요."

그녀는 남자들이 말리는 것도 듣지 않고 도시락을 싸러 나갔다. 이어 주제페도 이 날의 할 일을 에르네스토에게 일러두어야겠다면서 제니의 뒤를 따라 나갔다.

제니가 먼저 돌아왔다. 브렌던이 다시 그만두라고 말리자, 그녀는 갑자기 짜증스러운 표정을 지으면서,

"마크 같은 훌륭한 탐정님이 어쩌면 그렇게도 생각이 둔하셔요? 저와 관계있는 문제가 되면 다른 때와 사람이 달라지는 것 같아요. 저만은 남편과 함께 가도 절대로 안심이에요. 저를 죽이면 아무것도 얻는 게 없어지거든요. 적어도 지금은 그래요. 하지만 선생님은 달라요. 그 사람과 단둘이서 올라가시다니, 그보다 더 위험한 일은

없어요. 그이는 고양이처럼 교활한 사람이에요. 아마 틀림없이 적당히 둘러대서 어디로 사라졌다가, 자기 패거리와 무슨 일을 꾸밀 거예요. 그 사람들은 같은 실패를 두 번 되풀이하지 않아요. 하긴 제가 같이 가더라도 그럴 때 남자가 둘이서 덤비면 저 같은 여자의 몸으로는 아무리 몸부림쳐 봐야 선생님을 구해 드릴 수 없겠군요."

"구해 주실 필요는 없습니다. 권총을 갖고 갈 테니까요."

결국 그들은 떠났다. 제니의 염려는 실현되지 않았다. 도리아도 오늘은 경박한 태도를 보이지 않았을 뿐 아니라, 의심스러운 거동도 하지 않았다. 그리고 브렌던의 곁에서 떠나지 않고 길이 험한 데서는 부축까지 해주며, 아까 들은 이야기에 대해서 여러 가지로 자기 자신의 해석을 들려 주고 싶어하는 것이었다. 그 사건에 꽤 관심이 깊은 듯, 상대편의 권총이 브렌던에게 맞지 않고 빗나간 것이 몹시 이상한 듯한 말투였다.

"운이 좋은 것이 머리가 좋은 것보다 덕이군요. 그런데 선생님의 그 순간적인 재치를 들으면 누구나 놀랄 겁니다. 정말이지 대단한 책략이십니다. 총알이 빗나간 걸 깨닫는 순간 앞으로 푹 엎어지시다니 말입니다."

브렌던은 대답하지 않았다. 그들은 거의 말없이 사건 현장으로 올라갔다. 잠시 후 도리아가 입을 열었다.

"주인 한 사람의 눈은 하인 여섯 사람의 눈보다 밝다는데, 피터 건즈 씨가 이 얘기를 듣고 어떻게 풀이하실지 들어 보고 싶군요. 그리고 나는 그 붉은 머리의 사나이를 생각해 보는데요, 그 녀석, 대체 오늘 아침에는 어떤 기분일까요? 아주 큰 실수를 저질러 놓고 아마도 저 혼자서 화가 잔뜩 나 있을 겁니다. 아니, 필경 겁을 집어먹고 있겠지요. 들통이 난 줄 알 테니까요. 그렇다고 그 살인귀가 어딜 가겠습니까. 후회할 짓은 하지 않을 테니까요."

이리하여 그들은 브렌던이 수훈을 세운 장소에 이르렀다. 무덤을 얕게 판 자리를 발견한 것은 제니였다. 제니의 부르는 소리를 듣고 두 남자가 가 보니, 그녀는 새파랗게 질린 얼굴로 떨고 있었다.

"지금쯤 선생님은 여기 묻혀 계실 뻔했어요."

그녀가 마크에게 말했다.

그러나 브렌던은 구덩이 바로 옆에 수북히 쌓인 흙더미에서 눈을 떼지 않았다. 그 언저리에 징을 박은 구두 자국이 가득 남아 있었다. 도리아의 설명으로는 산에 다니는 사람들이 잘 신는 신이라고 했다. 그밖에 면밀히 조사해 보았으나 아무것도 발견되지 않았다. 주제페는 갖가지 가설을 내세우면서, 브렌던이 자신의 생각에 정신이 팔려 상대도 않는데 혼자서 열심히 지껄여대고 있었다. 그의 결론은 로버트 레드메인이 다시는 모습을 나타내지 않을 것이라는 말이었다. 이만큼 큰 실수를 했으니 그 행동에 종지부를 찍지 않을 수 없을 것이라는 것이 그 이유였다.

마크는 건즈 씨가 메나지오에 돌아올 때까지 적극적인 행동은 하지 않기로 했다. 그동안 도리아 부부에 대한 감시를 꾸준히 계속하는 한편, 되도록 우호적인 태도를 유지하는 것이 중요했다. 물론 그 이면에서 세 사람 사이의 관계는 분명히 긴박해지고 있었다. 그는 시치미를 떼고 뻔질나게 피아네쏘 산장을 방문했으므로, 피터 건즈 씨와 레드메인 씨가 돌아오기 전에 그의 마음에는 어느 정도 확신이 서 있었다. 도리아는 비밀의 적과 공모하여 마침내는 자기 자신의 이익을 위해서 처숙부의 목숨을 빼앗을 궁리를 하고 있는 것이 틀림없었다. 그리고 제니는 남편이 믿을 수 없는 인간이고, 무언가 나쁜 일을 꾸미고 있다는 것은 알고 있지만, 그 흉악한 목적의 전모까지는 알지 못하고 있는 듯했다.

만일 그녀가 주제페와 로버트 레드메인이 공모하여 앨버트 레드메인의 살해를 계획하고 있다는 것을 안다면, 그 사실을 자기에게 일러 주지 않을 까닭이 없었다. 다시 말해서 그녀는 많은 의심을 품고 있으면서도 구체적으로는 아무것도 모르고 있는 것이었다. 그리고 그녀는 마크에게 위험이 미칠 것을 몹시 두려워하면서, 피터 건즈가 돌아올 때까지는 자신의 안전만 생각하고 다른 일에는 일체 손을 대지 않는 편이 현명하다고 몇 번이나 충고하는 것이었다.

그러는 동안에 그녀와 도리아 사이는 점점 더 나빠지는 것처럼 보였다. 그녀는 곧잘 눈물을 글썽거렸으며, 신경질이 도지고 있었다. 그리고 또 어느 날 밤에는 다시 로버트 레드메인의 모습을 보았다고 암시했으나 확실한 것은 말하지 않았다. 사건다운 사건은 그뿐이었으며, 그 뒤로는 도리아도 제니와 브렌던의 사이에 질투의 감정을 나타내 보이지는 않았다. 브렌던도 제니에게 속내를 얘기해 달라고 강요하는 행동은 삼갔다. 그 때문인지 도리아는 친근한 표정마저 보이면서, 아무리 봐도 결혼 생활이라는 것이 과대 평가되고 있느니 어쩌니 하고 입버릇처럼 말하곤 하는 것이었다.

"정말입니다, 마르코 선생님. 결혼 생활의 예찬도 좋지만 독신으로 사는 것만큼 좋은 것도 없습니다. 요즘은 정말 절실히 느낍니다. 최고의 행복은 평화에 있다는 걸 말이죠. 그게 아마 드물게 보게 되는 행복일 겁니다."

며칠이 지나자 홀연히 앨버트 레드메인과 미국인이 돌아왔다. 어느 날 점심때가 지나서 두 사람은 메나지오에 도착했다.

레드메인 씨는 매우 건강해 보였으며, 다시 집에 돌아와서 살게 된 것을 무척 좋아했다. 그는 피터가 무슨 일을 하고 왔는지 전혀 알지 못했으며, 사실 처음부터 알려고도 하지 않았다. 영국에서는 거의 런던에 머물면서 오로지 서적 수집가들과의 우정을 새로이 하고, 귀중한 서적을 구경하는 데 나날을 보냈다. 그리고 아직도 자기 육체에 에너지와 기백이 남아 있음을 알고 흡족해 했다.

"나는 아직 기운이 펄펄하다, 애야."

그는 조카딸에게 말했다.

"이래 봬도 아직 육체며 정신에 적극적인 것이 남아 있단 말이야. 내가 생각해도 놀랄만했느니라. 내가 전에 생각한 것만큼, 삼도천 (三途川) 노쇠의 비탈길을 굴러가고 있는 것도 아니었어."

그는 식사를 많이 하고 나더니, 오랜 시간 기차를 타고 온 피로의 기색도 보이지 않고 당장 베라지오 마을로 건너갈 테니 배를 불러 오라며 남이 말리는 것도 듣지 않았다.

"포지에게 선물을 갖다 줘야 해. 그 사람의 손을 잡고 그 목소리를 듣기 전에는 느긋이 잠을 잘 기분이 나지 않는구나."

에르네스토가 뱃사공을 부르러 갔다. 곧 보트가 레드메인 씨의 방에서 호수로 내려가는 돌층계 밑에 와서 닿았다. 레드메인 씨는 호수를 건너갔다. 브렌던은 마침 그때 도리아를 만나러 와 있었는데, 레드메인 씨와 피터가 돌아왔으므로 건즈 씨와 단둘이서 이야기할 기회를 찾았다. 그러나 건즈 씨는 지쳐 있어서 아순타가 솜씨껏 장만한 오믈렛을 먹고 백포도주를 석 잔쯤 마시더니, 이제 방에 가서 자연이 요구하는 잠을 자야겠다고 말했다.

물론 그는 주제페가 자기 말에 귀를 기울이고 있는 것을 알고 브렌던에게 일부러 이렇게 말한 것이 분명했다.

"아주 피곤하구먼. 또 얘기할 만한 수확도 없구 말이오. 이번 조사가 무슨 뜻이 있을는지, 아직은 뭐라고 말할 수 없소. 솔직히 말해서 내 자신도 별로 기대하고 있지 않아요. 브렌던 씨, 그러니까 얘기는 내일 합시다. 그 때는 도리아 군도 합석해 주게. 자네가 '까마귀의 집' 당시에 일어난 일을 상기해 준다면, 얼마쯤 윤곽이 뚜렷해지는 일도 있을 것 같으니까 말씀이야. 아무튼 한참 잘 자고 나기 전에는 아마 나는 아무 소용도 없을 거요."

이런 말을 간신히 하고 나더니 그는 수첩을 들고 방으로 들어가 버렸다. 브렌던은 내일 아침 식사 뒤에 오겠다고 약속하고 누에집 쪽으로 걸어갔다. 거기서는 이제 마지막 누에도 황금빛 수의(繡衣)를 다 짜놓고 있었다. 건즈의 목소리는 사실 몹시 지쳐 있었고 또 그 짤막한 이야기의 내용이 비관적인 빛깔로 물들어 있기는 했어도, 그것이 브렌던의 기분을 침체시키지는 않았다. 건즈가 입으로는 은근히 비관적인 말을 하면서도, 그 눈은 주제페가 눈치채지 못하게 함축성있는 윙크를 보내고 있었기 때문이다. 만일 건즈가 새로운 사실을 알아 왔다면, 그것을 주제페 앞에서 말할 수는 없었을 것이다. 건즈에게 아직 그리안테 산에서의 모험을 이야기하지 않았으니만큼, 브렌던은 더 흥미를 느꼈다. 아울러 말하자면, 그는 건즈의 조사에 혹시 방해가 될까 두려워서 산에서의 사건을 편지로 보고하는 것을 보류했던 것이다.

다음날부터 정말로 피로를 느끼기 시작한 것은 앨버트였다. 여독이 나타났는지 온종일 침대를 벗어나지 못했다. 그러나 사람들을 놀려 둘 주인이 아니었으므로, 저마다 일을 시켰다. 도리아는 밀라노의 고서점으로 심부름을 가게 되었고, 제니는 바렌나의 아는 사람 집에 선물을 전하게 되었다.

브렌던은 그것이 건즈의 머리에서 나온 작전이며, 도리아 내외를 몇 시간 동안 멀리 떼어 놓기 위한 수단으로 보았다. 도리아가 그 의도를 눈치챘다고는 단언할 수 없지만, 제니가 그렇게 생각하고 있지 않은 것은 바렌나에 가게 된 것을 기뻐하는 모습을 보아도 알 수 있었다. 숙부의 선물을 전달하는 곳은 어느 미망인 댁이었으며, 제니도 전부터 그 부인을 잘 알고 있어서 그들의 우정을 높이 평가하고 있는 터였다.

도리아 내외가 저마다 용건을 가지고 막 떠나려 하고 있는데, 브렌던이 왔다. 그는 먼저 건즈와 함께 선창까지 도리아 내외를 전송했다. 두 내외는 각기 다른 배를 타고 출발했다.

　그러나 이런 조치도 반드시 건즈 씨를 만족시키지는 못했다. 그는 수수께끼 같은 말을 했다.

　"저 배가 코모에 도착할 때까지 아무 데도 들르지 않았으면 좋을 텐데, 하필이면 도중에서 몇 군데 들른단 말씀이야. 그중 어디선가 내린다면, 한 시간 이내에 돌아올 우려가 있지요. 우리는 앨버트에게서 잠시도 눈을 뗄 수가 없소."

　"그렇게 하지요, 뭐. 하지만 앨버트 씨는 자고 있을 테니까, 선생님 말씀은 아무 방해도 받지 않고 들을 수 있겠는데요."

　두 사람은 산장의 정원에서 입구가 보이는 나무 그늘에 자리를 잡았다. 건즈는 수첩을 꺼내놓고 코담배를 한 줌 크게 집고는 먼저 금제상자를 옆에 있는 테이블에 올려놓더니 브렌던 쪽으로 돌아앉았다.

　그가 말했다.

　"내가 보고하기 전에, 당신의 이야기부터 듣고 싶군. 꼭 알고 싶은 것이 세 가지 있소. 붉은 머리의 사나이를 보았소? 도리아를 어떻게 관찰했소? 그의 아내를 어떻게 생각하오? 이 세 가지요. 벤디고의 일기에 관해서는 새삼 들을 것도 없을 것 같구려. 여기서 발견되지 않을 것은 확실할 테니까."

　"맞습니다. 제니 씨에게 부탁해서 온 집 안을 다 찾아봤습니다만, 나오지 않았습니다. 물론 저도 같이 찾았지요. 로버트 레드메인은 제가 직접 만났습니다. 이제 저는 문제의 사나이를 로버트로 보는 데 확신을 가졌습니다. 주제페 도리아와 지금 그 아내가 되어 있는 여성에 대해서도 뚜렷한 결론을 내릴 수 있게 되었습니다."

　미소의 그림자가 피터의 큰 얼굴을 스치고 지나갔다.

이어 브렌던은 산 위에서의 모험에 관해 상세히 보고하기 시작했다. 세밀한 점에 이르기까지 하나도 빠뜨리지 않고 이야기했다. 도리아와 나눈 대화의 내용에서부터 제니를 코리코에 보내기 위해 도리아가 먼저 산에서 내려갔다는 것, 그 뒤에 느닷없이 자기가 습격을 받았다는 것, 그리하여 구사일생으로 살아났다는 것, 권총으로 총격을 받은 뒤 상대편을 유인하기 위해 일부러 그 자리에 쓰러졌다는 것, 그리고 상대편이 어떻게 달아났으며, 밤이 되어 시체를 묻으러 온 자의 정체를 인형의 속임수로 주제페 도리아라는 것을 알게 되었다는 것 등을 소상하게 이야기했다.

그리고 또 도리아와 로버트 레드메인이 실망하여 달아난 광경이며, 도리아가 그 일에 가담했음을 자기가 눈치챘다는 것을 알리지 않으려고 일부러 그에게 그 때의 모험담을 들려 주었다는 것, 그 다음날 도리아 부부와 현장에 돌아가서 비어 있는 무덤과 그 가장자리에 산 사나이의 것 같은 구두자국을 보았다는 이야기도 들려 주었다. 거기에 덧붙여서, 그 4일 뒤에 제니가 로버트로 여겨지는 남자의 모습을 보았다고 말했다는 것과, 다만 그 때는 이미 어두워서 그 사람 같았으나 똑똑히 그렇다고 단언할 수는 없다고 말했다는 것 등도 보고했다. 그 사나이는 피아네쏘 산장에서 2백 야드쯤 떨어진, 산에서 내려오는 오솔길 가에 서 있다가 제니가 가까이 가자 허둥지둥 달아났다는 것이었다.

이런 이야기에 건즈는 매우 흥미를 느끼는 듯 열심히 귀를 기울이고 있더니, 마크의 보고가 끝나자 만족감을 나타내는 데 주저하지 않았다.

"두 가지 점에서 나는 매우 기쁘게 생각하오. 하나는, 그 총알이 당신의 그 수려한 이마에 박히지 않고 귓전을 스치고 지나간 거요. 덕분에 당신은 지금 살아 있는 인간들 속에 남아 있거든. 또 하나는 방금 당신이 한 애기로 자신을 얻었다는 거요. 지금부터 내 추론을 애기하겠지만, 당신이 말한 사실이 죄다 그것과 들어맞아요, 논거가 한층더 강해졌단 말이오. 그런데 당신은 퍽 재치있는 함정을 만들었구려. 하기야 나 같으면 좀 더 다른 방법을 썼을 거요, 아무튼 멋있는 수법을 썼소. 그 뒤에 도리아에게 그 애기를 해준 것도 우리의 좋은 전통이 되었고, 감탄할 만한 방법이었소. 도리아를 어떻게 보느냐 하는 것은 이제 더 들을 필요도 없겠소. 나머지는 다만 도리아의 아름다운 아내에 대해서 어떻게 생각하고 있는가 듣고 싶을 뿐이오."

브렌던이 대답했다.

"용감하고 똑똑한 여성이라는 저의 생각에는 변함이 없습니다. 그 사람은 지긋지긋한 결혼의 희생자이고, 거기서 빠져나오려면 다시 한 번 훨씬 더 불쾌한 고통을 겪어야 할 것으로 압니다만, 그 사람 자신은 마음이 비뚤어지지 않은 아름다운 성격의 소유잡니다. 남편이 나쁜 녀석이라는 것을 알고 있으면서도 그같이 올바른 생활을 하고 있으니까요.

새삼 말할 것도 없습니다만, 저는 그 사람에게 한 마디도 사건의 진상을 암시한 일이 없습니다. 어느 의미에서는 남편에게 충실하고, 자기의 괴로움을 눈치채이지 않고 그런 거동을 보이지 않으려고 무척 신경을 쓰고 있는 모습도 보입니다만, 일부러 행복한 체하거나 도리아가 충실한 남편이며 선량한 사람인 것처럼 보이게 하려는 거동까지는 생각지 않고 있는 것 같습니다. 물론 제가 겉으로 드러난 것 이상으로 자세히 안을 들여다보고 있다는 것을 알고 있습니다. 그러고 보니 선생님이 돌아오시기를 몹시 기다리고 있는 것 같았습니다. 제 생각을 솔직히 말씀드리면, 그 사람에게는 사정을 털어놓아야 한다고 생각합니다. 우리가 조사한 사실을 알려 주면, 아마 그 사람은 광명을 발견할 것이 틀림없습니다. 그리고 동시에 그것이 우리의 사건 해결에도 도움이 될 줄 압니다. 그 사람의 선량함과 정의감에 대해서 저는 조금도 의문을 갖고 있지 않습니다."

"그런가요…… 그렇다면 좋소. 그럼, 당신 이야기가 그게 전부라면 이번에는 내 얘기를 들어 보겠소? 우리는 참으로 교묘한 연기자를 상대로 하고 있소. 이 사건만큼 정교하고 치밀하게 꾸며진 것을 나는 본 적이 없소. 한다하는 나도 처음 겪는 일이라 무척 놀라고 있는 중이라오. 역사는 되풀이되니까 이 이상의 악인이 없었다고는 말하지 않겠소만, 그러나 그리 흔히 볼 수 있는 인간은 아닌 것 같구려."

"로버트 레드메인 말씀입니까?"

설명에 들어가기 전에 피터는 잠시 말을 끊고 코담배를 집더니, 이윽고 지그시 눈을 감고 말을 이었다.

"어째서 당신은 걸핏하면 로버트 레드메인의 이름을 들먹이는 거요? 앵무새처럼 그 사람의 이름만 되풀이하고 있는데, 일전에 내가 이 사건과 관련해서 위장에 관하여 설명한 적이 있었지요? 그걸 아울러 생각해 본 적은 없소? 무릇 인간이 만든 것으로서 가짜를 만들지 못할 것은 없다는 걸 아시오. 하느님이 만드신 것이라도 그중 몇 가지는 위조가 가능하다오. 그림, 우표, 서명, 지문, 무엇이거나 위조하지 못하는 게 없소. 그림, 우표, 지문 같은 것은 늘 보고 있어서 오히려 더 그 외관에 속기 쉽지요. 그런 정도의 것이라도 위조라고 간파할 만한 전문 지식을 가진 사람은 상상 외로 적은 법이오. 그런데 지금 우리가 상대하고 있는 자들은 사람을 위조하고 있단 말이오. 당신들이 말하는 붉은 머리의 사나이라는 것이 결국 그거요.

이를테면 당신도 지난 주일에 같은 수법을 쓰지 않았소? 자기의 가짜를 만들어서 시체라고 땅에 눕혀 놓지 않았는가 말이오. 진짜 로버트 레드메인은 시체가 되어 있는지도 모르오. 그렇지 않다는 것이 지금까지의 조사로는 판명되지 않았지만, 나는 그것을 입증할 자신이 있소. 그리고 적어도 이것만은 단언할 수 있소. 당신을 쏘는 데 실패하고 달아난 녀석은 적어도 로버트 레드메인일 수는 없다는 것이오."

브렌던은 이의를 제기했다.

"다시 생각해 주시기 바랍니다, 선생님. 저는 그 자의 얼굴을 본 사람입니다. 살인이 일어나기 전에 직접, 그 자와 포긴티 채석장에서 얼굴을 마주보고 대화를 나눈 적이 있단 말입니다."

"그게 어쨌다는 거요? 그 뒤로는 한 번도 말을 해 본 적이 없잖았소? 아니, 본 일이 없지. 본 것은 가짜란 말이오. 농장에서 식량을 훔친 것도, 동굴 안에서 벤디고 레드메인을 죽인 것도, 모두가 가짜란 말이오. 따라서 당신을 잘못 쏘고 달아난 녀석도 역시 가짜가 틀림없소."

건즈가 다시 코담배를 집고 이야기를 계속했다.

　그러나 이 대목은 수사의 과정으로 말해서 당연히 이 사악한 범죄의 클라이맥스라고도 볼 수 있는 것이므로, 여기서 다 말해 버리면 오히려 그 올바른 의의를 보여 줄 수 없게 된다. 다만 얼른 듣기에 상식 밖으로 여겨지는 그의 설명이 브렌던의 머리를 혼란에 빠뜨렸다고 말하는 것으로 그치고자 한다. 이것이 건즈같이 이름난 사람의 입에서 나온 말이 아니었다면 아마 브렌던은 웃어 넘기고 말았을 것이다.

　"알겠소, 마크 씨."

　피터는 2시간 가까이나 이야기 하고 나서 다음과 같은 말로 그 긴 설명을 마쳤다.

"이렇게 생각하는 것이 절대로 옳다는 말은 아니오. 다만 황당무계하게 들릴지는 모르지만, 이것으로 비로소 논리가 맞아 들어가오. 더욱이 그것은 일어날 수 없는 일은 아니오. 이렇게 생각하지 않는 한, 지금까지 일어난 사건과 그리고 지금부터 일어날 사건을 해석할 도리가 없소. 나는 다만 이 말을 하고 싶을 따름이오. 그러나저러나 이게 사실이라면, 실로 소름끼치는 사건이오. 하지만 마크 씨, 이것은 우리의 직업적 견지에서 본다면, 아름다운 범죄라고도 할 수 있는 게요. 암이나 전쟁이나 지진같은 것이 인류의 복지를 떠나서 생각한다면 아름답다고 할 수 있다는 뜻에서 말이오."

브렌던은 어떻게 대답해야 좋을지 모르겠다는 표정이었으나, 그 얼굴은 쑤시는 듯한 고통으로 일그러져 있었다.

"저는 도저히 믿어지지 않습니다."

간신히 그는 이렇게 대답했으나, 마음속의 놀라움과 너무나 심한 동요가 목소리에 드러나 있었다.

"하지만 아무튼 저는 선생님의 지시대로 움직이겠습니다. 그것만은 저도 할 수 있고 또 제 의무이기도 하니까요."

"고맙소. 그런데 그전에 뭘 먹어 둡시다. 요점은 이해하겠지요? 이렇게 되면 무엇보다도 시간이 가장 중요하오."

마크는 엄청나게 많은 것이 기록되어 있는 수첩을 들여다보고 있다가 고개를 끄덕이며 그것을 집었다.

별안간 건즈 씨가 웃었다. 브렌던의 수첩을 보고 어떤 일이 생각난 것이다.

"깜박 잊었소만, 어제 오후에 우스운 일이 있었소. 머리맡에 수첩을 놓아 둔 채 자고 있는데, 방 안에 들어온 녀석이 있잖았겠소. 물론 나는 자고 있었지요. 하지만 나는 아무리 깊이 잠들더라도,

유리창에 파리만 윙윙거려도 깨어난다오. 문 쪽으로 고개를 돌리고 누워 있었는데, 이상한 소리가 나길래 한쪽 눈을 실처럼 떠봤지요. 그러자 문이 열리더니 우리의 도리아 군이 얼굴을 들이밀지 않겠소. 커튼은 내려졌지만 어느 정도 광선은 비치니까 머리맡에서 2피트쯤 떨어진 테이블 위에 수첩이 놓여 있는게 보였소. 그 녀석이 거미처럼 소리도 없이 다가오더군요. 나는 1야드쯤 되는 거리까지 오도록 내버려 두었다가, 갑자기 기지개를 켜면서 돌아누웠소. 그 랬더니 그 녀석 마치 모기처럼 날아가 버립디다. 30분쯤 있으니까 다시 살금살금 돌아왔는데, 이번에도 내가 깨는 바람에 바깥 복도 에서 귀만 기울이고 있다가 그냥 돌아가 버리더군요. 그 녀석 몹시 도 내 수첩이 탐이 났던 모양이지요?”

그 뒤 건즈는 한 이틀 쉬지 않고는 여독이 풀리지 않겠다고 떠벌렸 다. 그러더니 저녁때, 도리아의 귀에 대고 함께 산책하러 가지 않겠 느냐고 소곤거렸다.

“자네에게 좀 해 둘 이야기가 있어서 그러네. 다른 사람의 눈에는 띄지 않는 편이 좋을 테니까 따로따로 나가세. 내가 좋아하는 산책 길을 아는가? 산으로 올라가는 길, 거기가 좋아. 모퉁이에서 만나 기로 하세. 시간은 7시…….”

주제페도 좋아하며 고개를 끄덕이며 말했다.

“그럼, 마돈나 델 파르니엔테 경당으로 올라가실까요?”

그는 지정된 시간에 약속한 지점에서 피터와 만났다. 그리고 둘이 서 어깨를 나란히 하고 언덕길을 올라갔다. 걸어가면서 늙은이는 사 건의 수사에 도리아의 적극적인 협조를 요청하는 것이었다.

“우리끼리 얘기네만.”

그는 취지를 설명하기 시작했다.

“실은 나는 이번 사건의 수사방침이 불만스럽네. 확실히 브렌던은 훌륭한 인물이야. 그만한 수완을 가진 탐정은 그리 흔하지 않지. 재치있는 행동도 이따금은 하고 말씀이야. 이를테면 산에서 죽은 체해 보인 그런 수법이 그거지. 함정을 만들어 놓은 그 솜씨는 걸 작에 속한다구. 하지만 상대를 놓쳐 버려서야 무슨 소용 있는가? 나 같으면 그렇겐 하지 않지. 자네도 아마 그렇게는 하지 않을걸. 솔직히 말해서 마크란 인물과 그 사람이 하는 일 사이에는, 뭔가 그 사람의 머리를 둔하게 만드는 게 끼어들어 있는 것 같아. 그래 서 자네 의견이 듣고 싶어진 게야. 브렌던을 어떻게 보는가? 자네 는 제3자의 입장에서 수사의 상황을 보아 왔고, 머리도 아주 날카 로운 사람일세. 게다가 그 사람의 성질을 연구할 기회도 얼마든지 있었을 게 아닌가. 그 결론을 들려 줄 수 있을 줄 아는데, 어떤 가? 나도 실은 이제 이 사건에는 진절머리가 나기 시작하는군그 래. 너무 시간을 끄는걸. 나까지 머리가 멍청해지는 느낌이라구. "

"마르코는 제 아내를 사랑하고 있습니다. "

주제페는 냉정한 어조로 대답했다.

"그렇게 실수만 하고 있는 것은 그 때문입니다. 저로서는 이 사건 에 관한 한 집사람을 믿지 않고 있죠. 그 사람은 확실히 붉은 머리 와 어떤 연락을 갖고 있습니다. 우리보다는 백배나 자세히 사정을 알고 있는 게 분명합니다. 그런데 브렌던 씨는 그 여자한테 눈가림 을 당하고 있어서 도저히 선생님을 도울 수는 없을 것 같은데요. "

피터는 은근히 놀라는 표정을 지어 보였다.

"뭐라구! 그런 셈치고는 자네, 너무 냉정하지 않은가! "

"그건 제가 이젠 아내를 사랑하고 있지 않기 때문이죠. 저는 소용 이 없어진 걸 붙들고 놓지 않는 그런 인간이 아닙니다. 제가 갖고 싶은 것은 차분한 생활입니다. 음모니 모략이니 하는 것은 딱 질색 입니다. 피에트로 선생님, 저는 아주 평범한 사람입니다. 탐정 사건 같은 것은 듣기만 해도 진절머리가 납니다. 첫째, 이번 사건에서는 멍청하게 있다간 생각지도 않게 말려들고 말아요. 제가 도대체 어떤 입장에 있는지 도무지 알 수가 없단 말입니다. 집사람과 그 정체를 알 수 없는 악당이 분명히 무언가 꾸미고 있다는 것은 알겠는데, 그 이상은 도무지 종잡을 수가 없단 말입니다. 만일 선생님이 이 비밀을 들추고 싶으시면, 그 여자를 감시하십시오. 저를 감시하지 마시구요. 정말 그 여자는 무서운 여잡니다. 그냥 내버려 뒀다가는, 선생님이 걱정하시는 것보다 더 무서운 일이 언제 일어날지 모릅니다."

"부인 뒤를 밟으란 말인가?"

"그럼요. 사실은 그 말을 하고 싶었던 겁니다. 아마 오래지 않아 그 여자는 무슨 구실을 만들어서 산으로 올라갈걸요. 그때 그대로 가게 해 놓고 뒤를 밟으셔야 합니다. 브렌던 씨와 같이 가시는 게 좋겠죠. 뜻밖에 간단히 로버트를 붙잡을 수 있을지도 모릅니다. 붉은 머리만 잡으면 되지 않습니까? 선생님들만으로 무리거든 경찰이나 세관에 부탁하십시오. 이 지방에는 밀수꾼 단속반이 대기하고 있으니까요. 언제라도 거들어 줄 겁니다. 흉악한 그 여우 같은 인간의 인상을 가르쳐 주고, 그 꼬리에다 큼직한 현상금이라도 다는 겁니다. 그러면 간단히 붙잡힐 건 뻔합니다."

건즈는 고개를 끄덕이고 걸음을 멈추더니 그대로 서 버렸다.

"그 편이 좋겠는걸. 하지만 가능하다면, 우리 힘만으로 붙잡고 싶네. 어차피 앞으로 2주일이면 나도 떠나야 해. 언제까지나 이탈리아에 머물러 있을 수도 없지 않은가? 그렇다고 친구를 위험 앞에 버려 둔 채 나만 훌쩍 떠나 버릴 수도 없는 일이고 말씀이야. 실은 좀 난처란 입장이라구. 내가 곁에 있는 동안은 그런 대로 안전하다고 할 수 있겠지만, 내가 떠나고 나면 어떤 일이 일어날지 알 수가 없거든. "

주제페가 곧 받아 말했다.

"저는 소용이 없을까요 ? "

건즈 씨는 고개를 저었다.

"그게 그렇게도 할 수 없단 말씀이야. 첫째, 자네와 같이 일한다는 것은 우습지 않은가 ? 왜냐하면 자네 입으로 자네 부인이 적의 편이라는 말을 들으니 그렇구나, 하는 생각이 들거든. 그렇다고 그분은 자네 부인인데, 그분을 자네더러 어떻게 공격하라고 하겠는가 ? "

"그렇지만 그만한 일이라면……. "

이런 이야기를 나누면서 그들은 천천히 산길을 올라갔다. 그동안에도 피터는 이야기를 계속하며, 여러 가지 계획을 궁리하는 체했다. 그리고 제니가 혼자서 산에 올라가는 것을 알면, 브렌던과 둘이서 살며시 뒤를 밟아 보겠다고 말했다.

그런데 이때 참으로 기묘한 일이 일어났다. 이윽고 주위에는 땅거미가 지기 시작하며, 첫 반딧불이 날기 시작하고 있었다. 길가에는 해묵은 경당이 황폐한 모습을 드러내고 있었다. 그곳에 난데없이 키가 훤칠하게 큰 사나이가 쑥 나타난 것이다. 분명히 지금까지 그 자리에 없었던 모습을, 보랏빛으로 저무는 해거름의 으스름 속에서 흐릿하게 알아볼 수 있었다. 그렇게 어둡지는 않았으므로, 특징있는 용모가 보는 사람의 눈에 도전해 왔다. 로버트 레드메인이었다. 큰 붉은 머리와 역시 큰 입수염이 저무는 어둠 속에 튀어 나오듯 눈에 들어왔다. 꼼짝도 않고 이쪽을 바라보고 있었다. 두 팔은 양쪽에 축 늘어뜨렸으며, 트위드 윗도리의 줄무늬와 붉은 조끼의 도금한 단추가 두드러져 보였다.

도리아는 움찔 놀라며 우뚝 섰다. 한순간 놀라움을 감추지 못하고 홀연히 나타난 존재에 공포의 눈길을 던졌다. 그가 처음 보는 상대가 아님은 의심할 것도 없었다. 그러나 길을 막아선 그림자에 그가 던진 눈길은 혼란된 감정이 나타나 있을 뿐, 아는 사람에게 던지는 우정과 이해의 그것이 아니었다. 손을 들어 눈을 비볐다. 눈에 비친 것이 지워지기나 하는 듯이. 그리고 다시 바라보았다. 그러나 그 때는 이미 오솔길 위의 그림자는 사라지고 없었다. 그러한 그의 거동을 옆에서 건즈가 지켜보고 있었다.

"왜 그러나?"

피터가 물었다.

"놀라운데! 선생님, 저거 못 보셨습니까?…… 저 길 한가운데…… 로버트 레드메인이!"

그러나 건즈는 주제페의 얼굴을 들여다보고 다시 저 앞을 바라보았을 뿐이었다.

"아무것도 안 보이는걸."

피터가 이렇게 말하자, 이탈리아인의 태도가 번개처럼 바뀌었다. 공포의 빛은 사라지고, 큰 소리로 껄껄대고 웃었다.

"저도 똑똑히 본 건 아니고, 아마 그림자였나 보죠."

"자네는 너무 붉은 머리의 사나이에 신경을 쓰고 있군그래. 무리도 아닌 일이지만…… 그런데 무엇을 본 것 같았는가?"

"아무것도 안 봤습니다, 그림자였습니다"

건즈는 금방 그 화제에서 떠났다. 별로 마음에 두고 있는 것 같지도 않았다. 그러나 도리아의 기분은 바뀌어 버렸다. 말이 적어지고, 얼굴 표정은 빈틈없는 다부진 모습이 되어 있었다.

"슬슬 돌아가기로 할까? 자네의 그 날카로운 머리 덕분에 좋은 생각이 몇 가지 떠올랐네. 마크 씨에게도 말해 줘야지. 그리고 자네한테도 말하겠는데, 기분이 좀처럼 그렇게는 안 될지 모르지만 자네도 좀더 남편답게 행동해야 하네. 그리고 자네 부인이 산에 올라갈 기미가 보이거든 살며시 알려 주게나."

그리고 그는 다시 걸음을 멈추더니 가만히 주제폐를 바라보면서 코담배를 집고 말했다.

"내일은 그럭저럭 행동을 개시할 수 있을지도 모르겠군."

도리아는 아직 말은 적었으나 이미 침착을 되찾고 있어서, 이렇게 말하는 건즈에게 웃어 보였다. 흰 이가 이제 완전히 해가 가라앉은 밤의 어둠 속에서 반짝였다.

"내일 일은 아무도 모르죠. 내일 일어날 일을 안다면, 그 사람은 세계를 지배할걸요."

"그래도 나는 내일에 희망을 걸지."

"직업이 탐정쯤 되시면 희망을 계속 안 가질 수도 없겠죠. 갖기만 하고 마는 수가 없지도 않지만 말입니다."

두 사람은 서로를 놀리면서, 그래도 다정스레 산장으로 돌아갔다.

레드메인 집안의 마지막 사람

　도리아가 산 속의 경당에 기이한 일을 겪은 그날 밤, 앨버트 레드메인과 그의 친구 빌지리오 포지는 마크 브렌던의 초대로 빅토리아 호텔에서 저녁을 먹게 되어 있었다. 이 말을 꺼낸 것은 건즈였는데, 도리아가 의혹의 눈으로 볼 염려는 있었지만 사태가 여기까지 온 지금 그런 고려를 하고 있을 수는 없었다.

　건즈의 의도는 그날 밤 앨버트를 집에서 멀리 해 두는 데 있었다. 거기에는 두 가지 뜻이 있었다. 하나는 그 자신이 브렌던과 단둘이 만날 필요가 있었고, 또 하나는 이런 정세 아래서 한순간도 늙은 서지학자를 적의 손이 미치는 곳에 놓아 둘 수가 없었다. 브렌던과 비밀히 이야기할 기회를 갖고 앨버트를 자기 눈이 닿는 곳에 두기 위해, 건즈는 호텔에서 만찬을 들자고 제의했던 것이다. 그리고 브렌던에게는 레드메인 씨가 집에 돌아오는 대로 곧 초대하라고 지시했던 것이다.

　아무것도 모르는 포지 씨와 앨버트는 저마다 비슷한 고풍스러운 예복을 갖추고 나타났다. 빛이 바래기 시작한 턱시도에, 앞가슴이 번쩍이는 와이셔츠만 새 것이었다. 호텔에는 그들을 위해 특별 요리가 마련되어 있었다. 네 사람은 별실에서 맛있게 먹고 나서 끽연실로 옮겼다. 포지 씨와 그의 늙은 벗은 여느 때나 다름없이 둘이서 아무리 이야기해도 그칠 줄 모르는 화제를 꺼내기 시작했다. 그러는 동안 두 사람과 조금 떨어져 앉은 피터는 브렌던에게 도리아가 유령을 보았을 때의 광경을 이야기해 주었다.

"정말 훌륭했어, 아까 그 속임수는. 당신은 타고난 배우요. 소리없이 나타나서 소리없이 쓱 사라진 그 동작은 도저히 산 사람으로는 여겨지지 않는 기막힌 연기였소. 내가 부탁하기는 했지만, 당신이 그렇게 잘 해낼 줄은 몰랐소. 그것으로 도리아 쪽은 잘 됐소. 진짜 로버트를 본 줄로 안 그 녀석도 어쩔 수 없이 비틀거리던걸. 무리도 아니지, 그 녀석으로서는 딜레마가 너무나 컸으니까. 그 녀석이 올바른 인간이었다면, 물론 로버트에게 덤벼들었을 게요. 그런데 유감스럽게도 올바른 인간이 아니었거든. 그 녀석의 로버트 레드메인은——다시 말해서 그 녀석이 만들어 낸 가짜 말이오만——오늘 밤엔 나타나지 않는다는 걸 제 자신이 가장 잘 알고 있소. 내가 아무것도 보지 않았다는 말을 듣고 그 녀석은 얼른 정신을 가다듬더군. 그리고는 저도 아무것도 안 보았다고 우기지 않겠소? 그 다음 순간, 그 말이 갖는 중대한 뜻을 깨달은 게요. 하지만 그때는 이미 때가 늦었지. 한번 해 버린 말은 물릴 수가 없거든. 나는 나도 모르게 주머니 속에서 권총을 다 꽉 쥐었다오. 놈은 지금 어떻게든 복수를 하려고 정신이 없을게요. 바로 이 순간에도 말이오——아마도 오늘 밤 안으로 행동을 개시할 걸. 시간을 허비할 순 없을 테니까. 그리고 지금 무엇보다도 중요한 것은, 우리가 제 계획을 부수러들기 시작하고 있다는 것을 그 녀석이 눈치챘다는 거요."

"선생님이 산장에 돌아가시기 전에 도망칠지도 모르겠는데요."

"그런 짓을 할 녀석은 아니오. 이 일을 끝까지 해낼 거요. 우리가 막지 않는 한 말이오. 그러니까 이렇게 된 이상 1분도 헛되이 하지 않을걸. 지금까지 녀석은 게임을 즐기고 있었던 기미가 있소. 우리들과 저기 있는 앨버트를, 고양이가 쥐를 놀리듯이 희롱하고 있었단 말이오. 하지만 이렇게 되고 보니 이제 그럴 여유가 없어졌지. 오늘밤부터는 우리 세 사람 모두에게 필사적인 공격을 가해 올 것이 분명하오. 우물쭈물하고 있는 동안 일이 아주 우습게 됐거든. 아마 제 자신에게 화가 나 있을 거요. 나이 치고는 놀랍도록 똑똑한 녀석이야. 그러나 마크 씨, 그 녀석도 결국은 인간이었소. 초인이 아니었단 말이야."

"구체적으로 어떤 일이 일어났습니까? 유령이 나타난 것을 보고 그 녀석은 어떤 반응을 보였습니까?"

"똑똑히는 말할 수 없지만, 대개 이렇게 생각하고 있소. 나는 그 녀석 바로 옆에서 나의 이른바 '제3의 눈'으로 관찰하고 있었소. 내 머리에는 리시버 같은 것이 있어서, 사람의 생각을 고스란히 흡수하는 역할을 해준다오. 그것으로 보니까, 처음 순간 그 녀석은 당황하더군. 그리고는 기분이 으스스해져서 정말로 유령을 본 줄 안 거요. '저기 로버트 레드메인이!' 하고 소리치지 않겠소. 그리고 바로 나한테 묻더군. '선생님, 보셨습니까?' 하고 말이오. 나는 일부러 멍청한 얼굴로 '아무것도 안 보이는걸' 하고 대답했지요. 그랬더니 그 녀석, 순식간에 태도가 싹 바뀌지 않겠소. 웃음으로 얼버무리면서 경당인가 뭔가의 그림자를 봤다고 거짓말을 하더군. 하지만 새삼 생각해 볼 것도 없이, 그림자가 아닌 것은 뻔하지. 그리고 나서 갑자기 말이 없어졌는데, 그동안 별의별 궁리를 다 했을 게요. 나는 괜히 쓸데없는 소리를 쉬지 않고 지껄여댔지. 산책을 시작했을 때와 다름없이 말이오. 아 참, 잊어 버렸는데, 그전에 그 녀석에게 비밀을 털어놓으면서 지혜를 빌고 싶어하는 체하였더니, 그 녀석 내가 예상한 대로 대답해 주더군. 브렌던은 자기 아내를 사랑하고 있느니, 자기는 이제 그런 여자가 소용없어졌다느니. 그러다가 마지막에 가서는, 제니가 붉은 조끼의 사나이와 틀림없이 무슨 연락이 있을 것이라는 게요.

그런데 그때 그 녀석의 머릿속에 무슨 생각이 떠올랐느냐 하는 것인데, 아마 다음 두 가지 결론 가운데 하나에 도달했을 줄 아오. 하나는 자기가 환각 상태에 빠져서 마음속의 헛것을 보았다고 느낀 거요. 그렇다면 아무것도 보지 않았다는 내 말을 그냥 믿어야 하겠지. 또 하나는 본 것을 환각이라고 생각지 않는 거요. 그 때는 보지 않았다는 내 말을 믿지 않게 되겠지. 이 둘 중의 하나인데, 전자라면 우리가 이렇게까지 걱정할 필요는 없소. 그러나 그렇게 생각했다고는 거의 생각할 수 없는 일이오. 그 녀석은 다시 생각해 보고 내 말을 수상하다고 생각한 게 틀림없소. 자기가 유령을 볼 위인이 아니라는 것쯤 충분히 알고 있는 녀석이거든. 그리고 그 녀석은 당신이 이틀 동안 밀라노에 갔다 온 생각이 났을 게요. 또한 그게 나와 당신이 조작해서 자기를 놀라게 하여 무언가를 알아 내려고 하는 수단이라는 것을 깨달았을 거요. 그리고는 자기가 아무것도 안 보았다고 말했을 때, 그만 나한테 덜미를 잡히고 말았다는 것을 깨달았을 테지요.

그 녀석이 현재 놓여 있는 입장은 대강 이럴 게요. 그 녀석은 갑자기 바빠졌소. 그러니 우리도 더 서두를 필요가 있소. 그 녀석과 공범의 의도는 앨버트 레드메인을 죽이는 데 있으니까. 그러려면 자기들이 앨버트의 죽음과 관계가 없는 것처럼 보이게 하지 않으면 안 되오. 우리가 방해하지 않았더라면, 이미 영국에서 한 것과 똑같은 짓을 했을 게요. 벌써 앨버트는 자취를 감추어 버렸겠지요.

우리에게 역시 똑같은 핏자국을 보일지 어떨지는 모르지만, 시체는 아마 보여 주지 않을 거요. 코모 호수야말로 앨버트를 위한 가장 좋은 무덤이거든."

"그럼 선생님은 지금부터 정면으로 도리아에게 도전하실 작정이십니까?"

"그렇소. 그 녀석도 지금쯤은 우리와 마찬가지로 계획을 세우고 있을걸. 우리가 선수를 쳐야 하오. 뭔가 그 녀석을 깜짝 놀라게 할 그런 궁리를 해야 한다구. 저쪽이 두 사람이라면, 이쪽도 두 사람이오. 다음 수를 이쪽에서 먼저 쓰지 않으면 저쪽에서 먼저 장군을 부르고 만단 말이오.

한 가지 우리에게 아주 유리한 점이 있소. 앨버트가 우리의 말대로 움직여 주는 게 그거요. 놈들은 그걸 못하오. 앨버트가 무사히 있는 동안, 우리 쪽에서 수가 모자라는 일은 없을 게요. 주제페도 그걸 알고 있소. 하지만 그 녀석은 자기가 위험해졌다는 걸 알고 있으니까, 아마 앞으로 24시간 안에 사생결단으로 나오리라고 보아도 틀림이 없을 게요."

"그러면 레드메인 씨의 안전은 모두 이 순간에 달려 있다고 할 수 있겠군요?"

"그런 셈이오. 우리는 두 마리의 매처럼 앨버트를 지키고 있어야 하오. 이 사건의 가장 흥미있는 점은, 개인적인 요소가 개입해서 이 무서운 흉악범의 약점이 되고 있다는 거요. 그 개인적 요소란 다름이 아니라 그 녀석의 터무니없는 허영심이오. 압도적일 만큼 거대한 것이기는 하지만, 한편은 싱겁도록 유치한 허영심이지. 그게 범인을 유혹해서 결국은 목적의 수행을 지연시키고 만 게요. 처음에는 당신을, 다음에는 나를 놀려주고 싶은 기분으로 그렇게 한 것인데, 말하자면 범인이 스스로 자기 몸을 우리에게 넘겨 준 거나 다름없으니까 우리로서는 조금도 자랑거리가 안 되는 셈이오. 범인은 자기의 지능을 너무 믿고 자랑해 보인 것이 탈이 되어 스스로 파탄을 가져오고 말았소. 여기까지 몰리고서도 아직 승리를 차지하는 역량이 있다면, 나는 오히려 이 악당을 용서해 주고 싶어질지도 모르오."

"선생님은 당연히 자랑하셔야 합니다. 선생님의 추리가 빗나가지 않았다면 말입니다만. 저는 줄곧 아무 소용 없었으니까요."

브렌던은 어두운 표정으로 말하고 덧붙였다.

"하지만 선생님의 의견도 절대로 틀림이 없다고는 단언하실 수 없겠지요. 신이 아니시니까요. 사람이란 한번 믿으면 그 생각을 쉽게 고칠 수 없는 법입니다. 연애가 반드시 사람을 맹목적으로 만들지는 않습니다. 비록 그랬다 하더라도 저는 역시 만족하겠습니다. 지금 당장 세상의 신용을 다 잃는다 해도 그 이상의 무엇인가를 손에 넣을 수 있다고 저는 생각하고 있습니다. 사건이 다 해결된 뒤의 일이 되겠습니다만."

이렇게 말하는 그의 팔을 건즈는 정답게 두드리며 말했다.

"그런 희망은 안 갖는 게 좋을 거요. 오히려 그런 감정과 싸울 필요가 있소. 언젠가는 그게 망상에 지나지 않았다는 것이, 처음부터 있지 않았고 현재도 없는 사실에 기초를 둔 꿈같은 희망에 지나지 않았다는 것이 증명될 것이니 말이오. 당신의 명성은 그것과는 전혀 다른 것이라야 하오. 내일 이맘때는 사건을 모두 해결해 치울 참이오만, 그 때까지는 당신의 그 훌륭한 경력을 그렇게 싸구려로 바람에 날려도 좋다는 생각을 가져서는 곤란하단 말이오."

"내일요?"

"음, 내일 밤에는 그 녀석의 손에 수갑을 채우겠소."

피터는 자기의 계획을 설명했다.

"그 녀석은 아직 우리가 이렇게까지 서둘러 행동을 개시할 줄은 모르고 있소. 그 점을 노리고 이쪽에서 선수를 쓰는 게요. 되도록 그 것을 당신 손에 맡겨 보고 싶소. 오늘 밤부터 내일 아침 나절까지 는 내가 앨버트를 감시할 테니까, 그 뒤는 당신이 맡아요. 나는 점 심 식사 뒤 호수 건너 코모 마을에 가서 그곳 경찰 간부와 만날 예 정이오. 체포 영장이 와 있을 테니 그걸 받아 가지고 해질 무렵에 검은 세관배를 타고 돌아와서, 불을 끄고 사람의 눈에 띄지 않도록 산장에 상륙하겠소.

당신의 역할은 앨버트에게서 절대로 눈을 떼지 말고 다른 사람들 을 철저히 감시하는 거요. 도리아는 아마 내가 코모에 가는 이유를 곧이듣지 않을 거요. 오히려 그 때를 역습의 기회로 보고, 단숨에 일을 해치울 생각을 하게 될지도 모르오. 그래서 당연히 독을 쓸 경우가 있을 수 있으니까, 앨버트를 포지에게 보내는 것은 마음이 내키지 않는단 말이오. 여기보다 오히려 그 쪽이 공격하기는 더 쉽 거든."

"앨버트 씨도 지금이 가장 위험한 때라는 것을 알고 있습니까?"

"알고 있지. 아까 설명해 줬으니까. 음식은 오늘 밤 여기서 갖고 갈 참이오. 그밖에는 어떤 것이 그 자리에 있더라도 먹지 않겠다고 약속했소. 그리고 우리 계획은, 앨버트는 내일 몸이 좋지 않다면서 하루 종일 자기 방에서 나오지 않는 거요. 오늘 밤 여기서 너무 과 식했다면 될 테지. 그리고 그 곁에는 내가 붙어 있겠소. 오늘 밤부 터는 자지 않고 지킬 참이오. 내일 아침에 들어온 식사는 손도 대 지 않고 물리는 거요. 내 것도 그렇게 할 거구. 우리가 먹을 음식 은 오늘 밤 여기서 몰래 갖고 들어갈 작정이니까.

오후부터는 당신에게 맡기겠소. 도리아가 어떤 수단으로 나올지 모르지만, 무슨 방법으로 나오든지 반드시 가로막아야 하오. 볼일이 있다고 앨버트를 만나게 해 달라고하더라도 딱 잘라 거절하오.
피터가 돌아올 때까지는 무슨 일이 있어도 만나게 할 수 없다고,
책임을 나한테 돌리면 되오. 만일 거칠게 나오거든 권총을 써도 좋
소."
"그 녀석도 사태가 거기까지 가면 달아나겠지요. 어쩌면 지금쯤 벌
써 모습을 감췄는지도 모릅니다."
"그 녀석은 절대로 그런 짓을 하지 않소. 그만큼 자기 자랑이 강한
놈인데, 설마 이렇게 사정이 드러난 줄은 모르고 있을 거요. 그 녀
석은 나를 신통치 않게 평가하고 있거든. 그러니까 달아난다고는
생각할 수 없지. 끝까지 허세를 부리며 버틸 것이 분명하오. 이쪽
솜씨를 깨달았을 때는 이미 때가 늦지. 그러니까 도망갈까봐 걱정
할 필요는 없소. 걱정해야 할 것은 앨버트의 목숨이오."
"그 점은 저를 믿어 주십시오."
"암, 믿고말고. 그런데 여기서 한 번 예상 밖의 수를 써 볼까 하
오. 앨버트까지 자신도 모르게 우리의 수사 활동을 돕는 그런 수법
이오. 물론 앨버트의 그 머리로 무언가 그럴 듯한 일을 꾸미라고
해봐야 무리지. 그런 일을 하기에는 저만큼 부적당한 사람도 없거
든. 하지만 지금 저 사람은 호위를 받고 있는 임금님 같은 처지니
까, 그 임금님이 뜻밖에 적극적인 행동을 취한다면 이건 굉장한 수
확을 낳을지도 모른단 말이오. 아무튼 지금은 생각할 수 있는 모든
공격에 대비할 필요가 있으니까, 이를테면 그 녀석이 독약을 썼는
데 실패했다는 것을 안다면……."
"어떨까요? 일부러 그 독이 효과가 있었던 것처럼 퍼뜨리면? 아
침 식사 뒤 한 시간쯤 지나서 레드메인 씨가 중태에 빠졌다고 발표
하는 겁니다."
"그것도 생각해 봤소. 그런데 곤란한 건, 과연 독을 탔는지 안 탔

는지 알 도리가 없단 말이야. 화학 분석을 해볼 시간도 없고."

"고양이에게 먹여 보면 어떨까요?"

피터는 생각해 보더니 대답했다.

"적의 의표를 찌르는 것은 유쾌한 일이기는 하나, 수사 당국이 함정을 파놓고 스스로 빠지는 예를 너무나 많이 보아 왔소. 더욱이 이번 경우에 일하기 어려운 것은, 필요 이상으로 앨버트에게 겁을 주고 싶지 않다는 제약이 있는 점이오. 아직 그 사람은 내가 걱정하고 있다는 걸 알고 있을 뿐이지, 적이 집안 식구 가운데 하나라는 것은 모르고 있거든. 아침 식사에 손을 대지 말라고 할 때까지는 깨닫지 못할 테지. 하지만 의표를 찌르는 수법도 재미있을지 모르겠군. 앨버트더러 빵과 밀크를 가져오라고 시키도록 하는 거요. 누가 들고 올 것인지는 대강 짐작이 가오. 그걸 그 자리에서 고양이 '그리로'에게 먹이는 거요."

그리고 건즈는 브렌던에게 얼굴을 돌리며 말을 계속했다.

"그러면 당신 자신도 납득이 갈 거구."

그러나 마크는 고개를 저었다.

"경우에 따라서지요. 만약 독이 들어 있다 하더라도, 선량한 남녀가 살인자의 뜻에 조정되어 아무것도 모르고 도구로 이용되는 수가 없는 것도 아니니까요."

"그야 그렇지요. 아무튼 언제까지나 이런 논의를 되풀이해 봐야 시간만 낭비할 뿐이오. 결론을 내려보면, 상대편에서 그런 수단으로는 나올 수 없다는 거요. 독살은 가장 막아내기 어려운 방법이긴 하지만, 그러니만큼 또 큰 위험이 오래오래 남을 가능성도 많거든. 아마도 그런 수단으로는 나오지 않을 게요. 그런 인간이니, 어떻게든 기회를 잡아서 좀더 근사한 방법을 쓰려고 할걸. 무엇보다 조심해야 할 것은 도리아를 앨버트와 단둘이 있게 하지 않는 일이오.

잠깐이라도 위험하오. 그것만은 어떤 희생을 치르더라도 막아야 하오. 두 사람 가운데 어느 쪽이든 반드시 감시하고 있어야 되오. 절대로 눈을 떼서는 안 되오. 설령 도리아가 표면상의 도전을 해 오더라도 섣불리 그 계략에 넘어가서도 안 되고, 그 뒤를 쫓아다니다가 어떻게 되겠소?

내가 외출하면, 그 녀석은 반드시 내가 행동을 개시한 줄 알 게요. 그리고 곧 당신을 속이기 위한 책략을 꾸미기 시작하겠지. 그러니까 되도록 내가 외출하는 목적에 그 녀석의 의혹을 사고 싶지 않소. 저쪽이 움직이기 전에 이쪽에서 선수를 써서 공격하고 싶단 말이오. 우리의 계획을 한 마디로 말한다면 그런 것이 되오."

그 한 시간 뒤, 두 탐정은 포지 씨를 배까지 바래다 주었다. 그리고 레드메인 씨와 함께 걸어서 산장으로 돌아왔다. 그때 건즈는 음식물을 주머니에 숨겨 갖고 있었다. 그리고 앨버트에게 드디어 사태가 클라이막스에 이르렀다고 말했다.

"바라는 대로만 된다면 앞으로 24시간 안에 이 수수께끼도 해결될 것 같으이. 하지만 그 때까지는 아무리 사소한 일이라도 반드시 내 지시대로 해줘야 하네. 그래야 비로소 자네에게 덮치고 있는 이 사악하고 악랄한 행위에서 자네를 풀어 놓을 수가 있네. 나는 자네를 믿네. 자네도 내일 밤까지는 나와 마크 씨를 믿고 우리가 하라는 대로 해주지 않으면 안 되겠네. 그래야 자네의 근심거리도 마침내 없어지고, 다시 한 번 평화가 찾아와 줄 테니까."

앨버트는 건즈에게 감사하고, 해결이 가까워진 데 만족해 했다.

"내가 지금까지 사정을 이해한 것은 매우 모호했었네."

앨버트는 두 탐정에게 말하기 시작했다.

"아니, 멍청하게나마 바라보고 있었다고도 할 수 없지. 아주 깜깜한 어둠에 싸여 있었다고나 할까? 그래서 아무것도 모르고 떨고만 있었던 게야. 그 공포가 없어진다니 이렇게 기쁜 일은 없군그래. 그게 다 자네처럼 믿을 수 있는 사람이 와 준 덕분일세. 그렇지 않았더라면 지금쯤 나는 아마 머리가 돌아 버렸을 걸세. "

산장 입구에서 브렌던이 돌아가려고 하자, 돌아온 숙부를 맞이한 제니가 좀 쉬었다가 가라고 붙잡았다. 그러나 옆에서 건즈가 끼어들어, 이제 시간이 늦었으니 저마다 물러가는 것이 좋다고 말했다.

"마크, 내일 아침에는 좀 일찍 와 주오. 앨버트가 그러는데, 코모 마을에 아주 훌륭한 옛 명화가 있다는구먼. 앨버트만 반대하지 않는다면, 내일은 모두 호수를 건너 그것을 보러 가기로 합시다. "

그래도 브렌던은 헤어지기 전에 잠시 제니와 둘이 남았다. 그녀가 그의 귓전에 대고 속삭였다.

"도리아가 오늘 밤 좀 이상해요. 아까 건즈 선생님과 산책하고 왔는데, 돌아와서는 한 마디도 말을 하지 않아요. "

"지금 집에 있습니까? "

"네, 몇 시간 전에 자리에 누웠어요. "

"피하시는 게 좋습니다. "

마크는 계속 말을 했다.

"의심을 받지 않도록 될 수 있는 대로 피하십시오, 조금만 참으시면 됩니다. 부인의 괴로움도 뜻밖에 빨리 끝나게 될지 모릅니다. "

이 말만 하고 그는 돌아갔다. 그리고 이튿날 아침 일찍 다시 찾아왔다. 맨 먼저 그를 맞이한 것은 제니였으나, 곧 피터가 끼었다.

"숙부님은 어떠세요? "

레드메인 씨의 조카딸이 물었다. 노애서가(老愛書家)는 좀 편찮다고 그의 벗이 말했다.

"어젯밤 호텔에서 흥이 좀 지나쳐서 백포도주를 과음한 것이니까 그리 대단한 건 아니지만, 아직 깨지 않았나 봅니다. 아직은 한참 동안 침대를 떠나지 못할 테니, 이따가 비스킷이나 뭐 속을 풀 만한 것을 갖다 드리십시오."

이어 건즈는 조금 있다가 코모에 갔다 와야겠다면서 도리아와 브렌던에게도 같이 가자고 권했다. 그러나 마크는 맡은 역할을 알고 있으므로 그 자리에서 사양했다. 주제페도 갈 수 없다며 말을 이었다.

"저는 이제 슬슬 토리노로 돌아갈 준비를 해야겠습니다. 피에트로 선생님이 붉은 머리를 쫓아 다니는 동안에도, 시간은 얌전하게 기다려 주지 않거든요. 저는 장사를 해야 하기 때문에, 더 이상 여기서 놀며 앉아 있을 수는 없습니다."

그는 어쩐지 행동이 들떠 보였으며, 여느 때의 밝은 투는 보이지 않았다. 그 참된 이유를 이 때부터 한 시간이 지날 때까지 브렌던은 알지 못했다.

점심을 먹은 뒤 건즈는 나갔다. 흰 조끼를 꺼내 입고 제법 멋을 부린 차림이었다. 주제페도 두어 시간 뒤에 돌아오겠다면서 산장에서 어디론지 모습을 감추었다. 브렌던은 곧 앨버트의 침실로 갔다. 잠시 두 사람만 앉아 있는데, 제니가 수프를 들고 들어왔다. 그녀도 그대로 눌러앉아 한참 동안 이야기가 하고 싶은 눈치였으나, 숙부가 보기에도 졸린 표정으로 말하는 것조차 귀찮다는 기색을 보이는 바람에 마크를 돌아보고 나직이 말을 꺼냈다. 얼굴에 흥분의 빛을 감추지 못하고, 불안에 마음을 빼앗기고 있는 표정이었다.

"될 수 있으면 나중에 여러 가지 말씀을 드리고 싶어요. 말씀드리지 않고는 못 견딜 것 같아요. 이렇게 큰 위험 앞에 서 있는데, 전 선생님밖엔 의지할 분이 없어서……."

그녀는 이렇게 속삭이면서 공포와 애원을 두 눈에 가득 담고 브렌던의 소매를 잡았다.

브렌던의 손이 그녀의 손을 꽉 잡았다. 그는 그녀의 말 앞에 모든 것을 잊었다. 이제 겨우 그녀가 그녀 자신의 의사로 자기를 찾아오게 된 것이다.

"나를 믿어주십시오."

그도 제니에게만 들리는 소리로 나직이 말했다.

"부인의 안전과 행복이 내게는 무엇보다도 중요합니다, 이 땅 위의 그 무엇보다도……."

"아마 도리아는 오늘 밤에 다시 외출할 거예요. 그 뒤에——날도 어두워졌을 테니까——우린 마음놓고 이야기할 수 있을 거예요."

이렇게 말하고 제니는 바쁘게 나갔다.

제니가 없어지자 앨버트는 부시시 일어났다. 옷을 입고 창가의 긴 의자에 드러누우면서 말했다.

"꾀병만큼 힘드는 일도 없구려. 오늘은 또 특히 건강 상태가 좋으니. 아마 어젯밤의 즐거운 만찬 덕분인가 보오. 피터의 말만 아니라면 이렇게 방 안에 틀어박혀 있진 않겠는데. 도무지 이런 일은 내 성미에 안 맞는단 말이야. 하지만 오랜 의혹과 암흑에 광명을 비쳐 준다니까, 이 고비를 참아야지 하고 참고 있는 게요. 브렌던 씨, 피터는 몹시 걱정하고 있는 모양입디다. 그 사람이 여태까지 선량한 사람을 의심하는 얘기를 듣지 못했는데, 오늘 하루 동안 이 집 음식은 먹지도 마시지도 말라는구려. 그렇다면 꼭 이 집 대문 안에 적이 있다고 선언하는 거나 다름없지 않소? 나로서는 이렇게 슬픈 일은 없어요."

"조심이 제일이라는 뜻일 뿐입니다."

"사람을 의심한다는 것은 나로서는 무엇보다도 가슴 아픈 일이오. 나는 이 가슴속에 여태껏 한 번도 의혹이라는 것을 뿌리내리게 한 적이 없었소. 그런 조짐만 보이면 즉각 그 씨앗을 걷어 없앴거든. 아무리 귀중한 책이라도 일단 수상하다고 여겨지기만 하면, 다시는 손을 대지 않기로 하고 있는 나라오. 의심으로 가슴을 앓느니 차라리 그 편이 훨씬 편하기 때문이오. 이 집에는 아순타와 에르네스토, 그리고 조카딸 부부가 있을 뿐인데 그런 정직한 사람들에게 혐의를 걸다니, 나는 너무도 언짢아서 도저히 참아낼 수 없을 것 같구려."

"앞으로 몇 시간만 참으시면 됩니다. 수상한 자는 한 사람뿐이고, 나머지는 모두 정직한 사람이라는 것을 알게 될 겁니다. 틀림없으니까요."

"특히 피터의 머릿속에는 주제페가 폭풍의 눈이 되어 있는 모양인데, 그것도 나로서는 이해 못할 일이오. 그 사람은 언제나 나를 위해서 여러 가지로 마음을 써 주고, 시중을 들어 주는 것도 여간 친절하지 않았거든. 유머 감각도 있고, 사람의 성격으로서 바람직한 것은 모두 갖춘 젊은이오. 문학도 알고. 뛰어난 작가의 작품도 많이 읽었더군. 우수한 유럽 인이고, 내가 아는 사람 가운데서 포지를 빼고는 니체를 이해하는 유일한 사람이오. 그게 다 그 사람이 뛰어난 인물이라는 것을 증명하는 것이 아니겠소. 그런데 제니까지 그 사람을 교양없는 하찮은 인간으로 보고 있으니. 그 애는 주제페에게 실망한 것을 거리낌없이 드러낸단 말씀이야. 그런데 나는 인물의 판단이라면 훌륭하게 해낼 자신이 있지만, 솔직히 말해서 우수한 남편이 어떤 것이냐고 묻는다면, 그 방면에는 도무지 지식이 없으니 큰소리칠 수도 없구려. 뛰어난 남자란 남편으로서는 혹시 낙젠지도 모르겠거든. 아마도 여자는 부부 생활에 대해서 저 나름대로의 기준을 갖고 있나 보오. 그러나저러나 여자의 욕심만큼 이해하기 어려운 것도 없단 말씀이야."

"그럼, 레드메인 씨는 도리아를 좋아하십니까?"

"싫어할 까닭이 있소? 내 가엾은 아우도——요즘에 나타났다는 그 녀석이 정말로 여러분이 생각하듯이 살아 있는 현실의 인간이고, 잠재의식이 허공에 띄운 환영이 아니라면 말씀이오만——어차피 언젠가는 붙잡히게 될 테지. 하기야 그게 또 우리로 봐서나 제 자신으로 봐서나 바람직한 일이오. 그럼, 나는 지금부터 보에티우스의 '철학의 위안'을 읽으면서 엽궐련이나 피우기로 하리다. 이 저자는 라틴어로 쓴 최후의 우수 작가라고 일컬어지고 있지요. 주제페는 만나지 않으려오. 피터와 한 약속은 지켜야 하니까. 그리고 나는 지금 앓아 누운 것으로 되어 있지. 그게 안 만나려는 구실인 줄 알면 그 녀석 몹시 섭섭해할 테지. 머리가 좋은 만큼 감정도 격한 사람이거든."

그는 일어서서 마음에 드는 작가의 저작이 즐비하게 꽂힌 조그만 책상 앞에 다가섰다. 그리고 한참 동안 보에티우스에 넋을 잃었다. 마크는 창 너머로 호수 위를 오가는 사람들의 움직임과, 물 위에 반사하는 여름 하늘의 아름다운 해를 바라보고 있었다. 반짝거리는 호수 저편에 나지막하게 이어지는 산을 배경으로 베라지오 마을의 탑 몇 개와 측백나무들이 보였다. 하얗게 칠한 기선이 지나갈 때마다 외륜이 물을 휘젓는 소리가 가까워졌다가는 멀어져 갔다.

오후가 조금 지나서 도리아가 돌아왔다. 제니가 숙부의 용태를 설명하여, 많이 좋아졌지만 좀더 방 안에 누워 계시겠단다고 알렸다. 도리아 자신도 상당히 원기를 되찾은 것 같았다. 포도주와 과일을 들며 주로 브렌던에게 말을 건넸다. 브렌던은 식당에서 잠시 동안 그들과 이야기를 나누었다.

"머지않아 여러분도 붉은 머리의 그림자를 쫓다가 지칠 겁니다. 그때는 토리노에 놀러 오십시오. 아참, 선생님한테 부탁드릴 일이 있었지. 선생님이면 제니를 설득시킬 수 있을 테니까, 내 제안이 틀림없다는 말씀을 좀 해주셔야겠습니다. 말하자면 이겁니다. 돈이란 굴리지 않으면 늘지 않는다는 것, 그걸 좀 타일러 주십시오. 제니는 2만 파운드나 갖고 있습니다. 게다가 다시없는 투자의 기회를 남편인 내가 제공하겠다는 겁니다. 고마운 얘기가 아닙니까. 아무튼 여러분도 한 번 토리노에 와 주십시오. 제 친구들도 만나시고, 우리의 사업도 한 번 봐 주셨으면 합니다. 그러면 선생님도 내 의견이 틀리지 않았다는 것을 자진해서 제니에게 일러 주실 수 있을 테니까요!"

"최신식 자동차인가 뭔가 하는 것 말인가?"

"그렇습니다. 그게 완성되면 다른 차는 어떤 것을 갖고 오더라도, 대서양 항로의 정기선 앞에 나온 노아의 방주처럼 보일 겁니다. 모두 깜짝 놀라서 멍하니 우리의 얼굴을 쳐다볼 게 틀림없어요. 이만한 대사업을 발족시키고 안 시키고 하는 것도 앞으로 불과 몇천 파운드의 자금에 달려 있습니다. 이걸 선생님, 제니에게 제공한다는 것입니다. 강아지가 토끼를 발견해 놓고 큰 개한테 빼앗기는 격이라고나 할까요."

제니는 그동안 아무 말도 하지 않았다. 도리아는 그녀에게 자기 가방에 갈아입을 옷가지를 챙겨 넣으라고 말했다.

"더이상 이런 집에 어떻게 있습니까?"

제니가 가 버리자 그는 말을 계속했다.

"도대체가 나한테 싫증을 내고 있으니까요, 마르코 선생님. 저처럼 불행한 인간도 없습니다. 저 여자의 애정을 잃을 만한 짓을 한 번도 한 적이 없는데 말입니다. 하지만 새 연인이 저 여자의 마음을 휘어잡아 버렸다면, 아무리 말해 봐야 아무 소용없지요. 질투 같은 것은 영리한 인간이 하는 짓이 아닙니다. 그래서 저는 어디까지나 일에 전념하려렵니다. 그러지 않고는 화병이 나고 말 테니까요."

그가 가 버리자 브렌던은 다시 앨버트 레드메인과 함께 있게 되었다. 노인은 점점 더 불안해지는지 잔뜩 겁을 먹고 있었다.

"브렌던 씨, 이거 정말 언짢은 기분이구려. 마음에 구름이 끼었다고 할까, 내가 좋아하는 사람들에게 무언가 불길한 일이라도 일어날 것만 같은 예감이 든단 말이오. 건즈는 대체 언제 돌아오우?"

"날이 저물면 곧 돌아옵니다, 레드메인 씨. 늦어도 9시까지는 돌아올 겁니다. 조금만 더 참으십시오."

"오늘 같은 기분은 내 긴 평생에 처음 느껴 보는 일이오. 어두운 예감이 내 마음을 덮고 있소. 마치 마지막 날이 가까이 온 느낌이구료. 제니도 역시 같은 기분이라고 하더군요. 무언가 잘 안 되는 일이 있는 것 같다는 얘기였소. 그 애는 제2의 내가 어디 몸이라도 불편하지 않나 하는 느낌이 든다고 했소. 다시 말해서 빌지리오가 말씀이오. 그 사람과 나는 쌍둥이나 다름없거든. 기묘하게 심리적으로 연결이 되어 있다오. 아마 지금쯤은 그이도 나 때문에 불안을 느끼고 있을 게요. 에르네스토를 보내어 형편을 좀 보고 오래야겠소. 나는 아무 일도 없다는 기별도 해줄 겸."

그는 언제까지나 지리하게 지껄이고 있더니, 이윽고 발코니로 나가서 베라지오 쪽을 바라보았다. 그러고는 잠시 뒤 이제 포지에 대해서는 까맣게 잊어 버린 듯이, 어젯밤에 건즈가 몰래 갖다 놓은 저장 음식을 먹기 시작했다.

"나로서는 무어라 말할 수 없이 슬픈 얘기요."

그는 다시 푸념을 늘어놓기 시작했다.

"피터가 하필이면 이 지붕 아래 있는 사람을 의심하다니. 이처럼 아무 해도 없는 즐거운 생활을 보내고 있는 나 같은 사람의 목숨을 독약으로 빼앗아 가려고 하다니, 하느님은 전능하시니까 그런 쓸데없는 음모를 용서하실 까닭이 없소. 피터도 그런 무서운 직업은 이제 하루바삐 그만두는 게 좋을 거야. 그렇게 고귀한 지능을 갖고 있으니, 빨리 은퇴해서 더 순수한 사색에 나머지 반생을 바쳐 주길 빌고 싶구려."

"수프는 어떻게 하셨지요, 레드메인 씨?"

"그리로가 한 방울도 남기지 않고 다 먹었소. 식사가 끝나자 나의 저 아름다운 고양이는 여느 때처럼 식사 뒤의 감사기도로 목을 골골거리다가 곧 평화로운 꿈나라로 빠져버렸다오."

커다란 페르시아 고양이는 파란빛을 띤 털을 반짝이며 기분좋게 잠들어 있었다. 마크의 손가락이 닿자 눈을 뜨고 하품을 하면서 앞다리를 쭉 폈다. 그리고 목을 나직이 골골거리더니 이윽고 곧 몸을 동그랗게 웅크리고 잠들어 버렸다.

"이상은 없는 것 같군요."

"당연한 얘기지. 제니가 말하고 갔는데, 그 애 남편은 내일 토리노로 돌아간답니다. 하지만 제니는 당분간 여기 있어 줄 모양이오. 하기야 그 부부는 잠시 따로 사는 편이 좋을 것도 같소만."

두 사람은 이야기를 나누고 담배를 피우기도 하면서 시간을 보냈다. 그동안 레드메인 씨는 차츰 회상적인 기분에 잠겨 젊은 시절의 추억담을 즐겼다. 그것으로 지금의 불안을 잊고 싶었던지 호주에서 보낸 소년 시절이며, 그에 이은 서적상으로서의 경력같은 것을 흐뭇한 기분으로 들려 주는 것이었다.

그러다가 제니도 한자리에 끼어서 모두 함께 식당으로 내려갔다. 그곳에는 차가 마련되어 있었다.

"그 사람, 곧 나가요."

앨버트의 조카딸은 브렌던의 귓전에 대고 소곤거렸다. 그 사람이 그녀의 남편이라는 것을 브렌던은 금방 알아차렸다. 레드메인 씨는 역시 마실 것도 먹을 것도 손을 대지 않았다.

"어젯밤에 양쪽 너무 좀 지나치게 많이 먹었던 모양이야. 위를 너무 혹사해 놔서 내일까진 쉬게 해줄 필요가 있어."

앨버트는 주로 도리아와 이야기를 나누면서, 토리노의 서적상에 여러 가지 전갈을 부탁하곤 했다. 오랜 시간 이야기들을 나누었으므로, 노인이 자기 방으로 돌아갔을 때는 오후의 해가 많이 기울어져 있었다. 주제폐는 마지막으로 마크에 자동차 사업에 투자하도록 제니를 설득시켜 주면 톡톡히 사례하겠다고 장난스럽게 되풀이하더니, 여느 때의 토스카나 엽궐련에 불을 붙여 물고는 모자를 집어들고 밖으로 나갔다.

"이제 겨우 나갔어요."

제니는 마음이 놓이는 듯 얼굴을 빛내면서 마크의 귓전에 소곤거렸다.

"이제 2시간 동안은 돌아오지 않을 테니 천천히 얘기할 수 있어요."

"여기서는 안 되겠군요."

마크가 말했다.

"정원으로 나갑시다. 거기면 도리아 군이 돌아오는 걸 금방 알 수 있을 테니까요."

두 사람은 땅거미가 짙어가는 마당으로 내려갔다. 감탕나무 밑에 대리석 걸상을 발견하고 나란히 걸터앉았다. 대문에 가까운 자리라 누가 들어오면 금방 볼 수 있었다.

곧 에르네스토가 나와서, 대문 밖에 있는 소용돌이 모양의 쇠창살 위에 걸린 가로등에 불을 켰다. 하인이 사라지자 제니는 금방 여느 때의 얌전한 태도를 버렸다.

"기뻐요, 마크. 이제 겨우 우리 둘이서 얘기할 수 있군요."

그리고 그녀의 입에서는 둑이 터진 듯 하소연이 흘러나왔다. 어느새 브렌던은 마음의 주춧돌이 떠내려가고, 탄원을 되풀이하는 말의

홍수 속에 빠져들어갔다. 처음에는 어리둥절해져서 주춤거렸으나, 다음 순간 환희의 바다에 잠겨 있었다.

"절 구해 주세요."

그녀는 사뭇 애원했다.

"선생님뿐이에요. 선생님만이 절 구할 힘을 갖고 계세요. 그야 물론 저는 선생님의 사랑을 받을 만한 여자가 못 돼요. 선생님의 사랑까지 주시라고는 하지 않겠어요. 제게 그럴 자격이 없다는 건 제 자신이 잘 알고 있는걸요. 하지만 저는 아직 자존심마저 잃지는 않았어요. 저는 결국 그 저주받은 남자에게 희생된 죄없는 여자라는 것을 알았거든요. 저는 그 남자에게 끌려서 결혼하고 만 거에요. 그것은 참된 사랑이 아니었어요. 모두 그 남자가 갖고 있던 요사한 힘 때문이었던 거예요. 사람을 끌어당기는 마력, 이탈리아 사람들이 '사악한 눈'이라고 부르는 바로 그것이었어요. 그 뒤 저는 모진 취급을 받고 학대를 받아 왔지만, 제가 그토록 괴로워해야 할 죄를 지었을까요? 최면술 같은 악마의 힘으로 그 남자의 모습이 훌륭해 보이고, 저는 그것에 속았을 뿐이에요. 그 때문에 결혼에까지 몰려가고 말았던 거예요.

저의 숙부님은 '까마귀의 집'에서 돌아가셨지만, 그때부터 도리아의 마력이 저를 지배하게 되었어요. 저 자신은 아무것도 몰랐어요. 만일 그런 줄 알았다면 아마 자살하고 말았을 거예요. 어떤 남자이든 그 노예가 되느니 차라리 죽는 편이 훨씬 나아요. 애정인 줄 알고 그런 남자와 결혼하기는 했지만 그 속임수를 금방 깨달았죠. 하지만 그는 제 눈이 빨리 깨거나 말거나 조금도 마음에 두지 않는 것 같아요. 제가 말짱한 정신을 가진 여자로 있으려면 그 남자와 헤어지는 수밖에 없어요."

그 뒤 한 시간에 걸쳐서 그녀는 그 동안의 사정을 쉬지 않고 늘어

놓았다. 브렌던도 깊은 흥미를 느끼며 열심히 귀를 기울였다. 그녀는 자주 브렌던의 어깨에 자기의 손을 얹었다. 그리고 몇 번이나 그의 손을 꼭 쥐었다. 그가 그녀를 구하기 위해 자기의 모든 힘을 다 바치겠다고 약속했을 때는, 너무나 고맙다며 그와 입을 맞추기까지 했다. 그녀의 숨결이 그의 볼을 간지럽게 했다. 마크는 그녀가 눈물을 흘릴 때마다 억센 팔로 그녀를 꽉 껴안아 주었다.

"구해 줘요. 그 때는 저, 반드시 당신 곁으로 가겠어요."

그녀는 약속했다.

"전 이제 눈이 어두워지거나 속지는 않을 거예요. 그 남자는 밤이면 나를 속였다면서 예사로 비웃곤 한답니다. 저와 결혼한 것은 오직 재산이 탐나서 그랬다나요. 그래서 저는 자유로운 몸만 될 수 있다면, 재산 따위는 언제라도 다 줘 버리고 싶은 심정이에요."

브렌던은 그러한 그녀의 말을 황홀한 기분으로 듣고 있었다. 이 여자는 마침내 나를 사랑하게 되었다, 이제 내 가슴에 안겨서 지난날 그녀의 청춘을 덮친 두 차례의 비극을 애타게 잊고 싶어하고 있는 것이다.

사실 그때 그녀는 그의 가슴에 안겨 있었다. 그는 그녀를 위로하고 격려하면서 앞날에 희망을 가지라고 거듭거듭 타일렀다. 그곳에는 아직도 평화와 행복과 만족이 그녀 몫으로 남아 있을 것이라고 말했다.

다시 한 시간이 지나고, 반딧불이 두 사람의 머리 위에 날아다니기 시작했다. 달콤한 향기가 정원에 그윽히 떠돌고, 지붕 위에서는 빛이 밝게 반짝이고 있었다. 두 사람이 입을 다물자 호수 위에 떠가는 기선의 물 가르는 소리가 들려 왔다……

도리아는 돌아오지 않았다. 교회의 시계가 시간을 알리자 제니는 일어섰다. 그 때까지 그녀는 남자의 발 아래 무릎을 꿇고, 그를 자기의 구세주라고 불렀다. 그동안 자기의 운명에 커다란 전환기가 찾아오는 것을 꿈꾸면서, 어떻게 하여 장래의 아내를 자유로운 몸으로 만들어 줄까 하고 그 방법을 궁리하고 있던 마크는, 이때 겨우 현실로 되돌아왔다.

제니는 브렌던에게서 떨어져 아순타를 찾으러 갔다. 브렌던은 호수 위의 기선 소리를 듣고, 피터가 돌아온 줄 알고 얼른 집 안으로 들어갔다. 집 안은 침묵이 짓누르고 있었다. 큰 소리로 앨버트 레드메인을 부르고 있는데, 물 위의 소리가 그쳤다. 노인의 대답이 없어 마크는 서재 옆에 붙은 침실로 들어가 보았다. 그곳에도 없었다. 당황한 그는 호수 쪽으로 쑥 내민 베란다로 뛰어나갔다. 역시 그의 모습은 보이지 않았다. 피아네쏘 산장에서 백 야드쯤 떨어진 곳에 시커먼 배 한 척이 불을 모두 끄고 가느다란 몸체를 띄우고 있었다. 호상 경찰선이었다. 거기서 보트가 한 척 내려 브렌던의 눈 아래에 있는 돌층계로 저어왔다.

그때 제니가 마크 곁에 다가와서 물었다.

"큰 삼촌은 어디 가셨어요?"

"모르겠습니다. 불러 봤지만 대답이 없습니다."

"마크!"

그녀는 공포의 소리를 질렀다.

"혹시……?"

그녀는 방으로 달려들어가며 다시 한 번 큰 소리로 불렀다. 그 뒤에 아순타의 대답이 들리고, 이어 제니의 겁에 질린 비명 소리가 났다.

브렌던은 다가온 보트를 맞이하러 돌층계를 내려갔다. 가슴 속에서 온갖 감정이 소용돌이치고 있었다. 보트를 묶고 있는데, 머리 위에서 제니가 다급하게 말했다.

"삼촌은 집에 안 계세요! 건즈 선생님이 돌아오셨거든 빨리 올라오시라고 그래 주세요! 삼촌은 호수를 건너가셨나 봐요. 남편도 아직 돌아오지 않았구요."

피터는 남자 네 사람과 함께 재빨리 배에서 올라왔다. 브렌던을 보더니 마구 질문을 퍼부었다. 그러나 그는 자세한 설명을 하지 못했으므로 제니가 대신 말했다. 그녀와 마크가 정원에서 현관문과 대문을 감시하고 있는 동안에, 베라지오에서 온 보트가 뒷문으로 레드메인 씨를 데리러 왔다. 그는 피터와의 약속을 무시하고 자기 몸에 위험이 닥쳐오고 있다는 경고를 잊게 할 만큼 큰 힘으로 작용한 오직 하나의 것을 그 심부름꾼에게 전해 들었다. 그것이 이 노인을 헐레벌떡 달려나가게 한 것이었다.

아순타가 그 광경을 이야기했다. 웬 낯선 이탈리아 사람이 베라지오에서 보트를 타고 와서 자기를 부르더니, 포지 씨가 위독하니 친구들에게 급히 문병을 와 주시도록 전해 달라고 했다고 말했다.

"빌지리오 포지 선생님이 갑자기 쓰러지셨어요. 다 돌아가시게 됐습니다. 레드메인 선생님이 곧 와 주셔야겠습니다. 우리 주인 어른께서 꼭 와 주시라는 말씀이십니다. 너무 늦지 않도록 부탁합니다."

심부름꾼이 전하는 이 전갈을 들은 아순타는 망설이고 있을 수가 없었다. 이 기별이 주인에게 얼마나 중대한 뜻을 가진 것인지 알고 있었기 때문이다. 그래서 곧 앨버트 레드메인에게 전했다. 5분 뒤, 무서운 소식에 놀란 주인공은 부랴부랴 보트에 올라 친구가 사는 건너편의 곳으로 몰고 가게 했다.

아순타의 말로는 주인이 떠난 지 벌써 한 시간은 된다는 것이었다.

"그게 사실인지도 모르겠군요."

제니는 이렇게 말했지만, 브렌던은 무슨 일이 일어났는지 똑똑히 알고 있었다.

모두들 건즈의 지휘로 활동을 개시했다. 그는 신속히 명령을 내렸다. 그때 그는 마크에게 날카로운 시선을 던졌다. 마크가 죽을 때까지 잊을 수 없는 시선이었다. 그러나 브렌던밖에는 아무도 깨닫지 못했다. 피터는 말했다.

"브렌던 씨, 이 보트를 타고 저 기선으로 가시오. 저 배에 부탁해서 되도록 빨리 포지 씨 집에 가서, 앨버트가 무사하면 그대로 두고 돌아오면 되오. 없으면 일은 다 끝난 거요. 아마 지금쯤 호수 밑에 가라앉아 있을 게요. 어서 가시오!"

브렌던은 허둥지둥 보트에 뛰어올랐다. 건즈와 같이 온 경관 한 사람이 수첩을 찢어 열 마디쯤 적어서 그에게 주었다. 브렌던은 그것을 쥐고 검은 기선에 올랐다. 다음 순간 기선은 베라지오를 향해 전속력으로 어둠 속으로 사라져 갔다.

이어 피터는 남아 있는 사람들을 돌아보고, 제니를 포함한 모두에게 거실로 따라오라고 명령했다. 그 방에는 저녁 식사가 준비되어 있을 뿐, 아무도 보이지 않았다.

"진상은 이렇소."

건즈는 설명을 시작했다.

"도리아가 앨버트 레드메인 씨를 이 집에서 꾀어냈는데, 그러기 위해서 단 한 가지 확실한 수단을 썼소. 물론 도리아 부인도 협력했소. 그 여자는 내가 감시하라고 남겨 둔 내 동료의 주의를 다른 데로 돌리려고 별의별 수를 다 썼을 게요. 그 방법은 쉽게 짐작할 수 있소."

제니의 사나운 눈이 건즈에게 못박혔다. 얼굴이 장밋빛으로 물들어 있었다.

그녀는 소리치기 시작했다.

"아무것도 모르시면서! 너무하신 모욕이에요! 내 자신이 이렇게 괴로워하고 있는데."

"내가 틀렸다면 누구보다도 먼저 내가 인정하지요. 그러나 부인, 나는 틀리지 않았소. 지금까지의 경과로 미루어 당신 남편은 저녁 식사 시간에 돌아온다고 보아 틀림없을 거요. 그 때가지 10분만 기다리면 되겠지요. 아순타는 부엌으로 돌아가. 에르네스토, 자네는 정원에 숨어 있다가 도리아가 들어오거든 당장 바깥 철문을 닫도록 하게."

건장한 형사 셋이 사복을 입고 통역해 주는 서장의 말을 듣고 있었다. 에르네스토는 정원으로 나가고, 형사들은 저마다의 자리에 배치되었다. 건즈 씨는 제니를 의자에 앉히고, 자기도 그 옆에 앉았다. 제니는 한 번 방에서 나가려고 했으나 건즈는 허락하지 않았다.

"당신이 정직하다면 아무것도 무서워할 게 없잖소."

이렇게 말하는 그를 무시하고 제니는 자기 생각에 잠겼다. 얼굴은 창백해지고, 시선은 주위의 경관들 사이를 헤매고 있었다. 침묵이 흘렀다. 5분쯤 있으니 철문 소리가 나고, 이어서 다가오는 발자국 소리가 들렸다. 도리아는 여느 때의 노래를 흥얼거리고 있었다. 곧장 방에 들어서서, 모여 있는 사람들을 멍청한 얼굴로 둘러보던 그의 눈이 아내에게로 갔다.

"무슨 일이야, 이건?"

그는 놀라서 소리쳤다.

"결판은 났다. 네가 졌어."

대답한 것은 건즈였다.

"굉장한 악당이로군! 하지만 너무 잘난 체하다가 결국 파멸이 왔군그래!"

그는 재빨리 경찰서장에게 눈짓했다. 서장은 체포 영장을 보이면서 영어로 말했다.

"마이클 펜딘! 로버트 레드메인과 벤디고 레드메인 살해 혐의로 체포한다."

"거기에 '앨버트 레드메인'을 덧붙이시오."

건즈가 신음하듯 말했다. 그와 동시에 놀랍도록 날렵하게 옆으로 몸을 비켰다. 바로 이어 범죄자의 손이 가까운 흉기를 쥐었다. 식탁 위에 있던 무거운 소금 그릇이었다. 그 유리 그릇이 피터의 머리 위를 스치고 날아가, 등 뒤의 해묵은 이탈리아제 거울에 맞아서 산산이 부서졌다. 사람들의 눈이 본능적으로 그 소리에 끌려간 틈을 타서 제니의 남편은 문으로 돌진했다. 번개처럼 몸을 날려 방에서 튀어나갔다. 그런데 오직 하나, 그에게서 눈을 떼지 않은 사람이 있었다. 재빨리 권총을 겨눈 이 젊은 경찰관은——이 공적으로 이름이 났지만——도리아를 놓치지 않으려고 연거푸 총을 쏘았다. 빈틈없이 상대방의 의도를 눈치채고 그 동작을 예상하고 있었던 것이다. 그런데 그보다 더 빈틈없는 사람이 있었다. 마이클 펜딘을 겨눈 총알에 쓰러진 것은 그의 아내였다. 제니는 문가로 뛰어가 총알 앞에 막아섰던 것이다.

그녀는 소리도 없이 쓰러졌다. 도망자는 뒤돌아보더니 이내 도망할 생각을 버렸다. 아내 곁에 달려와 무릎을 꿇고 그녀를 가슴에 안았다. 그는 이제 위험하지 않은 인간으로 바뀌어 있었다. 죽은 아내를 껴안고, 그 입술에 입을 갖다댔다. 피가 흘러 그의 입술을 물들였다. 이제는 싸울 생각도 없었으며, 제니가 숨이 끊어진 것을 알자 시체를 긴 의자로 안고 갔다. 살며시 그 위에 뉘어 놓고 돌아서서 수갑 앞에 두 손을 내밀었다.

그 바로 뒤에 마크 브렌던이 뒷문에서 달려들어왔다.

"포지 씨는 심부름을 보내지 않았답니다. 앨버트 레드메인 씨는 베라지오에 건너가지 않았습니다."

피터 건즈의 방법

두 사람은 밀라노에서 깔레로 향하는 특급 열차에 타고 있었다. 건즈는 왼쪽 팔에 검은 천을 둘렀고, 그의 동행은 깊은 우수에 잠겨 있었다. 브렌던은 단숨에 늙어버린 느낌이었으며, 얼굴도 여위고 목소리마저 늙은이 같았다.

피터는 브렌던의 기분을 달래려고 자꾸만 말을 건넸지만, 그는 얼굴만 듣고 있었지 마음은 멀리 어느 무덤에 가서 헤매고 있었다.

건즈 씨가 말을 꺼냈다.

"프랑스와 이탈리아 경찰은 미국 경찰과 비슷하군그래. 수사 방법을 비교적 잘 설명해 주거든. 그 점, 영국 경찰과는 상당히 다르단 말이오. 영국 경시청은 굉장한 비밀주의지요. 그러면서도 세계 제1이라고 자화자찬이거든. 하기야 통계는 그걸 뒷받침하고 있는 것 같더군요. 뉴욕에서는 1917년 한 해 동안 236건의 살인 사건이 일어났는데, 그 가운데서 유죄 판결이 난 것은 겨우 67건뿐이오. 1919년 시카고에서는 336건이라는 엄청난 살인 사건이 일어났지만, 유죄 판결이 났던 것은 겨우 44건이오. 너무 심하지 않소. 파리에서는 해마다 런던의 4배나 되는 폭력 범죄가 일어나고 있소. 인구는 물론 훨씬 적은 데도 말이오. 그런데 각국 경찰의 성적을 보면, 프랑스 경찰이 해결하는 건수는 대강 영국의 반수로 보면 되겠더군. 그것은 영국 관청의 그 카드식 색인 시스템인가 뭔가의 덕분인 모양인가 보오."

그가 계속 이야기하는 동안에 브렌던은 제 정신을 차린 듯 입을 열었다.

"가엾은 노인 앨버트 레드메인 씨는 어떻게 됐습니까? 설명해 주실 수 있겠습니까? 당신이 이미 알고 있는 것 말고는 별로 덧붙일 것도 없는 것 같소. 펜던이 입을 다물고 있는 한, 우리로서는 추측하는 수밖에 도리가 없지. 그런데 그가 털어놓지 않는 것은, 자기가 그곳 경찰에서 영국 당국으로 인계되기를 기다리고 있는 것 같소. 물론 나는 꽤 세밀한 점까지 규명했다고 믿고 있소. 앨버트 레드메인을 죽인 것은 두말할 것도 없이 펜던이오. 그가 산장에서 나가자, 그의 아내가 당신을 이야기 속에 끌어넣고는 놓지 않았지. 어떻게 하면 이 여자를 남편의 손에서 풀어 놓나 하는 생각에 열중시키고, 그밖의 것은 모두 까맣게 잊도록 만들어 버린 거요.

여자는 교묘하게 얘기를 당신 자신의 앞날에 관한 문제로 끌고 가서는, 당신이 맡은 앨버트는 머리에서 떠나 버리게 만들었단 말이오. 앨버트, 용서해 주게! 내 생각이 모자랐네. 당신이 앞으로 이번 일을 돌이켜보면, 이 사건에서 큰 손실을 입은 것은 당신이 아니라 바로 이 피터 건즈라는 것을 알게 될 거요.

마이클 펜던은 집에서 나가 보트를 구하여 변장을 한 거요. 가짜 수염을 가지고 있더군요. 그리고 보트를 피아네쏘 산장 밑의 돌층계에 갖다대 놓고 아순타에게 얼굴을 보였는데, 그 여자가 그를 알아볼 수야 있겠소. 그리고 빌지리오 포지의 심부름을 왔다면서, 주인이 베라지오에서 다 죽어 가고 있다고 알린 거요.

레드메인에게는 그 이상 강력한 유혹은 없소. 그는 모든 것을 잊고 5분 뒤에 베라지오로 떠나 보트는 즉각 어두운 호수 한가운데로 나갔는데, 거기가 앨버트의 장례를 치른 장소였단 말이오. 펜딘은 아마 단 한 번에 그를 쓰러뜨렸을 거요. 아마 로버트와 벤디고도 비슷하게 죽었을 테지요. 보트에는 시체에 달려고 큼직한 돌이 실려 있었을 거고, 그 힘으로 시체는 코모 호수 깊숙이 가라앉아 간 게요. 그는 변장 도구를 호주머니에 쑤셔넣고, 빈 보트를 다시 몰고 돌아왔겠지요. 알리바이도 빈틈없이 준비했더군. 조사해 보니까, 산장으로 돌아오기 전에 한 시간 이상이나 '여관'에서 술을 마시면서 보냈더구려."

"잘 알았습니다."

브렌던은 얌전하게 말했다.

"아마 그 말씀이 틀림없을 것입니다. 그래서 마지막으로 부탁이 있습니다. 이번 사건으로 제 마음에는 어느 점에서 공백이 생겨 버렸습니다. 선생님은 한 번 영국에 다녀오셨는데, 그 때로 거슬러 올라가서 죽 한 번 이야기해 주시지 않겠습니까? 선생님이 조사하신 자국을 더듬어 보고 싶어서 그럽니다. 어차피 선생님은 법정에 나오시지 않겠지요. 당연히 제가 대리로 나가게 될 것이므로 알 필요도 있을 것 같습니다. 그리고 고맙게도 이것이 아마 제가 법정에서는 마지막 기회가 되어 줄 것입니다."

그는 이미 밝힌 바 있는 자기의 결의를 되풀이 했다. 경찰에서 물러나 나머지 반생을 다른 직업으로 보내겠다는 것이었다.

"그것도 좋겠지만."

건즈는 코담배를 담은 금제 상자를 꺼내면서 말을 이었다.

"가능하면 생각을 고쳐먹어 보시오. 확실히 당신은 이번 사건에서

쓴경험을 하기는 했소. 하지만 또 그러기에 매우 많은 것을 배우지 않았소. 그것은 사람을 완성하는 데 도움이 됐듯이, 일을 하는 데도 결코 헛되지 않으리라 생각하오. 못된 여자 가운데서도 특히 못된 여자에게 당한 셈이긴 하나, 그렇게 간단히 꺾여서는 안 되오. 헤아릴 수 없는 하느님의 뜻이 창조하신 드물게 보는 극악인을 연구하는 기회를 얻었다는 데 당신은 오히려 감사를 드려야 하지 않겠소? 천사의 얼굴을 하고 악마의 마음을 가진 여자. 당신의 생애는 지금부터요. 그런 여자한테 걸렸다 하더라도, 시간이 지나면 이제 갓 시작된 당신의 생애에 한 가닥 가느다란 금이 생긴 정도에 지나지 않는다는 것을 알게 될 거요. 당신의 앞날에는 아직도 많은 귀중한 일이 기다리고 있소. 타고난 재능을 가진 직업을 버린다는 것은, 하느님의 뜻을 어기는 일인 줄 아오."

한참 동안 말이 끊어지고, 긴 침묵이 흘렀다. 그동안 열차는 산프론 터널의 긴 어둠속을 빠져나갔다. 그 뒤 피터는 레드메인 집안의 수수께끼를 풀게 된 사건의 경위를 한 걸음씩 더듬어 가면서 이야기하기 시작했다.

"이 사건에 처음 손을 댔을 때, 내가 당신의 설명을 비판하며 사건의 발단에서 시작하지 않았다고 말한 적이 있었지요? 모든 것은 그 말에 요약돼 있소. 당신은 이 사건에서 이상한 입장에 서게 되었소. 범인 자신이 자기의 재능에 프라이드를 느끼고——결국은 그 때문에 자멸하게 되었지만——허영심을 만족시키기 위해서 일부러 당신을 그런 입장에 끌어넣은 게요. 위대한 탐정을 사건에 관계시켜 놓고 그를 조롱함으로써 즐거움을 더 크게 만들자는 데에 취미를——예술이라고 할만한——발견하고 있었단 말이오. 마이클 펜딘으로 봐서는, 당신은 말하자면 피가 담긴 잔의 향료였소. 소금이자 향미료였던 게요. 만일 그가 범행에만 온 힘을 기울였더라면, 천 명의 탐정이 덤벼도 아마 그 흉계를 막아 내지는 못했을 거요. 그런데 그는 먹이를 잡은 호랑이처럼 여유만만하게 희롱하는 재미를 알고 있었소. 본디 계획을 무수히 채색하고는 좋아한 게요. 확실히 뛰어난 예술가이기는 했지만, 그 장식을 지나치도록 화려하게 꾸미겠다는 욕심을 부렸지. 퇴폐가 지나쳤단 말이오. 그 때문에 어쩌면 세기의 범죄가 될 수도 있었던 것을 놓치고 말았소. 위대한 범죄자가 복수의 여신의 보복을 받는 것은, 이런 인간성의 약점때문이오.

그가 쓴 속임수는 따지고 보면 세상 사람들의 주의를 살해된 피해자로부터 살해한 범인으로 보이는 인물에게로 돌리는 것이었소. 살인 사건이 일어났다는 것과 마이클 펜딘이 살해되었다는 사실은 입증도 안 되었는데 의문의 여지가 없는 것처럼 생각되지 않았소. 로버트 레드메인에 대해서는 무수한 사실이 모아졌지만, 경찰의 수사과정에서 피해자로 여겨지는 자에 대해서는 아무것도 떠오른 게 없으니 말이오. 당신만 하더라도 펜딘에 대해서는 그의 아내한테서 얘기를 들었을 뿐이오. 제니가 프린스타운에서 처음으로 당신에게 들려 준 이야기는, 아마도 펜딘이 시킨 것이겠지만——그 여자가 당신에게 처음으로 사건 조사를 의뢰했을 때 말이오——그건 어디하나 나무랄 데 없는 완벽한 것이었소. 왜냐하면 결국 그것은 모든 점에서 거의 진실에 가까웠으니까.

하지만 나는 당신과는 달랐소. 앨버트의 조카딸을 처음 만나 얘기를 나누었을 때, 나는 처음 당신이 그 여자를 만났을 때 그녀가 했다는 얘기가 머리에 떠오르더군. 제니의 첫 남편에 관한 것을 좀더 자세히 알아봐야겠구나 하는 것을 이때 깨달았소. 그렇다고, 그때 내가 진상에 접근했다고 생각한다면 곤란하오. 나는 다만 사실을 더 알고 싶었을 따름이니까. 마이클 펜딘의 경력은 그 아내의 입에서 나온 것만으로는 불충분하고, 더 조사해 볼 필요가 있다고 생각한 거요. 그 여자가 자기 입으로 말하는 것뿐 아니라, 더 여러 가지를 알아야 되겠다고 생각했단 말이오. 제니에게 물어 보았더니 별로 알지 못하거나 아니면 일부러 회피하는 인상을 주더군요. 세 숙부 가운데서 마이클 펜딘의 얼굴을 아는 것은 로버트 한 사람뿐이오. 벤디고나 앨버트는 그 사람을 본 적이 없었으니까. 처음에는 물론 이게 그토록 중요한 사실이라는 생각은 못했지만, 수사가 진행되면서 매우 의미가 깊어 보이기 시작했소.

나는 처음 펜전스에 가서 며칠을 보냈소. 펜딘 집안에 관해서 되도록 많은 사실을 모아 볼 생각이었소. 그래서 마이클 펜딘에 관한 것을 찾아내는 예비 단계로 펜딘 집안의 족보를 들추어봤더니, 금방 중요한 사실이 드러나지 않겠소. 마이클의 아버지 조제프 펜딘은 청어 거래에 관한 회사의 일로 자주 이탈리아에 출장하는 동안, 이탈리아 여자 하나를 사귀어 가지고 결혼했더군요. 그 여자는 남편과 펜전스에 눌러앉아 살게 되었는데, 남자아이를 하나 낳고 이어 여자아이를 하나 낳았으나 여자아이는 어려서 죽었소. 그런데 이 펜딘 부인이라는 여자가 꽤 추문을 흘리고 다닌 모양이오. 그건 이 여자의 라틴 인종다운 과격한 성격이, 남편이나 그 친척이 어울려 사는 좀 엄숙한 종교적인 사람들에게 좋은 인상을 주지 못한 데 그 발단이 있었던 것 같소.

이 여자는 그 뒤에도 자주 이탈리아를 찾아오곤 했는데, 조제프 펜딘은 아마도 그 결혼을 후회하고 있었던 모양이오. 내가 만나 본 사람들의 말을 들어 보면, 조제프는 그 여자와 이혼을 못할 것은 없었으나 아이도 있고 해서 단행하지 않고 참은 것 같소. 마이클은 어머니를 좋아했고, 어머니를 따라서 자주 이탈리아에 건너갔소. 그리고 한번은 17살인가 18살 때, 이탈리아에서 사고를 당해 머리를 크게 다쳤다는데, 그게 어떤 부상이었는지 구체적으로 알아낼 수가 없었소. 아무튼 그는 거의 말이 없다고 할만큼 얌전한 젊은이였으며, 아버지와는 한 번도 다툰 적이 없었다하오.

마지막으로, 펜딘 부인이 이탈리아에서 죽었으므로 남편은 나폴리에서 장례를 치른 다음 곧 아들을 데리고 영국으로 돌아왔소. 그뒤 아들은 치과의사가 되기를 희망하여 어느 치과의사 밑에 들어가 공부했는데, 성적도 좋고 시험에도 합격해서 잠시 펜전스에서 개업하고 있었으나, 곧 이 일에도 흥미를 잃고는 아버지 회사에 들어가게 되었다오. 그래서 청어 판매에 관련을 갖게 되고 자주 이탈리아에도 출장을 가게 되었으며 한 달쯤 머무르는 일도 드물지 않았다는 거요.

그의 성격에 대해서 얘기해 줄 만한 사람은 거의 살아 있지 않았고, 더욱이 사진은 전혀 남아 있지 않았소. 다만 친척 가운데 나이가 듬직한 부인 한 사람이 마이클은 말이 적고, 성격이 꽤 까다로운 소년이었다고 말해 줬을 뿐이오. 그 부인은 또 마이클의 부모님의 옛 사진을 보여 주었는데, 그 사진에는 아들도 찍혀 있더군요. 겨우 서너 살이 될까말까 하는 어린아이였소. 아버지라는 사람은 이렇다할 특징이 없는 남자였지만, 펜딘 부인은 정말 눈이 번쩍 뜨이는 미인이었소. 나는 그 부인의 얼굴을 확대경으로 들여다보고, 도리아와 어떤 닮은 점이 있다는 걸 발견했소.

보통 나는 사건에 어떤 직감이 떠오르면, 그게 진짜든 가짜든 그 영감을 일부러 철저하게 파괴적인 분석을 해보고 있소. 알고 있는 모든 사실을 반대로 대조시켜 보는 거요. 이 경우에도 주제페 도리아의 아름다운 용모를 마이클 펜딘의 어머니 사진에서 보았지만, 내 방침대로 긁어모을 수 있는 모든 지식을 동원해서 이 뜻밖의 발견에 의한 추론을 뒤엎으려고 했소. 그러나 그렇게 갑작스레 성립

시킨 이론인데도, 밑바닥에서부터 뒤집을 수 있을 만한 것은 아무 것도 발견되지 않더란 말이오. 그 때의 놀라움과 흥미라니! 당신도 상상해 보시오. 이 가능성을 분쇄할 만한 확실한 사실은 끝내 발견할 수 없었단 말이외다.

먼저 조제프 펜딘의 아내를 주제페 도리아의 어머니로 보는 것을 절대적으로 부정할만한 사실을 알아낼 수가 없었소. 하지만 내가 아는 것 말고는 이 고찰을 무의미하게 만드는 사실이 무수히 존재하지 않는다고 할 수는 없는 일이었소. 그런 사실을 수집하는 방법을 생각하다가, 내 생각은 자연히 주제페 그 자체로 향했소. 참고로 말해 두지만, 확신이라는 장소에 기어오르려면 어설픈 걸음걸이를 꽤 오래 계속하지 않으면 안되는 경우가 있는 법이오. 여기서도 솔직히 말해서, 이 때의 수사 단계에서는 아직 도리아 주제페와 마이클 펜딘이 같은 인물이라는 상상을 한 것은 아니오. 그것을 알게 된 것은 훨씬 나중 일이오만 그 무렵 내 머리에 있었던 것은, 펜전스의 웨슬리 교도들 사이에 파문을 일으킨 펜딘 부인이니 이탈리아에서 다른 남자의 아들 하나를 더 낳았을 가능성이 없다고도 할 수 없다는 생각이었소. 마이클과 아버지를 달리하는 이탈리아 태생의 아우는 본디 서로 아는 사이였을 것이고, 그래서 서로 협력하여 레드메인 일족을 말살하자고 의논한 것이 아닐까? 그렇게 하면 마이클의 아내에게 전재산을 상속시킬 수 있다, 이게 그때 내가 생각하고 있던 추리였소.

펜전스에서 조사할 것을 다 조사한 나는 그 길로 다트머드로 달려갔소. 가능하면 주제페 도리아가 벤디고 레드메인의 모터보트 조종사로 고용된 정확한 날짜를 알고 싶었기 때문이오. 그런데 딱하게도 앨버트의 아우는 친구가 한 사람도 없었소. 그래서 나는 우선 의사를 찾아가 보았지요. 결국은 아무 소용 없었지만, 혹시 문제의 날짜를 알고 있을지도 모른다면서 그가 어떤 한 사람을 가르쳐 주었소. 바닷가에서 몇 마일 떨어진 토어 크로스 호텔의 주인이었지요.

노어 브레이즈라는 그 주인은 퍽 영리한 사람이더구먼. 벤디고 레드메인은 전부터 이 사람을 알고 있었던 모양이오. 아무튼 나는 벤디고가 '까마귀의 집'에서 모터보트를 한 척 살 생각을 하게 된 것은, 이 토어 크로스 호텔에 1주일 쯤 머무르면서 브레이즈의 모터보트로 낚시를 즐긴 게 원인이라는 것을 알게 되었소. 한 척 사기는 했으나 처음에 고용한 조종사는 실패했다더군. 그래서 다시 모집 광고를 냈더니, 응모자가 밀어닥친 게요. 벤디고는 그 가운에서 이탈리아 사람 주제페 도리아를 골랐는데, 그것은 이탈리아인을 배에 태우고 싶어했던데다 그의 신원 증명서가 특별히 훌륭했기 때문이라더군. 그를 고용하고 이틀 뒤 벤디고는 자기 보트를 토어 크로스의 브레이즈에게 보이러 왔었다고 하오.

물론 벤디고는 그 무렵에 일어난 프린스타운의 살인 사건으로 머리가 가득차 있었소. 브레이즈도 그 사건에 관심이 컸기 때문에 새 조종사를 눈여겨볼 겨를이 없었던 게요. 하지만 여기서 우리가 그냥 보아 넘길 수 없는 중요한 점이 있소. 프린스타운에서 살인 사건이 일어난 다음날——이날 벤디고는 아우 로버트가 포긴티 채석장에서 범행을 저질렀다는 말을 듣게 되지만——주제페 도리아가 '까마귀의 집'에 도착하여 새로운 직업을 가졌다는 사실이오.

이 매우 중대한 사실에서 결국 나는 이 사건의 줄거리를 꾸며 볼 수 있었소.

그리고 그 뒤부터는 한 걸음 나아갈 때마다 새로운 빛이 비쳐 와서, 마침내 목표점에 다다를 수 있게 된 거요. 그 상세한 결과를 여기서 일일이 다 설명할 필요는 없겠지. 로버트 레드메인은 마이클 펜딘이 살해된 것으로 믿어지는 밤에, 그 모습이 사람들의 눈에 띄었었소. 페인턴의 하숙집에 돌아갈 때까지 그 발자취는 모두 증인들에 의해서 입증되고 말이오. 그러다가 그날 첫새벽 아무도 일어나기 전에 페인턴을 떠난 뒤로는 이 땅 위에서 완전히 모습을 감추었는데, 같은 날 아마 정오쯤 되었을까, 주제페 도리아가 '까마귀의 집'에 도착하고 있는 게요, 그 때까지 아무도 모르고 본적도 없는 한 이탈리아 사람이 말이오…….

이것으로 나는 마이클에게 아버지를 달리하는 동생이 있다는 생각을 버리기로 했소. 그리고 이 사실이, 다트무어에서 죽은 것은 펜딘이 아니라 그의 아내의 삼촌 로버트 레드메인이라는 것을 나타내고 있다는 것을 알게 된 거요. 아마 로버트는 범행 현장 가까이에 아직도 그냥 묻혀 있을 것이 분명하오!"

건즈 씨는 코담배를 말고 나서 다시 계속했다.

"상상도 못할 이 추리 아래 규명한 사실을 돌이켜보면, 이야기는 더한층 흥미로워지오. 그 뒤 한참 동안은 새로운 사실을 만날 때마다 혹시 이 추론이 뒤집히는 일격을 받지나 않을까, 모퉁이를 돌아갈 때마다 이 이론을 포기해야 하는 어떤 확정적인 증거가 나타나지나 않을까 하고 몹시 염려했지만, 그런 사실은 하나도 나타나지 않았소. 물론 사건의 세부, 수수께끼를 이루고 있는 단편 가운데는, 마이클 펜딘이 입을 열지 않는 한 알 길이 없는 것도 더러 있었소. 허지만 사건의 본디 줄거리, 진상이라고 할 수 있는 것은 이같이 해서 내 눈앞에 뚜렷이 드러난 게요. 그래서 나는 다트무어를 떠나 앨버트가 머물러 있는 런던으로 돌아갔소. 퍼즐의 큰 부분은 다 나왔고, 더욱이 새로 짜맞출 필요도 없었소. 두어 군데 분명찮은 곳이 있기는 했지만, 퍼즐은 이제 완성되어 그게 어떤 그림을 나타내는 것인지 뚜렷했소. 언뜻 보기에 이치에 맞지 않는 것처럼 보이는 점도, 마이클 펜딘의 성격을 용매로 해서 고찰해 보니 그것 또한 옳은 위치에 끼워져 있다는 것을 이해할 수 있었소.

생각해 보면, 펜딘의 연극인으로서의 재능은 굉장하오. '주제페 도리아'라는 인물을 창조한 구상력이라든가, 그것을 훌륭히 해낸 연기력은 아무리 칭찬해도 모자랄 거요. 마음 속에서 완전히 그 인물이 돼 가지고, 본디는 오히려 음침하고 내성적인 성격인 그가 날마다 명랑하고 활발한 기질과 생활 태도를 보여 주고 있었으니. 그도 그의 아내도 지옥에서 보내온 대범죄자인 동시에, 하늘이 낳은 희극배우이기도 했더란 말이오.

애기를 다시 주제로 돌리면, 퍼즐은 이렇게 해서 대강 확정이 되었소. 전경, 중경, 후경이 하나로 어울려서 긴밀한 전체를 구성하고 있소. 논리적으로도 줄거리가 한 가닥으로 벋어나가서, 작자의 성격을 고려에 넣는다면 합리적이라고까지 할 수 있소. 그런 인간이니 죽기 전에 반드시 상세한 수기를 남길 게요. 그건 여기서 예언해도 좋소. 그 어이없는 허영심이 수기를 쓰지 않고는 못 배길 테니까. 물론 어디까지 진지한지 알 수도 없고, 또 언제 어떤 경우나 관객을 의식할 것으로 생각되지만, 아무튼 그는 교수대에 오르기 전에 그 때까지의 완전한 기록을 남길 것으로 짐작되오. 그러다가 기회만 잡으면, 유례없는 자살 방법을 연출해 보일지도 모르오. 조심하는 게 좋을 것 같소.

그럼 여기서, 내 머릿속에 생긴 가설 위에 사실을 하나하나 비추어 보고 거기에 모순이 없다는 것을 점검했다는 것과 그리하여 결국 그것이 옳은 이론이라는 것을 인정하고 그것을 기준으로 행동할 결심을 한 데까지의 경과를 설명하기로 하겠소.

먼저 펜딘은 살아 있고, 죽은 것은 로버트 레드메인이라는 추정부터 시작하기로 합시다. 포긴티에서 아내의 삼촌을 죽인 펜딘은 피해자의 옷을 입고 빨간 수염에 빨간 가발을 쓰고는, 레드메인의 오토바이를 타고 베리 곳으로 갔소. 거기서는 시체를 담아서 옮긴 것으로 여겨지는 시멘트 부대를 발견했을 뿐이오. 하지만 그는 그것으로 충분히 목적을 이루었소. 그가 노린 것은 목격자의 증언으로 시체를 숨긴 장소를 나타내는 체해 보이고, 수사를 엉뚱한 방향으로 이끄는 데 있었으니까 말이오. 그는 본디부터 바다를 이용할 생각은 없었소. 바다에 시체를 버리면 언젠가는 떠올라서 계획을 망쳐 놓을 위험이 있거든. 희생자의 시체는 포긴티를 떠나지 않았다고 보는 게 옳을 게요. 머지않아 마이클의 입으로 그 매장 장소가 알려질 줄 믿소만.

한편에서 새로운 인물이 만들어지고, 그것으로 그는 '까마귀의 집'에 취직하게 되는데, 다음에 일어난 사건의 첫 계기는 로버트 레드메인이 형 앞으로 보낸 가짜 편지였소. 그건 누가 보냈겠소? 마침 그 무렵 제니 펜딘은 플리머드에서 벤디고 숙부네 집으로 가는 도중이었소. 그 부부는 곧 한자리에서 만나 다음 일격의 준비를 하게 되어 있었던 거요.

그 두 사람은 마땅히 무대에서 출세를 했어야 할 사람들이었소. 그랬으면 반드시 성공했을 거요. 그랬다면 레드메인 집안의 전재산 따위는 비교도 안 될 만큼 큰 돈을 벌었을 게요. 그런데 두 사람의 몸에는 범죄자의 피가 흐르고 있었소. 두 사람은 그 점에서 가위의 두 날처럼 몸과 마음이 일치하고 있었소. 악은 그 두 사람에게는 선이었소. 그들은 서로의 마음 속에 법을 비웃고 질서를 무시하는 자질이 숨어 있다는 것을 알고, 힘을 합쳐서 악의 길로 온 힘을 기울여야 한다는 생각을 하게 된 거요. 마크, 아무래도 그 여자는 구제하기 어려운 나쁜 여자였던 모양이오. 하지만 사랑하는 길은 알고 있었소. 못된 여자도 착한 여자처럼 사랑할 수 있나 보오. 아니, 훨씬 더 열렬한 애정에 불탄다는 것도 충분히 생각할 수 있지 않겠소?

두 사람은 '까마귀의 집'에 자리를 잡게 되었소. 마이클 펜딘 살인 사건에 대한 소문도 서서히 가라앉아 가고 있었지요. 제니는 훌륭하게 미망인 역을 해 보이고 있었지만, 그 동안에도 남의 눈에 띄지 않게 실컷 남편의 가슴에 안겼을 테지. 그리고 둘이서 가엾은 벤디고의 살해 계획을 의논했을 거요. 물론 벤디고는 펜딘을 처음 보니까, 도리아 역을 하는 것쯤 거저먹기였을 게요. 다만 여기서 하나 마이클이 말하지 않으면 분명해지지 않는 중요한 점이 있소. 그건 그의 살인 계획의 순서요. 그게 나를 어리둥절하게 만든단 말이오. 왜냐하면 로버트 레드메인이 프린스타운을 찾아가서 세 사람 사이에 화해가 성립되지만, 그가 벤디고네 모터보트 조종사로 입주할 계약을 맺은 것은 그 이전의 일이기 때문이오. 머지않아 전혀 다른 이름과 성격을 가지고 나타나게 되는데, 나로서는 그의 첫 목표가 늙은 선장이었다고 생각하고 싶소. 그런데 별안간 로버트가 다트무어에 나타나는 바람에 계획을 바꾸었다고 생각하고 싶단 말이오. 만일 내 생각이 틀리지 않는다면, 어떤 우연이 그의 연기에 첫길을 열어 준 게 틀림없소. 이것도 언젠가는 본인 자신이 설명해 줄 테지요.

다음에 벤디고에게 죽음을 가져다 준 '까마귀의 집' 사건이 어떻게 준비되었는가 얘기하면, 구체적인 계획의 내용은 알 수 없지만, 요컨대 당신이 두 번째로 다트머드를 찾아간 것이 그들의 실행을 앞당겼다는 것은 상상하기 어렵지 않소. 잊지도 않았겠지만, 당신의 방문은 아무 예고도 없는 갑작스러운 것이었소. 말하자면 당신이 그 두 사람에게 출발점을 제공한 셈이오. 폭풍이 불던 날 밤, 당신은 달빛을 받으면서 그 집을 나왔었소. 그래서 펜딘은 다시 가짜 로버트 레드메인이 되어 시치미를 떼고 당신 앞에 나타난 게요. 더욱이 그는 그것만으로는 만족하지 못하고, 그 역할을 효과적인 것으로 만들기 위해서 필요한 것은 하나도 빼놓지 않고 다 해냈소. 로버트 레드메인의 모습으로 스트레이트 농장에 숨어들어가서는 농장주 브루크 씨에게 그 모습을 보였으며, 그 다음날에는 '도리아' 가 되어 다트머드로 뛰어가서는 당신을 붙들고 마이클 펜딘의 살해 범이 나타났다고 보고하였소.

이 2중의 변장에 그가 마음속으로 짓궂게 웃고 있었다는 것은 당신도 짐작할 거요. 아내의 손만 빌면, 당신을 끝내 우롱해 주는 것쯤 그다지 어렵지 않았소. 제니에 관한 일로 당신의 질투심을 일으키게 했는데, 그게 그로서는 여간 재미있지 않았던 거요. '도리아' 가 제니에게 청혼하지나 않을까, 제니가 그것을 응낙하지나 않을까 하고 당신이 안절부절못하는 것을 보고 '펜딘'은 다시없는 재미를 느끼고 있었단 말이오. 여자도 역시 그랬소. 그 여자가 당신을 어떻게 다루었나 생각해 보시오. 당신에게는 귀한 교훈이 될 줄 아오. 여하튼 그 여자는 대단한 배우였소. 다만 그것이 펜딘에 대한 열렬한 애정 때문이었는지, 아니면 불행한 친족들에 대한 증오에서 나온 것인지, 또는 하늘이 자기에게 준 재능에 순수한 창조의 기쁨을 느꼈기 때문인지 거기까지는 나도 단언할 수 없소. 아마도 그 여자의 경우는 그러한 감정이 모두 뒤섞여서 작용한 것이 아니었을까?

이어서 일어난 것은 가짜 공작을 완수하기 위한 숨바꼭질이었소. 그것을 하나하나 따져 보면 이렇게 될 게요. 벤디고는 가짜 아우를 한 번도 보지 못했소. 당신도 그 점은 마찬가지요. 당신들 두 사람은 숲 속을 샅샅이 찾아다녔으나 실패로 끝났잖소. 그런데 제니와 그 남편은 모터보트를 타고 찾으러 나가서 로버트의 소식을 갖고 돌아왔소. 그 여자는 눈물까지 흘리면서 로버트 레드메인을 보았다고 말하지요. 자기 남편을 죽인 자를 말이오! 그 여자와 보트 조종사는 범인을 만나 이야기를 듣고 왔다면서 그 비참한 상태를 설명하고, 형을 만나고 싶어한다는 희망을 전하게 되오. 둘이서 눈으로 본 듯이 선한 그림을 그려 보이는 거요. 벤디고와는 단둘이 만나고 싶으니, 음식과 등잔을 은신처로 갖고 와 달라고 로버트가 애원했다는 게요. 또 그 때까지는 프랑스에 숨어 있었다고 했는데, 그건 두말할 것도 없이 당신의 의혹을 없애기 위한 거짓말이었소. 그리고 이제 더는 쫓겨 다니는 신세의 고통을 견딜 수 없다는 말을 전하게 되오.

그것으로 벤디고의 마음이 움직여서, 그날 한밤중에 혼자서 로버트를 만날 결심을 하게 되었소. 허지만 막상 그 때가 되니까 늙은 선장의 용기도 꺾이고 말았소. 무리도 아니오. 그 결과 당신에게 탑실에 숨어서 한밤중에 찾아오는 로버트 레드메인을 몰래 감시해 달라고 부탁하게 되오. 벤디고가 아우 앞으로 편지를 써서 제니와 도리아에게 주자 두 사람은 편지와 음식물과 등잔 같은 것을 갖고 다시 바다로 나가고, 그들이 없는 동안 당신은 그날 밤의 회견에 대비해서 탑실의 비밀 장소에 들어갔던 거요. 두 사람이 돌아오자 제니의 숙부는, 브렌던은 다트머드로 돌아갔으며 내일 아침 일찍 다시 올 것이라고 말하지요.

그 뒤의 일은 당신도 똑똑히 기억하고 있을 줄 아오. 밤에 약속한 시간이 되자 탑실을 올라오는 발자국 소리가 들리고, 벤디고가 아우를 맞이하러 일어나 보니 나타난 것은 로버트 레드메인이 아니라 주제페 도리아였소. 그는 주인을 상대로 제니 펜딘에 관한 얘기를 지리하게 늘어놓았소. 늙은 선장에게 제니에 대한 자기 애정을 털어놓은 거요. 그것을 당신은 궤짝 안에서 들었지요. 벤디고는 도리아에게 그 문제는 당분간 덮어 둬라, 적어도 앞으로 반년은 입밖에 내지 말라고 타이르고 말이오.

그런데 그 뒤에 일어난 일이 좀 이상하단 말이오. 그날 밤에 그가 벤디고의 목숨을 빼앗을 생각이었다는 것은, 확언은 할 수 없지만 거의 틀림없는 사실인 것 같소. 준비는 다 되어 있었을 테니까. 로버트가 만나러 온다는 것은 당신을 비롯해서 많은 증인들의 입으로 밝혀질 것이고, 아래층에서는 그의 아내가 시체를 들어내기 위해 기다리고 있었을 거요. 그들의 계획은 마지막 세부에 이르기까지 완전히 무르익어 있었다고 보아 틀림이 없을 거요. 모든 것이 펜딘의 생각대로 진행되었다면 다시 말해서 그날 밤 당신이 집에 머물러 있지 않았더라면, 당신은 아마 그 다음날 아침 벤디고가 보이지 않는다는 보고를 받았을 게 틀림없소. 탑실에는 격투를 벌인 흔적이 보이고, 바닥에도 빈틈없이 얼마쯤 피가 흘러 있었겠지요. 증거는 이것뿐, 그밖에는 아무것도 남아 있지 않았을 거요.

이런 일이 당신의 눈앞에서 일어나지 않은 까닭은, 당신이 숨어 있다는 것을 펜딘이 눈치챘다고 추정하지 않고는 설명되지 않소. 그날 밤 1시에 주인이 그 방에 혼자 있다는 것을 알았다면, 펜딘은 그의 머리에 일격을 가하고 그 뒤는 내가 추측한 대로 진행했을 것이 분명하거든. 그런데 그는 그런 행동을 하지 않았단 말이오. 몹시 흥분한 얼굴로 다시 로버트를 만난 광경을 이야기할 뿐이었소. 로버트는 마음이 달라졌는지 '까마귀의 집'에 찾아오지 않기로 했다, 다음날 어두워진 뒤 자기가 숨어 있는 은신처에서 만나고 싶어 하더라고 말이오. 이 말을 듣고 벤디고는 당신에게 궤짝에서 나오라고 말하고, 도리아는 일부러 놀라 보이면서 분개하는 체해 보인 거요.

여기서 다시 도망자 로버트의 처량한 몰골을 직접 눈으로 보듯이 들은 벤디고는 은신처로 찾아가겠다고 말하고, 도리아는 로버트가 숨어 있는 동굴의 소재는 등잔불로 알게 된다고 설명해 주었소.

그 다음날 밤, 벤디고는 자기 발로 죽음을 찾아서 떠나가오. 아마 그 사람은 육지에 오르는 순간에 살해되고, 시체는 바다로 실려 나와서 처분되었을 거요. 여기서도 시체는 발견되지 않도록 하는 것이 그의 계획이지요. 그리고 펜딘은 '까마귀의 집'에 돌아와서 자기 아내와 당신에게, 레드메인 형제는 지금 만나서 이야기를 나누는 중이라고 거짓말을 하고는 숨어 있는 곳을 알려 주었소. 그리고 다시 바다로 나가는데, 이 때 언제나처럼 실컷 장난을 쳐 놓은 거요. 굴에서 벼랑의 대지까지 핏자국을 남겨 놓은 것이 그건데, 이건 그 다음날 아침 수사가 시작될 때 경찰이 속아넘어 가는 것을 보고 재미있어하자는 속셈에서 한 짓이었소.

그 뒤의 무의미한 수사에 대해서는 새삼 검토할 것도 없을 거요. 모든 것은 펜딘의 계획대로 되어 나갔으니까 말이오. 그 뒤의 인간 사냥이 얼마나 그 흡혈귀 부부를 기쁘게 만들었는지 당신도 쉽게 상상할 수 있을 줄 아오.

이렇게 해서 레드메인 집안의 두 사람은 처리가 된 셈이오. 이제 한 사람이 남았소. 그동안 연애 쪽도 순조로이 진행되어서, '도리아'는 다시 '그의 아내'와 결혼하게 되었소. 그들은 적어도 앨버트 레드메인과 당신을 만족시키기 위해서 결혼한 것처럼 발표도 했소. 말할 것도 없이 두 사람은 부부로서 남부 유럽을 여행하고, 올리지도 않은 결혼식을 올렸다고 통지한 거요. 그런 다음 적당히 날짜가 지나가는 것을 기다렸다가, 다시 그 손길을 나의 불행한 벗에게 돌리기로 한 거라오.

어린아이처럼 순진무구하고, 드물게 보는 따스함을 가진 그 인물과 마주하고 있으면, 아무리 그들이라 하더라도 결국은 인간으로서의 진실의 빛이 마음에 비쳐 올 게 당연하지 않겠소! 그렇게도 정답고 마음 너그러운 인물과 같이 살고 있으면서, 그 영혼에 동정의 섬광이 일지 않는다는 것은 생각할 수도 없는 일이오! 하지만 그 두 사람은 그렇지 않았소. 태연히 살해 계획에 착수하고 있었단 말이오. 그런데 아무것도 모르는 희생자는 우정으로 이 살인귀들을 반겼으니. 앨버트가 조카딸보다도 주제페 쪽에 더 호의를 느꼈다는 것도 흥미있는 사실이오. 그 노인은 나한테도 말했지만, 제니의 거동에 무언가 수상쩍은 것을 느끼고 있었소. 첫 남편을 그렇게도 간단히 잊어버릴 수 있었던 것이 아무리 생각해도 이상했던 거요. 그 섬세한 감수성은 그러한 무관심을 참을수 없었나 보오. 조카딸이 숙부들의 반대를 무릅쓰고 펜딘과 결혼한 경위가 생각났는지도 모르겠소. 또 그 이상으로 그 아버지의 방약무인한 과격한 성격을 생각하고 있었는지도 모를 일이오.

두 사람은 음산한 작업을 하러 가서, 그런 줄도 모르는 주인에게 진심으로 환영 받았소. 그리하여 다시 또 그 무자비하고 어리석은 행위! 양심의 가책을 모르는 것이 오히려 그들의 약점이라고도 할 수 있는 그 잔인한 계획! 여기서 다시 도리아는 로버트 레드메인을 무덤에서 불러냈소. 여기서도 다시 그는 당신에게 도전했소! 앨버트 레드메인의 목숨을 빼앗으려면, 간단하고도 확실한 방법이 몇백 가지나 있소. 앨버트의 집이 있는 지형이라든가, 사람을 잘 믿는 그 성격이라든가, 살인귀가 잡아 먹으려면 그토록 쉬운 상대도 없을 거요. 허지만 마이클의 허영심은 그전에 잡아먹은 밥의 피로 너무 살이 쪘더란 말이오. 그자는 진정 타고난 예술가랄 수가 있소. 완벽한 형식. 범죄로서의 걸작. 그는 범죄사에 최고의 자리를 차지하고 영원한 지위를 유지할 수 있는 걸작을 완성하고 싶어 못 배겼던 거요. 안이한 방법은 그의 자존심이 용서하지 않았소.

모든 것은 첫 번 계획대로 같은 형식에 의해서 이루어지지 않으면 안 되었던 거요. 일부러 위험을 자초하여 곤란을 만들어 냈는데, 그것이 오히려 그의 궁극적인 위업을 더욱더 현란한 것으로 만들어 주기 때문이었소.

그래서 다시 위장 인물(僞裝人物)이 끌려나오게 되었소. 코모 호숫가에 로버트 레드메인이 나타났다고 제니의 입으로 숙부에게 보고하는 것만으로는 아마 직성이 풀리지 않았나 보오. 관계없는 증인이 필요해져서, 아순타 마르첼리가 선택된 거요. 이 이탈리아 여자가 빨간 머리, 빨간 수염, 빨간 조끼를 입은 몸집이 큰 사나이를 보게 된단 말씀이오. 느닷없이 나타난 수상한 자가 제니에게 심한 충격을 주었다는 보고를 이야기하게 되오. 여기서 상기해 주었으면 하는 것은, 그 무렵 제니의 남편은 토리노에 있는 것으로 앨버트는 믿고 있었다는 사실이오. 이어서 여느 때나 다름없이 그자 특유의 연극이 연출되오. 도리아가 점잖게 등장하여 둘이서는 여느 때의 그 테마를 희롱하고, 세부를 화려하게 꾸며서 불행한 희생자를 위협하며, 그리고 결국은 당신을 불러오게 만들어서 그전과 같은 방법으로 당신을 조롱하는 이런 연극을 말이오.

앨버트가 나를 부른 것도 그들의 범행을 재촉하지는 않았소. 피터 건즈가 도대체 어떤 녀석이냐? 뭐, 미국의 이름난 형사라구? 좋아! 누가 나타나건 전차 수레바퀴 밑에 새로운 희생자가 더 늘어날 뿐이다. 이렇게 되면 국제 범죄의 승리가 아니냐. 앨버트 레드메인은 그에 알맞는 관객 앞에서 죽어야 한다. 미국, 이탈리아, 영국 세 나라의 수사진이 협력하여 로버트 레드메인을 체포하고 앨버트를 구하려고 안간힘을 쓰겠지. 그럼에도 불구하고 그들의 눈앞에서 그 중의 하나는 체포를 모면하고, 나머지 하나는 살해되고 만다."

그는 브렌던의 얼굴을 바라보며 덧붙였다.

"그리고 그들은 보기 좋게 그 일을 해내고 말았소, 당신 덕분에."

"그리고 그들은 그 보답을 받았습니다. 선생님 덕분에."

마크는 대답했다.

"결국 우리도 인간이지 기계가 아니오."

건즈가 말을 꺼냈다.

"연정이 당신의 머릿속에 파고들어서 피치 못할 혼란을 일으켜 놓았소, 번개처럼 기민한 펜딘이 그것을 이용 안 할 까닭이 없지. 그는 사건의 발단에서 제니더러 당신에게 도움을 청하게 했는데, 그 때 벌써 거기까지 계산에 넣고 있었다고 생각되오. 남성이 제니 앞에 나서면 어떤 기분을 느끼는가 알고 있었을 것이고, 당신의 신상도 프린스타운에서 조사해 보고 아직 독신이라는 것까지 알아 놓았을 거요. 그러니 앞으로 냉정한 기분으로 지난날을 돌이켜볼 때가 오면, 당신도 넓은 견지에서 객관적으로 자기 자신을 바라볼 수 있게 되겠지. 그리하여 자기를 용서하고, 저지른 과오보다 그 뒤의 형벌이 훨씬 컸다는 것을 솔직히 인정하게 되지 않겠소."

차츰 짙어 가는 어둠 속을 열차는 요란한 소리를 내면서 로느 강 골짜기를 돌진하고 있었다. 산꼭대기들은 이미 밤하늘에 녹아 보이지 않았다. 열차의 급사가 찻간을 들여다보고 말했다.

"저녁 식사가 준비되었습니다. 식사하시는 동안에 주무실 자리를 마련하겠습니다만."

두 사람은 일어나서 식당차로 향했다.

"목이 마르군."

피터가 말했다.

"한잔 얻어먹을 자격은 있다고 믿소만."

"한잔이 아니라, 선생님이 하신 일은 저이든 누구이든 아무리 대접

해도 모자랄 것입니다."

"그런 말은 하지 마시오. 생각할 필요도 없는 일이오. 당신은 그때 말하자면 사로잡힌 상태였소. 나는 별로 대단한 일을 한 것도 아니오. 그리고 이것만은 꼭 말해 두고 싶소만, 나는 당신을 나무랄 생각은 조금도 없소. 때로는 그 그리운 벗의 짙은 우정을 생각하긴 하오만, 그렇다 하더라도 이 생각에는 변함이 없소. 내가 책망하는 것은 나 자신이오. 마지막에 가서 그런 결정적인 실수를 하고 만 것은 나이지, 당신의 실책이 아니었소. 그 일을 맡긴 내가 바보였던 거요. 그건 아무 변명도 소용없소. 그 때의 당신은 그 일을 맡을 만한 정신의 소유자가 아니었거든. 마땅히 그걸 생각했어야 했던 거요. 당신이 실수하고 또 마이클 펜딘이 실수한 것은, 우리들 인간의 능력에 한계가 있다는 것을 잊었기 때문이오. 악인은 그 악행에 상처가 나고, 선인은 그 순백한 경력에 먹칠을 하게 되고, 생각이 깊은 두뇌라도 별안간 고갈하는 수가 있는 법이오. 그 이유는 새삼 말할 것도 없지만, 선과 악 그 어느 것을 막론하고 완벽한 것은 거부되고 있기 때문인데, 그 점 성자나 죄인이나 다 똑같다고 볼 수밖에 없단 말이오."

고백

　가을의 순회 재판이 열리고 있는 동안 마이클 펜딘은 엑스터에서 공판에 회부되어 로버트, 벤디고, 앨버트 등, 레드메인 집안 삼형제를 죽인 죄로 사형 선고를 받았다. 법정에서는 한 마디의 변호도 하지 않았으며, 한시바삐 그 날의 신문이 끝나고 교도소의 붉은 벽돌벽에 둘러싸인 독방으로 돌아가기를 원했다. 거기서 앞으로 남은 얼마 안 되는 날을 이용하여, 피터 건즈가 예언한 대로 수기를 쓰는 데 열중했다.

　괴이한 펜딘의 수기는 이 보기 드문 범죄자의 특이하기 이를 데 없는 성격을 그대로 나타낸 것이었다. 현혹적인 매력이 행 사이에 넘쳐 있기는 했지만, 참된 고귀함과 참된 위대함에 필요한 것이 결여되어 있었다. 무신경, 뻔뻔스러움, 그릇된 유머 감각, 오만, 현란함과 호화로움에 대한 동경과 현시벽이 지배하고 있었다. 만일 그것만 없었던들 어쩌면 이 수기는 문학사와 범죄사에서 최고의 위치를 차지했을지도 모른다. 수기를 맺으면서 마이클은 확신을 피력했다. 자기는 절대로 동포의 손에 죽지는 않겠다고. 그는 전부터도 기회있을 때마다 그런 말을 했다. 그래서 당국은 자결에 의한 형집행의 도피를 막기 위해 모든 예방책을 강구했다. 그 상세한 것은 각각 적당한 대목에서 설명하기로 한다.

다음에 그의 수기를 수록하는 데, 모두 그가 적은 그대로이며, 한 자 한 마디도 손질을 하지 않았다는 것을 미리 말해 둔다.

나의 변호

들으라, 그대, 법관들아! 여기 있는 것은 하나의 광기, 행위 앞에 존재하는 것. 아아! 이 영혼의 심오함을 어이 탐구하지 않으랴! 피에 주린 법관은 말하리라. '범인을 살인죄로 몰아간 것이 무엇이뇨? 재물에 대한 욕망이로다'. 그러나 나는 말하리라. 영혼이 탐낸 것은 피, 재물이 아니노라. 칼날의 행복을 갈구했기 때문이라고!

그리고 또

인류란 무엇이냐? 서로 싸우는 독사의 무리——저마다 먹이를 찾아 이 티끌 세상을 기어 헤맨다.

일찍이 현자 니체는 그와 같이 말했다. 그의 예술과 예지는 토끼처럼 둔한 그 시대 사람들에게는 무시되고 말았지만, 나는 그 저서의 책장에 나의 살과 젖을 발견하고 이 현자의 거대한 영혼에 젊은 날의 내 인상이 반영되고 결실하여 천재의 광휘를 발산하고 있음을 알았다.

그러나 이것을 쓰고 있는 내가 아직 30에 이르지 못한 나이라는 것을 잊지 말아 주기 바란다.

세상을 모르는 젊은이였던 나는 이따금 스스로에게 물어 보았다.

나는 다른 사람과는 이질적인 존재가 아닐까? 하고, 평소에 만나는 어떤 사람에게서나 나와는 아주 다른——아니, 전혀 다른 형으로 만들어져 있는 듯한 느낌을 받았던 것이다. 나는 분명히 양심이니 어쩌니 하는 하찮은 병에 걸린 적은 없다고 단언할 수 있지만, 나 같은 인물은 단 한 사람 나의 어머니를 제외하고는 만난 적이 없다. 나의 아버지도 아버지의 친구도 줄곧 이런 종류의 병을 앓고 있었다. 그들은 공공연히 자기들을 비참한 죄인이라고 불렀으며, 그렇게 하는 것이 인간이라는 존재에 주어진 오직 하나의 존중할 만한 태도인 양 알고 있는 것 같았다. 구해야 할 것은 오직 '안전', 회피해야 할 유일한 상태는 '위험'이라고 그들은 말한다. 콘월인은 비겁한 들개 무리에 지나지 않는 것이다.

그러나 그 뒤에 나는 눈을 뜰 수 있게 되었다. 그 따위 비참한 인간들과는 전혀 유(類)를 달리하는 사색과 행동을 한 인물들이 역사상에 수없이 존재했음을 안 것이다. 그리하여 곧 이를 과거의 무대에서 투사된 빛으로 나도 내 자신의 참된 모습을 발견하게 되었다.

막연히 '범죄'라는 개괄적인 말로써 이해되고 있는 행위는, 그것을 수행하는 인간의 가치에 의해서 모두 각 단계로 구별되지 않으면 안 된다. 그것을 우리는 수없이 보고 있다. 그 행위를 함으로써 어떤 보상을 받아야 하는가? 그와 동시에 마음속에 숨어 있는 형사들이 움직일 우려는 없는가? 범속한 인간들은 그런 점을 고려하지 않고 느닷없이 행동해 버린다. 그 결과 자기들의 마음속에서 언제나 눈을 부릅뜨고 있는 형사들에 의해서 자기 자신이 적발되고 고발당하게 되는 것이다.

양심을 가진 인간, 후회의 맛을 아는 인간, 또는 격정을 누르지 못하고 살인하는 인간——이런 인간들은 아무리 교묘하게 범죄했다 하더라도 선천적 내지 후천적인 심약함으로 생기는 마음의 동요 때문에 자기 자신을 혼란시키고 만다. 회한(悔恨)이란 자백이라고까지는 하지 않더라도 발각의 첫걸음이다. 후회의 영역에 들어가지 않는 것으로 불안이라는 정신 상태가 있는데, 이 또한 그들의 마음을 난도질하고 나아가서는 그 육체에 위험을 가져다 주는 점에서 전자와 조금도 다를 바 없다. 교수대에 오르는 자는 결국 그런 결과를 자신이 초래했다고 말하는 경우가 많은 것 같다. 나처럼 성공의 화려함에 취하지도 않고, 감정의 힘에 지지도 않으며, 주도 면밀한 선견지명과 확고한 결의로 범죄하는 자에게는 아무런 위험도 생길 까닭이 없다. 우리는 성공에 따르는 최고의 만족을 맛볼 수 있다. 그것이 우리에게는 정신의 지주이며 양식이며 보수이기 때문이다.

살인만큼 얻는 것이 많은 위대한 경험은 없다. 과학이나 철학이나 종교의 그 어느 것도, 비밀이나 모험이나 살인의 승리에 비할 것은 못 된다. 어린아이 장난감이나 같다. 내세에서는 우리의 지식은 모욕당하고, 우리의 진리는 뒤집히며, 이 세상의 지혜는 어린아이의 군소리로 치부된다. 그것을 안 나는 의학과 형이상학을 버리고 행동으로 나아갔다. 마침 어려서 피의 맛을 안 나였으므로, 그 기쁨에 마음이 욱신거리는 것을 느끼면서······.

15살 때 나는 사람을 죽였다. 명확한 이유 아래 꾀한 이 살인에서 나는 뜻밖의 드릴을 발견했다. 길가의 물을 긷다 영액(靈液)을 발견한 느낌이었다. 그 사건은 아직 아무도 알지 못한다. 아버지가 경영하던 공장에 좁 트리보스라는 직공이 있었다. 그가 죽은 원인은 아직도 불명으로 되어 있다. 그의 집은 펜전스에 가까운 언덕 위의 폴이라는 마을에 있었는데, 그는 높은 벼랑을 따라 굽이진 연안 감시인의 경비 도로로 출퇴근했다. 어느 날 나는 우연히 생선 저장소에서, 트리보스가 동료들에게 나의 어머니가 좋지 않은 행실로 아버지의 이름을 욕되게 하고 있다고 말하는 것을 들었다.

그 순간 나는 트리보스에게 죽음을 선고했다. 적당한 기회를 잡을 때까지 몇 번이나 실패했지만, 몇 주일 뒤 바다의 짙은 안개가 벼랑 위의 길을 덮은 해거름에 집으로 돌아가는 그를 보았다. 그 오솔길에는 나와 그 말고는 사람의 그림자가 없었다. 트리보스는 몸집이 작은 사나이고, 나는 소년 치고는 숙성한 데다가 힘도 셌다. 50걸음쯤 뒤를 밟아 가다가 등 뒤에서 느닷없이 습격하여 목덜미를 잡고 그대로 벼랑에서 떠밀었다. 외 마디 비명을 지르고 그의 몸은 6백 피트의 절벽아래로 곤두박질쳤다. 나는 외진 목장을 달려서 빠져나가 어두워진 뒤에 집으로 돌아갔다. 그 뒤 나는 물론 그밖의 누구도 이 사건으로 혐의를 받은 사람은 없었으며, 좀 트리보스의 죽음은 실족사로 처리되었다. 술을 좋아한다는 이유로 간단히 그렇게 믿어 버린 것이다.

　이 경험으로 내가 새로이 얻은 것은 회한이 아니라 어른의 자격이었다. 나는 내 행위에 억센 기쁨을 느꼈다. 그러나 그 말을 누구에게 한 적은 없었으며, 진상을 아는 것은 아내 제니뿐이다. 시간의 흐름과 더불어 나는 인생 항로를 순조로이 나아가, 나 자신을 알고 인간 성격의 이해를 깊게 했다. 어떤 종류의 정열에도 몸을 내맡긴 적은 없었으며, 굳게 내 자신을 지켜나갔다. 자기를 알고 억누름으로써 비로소 힘찬 인간이 된다는 것을 알고 있었기 때문이다. 금단 열매를 구하지는 않았지만, 그것을 피하지도 않았다. 생활은 규칙적이었다. 처음에 치과의사를 택한 것은 그 직업에 종사함으로서 아버지의 지인들보다 흥미있는 타입의 인간들을 많이 접할 수 있다고 생각했기 때문이다. 내 자신에게는 마음을 활짝 열고, 남에게는 마음을 꽉 닫은 채 나날을 보냈다. 그 무렵의 나의 기쁨 중에서 가장 큰 것은, 이따금 어머니를 따라 이탈리아에 여행하는 일이었다. 그 무렵부터 나는 그 땅에 모국과 다름없는 애착을 느꼈으며, 그와 대조적으로 콘월과 그 무미건조한 주민들에게는 심한 혐오감을 품게 되었다. 그런데 그러한 나도 어느 우연한 기회에 그 때까지 잠자고 있던 본능이 한 소녀에 의해서 눈뜨게 되었다. 드물게 보는 행운을 만나, 이성 속에서 나와 동질의 정신을 발견하게 된 것이다. 제니 레드메인을 만날 때까지, 설마 이 세상에 나와 같은 관념을 가졌고 겹겹이 생활을 에워싼 질곡에 심한 모멸을 느끼고 있는 여성이 있을 줄은 꿈에도 생각지 못했다. 어머니를 제외하고 나는 그 때까지 여자에 흥미를 느끼지 않았다. 어머니만큼 넓은 도량과 관용, 유머와 인습에 대한 무관심을 아울러 가진 여성을 나는 알지 못했던 것이다.

우연히 알게 된 친구로서 로버트 레드메인이라는 매우 우둔한 이가 있었다. 그가 방학을 나와 함께 보내겠다며 조카딸을 데리고 놀러 왔다. 나는 17살의 이 여학생에게서, 이교도적으로 순진한 정신과 그리스적으로 아름다운 육체가 결합되어 있는 것을 보고 나도 모르게 전율을 느꼈다. 처음 만난 그날 혼욕(混浴)에 반대하는 숙부를 비웃는 그녀의 말을 듣고, 나는 신들린 감정에 사로잡혔다. 제니도 내 속에서 자기의 모자라는 점을 채워 주는, 무의식 중에 찾고 있던 귀중한 것을 발견했다. 그것을 알았을 때의 나의 승리감, 이것은 누구나――헤아릴 수 없더라도――느낄 수는 있을 것이다.

그 때까지의 그녀는 자기 정신의 귀중함을 거의 의식하고 있지 않았다. 그러나 이제는 그 해맑고 강렬한 일광이 나를 위해서 은밀히 빛나고 있음을 알게 된 것이다. 우리는 그것을 아는 동시에 서로 헌신적인 사랑을 맹세했다. 서로의 마음에서 새로 발견한 것이 점점 고조되는 숭배와 정열로 우리를 더 밀착시켰다. 우리 두 사람은 문화에 뒤진 시골 도시 펜전스에 일찍이 존재한 적 없는 고귀한 남녀이며, 가장 독창적이고 가장 아름답고 무서움을 모르는 가장 우수한 인종이었던 것이다. 거리의 사람들은 우리의 모습에 목양신과 요정을 보듯 눈이 휘둥그래졌다. 그러나 그 모습 속 깊숙이 매혹적인 육체에 알맞는 마음이 숨어 있다는 것까지는 깨닫지 못했다. 불은 불을 향해서 난다. 그녀가 학업을 다 마치기 전에 우리는 서로에게 영혼을 바쳤다.

그녀가 내 속에서 발견한 것은 드물게 보는 남성미와, 선악을 각각 제 위치에 놓고 양쪽을 무시하여 하늘 높이 날아오를 수 있는 지성이었다. 내가 그녀 속에서 발견한 것은 일체의 법칙을 무시하는, 탐욕스럽도록 탐구적인 정신이었다. 가정적인 인습이라든가 어머니가 가르친 구애하는 사고방식 등을 그녀는 전혀 아랑곳 하지 않았다. 나는 거기에서 좋거나 나쁘거나 흠없는 값진 보석을 캐냈던 것이다.

그 순수한 지성은 어떤 미신에도 오염되어 있지 않았다. 새로운 경험을 찾아 건강한 갈증을 보이고 있었다. 그녀는 나를 사랑하고 인생에 대한 나의 태도를 찬양했다. 우리는 서로의 마음 속에서 신기한 것을 찾아내는 즐거운 여행을 계속했다. 때로는 둘이서 거리의 인간들을 상대로 실험해 보았다. 그러는 동안 우리 두 사람은 똑같이 드물게 보는 연극적 재능을 가졌음을 알았다.

사실 그녀는 그전부터 무대에 서고 싶은 야심을 갖고 있었다. 아버지는 이미 세상을 떠나고 없었지만, 아마 살아 있었다면 그녀의 희망을 막지는 않았을 것이다. 그러나 그가 죽은 뒤 그녀의 앞날을 감독하는 입장에 있다고 함부로 믿은 그녀의 어리석은 세 숙부들은 덮어놓고 반대했다. 그리하여 세계는 빛나는 명배우 한 사람을 잃었던 것이다.

그녀는 아무것도 숨기지 않았으므로, 나는 곧 그녀가 상속하게 되어 있는 재산을 알았다. 그러나 그녀 숙부들의 목숨을 단축한 것은 레드메인 집안의 재산 때문이 아니다. 제니와 나는 식인종이 아니기 때문이다. 내가 소년 시절에 겪었던 살인의 경험은 그녀의 눈에 나의 매력을 늘리고 나의 자질을 더욱 찬탄시키는 이유가 되어 있었지만,

그 무렵에는 아직 이것이 그녀의 친척들과 대결하는 데까지 발전하리라고는 예측하지 못했었다.

내가 그녀를 처음 만났을 때는 그녀의 할아버지가 아직 살아 있었으므로, 그 재산이나 분배 방법이 우리의 고려에 들어오는 일은 없었다. 게다가 무엇보다도 돈 문제를 생각하기에는 우리의 연애가 너무나 열렬했다. 그런 야비한 계산에 1분이라도 소비하기에는 우리의 자질이 너무 고귀했던 것이다.

그렇게 1년이 지났을 때, 제니는 나와 결혼하여 쌍둥이 이별의 생활을 시작하고 싶다고 마음먹었다. 나는 물론 그 훨씬 전부터 그녀와의 결혼을 바라고 있었다. 조건은 갖추어져 있었다. 그녀의 할아버지가 죽었으므로 그 풍부한 재산도 가까운 장래에 손에 들어올 것이며, 나는 나대로 펜딘 앤드 트리커로 상회에서 들어오는 수입으로 행복한 생활을 즐길 만한 것은 되었다.

이때 세계 대전이 일어났다. 그에 따라서 레드메인 형제에게 사형 선고를 내리지 않으면 안 되는 사태가 벌어졌다. 물론 그것은 오로지 그들 자신의 어리석음과 좁은 시야의 책임이다. 그 사실은 널리 세상에 알려져 있지만, 그러나 그 때의 내가 이들 우매한 맹목적 애국자들 때문에 얼마나 괴로워해야 했던가! 비겁자, 배신자라는 낙인이 찍혀서 얼마나 처참한 감정을 되씹어야 했던가! 세상 사람들은 거기까지는 알지 못한다. 내가 그들과 입씨름을 벌이지 않았기 때문이다. 제니가 그들에게 나 못지않은 증오와 분노를 느껴 준 것만으로 나는 만족했다. 그 대신 그 때까지 우리의 가슴속에서 잠자던 마음의 폭풍이 그들로 말미암아 눈을 떴다. 우리의 번개가 번쩍이는 것은 이미 시간 문제가 되어 있었던 것이다.

내가 국가 사이의 싸움 따위에 썩은 고기처럼 내 몸을 바칠 인간인가? 3류급의 두뇌가 스스로의 무지로 눈이 멀고 보다 교활한 정치가

들에게 속아 영국을 독일과의 전쟁에 몰아세웠다 하더라도, 내가 그런 싸움에 빛나는 일생을 희생할 필요가 있는가? 비국교도의 정부를 위해서 양처럼 도살을 감수할 수 있겠는가? 어리석은 조국이 완고하고 고집센 보수당을 믿을 기분이 들었다고 해서 이 귀중한 몸을 독일인들에게 난도질시켜도 괜찮단 말인가? 아니다! 절대로 아니다!

나는 오래 전부터 전쟁이 불가피하다는 것을 알고 있었다. 사실 그 위기를 왕국에 경고했다고 하여 아픈 데를 찔린 지배 계급의 장님들에게 욕을 먹고 있던 소수의 인사들과 함께, 나는 연단에 서기까지 했다. 그러나 놈팡이 외교관들을 구하려고 둘도 없는 내 목숨을 내던진다든가, 영국 정부라 부르는 근시안적이고 위선적인 단체를 위해 말할 수 없는 고통을 겪고 마침내 내 일신을 망치게 되는 그런 어리석은 행위를 할 생각은 없었다. 천만에! 생각도 못할 일이다.

수없이 많은 지성있는 사나이들과 마찬가지로, 나도 심장약을 이용해서 병역을 면했다. 상처 하나 입지 않고 나라 안에 머무르면서, 무명 용사의 무덤 속에 들어가는 대신 영국 왕실의 훈장도 탔다. 이 정도의 공작은, 나의 우수한 두뇌로서는 어린아이를 속이는 거나 다름없었다.

제니는 나와 결혼하기 전, 그 집안이 나의 명예를 훼손한 사실로해서 그들은 전멸되어야 하는 운명에 있다는 것을 알고 있었다. 그러나 전쟁이 끝나기를 기다릴 필요가 있었다. 로버트 레드메인은 독일군이 처치해 줄지도 몰랐기 때문이다. 그 형 벤디고도 소해정(掃海艇)을 타고 있었으므로 조국을 위해서 목숨을 잃을 가능성이 있었다. 우리는 징용에 응모하여, 프린스타운의 솔이끼 수집장에서 근무 성적을 올려 세상의 비난을 물리치기로 했다.

벌써 그 때부터 나는 일상 생활을 앞날의 의도에 따라 물들이고 있었다. 턱수염을 기르고, 안경을 끼고, 허약한 체질처럼 보이게 했다.

전쟁이 끝나는 대로 곧 세 명의 레드메인을 죽일 계획을 짰다. 나의 살인 계획은 내가 범죄에 관계한 것을 아무도 깨닫지 못하게 하는 방법을 쓰는 것이었다. 우리는 이 계획을 위해서 몇 시간을 할애했다. 물론 나의 아내도 이 결의에 동의했다. 그녀는 자기 숙부들을 증오하고 있었다. 육친만이 갖는 증오, 그녀 나름으로 원한의 이유는 있었다. 2만 파운드의 유산이 앨버트의 마음 하나로 언제까지나 보류되어 있었기 때문이다. 금전에 대한 그녀의 관심은 나보다 더 강했다. 그리고 그녀는 나에게 10만 파운드가 훨씬 넘어 보이는 조부의 자산이 세 사람의 숙부와 자기에게 남겨졌다는 것, 더욱이 세 숙부는 모두 독신이므로 장차 시간의 경과에 따라 모두 자기 것이 되리라는 이야기를 들려 주는 것이었다.

그 계획을 위해서 우리는 전쟁을 목적으로 하는 작업에 참가했다. 그것도 말하자면 숙부들을 이 땅 위에서 없애기 전에 그들의 신뢰와 호의를 얻어 놓으려는 생각에서였다. 프린스타운에서는 그저 부지런히 일만 하는 단순소박한 생활을 계속했는데, 그것은 함께 일하는 사람들을 만족시켜 놓을 필요에서 빈틈없이 계산한 결과였다. 우리는 일에 열중하고 다트무어 지방에 애착을 느끼고 있는 체해 보였지만, 양쪽 다 단순한 위장에 지나지 않았다. 얼마나 멀리 생각하고 깊이 고려했나 하는 예를 하나 든다면, 전쟁이 끝나자 황야로 돌아가서 방갈로를 세우기 시작한 일이다. 두말할 것도 없는 일이지만, 그곳에 영주할 생각은 처음부터 없었다. 씨는 뿌려졌다. 서로 사랑하는 소박한 부부라는 인상을 많은 사람들의 가슴에 심는 데 성공했다. 평범하고 야심도 없으며, 순진하고 그러기에 또한 많은 사람들에게 호감을 주는 부부로서의 인상이다.

여기서 이 기록도 드디어 범죄의 장면으로 들어가지만 먼저 말해 두어야 할 것은, 외부의 사정이 세부를 수정하는 데 도움이 되어 본디의 계획이 꽤 개량되었다는 것이다. 편견없는 지성에 찬 비평가라면, 나의 이와 같은 순응성을 알고 나의 위대함에 대한 인식을 더 깊게 해주리라 믿는다. 왜냐하면 백 명 중 99명까지는 무의미한 우연에 일생이 좌우되고 말기 때문이다. 그러나 나는 그런 우연을 만나더라도 오직 그에 뒤따르는 영감을 부르는 기회로 깨끗이 이용하고 말 수가 있었다. 이렇듯 운명은 나의 계획을 크게 변경시켰지만 나의 천재를 제어하는 힘은 없었다. 그것은 내 뜻대로 작용하여 흔들리지 않는 지상 목표를 위해 봉사해 주었던 것이다.

대전은 끝났으나, 세 형제는 살아남았다. 나의 처음 계획으로는 아직 만나 보지 못한 벤디고와 앨버트부터 먼저 죽이고, 마지막에 옛 친구 로버트를 처치하게 되어 있었다. 그런데 막 착수하려는 순간, 로버트가 어린 양처럼 스스로 죽으러 찾아온 것이다. 이 우연이 지금은 문명 세계에서 모르는 사람이 없는 이 범죄의 화려하기 짝이 없는 구상을 짜게 해주었던 것이다.

나를 모욕하고 분개시킨 인간들에게 본때를 보여 줄 시기는 무르익었다. 벤디고 레드메인이 모터보트 조종사를 모집한다는 광고를 냈을 때, 나는 즉각 그 도전에 응했다. 아내를 남겨 두고 사우댐프턴으로 간 나는, 거기서 이 나라의 사정을 잘 알고 영국에 직장을 구하고 싶어하는 이탈리아인으로서 응모하기로 했다. 바다는 어릴 때부터 나의 놀이터였다. 모터보트 조종에는 자신이 있었다. 그러나 벤디고가 반드시 나를 채용하여 첫 번째 목적에 접근할 수 있게 되리라고는 생각할 수 없었으므로, 이탈리아의 추천장을 몇 통 위조해서 덧붙였다. 그런데 이 시험적인 착수가 성공했다. 벤디고가 나를 채용한 것이다. 배를 타고 다닐 때 이탈리아인과 사귄 경험이 많았던 그는 이탈리아인을 좋아했다. 게다가 내가 낸 편지와 대전 중의 공훈에——이 또한 조작한 것이지만——감탄한 모양이었다. 그리하여 6월말쯤에는 그의 집에 입주하기로 합의가 되어, 나는 이 흥미있는 소식을 듣고 프린스타운으로 돌아갔던 것이다.

본디 계획을 여기서 설명할 필요는 없을 것이다. 통찰력있는 독자라면, 벤디고가 간단히 내 손아귀에 들어와서 최선이라 생각되는 방법으로 처리되리라는 것은 별로 상상하기 어렵지 않을 줄 안다. 그런데 '까마귀의 집'으로 떠날 예정일이 2주일 앞으로 다가왔을 때, 뜻밖에 로버트가 나타남으로써 계획은 바뀌었다. 우스운 이야기지만 로버트가 나타나기 전날, 아내는 나에게 벤디고와의 계약을 파기하라고 권했다. 그래서 나는 거의 그 계획을 그만둘 뻔했다. 그 까닭은 요즈음 로버트가 페인턴에 와 있다는 것을 알게 되어, '까마귀의 집'에서 나와 얼굴을 마주칠 위험이 컸기 때문이다. 사실 로버트가 형을 찾아온다면 나를 알아볼 가능성은 적지않았다. 그래서 내가 '주제페 도리아'의 변장을 거의 단념하려 하고 있을 때, 로버트가 프린스타운에 나타난 것이다. 나와 그는 곧바로 화해하게 되었다. 이 단계에서도 공적은 모두 제니에게 돌아가야 하는데, 아무튼 내 사랑하는 제니의 그 뛰어난 재치! 새로 제공된 이 기회를 가장 빛나는 방향으로 이끌려는 생각이 제니의 머리에 번쩍였던 것이다. 그녀의 착상에 따라서 우리는 모든 세부를 검토했다. 일어날 수 있는 모든 경우를 고려하고, 어떤 위험에도 대처할 수 있는 준비를 했다.

로버트 레드메인이 언제라도 자유로이 벤디고를 방문할 수 있다면, '도리아'를 등장시킨다는 것은 분명히 위험한 일이다. 눈치도 없고 그저 떠들기만 하는 바보니까 속이기는 아주 쉬울 테지만, 그래도 이탈리아인 '도리아'를 나라고 알아챌 정도의 힘은 있었을 것이다. 더욱이 이번에 지난날의 우정을 새로이했으니만큼 그 가능성은 더 크다고 할 수 있다. 그러나 로버트 레드메인을 침묵시켜 버린 뒤라면, '주제페 도리아'로서의 내가 늙은 선장 앞에 나타나더라도 조금도 위험하지 않을 것이 아닌가!

이 생각 때문에 벤디고네 집으로 떠나기 전에 로버트를 없애기 위하여 불가피한 수단이 쓰여졌다. 그리하여 우리의 범죄 여행은 로버트 레드메인이 죽기 1주일 전에, 이미 모든 단계에 걸쳐서 완벽한 계획이 짜여져 있었던 것이다.

첫 단계는 무엇인가? 그런 턱수염은 싫어요, 빨리 깎아 버리셔요, 하고 제니가 나에게 간청한다. 그녀는 몇 번이나 이 요청을 되풀이하고 로버트에게도 말해 달라고 부탁한다. 그러나 듣지 않는다. 그러다가 로버트의 마지막 날까지 버틴 끝에, 문제의 날 아침에 갑자기 수염을 깎은 얼굴을 보인다. 두 사람은 물론 환영했다. 그밖에도 자질구레한 점에서 몇 가지 준비가 필요했다. 아내는 어느 날 숙부의 오토바이 뒤에 타고 플리머드에 가서 로버트가 무엇을 사고 있는 동안에 바넬 무대 의상점에서 빨간 여성용 가발을 샀다. 집에 돌아와서 그것을 남자용으로 고쳤다. 한편 나는 하숙집 안주인 젤리 부인이 외출한 틈에 그 집의 박제 여우 꼬리에서 털을 뽑아, 로버트의 적갈색 입수염과 똑같은 것을 만들었다. 이것이 필요한 모두였다. 나머지 변장 도구는 로버트 자신이 몸에 지니고 채석장으로 나와 줄 것이었다.

그러나 그밖에도 채석장에 날라다 놓은 것이 있었다. 나는 그만큼 미리미리 앞일을 생각해 놓았던 것이다. 차를 마신 뒤 방갈로 공사장의 일을 거들기 위해 오토바이를 타고 떠나기로 했는데, 그때 나는 주제페 도리아로 탈바꿈하기 위한 분장 도구를 가방에 넣어서 갖고 갔다. 성근 감색 서지 윗옷과 코트, 조끼와 바지에 선원들이 쓰는 모자같은 것이다. 게다가 또 하나 조그만 연장도 갖다 놓았다. 나는 그것으로 세 사람의 레드메인을 죽였다. 도살장에서 쓰는 손도끼와 비슷한 아주 무겁고, 끝을 뾰족하게 만든 것이었다. 사우댐프턴의 대장간에서 만든 것인데, 지금은 코모 호수 깊숙이 가라앉아 있다. 가방은 위스키라든가 잔 같은 것을 넣어서 몇 번이나 채석장에 가지고 간 적이 있었으므로, 그 날도 로버트는 바라보기만 했을 뿐 그다지 수상쩍어하는 눈치는 보이지 않았다.

이리하여 우리들은 포긴티로 향했는데, 도착했을 때는 아직 해가 높았다. 나는 미리 채석장을 연구하여 로버트 레드메인을 묻을 곳을 보아 두고 있었다. 갱 안의 한 군데에 화강암 벼랑이 크게 허물어져서 퇴석이 부채꼴로 갱바닥까지 무너져내려 있는 곳이 있다. 그의 시체는 이제 그 자리에서 내 옷과 함께 발견될 것이다. 그 바닥의 오른쪽에 위의 바위 선반에서 끊임없이 물이 흘러떨어지는 자리가 있는데, 그곳을 2피트쯤 파면 로버트의 몸뚱이가 누워 있을 것이다. 그러나 흘러떨어지는 물이 사면을 편편하게 만들고, 쉴새없이 사토를 밀어내린다. 시체 위에는 화강암 부스러기의 모래와 잔돌이 그 층을 높여 가고 있다. 내 작업의 자국은 바위 선반에서 떨어지는 물이 순식간에 지워 줄 것이다. 그러므로 이만큼 명확히 지시해도 어쩌면 그 발견이 꽤 어려울지도 모르는 것이다.

방갈로에 이르자 로버트는 먼저 채석장의 풀에서 목욕을 하고 싶다고 말했다. 내가 미리 그에게 그런 습관을 들여 놓았기 때문이다. 우리는 옷을 벗고 한 10분쯤 헤엄치며 돌아다녔다. 이 책략의 가치는 독자도 금방 알아차렸을 줄 안다. 이것으로 로버트의 옷은 핏자국 하나 없이 내 손에 들어오게 되었다. 목욕을 마치고 방갈로의 건축장으로 돌아가서, 나한테 무서운 흉기의 일격을 받은 것은 발가벗은 사나이였다. 그는 나에게 등을 돌리고 있었으므로 손도끼 끝은 연하게 그 두개골에 꽂혔다. 벌써 숨이 끊어져 있었으나 그 목을 찌르고, 나는 발가벗은 몸으로 구두만 신고 삽을 쥐고는 그 퇴석 자리로 달려갔다.

이어 흘러떨어지는 물 밑에 그를 위한 무덤을 팠다. 부드러운 토사를 2피트쯤 팠다. 깊이는 그것으로 충분했다. 방갈로에서 시체와 내 옷을 날라와 그 구덩이에 넣고 흙을 덮었다. 나머지 일은 영원히 흘러떨어지는 여과수의 작용에 맡겼다. 이튿날 아침 포긴티 채석장에 수사의 손이 뻗치더라도 이곳에 흩어진 흙자국까지 발견하려면, 웬만큼 날카로운 관찰력이 아니고는 어려울 것이다. 그러나 그렇긴해도 역시 수사는 피하는 게 제일이다. 그래서 이를 방해할 수단을 짜냈다. 건즈 같은 사나이라면 그래도 혹시 실마리를 발견했을지 모르지만, 브렌던 정도의 범용한 두뇌는 두려워할 것도 없었다.

이리하여 나는 살인에 필연적으로 따라 다니는 성가신 물체, 시체를 처리하는 데 성공했다. 그 뒤에 할 일은 사건에 거짓 현실감을 조성하는 것이었다. 그것도 다행히 성공하여, 그 뒤의 사건을 모두 위장의 외관으로 감쌀 수 있었다. 나는 레드메인의 옷을 입었다. 그와는 거의 키가 비슷해서, 조금 큰 부분도 있기는 했으나 옷은 그런 대로 몸에 맞았다. 다음에 가발과 수염을 달고 로버트의 모자를 썼다. 이것은 너무 컸지만, 그 정도는 문제가 되지 않았다. 그리고 부대를 갖고 와서 피를 묻히고 그 속에 가방과 양치 식물 잎사귀며 잡동사니를 쑤셔넣어 마치 사람이 들어 있는 것처럼 보일 만큼의 크기로 부풀렸다. 그것을 오토바이 뒤에 싣고 묶었다. 다루기가 고약한 물건이었으나, 그것으로 하여금 보는 사람의 눈에 의혹을 심어 줄 필요가 있었다.

이리하여 내 것도 레드메인의 것도 무엇 하나 포긴티에는 남지 않게 되었다. 저녁때는 벌써 지나고 주위는 어둠에 싸여 있었다. 나는 그곳을 떠나 투 브릿지즈, 포스트블릿지, 애슈버턴을 거쳐 브릭섬까지 가면서 잇달아 흔적을 남겨 두는 것을 잊지 않았다. 도중에서 좀 난처해진 것은 한 번 뿐이었는데, 그것은 브릭섬의 연안 감시소 옆에 울짱이 길을 막아 놓은 곳에 부딪쳤을 때였다. 나는 오토바이를 짊어지고 울짱을 넘어가서 베리 곶으로 내려갔다. 거기서도 사소한 일이기는 했으나 재수가 좀 좋았다. 시간이 늦었는데도 거기까지 갈 때는 곳곳에 목격자가 있어 주었는데, 곶 근처에서는 거의 단념하고 있었다. 그런 시간에 그 쓸쓸한 곳을 지나갈 사람이 있을 것 같지 않았기 때문이다. 그런데 다행히도 등대에서 의사를 부르러 가는 소년을 만날 수 있었다. 그것으로 내가 지나온 발자취가 완전해졌다. 긴 여행길의 각 단계가 정확히 기록되게 된 것이다.

곶의 벼랑 위에서 부대를 비우고 속에 든 것을 모두 바람에 날렸다. 가방은 오토바이에 묶고, 피 묻은 부대는 토끼 굴에 쑤셔박았다. 그곳이면 언젠가 발견될 것이 틀림없기 때문이다. 그리고 페인턴에 있는 로버트 레드메인의 하숙으로 돌아갔다. 그날 밤에 돌아간다는 것은 전보로 미리 하숙집 안주인에게 알려 놓았다. 하숙집의 사정은 자질구레한 점에 이르기까지 레드메인이 자신의 입으로 말해 주어 자세히 알고 있었다. 그래서 나는 그가 언제나 넣어 두는 장소로 알고 있는 그 곳간에 오토바이를 넣어 두고 그의 열쇠로 집 안에 들어갔다. 그것이 3시. 그리고 그를 위해서 마련해 놓은 푸짐한 음식을 깨끗이 먹어치웠다. 그 집은 미망인과 하녀가 살고 있을 뿐이었으며, 더욱이 그 둘은 세상 모르게 잠들어 있었다.

로버트의 침실은 어디 있는지 알 수 없었으므로, 그것을 찾는 위험을 피하기로 했다. 그 자리에서 감색 서지 옷에 선원모, 갈색 구두를 신고 나니 새로운 도리아가 나타났다. 레드메인이 입었던 트위드 윗도리와 화려한 빨간 조끼, 구두, 양말, 그리고 빨간 가발, 수염, 손도끼 등은 모두 가방에 넣었다. 4시가 되기를 기다려 그 곳을 떠났다. 햇빛에 그을은 얼굴을 깨끗이 면도한, 영원히 세상 사람들의 기억에 남을 '주제페 도리아'가 되어 떠나간 것이다……

동쪽 하늘은 먼동이 트고 있었으나 페인턴의 거리는 아직 잠들어 있었다. 해수욕장에 도착하기 전 반 마일쯤 되는 지점에서 순경 한 사람을 만났으나 그 뒤로는 아무도 만나지 않았다. 토케이 해변에서 해돋이에 탄성을 지르고, 뉴턴 애보트를 향해서 걷기 시작했다. 6시 전에 도착하여 정거장에서 아침을 먹고, 다트머드로 가는 기차를 탔다. 그리하여 정오에는 '까마귀의 집'에 도착하여 벤디고 레드메인과 인사를 나누고 있었다. 제니에게 들은 그대로의 사나이였으며, 이런 인물이라면 우정과 경의를 얻어 내는 것쯤 문제가 없다고 생각했다.

그러나 그 때의 벤디고는 나와의 이야기로 시간을 보낼 겨를이 없었다. 다트무어에서 일어난 괴이한 참사를 조카딸 제니가 알려 왔기 때문이다.

새삼 말할 것도 없는 일이지만 내 생각은 오직 아내뿐이었으며, 그녀의 소식을 학수고대했다. 우리의 영혼은 하나였다. 사우댐프턴을 방문했을 때를 빼놓으면 결혼 뒤 오늘날까지 한 번도 떨어진 적이 없었다. 그러기에 비록 짧은 동안이지만 얼굴을 보지 않고 지내기가 여간 괴롭지 않았다.

경시청 사람을 사건에 끌어들인 것은 제니의 독창적인 착안이었다. 그 무렵 마크 브렌던이 휴가로 프린스타운에 와 있는 것이 그녀의 주의를 끌었던 것이다. 그녀는 그의 역량을 정확히 평가하고, 여자만이 가진 직감으로 이 사람을 적극 협력시키면 사건에 진실미를 보탤 수 있다고 깨달았다. 그녀는 연기자로서의 재능에 자신이 있었으므로, 브렌던에게 하소연하여 그의 열성적인 원조를 얻었다. 그리하여 사건을 예상보다 더 복잡하게 만드는 데 성공했던 것이다. 그것은 우리에게 많은 이익을 주었다. 이 가엾은 사나이는 자진하여 제니의 희생이 되었다. 그 뒤의 사건에서 그의 무능과 멍청함은 사건에 유쾌한 맛을 더해 주었다. 그것은 미망인이 된 나의 파트너가 그의 가슴에 연정을 불붙여 놓았기 때문이며, 그로써 본디 범용한 이 경찰관의 재능은 더욱더 흐려졌던 것이다.

그리하여 그는 시간의 경과와 더불어 우리를 위한 이용 가치를 높여 갔다. 그러나 운명은 어리석은 자의 편을 드는 것인지, 마지막에는 그 우둔함이 생각지도 않게 그를 도왔다. 그리안테 산의 사건이 그것이다. 나는 그의 목숨을 빼앗으려고 했다. 해치웠다고 믿은 나는 그에게 깨끗이 속아 넘어가고 말았다. 그토록 우둔한 그가 그런 재주를 부릴 줄은 꿈에도 생각지 못했기 때문이며, 이때 나는 자신도 모르게 그 뒤의 불행의 씨를 뿌리고 말았던 것이다.

　　벤디고 레드메인이 받은, 그의 아우가 플리머드에서 부친 줄 알았던 편지는 제니가 '까마귀의 집'으로 가면서 우체통에 넣은 것이다. 우리는 일주일 전에 둘이서 그 편지를 썼다. 로버트의 거친 필적을 세밀히 연구한 결과였으며, 그 효과는 예상대로 나타났다. 그 편지로 경찰의 주의력은 항구에 집중되고, 로버트는 프랑스나 에스파냐로 달아났다는 견해까지 나왔다.

　　이리하여 우리 사건의 첫 번째 이야기는 끝을 맺었다. 마이클 펜딘이 살해되었다는 것은 모든 점에서 증명할 수 있는 절대로 확실한 사실로서 믿어지게 되었다. 한편 그만큼 면밀히 친 수사망을 비웃듯이 로버트가 자취를 감추어 버렸다는 것은, 경찰 당국으로서는 아주 큰 수수께끼였다. 하기야 마이클 펜딘은 사실상 죽은 거나 마찬가지였다. 왜냐하면 내 계획으로는 그가 영원히 말살되어 두 번 다시 이 세상에 나타나지 않기로 되어 있었기 때문이다. 아무튼 이제 그가 출현한다는 것은 불가능한 일이었다. 나는 이미 '도리아'의 창조를 완성하여, 인생에서의 이 새로운 역할을——극작가와 배우를 한몸에 겸하여——강한 흥미와 정열로 생활하기 시작하고 있었던 것이다. 그렇다고 이 도리아라는 인물이 완전한 모습을 갖추고 내 머리에서 튀어나온 것은 아니다. 위대한 배우들이 자기 역할을 창조하듯이 그것은 서서히 그 성격을 풍부히 해 가서, 마지막에 자기를 전환한 새로운 존재로서 완성하여 현실에 살며 사고하는 단계에 이르렀던 것이다. 그러한 과정에서 벤디고는 그림자의 그림자가 되어 버린 셈이었다.

이리하여 나의 과거는 의지의 힘으로 내 마음에서 추방되었다. 나는 전혀 다른 과거를 창조하여 마침내 내 자신이 그 실재를 믿게까지 되었다. 아내가 다시 내 곁에 왔을 때, 나는 그녀와 새로운 사랑에 빠졌다. 주제페 도리아의 몸과 마음이 된 나는 그녀가 '까마귀의 집'에 도착한 뒤 처음 나를 껴안고 입을 맞추었을 때, 그녀 속에서 친숙한 여자를 느끼고 오히려 은근히 놀랐던 것이다.

그녀도 그 타고난 민감한 재주로 콘월 태생 남편의 근사한 변신에 순응했다. 그녀의 눈은 새로운 남자로서의 나를 받아들였다. 더없이 높은 재능을 타고 난 여성에게만 가능한 위장력(僞裝力)으로서, 그녀는 나를 마이클 펜딘과는 다른 정신력이 더 풍부하고 드물게 보는 훌륭한 남성으로서 신속히 사랑하기 시작했던 것이다. 상상력의 그와 같은 노력은 우리 두 사람에게 새로운 사랑이 생긴 듯한 확고한 외관을 길러 주어, 벤디고 레드메인을 속이고 브렌던을 미혹시키는 이유가 되었던 것이다.

이러한 자기 기만의 생활에서 맛볼 수 있는 즐거움이 얼마나 요사하고 마음 설레는 것인지는, 아무리 최상급의 형용사를 늘어놓아도 지나치지 않으리라. 벤디고 레드메인의 목숨을 빼앗기 전에 우리는 이와 같은 쾌락을 6개월 동안 즐기기로 했다. 그리고 벤디고 살해의 주역으로서 아우 로버트를 다시 등장시켜야 했으므로 그 무대를 어떻게 마련하느냐 하는 것에 대해 상세히 연구하기 시작하고 있는데, 갑자기 마크 브렌던이 모습을 나타내었던 것이다.

그 눈에 떠오른 순진한 연정을 본 나와 제니는, 다시 이 사나이를 이용한다면 그 빈약한 재능으로 머지않아 다가올 늙은 선장의 살해를 틀림없이 도와 줄 수 있다고 판단했다. 우리는 이 마크라는 사나이를 잘 알고 있었으므로, 이런 사실에 없어서는 안 될 현실감이 넘치는 분위기를 그가 꼭 빚어 주리라는 것을 알고 있었기 때문이다.

그러나 그의 방문으로 곧장 행동을 개시해야 할 필요가 생겼다. 마지막 한걸음이 구상되기 전에 첫걸음을 내딛지 않으면 안 되게 된 것이다. 다행히 장소와 시간, 달 없는 밤의 계속, 그밖의 여러 가지 사정이 조급히 착수하지 않을 수 없게 된 임기응변의 조치에 효과와 도움을 주었다. 나는 로버트 레드메인을 다시 이 세상에 불러 왔다. 좀 더 세련된 방법을 쓸 여유가 있었더라면, 그전 그대로의 옷차림으로 다시 나타나는 어리석은 짓은 하지 않았을 것이나, 그래도 그 미숙한 방법이 그런 대로 어떤 효과는 나타내주었다. 이를테면 폭풍이 부는 날 밤 유령의 출현은 좀 당돌함이 지나쳤다고 말할 수 없는 것은 아니나, 그것으로 오히려 그 때까지는 논리적으로 사고하고 가능성의 유보를 잊지 않았던 브렌던을 혼란에 빠뜨릴 수 있었다. 정말이지 거센 바람이 휘몰아치는 달 밝은 밤에 난데없이 큼직한 수염에 금단추 조끼를 입은 로버트 레드메인의 모습을 본다면, 누구나 그 머릿속에 뜻하지 않은 환영으로 일깨워진 더 큰 감정과 의혹이 소용돌이치지 않을 수 없을 것이다. 브렌던도 그 때문에 세밀한 점에 대한 고찰을 잊어 버리고 말았다.

의심할 것도 없이 그는 그때 제니를 생각하며 고민하고 있었다. 어떻게 하면 그 고독한 귀여운 여자의 마음에 더 다가갈 수 있을까, 하고 마음을 태우고 있었을 것이다. 그도 나의 남성적인 매력을 간과할 수는 없었으니까, 그 가슴 속이 연정과 질투심의 투쟁으로 몹시 혼란했을 것은 확실하다. 그 혼란의 소용돌이가 살인자 레드메인의 출현으로 깨졌을 때 브렌던의 머리에 가장 먼저 떠오른 생각은, '까마귀의 집' 식구 중에 범인과 내통하는 자가 있으리라는 의심이었다. 사실을 말하면 그것이 우리의 계획이었으니, 다음날 아침 그가 어떻게 나올지 몰라 이쪽에서 미리 그의 행동을 결정짓기 위한 수단이었던 것이다. 먼저 '검은 숲'에서 느닷없이 그 앞에 나타남으로써 이 로맨틱한 희극의 제2막째의 막을 올린다. 이어 스트레이트 농장에 나타나서 한밤중에 농장 주인의 잠을 깨워 식량 도둑질을 해보여 놓는다. 그 몇 시간 뒤에 주제페가 우유를 가지러 가서 도난 이야기를 듣는다. '까마귀의 집'에 돌아와서 그 도둑에 관한 이야기를 전한다. 벤디고는 곧 그것을 자기 아우로 인정한다. 제니도 그렇다고 말한다. 이리하여 로버트 레드메인은 다시 전선에 참가하게 된 것이다!

그후에 계속된 사건은 누구나 다 알고 있을 것이므로 여기서 되풀이할 필요는 없다고 생각한다. 한 가지 말해 두고 싶은 것은 그 뒤의 로버트는 제니와 도리아 말고는 아무에게도 모습을 보이지 않았다는 것이다. 바꾸어 말하면 그는 그 뒤 현실에는 나타나지 않고 있다. 이리하여 그는 변장을 벗었다. 몇 달이 지난 뒤 다시 그리안테 산 속에 나타날 때까지, 그 변장이 필요없었던 것이다. 제니와 나의 설명으로 그 존재가 눈으로 보는 듯이 생생하게 벤디고와 브렌던에게 인상 지워지고 있는 동안에도, 그의 실재 그 자체는 허공으로 돌아가고 없었다. '위장 인물'은 이렇듯 다시 잠들어 버렸다. 포긴티 채석장에 잠자는 진짜 로버트와 마찬가지로.

우연이 본디의 계획을 수정한 것은 틀림없지만, 그 우연은 우리를 도왔다. 이 수정으로 우리의 처음 의도는 더한층 보기 좋게 꽃피었다.

그 유례없는 제니의 재능을 생각하면 할수록, 나는 눈물이 흘러내리는 것을 가눌 수 없다. '까마귀의 집' 사건에서 미세한 점에 이르기까지 완전한 조작을 해낸 그녀의 기량은 경탄하지 않을 수 없다. 사고의 정밀함, 터치의 신비로움, 고양이 새끼를 연상케 하는 섬세함, 고양이를 닮은 그 민첩함과 확실함. 이 사건에 등장한 두 사람의 남자 따위는 그녀 앞에서는 어린아이나 다름없었다. 존귀한 여자 불사조여! 제니와 나는 서로의 육체에 한 정신을 나누어 가졌다! 제니는 그것을 아버지에게서 물려받았고, 나는 그것을 어머니한테서 얻었다. 영원한 비원(悲願)을 이룩하기 위해 모든 장애물을 깡그리 태워 없애는 원시의 불을!

나는 방금 우연이 본디의 구상에 근본적인 변화를 주었다고 했다. 처음 계획으로는 로버트가 벤디고를 만나러 온다는 밤에 늙은 선장을 탑실에서 살해하고, 날이 새기 전에 아내와 함께 바다로 멀리 싣고 나가서 다시는 떠오르지 않도록 가라앉혀 버리기로 되어 있었다. 그런데 희생자는 자기의 파멸을 연기시켰다. 그것에는 다음과 같은 까닭이 있었다. 나는 귀여운 제니에 관해서 벤디고와 이야기하는 동안에, 그 침착하지 못한 시선과 분명히 불안해 하는 태도로 방 안에 누가 있다는 것을 눈치챘던 것이다.

은신처는 한 군데밖에 없었다. 숨을 수 있는 사람도 한 사람밖에 생각할 수 없었다. 내가 그 비밀을 간파한 것은 아니고 또 탐정이 스스로 모습을 드러내 보인 것도 아니었으나, 슬쩍 살펴보니 큰 궤짝의 공기 구멍에 무언가 반짝이는 것이 눈에 띄었다. 그래서 나는 내 친구가 그 속에 숨어 있다는 것을 안 것이다. 그 때문에 나는 전투 계획을 변경하기로 했다. 그것은 우리에게 매우 유리한 정세를 마련해 주었다. 예상하고 있던 동생 대신 내가 얼굴을 나타낸 날 밤에 그 집 안에서 벤디고를 죽여 버렸다면, 다음날 밤의 훨씬 흥미진진하고 멋있는 공적에 비해서 여간 서투른 솜씨가 아니라는 비판을 받았을 것은 틀림없다.

나는 늙은 선장을 배에 태우고 동굴로 갔다. 그곳은 내가 사건이 일어난 날 낮에, 브렌던을 다트머드에 데리고 갔다가 돌아와서 해안을 따라 조사하러 나갔을 때 내부를 살펴보고 등잔불을 켜 놓은 곳이었다. 나는 벤디고의 뒤를 따라 상륙하면서, 그의 발이 물가 모래에 닿는 찰나 단숨에 손도끼를 내리쳤다. 다음 순간 그는 송장이 되어 있었고, 그 5분 뒤에는 모래톱에 피가 흘렀다. 이어 나는 자갈 섞인 모래톱에 무덤을 팠다. 그곳은 30분 안에 밀물이 들어와서 물 밑에 가라앉는 지점이었다. 20분이 채 안 되어 벤디고 레드메인은 모래와 자갈의 3피트 땅 밑에 누워 있었다. 나는 다시 '까마귀의 집'으로 돌아갔다. 그리고 브렌던에게 형제는 지금 한창 이야기를 하고 있는 중이며, 곧 또 데리러 가야 한다고 보고했다. 그리고 담배를 두 대쯤 피운 다음 아래 해변으로 내려가서, 삽을 보트에서 선고(船庫)로 옮기고는 부대를 가지고 다시 바다로 나갔다.

내가 동굴에 도착했을 때는 벌써 파도가 늙은 선장의 마지막 안식처를 덮고 있었다. 나는 모래톱으로 올라가서 부대에 절반쯤 모래와 돌을 채우고는 일부러 핏자국을 남기면서 돌층계로 하여 굴로 올라갔다. 다음날 경찰관들의 주의를 이쪽으로 돌리기 위해서였다. 위쪽 대지에 이르러서는 벼랑에서 부대의 모래와 자갈을 버렸다. 그리고 로버트 레드메인의 구두 자국을 두어 개쯤 똑똑히 찍어 놓았다. 물론 그것은 잊지 않고 신고 온 구두였다. 포긴티에서도 같은 구두 자국이 기록에 남아 있으므로, 마크 브렌던이 보면 금방 생각이 나지 않을 수 없는 것이었다.

이런 작업을 마친 나는 재빨리 굴에서 내려와 선고로 돌아갔다. 부대를 감추고 구두를 바꾸어 신고는 브렌던에게 보고하러 달려올라갔다. 동굴에 가 보았으나 아무도 보이지 않는다, 벤디고의 실종도 로버트의 출현도 아무런 실마리를 찾을 수 없다는 보고였다. 그 뒤의 경과는 여기서 되풀이할 필요가 없다. 다만 그 다음날 그 좁은 모래톱에서 수사진이 몹시 당황하는 얼굴로 늘어서 있었던 것을 생각하면, 솟아오르는 웃음을 누르지 못하겠다. 벤디고 레드메인의 시체는 그들의 발 아래 1야드 땅 밑에 누워 있었으니 말이다.

　나와 나의 감탄할 만한 아내는 다시 잠시 동안 떨어져서 살게 되었다. 그 대신 나는 그녀에게 이탈리아를 소개하는 새로운 기쁨을 맛보았다. 그곳에 마지막 작업이 기다리고 있었던 것이다. 그러나 우리는 다음 계획을 진행시키기 전에 상당한 기간을 두어야 한다고 생각하고, 이탈리아에 혼자 남은 그녀의 숙부 앞에는 몇 달 동안 모습을 나타내지 않았다. 그 동안은 제2의 신혼 여행을 즐겼으며, 결혼했다는 통지를 앨버트 레드메인과 어리석은 탐정 마크 브렌던에게 보냈다. 특히 후자에게는 제니의 제안으로 결혼 케이크를 한 조각 보내 놓았다. 우리의 결혼을 감명시키자는 취지에서였다. 경시청 으뜸가는 명탐정의 프라이드를 아직도 이용할 필요가 있었기 때문이다.

　다음 이야기는 이탈리아로 옮겨간다. 어릴 때 내가 이탈리아에서 심한 사고를 겪은 것은 사실이며, 그 비밀을 아는 것은 나와 어머니밖에 없다. 그 때문에 나는 어머니의 조국에 원한을 품었다. 그렇다고 남부 유럽에 대한 나의 사랑이 흔들리지는 않았다. 제니와 나는 우리의 위업이 완수되는 날, 그 뒤의 생활을 이 땅에서 명예와 평화 속에 보내자고 이야기하곤 했었다.

피터 건즈에게 보내는 유품

　나를 터무니없이 비방하고, 그로 말미암아 일신의 파멸을 초래한 세 사나이를 처형함에 있어서 가냘프나마 망설이는 기분이 움직였다면, 그것은 코모 호숫가에서 앨버트 레드메인과 한 계절을 보냈을 때였다. 호수 그 자체가 속이 상하도록 감상적인 경치인데다, 맑고 깨끗한 그 환경은 젖먹이 같은 평화와 믿음에 싸여 있었다. 나는 죄없는 이 늙은 책 바보의 목숨을 빼앗는 데 비통에 가까운 느낌마저 느꼈을 정도이다. 그러나 제니는 옆에서 그러한 나의 애상을 비웃고 종알거렸다.

　"어머나, 굉장한 감상가시네요. 인정은 저한테만 주시면 돼요. 전 조금도 그런 기분이 들지 않아요."

　그럴 마음만 먹었다면 앨버트를 천 번이라도 죽일 기회가 있었다. 물론 아무 증거도 남기지 않고. 지금부터 이 기록은 아무리 원통해해도 못다할 부분으로 들어가는데, 먼저 방금 말한 사실, 즉 죽일 수 없었던 것이 아니라는 것을 밝혀 두고 싶다. 하기야 어물어물 날을 미루고 있었던 듯이 보일지는 모르지만, 거기에는 그럴 만한 까닭이 있어서이며 반드시 무의미한 주저만은 아니었다. 앨버트가 가진 장서의 시세를 확인해 놓고 싶었던 것이다. 그렇게 하지 않으면, 노인이 죽은 뒤 빌지리오 포지에게 선수를 빼앗길 우려가 있었다. 그 가운데는 중세 보르지아 집안의 기록 등, 평화로운 환경 아래서라면 내 자신이 갖고 싶은 것이 수없이 많았다.

그 때까지 위험 많은 곤란한 일을 완수해 온 우리가 이런 어린아이 장난 같은 일에서 비참하게 고배를 마셨지만, 그 원인은 제니에게 있지 않고 내게 있다. 만일 내가 이 준엄한 협력자의 의견을 순순히 듣고 되도록 재빠르게 실행에 옮겼더라면, 승리는 틀림없이 우리 손에 있었을 것이다. 그녀가 숙부의 유언장을 찾아 내기를 기다릴 필요는 있었지만, 그 일에도 그녀는 성공하고 있었다. 그 내용은 우리가 충분히 만족할 만한 것이었다. 나는 곧 일에 착수했어야 옳았다. 내일의 닭보다 오늘의 달걀을 택해야 하는 것이다. 그런데 그만 예술가로서의 프라이드에 빠지는 바람에 길을 잘못 들고 말았다. 현시벽과 엘리뜨 의식이 눈앞에 다가와 있던 화려한 종막을 망치고 만 것이다. 우리 두 사람은 다같이 예술가였지만, 그녀 쪽이 비교도 안 될 만큼 위대했다는 것은 이것만 보아도 알 수 있을 것이다. 어쩌면 그토록 엄격하고, 그토록 곧바른 정신을 지녔을까! 냉철한 그 눈으로 본다면 불필요한 정교함 따위는 오히려 모멸의 대상이었다. 그녀의 정신과 육체는 그리스 예술의 전성기에 속하는 것이며, 영혼을 버린 단순하고 간소한 완벽성의 반영이었다. 그녀의 말만 들었더라면 지금쯤은 목적을 완수하여 그 성과를 즐기고 있을 것이리라.

그녀의 뜻대로는 되지 않았지만, 그 패배의 와중에서도 그녀는 빛나는 행동의 마지막 꽃을 피웠다. 나의 죽음을 막고, 그녀는 쓰러졌다. 그 희생으로 나는 아직도 이렇게 살아 있다. 그 숭고한 순간에 그녀는 마지막까지 충실히 내게 몸을 바쳐 주었다. 그녀 없는 생활이 내게는 아무런 보람도 없는 공허 그 자체라는 것을 잊어 버린 채. 제니가 그렇게 이 세상의 먼지를 떨고 가 버렸을 때, 나도 같은 운명을 바랐다. 저승에서의 우리는 같은 장소에서 같은 대우를 받으리라 믿는다. 앞으로도 우리 두 사람은 분명코 영원히 함께 있을 수 있으리라. 천국이라도 그것은 마찬가지다. 신이 아무리 그 반대를 바란다 하더라도…… 아니, 신이 우리에게 천국의 문을 닫으리라는 것은 속인들의 독단에 지나지 않는다. '무엇이 선이고, 무엇이 악이냐? 그것은 오직 생각하기 나름이다.' 전능한 신이 우리들 인간의 어떠한 행위를 기뻐하는가는, 적어도 지금 단계에서는 아무도 밝히지 못하고 있다. 신의 마음 속을 우리가 헤아릴 수는 없지 않겠는가. 신은 호랑이로 하여금 풀을 먹고 살게는 만들지 않았다. 신은 독수리를 벌꿀을 먹고 살도록 정하지도 않았다.

아내는 그 건전한 사고방식과 투철한 관찰력으로, 미국 친구 피터 건즈야말로 경계심을 발휘해야 하는 상대임을 깨달았다. 처음 그 인물을 보는 순간부터 브렌던 따위와는 전혀 다른 지성의 소유자라고 판단한 것이다. 길들인 우리 마르코 군의 미국판으로 보아서는 안 되었다. 우리의 의표를 찌르고 홀연히 코모 호숫가에 나타난 그 행동으로 보아, 앞으로의 계획을 신중히 고려해야 할 요소가 나타났다고 제니는 깨달았다. 그러나 나는 그의 강인한 정신력을 간파하면서도 처음으로 모든 지능과 기략을 동원할 만한 좋은 적수를 만났다고 오히려 기뻐하는 기분이 앞서고 말았던 것이다.

피에트로가 경솔하게 무엇을 믿으려 하지 않는 인물이라는 것은, 그 모습만 보아도 알 수 있었다. 그것도 아마 그의 지긋지긋한 직업이 가져다 준 결과겠지만, 베드로라기보다는 오히려 의심 많은 도마라고 부르는 편이 알맞을 것 같았다. 증명되지 않은 것은 전혀 믿으려 하지 않는 고약한 습성을 가진 사나이. 그의 이른바 '제3의 눈',

즉 마음의 눈을 구사하여 여느 관찰자에게는 보이지 않는 매우 많은 것을 꿰뚫어보는 사나이. 그도 또한 일류 범죄자가 될 소질을 갖춘 인간이었다.

건즈가 이탈리아에 오게 되었을 때 우리가 그를 다루는 방법은, 앨버트의 생명을 지키게 하는 것이 아니라 죽은 그의 범인을 수사시키는 데 종사시켰어야 했었다. 그 수단으로 나가지 않은 것은 나의 예술가로서의 프라이드 때문이었다. 그릇된 우월감, 어리석은 자신감이 모든 것을 뒤집어엎고 말았다. 건즈가 도착하기 전에 앨버트를 코모 호수의 물 속에 잠재워 버렸더라면, 20명의 피터가 지혜를 모아 봐야 시체의 발견조차 불가능했다고 단언할 수 있다. 내가 일단 앨버트를 죽이겠다고 계획한 이상은, 어떤 인간을 데리고 와도 그 목숨을 지킨다는 것은 바랄 수 없는 일이다. 그런데 그가 죽은 뒤의 예정에 내 자신의 실수로 혼란이 생기고 말았다. 다시 한 번 건즈에게 예상도 하지 않은 선수를 빼앗기고 만 것이다. 진실을 알고 경악했을 때는 이미 늦었다는 것을 알았다. 건즈에게 내 정체가 드러나고 있었던 것이다. 그가 영국에 다니러 간 것은 두더지처럼 나의 과거를 파내기 위한 데 목적이 있었다. 그는 논리적인 사고력을 동원하여 로버트 레드메인이 마이클 펜딘을 죽였다고 보기보다는, 그 반대로 생각하는 것이 옳다는 결론에 이른 것이 분명하다. 그 확신에 입각해서 하나하나의 사건을 재구성하여, 마침내 사건의 개요를 이해하기에 이른 것이 사실이었다고 보아 틀림이 없을 것이다. 그러나 도리아의 모습에서 사라진 콘윌인의 용모를 찾아냈다는 것은, 놀라운 영감의 작용이라 아니할 수 없을 것이다.

건즈는 위대한 인물이었다. 나이프와 포크로 자기 무덤을 파는 인색한 사나이고, 신사의 습관과는 동떨어진 코담배를 피우는 천한 버릇을 버리지 못하는 사나이기는 하지만, 그래도 나는 그의 인물됨을 최고로 찬양하지 않을 수 없다. 내가 즐겨 쓰는 수법을 역이용하여 '어둠 속에 가짜 로버트 레드메인을 출연시키는 솜씨 같은 것은 얄밉기까지 하지 않은가!' 너무나 갑자기 생각지도 않던 방향에서 공격을 받고, 한다하는 나도 응수에 궁했다. 유령을 보았다고 고백하는 것은 위험했다. 그래서 아무것도 보지 않은 것처럼 시치미를 뗐는데, 그게 오히려 치명적인 실수가 되었다. 짐작도 할 수 없는 그의 지혜는 그 또한 나와 마찬가지로 아무것도 보지 못했다고 우겼다. 그리고는 내가 나의 죄값으로 환영을 본 것처럼 믿게 하려고 했다. 그 순간에 전투는 개시되고, 나는 매우 불리한 입장에 몰리고 말았다.

그 때의 내 실책으로 그가 어느 정도까지 진상에 다가왔는지는 판단할 수 없었지만, 아무튼 이제는 더 주저할 수 없었다. 적어도 자기가 없는 동안에 내가 레드메인의 옷을 입고 브렌던을 쏘아 죽이려고 한 자와 같은 인물이라는 것을 꿰뚫어 본 것이 분명했다. 그리고 그 리안테 산중에 마르코의 무덤을 같이 판 것은 두말할 것도 없이 제니였다. 그녀도 나와 마찬가지로 브렌던이 내 권총알을 피한 데에 크게 실망했다. 그가 넘어지면서 혀 끝을 문 것까지 그에게 행운을 주었다. 그 입술에서 피가 흘러나오는 것을 보지 않았던들 나는 틀림없이 한 방 더 쏘았을 것이다.

설마 피터가 앨버트가 죽은 그날 밤에 체포를 결행할 줄은 몰랐다. 나를 체포할 어떤 증거를 확보할 수 있겠나? 그러나 나의 판단은 빗나갔다. 나는 계획이 완수되고 앨버트가 죽은 뒤에는 건즈가 활동을 개시하겠지만 그것도 결국은 내가 그 범죄에 아무 관계도 없다고 입증하는 결과에 이를 따름이 아니겠는가, 그가 새로운 자기 추리에 만족하여 그 때까지 세운 이론 전체에 의혹을 느끼고 말 것이 고작일 거라고 생각했던 것이다. 만일 그때 피터가 이미 결승점에 이르러 있다는 것을 알았더라면, 나는 마땅히 범행 장소에서 자취를 감추었을 것이다. 1년이나 2년쯤 지나서 폭풍이 완전히 가라앉은 뒤, 새로이 다른 인물이 되어 시치미를 떼고 나타나면 그만인 것이다. 그 경우 나에게 남아 있는 일이란, 다만 '주제페 도리아'의 자산을 위장하여 그것을 입증하는 사실을 곳곳에 뿌려 놓기만 하면 되는 것이었다.

그러나 피터의 놀라운 천재를 바로 보지 못한 나는, 그가 잠시 집을 비운 것을 기회로 여기고 앨버트를 간단한 속임수로 죽였다. 방해가 되는 자는 마크 브렌던밖에 없었다. 제니는 그 결정적인 순간에 대비하여 최후의 강력한 호소를 마련해 놓고 있었다. 마르코의 빈약한 지능을 무력하게 만드는 것은 어린아이의 팔을 비트는 정도의 일이었다. 그를 가슴에 안고 미래의 꿈을 북돋아 주기만 하면 충분했다. 여기서 다시 말해 두지만, 이 유명한 탐정의 연모의 정이 우리가 노리는 국면을 여러 차례 유리하게 전개시켜 주었던 것이다. 피터 건즈의 모처럼의 노력도 그래서 덧없이 사라져 버렸다. 아무튼 그 중대한 밤에 앨버트를 공격에서 보호하는 역할을 브렌던 같은 자에게 맡겼다는 것은 그가 조수의 능력을 옳게 판단하지 못했음을 말하는 것이며, 피터 역시 인간이었던 것이다. 아니, 너무나 지나치게 인간적이었던 것이다.

제니가 애달픈 고민을 털어놓으면서 듣는 이의 정열에 하소연하고 있을 때, 나는 집을 떠났다. 브렌던이 보고 있었다. 보트를 손에 넣기 위해서는 10분이면 충분했다. 나는 임자 몰래 배를 꺼내와서 꽤 무거운 돌을 10개쯤 실었다. 그리고는 피아네쏘 산장 밑에 갖다대고 돌층계를 올라갔다. 내가 사용한 변장 도구는 검은 턱수염 하나뿐이었다. 그밖에 좀 궁리한 것이 있다면, 윗도리를 보트에 벗어 놓고 재킷바람으로 레드메인 앞에 나타난 것 뿐이다.

목소리를 떨면서 나는 아순타에게 말했다. 포지 씨가 급한 병으로 쓰러져서 앞으로 한 시간도 버티지 못할 것이라고. 물론 이 여자는 나를 알아보지 못했다. 그것만으로 충분했다. 보트에 돌아가 있으니 3분 뒤에 앨버트가 나왔다. 될 수 있는 대로 빨리 저어 가거라. 최대의 속력을 내준다면 네가 구경도 못해 볼 돈을 주마고 재촉했다. 호수가에서 백 50야드쯤 와서, 나는 그에게 속력을 내고 싶으니 뱃머리로 자리를 옮겨 달라고 말했다. 내 앞을 지나갈 때, 그 조그만 손도끼가 그의 머리 위에 떨어졌다. 그는 조금도 고통스러워하지 않았다. 5분 만에 팔과 다리에 무거운 돌이 매달려서 코모 호수 밑으로 가라앉아갔다. 손도끼도 작업을 끝냈으므로 그 뒤를 따랐다. 좀더 관용적인 시대였다면 이것도 가보로서 길이길이 보존되었을 것이다. 이만한 일들이 모두 피아네쏘 산장으로부터 2백 야드도 안 떨어진 어둠 속에서 진행되었다.

그리고 나는 얼른 보트를 물가에 갖다대고, 아무 눈에도 띄지 않게 본디 자리에 돌려 놓았다. 변장 도구를 주머니에 쑤셔넣고, 단골 술집에 어슬렁어슬렁 걸어들어갔다. 브렌던이 보는 앞에서 집을 나온 지 겨우 24분이 지났을 따름이었다. 그보다 훨씬 많은 시간을 나는 '여관'에서 보냈다. 확고한 알리바이를 만들기 위해서, 그리고 뒷날 문제가 생겼을 때 도착한 시간을 확실히 입증시키지 못하게 하기 위한 고려에서였다. 그리고 그 파멸이 왔다. 아무런 의심도 없이 집에 돌아가서 반역천사(反逆天使)처럼 전락했다. 모든 것을 잃고, 숨진 아내를 두 팔에 안고는, 그녀 없는 나의 생애는 끝났음을 알았던 것이다.

그토록 아름답고 그토록 숭고하게 죽은 그녀가 그 빛나는 애정을 바쳐 준 대장부가, 마지막 날에 그녀만 못하게 죽는 꼴을 보인다는 것은 있을 수 없는 일이다. 교수대 위에서 최후를 마치는 것은 범속한 무리들이 해온 짓이다. 나는 그런 굴욕을 감수할 수 없다. 건즈도 그 점에 있어서 내 마음을 꿰뚫어보고 있었다. 그는 내가 과거에 치과의사였다는 것을 경찰에 가르쳐 주고, 내 이빨을 조사시켰다. 건즈 한 사람만이 내 천재의 일부를 이해하고 있었던 것이다. 그러나 그것 역시 전부는 아니었다. 다만 나와 나의 아내에게 필적하는 자만이 우리의 두뇌를 판단할 수 있는 것이다. 나 같은 인간은 지구의 대기 속을 혼자 날아와서 혼자 날아가 버리는 고독한 혜성이다. 우리의 위대함은 지구에 공포를 준다. 범속한 무리들은 우리가 사라져 가는 것을 보고 신에 감사한다. 사실 나는 이상하리만큼 행운을 누렸다. 나의 인생 항로에서 나보다 더 뛰어난 여인을 반려로 삼을 수 있었으니 말이다. 쌍동별처럼 우리는 서로의 빛을 엇갈리며 발산했다. 함께 빛나고 함께 사라졌다. 앞으로도 나와 그녀는 아마도 따로따로 이름이 불리우는 일은 없을 것이다.

나는 피터 건즈에게 유품으로서 물건을 하나 보낼 작정이다. 그리고 유언 집행인으로는 마크 브렌던을 지명하고, 그밖의 유물 일체를 그에게 증정한다. 마크에 대해서는 우리 일을 도와 주었다고도 말할 수 있다. 그리고 여러분들은 이상하게 생각할지 모른다. '사형 선고를 받고, 자살하지 못하도록 밤낮으로 감시를 당하고 있는 자가 어떻게 이 세상을 떠날 수 있을까?' 하고, 그러나 이 수기가 온 세계 사람들의 눈에 띄기 전에 여러분은 그 해답을 듣게 될 것이다.

이제 더 고백할 것은 없는 것 같다.

경기가 끝나면 누가 이겼는지 알 수 있다.

그러나 사실은 반드시 알 수 있는 경우만 있는 것은 아니다. 때로는 비기는 경기도 있어서, 승부가 나지 않는 수도 있다. 나는 피터 건즈와의 경기를 비겼다고 믿고 있다. 그도 그만한 인물이니 승자는 자기라고 주장하거나 관중의 박수를 얻으려고는 하지 않을 것이다. 비록 나는 그와 힘이 비슷했다 하더라도, 그 여성은 우리 어느 쪽보다 훨씬 위대한 존재였다는 것을 그는 알고 있을 것이니까.

안녕.

주제페 도리아

피터 건즈는 이 수기와 그 뒤에 계속된 이야기를 보스턴 교외의 아담한 집에서 읽었다. 그 10일 뒤, 그의 아침 식탁에 조그만 꾸러미가 영국에서 왔다. 피터는 처음에는 이것으로 그가 자랑하는 코담배 상자의 수집에 또 하나의 새 물건이 늘었다고 생각했으나 곧 실망했다. 코담배보다 훨씬 놀라운 것이 휘둥그래진 그의 눈에 들어왔기 때문이다. 마크 브렌던이 보낸 편지도 있어서, 이미 신문으로 알고 있는 소식을 되풀이해 주었다. 그러나 거기에는 그만을 위한 다른 몇 가지 사실도 덧붙여져 있었다.

친애하는 피터 건즈 선생님.

펜딘의 고백과 선생님께 보내는 전갈은 이미 보셨을 줄 압니다. 그러나 그것이 반드시 선생님이 관계하신 사실의 전부라고는 할 수 없으므로, 제가 다시 몇 말씀 드리기로 합니다. 그가 선생님께 보내는 유품도 함께 넣었습니다. 선생님뿐 아니라 그 누구도 아마 이보다 더 진귀한 물건을 손에 넣기는 어려우리라 생각됩니다. 그는 교도소 안에서 유언장을 만들었습니다. 그것에 의해서 법률은 이 유품을 모두 상속인인 저의 손안에 넘기기로 결정했습니다. 저는 그것을 꼭 절반으로 나누어, 영국과 미국 두 나라의 경찰 관계자 고아 수용 시설에 기부했지요.

전해 드릴 사실이란 다음과 같은 것입니다. 처형될 날이 가까워지자 그를 위해서 이례적인 경계 조치가 취해졌습니다. 그런데도 펜딘의 냉정한 태도에는 조금도 변화가 없었습니다. 간수를 성가시게 하지도 않았고 귀찮게 구는 법도 없었으며, 종전과 조금도 다름 없는 나날을 보내고 있었습니다. 수기를 다 쓰고 나더니, 그는 타이프로 다시 치고 싶어했습니다만, 당국의 허락을 얻지 못했습니다. 그래서 그는 초고 그대로 몸에 지니고 놓지 않았으며, 처형이 끝날 때까지는 아무에게도 보일 수 없다고 말했습니다. 사실 그는 집필에 앞서서 그런 양해를 얻어 놓기는 했었지요. 이리하여 그는 교도소의 규율을 준수하는 생활을 했으며, 식사도 잘 하고, 간수를 따라 운동도 게을리하지 않았고, 많은 담배를 피우며 지냈습니다. 아울러 알려 드립니다만, 로버트 레드메인의 시체는 그의 수기에 있는 지점에서 발견되었습니다. 벤디고의 무덤은 밤낮으로 조수가 모래톱을 씻기 때문인지 찾으러 갔을 때는 이미 흔적도 남아 있지 않았습니다.

사형 전날 밤, 펜딘은 제 시간에 침대에 들어가서 침구를 얼굴 위까지 끌어올리고 분명히 몇 시간의 잠을 잤습니다. 두 사람의 간수가 양옆에서 지켜보았고, 전등도 켜 둔 채로였습니다. 그런데 갑자기 그는 신음 소리를 내면서 손을 오른쪽에 있는 간수에게 내밀었습니다.

"이것을 피터 건즈에게, 내 유품."

그는 말했습니다.

"그밖의 유품은 모두 마크 브렌던에게."

그런 다음 말없이 간수의 손에 조그만 물건을 쥐어 주더니 맹렬한 경련이 일어나는 것 같았으며, 한 마디 고통의 신음 소리와 함께 벌떡 일어나 앉았습니다. 그리고 그대로 앞으로 엎어져서는 의식을 잃고 말았습니다. 간수 한 사람이 안아 일으키고, 한 사람은 의사를 부르러 뛰어갔습니다. 그러나 펜딘의 숨은 이미 끊어져 있었습니다. 독약은 청산가리였습니다.

선생님은 그의 비밀을 풀어 주는 듯이 보였던 두 가지 사실을 기억하실 줄 압니다. 그 하나는 그가 소년 시절에 이탈리아에서 겪은 사고에 관한 것입니다. 나머지 하나는 선생님도 보셨듯이 그의 표정에 어딘가 비인간적인 이상한 데가 있고, 그 정체를 모르는 채 궁금한 기분을 느끼게 한 일입니다. 그것이 둘 다 여기서 밝혀졌습니다. 그가 보통의 눈을 갖고 있었더라면 그 비밀은 금방 간파되었을 것입니다만, 그는 눈동자 빛이 조금 거무스름하고, 동공도 홍채도 거의 같은 빛깔이어서 어쩐지 조작한 것 같은 눈길의 그 부자연스러움이 설명되지 않았던 것입니다. 그는 비밀의 은닉처를, 그의 몸 가운데서 사람의 지력으로는 도저히 발견할 수 없는 곳에 갖고 있었던 것입니다. 본인도 말하고 있듯이, 그의 사고를 아는 것은 그의 어머니 한 사람뿐이었습니다. 사고로 그는 한쪽 눈을 잃었던 것입니다. 그리하여 유리로 만든 의안을 끼고 있었는데, 그 뒤쪽에 필요할 때 쓰기 위한 독약 캡슐을 숨겨 놓고 있었던 것입니다.

이 악인의 수기가 발표되는 바람에, 제가 어떤 영향을 받았는지는 추측하기 어렵지 않으시리라 믿습니다. 저는 경찰관직을 떠나 다른 직업을 가졌습니다. 그처럼 무서운 경험은 새로운 직업으로 보상하는 도리밖에 방법이 없으니까요. 내년에는 현재의 일 관계로 해서 미국에 출장가게 되어 있습니다만, 그 때는 만일 지장이 없으시다면 찾아가 뵈려고 생각하고 있습니다. 무익했을 뿐 아니라 심한 통한을 되씹게 해 준 과거를 이야기하기 위해서가 아니라, 제 앞날의 계획도 말씀드릴 겸 은퇴 생활로 들어가신 선생님이 명예와 안락 속에서 지내시는 근황을 배견할까 해서입니다.

그럼, 그 때까지 안녕히 계십시오.

1921년 10월 20일
런던 경시청에서
언제나 변함없는 선생님의 충실한 벗
마크 브렌던 올림

피터는 소포를 끌러 보았다.

안에는 유리로 만든 의안이 들어 있었다. 매우 정교한 제품이었으며, 실물이나 다름없었다. 검은 빛이 조금 진해서 얼른 보아서는 의안인 줄 모를 만큼 광택과 배색이 완전한 제품이었으나 그래도 역시 의안인지라, 이것이 펜딘의 표정에 어딘가 기이한 느낌을 주고 있었던 것이 분명했다. 피터의 날카로운 눈은 그것을 간과하지 않았다. 사악한 빛을 보았다고까지는 말하지 않지만, 그 오랜 경험으로도 본 적이 없는 것을 감지하고 있었던 것이다.

건즈 씨는 그 조그만 물체를 몇 번이나 뒤집어 보았다. 전에도 여러 번 탐구의 시선을 던진 물건이기는 했지만······.

"드물게 보는 악인이었어."

그는 소리내어 말했다.

"허지만 그의 말이 옳아. 마누라가 훨씬 더 위였단 말씀이야. 나와 펜딘을 완전히 능가하는 인물이었다구. 만일 그가 아내의 말을 순순히 듣고 자기의 프라이드에 현혹되지만 않았더라도, 두 사람은 아직 살아서 화려한 생활을 보내고 있을 게야."

그가 금으로 만들어진 코담배 상자에서 담배를 한 줌 집었을 때, 암갈색 안구는 마치 사람의 눈처럼 그의 얼굴을 바라보고 있는 것 같았다.

미스터리 문학 10대 작가로 꼽히는 필포츠

이든 필포츠는 소설·희곡·시 등 여러 방면에 재능을 발휘하였고, 특히 전원소설의 대가로서 영국 문단에 이름을 떨친 작가이다. 그가 미스터리소설에 처음 손을 댄 것은 59살 때의 일이다. 여기에 옮긴 《빨강머리 레드메인즈》는 그가 60살 때 쓴 두 번째 장편 미스터리소설인데, 세계적 걸작으로 많은 애독자를 가진 뛰어난 작품이다.

그는 1862년 12월, 그 즈음 영국의 식민지였던 인도에서 헨리 필포츠 대위의 아들로 태어났다. 교육은 영국 본토 플리머드 시에서 받았으며 17살 때 화재보험회사의 사무원으로 취직하여 10년 동안 근무했다. 이윽고 런던으로 가서 배우가 되려고 노력했으나, 자기에게는 재질이 없다는 것을 깨닫고 단념한 뒤 신문사 편집일에 몸담았다. 그 동안 창작에 손을 대기 시작한 그는 30살 무렵부터 문학을 생애의 업으로 정하고, 소설을 비롯하여 문학 전반에 재능을 발휘하여 영국 문단의 대가로 알려지게 되었다.

그의 초기 작품은 대부분 영국의 데번 지방을 무대로 했고 그의 걸작이라고 일컫는 작품의 배경은 대부분 다트무어 고원으로 되어 있으며, 전원소설 작가로 이름을 떨쳤다. 그리고 그리스 로마 중세기를 소재로 한 역사소설도 있는데 1927년에는 20권의 전집이 간행되었을 정도로 많은 작품을 써냈다.

31살 때 결혼하여 1남 1녀를 두었는데, 딸도 작가가 되어 아버지와 함께 쓴 희곡을 발표한 일도 있다. 다작 작가인 그는 1949년 미국에서 121번째의 저서를 발표했는데 그 때 84살이었으며 90살 때까지 글을 썼다고 한다. 1960년 12월 29일 그는 자택에서 98살의 나이로 세상을 떠났다.

토머스 하디를 빼고는, 필포츠만큼 영국의 지방색을 아름답고 묘미 있게 표현한 작가는 없었다고 한다. 그는 1910년에 《불길한 숫자》라는 괴기단편집을 낸 바 있고, 1921년 59살 때에 본격적인 미스터리소설 《잿빛의 방》을 처녀작으로 내놓았다. 이듬해에 《빨강머리 레드메인즈》, 1925년에 《어둠으로부터의 소리》를 발표했다. 그 뒤 해마다 장편을 집필하는 한편 미스터리소설도 썼다.

번 다인의 유명한 미스터리소설 걸작집 서문에 영국의 걸작들을 열거하고 있는데, 그 중에 《빨강머리 레드메인즈》와 함께 《누가 울새를 죽였는가》를 들고 있다. 이 작품의 저자 해링턴 헥스트가 바로 필포츠의 필명이었다. 그는 《빨강머리 레드메인즈》와 《어둠으로부터의 소리》를 집필한 3, 4년 사이에 헥스트라는 필명으로 적어도 미스터리물 장편 셋을 발표한 것으로 보아, 나이 60살이 된 이 노대가의 미스터리소설에 대한 관심이 얼마나 굉장했던가를 짐작할 수 있다.

문학자 필포츠의 면모가 《빨강머리 레드메인즈》에도 유감없이 발휘되어 있다. 이 작품은 정밀하게 연구해 낸 대규모의 범죄 계획과 이것을 수행하는 범인의 성격 묘사가 특별히 뛰어나, 범죄에 얽힌 연애와 아름다운 풍경 묘사가 더욱 효과적이고 비상한 박력을 나타내고 있다. 앞부분에 등장하는 탐정 마크 브렌던은 사실은 왓슨 역이며 뒷

부분에 와서 홈즈 역의 명탐정 피터 건즈가 나타나 심리 분석으로 진상을 분석했는데, 논리도 명쾌하여 그의 각종 걸작 중에서도 윗자리를 차지할 뿐 아니라 영국 9대 걸작 미스터리소설 중의 하나이다.

필포츠는 《빨강머리 레드메인즈》에서 탐정 피터 건즈의 성격과 인물을 잘 살리고 있다. 피터 건즈는 관대하고 따뜻한 마음의 소유자이며 사람의 성격을 이해하는 능력이 비상하다. 따라서 상대의 마음을 마치 책이라도 읽듯이 쉽게 알아볼 수 있었다. 말하자면 그는 여느 사람들의 지능 정도를 계산할 수 있는 동시에 사람의 지능이 이를 수 있는 우수한 천재의 높이까지 꿰뚫어볼 수 있었다. 《어둠으로부터의 소리》에 등장하는 탐정 링로즈 역시 건즈와 풍모가 다르기는 하나, 링로즈 자신의 말에 따르면 '인상이 좋은 쾌활한 인물'로 온화하고 친절한 표정이 있어 매력적이다. 게다가 그는 인간 성격의 관찰 분석에 뛰어난 재능을 갖고 있다.

이렇게 보면 건즈와 링로즈는 일심동체이고 건즈가 관여한 《빨강머리 레드메인즈》 사건이 그의 은퇴를 앞둔 사건이며, 《어둠으로부터의 소리》 사건이 은퇴 후 곧 일어난 것으로 보아 서로 인간적 연관성을 갖는다. 미스터리물 작가가 창조한 명탐정은 몇백 명 정도밖에 되지 않지만, 대부분 천재형이든가 특수한 인물이다. 그렇지 않고서는 경찰견처럼 하릴없이 범죄를 뒤쫓아 냄새맡고 돌아다닐 뿐이다. 건즈나 링로즈도 사건을 해결한 뒤 그 전말에 대한 설명을 늘어놓기 마련이지만 적어도 인물로서는 신뢰할 수 있는 호인 타입이다. 그 까닭은 필포츠가 단순히 사건의 수수께끼를 해결하는 일 외에 탐정의 성격과 풍모를 정밀하게 묘사하고 있기 때문에 여러 작가가 창조한 탐정 중에서도 가장 인간적인 육체를 가진 인물로 보이는 것이다.

탐정뿐 아니라 그의 작품에 나타나는 악인도 흔히 있는 치사한 악당이 아니다. 모두 새로운 성격을 갖추고 있으며 독자들이 작품을 다

읽고 난 뒤에도 깊은 인상을 준다. 그것은 역시 필포츠의 문학적 경력이 큰 역할을 하고 있기 때문이다.

헥스트라는 필명으로 쓴 《괴물(1925)》에서는 좋은 성질과 나쁜 성질로 싸우는 이중인격자가, 잔악한 행위에 조금도 양심의 가책을 느끼지 않는 괴기한 성격을 추구하여 뜻밖의 범인을 등장시키고 있다.

《메어리본의 구두쇠(1928)》에서도 '벗에게는 충실하고, 소박한 애정과 겸손한 희생심과 관용과 정의를 베푸는 사랑스러운 사나이'이지만, 미개인 사이에서 자랐기 때문에 교활함과 호랑이 같은 성격을 갖게 되어 자기 범행을 지적받아도 아무 가책을 느끼지 않는 인간을 그렸다.

《의사여, 자신을 고쳐라》에서는 인생관이 다른 사람에 대한 통렬한 증오를 철저하게 그렸다. 그리고 《극악인(極惡人)의 초상(1936)》에서는 도덕이란 사회 생활의 편의상 생긴 것으로, 세상에서 죄악시하는 일이라도 자기가 하고 싶은 일을 하고 후회만 하지 않는다면 교묘한 범죄는 절대로 탄로나지 않는다는 생각을 가진 주인공을 그렸다.

필포츠의 미스터리소설이 《빨강머리 레드메인즈》와 《어둠으로부터의 소리》를 제외하고는 유럽이나 미국에서 그다지 읽히지 않고 있는 까닭은, 그가 순수한 수수께끼 풀이는 뒤로 미뤄두고 범죄 심리의 탐구에 기울고 있는 점에 독자들의 불만이 있기 때문이다. 수수께끼를 꾸미는 일에만 몰두하고 등장인물에 대해서는 꼭두각시와 같은 묘사밖에 안하는 전문 미스터리 작가의 작품에 대한 불만이 문학자로서의 필포츠를 자극하여 새로운 스타일의 미스터리소설에 손을 대게 만들었고, 또한 점차 범죄 심리소설로 기울게 만들었다고 본다.

여태까지의 천편일률적인 미스터리소설에 싫증을 느낀 독자들은 필포츠가 창조한 새로운 악당들의 성격에 색다른 서스펜스를 느낄 것이다. 일반적 미스터리소설과는 달리 필포츠의 작품은 어느 정도 변화가 적고 지루한 느낌이 있기는 하나 그의 묘사법에는 문학자다운 깊이와 감칠 맛이 있다.

《빨강머리 레드메인즈》는 필포츠의 본격 미스터리소설의 최고봉을 자랑하는 작품이고 《어둠으로부터의 소리》는 범죄 심리소설의 걸작이다. 이 두 작품에 의해 필포츠의 이름은 미스터리소설 사상 영원히 잊혀지지 않을 것이다.